11: EL CÓDIGO SECRETO

11: EL CÓDIGO SECRETO

Manuel Martínez y Phyllis Barash

Grijalbo

11: el código secreto

Primera edición: noviembre de de 2007

D. R. © 2007, Manuel Martínez y Phyllis Barash

Derechos exclusivos de edición en español reservados
para todo el mundo:

D. R. © 2007, Random House Mondadori, S. A. de C. V.
     Av. Homero No. 544, Col. Chapultepec Morales,
     Del. Miguel Hidalgo, C. P. 11570, México, D. F.

www.randomhousemondadori.com.mx

Comentarios sobre la edición y contenido de este libro a:
literaria@randomhousemondadori.com.mx

ISBN 978-030-739-196-4

Distributed by Random House, Inc.

Impreso en México / *Printed in Mexico*

ÍNDICE

INSTRUCCIONES AL ORÁCULO DE KOKO

Las páginas de este libro contienen cincuenta y dos oráculos que brindan soluciones a muchos de los problemas que nos abruman en nuestra vida cotidiana. Se recomienda ser consultados tan sólo una vez por semana.

Concéntrate y visualiza cualquier problema que tengas. Consulta el oráculo de Koko y ten la certeza de que recibirás el mensaje más apropiado para solucionar el problema. La respuesta que obtendrás constará de dos partes. Primero, abre al azar cualquier página de este libro y busca a continuación el oráculo más cercano a ella. Éste será un mensaje válido para tu vida presente. Repite el proceso y obtendrás la respuesta a algo que esperas en tu futuro. Ten fe en el oráculo de Koko. Su sabiduría ha ayudado a muchas personas en tiempos difíciles y de indecisión.

PRÓLOGO

La vida de todo hombre no es más que un cuento de hadas escrito por la mano de Dios.

Asistió mucha gente al funeral en Coconut Grove, Miami. La verdad es que no podía haber sido de otra manera ya que, el doctor Sebastián Stain Camote había sido una persona altamente controversial. Fue un eminente psiquiatra, respetado por todos y considerado como un genio por muchos de sus colegas. El doctor Camote era muy conocido por sus obras de caridad y por su labor en favor de la justicia y de los derechos humanos. Sin embargo, en el momento de su muerte se encontraba en prisión, acusado de asesinato. Para muchos fue un héroe extraordinario marcado por su propio destino, mientras que para otros no fue más que un idiota que vivía de sus propias ilusiones que lo mantenían alejado de la realidad que le rodeaba. Creía en la reencarnación y aseveraba que en una de sus vidas pasadas él había sido Don Quijote y había vivido en la España del siglo XVI. Creía firmemente que los ángeles y los espíritus de otras dimensiones nos hacían llegar sus mensajes a través de los sueños. Él había sido muchas cosas para mucha gente, pero sobre todo para sus colegas, sus pacientes y sus amigos él había sido un personaje único y a la vez irrepetible. El grupo que se había reunido en la capilla para el servicio fúnebre era muy diverso, y lo único que los unía en ese mismo instante era que, en cierta forma, el doctor Camote había logrado llegar de una manera u otra a cada uno de ellos. ¿Cómo era posible que todos tuviesen formas tan diferentes de percibir al mismo hombre? Cada persona se crea su propio concepto del mundo, y es así como nos creamos nuestra propia imagen de las personas a las que conocemos. ¿Fue el doctor Camote un ángel o un pecador?

Nosotros como personas, no somos más que nuestros propios pensamientos, y éstos acaban convirtiéndose en nuestros criterios acerca de todo lo que nos rodea. Los sueños se hacen posibles para alcanzar lo imposible y la vida, aunque nosotros no lo apreciamos, es una sucesión continua de milagros. Éste es el legado que el doctor Camote nos deja. Si a los hombres se les recuerda por sus principios y por sus obras, podemos afirmar que la búsqueda del amor, la esperanza y el bien que iniciara el doctor Camote persistirá por toda una eternidad. El doctor Camote ha muerto, pero su alma aún sigue viva.

> *La vida es eterna,*
> *y el amor es inmortal.*
> *La muerte es sólo un horizonte;*
> *y ese horizonte no es otra cosa*
> *que el límite de*
> *nuestra propia mirada.*

ROSSITER WORTHINGTON RAYMOND

1
EL ESPÍRITU GUÍA

Así que, estoy seguro de que no hay nada que nos pueda separar del amor de Dios. Ni la muerte, ni la vida, ni los ángeles, ni las potestades, ni las fuerzas espirituales, ni lo presente, ni lo futuro, ni lo alto, ni lo profundo, ni ninguna otra cosa de las que fueron hechas por Dios, puede separarnos del amor que él nos ha mostrado en Cristo Jesús Señor nuestro.

Romanos 8:38-39

En el preciso instante en que Sebastián exhalaba el último suspiro tuvo una visión de la Gran Madre Cósmica rodeada de una radiante luz blanca que inclinaba su rostro hacia él. Había llegado el momento en que su alma debía abandonar el cuerpo y elevarse muy despacio para emprender su camino final a través de un largo y oscuro túnel. Una brillante luz le esperaba al otro lado, y muy despacio se dirigió a ella, mientras observaba un poco más abajo su cuerpo postrado, ya inservible. Vio cómo el guardián de la cárcel reconocía su cuerpo para asegurarse de que él ya había muerto, y a la misma vez pudo ver a su tío Joseph haciendo los preparativos del funeral. La noticia de su muerte fue publicada casi de inmediato en el *Miami Herald* y en el *Sun Sentinel,* y también fue dada a conocer a través de la televisión. Sebastián pudo verlo todo: el servicio fúnebre y los asistentes, a la doctora Goldstein y a Camotín, a Iris, a

Perry Newman, a Tilly Bernstein, a Manolo, a Antonio, a Bill Freeman, a Robert Taylor y a Luigi Escalanti junto con sus guardaespaldas. También vio al rabino de la Cábala y hasta O. J. Perales estuvo presente. Vio a Samuel Shapiro, a Theodora y a Peter McGee. Se dio cuenta de que allí estaban muchos de sus antiguos compañeros de clases, sus numerosos pacientes, así como muchos otros a quienes ni siquiera recordaba. También pudo ver a Eloise y a Leonard, quienes todavía permanecían presos y leían la noticia de su muerte en las páginas del *Miami Herald*. Los servicios fúnebres concluyeron con una tremenda algarabía cuando muchos asistentes comenzaron a discutir sobre su inocencia o culpabilidad.

En ese instante, el espíritu que guiaba su alma le dijo que pronto le llegaría el momento de evaluar su vida en la tierra y de recapacitar sobre todo lo aprendido. Le explicó que cada una de las personas que había conocido a lo largo de su vida habían sido enviadas por la Luz para ayudarlo a vencer su egoísmo, su materialismo y a la vez poder elevarlo a un plano espiritual superior. En su vida pasada había tenido la misión de aprender a soñar y de aprender a amar. Ése había sido el llamado de su alma. ¿Había sido capaz de amar con la misma incondicionalidad de Dios? ¿A quién había ayudado? ¿A quién había lastimado? ¿Cuántos errores había cometido porque él había olvidado el verdadero sentido del amor mientras su alma habitaba esperanzada dentro de su cuerpo material? Muy pronto, una a una harían su aparición las diferentes personas que conformaron el calidoscopio de su vida. Él ya estaba preparado para enfrentar el momento del juicio que se le aproximaba.

El Espíritu Guía condujo a Sebastián hasta una habitación pequeña con tres sillas. Le ofreció asiento y le explicó que dos espíritus llamados Kika y Koko lo visitarían para hacerle algunas preguntas.

El plan maestro de su vida ya había sido trazado antes de su nacimiento, y aunque hubo diversos caminos que él pudo haber tomado, el resultado siempre hubiera sido el mismo.

2
EL JUICIO FINAL

Inclinad vuestro oído y acercaos; escuchad, se reanimará vuestra alma.
Isaías 55:3

Como en el mundo espiritual no hay relojes, no podría decir cuánto tiempo estuve sentado allí esperando. De pronto, dos espíritus entraron en la habitación y se presentaron:

—Hola Sebastián, yo soy Koko y he venido a ayudarte para que puedas hacer tu transición al otro nivel del mundo espiritual. Te haré algunas preguntas sobre las decisiones que tomaste durante tu vida terrenal y seré tu defensor. Tendrás la oportunidad de ver pasar ante tus ojos tu vida completa tal y como si fuera una película o un video, con la única diferencia de que en esta ocasión tendrás una visión total, y no parcial de todo lo que aconteció en tu vida. Tendrás la oportunidad de ver tu vida ya pasada desde una perspectiva total. Verás a aquellas personas que te fueron enviadas para pedirte ayuda y la forma en que tú las trataste. En la medida que observes las cosas desde una perspectiva diferente, te darás cuenta de que siempre hay dos formas de ver las cosas. Lo que pensabas que era correcto, no siempre lo era. Pero recuerda, Sebastián, fuiste enviado a la tierra para aprender, y por lo tanto hasta incluso una mala acción que fue hecha de buena fe pudiera ser gratificada. Todo depende siempre de las intenciones. Cuando nos encontramos en la tierra no somos más que seres humanos sujetos a cambios constantes en dependencia continua de nuestros estados de ánimo. Un día nos sentimos bien porque todo marcha a nuestro favor, tal y como nosotros queremos y al día siguiente puede suceder todo lo contrario. Si no somos más que nuestros pensamientos, ¿dónde quedan nuestros buenos sentimientos? Somos impredecibles y nunca sabemos lo que pensaremos o sentiremos en cada instante. La mente está vacía, es tan transitoria como un sueño. Los pensamientos surgen, duran un instante y luego desaparecen. El pasado es pasado, el futuro todavía no existe, e incluso un pensamiento presente muy pronto se convierte en pasado. Los mortales sólo somos dueños de lo efímero. Lo mismo ocurre con el Sol o la Luna. No importa que las cosas a nuestro alrededor cambien o desaparezcan, el Sol y la Luna son imperecederos, lo mismo que nuestras almas. Esto es lo que los humanos no llegan a comprender. La vida terrenal pasa en un instante, y es por ello que no debemos posponer nuestras buenas acciones, ya que puede que no volvamos a tener otra oportunidad para poder cambiar nuestro karma. A medida que nos vayas contando la historia de tu vida, se te irá revelando el sentido de tu existencia en la tierra. Esto me ayudará a crear oráculos basados en las múltiples experiencias que tu alma tuvo a lo largo de esta vida. Cuando el libro de tu vida ya haya sido escrito, éste contendrá mensajes importantes que servirán de aliento, iluminación e inspiración para todos aquellos que estén tratando de aprender las lecciones que emanan de sus propias vidas.

—Hola Sebastián. Yo soy Kika y yo también te haré preguntas. Yo representaré el papel de fiscal en toda esta historia. Tus respuestas te darán una idea más clara de lo que representaron todas tus acciones durante tu vida pasada. Muchas veces actuamos por pura intuición y al final hacemos lo correcto. En esos momentos es cuando prestamos atención a la voz del alma. Para los humanos, el alma es un concepto abstracto porque sólo la perciben en sus pensamientos, sin necesidad de la palabra. Pero en algún momento de nuestras vidas, nos damos cuenta de ella, le hacemos un llamado, tratamos de atraerla y nos fusionamos con ella, y esto se acaba traduciendo en nuestras buenas acciones. Sin embargo, hay momentos en que predomina el egoísmo y estamos tan imbuidos de nuestra propia importancia que somos incapaces de comprender a los demás. Aprenderás, concluyó Kika, que en el mundo espiritual no hay cabida para el egoísmo y que éste sólo forma parte del mundo material.

—Veamos ahora la historia de tu vida —dijeron al unísono. Fue así, en ese mismo instante cuando comenzó el viaje a mi mundo de ayer, a lo que nosotros conocemos como el pasado, pero que no es otra cosa que una puerta abierta hacia nuestro futuro.

3
EL DOCTOR CAMOTE

Apenas hemos nacido cuando ya lloramos por el desconsuelo que sentimos de haber entrado en este vasto teatro de locos.

SHAKESPEARE

Me llamaba Sebastián Stain Camote. Antes de llegar a este mundo ya había elegido a mis padres y la vida que tendría. Sabía que me relacionaría con otros muchos viajeros, y quería entregarles a todos ellos mi amor universal y mi bondad. Sin embargo, no recuerdo exactamente cuál fue mi decisión espiritual al nacer. Por otra parte, desde muy temprano siempre supe que quería cambiar el mundo y ayudar a los demás. Dediqué todas mis energías a cumplir esta meta y me hice psiquiatra. Se dice que siempre recoges lo que siembras, y mis buenas obras dieron sus frutos, por lo que siempre tuve el cariño y la admiración de mis pacientes. Sabía que en muchos aspectos podía considerarme como una persona totalmente bendecida por la providencia divina.

Nací en Brooklyn, Nueva York, el día 22 de mayo de 1943. Mi madre, Ruth Stain ejerció una influencia decisiva en mi vida. Ruth era judía y había nacido en Alemania. Artista de talento, había impartido clases de pintura a los niños, y en 1940 emigró a América para escapar del siniestro holocausto de Adolfo Hitler. Abandonó Alemania precipitadamente ya que en ello le iba la vida. Dejó atrás muchas de sus posesiones, incluidos los cuadros que tanto había atesorado. Tenía un hermano,

Joseph Stain, a quien ella estaba muy apegada y quien además también era su confidente. Se separaron cuando Joseph se graduó de la Facultad de Medicina y decidió radicar en Toledo, España, para poder estar más cerca de uno de sus antiguos profesores. Mi madre se trasladó a Browns-ville, en Brooklyn, Nueva York, para poder estar cerca de Miriam, una amiga de la infancia. Miriam se había casado y ella y su esposo tenían alquilado un pequeño apartamento.

A pesar de la incomodidad que ello suponía, Miriam le ofreció a Ruth compartir el mismo apartamento. Mi madre le agradeció la oferta y la aceptó temporalmente. Al principio, mi madre estaba horrorizada, porque pensaba que a partir de ahora le esperaba una vida desorganizada e insegura. A pesar de que mi madre era una mujer joven y de una gran fuerza interior, le costó mucho trabajo adaptarse al cambio. Se preguntaba por qué su mundo había dado un giro tan violento. De pronto se encontraba en un país que no era el de ella, y aunque al abandonar Alemania sabía que no tenía otra opción, añoraba todo lo que había dejado atrás. Se dio a la tarea de encontrar en el barrio a un rabino y lo logró. Este rabino sería el que más tarde la introduciría a la Cábala, donde finalmente mi madre pudo encontrar algunas de las respuestas que ella creía firmemente que se encontraban encerradas dentro de las antiguas escrituras.

Mi padre, Giovanni Camote había nacido en Palermo, Italia. Fue un músico de gran talento que tocaba piezas clásicas en su violín, y que también impartía clases de música a los niños. Mi padre no tuvo muchas ocasiones de tocar en público, y para poder ganarse su sustento se dedicaba a la pesca, lo mismo que su padre, su abuelo y las muchas generaciones que les antecedieron. Él también se vio obligado a abandonar su país de origen en el año 1935 durante la dictadura de Mussolini. Se instaló a la orilla del mar, en un lugar llamado Brighton Beach, en Brooklyn, Nueva York. Ruth y Giovanni se conocieron en el mes de febrero de 1941, tal y como lo había dispuesto el destino, en el transitado malecón de Coney Island. Desde el primer instante, se sintieron atraídos y unidos por el hecho de que ambos eran emigrantes. El amor surgió casi de inmediato. Al principio tuvieron que vencer el obstáculo del idioma, pero llegaron fácilmente a comprenderse muy pronto. El 14 de junio de 1942 se casaron y mi madre se fue a vivir a casa de mi padre, donde once meses más tarde yo vine al mundo.

Mi infancia fue feliz y nunca carecí de nada. Fui hijo único y crecí mimado por mis padres, rodeado de amor, de arte y de música. Una vez, cuando tenía seis años, mi padre fue a la librería a comprarme un libro. Mientras repasaba los anaqueles, su vista se detuvo en un libro escrito en español, *Don Quijote de la Mancha*, de Miguel de Cervantes. No obstante de no hablar español, mi padre compró el libro, y lo trajo a casa sin tener una explicación razonable que darle a mi madre cuando ella cuestionó su elección. Sólo le dijo que había sentido como si el libro saltara del estante a sus manos. Este libro tuvo un profundo impacto en mi vida posterior.

Yo era como mi madre, siempre buscando el porqué de las cosas de la vida. Muchas tardes, en lugar de jugar béisbol con mis amigos, buscaba al rabino que había sido el maestro de mi madre, y me pasaba horas interminables escuchando las historias que se derivaban de las antiguas escrituras. Adoraba a mi tío Joseph, y tuve la suerte de pasar algunas de mis vacaciones de verano en su casa de España. Me alentó y ayudó mucho cuando supo que yo quería ser médico. Solíamos tener largas conversaciones y fue con la ayuda de mi tío Joseph, y a través de la lectura de *Don Quijote* que aprendí el español, aunque yo ya hablaba a la perfección el italiano y el alemán.

En la escuela siempre fui un niño muy aplicado porque sabía y tenía la certeza de que eventualmente lograría mi sueño de llegar a ser médico. Estudié muy duro y mis notas siempre fueron excelentes. El orgullo de mis padres no tuvo límites cuando me aceptaron en la Escuela de Medicina de Harvard, donde me gradué con honores. En 1968 tuve que entrar al Ejército y en 1971 trabajé como voluntario en un hospital de traumatología, donde se atendía a los soldados que regresaban heridos de Vietnam. En 1973 me ofrecieron una posición de psiquiatra en un hospital de Miami, en la Florida y la acepté.

Siempre me había sentido atraído por el mar, por eso disfruté mucho de su proximidad y del modo desenfadado con el que se vivía allí. Lo que yo ganaba me permitía vivir con mucha comodidad y a la vez me daba el lujo de poder patrocinar las artes. Hice muchas donaciones al ballet, la sinfónica, la ópera y a diversos museos y teatros de Miami y de Fort Lauderdale. Disfrutaba viendo las películas extranjeras y tenía unas ansias ilimitadas de leer todo tipo de literatura. Asistía a los eventos deportivos y era un ardiente hincha de los equipos de Miami. Sin embargo, mi mayor pasión era el bienestar de los niños. A pesar de no haber tenido hijos, comprendía la importancia que tenía la juventud para el futuro del mundo. Instituí una fundación infantil a la que hice generosas contribuciones y siempre estuve dispuesto a ayudar a cualquier causa en favor de la niñez. Participé en la creación de la organización "Amnistía mundial y libertad" y di mi apoyo financiero a muchas causas en favor de los derechos humanos y en favor de la libertad en el mundo entero. Tuve una vida llena de bienestar y nunca estuve solo. Siempre tuve amigos con quienes compartir una cena y colegas con quienes discutir asuntos de trabajo. Admiraba la variedad de personas de los más diversos países que se paseaban por las calles de Coconut Grove, Coral Gables, Lincoln Road y Ocean Drive. Tenía predilección por los cafés al aire libre que tanto me recordaban las ciudades europeas, y me deleitaba viendo pasar a la gente.

No fui un hombre religioso, pero sí había estudiado los principios y las creencias de muchas culturas; creía firmemente que la fuerza infinita del amor nos une a todos los seres humanos. Mantenía correspondencia frecuente con mi tío Joseph, y siempre que podía me daba un salto a España para pasar unos días con él en su casa de Toledo. En esas ocasiones, nos pasábamos juntos horas y horas, la mayor parte del tiempo discutiendo de libros, sobre todo, las obras de Cervantes. Siempre que paseaba por Toledo y por sus calles adoquinadas que olían a historia, me embargaba una sensación de regreso al hogar.

En general, puede decirse que amé y fui amado, pero no era en sí amor lo que yo buscaba. Todas las relaciones amorosas que tuve a lo largo de los años fueron insatisfactorias. Lo que yo anhelaba era un romance como en los cuentos de hadas, aunque yo bien sabía que nunca encontraría a la mujer de mis sueños. Buscaba una princesa casta y pura que me ofreciera su amor incondicional, pero comprendía que eso era un sueño irrealizable. Podía sentirme atraído por una mujer hermosa, pero sólo su belleza no era suficiente para conquistar mi corazón. Ansiaba tener una relación que era imposible que existiese más allá de mi imaginación, y por eso había momentos en que me sentía muy solo. Un sábado, cuando apenas comenzaba a anochecer, yo me encontraba solo, sentado en una mesa y tomando una copa de vino en South Beach. Mi corazón se sentía y se encontraba más desolado que nunca. Veía pasar a los enamorados abrazados o cogidos de las manos y me preguntaba por qué a mí me resultaba tan difícil lograr ese grado de intimidad con alguien. Algo faltaba en mi vida, posiblemente, lo más importante: aún no había encontrado a mi alma gemela. Yo tenía una personalidad muy intensa y solía mirar atentamente al rostro de las personas cuando yo les hablaba. Es posible que no pudiera recordar el color de su ropa, pero sí recordaba sus emociones cuando yo los miraba directo a sus ojos para poder captar un destello de sus almas.

Ruth, mi madre, murió cuando yo tenía treinta años. Siempre estuvimos muy unidos; ella era una mujer embarcada en una constante búsqueda espiritual, y que además creía en el misticismo y en los mensajes del más allá. Siempre me alentaba diciéndome que yo podría lograr todo lo que yo quisiese si me lo proponía firmemente. Giovanni, mi padre, se volvió a casar a los tres años de quedar viudo y como su anhelo siempre fue regresar a su tierra natal, poco después se fue a Italia a vivir con su nueva esposa. Mi padre murió a los sesenta y cuatro años en la ciudad de Palermo.

Cuando tenía treinta y dos años, me costaba mucho trabajo dormir. Mis sueños eran sobresaltados y solía despertarme con la sensación de que esos sueños encerraban un mensaje que no lograba recibir. Llegué incluso a pensar que podía ser mi madre que trataba de decirme algo importante. Por un lado, yo había estudiado la teoría de los sueños de Sigmund Freud, quien planteaba que los sueños son pensamientos disfrazados del subconsciente, mientras que Carl Jung, discípulo de éste, planteaba que los sueños no eran otra cosa más que las capas personales y colectivas del subconsciente. Ninguna de estas teorías satisfizo mi curiosidad. Necesitaba saber más y eso fue lo que me llevó a convertirme en paciente de la doctora Goldstein. Comencé el psicoanálisis. Confiaba y respetaba a la doctora Goldstein y tenía la esperanza de que con el tiempo el psicoanálisis me ayudaría a encontrar las respuestas que estaba buscando. También contacté a un rabino que impartía clases de Cábala, y éste se ofreció para enseñarme cierto tipo de meditación y varias oraciones que me ayudarían a recordar mis sueños en detalle. Me explicó que cuando me levantase escribiese de inmediato lo que recordase de mis sueños con la mayor cantidad de detalles posibles para que él después pudiese interpretar los mensajes ocultos que contenían esos sueños. Si mi madre, desde alguna otra dimensión, estaba tratando de comunicarse conmigo, yo sentía que de alguna forma u otra podríamos hacer contacto con ella, como en realidad finalmente sucedió.

Yo tenía sueños de justicia universal, esperanza, amor, honestidad y hasta de desilusión y falsedad. Todo tenía cabida en mi vida que se conformaba a la vez, tanto de realidad como de ilusión. Muchas cosas pasaron en mis cincuenta y siete años de vida. Transité muchos caminos y conocí mucha gente a lo largo de ellos. El tiempo ha transcurrido veloz y furtivamente, y ha llegado el fin de mi vida terrenal. Ahora mi alma ha pasado a una dimensión diferente, desde la cual contemplaré la película de todas las cosas que me sucedieron y en la misma medida en que me fueron pasando. Me pregunto si hubiera podido cambiar algo, o si fue mi destino el que dispuso de mi vida y la de aquellos que me rodeaban. Lo que yo sí tenía muy claro es que todo lo que nos acontece en esta vida influye decisivamente en nuestra próxima reencarnación.

4
LA DOCTORA SARA GOLDSTEIN

Dios no nos ha dado un espíritu temeroso, sino que nos ha dado un espíritu de poder, de amor y de sabiduría.

2 Timoteo 1:7

El doctor Sebastián Stain Camote fue mi paciente y mi amigo. Él ha muerto, pero yo quisiera que él estuviese aquí, otra vez a mi lado, aunque sé que eso ya no es imposible. Soy consciente de su fallecimiento el día 22 de diciembre del año 2000, pero no logro recordar ni qué día de la semana fue, ni qué día fue el que lo enterraron. Claro que tampoco importa mucho si logro recordarlo o no. Esto no cambia el hecho de que él ya no está aquí con nosotros. Hoy es 10 de enero del año 2001 y aunque físicamente él ya no está aquí, hay muchos momentos en los que yo siento su presencia junto a mí, percibo su aura. Sebastián solía decir que nosotros estábamos unidos por un vínculo, y que habíamos compartido varias vidas pasadas. En aquel momento, asumí una actitud de escepticismo y le pedí pruebas sobre la reencarnación, pero con el paso de los años él logró convencerme y yo también llegué a creer en la reencarnación. Doy gracias a Dios por haber conservado todas las grabaciones de mis sesiones con el doctor Camote porque cada vez que las oigo es como si él volviera a hablarme. Le puedo sentir otra vez junto a mí.

Yo soy la doctora Sara Goldstein, profesora de psiquiatría de la universidad de Miami. Mi primer encuentro con el doctor Camote tuvo lugar el 24 de septiembre de 1975. Él también era psiquiatra y tenía su consulta en Coconut Grove, pero había venido a pedirme ayuda porque necesitaba esclarecer algunos de sus pensamientos y problemas. ¿Acaso existe alguien en este mundo que no necesite de la ayuda de otro para poder sobrevivir en este mundo lleno de caos y confusión? En aquel entonces, el doctor Camote tenía treinta y dos años y yo cuarenta. Ya desde entonces él solía hablar de las almas y de la misión que tenemos en este mundo. A lo largo de los años habrían de sucedernos muchas cosas, incluidas muchas sesiones donde yo recurría a la hipnosis regresiva para revelar su pasado y también recurrí a la hipnosis progresiva al futuro para poder ayudarlo a prepararse para soportar y entender posibles acontecimientos que podrían presentarse en el futuro. Él era un hombre que se debatía entre lo físico y lo espiritual. Creía que cada alma había llegado al mundo en su forma humana para aprender muchas lecciones que la ayudarían a alcanzar un nivel superior de amor y de comprensión. El doctor Camote postulaba que en una de sus vidas pasadas él había sido Don Quijote, y que ahora estaba aquí para continuar su misión de corregir los errores del mundo. Él quería que el universo fuera un lugar mejor para todos los seres humanos, y había puesto todo su empeño en que los sueños imposibles se hiciesen realidad. También especulaba que su empleado Camotín era la reencarnación de su escudero Sancho Panza, con quien había vivido en la España de 1605. Cervantes había pasado muchos años de su vida encerrado en diferentes prisiones. Don Quijote también estuvo encerrado. Probablemente, ésta fuera la causa principal del miedo obsesivo que el doctor Camote tenía de las celdas y de las prisiones. Siempre escuché atentamente sus sueños y sus anhelos que en la mayoría de los casos eran muy poco convencionales. Asimismo, también puedo afirmar que fui testigo de la fusión y por qué no decirlo, de la confusión generada a través de sus ilusiones y de sus realidades.

Siempre fuimos amigos a pesar de que en todo momento mantuvimos una relación de doctor y paciente. Solíamos salir juntos y compartir intereses comunes. Sin duda, el doctor Camote fue el hombre más complejo y a la vez más honorable que nunca conocí. Siempre dio muestras de gran preocupación por sus pacientes y se hacía eco de sus problemas, lo cual es algo que nunca debe hacer un médico si de verdad quiere ser de utilidad a sus pacientes y poder llegar a comprender la vida y los problemas que los afectan en toda su complejidad. Sin embargo, el doctor Camote no siempre se mantuvo en el plano profesional cuando se trataba de los errores y de los aciertos de la gente. Siempre se mantuvo atento a tratar de esclarecer todas las injusticias que se cometían en cualquier parte del mundo. Se dice que el hombre juzga al mundo a través de aquello que lleva dentro de su corazón, y el doctor Camote tenía un corazón muy generoso.

El doctor Camote fue un autor de renombre que había escrito varios libros sobre vidas pasadas. El doctor Camote también escribió dos libros sobre las experiencias cercanas a la muerte. Su último libro exploraba, con gran acierto, la comunicación después de la muerte. Sebastián era un lector ávido y excepcionalmente observador, pero quizá una de sus mayores cualidades haya sido su amplitud de miras y el saber entender que existen otras dimensiones aunque nosotros no seamos capaces de verlas. A veces pienso que nuestra incapacidad para aceptar nuevas ideas es el origen de muchos de los problemas psicológicos y enfermedades emocionales que padecemos. La mayoría de la gente no cree en los milagros, pero millones de éstos suceden a diario. Todo depende de cómo percibamos la vida. ¿Es esta vida el cielo o es el infierno? ¿Estamos rodeados de ángeles o de demonios? También me pregunto dónde podrá estar en este instante el alma del doctor Camote y si al final él va a volver pronto para darme la respuesta que me prometió.

5
LUCY NEAL

De lo que ha sido nuestro amor siempre recordaremos las bellas palabras y la forma desinteresada en que ellas se pronunciaron. Seguiremos agradecidos de poder estar vivos, agradecidos por su compañía y agradecidos por los maravillosos recuerdos que nos dejan. En honor a su partida vivamos, con mayor sabiduría, seamos más útiles, y llenémonos de coraje. Así, los que se fueron serán siempre parte de nuestras vidas y su recuerdo seguirá vivo para siempre.

Estoy en el plano de la espera y mis espíritus guía me piden que examine algunos de los diferentes episodios de mi vida. Uno de los primeros recuerdos que vienen a mi memoria es mi primer encuentro con mi paciente Lucy Neal. Lucy llegó a mi consulta justo a tiempo para su cita. Estaba llorando desconsoladamente. Gruesas lágrimas rodaban por sus mejillas, su cuerpo menudo se estremecía al hablar y su voz era apenas un suspiro. Entre el llanto, Lucy Neal no dejaba de preguntarme cómo era posible que hubiera ocurrido un accidente tan horrible. Claro, yo sabía la verdad, en realidad no había sido un accidente. Michael había cumplido su misión en este mundo y ya nada lo retenía aquí. No obstante, comprendía que no era el momento adecuado para hablarle a Lucy de ello, ya que Lucy todavía no estaba preparada para oírme. Traté de calmarla, pero sin resultado alguno. Ella no dejaba de repetir que su hijo estaba muerto y que lo quería de vuelta. Desconsolada, se lamentaba de que ya no volvería a tenerlo en sus brazos, ni podría besarlo nunca más. Me rogaba que yo le diera una respuesta.

—Mi hijo Michael fue asesinado. No fue un accidente. Era un niño tan dulce, inteligente, hermoso. Era mi único hijo y cada día que pasa me resisto más a aceptar su muerte. Yo no quiero entender que mi niño ya no estará más con nosotros. ¡Devuélvanme a mi hijo! ¡Lo necesito! —insistía desesperada.

—¿Podría usted explicarme qué fue lo que sucedió? —le pregunté.

—Michael estaba montando en su bicicleta justo delante de la casa. Todo sucedió en un instante: Michael estaba vivo y feliz, y de pronto me fue arrebatado por una bala perdida que alcanzó su cabeza —me explicó Lucy.

—¡No sabe cuánto lo siento! Continúe por favor —la alenté.

—Tengo el corazón hecho pedazos, doctor. No pude ni tan siquiera despedirme de mi niñito. No quiero seguir viviendo sin él. Él era todo lo que yo tenía. Un niño extraordinario, muy especial. No puedo dejar de llorar, y sé que mi dolor no tendrá consuelo. Quiero comprender y creer en lo que usted ha escrito en sus libros. Quiero creerle cuando dice que Michael aún está vivo —me dijo.

—Sí, señora Neal, Michael está vivo y su alma está junto a nosotros —le respondí.

—¡Quiero matar a ese monstruo que me arrebató la vida de mi hijo!, ¡Michael era tan sólo un niño inocente! —gritó Lucy.

—¿La policía encontró al culpable? ¿Han presentado cargos contra alguien? —le pregunté.

—Sí, tres hombres han sido acusados. Me dijeron que eran traficantes de drogas que llevaban meses luchando entre sí, pero que hasta la fecha nadie había podido detenerlos. Ahora mi hijo ha pagado las consecuencias. Michael sólo tenía ocho años. ¿Cómo Dios ha podido permitir algo así? ¿Dónde estaba Dios cuando esto sucedió? —preguntó Lucy.

—Señora Neal, la muerte es tan sólo una separación temporal —le dije.

—La música. Michael amaba la música. Su obra favorita era el *Concierto de Aranjuez*. Me gustaba mucho cantarle. Ahora canto en mi soledad y en mi tristeza. No puedo evitarlo, las lágrimas no dejan de brotar. Todos los días visito el cementerio. Ahora siempre estoy sola. Le llevo flores y le hablo como una idiota a la piedra que cubre su tumba. Odio tener que regresar a casa. ¡Me siento tan sola, doctor Camote! Mi esposo me abandonó —me explicó Lucy.

—¡Siento mucho lo que usted me dice! —le expresé.

—Nuestro matrimonio murió con el fallecimiento de Michael. La muerte de nuestro hijo nos separó. Yo primero traté de encontrar respuestas en la Biblia y después en sus libros, pero mi esposo no tenía ese recurso y se entregó a la bebida. Su salida fue encontrar consuelo en la botella para luego más tarde abandonarme. A diario espero el regreso de Michael. Me imagino verlo llegar de la escuela, como hacen los demás niños. Pero no es así. Ya no regresará nunca más —dijo Lucy entre lágrimas.

—Michael siempre estará con usted. Él ahora está en un bello lugar —dije.

—¿Es cierto que mi hijo vive realmente? ¿Sabe él cuánto lo extraño? ¿Puede verme? ¿Volveré a verlo? —rogaba que yo le respondiese.

—Señora Neal, su hijo vino a este mundo para tener una corta experiencia humana. Algunas personas como Michael sólo están con nosotros por poco tiempo, pero dejan huellas imperecederas que se quedan impregnadas dentro de nuestros corazones —le expliqué.

—¿Por qué tenía que ser Michael? ¿Por qué mi hijo Michael? ¿Por qué mataron a mi hijo? —no dejaba de preguntar Lucy.

—No lo sé señora Neal —admití.

—¡Por favor, ayúdeme! ¡Yo sé que usted puede hacerlo! Hipnotíceme y lléveme a esa vida futura en donde yo pueda volver a encontrar a Michael. ¡Se lo suplico! —me dijo.

—La terapia de hipnosis progresiva a una vida futura no es la solución más adecuada para usted en estos momentos —insistí.

—He leído en sus libros que podemos encontrarnos nuevamente en una vida futura con aquellos que hemos amado y perdido. ¡Por favor, ayúdeme! ¡Hágalo por mí! —me rogó.

—Señora Neal, Michael se comunicará con usted, le hará llegar mensajes, pero usted tiene que ser también receptiva para poder recibirlos, o de lo contrario nunca le llegarán. Con el tiempo lo comprenderá todo. Michael está ahora con Dios. Escuche la voz de Dios y estará escuchando a Michael —traté de hacerla comprender.

—¿Cómo voy a escuchar a Dios si yo no puedo perdonarlo? Ahora mi vida está llena de silencio —me dijo.

—El silencio es la voz de Dios —le contesté.

—Nunca perdonaré. No puedo perdonar, quiero matar al hombre que truncó la vida de mi hijo. Quiero que muera, que sufra, que sea castigado en el infierno por lo que hizo —concluyó.

—No existe el castigo en el infierno. El castigo es aquí. El infierno esta aquí entre nosotros y con todos nosotros. La persona que mató a su hijo elegirá su propio castigo. ¿No me dijo usted que la policía había arrestado a tres hombres? —le pregunté.

—Es cierto, han culpado a tres hombres, pero yo, al igual que todo el mundo en esta ciudad, sabe quién es el verdadero culpable —dijo Lucy.

—¿Quién cree usted que es el culpable? —quise saber.

—El mismo hombre que es responsable de prácticamente todos los asesinatos y que además controla la mayoría del tráfico de drogas aquí en Miami —me respondió Lucy.

—¿Quién es ese hombre? —le pregunté.

—Es Luigi Escalanti —respondió.

—¿Escalanti? Pero si él es un conocido millonario y además un gran filántropo —le expliqué.

—Miami está lleno de filántropos del tipo de Escalanti. Ése no es su verdadero nombre, se lo cambió cuando llegó de Sicilia. Escalanti es un hombre capaz de matar a cualquiera que se interponga en su camino —agregó.

—¿Cuál es su verdadero nombre? —le pregunté.

—Cuando vivía en Palermo se llamaba Leo Lorenzo —dijo.

—¿Leo Lorenzo? —le insistí.

—Sí, ése era su nombre. ¿Pero qué cambia eso? Mi hijo está muerto, doctor. ¿Dónde está la justicia? Él no tuvo justicia, no hay justicia para nadie. Leo Lorenzo será responsable de la muerte de otros niños. Usted puede creer que él elegirá su propio castigo, pero somos nosotros los que debemos hacer algo aquí y ahora. La ciudad está infestada de sus traficantes de drogas, y él puede comprarlo todo y a todos, a cuantos se propone. Alguien tiene que hacer algo para detenerlo antes de que otros niños inocentes como mi hijo Michael pierdan la vida y muchas más madres tengan que llorar como yo por la muerte de sus hijos. ¿Dígame, por Dios, quién va a detener a Leo Lorenzo? ¿Quién? —rompió en llanto.

Cuando Lucy mencionó el nombre de Leo Lorenzo, las imágenes acudieron a mi mente como en un destello. Era la noche de *halloween* del año 2000. Me di cuenta de que en mi visión se encontraban algunos hombres vestidos con el atuendo típico de los Hare Krishnas, es decir, con sus túnicas blancas, la cabeza rapada al frente y una larga cola de cabello detrás. También vi gente disfrazada cerca del restaurante Planet Hollywood, y me vi a mí mismo disfrazado de Don Quijote de la Mancha, el caballero cósmico, y a Camotín mi escudero, y a Leo Lorenzo, el malvado enemigo a quien tenía que destruir en honor de mi verdadero amor: Dulcinea.

Lucy no dejaba de hablar, murmuraba palabras, frases, oraciones inarticuladas y que dejaban traslucir que no le quedaba ni una sola gota de fe o esperanza. Sentí su dolor y mi corazón se llenó de pena por ella. Tenía deseos de tocarla, de tomarla en mis brazos y de consolarla, pero a la misma vez tenía que desempeñar mi papel de médico y de psiquiatra. Se dice que el Señor nos da, y que el Señor nos quita, pero Lucy se negaba con todas sus fuerzas a comprenderlo. Ella todavía no estaba preparada, o suficientemente abierta para escuchar lo que yo podía decirle para hacer más llevadero su camino hacia la comprensión. Le receté un calmante ligero y concerté una nueva cita para la semana siguiente. Juré que ayudaría a Lucy. Si la policía no lograba apresar al delincuente que mató a Michael, entonces yo mismo lo encontraría. La lucha entre narcotraficantes que tanto dolor estaba causando a mucha gente inocente tenía que llegar a su fin.

Mucho tiempo atrás, yo había adquirido el compromiso de ayudar a todos aquellos que sufrieran de cualquier problema emocional. Mis pacientes venían a verme con los más diversos padecimientos, algunos reales, y otros muchos imaginarios. Sufrían porque eran pobres y sufrían también porque eran ricos, sufrían porque no recibían amor, y también sufrían porque eran incapaces de darlo. Muchos de ellos padecían de extrema soledad y aburrimiento, y en algunas ocasiones ellos mismos, se inventaban diversas historias para poder atraer mi atención. En la mayoría de los casos, el orgullo, la ambición, la pasión, la cólera o el dolor regían sus vidas. El peor síntoma que padecían era el miedo, porque el miedo paraliza el espíritu y detiene el progreso. ¡Si al menos hubieran podido comprender que el amor siempre supera el miedo! De esta forma, yo trataba de lidiar con las almas nobles que encerraban esos cuerpos físicos temporales. Conocía muchos secretos de lo desconocido, percibía los mensajes de gente que había muerto, entendía la reencarnación, la regresión a vidas pasadas y la progresión a vidas futuras. Pero ante todo, sabía que mi misión en esta vida pasada era entregar amor, bienestar y esperanza a todos los que llegaron a conocerme. Creía firmemente que las coincidencias no existían y que todo siempre sucede por una razón.

A medida que hablaba con Lucy, me daba cuenta de que ella había perdido parte de su alma. Durante algún tiempo, fui discípulo de un chamán y aprendí muchas cosas sobre las almas perdidas y cómo recuperarlas. En algunas ocasiones, cuando las personas sufren una experiencia traumática, ya sea física o emocional, se ven obligadas a dejar marchar una parte de su alma para poder soportar el dolor que les oprime. En el caso de Lucy, la muerte de su hijo fue un impacto tan grande que a modo de autoprotección, Lucy dejó escapar una parte de su alma. Mucho tiempo atrás, cuando todavía se practicaba la recuperación de las almas, los chamanes solían viajar al reino espiritual en los tres días posteriores a la pérdida del alma para poder encontrar los trozos de esa alma perdida. En la actualidad, tenemos algunos médicos entrenados para hacerlo, pero la mayoría de las veces se recurre a ellos sólo después de muchos años. Con frecuencia, la gente se queja de depresión, falta de energía o de un dolor continuo sin que exista una causa física real que lo ocasione. Cuando él o ella tratan de encontrar las razones a tales padecimientos, el chamán o el médico experimentado sabe lo que debe de hacerse para que la persona se sienta nuevamente entera. Los chamanes cuentan con la ayuda de sus guías espirituales o espíritus de animales, y a través de la meditación y acompañados del toque de tambores entran al reino de la realidad extraordinaria. Los chamanes piden a la parte perdida del alma que regrese, y cuando lo logran, se la insertan nuevamente a la persona para que ésta vuelva a sentirse completa. En algunos momentos de mi vida profesional yo también estuve investigando ampliamente sobre el robo de las almas. Esto sucede cuando una persona desea adquirir las cualidades de otra persona que él no tiene, y llevado por la envidia arrebata parte del alma a esa otra persona. Esto no le beneficia en nada al que roba esa energía porque él no será capaz de utilizar esa misma energía. A veces, las personas entregan voluntariamente parte de su alma a otra persona, pero esto tampoco será de gran ayuda para esa otra persona ya que las cualidades o experiencias adquiridas por esas almas no son transferibles. Existe un ritual para devolver las almas que no nos pertenecen a sus verdaderos dueños. Los chamanes tienen la creencia de que al nacer estamos rodeados de almas de animales que nos protegen, por eso cuando el alma del animal que nos protege nos abandona, es entonces cuando quedamos desprotegidos. Ése es el momento en que quedamos expuestos a las enfermedades. Los espíritus de los animales suelen habitar las regiones bajas, intermedias o altas del reino de la realidad intangible. Las almas perdidas pueden transitar de una región a otra porque todo es cíclico. Finalmente, encontré a un terapeuta que quizá hubiera podido ayudarnos a encontrar la parte del alma que Lucy había perdido. Desgraciadamente, al final nunca tuve la oportunidad de ayudarla.

—¿Qué aprendiste de tu encuentro con Lucy Neal? —me preguntó Kika.

—Cuando pienso en lo sucedido, me doy cuenta de lo frágil que es nuestra vida, y de que cada momento que pasamos con las personas que amamos es algo que debemos siempre atesorar. Nada puede darse por sentado porque lo único cierto en la vida es la propia incertidumbre.

EL ORÁCULO DE KOKO: CRECIMIENTO ESPIRITUAL

El presente. De la misma manera en que, de una forma repentina, se desatan las tormentas y los huracanes, la vida puede someterte sin ningún tipo de explicación a pruebas continuas de desesperación, ansiedad y preocupaciones. No podemos escapar a las muchas fuerzas negativas que nos rodean, pero si lo miramos fríamente vemos que no son más que bendiciones veladas que se nos presentan a modo de superar obstáculos. Es posible, que empieces a ver desde un ángulo o una perspectiva diferente algunas de las cosas que te afectaron más profundamente en un pasado.

Cambia tu perspectiva actual y encontrarás conocimientos que te serán muy valiosos y muy pronto comenzarás a tener una mayor percepción espiritual.

El futuro. Tu gran compasión por los demás te llevará a ayudar a todo aquel que te lo pida. Poco a poco descubrirás que dentro de ti existen los poderes necesarios para que tú puedas sanar y también ayudar a sanar a otros. Tendrás el don de la creatividad para solucionar los problemas más complejos. Mucha gente valorará tu sabiduría y acudirá a ti en busca de soluciones.

6
CAMOTÍN

Si amas la vida, no malgastes tu tiempo, porque de tiempo es de lo que
está hecha la vida.

BENJAMÍN FRANKLIN

Recuerdo alguno de los momentos que pasé con Camotín y tan sólo
recordarlos me embarga una enorme sensación de alegría y de afecto.
Yo siempre me vi como el maestro de Camotín en la escuela de la vida.
Cuando analizo el tiempo que pasamos juntos, me pregunto si la razón
por la que Camotín se puso en mi contra, fueron las mismas enseñanzas
que él recibió de mí. Camotín fue mi protegido y yo lo empleé para que
desarrollase las más diversas tareas. Su pasado de alcohólico y drogadicto lo convertían en una persona nada confiable. Estuvo al cuidado
de una de las instituciones de rehabilitación del sur de la Florida y lo
enviaron a mi consulta cuando expresó cierto interés en convertirse en
asesor certificado contra el consumo de estupefacientes. De inmediato
me di cuenta de que el destino nos había unido para una causa específica. Algo en Camotín me resultaba familiar, pero no lograba encontrar
cuál era la afinidad que sentí por él desde el primer momento en que nos
vimos. Un día sometí a Camotín a una sesión de hipnosis en un intento
por tratar de encontrar las causas de su conducta negativa. Durante una
de esas primeras sesiones, Camotín quiso ya hacerme ver y a la vez entender quién y cómo era él realmente.

—Siete, ocho, nueve, diez… —yo contaba. ¿Dónde estás ahora? —le pregunté de pronto.

—Estoy aquí.

—Bien —dije suavemente—, ¿te sientes nervioso por todo esto?

—No, en lo absoluto —respondió Camotín.

—¿Qué ves?

—Lo veo a usted y también me veo a mí —respondió.

—¿Dónde estás? —le pregunté.

—Todavía estoy aquí.

—¿Cómo te llamas? —continúe haciéndole algunas preguntas en un tono muy suave.

—Mi nombre es Tommy, pero usted me llama Camotín, el pequeño Camote —sonrió.

—¿Por qué estás aquí? ¿Por qué viniste a verme? —le pregunté.

—Ellos me obligaron.

—¿Quiénes te obligaron? —insistí.

—Las autoridades —respondió Camotín. Ellos me dijeron que debía ir a ver a un psiquiatra.

Continué con la regresión.

—Volvamos unos años atrás en el tiempo… ¿Cuántos años tienes ahora? —le pregunté.

—Catorce.

—¿Eres un adolescente de hábitos ya formados? —le pregunté.

—Oh… sí. Todo lo que hago es beber sin parar, fumar marihuana, andar en fiestas y reunirme con una banda. Abandoné la escuela y me la paso pero qué de puta madre.

—Volvamos al túnel y continuemos regresando en el tiempo, a una vida anterior a ésta —le insistí.

—Sí, allí estoy.

—¿Quién eres? —le pregunté entonces.

—A veces soy un mago, otras veces soy un genio y vivo siempre como en un sueño.

—¿Como Merlín en los días de la Antigüedad? —pregunté lleno de curiosidad.

—No, más bien como el genio de la lámpara de Aladino —respondió Camotín—. Un genio que puede concederle tres deseos.

—¿Cuáles son los tres deseos que me concederías? —deseaba saber.

—¡Convertirle en una versión triplicada de Bugs Bunny! ¿Qué pasa doctor? ¿Sabe una cosa? Usted está loco de remate. Usted ya está muy viejo para creer en magos, genios y artimañas. ¿Cómo va a curar a la gente, doctor, si usted es el primero que está loco? —preguntó Camotín.

—¿Acaso sabías, Camotín, que cada noche cuando te duermes tu alma se presenta ante Dios? Los ángeles de la negatividad que habitan en los mundos superiores también aparecen ante Dios y le informan de todas tus malas acciones y pensamientos. Ellos quieren saber las razones por las cuales Dios te concedería un día más de vida en la tierra. Entonces, los ángeles de la bondad hacen su aparición y le ruegan a Dios que te permita quedarte por más tiempo porque has aprendido la lección del día anterior. Le aseguran a Dios que vas a ser una mejor persona, más generosa y compasiva. Esto ocurre todas las noches sin que tú lo sepas. Debes insistir en tratar de superarte para poder llegar a ser una persona más bondadosa y que además se preocupa por los demás. Debes mostrar una mayor seriedad por la espiritualidad. Debes tratar de sentir la necesidad de realizar actos de bondad cada día de tu vida para poder demostrarle a Dios que eres merecedor de su misericordia. Nunca debes dar nada por sentado, porque hasta tu próximo aliento es incierto. Alejarse de las malas influencias requiere de una fuerte resolución interior y de una extraordinaria fuerza de carácter. Por lo general, la gente débil se siente siempre atraída hacia una fuerza superior. La única forma de liberarte del poder de las drogas es mediante una fuerte resolución interior y siguiendo el dictado de tu alma. La tolerancia de prácticas dañinas sólo acaba trayendo la desgracia. No permanezcas pasivo, ni seas obstinado, porque ello sólo te llevará al fracaso. Espero que hayas aprendido algo de todo lo que acabo de explicarte —concluí.

—No puedo entender todas esas cosas que me dice. ¿Realmente cree en todo lo que dice, o está soñando? —me preguntó Camotín.

—¿Acaso todas nuestras experiencias en esta vida no son más que sueños e invenciones? ¿Las verdaderas pueden ser consideradas falsas y las falsas verdaderas? Lo que diferencia a la una de la otra es tan poco y a la misma vez tan pequeño que nunca podemos estar seguros de cuál es una u otra. Nunca sientas temor, Camotín. Yo te ayudaré a curarte ¡Te lo prometo! —le respondí con vehemencia.

—¿Qué aprendiste de ese encuentro? —me preguntó Kika.

—Prometí que lo ayudaría, pero, ¿acaso lo ayudé? También aprendí que la felicidad es una buena medicina para el cuerpo, pero que en realidad es el sufrimiento lo que más nos ayuda a desarrollar los poderes de la mente —le respondí.

EL ORÁCULO DE KOKO: AUTOACEPTACIÓN

El presente. Es posible que en estos momentos te resulte difícil ser benévolo y dar claras muestras de amistad hacia los demás. Algunas personas van a reaccionar de una forma negativa ante tus continuas muestras de ira e incertidumbre. Estas personas van a pensar que tú eres tu propio problema, pero tú crees que el problema verdadero son ellos. Frena un poco tu actividad y trata de mantener un ritmo de actividades mucho más pausado. En tu lucha por alcanzar una vida más equilibrada, trata de reemplazar tu ira con más misericordia. Valora mejor las diferencias que aprecias en otras personas y aprende también a aceptar sus puntos de vista. Trata de comprender que la aceptación es el primer cimiento de la paz.

El futuro. Se aproximan tiempos de cambio. Empezarás a liberarte de tus frustraciones pasadas y vivirás la vida de una forma mucho más positiva. Obviarás las pequeñas desilusiones y acometerás nuevos proyectos que te harán crecer y sentirte más realizado. Te sentirás más confiado en ti mismo, lleno de energías y también lleno de un optimismo que resultará contagioso para todos los que te rodean.

7
O. J. PERALES

Siendo tan pobre como soy, tan sólo tengo mis sueños. Mis sueños han volado y se han posado bajo tus pies. Trátalos con cariño porque estás tratando con sueños.

WILLIAM BUTLER YEATS

Continué haciendo un repaso de mi vida. Seguí visualizando algunas de las personas que habían pasado por ella aunque tan sólo hubiera sido por un breve periodo de tiempo. Después de mi encuentro con Lucy Neal quise saber más sobre Luigi Escalanti y algunas de las demás gentes que trabajaban para él. Me dirigí a una agencia de autos de la cual Escalanti era el propietario: Automóviles Importados Escalanti. ¿Cuál fue mi experiencia con el vendedor de autos O. J. Perales? Ahora comprendo que nunca debí de haber sido tan duro con él. Si hacemos una retrospectiva de nuestra propia vida, todos somos, o al menos hemos sido, vendedores o vendedoras en algún momento de nuestras propias vidas. Al final todos entendemos y nos damos cuenta que lo primero que tratamos de vender es a nosotros mismos. Como tantos granos de arena tiene una playa, así hay en este mundo igual número de personas tratando de vender algún producto o servicio. Realmente, O. J. tenía un enfoque muy personal y sin lugar a dudas él estaba destinado a hacer lo que hacía. O. J. estaba interesado principalmente en ganar dinero y yo sin embargo traté de brindarle cierta ayuda espiritual que pudiera guiarlo en esta vida.

Alcanzar la espiritualidad es mucho más valioso que lograr una fortuna. El dinero puede acabarse, pero la integridad nunca se pierde.

El que ha sido vendedor, vendedor será siempre y O. J. Perales siempre andaba tras una venta. Su misión en la vida era vender y empleaba para ello todos los medios que pudieran estar a su alcance. Él podía hacer que desearas sus productos, aunque no los conocieras, o no los necesitases. Mucho tiempo atrás O. J descubrió que si una persona logra venderse a sí misma, puede vender cualquier cosa. Se enorgullecía de que podía leer la mente de sus clientes y a la vez descubrir sus motivaciones para luego más tarde poder acudir a su saco de los trucos para finalmente darles aquello que deseaban. Había comenzado muchos años atrás, vendiendo pelucas femeninas y convenciendo a las damas que deseaban una peluca rubia de que le comprasen la única peluca negra que le quedaba. Podía hacer uso de todos sus encantos, bromear, o experimentar cualquier sentimiento que fuese necesario con tal de lograr una venta.

O. J. nos vio a Camotín y a mí atravesar la puerta del concesionario. Él, en ese mismo instante, estaba dispuesto a hacer lo que fuese necesario con tal de vendernos un nuevo y resplandeciente Jaguar convertible de color rojo. Su jefe le había prometido un bono considerable si lograba sacar ese auto de la agencia, y aunque la venta ya era una recompensa de por sí, O. J. también amaba el dinero, lo necesitaba para poder costearse sus hábitos de drogadicto.

En el salón resonaba alegremente la canción de la "Macarena" y O. J. dio unos pasos de baile antes de presentarse. Al instante me reconoció por un artículo que había salido en el *Miami Herald* sobre un libro que había escrito sobre la reencarnación. Por supuesto que O. J. no creía en ninguna de esas historias. Él era un vendedor de primera que vivía el presente y siempre estaba tratando de ganarse el billete de una forma rápida allí donde fuese y como fuese. Se inclinó ante mí con una amplia sonrisa de vendedor de autos e inmediatamente ignoró por completo a Camotín. O. J. había llegado a la conclusión, sólo con mirarlo, de que Camotín no podría nunca llegar a ser el dueño de un auto tan caro y tan veloz como el que estaba en la sala de exposiciones. Con un amplio gesto de su mano nos señaló el Jaguar y se dirigió hacia mí con una amplia sonrisa.

—Observe esa maravilla —dijo—. Le estaba esperando. Ha estado languideciendo en ese rincón del salón observando a las personas que cruzaban la puerta y preguntándose el porqué usted se demoraba tanto en venir a buscarlo. Mi nombre es O. J. Perales y soy el enviado del destino para unirle a este increíble auto.

—No me impresiona —intervino Camotín.

O. J. lo ignoró y continuó dirigiéndose hacia mí, mirándome y manteniendo el contacto visual.

—Nuestro Jaguar de lujo tiene más piel, cubiertas de nogal y alfombras de piel de cordero de las que hay en la oficina oval, además, tiene doscientos noventa y dos caballos de fuerza.

—¿Alguna vez había visto algo igual?

—Una vez tuve un caballo, y como en el anuncio que estaba en el periódico, ustedes decían que su nuevo auto es una reencarnación, pensé que mi viejo caballo podía ser uno de esos doscientos noventa y dos caballos que tiene el auto —le dije.

O. J. no sabía si bromeaba o estaba hablando en serio.

—¿Usted tuvo un caballo de carne y hueso? Entonces, amigo, usted sabe de lo que yo le estoy hablando. Ahora podrá usted tener doscientos noventa y dos caballos. Hablando ahora en serio. Éstos son los nuevos Jaguar sport de la última generación. Son como una promesa cumplida, como una vieja historia de amor revivida. Doctor, este Jaguar seducirá su cuerpo y encenderá la pasión en su pie derecho. Le hará olvidar cualquier otro auto que haya tenido antes. Sin lugar a dudas, éste es el motor más dulce y más dócil que la Jaguar haya producido nunca. Es la fusión del arte y de la ingeniería, bello por dentro y bello también por fuera. Es como volver a la exuberancia de la juventud, y tener otra vez la oportunidad de disfrutar la reminiscencia que nos dejó aquel primer beso. Sí doctor, puede estar convencido de que el que le habla, O. J. Perales, conoce la respuesta a los deseos de su corazón y está aquí para ayudarle a adquirir nuestra más novedosa pieza de arte. No se preocupe por el precio. ¿Acaso puede ponerse precio a algo que nos hace sentirnos jóvenes de nuevo? Sienta cómo la sangre se agita en su cuerpo ante la poderosa anticipación de entrar a esta maravillosa máquina y de emprender con ella un viaje a través del tiempo y del espacio.

—Era exactamente eso mismo lo que yo sentía cuando galopaba en mi caballo —dije.

O. J. hizo caso omiso de mi comentario, pues estaba acostumbrado a escuchar sólo aquello que él quería oír, que no era más que un "¡sí... lo compro!". O. J. prosiguió:

—La corporación de crédito de la Jaguar le ofrece una amplia variedad de atractivos programas de financiamiento para la compra del auto, así como maravillosos programas de arrendamiento. Con esto no quiero decir, ni que se interprete, que un hombre como usted vaya a preocuparse por estas menudencias. Nunca antes había sido más fácil y asequible hacer realidad el sueño de manejar un Jaguar.

Dirigiéndome al señor Perales, le dije:

—Un auto le ayuda a ver el mundo, pero primero usted tiene que decidir cuál de los mundos es el que usted realmente desea ver.

—Doctor, sólo tiene usted que imaginarse al volante de esta joya —continuó O. J.—. Su mente se echa a volar, su pulso se altera y su respiración se acelera. Le invito a una demostración privada del carro que le prometo elevará su espíritu y será como una caricia para su alma. Vamos, doctor, acabaremos con cualquier rival en la carretera y nos convertiremos en la envidia de todo chofer que se interponga en nuestro camino.

O. J. Perales presentía que tenía algo gordo entre manos. Ya después que tuviese al pez a su alcance y este mismo atraído con la carnada apropiada, la comisión y el bono por la venta del auto serían suyos. Sabía que tenía que lograr que yo tomase el volante. Abrió la puerta del conductor y me instó a que montase. Cerró la puerta. Dio la vuelta alrededor del auto y se dejó caer en el asiento del pasajero. Me miró de reojo y sonrió abiertamente. Deliberadamente ignoró a Camotín. No quería gastar ni una gota de energía en alguien que no podía ayudarle a lograr la venta. Camotín estaba acostumbrado a que lo ignorasen, así que, sonriéndose a sí mismo, se dejó caer en el asiento trasero del auto. ¡Si sus compinches de las drogas pudiesen verlo! Entonces sí que le creerían y aceptarían que él tenía importantes conexiones y que además sabía moverse fácilmente entre los diferentes círculos de Miami.

—Ahora sí que estamos ya listos para sentir la pasión, el poder, la elegancia y el refinamiento —dijo O. J. entusiasmado—. Recuerde, doctor, que en todo el mundo no existe otro auto de lujo diseñado para hacerle sentir tanto placer y a la vez tanta excitación.

Encendí el auto y aceleré de inmediato. El motor rugía y las llantas rechinaban con cada giro.

—¡Siento cómo galopan esos caballos! —exclamó Camotín dando su pequeño aporte de sabiduría.

Encendí la radio y subí el volumen al máximo haciendo vibrar hasta el infinito cada nota de la canción: "…Dale a tu cuerpo alegría Macarena, hey, Macarena…" Me dejé llevar por la música y me levanté dentro del auto, cantando y bailando. Camotín se unió a mí cantando y balanceándonos al unísono. El auto comenzó a patinar, a dar vueltas y las llantas rechinaron al son de la música como si el auto quisiera bailar con nosotros. O. J. comenzó a sentir pánico y trató de arrebatarme el volante. Por nada del mundo le entregaría el control de este maravilloso auto —le dije.

—¡Los dos son un par de locos! —O. J. daba alaridos—. ¡Van a romper el carro! ¡Nos vamos a matar!

—¡Estupendo! —estaba exaltado—. Sentía cómo el aire acariciaba violentamente mi rostro. ¡Espléndido… qué locura… magnífico! ¡Cómo me divierto! Tenías razón O. J., me siento como un hombre nuevo. ¡Creo que me he enamorado de este auto! —O. J. comenzó a gritar atemorizado:

—¡Detenga el carro, deténgalo! —daba alaridos lleno de miedo.

—Dime O. J., ¿ha habido algo que tú siempre hayas querido hacer, digamos alguna fantasía de tu niñez, o alguna ambición de tu juventud? —continué hablando con vo⌐ almada.

—¡Déjeme salir! —suplicaba O. J.—. Usted no puede conducir este auto. Debí darme cuenta de que estaba senil desde que empezó a hablar de su caballo.

—De acuerdo, ahora hablemos de negocios. ¿Dónde está Leo Lorenzo? —le pregunté en un tono severo y autoritario.

—¿Quién demonios es Leo Lorenzo?

—¿Tú perteneces a su banda? —le exigí una respuesta.

—¿Qué banda? —me preguntó.

—La banda de narcotraficantes dirigida por Leo Lorenzo que se dedica a introducir la droga aquí en Miami y que con ello ocasiona el dolor y el sufrimiento de muchas personas —le expliqué pacientemente.

—No sé de lo que me habla —O. J. seguía insistiendo—. Yo no soy más que un vendedor que trata de ganarse la vida y de mantenerse vivo. Tiene que parar el carro.

—Soy un chofer defensivo que conduce por las aceras para evitar accidentes —le expliqué.

El auto iba totalmente acelerado justo por la acera y en dirección a las vitrinas del salón de ventas de la Jaguar. O. J. daba manotazos a la bocina y lanzaba alaridos. Lancé un grito: ¡Aaah! Pisé el freno a fondo y el Jaguar se detuvo por completo. Abrí la portezuela y de un salto me bajé del auto.

—Bien, ya hemos vuelto al punto de partida. Tenías razón O. J., sentí la pasión y disfruté mucho del paseo. Cuando veas a Leo Lorenzo asegúrate de decirle que el doctor Camote, el mismo que deshace entuertos y que se encarga de dar de comer al sediento y dar de beber al hambriento, lo está buscando.

Di la vuelta y empecé a alejarme de allí junto con Camotín, pero de repente me volví y le di un consejo:

—A propósito señor Perales, la vida siempre nos pone en nuestro camino obstáculos que debemos vencer. Estos obstáculos temporales son muy importantes porque pueden llevar a las personas a mirarse dentro de sí mismas y de esa forma ayudarlas a ser más espirituales y más fuertes. Considere nuestro encuentro como un reto y véame tan sólo como un instructor que le ayudará a alcanzar metas superiores en esta vida y que a la vez estas metas superiores le ayudarán a conocerse mejor a sí mismo. No importa que yo no haya comprado el auto hoy, no deje de soñar, ni pierda la esperanza de que habrá una próxima vez.

—¿Qué importancia tuvo para ti ese encuentro? —preguntó Kika.

—Que todas las personas siempre estamos vendiendo algo, ya sea un objeto, un pensamiento, o incluso a nosotros mismos. Lo que importa no es lo que dices, sino cómo lo dices. En el fondo no es mucho más difícil que tratar de entender lo que los humanos le piden a Dios en sus oraciones y que muchas veces hace que dos y dos no siempre sumen cuatro —respondí.

EL ORÁCULO DE KOKO: GRATITUD

El presente. En estos momentos no te exijas demasiado a ti mismo. Tu lucha personal por alcanzar el poder, el control y el triunfo es muy fuerte ahora mismo. Durante este periodo puedes llegar a ser muy dominante, voluntarioso y compulsivo y te puedes enfrascar en una lucha continua contra todos aquellos que mantienen puntos de vista diferentes a los tuyos. Agradece el hecho de que tienes amigos, familia y buenos compañeros de trabajo. No los provoques innecesariamente con tu actitud condescendiente y egoísta.

El futuro. De la misma forma que para crecer necesitamos tanto del invierno como del verano, agradece todo lo que recibas, ya bien sea dolor o placer. En ocasiones será uno, y en otras ocasiones será el otro, pero recíbelos siempre por igual, pues son una parte inalienable de tu viaje. Agradece a Dios por tu aliento de vida y por todos los momentos que te está brindando, bien sean buenos o malos. Estás en el camino que conduce al entendimiento y a la comprensión. Vencerás las dificultades que ahora mismo te afligen y serás capaz de encontrar nuevas ideas y nuevos conceptos.

8
TILLY BERNSTEIN

El corazón del hombre tiene una capacidad extraordinaria para convertir la tristeza de la vida en una gran fuente de compasión.

BUDA

Continúa la revisión de mi vida y ahora me detengo en Tilly Bernstein. Ella me enseñó que hay muchas cosas que suceden de una forma natural, pero nosotros en nuestra condición de humanos las vemos como increíbles milagros. Recuerdo que cuando revisaba mi agenda del día, me di cuenta de que tenía una cita a las once y media de la mañana con la señora Tilly Bernstein. Mi secretaria había puesto una nota que decía que la señora Bernstein había dicho que Nat Bernstein la había recomendado. Traté de recordar si el nombre me decía algo, pero fue inútil. Después de que escribí mi último libro, había sido objeto de una publicidad y reconocimiento extraordinarios. Constantemente, recibía llamadas de extraños y desgraciadamente me era imposible recordar a todos aquellos con los que hablé. Sin embargo, en lo más profundo de mi corazón yo sabía que la señora Bernstein era otra de las almas a las que estaba yo destinado a encontrar y también a ayudar en mi tránsito por la vida.

Por primera vez en siete años, los mismos que habían pasado desde la muerte de su esposo Nat, Tilly Bernstein abrigaba cierta esperanza. Se levantó a las seis en punto de la mañana con la certeza de que ese día iba a ser diferente. Los siete años transcurridos habían sido una pesadilla. Tilly se había sumido en una profunda y oscura negación de su propia vida. Rara vez salía del apartamento y tenía muy poca comunicación con los demás. Ella y Nat habían estado casados por treinta y cinco años y era Nat el que siempre atraía a la gente como un imán. Su encantadora forma de ser compensó tanto a Tilly como a él con una vida social muy activa y placentera. Nat siempre tenía la sonrisa presta y una palabra amigable para todos. Constantemente le decía a Tilly: "¿Qué trabajo cuesta ser amable?" Tilly lo intentaba, pero ella no podía ser así; de cualquier forma, no le molestaba. Ella se contentaba con quedarse en la sombra. Mantenía la casa ordenada y trataba de que siempre hubiese tranquilidad. Se conformaba, porque ella tenía la absoluta certeza de que Nat la amaba y que además valoraba profundamente el haberse casado con ella.

Después de la muerte de Nat, Tilly trató de ser más extrovertida. Al principio, las amistades la llamaban para invitarla a que saliese con ellos, pero ella no lograba controlarse y monopolizaba toda la conversación recordando lo que Nat había dicho o hecho, o las reuniones sociales a las que habían asistido juntos. Al poco tiempo, la gente se cansó de escucharla. Ellos querían hablar de sus hijos, de sus nietos y de sus planes futuros. Tilly tenía una única hija, Betsy, quien mucho tiempo atrás le había pedido que dejase de vivir en el pasado, que dejase de actuar como una viuda desconsolada y que se buscase un hombre y rehiciera su vida. Betsy tenía sus propios problemas y no tenía ni el tiempo, ni la paciencia para escuchar las viejas anécdotas que ya su madre le había contado cientos de veces. Con el tiempo, el teléfono dejó de sonar y Tilly tuvo más motivos que nunca para sumirse en el pasado. Tilly comía, se bañaba, pagaba sus cuentas y hacía las compras en el supermercado, pero el profundo dolor de su alma no mitigaba. Por momentos sentía ira contra Nat por haberla dejado sola y se lamentaba porque la vida que llevaron juntos ya no era más que un sueño.

A pesar de que vivía en uno de los edificios más altos de Miami Beach y siempre se encontraba rodeada de personas, se sentía sola y cada vez más alienada. Sentía que el amor que llevaba dentro se había marchitado y cada día le costaba más trabajo ser amable con las personas que se ponían en su camino. Los vecinos se fijaban en la mujer siempre bien vestida con la que se cruzaban junto al buzón o en el ascensor, pero nadie podía adivinar su dolor, ni siquiera les interesaba. Un mes antes, Tilly estaba mirando las noticias de las once en el Canal 7 de la televisión y estaba escuchando la entrevista que me hicieron acerca de mi último libro, cuando de pronto, sintió como si Nat estuviese sentado a su lado mirando también el televisor. Escuchó que Nat le decía que pidiese una consulta. No podía escuchar su voz, pero sí oía sus pensamientos y dijo en voz alta:

—De acuerdo Nat, si tú así lo quieres, iré a verlo.

A la mañana siguiente, Tilly llamó a mi consulta y concertó una cita. No le dijo nada a su hija sobre Nat y la cita conmigo, porque posiblemente, Betsy habría dicho que se estaba volviendo loca. Tilly se preguntaba sin cesar qué es lo que había ocasionado su extraño encuentro con Nat. Después de todo, algo así no le había sucedido nunca en los últimos siete años, pero bueno, es posible que sí, lo que pasó es que quizá ella no se había dado cuenta de ello hasta ahora. En todo caso, Tilly había hecho algo para cambiar su forma de vida y estaba ansiosa por saber cómo su encuentro con el doctor Camote cambiaría el curso de su vida. Tenía que ser para bien porque nada podía ser peor que lo que estaba viviendo hasta ahora.

Tilly no había tenido más encuentros con Nat hasta el día en que vino a verme a mi consulta. Cuando se dirigía al ascensor del edificio, las puertas estaban abiertas como si esperasen por ella. En silencio, le dio las gracias a Nat porque sintió que era una señal de él para hacerla saber que la acompañaría hasta la consulta del doctor. Él sabía cuánto odiaba ir sola a que el médico la examinase. Cuando se acercó al auto vio en el suelo, junto a la puerta del chofer, siete monedas de un centavo, todas ellas nuevas y resplandecientes, como si estuvieran allí esperando para ser descubiertas por ella. Sintió que esto era otro buen augurio que Nat le enviaba. A medida que conducía en dirección a mi consulta en Coconut Grove, vio los autos que la pasaban veloces en dirección sur por la carretera I-95 y hasta habría jurado haber visto el rostro de su madre que iba de pasajera en una camioneta. ¿Qué está pasando?, se preguntaba. ¿Acaso estoy perdiendo el sentido de la realidad? Pero ya era demasiado tarde para dar marcha atrás.

Me encontraba de pie buscando unos libros en mi oficina cuando Tilly entró a mi despacho. Me di cuenta de su ansiedad y me acerqué a ella. Estreché su mano y le rogué que tomase asiento en la butaca situada frente a mi mesa. Me senté mirándola y traté de que se sintiese cómoda.

—Es un placer conocerla, señora Bernstein —sonreí.

—Hola, doctor Camote. Se ve igual que en el Canal 7, quizá más joven —agregó con timidez.

—Gracias. Muy amable de su parte. Me dijo mi secretaria que Nat Bernstein la había recomendado, pero no recuerdo ese nombre. ¿Quién es el señor Bernstein? —le pregunté.

—Oh, es mi esposo Nat, es decir, mi difunto esposo Nat. Sé que le resultará extraño, pero yo estaba viendo su entrevista en las noticias nocturnas, cuando sentí que Nat, el señor Bernstein, que es su nombre completo, estaba sentado a mi lado y me insistía en que le pidiese una cita. Para mí, esto no tiene ningún sentido, doctor Camote. Yo soy una mujer muy práctica que nunca me he dedicado a la astrología, o he creído en los ángeles o en ninguna cosa que no se pueda explicar. Tengo miedo de contarle todas estas cosas a un extraño, pero algo me hizo venir a verlo, aunque para mí resulta muy difícil tener que ahondar en algo que desconozco.

Tilly, quien habitualmente era una persona callada y reservada, escuchaba cómo las palabras salían de su boca sin parar. Se preguntaba de dónde provenían y para su sorpresa se sentía muy a gusto y cómoda conmigo, como si nos hubiéramos conocido de antes.

—Doctor Camote, ¿realmente, yo escuché la voz de mi esposo? ¿Cómo es posible? No sé lo que me sucede. Siempre he tenido una mente analítica y todo esto carece de sentido. Mientras conducía en esta dirección, me pareció haber visto hasta a mi madre, que se encuentra muerta desde hace ya mucho tiempo. Por favor, dígame qué es lo que está pasando conmigo —me imploró le explicase.

—¿Es usted una mujer religiosa, señora Bernstein? —le pregunté.

—No, doctor. Solía ir a la Sinagoga con mi esposo sólo en las celebraciones más sagradas, pero después de que él murió dejé de ir por completo. No quería ir sola. Nosotros íbamos juntos a todas partes. No me gusta estar sola, pero tampoco me siento cómoda con la gente. Ya nadie tiene paciencia. Todos hablan de las computadoras, las páginas *web* y los correos electrónicos, pero ya han dejado de comunicarse con el corazón. Hoy en día resulta imposible escuchar una voz humana que te atienda al teléfono. A cualquier lugar que llamas te responde una máquina indicándote que aprietes el uno, el dos o el tres. A medida que más avanzamos tecnológicamente, menos nos hablamos. Con frecuencia me pregunto lo que diría Nat si viera todo lo que ahora está sucediendo en el mundo.

¡Me gustaría tanto poder estar con él! ¡Le echo tanto de menos! Usted doctor que es una persona tan inteligente y que se ve que está tan bien informado, ¿podría decirme dónde está mi esposo y por qué me mandó el mensaje para venir a verlo?

—Escúcheme con atención —comencé a explicarle—, incluso cuando la persona muere, su alma sigue viva. El cuerpo se desecha como un traje viejo porque ya no se necesita más. Esto es algo que nos sucede a todos. No hay nada qué temer porque no se trata de la muerte tal y como nosotros la entendemos, sino que el alma pasa a habitar en otra dimensión. Estoy seguro de que el alma de su esposo la ha visitado en muchas ocasiones, incluso en sus sueños, pero usted no ha sido lo suficientemente receptiva como para recibirlos. Él está feliz donde ahora se encuentra, pero él quiere que usted deje descansar su memoria y que también sea feliz. Ustedes volverán a estar juntos en otra vida, de la misma manera que estuvieron juntos en muchas otras vidas pasadas. Existieron otras vidas pasadas en las que Nat, usted y yo estuvimos juntos. Usted se siente cómoda conmigo porque ya nos habíamos conocido antes. Sé que le resulta difícil comprenderlo y aceptarlo, pero su esposo nos juntó para que yo pudiese explicarle y ayudarle a cumplir su propósito en esta vida. Hemos venido a este mundo para amar, y nuestro amor puede manifestarse de muchas formas. Cada vez que sonríe a un rostro triste, cada vez que hace una obra de caridad al necesitado, cada vez que reza una oración por el que está enfermo, usted está entregando amor. El universo reconocerá sus acciones en la tierra y sus buenas obras serán recompensadas en su próxima vida. Usted se ha encerrado mucho tiempo en las tinieblas. Esa breve visión que tuvo del rostro de su madre también contenía un mensaje. Ha llegado el momento de que vea la luz y de que comprenda que no ha venido a este mundo a sufrir. Usted debe comenzar a ayudar a los demás y a compartir ese don de compasión que lleva encerrado dentro de su corazón. Vuelva a tener alegría y ganas de vivir, señora Bernstein. Usted no necesita que le recete medicina alguna, no le pasa nada, sólo que no quiere ver el milagro y la belleza de la vida. Ha sido un placer conocerla. No creo que necesite otra cita, pero llámeme si desea hablar y contarme cómo ha mejorado su vida.

Abracé a la señora Bernstein y ella se marchó. Sentí su calor y su amor cuando me devolvió el abrazo. Cuando cerraba la puerta, bajé la vista a la alfombra y vi siete centavos nuevos y relucientes.

—¿Qué aprendiste de tu encuentro con la señora Bernstein? —quiso saber Kika.

—Gracias a la señora Bernstein comprendí que Dios lleva a cabo su obra de las formas más inverosímiles, y que no siempre nos recompensa de inmediato, pero que nunca deja de hacerlo —le respondí.

EL ORÁCULO DE KOKO: LO QUE NUNCA MUERE

El presente. Éste es un momento importante para hacer un recuento de tu vida y para que reconsideres tus metas. Es tiempo de cambios y a la vez tiempo para evaluar la mejor forma de emplear todos tus bienes espirituales. Ahora posees la madurez y la claridad que te ayudarán a combinar la realidad y el optimismo en la medida en que logres determinar tu lugar en este mundo. Todos los bienes materiales y el dinero que logres en esta vida no podrás llevártelos contigo al morir. Haz un uso positivo de tus energías para que tu contribución al universo tenga algún sentido.

El futuro. Aprovecha los seminarios y las clases de educación, espiritualidad y tratamientos curativos. Éste puede ser un buen momento para adquirir nuevos amigos y a la vez sentir una mayor seguridad. Cuídate de los excesos o de dar demasiadas muestras de una conducta compulsiva. Evita los extremos al dar a conocer tus ideas a los demás, conserva tu sentido práctico de la vida y mantén los pies bien puestos en la tierra cuando se trate de alcanzar tus objetivos. Muy pronto encontrarás el lugar y la situación perfecta para poder hacer uso de toda esa energía que llevas acumulada.

9
ROBERT TAYLOR

Lograrás transformarte simplemente cambiando tu forma de pensar.

Romanos 12:2

Robert Taylor fue todo un reto para mí. Robert era intolerante, beligerante y estaba totalmente ofuscado. Su vida estaba repleta de cólera y de odio. Sin embargo, yo sabía que la mejor forma de derrotar la negatividad era simplemente no dejarse contaminar por ella. Recurrir a toda nuestra energía interna para poder irradiar optimismo y emitir vibraciones positivas. Mientras mantuviese esa posición y tratara de rechazar tanto las tendencias negativas como las influencias malignas, yo sabía que el bien, al final, siempre prevalecería. El odio nunca se cura con más odio. Sólo el amor puede tocar el alma de una persona amargada, y ésta es la única forma en la cual aún podemos tener esperanzas de redención. Ante mí aparece el primer encuentro que mantuve con Robert en mi oficina.

Mucho tiempo antes de comenzar a ejercer como psiquiatra, yo ya me había dado cuenta de que las personas se convierten en sus propios pensamientos. Son muchas las personas que deben comenzar y terminar sus días dando gracias a Dios por todas las bendiciones que reciben. Robert Taylor era una de esas personas, pero nunca se dio cuenta de ello. Robert era un hombre de raza blanca, corpulento, saludable, bien educado y además con un buen empleo, pero él irradiaba tanta ira y tanto odio que hasta a mí se me hacía difícil el acercármele. Era todo un reto sentarse delante de él y escuchar sus insultos verbales contra todo aquello y contra todos aquellos que no eran o no pensaban como él.

El juez Smith había enviado a Robert Taylor a mi consulta, para que yo le hiciese una evaluación psicológica y psiquiátrica sobre la base de la ley Baker. El juez consideraba que en un momento dado Robert pudiera llegar a ser peligroso consigo mismo o bien pudiera llegar a ser peligroso para los demás. Después de haber escuchado a Robert por un corto espacio de tiempo, supe con certeza que eso podría llegar a ser totalmente cierto.

—Peligroso, el juez me ha hecho venir aquí porque piensa que yo soy peligroso, comenzó a decir Robert. Nuestro sistema penal es el que es realmente peligroso. Un sistema en el cual un negro asesino, a todas luces culpable, puede ser puesto en libertad. No, yo no soy peligroso. El sistema es peligroso. Me siento orgulloso de ser miembro de la confederación de pioneros de la Florida. No soy racista, pero sí que considero que todos procedemos de diferentes culturas y si no somos cuidadosos, los blancos vamos muy pronto a desaparecer. Mi único objetivo es proteger a mi raza. Si usted o el juez Smith están en desacuerdo con eso, lo siento mucho. Esa gente nos odia y están sedientos de sangre. Usted sabe tan bien como yo que los negros son la causa principal de todos los delitos que se cometen en este país, pero son juzgados por jurados negros incapaces de comprender las pruebas o de administrar justicia a la gente de su propia raza.

—Robert, la ignorancia es el origen de todos nuestros problemas y sufrimientos. Su verdadera misión en este nuevo milenio que está a punto de nacer, debe ser la del descubrimiento. No necesitamos buscar nuevos horizontes, sino que necesitamos ver con nuevos ojos todo aquello que nos rodea —le dije con voz sosegada.

—La mezcla de razas será lo que nos lleve a la extinción. La inmigración está socavando los cimientos de Estados Unidos. Muchos hombres blancos comparten mis criterios, y es por eso por lo que creemos que una sociedad armada es una sociedad honesta —Robert continuó divagando—. Allí fuera, ahora mismo hay un montón de negros, judíos, latinos, mexicanos, puertorriqueños y asiáticos llenos de odio y totalmente sedientos de sangre. Yo me siento orgulloso de mi ascendencia blanca. El racismo siempre está y estará presente en todas las razas. Es una prueba inherente de la existencia humana. En Estados Unidos, los negros tienen que estar agradecidos a los blancos por haberlos traído. Hoy día, los negros gozan de innumerables oportunidades en este país, y no es culpa de los hombres blancos el hecho de que los negros no sepan o no quieran aprovecharlas. Sea honesto, doctor: ¿Preferiría usted ser negro en Estados Unidos o ser un negro esclavo en Sudán? O qué me dice de vivir en África cazando animales con lanza, o muriéndose de una tremenda hambruna y de continua sequía, o ser salvajemente torturado y asesinado por su propia gente.

—Robert, usted no nació racista. Los niños no se preocupan por las razas y aceptan a los demás por los sentimientos de amor que proyectan —le respondí.

—Los negros tienen en sus propias manos la solución para poner fin a la discriminación de que son objeto —continuó Robert—. Tienen que dejar de cometer tantos delitos, de matar gente y deben buscar trabajo. La raza sí que importa. Es pura biología humana y todos somos conscientes de ella. Admítalo, doctor. Vea lo que nos pasa aquí en Miami. Esta miserable ciudad, está llena de extranjeros violentos. Parece que vivimos en una nación del tercer mundo llena de caracteres tercermundistas. Los exiliados cubanos de Miami quieren acatar la ley cuando creen que les conviene, pero se vuelven irascibles cuando las cosas no les salen como ellos quieren. Extranjeros quemando nuestra bandera. Vienen para quedarse pero no respetan nuestro país, ni nuestra bandera.

—Usted mantiene el prejuicio vivo cuando ignora y no respeta a esas personas. Ellos no son sus enemigos, Robert. Es el miedo el que le hace verlo así —traté de interceder.

—Lo que dice usted es ridículo, doctor —Robert continuó hablando sin prestar oídos a lo que yo le había dicho—. El flujo de inmigrantes ilegales a través de nuestras fronteras tiene que terminar. Cientos de miles de personas de diferentes colores claman por llegar en embarcaciones a Estados Unidos. Si la palabra opresión significa algo, ¿cómo es que todos esos negros y todos esos latinos no se marchan a otra parte? Usted puede caminar durante varias cuadras por el centro comercial de Miami y no escuchar ni una sola palabra en inglés. Todos son cubanos, brasileños, haitianos, hindúes, rusos y muchas otras gentes más de habla hispana. ¿Cómo demonios llegaron aquí? Si esta inmigración masiva de gentes de otras razas continúa y los servicios del bienestar social continúan alentando las altas tasas de nacimiento entre los negros y los hispanos, muy pronto, nosotros los blancos nos convertiremos en una minoría dentro de Estados Unidos. Esto se convertirá en un auténtico desastre. Desaparecerán para siempre los cimientos en los que se fundan nuestros valores y nuestro modo de vida. Yo sí que conozco el propósito de mi vida. Nací para defender nuestros valores e impedir que nuestra bandera sea profanada.

—Usted nació para corregir los errores de sus vidas pasadas y para entregar amor y compasión a los otros seres humanos —le expliqué.

—Los seres humanos... yo también soy un ser humano. Dígame, doctor, ¿por qué la gente cierra sus puertas con llave cuando ve una banda de jóvenes negros caminar por las calles? —prosiguió Robert—. Si un millón de blancos desfila por las calles de Washington, esto se consideraría un delito, pero si son los negros los que lo hacen, se ve como algo extraordinario. Es cierto que yo tengo mis propios problemas, pero no hay nadie que pueda ayudarme.

—Debe ser más receptivo y ponerse en el lugar de las otras personas. Es probable que en una vida futura usted regrese como parte de una de esas minorías a las que usted tanto desprecia. Prepárese desde ahora y cambie sus sentimientos de odio por sentimientos de amor y comprensión —le expliqué.

—Es posible que usted sea un escritor famoso doctor, y puede que venda a los tontos toda esa basura sobre las vidas pasadas y las vidas futuras, pero no tiene la más mínima idea de lo que está diciendo. Usted engaña a la gente y les da falsas esperanzas sobre cosas que no existen. Nadie ha dado pruebas de que exista la reencarnación de la que usted tanto habla. Estoy harto de que me llamen racista. Me siento orgulloso de ser blanco y quiero mantener blanco el linaje de mi familia. Yo no oprimo a nadie. Las políticas del gobierno deben reconocer el papel central que desempeña la raza y la identidad racial. De no ser así, los problemas de Estados Unidos nunca serán resueltos —insistió Robert.

—Si pudiera ver las cosas de diferente modo, su odio se evaporaría y podría vivir bajo el poder de la Luz que todo lo cura. Su energía negativa se disiparía y sería feliz con todo lo que tiene —le dije.

—Todos tenemos derecho a pensar diferente, pero como usted no está de acuerdo conmigo, mis pensamientos no sirven. Estoy diciendo verdades en las cuales usted no cree. Usted puede hablar sobre la Luz que todo lo cura y la energía negativa o positiva, y yo debo escucharlo porque así lo decidió un juez, sin embargo, cuando yo hablo de mi supervivencia, me llaman supremacista. Dígame, doctor, ¿por qué ustedes creen que yo estoy tan equivocado? —preguntó Robert.

—Me ha resultado muy difícil escucharle, Robert, pero sé que usted necesita ayuda. Le recomiendo que mire dentro de su alma y trate de encontrar las verdaderas razones por las que está aquí. Esto no le llevará mucho tiempo, y después podrá seguir su camino. Trate de ser más comprensivo y de aprender la lección que le brinda su vida presente. Mire a su alrededor y verá la mezcla de todas las razas que aceptan el hecho de ser diferentes. En nuestro interior, todos somos iguales, buscamos el bien y la paz. Acepte el amor que nos une, Robert. Yo creo en los milagros y usted todavía tiene tiempo para cambiar. Comprenda que al final es nuestra espiritualidad lo que nos une. Todos los hombres formamos una gran familia. Tengo la esperanza de que un día no muy lejano seremos testigos de la segunda llegada de Cristo, pero esta vez todo será diferente y tendrá un sentido mucho más simbólico. No será el Cristo físico el que llegue, sino un Cristo sobrenatural. La Luz divina entrará en nuestras vidas, y la Luz se expandirá por el mundo y nos hará crecer. Cristo resplandecerá a través de nosotros y nuestra misión será la de aprender a amar. Aprenderemos a comprendernos y comenzaremos a vivir en concordancia con el más difícil y más importante de todos los mandamientos: amarnos los unos a los otros. Descubriremos nuevas experiencias y nuevos estados de plenitud espiritual que nos iluminarán. Así será la segunda llegada de Cristo, y podremos y seremos capaces de encontrarlo dentro de cada uno de nosotros. Aprenderemos que Cristo habita dentro de cada uno de nosotros y nos llenaremos de alegría. Al fin comprenderemos que nuestro sueño será un sueño de amor. Creo en la oración y rezaré para que le llegue la Luz y encuentre amor y ayuda dentro de su corazón —concluí.

Existen miradas de odio que atraviesan el alma e impiden el llanto ante la muerte. Pero todos nosotros llegamos a un punto sin retorno y es cuando la oscuridad comienza a dejar que la Luz penetre en nosotros. En la medida en que las horas de oscuridad van siendo menores, aumentan las horas de luz. Existe un momento para comenzar, para olvidar el pasado y abrir espacio a lo nuevo. Siempre existe la esperanza de que lo malo se torne bueno. Los milagros siempre existen. La esperanza nunca se pierde, y yo rogué al universo para que disipase la cólera que consumía el alma de Robert Taylor.

—¿Qué te enseñó Robert Taylor? —preguntó Kika.

—Hay gente que ve errores donde no existen, y los ignoran donde sí los hay. Este tipo de personas enfrenta un doloroso camino lleno de ideas erróneas. Aquellos que aprenden de sus errores y tratan de aceptar la verdad aunque ésta no sea la suya emprenden el camino hacia la plenitud. Nuestras oraciones no van a cambiar a Dios, pero sí que pueden ayudar a que nosotros cambiemos. Las mentes apáticas suelen desechar cualquier cosa que esté más allá de su comprensión —le respondí.

EL ORÁCULO DE KOKO: CAMBIO

El presente. Es muy probable que tus ambiciones y tus metas cambien en este momento. Es necesario que des un paso atrás y veas y analices tus objetivos de una forma diferente y que poco a poco tus objetivos se adapten tanto a tus necesidades como a las necesidades de los demás. Los métodos que ya no sirven deben ser sustituidos por otros métodos para que de esta forma puedas lograr un mayor crecimiento y finalmente logres alcanzar el éxito. Cuídate del estrés que puede llegar a ocasionarte una mayor ansiedad y que eventualmente podría llegar a derivar en serios problemas de salud.

El futuro. Si deseas analizar y entender mejor tus motivacionespara que de esa forma también beneficien a otros, entonces debes examinar cada una de las muchas cosas que anteriormente dejaste sin resolver y debes empezar a tratar de solucionarlas. No importa que las olas del océano se agiten en su superficie, si en las profundidades reina la calma. No importa si parece que es el caos lo que te rodea, y que se acerca el fin del mundo porque la verdadera realidad es que en lo profundo de tu alma realmente anidan la paz y la bendición eterna.

10
PERRY NEWMAN

Nunca hagas planes pequeños, porque si son pequeños, nunca van a tener la magia suficiente para hacer volar el alma de los hombres.

SPENCER W. KIMBALL

En esta recolección de mi vida, ahora aparece ante mí la tarde en que conocí a Perry Newman. Todo se presenta ante mis ojos exactamente igual a como sucedió y hasta puedo volver a escuchar otra vez nuestra conversación.

Un tiempo atrás, mi amigo Manolo se había mudado a Miami desde Madrid con la intención de abrir un restaurante en Commodore Plaza en el barrio de Coconut Grove. Manolo había encontrado el lugar perfecto y se ocupó de los trámites correspondientes. Una vez arreglados estos detalles, se trajo de Madrid al más afamado diseñador y a todo su equipo para que diseñasen el lugar con inigualable esplendor. El edificio en sí era un enorme molino, y cada una de las diferentes áreas del restaurante tenía una decoración diferente. No había nada que se le pareciese en todo Estados Unidos. El ambiente y las decoraciones eran tan auténticas que la gente nada más cruzaba el umbral se sentía transportada a algún lugar de España. Cada detalle había sido ejecutado con arte. Como Manolo era un extraordinario chef de cocina, insistía en comprar sólo lo mejor de lo mejor, incluso se obstinaba en que el pescado llegara fresco de España por avión todos los días. El restaurante se llamó Don

Quixote y muy pronto se convirtió en el lugar de reunión de la gente famosa y de dinero, aquellos que podían reconocer lo bueno cuando lo veían. Yo visitaba el lugar con mucha frecuencia, y siempre me sentí a gusto, y por supuesto me encontraba como en mi propia casa dentro del ambiente español.

Después de mi intento de lidiar con Robert Taylor sentí la necesidad urgente de tomarme una copa de buen vino español. Tenía un par de horas libres antes de mi próxima cita, así que me fui directo al restaurante. Al llegar entregué mi auto al muchacho de la puerta para que lo estacionara. Me senté en la barra y le hice el pedido a Dennis, el *bartender*. Un hombre entró al bar y se dio cuenta de que a mi lado había un asiento vacío.

—Hola, ¿está ocupado este asiento? —me preguntó.

—No —le respondí.

—Me llamo Perry Newman y he oído hablar tanto de este lugar que quise verlo con mis propios ojos —dijo Perry.

—La comida es magnífica —le confesé. El maestro de cocina es el propietario y además es muy amigo mío. Vengo con frecuencia a comer y puedo recomendarle cualquier plato del menú porque todos son de primera.

—Es bueno saberlo —agregó Perry. ¿Usted sabe? Tengo la impresión de conocerle. ¿No le hicieron hace poco una entrevista por televisión? ¿No es usted ese psiquiatra que escribe todos esos libros sobre la reencarnación?

—Sí, nunca pensé que sería objeto de tanta atención cuando comencé a escribir mis libros. Si alguien me hubiera dicho que tendría tanto reconocimiento, nunca le hubiera creído. Pero eso sólo demuestra que nunca sabemos lo que nos depara el destino —le dije.

—Yo no sé nada de reencarnaciones, ¡me suena tan irreal! Me cuesta mucho trabajo comprender el concepto —admitió Perry.

Dennis me trajo mi bebida y a continuación le preguntó a Perry qué era lo que desearía tomar. Perry ordenó un martini seco con una aceituna.

—Mírelo de esta forma. Incluso dentro de esta misma vida, vivimos muchas vidas. Siempre suceden cambios porque nada permanece inmutable. Superamos las situaciones y dejamos personas atrás porque tenemos que seguir adelante para poder garantizar nuestro crecimiento espiritual. Conocemos a una persona y esta misma persona nos dice algo que puede tener cierta influencia en nosotros, y si nosotros somos lo suficientemente receptivos, ese algo puede cambiar nuestra vida totalmente. Puede que tengamos un empleo que creemos nos durará toda una vida, y de pronto nos despiden y alguien más nos obliga a cambiar las cosas. Es posible, que a veces nos sintamos descontentos y busquemos el propósito de nuestra vida, entonces será nuestra alma la que nos dicte lo que debemos de hacer. Incluso, es probable que nos comuniquemos con gente ya fallecida a través de mensajes que nos llegan en los sueños. Podemos cambiar de profesión muchas veces, podemos estudiar algo nuevo y revelar un nuevo talento, podemos cambiar de pareja, a veces de casa, incluso llegar a vivir en diferentes países. Existen posibilidades infinitas de cosas que podemos hacer. Como ve, podemos vivir muchas vidas dentro de esta misma existencia. Lo que pensábamos sería un camino seguro que podíamos predecir, puede ser alterado en cualquier momento. Piense en la vida como si fuera una película. Usted puede asistir a un enorme multicentro con veinticuatro salas de cine y elegir la película que desea ver. Al mismo tiempo que está viendo su película, se están exhibiendo otras películas en las otras salas. En cuanto deje de gustarle lo que está viendo, puede levantarse e irse. Sin embargo, hay mucha gente que no le gusta dejar la película a medias, y espera hasta ver lo que viene después, aunque esto sea desagradable y no les guste. Usted sabe que siempre puede elegir. Antes de nacer usted ya había elegido la vida que tendría y los problemas y las ansiedades que necesitaba corregir durante esta nueva existencia. Probablemente, usted tuvo que pagar alguna deuda de su karma pasado, cuando en otra vida fue egoísta, cruel e incapaz de dar amor. En este caso, esta vida le será más difícil, pero la reencarnación le dará la posibilidad de regresar a la tierra y corregir poco a poco todos los errores cometidos —le expliqué cuidadosamente.

—La verdad es que necesito ese martini para poder pensar en todo lo que usted acaba de decir —dijo Perry—. Doctor, en estos momentos yo tengo un verdadero problema que no tiene nada que ver con la reencarnación. Al menos, eso creo. ¿Usted ve a Dennis el *bartender*? No puedo apartar mi vista de él, ¡es maravilloso!, y adoro la forma en que habla. Sé que debo controlarme, pero yo soy una persona muy apasionada. Hace poco que admití mi homosexualidad. Me atreví finalmente a salir del clóset y estoy tan preocupado por las consecuencias que ello pudiera causarme que ya casi ni puedo concentrarme en mi propio trabajo. Traté de ser heterosexual, e incluso mantuve relaciones con una muchacha por dos años, pero no me sentía feliz, ni tampoco me encontraba sexualmente realizado con ella. Éramos muy buenos amigos y me gustaba ir con ella a la ópera y al ballet, pero nunca me excitaba tanto con ella como lo hago cuando miro a un hombre. En el trabajo conocí a un hombre que me gustó mucho, y salimos juntos por un tiempo. No tuvimos una relación, ni nada que se le parezca porque yo sabía que él no era el hombre adecuado para mí. Sin embargo, me excitaba mucho y me hizo comprender que yo prefería a los hombres antes que a las mujeres. Ahora me preocupa que la gente, poco a poco, lo descubra y que me atormenten por ser homosexual. Además, yo soy cristiano y por lo tanto temo ir al infierno. Sé que no debía decirle estas cosas a un extraño como usted, pero siento que estaba como planificado que nos conociéramos para que usted pudiera ayudarme. Tengo miedo de mi propia vida.

Perry terminó su martini, ordenó otro y le pidió a Dennis que me trajese otro vaso de vino.

—Gracias por el vino —dije. En respuesta a su pregunta, déjeme primero decirle que con mucho gusto le ayudaré, si es que yo puedo hacerlo. Mi propósito en la vida es ayudar y dar esperanzas a todo aquel que se cruce en mi camino. Ahora bien, Perry, la conducta homosexual debe ser considerada como algo natural, ya que es algo que vemos con frecuencia en la naturaleza y en la sociedad. La homosexualidad no resulta algo normal para los que son heterosexuales, pero por otro lado, la heterosexualidad tampoco es normal para los homosexuales. En lo que respecta a su religión, muchos cristianos han aprendido a aceptar el divorcio y las segundas nupcias, pero hay cristianos que todavía lo consideran inaceptable. Si tratamos de cambiar el tiempo en que vivimos y a la vez tratando de cambiar nuestras actitudes, lograremos un cambio global en la forma de pensar que a su vez nos hará cambiar nuestra percepción de la homosexualidad. En la Antigüedad, muchos de los más respetados místicos de los más diversos países fueron homosexuales. Creían que cada persona cultivaba tanto lo masculino como lo femenino. Se pensaba que eventualmente cada ser humano sería capaz de desarrollar las dos partes de su persona por igual, y al final aceptaría las cualidades predominantes en ella o él para dar paso al surgimiento de una nueva personalidad. Esto resultaría en la aceptación y la comprensión de lo que eventualmente llegáramos a ser en este mundo, siempre y cuando prevaleciese el amor. Muchos homosexuales practicaron el tantra, que no era tan sólo una forma de compromiso sexual, sino también espiritual. Implicaba la adoración y el deseo de llegar a ser un ser divino capaz de compartir pensamientos de amor y de bondad con todos los que le rodeaban. Claro está, que no todo en el amor es físico. También hay momentos muy importantes para el amor espiritual, lo cual es muy gratificante. Por lo pronto, no olvide que Dios nos ama incondicionalmente a todos por igual. Dios no juzga, ni condena nada. Las cosas no siempre son lo que parecen. Una buena obra nos reporta felicidad, mientras las malas acciones traen consigo infortunio. Ahora, debo regresar a mi oficina. Le deseo suerte, Perry. Espero que usted finalmente encuentre el amor, pero recuerde que la verdadera belleza está en la verdad y que la verdad es belleza. Al final eso es todo lo que debe aprender en la tierra y al fin y al cabo eso es lo único que realmente usted necesita saber. Pero, una vez más, la belleza siempre depende del color del prisma con el que se mire, y cada persona tiene ya asumido el concepto de su propia verdad.

—Adiós, doctor Camote, y muchas gracias. Me gustaría corresponder de alguna forma a su gentileza e invitarlo a la "Fiesta Blanca" que se va a celebrar en los jardines del Palacio de Vizcaya. Es el evento anual más importante de la comunidad homosexual. Tome mi tarjeta, y por favor, llámeme si desea ver a dos mil quinientas personas, todas ellas vestidas de blanco, con la esperanza de encontrar amor —dijo Perry extendiéndome su tarjeta.

Me guardé la tarjeta en el bolsillo, pagué la cuenta y salí en busca de mi auto. Mientras conducía de regreso a mi oficina para enfrentarme con mi próxima cita, pensé en la compasión. Sí, en la compasión. Vivimos en una sociedad muy dura, todas las criaturas, hasta los insectos, pelean los unos contra los otros. Nuestra sociedad puede ser muy cruel, pero el amor debe cimentar el camino del nuevo siglo para que éste sea un siglo de libertad y de respeto. Debemos aprender juntos lo que no podemos aprender por separado. Debemos aprender a soñar y nuestro sueño debería ser un sueño de amor.

—¿Qué aprendiste de Perry? —preguntó Kika.

—En nuestras mentes forjamos una imagen de cómo quisiéramos ser, y con el tiempo nos acabamos convirtiendo en esa imagen. Mientras el mundo siga girando, es posible que algún día lleguemos a ver cómo el amor eterno nos acaba alcanzando a todos. Para aquellos que tienen fe, sobran las explicaciones —le dije a Kika.

EL ORÁCULO DE KOKO: RENOVACIÓN

El presente. En este momento un inesperado aumento de tus responsabilidades te ocasionará muchos inconvenientes. Demasiados compromisos pueden hacer que aumente tu ansiedad y que te sientas a punto de explotar. Debes desechar las metas inalcanzables y no dejar que los pensamientos abstractos te distraigan. Nunca podrás disfrutar del momento ni del lugar si te dedicas a perseguir otras cosas que pudieran tener una importancia más que cuestionable. Trata de vivir completamente en el presente para que puedas alcanzar los resultados anhelados. La vida sólo se compone de momentos y ese momento es ahora. El pasado ya pasó, y el futuro es sólo una proyección. Por eso es muy importante que no deseches la importancia del ahora y no te dejes llevar por ilusiones vanas que no te conducirán a ninguna parte.

El futuro. Debes concentrarte con mayor empeño en tus asuntos de trabajo. Debes centrar más tu atención y alcanzar la inspiración adecuada para poder lograr el éxito. No escuches a aquellos que traten de subestimar tus esfuerzos. Cuidado con dejarte llevar por la decepción. Mantén la calma y encontrarás la solución a las situaciones difíciles que ahora te agobian.

11
COMO TÚ LO VES

Vi varios cientos de ángeles jubilosos y todos ellos diferentes en resplandor e imagen.

DANTE

Recuerdo una de las veces en que Camotín y yo fuimos al cine a ver una película en Coconut Grove. Nos encontrábamos haciendo una larga fila para comprar las entradas, cuando de pronto comenzó una discusión entre dos hombres que se encontraban delante de nosotros. Empezaron a discutir porque no podían ponerse de acuerdo sobre la película que querían ver. Uno de los hombres quería ver una película de acción y el otro prefería ver una comedia. Ambos se reprochaban mutuamente las muchas veces que les había pasado lo mismo.

—Tú siempre me haces lo mismo. Para ti todo es una broma, tu vida entera es una comedia. Nunca te puedes tomar nada en serio —dijo el primer hombre.

—¿Y por qué habría de hacerlo? Al menos no soy un tipo amargado como tú. Es sólo una película, no vamos a comprar el cine. ¿Qué diferencia puede haber en la película que veamos? En hora y media ya se habrá acabado y podremos ir a cenar —dijo el segundo hombre.

—Lo que pasa es que tú ni quieres, ni te interesa hacerme feliz. Tú nunca quieres que yo esté contento. Siempre vives metido en tu mundo egoísta. Lo demás para ti no existe. Para ti todo es simplemente acción.

Yo no quiero ver violencia, ni edificios que vuelan en pedazos, ni muerte, ni terror —dijo el primer hombre.

—La muerte es parte de la vida, lo que pasa es que tú no quieres aceptarlo —argumentó el segundo hombre.

—De verdad que te odio. Vine con la idea de disfrutar nuestra primera salida nocturna en varios meses y tú tienes que hablar de la muerte. No sé ni por qué me tomo el trabajo de salir contigo —dijo el primer hombre.

—Yo tampoco estoy desesperado por salir contigo. En realidad, cada día me gustas menos. ¡Nosotros no formamos una buena pareja! ¡No tenemos nada en común y lo mejor será que terminemos nuestra relación ahora mismo! —gritó el segundo hombre.

—De acuerdo. ¡Olvídate que existo! ¡Que te vaya bien! —le respondió a gritos el primer hombre.

Camotín y yo seguimos avanzando en la fila.

—Camotín, ¿te diste cuenta de cómo les cambiaban las caras a esas dos personas a medida que se iban alterando? Dejaron de ser los mismos —observé.

—Hay gente que se toma las películas muy en serio —comentó Camotín.

—Siempre nos acompañan dos ángeles que no vemos. Cada uno lleva consigo un libro donde van anotando nuestras buenas y nuestras malas acciones. Cada vez que hacemos algo noble, uno de los ángeles lo anota para luego cerrar su libro y llevárselo a Dios. El otro ángel mantendrá su libro abierto hasta el anochecer para que en caso de que cometamos una mala acción, podamos arrepentirnos, en cuyo caso, dicha acción se borra —dije.

—¿Significa que si no estoy de acuerdo con la película que usted quiere ver, yo tengo que aceptar su elección? —preguntó Camotín.

—Eso no tiene mucha importancia. Nada justifica la cólera incontrolada porque ésta sólo conduce a la negatividad. Cuando una persona se enoja deja de ser ella misma y consume una energía que eventualmente tendrá que reponer. Cualquier cosa que tomes del universo vas a tener que reponerla. Todo lo que hacemos en nuestra vida es tan sólo un intercambio de energía. ¿Qué importancia puede tener todo lo demás si partimos de esa premisa? —argumenté.

—¿Quiere usted decir que no debo preocuparme por nada? —agregó Camotín.

—No, no exactamente. Piensa que la vida es como una película. El actor sabe que está desempeñando un papel, pero en el momento en que él está actuando, la escena se convierte en algo real. Si se trata de una escena triste, y él es un buen actor, él no va a fingir que llora. Él va a sentir las emociones de verdad y su dolor le provocará lágrimas, aunque sepa que cuando termine la película ya no será más el personaje. Lo mismo ocurre con nosotros. Estamos en la tierra desempeñando un papel y no hay razón para disgustarse, ni enfadarse. Pronto estaremos de vuelta en otra dimensión, preparándonos para desempeñar otro papel en otra vida —traté de explicarle.

—Para mí, eso no tiene ningún sentido —se quejó Camotín.

—Está bien. A veces es mejor que no entiendas las cosas y que sólo las sientas para que así puedas confiar en tu intuición. Los sentimientos tienen más poder que la propia comprensión. Las cosas se nos vuelven una realidad cuando cobran sentido. Son los humanos los que necesitan comprender, no el alma, ella ya sabe. Cuando tratas de explicar algo, lo limitas. Puede que no entiendas a Dios, pero sí que puedes sentir su esencia. Las mejores cosas pasan como por casualidad y no cuando estamos tratando de encontrar una respuesta —proseguí.

—¿Por qué me dice todo esto? ¿Está tratando de confundirme? —preguntó Camotín.

—Comparto esta información contigo, únicamente, porque quiero que en verdad tú seas consciente de que las cosas que nos suceden y que a la misma vez nos resultan difíciles de comprender, es precisamente porque no tenemos fe. Tú siempre eres y vas a ser la primera persona que debe decidir si debes cambiar tu forma de ver las cosas. Espero que algún día seas capaz de recordar las cosas que yo te digo. Imagínate que tú nunca has visto un árbol, y yo de repente te muestro la foto de un árbol grande y frondoso. Más tarde te enseño una semilla pequeñita y te digo que cuando la plantaron en la tierra esa pequeña semilla hizo que naciera un árbol. ¿Me creerías? Sin embargo, ésa es la realidad. Existen muchas cosas como esa. ¿Cuál es la realidad y cuáles son los sueños? Las cosas que no podemos ver producen milagros extraordinarios. Miramos una mariposa y sólo vemos la bella imagen que tenemos ante nosotros.

No vemos el huevo o el gusano que formaron parte del ciclo. Sólo vemos la parte que tenemos ante nuestros ojos, pero debemos aprender a ver más allá de las limitaciones del momento. ¡Hay tantas cosas qué estudiar y aprender! Por ejemplo, los que practican la Cábala creen que en un comienzo, Dios creó el mundo con treinta y dos caminos dirigidos hacia la sabiduría. A estos treinta y dos caminos los acompañan diez atributos divinos que son: la corona, la sabiduría, la comprensión, la misericordia, la belleza, la paciencia, la gloria, la fundación y las veintidós letras del alfabeto hebreo. Existe un vínculo entre el mundo físico y el mundo espiritual que podemos lograr a través de estas veintidós letras. Estas letras son el ADN del universo. De la misma forma que tenemos que saber los números en la secuencia correcta si deseamos telefonear a alguien, si logramos encontrar y conectar con la secuencia correcta, podremos lograr que Dios responda a nuestras oraciones. Todos los humanos poseemos veintitrés cromosomas. Uno determina nuestro sexo y los veintidós restantes determinan nuestras características físicas. Cada día encierra nuevas posibilidades infinitas de cosas que podrían sucedernos. Si tenemos una conciencia clara de ello, estaremos más capacitados para poder hacer una mejor elección. ¡Hay tantas cosas qué pensar y a la vez qué sopesar! En particular, los números —expresé.

—¿Qué quiere usted decir? Los números nunca mienten. Eso es algo en lo que siempre puede creerse. Uno más uno siempre van a ser dos —agregó Camotín.

—Pero cinco y cinco no necesariamente siempre van a ser diez. Si cuentas los dedos de ambas manos, la suma es diez. Sin embargo, si cuentas los dedos de una mano de atrás para adelante, comenzando por el diez, nueve, ocho, siete, seis y luego le sumas los dedos de la otra mano, los cinco, el resultado será once. Cada pregunta puede tener muchas respuestas diferentes —le dije.

—Todo eso es demasiada información para mí. A veces preferiría no tener que pensar tanto —replicó Camotín.

—Todo es simplemente perspectiva, mi querido escudero. Te diré algunas cosas para que pienses en ellas: si en la mañana te levantas con más salud que enfermedades, serás mucho más afortunado que un millón de personas que no pasarán de esa semana. Si nunca has experimentado la soledad de la prisión, el sufrimiento de la tortura, el peligro de una batalla o la agonía del hambre, eres más afortunado que quinientos millones de personas en el mundo. Si tienes comida, ropa, un techo sobre tu cabeza, y una cama donde dormir, eres más afortunado que el setenta y cinco por ciento de los seres humanos. Si tienes una cuenta bancaria, dinero en tu cartera y algunas monedas en el bolsillo tú formas parte del ocho por ciento de los hombres más ricos del mundo. Si por las mañanas puedes leer el *Miami Herald,* eres más afortunado que los cerca de dos mil millones de personas en el mundo que no saben leer. Si consideramos todos los preciados tesoros que poseemos, nosotros aquí y ahora, deberíamos vivir como si la tierra fuera el paraíso —le dije.

—¡Tremenda perspectiva doctor! Bueno, por lo menos ya nos llegó el turno. ¿Qué película vamos a ver? —me preguntó Camotín.

—Ya te dije que tú eliges, a mí no me importa. Yo vivo una película totalmente diferente cada día de mi vida —respondí.

—¿A qué conclusión llegaste después de esta experiencia con Camotín? —preguntó Kika.

—Vivimos en la era de las computadoras y de la automatización, y es posible que la gente piense que el desarrollo de la espiritualidad también ocurre en forma automática, y que si aprietas un botón todo puede cambiar automáticamente. Pero la verdad es que la realidad espiritual no es así. El desarrollo interior requiere meditación, compromiso y tiempo. Yo he tratado con todas mis fuerzas de enseñarle a Camotín el camino hacia la Luz, pero ahora que ya no estoy en la tierra, todo depende de él. Si no logramos hacer algo, al morir, no seremos más que lo que éramos al nacer —dije.

EL ORÁCULO DE KOKO: PROSPERIDAD

El presente. Ahora estás más débil que nunca, sientes inclinación a renunciar a todo y prefieres someterte a la voluntad de los demás antes que actuar con firmeza y tomar decisiones. Mantente alerta ante cualquier signo negativo de confusión o inseguridad. No te dejes desviar de tu verdadero camino por aquellos que pretenden confundirte con sus pretensiones o sus sueños de grandeza. Por lo pronto, no te apartes de la realidad y utiliza tu energía para lograr un avance lento pero seguro.

El futuro. En un futuro próximo se te presentarán muchas oportunidades de negocios ventajosos. Seguirás recibiendo en forma misteriosa mensajes desde lugares lejanos y harás nuevos contactos. Tendrás la posibilidad de lograr un crecimiento personal y financiero. Presta atención y asóciate a esa persona que te demuestra sabiduría e integridad. No te dejes engañar por las perspectivas de éxito que pudieran ser totalmente falsas y tampoco te dejes deslumbrar por esas posiciones que te ofrecen para ganar dinero de una forma quizá demasiado fácil.

12
PETER MCGEE

Buscad primero el reino de Dios y su justicia, y todas las demás cosas se os darán por añadidura.

Mateo 6:33

Recordando a Peter McGee, me doy cuenta de lo fácil que resulta crearse un juicio equivocado sobre la gente que vemos o conocemos. Cualquiera que viese a Peter podría inmediatamente pensar que él no tenía ningún tipo de problemas. Peter era un hombre que tenía mucho dinero, y la mayoría de las personas piensan que el dinero lo soluciona todo. Yo sabía que eso no era cierto. Tener dinero es una responsabilidad, y el saber hacer uso de él requiere mucha seriedad.

Peter McGee vino a verme como paciente en una sola ocasión, y no regresó otra vez a mi consulta hasta pasados más de dos años. Muchas cosas le habían sucedido en ese tiempo, y a pesar de todo su dinero él seguía siendo un hombre bastante infeliz. Peter estaba ansioso por comenzar la sesión.

—Doctor Camote, hace dos años atrás, cuando tuve mi primera y última cita, usted me dijo que mi éxito carecía de sentido porque yo no sentía ninguna alegría, ni ningún placer en nada de lo que yo hacía —dijo.

—Sí, recuerdo habérselo dicho —afirmé.

—Usted ya sabe que yo soy un hombre muy rico, y que el dinero me sobra. Pues bien, decidí hacerle caso y mi vida está peor que nunca. No he alcanzado ni la felicidad, ni la paz —me explicó Peter.

—¿Qué ha sucedido? —pregunté.

—Compré un maravilloso yate con capacidad para setenta y cinco personas y contraté la mejor tripulación y también a un excelente chef de cocina. Compré la mejor comida, los mejores vinos y licores e invité con todo pagado a muchos de mis amigos y a algunos de mis mejores empleados junto con sus esposas. Puse proa a Niza, en la riviera francesa. Sólo estaba tratando de ser amable y generoso con la gente, tal y como usted me había recomendado —me explicó Peter.

—¡Me parece maravilloso! ¿Lo pasaron bien? —quise saber.

—Al segundo día de estar en alta mar, nos sorprendió una tormenta que hizo que el yate encallase y se hundiese —dijo Peter.

—¡Qué pena! ¿Alguien de la tripulación o de los pasajeros resultó herido? —le pregunté.

—Todos salieron ilesos, pero algunos de los pasajeros me demandaron por diferentes tipos de supuestos daños, y ahora tengo que ir a juicio porque traté de ser amable con ellos —respondió Peter.

—Siento mucho lo sucedido, pero al menos nadie resultó herido. Debe sentirse agradecido por ello, en lugar de quejarse porque algunos desagradecidos lo están demandando. ¿Piensa que esta experiencia le enseñó algo? —indagué.

—En realidad, no. Traté de mantenerme positivo y compré un pequeño avión —dijo Peter.

—¡Qué bueno! —exclamé con entusiasmo.

—No fue nada bueno. Unos minutos antes del primer vuelo, el avión chocó contra la torre de control y se destrozó —explicó Peter.

—¡No lo puedo creer! ¿Alguien resultó herido? —pregunté.

—No, nadie sufrió heridas serias, pero ahora me llevan a juicio de nuevo —dijo Peter con ira.

—Peter, esas cosas suceden por alguna razón —le dije.

—¡Ah, sí! ¡Usted y sus razones! Siempre hablándome de las razones, también razones para vivir, para crecer, para ayudar a los demás, y claro está, también las razones para buscar mi alma gemela y el amor eterno. Siempre me dijo que debía vivir mi vida, ser positivo y optimista, y le aseguro que lo intenté. Pensé que había encontrado el verdadero amor y que esta vez nada tenía que ver con el dinero. Finalmente, iba a ser amado por lo que yo era y no por el dinero que tenía —continuó Peter.

—Por favor, prosiga, cuénteme lo sucedido —quise saber.

—Conocí a una rubia maravillosa que parecía una estrella de cine. ¡Yo no podía creer mi suerte! Nos casamos, y un mes después tuve que salir en viaje de negocios. Regresé a casa antes de lo esperado, y me la encontré en la cama haciendo el amor con su entrenador personal. El mundo se me vino abajo. Le pregunté cómo pudo hacerme una cosa así, y le recordé los votos que había hecho para amarme sólo a mí. Ella ni tan siquiera se tomó el trabajo de levantarse de la cama, mientras me decía no comprender las razones de mi disgusto. Insistía en su amor hacia mí, pero que éste no tenía nada que ver con sus aventuras sexuales. Su entrenador le había dicho que esto también la ayudaría a mantenerse en forma. El matrimonio no es una unión, es una condena —concluyó Peter.

—Peter, le responderé con una vieja broma: "antes del matrimonio debe andarse con los ojos bien abiertos, pero una vez casado, cierre al menos un ojo". ¿Qué es lo que realmente más le molesta? ¿Que le haya engañado? ¿Que haya tenido sexo con otro? ¿O es su ego el que está herido porque ella prefirió a otro? —le pregunté.

—¿Sabe lo que me molesta? Que el acuerdo de divorcio al que llegamos me ha costado otra vez mucho dinero —me confió Peter.

—Peter, es hora de que usted analice las tres lecciones que ha debido sacar de todo esto y que además tienen un verdadero sentido práctico —le expliqué.

—¿Qué consejo? ¿De qué habla? —me preguntó Peter.

—No hay duda de que usted es un hombre de negocios con mucho éxito. La primera lección que debe extraer de estas experiencias es que, realmente, usted subestima su habilidad para cometer errores; y esto nos lleva a la segunda lección: como consecuencia de esos errores usted está pasando por una profunda sensación de humillación. La tercera lección es que usted atraviesa una fase de gran frustración porque no es capaz de comprender que el amor verdadero y eterno nunca se puede comprar —concluí.

—No puedo creer que le esté pagando un dineral para que sea mi psiquiatra y me venga con toda esa sarta de estupideces. Traté de hacer el bien a todo el mundo y sin embargo me humillaron y se rieron de mí —exclamó.

—Peter, nunca podemos perder la esperanza. Aprenda a soñar y aprenderá a amar. Ahora es el momento idóneo para la transformación de todos nosotros. La sociedad en que vivimos atraviesa por un proceso de gran transición. Usted, yo, y muchas otras personas estamos aquí viviendo juntos en este preciso instante para poder ayudar y hacer posible un cambio positivo. Juntos podremos darle un nuevo sentido al presente y comprender mejor el futuro. Estamos aquí para aprender a soñar y para aprender a amar. En nuestro sueño compartiremos nuestra visión de un futuro más humano, más justo y más tolerante —le expliqué.

—No entiendo nada de eso de lo que usted está hablando sobre compartir un mismo instante, de los cambios positivos, o de aprender a soñar y a amar —expresó Peter.

—El amor es lo único que nos llevamos con nosotros al abandonar este mundo. El amor que brindamos es proporcional al amor que recibimos y que nos hace más fácil la partida. Existe una antigua ley que nos enseña que el odio siempre engendra más odio y que este odio sólo puede vencerse con amor —proseguí.

—¿El amor? —preguntó Peter incrédulo.

—Peter, usted tiene una posición privilegiada en esta vida, y cuenta con las condiciones para hacer el bien a mucha gente. Tiene el poder, la posición y todos los privilegios que ello conlleva, pero no los limite a su uso personal, sino trate de que le sirvan para ayudar a los demás —dije yo, intentando hacerle razonar.

—¿De qué gente me habla? ¿Cómo podría ayudarlos? —preguntó.

—Eso se determinará en la medida en que esté dispuesto a ayudar a la humanidad. En este mundo, todo es el resultado de una vasta convergencia de causas y condiciones, y todo desaparece en la medida que cambian o desaparecen dichas condiciones. Su fortuna es un regalo de Dios, utilícela pues en su beneficio. Ayude a los demás creando plazas de trabajo que les proporcionen el sustento que necesitan para vivir. Ayude al pobre y no malgaste sus riquezas en usted mismo. Aprenderá que el dinero no necesariamente le reportará la felicidad. El tonto pone el corazón en la palabra y el sabio lleva esa misma palabra en el corazón. Trate de encontrar lo mejor que hay dentro de cada persona y rechace las malas interpretaciones. Mire su vida como un ejemplo. En estos momentos, su estado de ánimo rige su visión del mundo. Lo que a usted pueda parecerle bueno y bonito, no será para los otros más que soberbia y dilapidación —le dije.

—¿Por qué dilapidación? —me preguntó Peter.

—Yates, aviones, dinero. El hombre es rico o pobre no por lo que tiene, sino por lo que es. Usted tiene más cosas de las que podría hacer uso, y ¿todo para qué? ¿Dónde está la felicidad que pensó que le reportarían? En su lugar, sólo le han traído problemas y dolor. Comparta con los otros lo que Dios le ha dado —dije.

—¿Compartir con los otros? Deje que le diga algo, doctor. Es probable que usted conozca, al menos eso es lo que dice, la vida del más allá, si es que acaso existe. Pero hay un mundo ahí afuera, ése en el que estamos viviendo ahora mismo, del que usted no tiene ni la más mínima idea, y tampoco comprende en lo absoluto. Usted sólo vive en su mundo de ensueños y falsas realidades —me espetó.

—¿De veras cree que no lo entiendo? Déjeme decirle algo, mi querido Peter. Usted es un hombre muy rico que se preocupa de su fortuna, de sus posesiones, de su muerte y hasta del destino futuro de sus riquezas. Transita por un camino de soledad total hacia esa misma muerte física que nos espera a todos, pero nadie le seguirá. Sólo el amor puede preparar el camino hacia una mejor comprensión entre todos los hombres en el amanecer de este nuevo siglo que debería llevarnos a la ilustración. Juntos deberíamos aprender aquello que somos incapaces de aprender por separado. Debemos aprender a ser personas misericordiosas y bondadosas. Nunca olvide lo que acabo de decirle. Cuando le llegue el momento del despertar, no vacile, siga adelante y que sus sueños le guíen. Su destino le espera, marche hacia él con los ojos abiertos y siga siempre el dictado de su alma —concluí.

—¿Qué te enseñó Peter? —preguntó Kika.

—Estoy convencido de que Peter despertará e intuyo que su despertar será provechoso para muchos, incluido él mismo. Su karma se irá transformando a medida que él mismo vaya cambiando. Dime lo que quieres y te diré quién eres —respondí.

EL ORÁCULO DE KOKO: EL DOLOR

El presente. En estos momentos, debes hacer un esfuerzo por cambiar tu forma de expresarte y también tu forma de tratar a los demás. Trata siempre de evitar ciertas actitudes dominantes, que no denotan un respeto suficiente hacia los demás. Escucha la opinión de los demás, ya que ésta puede contener mensajes valiosos. No permitas que una desilusión temporal empañe tu compasión y tu benevolencia. El dolor puede ser la vía inesperada a través de la cual te lleguen bendiciones futuras. La agonía podría ser la puerta que dé paso al éxtasis.

El futuro. Tienes miedo al dolor, y por consiguiente tratas de evitarlo. Cuando aprendas a aceptar el dolor y no te resistas, su misma esencia te cambiará. Ya no será necesario que lo veas como un enemigo, sino más bien como un amigo difícil con quien debes y puedes aprender a lidiar. Es el momento de demostrar tu fuerza y tu coraje para superar los obstáculos. Demuestra lo que vales, que puedes ser un líder y utiliza tu mente y tu corazón para alcanzar las metas que tan oportunamente te has trazado.

13
PASIÓN

Yo puedo hablar la lengua de los hombres y también puedo hablar la lengua de los ángeles, pero si no tengo amor, no soy más que un tambor que resuena, o un platillo que simplemente hace ruido.

1 Corintios 13:1

La revisión de mi vida me llevó a recordar otro de mis episodios con Camotín. Ocurrió cuando fui a visitarlo al hospital, donde él había sido ingresado por ingerir una sobredosis de drogas que casi le provoca la muerte. Recuerdo el momento en que entré en la habitación y tomé su mano entre las mías.

—¿Estás despierto? ¿Puedes oírme? —le pregunté.

—Sí, puedo oírle, pero no estoy de humor para escuchar ninguno de sus sermones —dijo.

—Te prometo que no te daré ningún sermón, lo que pasa es que me asusté cuando me llamaron para decirme lo que te había sucedido —le expliqué.

—¿Por qué? Lo peor que podía haber pasado es que hubiese muerto, en definitiva, ¡qué importa! ¿Acaso no siempre está usted hablando de que la gente regresa después de su muerte? —preguntó Camotín.

—Camotín, todavía no has realizado tu destino en esta vida, ni has agotado todo tu potencial —respondí.

—¿Cómo lo sabe? —preguntó Camotín.

—Tratas de escapar de la realidad que te rodea mediante unas drogas que nublan tu percepción de la vida. Pasas por las emociones de la vida sin vivirlas. Cuando los vicios rigen la vida de una persona, esta misma persona desecha su parte espiritual. Los deseos finalmente dejan de arder porque el hombre no puede tan sólo actuar en el plano físico. Si tus actos se convierten en rutina y no hay deseo, la luz y la pasión que arden en el corazón se extinguen. La luz es más fuerte que la oscuridad y no podemos dejar que se apague dentro de nosotros.

Está escrito que debemos escuchar con pasión las palabras de nuestros maestros espirituales. Significa que necesitamos comprender muchas más cosas, y que no nos conformamos con quedarnos en el mismo lugar. No es suficiente sólo con sobrevivir y por lo tanto anhelamos una vida mejor que nos reporte mayores satisfacciones —traté de explicarle.

—Las drogas me permiten volar, no necesito de ninguna luz interior —respondió Camotín denotando cierta ira en su voz.

—Sí, pero ya ves lo que sucede cuando te viene una sobredosis o consumes drogas que podrían estar adulteradas. Pones tu vida en peligro por un momento de éxtasis, y cuando éste termina, olvidas el dolor y todo vuelve a empezar. Ésa no es forma de vivir, Camotín, necesitas pasión —le expliqué.

—Yo soy apasionado y me gusta el sexo, como a todo el mundo, pero sucede lo mismo que ocurre con las drogas, después del clímax, el éxtasis termina. ¿Qué sentido tiene? —preguntó Camotín.

—No me refiero a la pasión sexual, a pesar de que también el sexo es algo muy importante. Me refiero a la motivación que debemos tener todos los días para poder levantarnos y salir en busca de nuevos retos. Piensa en la exaltación del artista cuando tiene ante sí un lienzo en blanco y comienza a pintar haciendo que sus visiones cuenten nuevas historias. Un compositor se sienta ante el piano, y al seleccionar las notas, hace que surja una nueva melodía. Cuando el bailarín mueve sus pies y su cuerpo, una nueva coreografía cobra vida. Un escritor se sienta ante una página en blanco y escribe palabras que evocan visiones. Los arquitectos diseñan puentes y ciudades, y los cantantes llenan el universo de música. Es sabido que no todos podemos ser artistas, pero sí podemos apreciar todas esas cosas. Eres dueño de hacer con tu vida lo que quieras. Tienes a tu disposición todos los recursos y medios para poder ser feliz.

Existen muchos libros por descubrir, muchas cosas nuevas qué aprender, muchos hermosos lugares qué visitar, y mucha gente extraordinaria a la que hay que conocer y a la cual, algún día, pudieras entregarles tu amor —proseguí.

—No me ha dicho nada nuevo o diferente. Es tan sólo un montón de palabras a las cuales usted trata de darles algún contenido pero que no ocupan lugar alguno en mi forma particular de entender la vida —dijo Camotín.

—No me daré por vencido contigo, Camotín. Eres mi escudero y yo soy el que debe encontrar la forma de llegar hasta ti. Es posible, que tú pudieras ser capaz de salir de este atolladero en el que ahora te encuentras, a través de los deportes. No importa qué cosa te motive, aunque siempre es preferible que sea algo más artístico. No importa, la gente se motiva con las más diversas cosas: algunos prefieren la natación, el tenis, la equitación, o las motos, mientras que otros se entusiasman con el cine, el teatro, el jazz o la ópera. Algunas personas asisten a los juegos de futbol o béisbol y se divierten y disfrutan con otra gente vitoreando a sus equipos. Escoge lo que más te interese y deja que se convierta en parte de tu vida, de forma que puedas identificarte con algo, y que ese algo sustituya tu dependencia de las drogas para que tú puedas disfrutar de la vida —dije.

—A mí me gusta mucho leer. Todos los días busco las tiras cómicas de los periódicos —dijo Camotín.

—La palabra escrita es sagrada. Pon a trabajar tu imaginación por un instante, Camotín. Todo comenzó con la palabra de alguien. Las religiones comenzaron con reglas que fueron escritas, y a través de los siglos esas palabras decretaron las reglas que aún siguen vigentes. No obstante, no podemos pasar por alto que todo lo que leemos está impregnado por nuestros pensamientos e interpretaciones. He estudiado todas las grandes religiones, y he descubierto que lo que importa no son sus diferencias, sino la esencia única que las une y que no es otra más que la búsqueda del amor. Muchas veces, el poder eclesiástico ha tratado de controlar a los hombres mediante el miedo, pero eso no fue lo dispuesto por Dios. Hemos llegado a aprender que lo que realmente importa no es la palabra escrita en un papel, sino la forma en la que reaccionamos ante ella. No importa cuál sea la religión que decidamos estudiar, porque ésta siempre nos guiará hacia nuestra espiritualidad. Todos los caminos de la espiritualidad nos conducen hacia el amor y hacia el bien. Nos ayudan a estar más unidos y a la vez a unirnos más con Dios. No olvides, Camotín, que todo radica en la intención. Si tus intenciones son buenas, el universo apoyará tus deseos y tus sueños. Sólo tenemos que rechazar las dudas que surcan nuestra mente para que las cosas sean posibles y podamos permitir que los milagros entren en nuestras vidas. Nuestras posibilidades son siempre tan diversas que tenemos la obligación de explorarlas, aunque nunca lleguemos a comprender todas las manifestaciones del universo. No debemos nunca mirar atrás, sino que debemos seguir adelante en la exploración infinita del mundo. Los chamanes miran hacia atrás, pero lo hacen para encontrar un punto de referencia y ver lo que otros chamanes han logrado en el pasado. Ésa es la oportunidad que se les presenta para analizar las intenciones. Interactuamos con las demás criaturas del universo mediante nuestras intenciones o mediante nuestros actos conscientes. Si ocasionamos dolor a alguien, este hecho eventualmente nos afectará a todos. El espíritu divino se nos revela a todos con la misma intensidad y consistencia, pero sólo si prestamos atención, podremos escuchar su voz y ver su imagen. Mientras sigas pensando que tú eres lo más importante del mundo, no podrás apreciar las cosas maravillosas que te rodean. Todos somos parte del universo y todos tenemos una misión. Nunca pienses que en el esquema de la vida tú eres más importante que el mérito que pueda tener una pequeña hormiga. El sol seguirá saliendo y poniéndose todos los días, incluso después de que tú ya no estés aquí. Abre tu mente y tu corazón, Camotín, y deja que la luz te penetre. En este preciso instante, lo desconocido está velado y fuera de nuestro alcance, pero llegará el momento en el que nos será revelado. Mientras ese momento llega, descubre algo que te apasione porque sin esa pasión no serás más que un cuerpo sin voluntad —concluí.

—A mí me apasiona el sándwich de carne asada. ¿Podría traerme uno? —pidió Camotín.

—¿Qué aprendiste en esta ocasión de tu encuentro con Camotín? —preguntó Kika.

—Me di cuenta de que en el océano hay olas bravas y también olas mansas. Tengo la esperanza de que Camotín encuentre en su vida más días buenos que malos. Me gustaría saber quién será su maestro ahora que yo ya no estoy, y sólo espero que sea alguien que tenga una paciencia ilimitada. También entendí que un hombre nunca se ahoga, si persevera en sus oraciones a Dios y por supuesto, además, sabe nadar —respondí.

EL ORÁCULO DE KOKO: ENERGÍA

El presente. En estos momentos estás dando muestras de ser menos precavido que en otras ocasiones. Tienes la sensación errónea de encontrarte muy seguro. Cuídate de la indulgencia excesiva, los gastos exagerados y de cualquier tipo de exceso. Estás en un momento muy vulnerable y puedes ser objeto de la envidia ajena. No te das cuenta del peligro solapado que se te puede avecinar. Protégete con oraciones. Los pensamientos negativos de otras personas pueden crear una energía negativa que debes tratar de evitar.

El futuro. En los próximos meses, la decepción por algún fracaso en los negocios puede conducirte a la ira, a la cólera y hasta a la agresión. Existen otras formas de lidiar con esas situaciones difíciles. Encuentra algo que te agrade hacer y de esa forma serás capaz de liberar tu energía de una forma mucho más equilibrada y provechosa.

14
BILL FREEMAN

Un hombre ve en el mundo aquello que lleva dentro de su corazón.
                              GOETHE, escena inicial de *Fausto*

Continúo con el recuento de mi vida y me viene a la mente la primera
vez que vi a Bill Freeman. Bill era un hombre de raza negra cuyo hijo
había muerto recientemente. Bill había leído uno de mis libros sobre la
reencarnación y me llamó para pedirme una cita. Me sentía conmovido
por todas aquellas personas que sufrían y siempre trataba de encontrar
el tiempo suficiente para poder ver a todo aquel que me llamaba pidiéndome ayuda. Después de todo, ésa era mi misión en la vida: entregar mi
generosidad y mi compasión. El hijo de Bill se había suicidado cuando
estaba en la cárcel y él quería hablar con alguien que pudiera ayudarlo a
comprender y a la vez ayudarlo a superar el horror de esa terrible situación. Me preparé para el encuentro y recé para que la Luz del universo
me iluminase para que yo fuera capaz de encontrar las palabras adecuadas para consolar a un padre que sufría. Me encontraba sentado a la
mesa cuando Bill entró. Me levanté y estreché su mano.

—Encantado de conocerlo, yo soy el doctor Sebastián Camote. Por
favor, siéntese. Siento mucho su pérdida —comencé diciendo.

—Doctor, mi hijo se ahorcó en la celda de su prisión —dijo Bill.

—¡Lo siento mucho! —expresé uniéndome a su dolor.

—Mi hijo logró hacer un nudo con la sábana y se colgó de la viga del techo. Cuando el guardián entró, lo encontró de rodillas con la sábana fuertemente apretada a su garganta —me explicó Bill—. Me horroriza pensar que mi hijo está muerto. Ese mismo día había ido a visitarlo y me dijo algo que me perseguirá por el resto de mi vida. Me dijo: "Padre, ¿dónde estabas tú cuando yo más te necesité?" Y yo me pregunto: ¿Dónde estaba? Lejos, desde siempre evadiendo mis responsabilidades de padre. Lo abandoné junto con su madre cuando él tan sólo tenía cinco años. Yo me gané mis galones en el Ejército, mientras que mi hijo se los ganaba en la calle.

—¿Por qué estaba preso? —pregunté.

—Mi hijo Henry fue a la cárcel porque lo agarraron cuando trataba de robar veinticuatro rollos de papel de baño. Lo sentenciaron a cuarenta años de cárcel, justo el mismo día en que cumplía sus cuarenta años y todo por tratar de robar papel de baño. ¿Puede usted creerlo, doctor? —preguntó Bill.

—Lo mismo que le sucedió al pobre personaje atormentado de Victor Hugo en *Los miserables* que fue perseguido toda su vida por haber robado un pan. ¿Acaso nada ha cambiado en este mundo desde entonces? —susurré.

—Anteriormente, mi hijo ya había sido arrestado veintidós veces. El honorable juez Stern dictó la sentencia. Lo hizo basándose en una ley denominada Evelyn Gort y los criminales de carrera —prosiguió Bill.

—No sabía que una ley así existiera aquí en la Florida —exclamé.

—Bueno, es una ley que utiliza el símil del béisbol como base de la misma: cuando te ponchan tres veces, te sacan del juego. La ley refuerza las condenas a los reincidentes. Henry fue a una construcción nueva que había en la calle 132 y trató de robar los veinticuatro rollos de papel de baño de la marca "Celeste" que es el papel de baño preferido por los albañiles del sur de la Florida. Lo sorprendió un guardia de seguridad y dos mecánicos que lo retuvieron hasta que llegó la policía de Miami. Se burlaron de él y lo atormentaron. Él les repetía que no tenía dinero pero lo que él tampoco tenía, era un padre que estuviese allí a su lado, para ayudarlo. Le fallé, y nunca seré capaz de superar este sentimiento de culpa. Yo fui quien lo convirtió en un delincuente y ya nunca más podré vivir con mi conciencia.

—¿Usted estuvo en el juicio? —le pregunté.

—El abogado de mi hijo alegó que Henry necesitaba ir a un centro de rehabilitación porque tenía serios problemas con las drogas. La fiscalía por su parte argumentó que Henry lo único que hacía era robarle a la gente que trabaja duramente para ganarse la vida. El jurado determinó que Henry era culpable, y lo condenó no sólo por ese delito, sino también por sus veinticinco años anteriores infringiendo la ley. Así fue como mi hijo fue a parar a la peor cárcel en la que puedan encerrar a un hombre en este estado, la cárcel del norte de la Florida. Al cabo de seis meses lo trasladaron a la "sección X" por haber lanzado su comida a un guardián —prosiguió Bill—. La "sección X" es una cárcel dentro de otra cárcel. Allí, mi hijo se pasó cinco años con la vista clavada en las cuatro paredes oscuras que le rodeaban. No le permitieron visitas, ni le permitían salir, no le permitían tampoco hacer ejercicios y ni le permitían recibir libros, siquiera...

—¡Dios mío! —me horrocié.

—Pero eso no fue todo. Lo sometieron a un programa especial de alimentación que consistía en un pedazo de pan con queso artificial y zanahorias hervidas. Le daban un vaso de agua tres veces al día —prosiguió Bill mientras las lágrimas rodaban por sus mejillas.

—No puedo creer que castigos tan medievales sean todavía parte de nuestro sistema judicial. El aislamiento es el peor de los castigos que se le pueda imponer a un ser humano —expresé.

—Convirtieron a mi hijo en un animal enjaulado y por eso es que se ahorcó. Mire esta foto —dijo enseñándomela—. Es la única foto que tengo de mi hijo. Se la tomé a Henry cuando tan sólo tenía cinco años. Mire la medalla de oro antiguo que cuelga de su cuello, tiene forma de ángel y su nombre Henry inscrito en ella. Se la regalé el día de su quinto cumpleaños y él se sentía muy feliz.

Miré la foto.

—¡Qué niño tan bonito! Se parece a usted. Debe haberlo querido mucho —le dije.

—Traté de apelar la sentencia de Henry, pero no sirvió para nada. Hablar con ese juez fue como si hablase con la pared. No hay justicia para mi gente. En lo absoluto. Nos engañamos al decir que somos una sola nación ante Dios con libertad y justicia para todos. Estuve al servicio de mi patria por treinta años y yo creía sinceramente que éramos la nación más grande del mundo, pero son muchos los jóvenes negros que veo en las cárceles. Lees los periódicos y encuentras que uno de cada tres varones negros jóvenes entre las edades de veinte y veintinueve años está preso, ha estado preso o se encuentra bajo libertad condicional. Nuestro país tiene el índice per cápita más alto de presos en todo el mundo industrializado y la construcción de prisiones se ha convertido en uno de los negocios de más rápido crecimiento. ¿Sabía usted que en tan sólo diez años más, la mitad de los negros americanos con edades comprendidas entre los dieciocho y cuarenta años habrá estado o va a estar dentro de alguna de las cárceles de nuestro país? Los negros reciben un tratamiento diferente dentro del sistema judicial estadounidense y eso es injusto. Ello corroe y degrada el ideal estadounidense de justicia para todos —se lamentó Bill.

—Desgraciadamente, hay ocasiones en que nuestro sistema judicial tiene muy poca o casi ninguna relación con la justicia. El acusado es llevado ante una corte para que se cumpla la ley, no para que se haga justicia —respondí.

—Efectivamente, y a eso se le llama injusticia —dijo Bill con ira.

—No existen las injusticias, señor Freeman. Hay ocasiones, en las cuales elegimos una experiencia traumática y dolorosa para pagar las deudas de nuestro karma. Es parte de nuestro destino. En cualquier momento somos libres de cambiar nuestro camino y eso no tiene nada que ver con lo que nos haga la gente —le contesté.

—¿Cómo puede usted decirme eso? Mi hijo fue víctima de una injusticia, al igual que todos los negros que durante más de trescientos años han sido esclavos en Estados Unidos. ¿Cómo puede explicarlo con palabras tan simples como el karma? —preguntó Bill.

—En ciertas ocasiones, las mejores oportunidades se encuentran en las peores situaciones. Todos debemos de formar parte y a la vez debemos ayudar a afianzar los cambios que experimentan los seres humanos. Las sentencias deben de utilizarse para corregir el delito. Las condenas deben ser emitidas con compasión y no con odio. Las cosas no son siempre lo que parecen. La realidad no es más que un sueño y los sueños pueden ser nuestra auténtica realidad. ¿Qué otra cosa lo atormenta? —le pregunté cortésmente.

—Mi hijo se suicidó y temo que pueda estar condenado a estar encerrado por toda la eternidad en una celda oscura dentro del infierno —me confió Bill.

—No se preocupe, eso no es cierto. Nuestras prisiones están en esta vida, no en la otra. Todo este mundo que nos rodea puede ser una prisión cruel. Dios comprende nuestras limitaciones y no nos juzga. Su hijo lo está mirando y se preocupa por usted desde donde quiera que se encuentre en este momento. Él ha alcanzado la paz, y quiere que usted continúe su vida, encuentre su verdadera naturaleza y haga el bien a los demás. Su hijo pasó por este mundo para aprender y experimentar, pero también vino por usted. Puede que al final usted sea uno de sus mayores logros. Su hijo lo perdona, señor Freeman, es hora de que usted se perdone a sí mismo y supere su culpa. No pierda más tiempo mirando al pasado. El ayer ya se ha ido y el presente muy pronto será pasado. El mañana todavía es un sueño. Esto es todo lo que tenemos ahora, señor Freeman, sáquele el máximo provecho. Siento mucho que nos hayamos conocido en circunstancias tan horribles, pero puede que volvamos a vernos en un futuro, cuando las cosas quizá sean mejores para todos —le dije.

—¿Cómo las cosas van a ser mejores cuando los niños se matan unos a otros? ¿Cómo un niño de doce o trece años puede comprender el alcance de lo que hizo? Para ellos todo es una de las películas o programas que ven en la televisión. Ven cómo le dan un tiro a una persona, pero es tan sólo un actor y el asesinato es ficticio, pero ellos hacen lo mismo y un niño muere de un tiro y el otro termina en la cárcel. Esos jóvenes son condenados y arrojados a las cárceles de adultos, donde en lugar de recibir ayuda, se vuelven mucho peores y puede que incluso nunca lleguen a salir de esas cárceles —aseveró Bill.

—Mire al nuevo milenio con optimismo y esperanza. Cada cincuenta años celebramos el jubileo tanto en la religión cristiana como en la judía. Se hace énfasis en el perdón, la reconciliación y la liberación. Se elevarán peticiones a los legisladores del mundo entero para que reconsideren el sistema penitenciario, para que las cárceles se conviertan en un lugar donde se respete la dignidad del hombre y se estimule y apoye la rehabilitación de los prisioneros. Debemos ser positivos. Nuestra actitud puede cambiar las cosas. Debemos hacer un examen de nuestras propias vidas. A veces, sabemos lo que tenemos que hacer, pero no lo hacemos. En ocasiones, tenemos miedo de hacer las cosas mal y por eso dejamos de hacer lo correcto. Somos dueños de elegir nuestras propias vidas, pero mucha gente ignora que pueden vivir una vida ordenada y prefieren sobrevivir en un mundo de dolor y caos. Mucha gente se construye sus propias prisiones. Viven llenos de odio y cólera. Si cada pensamiento de ira y destrucción fuera remplazado por un pensamiento de amor, nuestro mundo se beneficiaría y prosperaría continuamente. Si hacemos lo correcto y nos mantenemos unidos a Dios, lograremos vivir una vida mejor. Siempre debemos hacer lo correcto por difícil que eso sea. Si elegimos hacer tan sólo lo que nos resulta fácil, es posible que nos sintamos vivos, pero nuestra vida será totalmente incompleta —concluí.

—Usted me ha dejado mucho en qué pensar. Muchas gracias y que Dios lo bendiga, doctor —concluyó Bill.

Se levantó y estrechó mi mano. Antes de salir de la oficina se volvió a mirarme.

—Una persona que piensa como usted, puede acabar metiéndose en muchos problemas —me dijo.

—¿Qué piensas de tu encuentro con Bill? —quiso saber Kika.

—Sin duda, sentí que Bill había sido un alma desorientada a la cual yo había ayudado a encontrar el camino de regreso a la vida. También pensé que un hombre que persiste en ver las cosas con total claridad antes de tomar una decisión, nunca podrá decidirse. Bill Freeman fue una advertencia de los problemas en los que yo me metería más adelante en mi vida. Es importante comprender que incluso si desde el punto de vista divino la injusticia no existe, desde el punto de vista humano el don de la justicia supera a todos los otros dones —le respondí.

EL ORÁCULO DE KOKO: PLENITUD

El presente. En estos momentos, es posible que el caos y la confusión reinen en tu vida. La incapacidad de concentrarte en tus tareas cotidianas y el deseo que tienes de evadir responsabilidades y retos te está impidiendo alcanzar el éxito. No has logrado aún la armonía, y de la forma en la que te estás comunicando con tus amigos y compañeros vas a llegar a generar más de un problema. No te encierres dentro de ti mismo, porque el ser humano no es una isla y la diversidad de opiniones nunca debe separarnos. La variedad enriquece la vida.

El futuro. La posibilidad de encontrar soluciones originales en asuntos de negocios se te presenta favorable en un futuro cercano. Lograrás el reconocimiento de que eres y te comportas como una persona de talento. Tus amigos y compañeros te apoyarán. Trabaja en equipo. Si llegaras a entender que los seres humanos formamos un todo y que por lo tanto estamos unidos a todas las cosas del universo, rápidamente cambiaría tu forma de pensar y aprenderías a buscar una forma mucho más estimulante de entender la vida.

15

UN SUEÑO DE AMOR

Confía en el Señor con todo tu corazón y no te dejes guiar tan sólo por tu propio entendimiento.

Proverbios 3:5

Soy la doctora Goldstein. Ahora mismo me encuentro en mi oficina, sentada en mi escritorio. Me encontraba simplemente reflexionando y a la vez contemplando cómo el sol entraba a raudales por mi ventana y depositaba un rayo de luz sobre mí, como si hubiera sido elegida para recibir un don secreto. Mi mente comenzó a volar y recordé muchos años atrás cuando mi madre me leía cuentos de hadas. Uno de mis cuentos favoritos era el de "La Cenicienta". Me resultaba muy fácil identificarme con la aceptación pasiva de todas las injusticias de las que la heroína era objeto, tanto por parte de su madrastra como por parte de las brujas de sus hermanastras. Yo era joven e inocente y creía firmemente, que los buenos eran siempre recompensados por sus buenas acciones, y que los malos eran siempre obligados a pagar en esta misma vida por todas sus malas acciones hacia los demás. Pero si hoy en día Cenicienta apareciese ante mí como una paciente, le aconsejaría que tomase algunas clases de reafirmación. Venimos a la tierra a aprender las lecciones de la vida, no necesariamente a sufrir. Muchas cosas me han sucedido desde la época en que creía en "...había una vez". Ya ha pasado algún tiempo desde la muerte del doctor Camote y el vacío que ha dejado en mi corazón todavía me ocasiona un gran dolor. Siento que falta algo dentro de mí y me pregunto si parte de mi alma partió junto con él. Recuerdo el día en que Sebastián vino a su primera consulta.

Se dice que recordamos con dulzura lo que sobrellevamos con trabajo. Era exactamente el día 25 de septiembre de 1975, el día de nuestra primera sesión, y yo estaba preparada para iniciar la regresión del doctor Camote. Él estaba acostado en el sofá y se concentraba en mi voz mientras yo trataba de relajarlo suavemente. Me dijo sentir una luz cálida que lo iluminaba, e inundaba de paz su cuerpo, su mente y su espíritu. Estaba listo para seguir mis instrucciones.

—Quiero que vuelvas atrás en el tiempo, Sebastián, mucho más lejos de lo que hayas ido nunca. No tengas miedo, yo te protejo. Mantén tu atención en el sonido de mi voz. Imagínate que estás parado ante una puerta. Ahora estás abriendo la puerta y ves que te conduce hacia un largo túnel. Cuando diga uno, te moverás y saldrás del túnel hacia la luz para poder ver una vida anterior. Diez… nueve… Volvamos atrás en el tiempo… Ocho… siete… seis… Regresando en el tiempo… cinco… cuatro… tres… dos… uno. ¿Qué ves Sebastián? —indagué.

—Me veo a mí mismo: alto, delgado, fuerte. Tengo un rostro anguloso. Soy un hombre —me explicó el doctor Camote.

—¿Cómo te llamas? —quise saber.

—Mi nombre es Quijada, o Quejana, quizá Quesada, pero la gente me conoce por otro nombre —comentó.

—¿Quién eres? ¿Puedes describirte mejor? —pregunté.

—Sí, ahora me veo con mayor claridad. Soy un caballero famoso y me llaman Don Quijote —respondió el doctor Camote.

—¿Dónde vives, Don Quijote? —quise saber.

—Vivo en un lugar de La Mancha, de cuyo nombre no quiero acordarme —respondió el doctor Camote.

—¿En qué año? —pregunté.

—Para ser exactos, es el año de 1605 —me dijo el doctor Camote.

—¿A qué te dedicas Don Quijote de La Mancha? —le pregunté—. ¿Puedes decirme qué es lo que haces todos los días?

—Me levanto al amanecer, cuando apenas ha salido el sol. Cuando me encuentro descansando, que entre usted y yo, es la mayor parte del año, disfruto con la lectura de libros de caballería. Le pongo tanto ardor y pasión a la lectura que llego a olvidarme de mí mismo y de la administración de mis propiedades. Un día decidí salir en busca de fama, fortuna y amor. Me dispuse a conseguirlo. Al igual que cualquier otro caballero andante que se iniciaba, yo siempre estaba y estaría dispuesto, a poner fin a todas las formas del mal. Encontré la fama, pero nunca encontré la fortuna, y hasta pensé que la fama me había vuelto la espalda, porque la gente se burlaba de mí y me ridiculizaba a causa de mis ideales caballerescos. En cuanto al amor, sí llegué a enamorarme, pero nunca fui correspondido. El sueño de mi querida Dulcinea contrastaba fuertemente con la realidad de mi vida. Todavía puedo ver el pasado cuando sueño con ella. Dulcinea, tú eres mi único amor y te amaré por toda la eternidad. Mi amor por ti estará siempre conmigo en todas las batallas que libro y en todas las penas que soporto. Sin ti no soy nada, sólo un cuerpo vacío de lo que antes fue un hombre. ¿Dónde estás tú ahora, mi bella Dulcinea? Te necesito en mi realidad. Por ti sueño mis sueños y sigo adelante para hacer de este mundo un lugar mejor para todos. Mi amor por ti me lleva a deshacer entuertos y a seguir adelante. Te he estado buscando por casi cuatrocientos años y todavía no te encuentro. ¿Dónde estás mi adorada Dulcinea? ¿Dónde estás? —el doctor Camote imploraba una respuesta.

—Es posible que la encuentre en esta vida —le respondí—. Es posible que por fin encuentre a su verdadero amor.

Pero eso nunca ocurrió y el doctor Camote vivió los cincuenta y siete años de su vida sin poder encontrar el amor de esa Dulcinea que tanto buscó.

16

EL BALLET

Amo y a la vez no amo. Estoy loco y a la vez no lo estoy.

ANACREÓN

Los acontecimientos de mi vida pasada siguieron mostrándose ante mí y se detuvieron por un instante para que pudiera repasar el episodio del ballet. Me pregunto qué fue realmente lo que vi aquella noche y qué fue lo que pensé haber visto. ¿Fue realidad o ilusión? ¿Fue un sueño que parecía realidad, o era la realidad que parecía un sueño?

Había leído un artículo en *Entertainment News and Views* que decía que el aclamado ballet "Don Quijote" se presentaría en el teatro Jackie Gleason de Miami Beach, bajo el auspicio de Luigi Escalanti, el conocido millonario y filántropo. La gala sería en beneficio de los enfermos del sida. Compré tres entradas e invité a la doctora Sara Goldstein y a Camotín. Era un sábado por la noche y el teatro estaba repleto. La doctora Goldstein, Camotín y yo estábamos sentados en la tercera fila de la sección de la derecha y a mí me tocó el asiento más cercano al pasillo. Cuando las luces comenzaron a apagarse y se escucharon las primeras notas de la obertura, el público quedó en silencio.

Los productores habían contratado una compañía de ochenta bailarines y habían incorporado a un bailarín español como el elemento más importante del ballet. La escenografía era fabulosa y los trajes eran de un gusto exquisito. Comenzó la coreografía y el escenario cobró vida con los

93

saltos, las piruetas y las vueltas de los bailarines. De pronto, Don Quijote hizo su entrada a escena y el público rompió en aplausos dando muestras de su conocimiento y de su apreciación. Yo seguía el baile con intensidad, cuando de pronto me encontré de vuelta en un pueblo de La Mancha muriendo de amor por mi amada Dulcinea. Observé cómo Don Quijote levantaba con gracia a una de las bailarinas para luego volver a dejarla caer con delicadeza. La bailarina se parecía a mi Dulcinea y giraba en puntillas una y otra vez alrededor de Don Quijote. De pronto, ella desapareció por entre las demás bailarinas y antes de que yo pudiera darme cuenta de lo que había sucedido, ella ya se había deslizado fuera del escenario a través de las bambalinas. Me levanté de mi asiento de un salto y corrí por el pasillo gritándole que se detuviera y que esperara por mí. Subí corriendo las escaleras del escenario antes de que la doctora Goldstein o Camotín pudieran detenerme. Esperanzado corrí por entre los bailarines llamando a mi amada Dulcinea. El escenario se llenó de confusión y caos. Me dirigí a Don Quijote, y con una actitud agresiva, le insulté. Él me miraba anonadado, pero por su expresión demostraba que estaba furioso. El cuerpo de baile trató de continuar con el espectáculo y la orquesta siguió tocando.

—¡Impostor! —le grité a Don Quijote—, no sólo tomas mis vestiduras y me robas la identidad, sino que haciéndote pasar por mí, te atreves a seducir a mi dama, a mi Dulcinea. Has deshonrado gravemente mi nombre al pavonearte por todas partes. Has hecho de mi caballerosidad el hazmerreír de todos. Te reto a un combate desigual aquí y ahora mismo, pero primero debo encontrar a mi Dulcinea, y decirle que por su amor, yo enmendaré este enredo.

El público estaba petrificado. La gente no sabía si todo lo que estaba pasando era parte de la obra, o si se trataba del arrebato de un loco. La doctora Goldstein se lanzó al escenario seguida de Camotín. Me rogaban que bajase, pero yo no me daba cuenta de su presencia. Los reporteros del *Miami Herald* y del *Sun Sentinel* que habían estado esperando entre bambalinas, corrieron al escenario descargando los destellos de sus cámaras. De pronto, los dos guardaespaldas de Luigi Escalanti entraron corriendo al escenario y me rodearon con rapidez. Sujetándome los brazos lograron someterme.

—¡Suéltenme, demonios! Yo los conozco, ustedes trabajan para Leo Lorenzo —les grité.

—Nosotros trabajamos para Luigi Escalanti —dijo uno de los guardaespaldas.

—¡Yo sé la verdad! Ése no es su verdadero nombre. Cuando vivía en Palermo, Sicilia, se le conocía bajo el nombre de Leo Lorenzo. Se cambió el nombre cuando vino a Miami. Es un asesino y matará a cualquiera que se interponga en su camino de narcotraficante. ¡Suéltenme, ladrones! Dejen que reivindique el nombre de mi Dulcinea. ¿Dónde está mi escudero Camotín? ¡Rápido, ensilla mi caballo Rocinante! ¡Ya estoy listo para la batalla! —grité mientras los guardaespaldas me sacaban a rastras del escenario. Cayó el telón, la música se detuvo, el público se puso en pie y aplaudió enloquecido.

Me puse a pensar si finalmente, aquella noche había traspasado la línea que separa la realidad y la fantasía, y si realmente, me había creído que era Don Quijote reencarnado de una vida anterior. Era una idea muy extraña, pero formaba parte de mi obsesión con los sueños de amor no correspondidos.

—Bien, Sebastián, ésa fue una noche bastante agitada. ¿Qué aprendiste? —Kika quiso saber.

—Toda la vida, todo el mundo físico, no es más que un viaje, una simple parada en el camino hacia nuestro destino real, donde no existe el hoy, ni el mañana, ni el ayer, y todo es siempre lo mismo. Cuando no estamos bajo la influencia de este mundo, podemos fácilmente alcanzar el mundo espiritual en el cual no existe ni la tristeza, ni el temor, y en donde todo es amor universal. En ese mundo espiritual no existen guardaespaldas que puedan defender las acciones injustas que algunos seres malignos les imponen a los hombres. También aprendí que el arte de la sabiduría es el arte de saber lo que debemos pasar por alto —repliqué.

EL ORÁCULO DE KOKO: LIBERTAD

El presente. No hay necesidad de asumir riesgos en asuntos poco seguros. Elige un trabajo que no sólo sea para ganar dinero, sino que tenga algún sentido para ti. Si te sientes bien contigo mismo, ello beneficiará todas tus relaciones con otras personas. Es posible que mejore tu vida familiar.

No te resignes, ni te sientes a esperar mientras ves que la oportunidad de tu vida pasa de largo. Saca provecho de los retos que se cruzan en tu camino. El día es el día, y la noche es la noche. Hay momentos en que realmente no tienes elección. Cuando dejes de luchar contra ti mismo y aceptes las leyes del universo, entonces podrás ser libre.

El futuro. Las acciones de tu pareja o tu cónyuge pueden influir tus asuntos personales. No dejes que tu pareja abuse de tu bondad y sensibilidad. No representes el papel que tu pareja te ha asignado. Sé fiel a ti mismo, sigue tu propio guión y saldrás victorioso. La ola en el mar nunca piensa que está sola y se deja mecer con placer y regocijo. Somos parte del universo, por eso sé libre y siéntete feliz y bendecido.

17
LA MANCHA

Yo creo firmemente que cuando dormimos nuestra alma es visitada por
sueños que vienen de algún mundo lejano.

SHELLEY

Mi foto apareció al día siguiente en casi todos los periódicos locales. En
la foto yo me encontraba de pie junto al doctor Camote en el escenario
del teatro Jackie Gleason. El pie de la foto decía textualmente: "Dos
prominentes psiquiatras de Miami trataron de hacer su debut anoche en
el ballet *Extravagancias de Don Quijote*. Mi nombre aparecía resaltado
en negro: Doctora Sara Goldstein. Me sentía avergonzada. La notoriedad era algo que no me gustaba, pero yo no podía decir la verdad sin
delatar la conducta tan poco ortodoxa del doctor Camote. Después de
leer el artículo, me dirigí a mi oficina, donde revolví todos los archivos
hasta que encontré la cinta que estaba buscando. Tenía la esperanza de
que me diera alguna visión adicional de la fijación que tenía el doctor
Camote con la figura de Don Quijote. Me dispuse a escuchar la cinta.

—Veintidós de noviembre de 1990. Regresión a una vida pasada del
doctor Sebastián Stain Camote —comencé diciendo—. Bien Sebastián,
te haré regresar en el tiempo... a una vida anterior, y en esta ocasión me
darás más detalles de lo que ves. Estás nuevamente delante del túnel,
listo para abrir la puerta que te permitirá entrar a esa otra vida. Escucha
mi voz y quédate a mi lado mientras comienzo a contar. Cuando diga

uno, me dirás lo que ves y donde estás. Diez... nueve... ocho... siete... seis... cinco... cuatro... Sebastián, escúchame... Ya estamos llegando... tres... dos... uno. Ahora, Sebastián..., dime lo que ves... ¿Ves a alguien que reconozcas o que tú creas que vas a encontrar en esta vida?

—Me veo a mí mismo. Mi nombre es Don Quijote y estamos en el año de 1605. Estoy en un pueblo de La Mancha y vivo con mi ama de llaves que no es otra que Tilly Bernstein y con mi sobrina que es una muchacha que conoceré más adelante y que se llama Eloísa. Tengo un escudero, Sancho Panza, que es un muchacho que pronto conoceré y que se llama Camotín. También hay un barbero, quien realmente es usted, doctora Goldstein. Él quiere quemar todos los libros que leí porque piensa que sus historias me van a hacer perder el juicio. Veo a un cura, que no es otro más que mi tío Joseph, quien salvará muchas de mis preciadas novelas. Veo a mi ayudante, que es un tal O. J. Perales. También veo al posadero, que es Manolo, y a mi amada Dulcinea, la mujer más virtuosa y maravillosa que pueda existir. Ella ha sido mi inspiración de caballero en las batallas, y en su nombre he combatido a mis enemigos. Mi amada y gentil Dulcinea. El paraíso ha descendido sobre mí. Dulcinea en esta vida será una paciente mía llamada Lucy Neal. Veo a Rocinante, mi noble y manso caballo que me lleva al combate para defender mi honor de caballero porque Sansón Carrasco se atrevió a decir que mi amada Dulcinea no era la más bella de las mujeres. Sansón Carrasco será Leo Lorenzo, o Luigi Escalanti, como también dice llamarse. Me veo leyendo historias y leyendas acerca de los nobles caballeros que cabalgan por todo el ancho mundo defendiendo al inocente y castigando a los villanos. Olvido mi odio cuando pienso en mi misión. Razono la sinrazón que ha nublado mi raciocinio. He leído innumerables libros y he acometido valientes acciones, y con mi armadura puesta he cabalgado y he desenfundado mi espada cuando el destino así lo ha requerido —dijo el doctor Camote.

—Sebastián, ¿ves alguna otra cosa, cualquier otra cosa que te preocupe? —insistí.

—Sí, hay algo que me horroriza y me obsesiona. He oído hablar de Miguel de Cervantes, el apasionado escritor, quien ha estado preso en varias ocasiones. Que lo encierren a uno en una celda es lo más horrible que pueda pasarle a una persona. Para mí es el infierno en la tierra. ¡Amar tanto la libertad y que te encierren en una jaula como si fueras un animal! ¡Desgraciado de mí si alguna vez a mí me sucediese! Prefiero mil veces antes la muerte, que tener esa suerte. Hubo una época, en la cual yo consideraba que el cuerpo era la prisión que mantenía al alma cautiva. Sin embargo, el conocimiento de la reencarnación me ha ayudado a comprender que el cuerpo no es una prisión, sino un medio al que el alma puede recurrir para lograr cierto grado de desarrollo y nuevas oportunidades. De todas formas, me aterra el solo pensamiento de que puedan encerrarme, y quedar a la merced de cualquier guardián demente. Cervantes tuvo el talento y la imaginación para poder escribir y crear aventuras grandiosas y extraordinarias aún en esas circunstancias tan adversas. No creo que yo fuera capaz de sobrevivir en la cárcel. No me encuentro bien, prefiero que acabemos aquí —pidió el doctor Camote.

—Despierta Sebastián, el pasado ya se ha ido. Ya es hora de que regreses al presente. Estás ahora aquí conmigo, en Miami —dije.

La cinta me absorbió tanto que la escuché por segunda vez. Ya era muy tarde cuando terminé de oírla y me quedé dormida en una butaca de mi oficina.

18
LA LUZ

Venid a mí, todos aquellos que estéis cansados de tanto trabajar y yo os haré descansar.

Mateo 11:28

A medida que veía pasar mi vida, volví a visualizar la época en que acababa de abrir mi consultorio de psiquiatría en Miami. Fue en aquella misma época cuando empecé a experimentar diferentes tipos de fobias. Una de esas mañanas me desperté lleno de ansiedad y totalmente deprimido. Estaba sometido a mucha presión tratando de ganar credibilidad como doctor, y me cuestionaba si alguna vez llegaría a tener nuevos pacientes. Me volví muy irritable y nada me hacía sentirme bien. Llamé a mi tío Joseph a Toledo y le pregunté si podía ir a España y pasarme una semana con él. A Joseph le encantó la idea. Nos encontramos en el aeropuerto de Madrid y cuando nos vimos, Joseph me dijo que me tenía preparada una sorpresa. Cuando nos sentamos en el auto, Joseph tomó una ruta diferente a la que normalmente tomábamos para ir a su casa. Me dijo que había hecho reservaciones para pasar el fin de semana en Consuegra, la región en donde el Don Quijote de la Mancha de Cervantes había luchado contra los molinos de viento. Joseph se había dado cuenta de la tensión que atenazaba mi voz y pensó que un cambio de escenario me haría mucho bien. Llegamos a la pequeña posada donde nos alojaríamos, y después de dejar las maletas en la habitación, fuimos

al patio y ordenamos vino y comida. Los árboles y las flores nos rodeaban. Poco a poco comencé a sentirme mejor. El campo me era familiar,
y además me llenaba de sosiego. Cuando terminamos de comer, y ya
más relajados, Joseph sugirió que nos diésemos un paseo por la pequeña
villa.

—Tío —comencé diciendo—, últimamente no me siento bien. No
me dan ganas de levantarme y de comenzar un nuevo día. Pensaba
que cuando terminase la universidad y me graduase, mis preocupaciones se acabarían, pero tal parece que no hacen más que empezar. Nada
me produce alegría y temo caer en una depresión. Sabes lo mucho que
te respeto y me tomaría muy en serio cualquier cosa que tú me dijeses.
Sé que eres un gran doctor y que sin duda me darás un buen consejo.
¡Necesito tu ayuda!

—Sebastián, déjame decirte algo que te será útil, no sólo ahora, sino
para toda tu vida. La Cábala dice que mucho tiempo atrás vivíamos en la
abundancia y sin limitaciones. Cada uno de nuestros deseos se cumplía
de inmediato, y la gente tenía todo lo que deseaba. Éramos recipientes
totalmente llenos de la Luz que emanaba de Dios. A medida que pasaba
el tiempo, no nos conformábamos con lo que recibíamos, porque quería-
mos ser como Dios, y tener, al igual que él, el poder de dar. No quería-
mos el "pan de la vergüenza", que significa, recibir sin ser merecedor de
ello. Fue así como Dios nos concedió lo que deseábamos. Ahora, la Luz
nos llega y nos impone retos. Cuando aceptamos esos retos y no reaccionamos, sino que realizamos una buena acción, la Luz nos recompensa
con milagros y nos eleva a niveles espirituales superiores. Cuando la Luz
inunda la habitación, nunca vemos el brillo de una vela, pero cuando la
habitación está en penumbra y encendemos la misma vela, ésta ilumina
la habitación y dispersa la oscuridad. En este mundo, enfrentarás muchos retos, y ése es el motivo por el que estás aquí. Eres un ser espiritual
habitando, temporalmente, una forma material. Tu alma tiene conciencia, y esto quiere decir que tiene continuidad, que está realizada y llena
de amor. Tu alma es inmortal. Tu cuerpo tiene su propia conciencia;
sin embargo, esta misma conciencia lo limita a preocuparse tan sólo de
sí mismo. El cuerpo exige que se le alimente, tanto física como espiritualmente. Su egoísmo es muy grande y siente celos, ira, odia sin razón
alguna y cae en la depresión y en la desesperación. Como puedes ver,

existe un conflicto entre tu cuerpo y tu alma, una fuerza maligna que es el negativismo. Esta fuerza no puede atacar el alma, por tanto, las fuerzas del mal actúan sobre el cuerpo usando la mente como la puerta de entrada, y trayendo consigo el caos y la incertidumbre. Cábala significa "recibir". Te esperan muchos milagros y bendiciones, pero es importante que seas consciente de ello para poder encontrar la forma más apropiada para que tú puedas recibirlos. Sé positivo y confía en la Luz. Se cumplirán todos tus deseos si te guían buenas intenciones. Si deseas ayudar a los demás y compartir con ellos, la Luz llegará a ti. ¡Puedes hacer tanto bien en este mundo! No seas mezquino con tu amor, entrégaselo a todo el que llegue a ti. Cuando alguien te pida ayuda, ten la certeza de que fue enviado por la Luz para darte la oportunidad de crecer. Ayúdalo. Si alguien te dijese algo que no deseas oír, no te enojes. Esa persona es tan sólo el mensajero portador de una lección importante que te impone la Luz. Sobrino, sé agradecido por todo lo que tienes. Aprende a valorar tus dones y tus bendiciones. La Luz te proveerá de todo lo que necesitas. El problema al que nos enfrentamos es que las fuerzas del mal nos hacen creer que necesitamos más de lo que tenemos, pero eso es tan sólo una ilusión. Cada mañana al levantarte reza una oración de agradecimiento porque puedes caminar, puedes hablar, tienes salud y puedes ver. Tienes un lugar donde dormir, comida para alimentarte, agua para beber y además puedes ganarte la vida. Cuando comprendas todo esto, te darás cuenta de lo afortunado que eres. Cada día nos trae la promesa de una nueva oportunidad y de un nuevo amanecer. Si cada día que vivimos nos avergonzamos de nuestra vida, ¿para qué necesitamos el mañana? Realiza cada día un cambio positivo, aprende a meditar y a escuchar a tu alma. Cada noche, antes de dormir, pide mentalmente perdón a todos aquellos a quienes tú hayas hecho algún daño, y perdona a su vez a todos aquellos que te hicieron daño. Repasa en tu mente los acontecimientos del día con sosiego, así como los milagros que pasaste por alto al estar tan ocupado con los asuntos terrenales. Nunca es tarde para cambiar, y nunca se es demasiado viejo para empezar de nuevo. Mientras respires tendrás una oportunidad. Que la Luz siempre te acompañe y te guíe a través de las tinieblas —concluyó Joseph.

Cuando Joseph terminó de hablar, le agradecí el haber compartido conmigo las enseñanzas de la Cábala, y recé mis oraciones de agradecimiento a la Luz por haberme dado la bendición de tener un tío tan sabio y a la vez tan querido.

—¿Qué te enseñó esto? —preguntó Kika.

—Ese día aprendí una valiosa lección. No es importante que le mostremos a todos lo mucho que sabemos, porque sólo se trata de nuestro ego buscando reconocimiento. Nuestra misión en la vida no es otra que ser bondadosos y compartir nuestros conocimientos. Debemos ayudar a todos los que nos rodean de todas las formas posibles. Muchos de nosotros hubiéramos preferido ser unos cobardes si hubiéramos tenido el valor para serlo —reconocí.

EL ORÁCULO DE KOKO: DESEO

El presente. Eres certero, muy competitivo y agresivo cuando se trata de alcanzar tus metas. Puedes despertar animosidad en los demás si no te detienes por un momento y tratas de satisfacer las necesidades de los que te rodean. Hasta tanto tus deseos no sigan el curso correcto, no resultarán beneficiosos. Los deseos son efímeros si carecen de mérito, porque una vez que los logras, deseas de inmediato algo más.

El futuro. Es posible que pronto recibas noticias de alguien que formaba parte de tu pasado, pero que vendrá a ayudarte. Ésta será una persona que tuvo una profunda influencia en tu vida y ahora está dispuesta a apoyar tus planes futuros. Nunca desees algo que sólo se pueda obtener mediante falsas intenciones.

19

LA FIESTA BLANCA

Si Dios está con nosotros, ¿quién entonces puede estar contra nosotros?
Romanos 8:31

Ante mis ojos pasó la fabulosa noche de la Fiesta Blanca. Se considera-raba una de las fiestas *gay* más elaboradas y elegantes del año. Era el evento anual que reunía al más variado y extravagante grupo de *gays* que intentaban celebrar su camaradería y su condición única con ver-dadero orgullo. Se celebraba en el majestuoso y extraordinario palacio de Vizcaya, situado frente a la bahía. Era un lugar para ver y ser visto. Los trajes eran inigualables y variados. Iban desde los trajes vaporosos y las batas blancas hasta casi la total desnudez. Entre los invitados más extravagantes había dos hombres que llegaron vestidos con trajes idén-ticos de dálmatas y arrastraban una caja de galletas para perros Milk Bones. Yo había recibido la invitación que me envió Perry Newman, la cual acepté y decidí llevar conmigo a Camotín. Estacioné el auto y atravesamos los vastos jardines de la entrada. En la verja principal unos manifestantes habían colocado un letrero enorme que decía: RED DE AFILIADOS CRISTIANOS CONSERVADORES. LEAN LAS ESCRITURAS: "…LOS HOMBRES HACEN COSAS VERGONZOSAS LOS UNOS CON LOS OTROS, Y SU-FREN EN SUS PROPIOS CUERPOS EL CASTIGO DE SU PERVERSIÓN". ROMANOS 1: 27. Una pareja de cristianos conservadores estaba parada justo detrás del cartel. Entramos al recinto y yo empecé a buscar a Perry Newman por todos lados. De repente, un hombre comenzó a hablar a través de un micrófono portátil: "Éstas son las razones por las cuales Dios les ha sumido en pasiones degradantes, que han hecho que las mujeres hayan sustituido las funciones naturales por otras contra natura; los hombres, de igual forma, han abandonado su función natural junto a la mujer y arden en pasión los unos por los otros, cometiendo actos indecentes y recibiendo en carne propia el castigo por sus errores. ¡No se dejen engañar! Los que llevan una vida inmoral y adoran las imágenes, los homosexuales y los adúlteros, no formarán parte del Reino de Dios" —dijo el hombre.

Finalmente, vi a Perry Newman sentado en una mesa junto con su pareja, que se llamaba Richie. En la misma mesa también estaban sentados otros dos homosexuales. Perry había guardado dos asientos para nosotros, uno para Camotín y otro para mí. Nos sentamos junto a Tony, un hombre musculoso que iba vestido de pirata, y también estaba allí sentado su novio Mikey. Después de las presentaciones, Tony se volvió hacia mí e iniciamos una conversación.

—He leído algunos de sus libros, doctor, pero me cuesta trabajo entender el concepto de que vivimos muchas vidas. Si eso es cierto, ¿por qué no puedo recordar ninguna? —quiso saber Tony.

—Tony, siempre hay un comienzo para todo. Tu memoria consciente empieza de cero. Vamos de una vida a otra con el propósito de crecer espiritualmente, y en cada una de estas vidas hay muchas cosas qué aprender. De pronto, en una de esas vidas en específico, te das cuenta de que las cosas no son siempre lo que parecen. Durante esa evolución espiritual, aprendes ciertas cosas, y esto es algo que puede llevarnos toda una vida, y hasta varias vidas para poder llegar a aprenderlo. Desgraciadamente, vida tras vida seguimos repitiendo los mismos patrones negativos. Por muy estúpido que te parezca, Tony, el hecho de que olvidemos nuestras vidas pasadas, es una bendición, un don que poseemos. Nuestro subconsciente es el libro de nuestras vidas pasadas, pero nuestra conciencia no nos permite leerlas porque pondríamos en grave peligro nuestro propósito en la vida actual. Ésta es la razón principal por la que no recordamos ninguna de nuestras vidas pasadas. Si así fuera, nuestro libre albedrío se encontraría en peligro. Regresamos a este mundo para cumplir un ciclo e integrarnos dentro de la ley de causa y efecto. Debes entender el concepto del karma de "recogerás lo que siembras". Debemos comprender que hoy o mañana, ya sea en este mundo físico o en los mundos espirituales internos, sólo recibiremos aquello que merecemos. Creamos nuestro destino, no sólo a través de nuestros juicios y actos en esta vida presente, sino también por medio de todas nuestras vidas anteriores. La conclusión a la que siempre llegamos es que no podemos escapar a nuestras acciones —le expliqué.

—¿Fuiste *gay* en alguna de tus vidas pasadas? —me preguntó Mikey.

—¡Seguro que lo fui! —respondí.

—¿Recuerdas cómo te sentías al ser diferente? —quiso saber Mickey.

—Ya te dije que no recuerdo nada acerca de mis vidas pasadas —le dije.

—Entonces, ¿cómo puedes escribir o tratar de enseñar algo que no comprendes? —insistió Mikey.

—Bueno Mikey, ¡déjalo ya! Estamos en una fiesta, no te pongas tan serio —lo interrumpió Tony.

Andrew se unió al grupo. Estaba vestido con un traje blanco de gladiador. Era un hombre alto con un cuerpo nada atlético y hablaba a gritos. Se sentó casi pegándose junto a Camotín. Camotín, a su vez trató de separarse lo más posible de Andrew, pero intentaba no mostrarse grosero.

—¿Eres *gay*, o sólo tienes curiosidad en mi carne? —preguntó Andrew.

—El hecho de estar aquí no significa que sea *gay*. Yo vine con el doctor Camote. Fuimos invitados —explicó Camotín.

—No quise ser descortés, ni hacerte sentir mal, pero como estoy buscando mi alma gemela, no está de más que pregunte —dijo Andrew a Camotín.

—No lo creo, Andrew. A mí me gustan las mujeres —afirmó Camotín.

—Yo creo que te conozco de una vida pasada. Éramos amantes, y nos quedaron algunas cosas pendientes, por ejemplo, nuestra luna de miel —dijo Andrew.

—Yo no creo en el pasado. Yo vivo el presente —aseguró Camotín.

—¿Tú no compartes la filosofía de la reencarnación del doctor Camote? —insistió Andrew.

—Sí, realmente pienso que todos somos seres espirituales que tratamos de avanzar espiritualmente teniendo una experiencia humana —confesó Camotín.

Susan y su novia Andrea llegaron, ambas iban vestidas con unos largos trajes blancos que eran transparentes. Tony acercó dos sillas para que pudieran unirse a la fiesta, y ellas se sentaron junto a Perry y Richie. Una vez más, sucedieron las presentaciones.

—Como te iba diciendo. En la otra dimensión se asumen determinados compromisos con uno mismo y con los demás. Todo el tiempo tienes la asistencia de tus guías, quienes te ayudan y te explican cuáles podrían ser las mejores opciones para tu próxima reencarnación, pero siempre, la decisión va a ser tuya. En el momento adecuado estarás listo para tu próxima reencarnación. Asumirás tu nuevo cuerpo físico con un propósito claro, y que consistirá en poner en práctica todo el conocimiento anterior que obtuviste durante tus reencarnaciones anteriores.

En esta nueva vida, te propondrás alcanzar un mayor conocimiento espiritual, aprender nuevas lecciones, y por último, encontrar tu destino; pero siempre, en todo momento de tu vida, harás tu propia voluntad —le expliqué.

—Doctor —dijo Susan—, soy lesbiana pero también soy cristiana. Acabo de salir del clóset y estoy luchando todos los días para poder reconciliar mi fe con mi sexualidad.

—Susan, Dios nos ama a todos incondicionalmente —dije.

—En nuestra condición de lesbianas y cristianas, mi novia Andrea y yo quisiéramos permanecer fieles a la verdad, pero no resulta fácil. ¿Cómo podemos ser verdaderas representantes de Dios dentro de la comunidad *gay,* si no admitimos que ambas somos lesbianas y cristianas? ¿Fue Dios quien nos hizo así? —preguntó Susan.

—Susan, tú eres una criatura de Dios, pero la elección ha sido tuya. Eres cristiana, y también lesbiana. Pienso que es un error interpretar las culturas bíblicas y las costumbres antiguas aplicando patrones modernos. La moral cambia mucho con el tiempo y no puede ser valorada si no comprendemos la sociedad en que vivimos. En este preciso momento, Susan, simplemente sigue tu camino. Busca el propósito escondido dentro de tu alma. Lee más sobre la reencarnación y ello te ayudará a comprender que la vida no es más que una continuidad. La vida es un ciclo de muerte y renacimiento, y ese mismo concepto de la vida, te permitirá adoptar actitudes diferentes en lo que a tus expectativas de vida se refiere. Puede que te hayas declarado lesbiana y también cristiana, y es posible que estés dando importantes pasos hacia el descubrimiento del propósito de tu alma. Estos pasos no son más que el camino para llegar a conocerte a ti misma. Debes tratar de llegar a entender por completo las influencias internas que te impiden comprender, y más aún, tienes que vivir tu destino. Si has decidido expresar abiertamente tu sexualidad, debes estar dispuesta a enfrentar el ridículo, el rechazo y hasta la violencia, pero esto debe ser siempre tu decisión. No obstante, puedo asegurarte que Dios no juzga, ni tampoco condena tus preferencias sexuales. Dios no juzga ni condena nada. Siempre eres libre de elegir. Debes comprender que los hombres juzgan, pero Dios nunca lo hace. Puede que la gente te condene, pero Dios nunca lo hará —continué.

—En un periódico leí que el oído interno de las lesbianas era diferente al del resto de las mujeres. Se ha descubierto que el oído interno de las mujeres *gays* funciona parecido al de los hombres —aportó Camotín.

—En cierta forma, si estos descubrimientos fueran ciertos, sólo fundamentarían más mi creencia de que la orientación sexual puede ser predispuesta antes del nacimiento, y que elegimos nuestras propias vidas mucho antes de nacer. Por otro lado, esto también puede sustentar el aspecto biológico del origen de la homosexualidad; pero en modo alguno significa que nos resulte fácil llegar a comprender y aceptar el hecho de que la homosexualidad puede, simplemente, ser una cuestión de opciones para algunas personas, y de biología para otras. Recientemente, leí un artículo en un periódico sobre un gigantesco mero moteado al cual encontraron muerto en la blanquísima arena de Golden Beach. Este pez pesaba cerca de doscientas sesenta y dos libras y medía más de cinco pies de largo por dos de ancho. Se determinó que tenía alrededor de cincuenta años, pero lo más interesante era que este tipo de pez comienza su vida como hembra para luego evolucionar y pasar a ser macho. Yo creo que con este ejemplo queda demostrado que Dios lo permite absolutamente todo, hasta que un pez pueda cambiar de sexo —concluí.

La noche terminó felizmente para todos, menos para Andrew, quien sufrió una profunda decepción. Todavía no había podido encontrar a su alma gemela.

—¿Qué importancia tuvo esa noche para ti? —inquirió Kika.

—Comprendí que esa noche había hablado demasiado, pero ¿fue mi ego o mi alma la que habló? Es posible, que haya mucha gente que en lugar de escuchar a los demás, sólo escuchan lo que van a decirse a ellos mismos —respondí.

EL ORÁCULO DE KOKO: OPORTUNIDAD

El presente. Puede que sientas que te debates entre la obligación y la necesidad de libertad. Siempre es una decisión difícil, pero puede darte la oportunidad de aprender a balancearlas. Tienes derecho a tener tus propias opiniones, aunque permanezcas fiel a tus obligaciones. Si dices que estás esperando por una oportunidad antes de que puedas hacer algo, te estás engañando a ti mismo. La oportunidad no llegará mañana porque ya la tuviste hoy, pero tú no te diste cuenta de ello.

El futuro. Muy pronto desaparecerán las influencias negativas y el camino estará despejado para comenzar una nueva aventura. Rodéate de personas que te apoyen y que deseen arriesgarlo todo para que tu proyecto alcance el éxito. La existencia es una oportunidad. Existir es esa misma oportunidad. Nunca pospongas tus propósitos, ni pienses que se lograrán por sí mismos. Cuando la oportunidad toque a tu puerta, agárrala con las dos manos, porque puede que no haya una segunda oportunidad.

20
SUEÑOS

Tanto el ayer como el hoy, son como sueños. El mañana y también el día después son como sueños que aún no han llegado.

LONGCHAMPS

Mientras la vida transcurría de una forma habitual para Camotín, yo permanecía en el plano de la espera revisando mi vida pasada. Seguí recordando y a mi memoria vino aquel día en el que Camotín tocó violentamente a la puerta de mi oficina y entró. Él sabía que nuestra cita ese día no era hasta más tarde, pero Camotín estaba nervioso y también estaba disgustado. Entró en mi oficina y me preguntó si podíamos hablar sobre algo importante, a lo cual yo accedí.

—Doctor Camote, he pasado la peor noche de mi vida. Tuve una pesadilla tan real que en verdad creí que todo lo que soñaba me estaba sucediendo, y además usted también estaba en el sueño. Fue tan horrible que me desperté gritando, aunque nadie podía oírme. Me tapé la cabeza con la sábana y no me atrevía a salir de la cama. Pensaba sin cesar en ese sueño y no podía concentrarme en nada más. ¿Quiere que se lo cuente? —preguntó Camotín.

—No en este momento. Por supuesto que más tarde me gustaría interpretar tu sueño, pero primero quiero que entiendas algo. Por muchos años he estudiado las teorías de maestros como Freud y Jung, así como las de mi maestro de Cábala para poder interpretar los sueños. Quiere esto decir que, desde muchos aspectos, estoy capacitado para descifrar los sueños de otras personas, pero mi principal problema es que yo estoy muy cerca de mis propios sueños para poder profundizar en su significado. Los sueños no son siempre lo que parecen, pero de todas formas, pueden llegar a serlo. Los sueños pueden encerrar un importante, mensaje, o no tener sentido alguno. Pero lo que es más importante, ¿sabes por qué necesitamos dormir? Te diré por qué. Dormimos porque nuestra alma necesita regresar a la Luz para poder sobrevivir. Ocurre lo mismo que cuando nadamos bajo el agua, tenemos que subir a la superficie para respirar o si no, nos moriríamos. Cuando nacemos, el alma entra en nuestro cuerpo físico y por eso el alma se siente encerrada como si estuviera en una prisión. Cuando dormimos, la parte inferior de nuestra alma permanece en el cuerpo, y es como si muriésemos. Las otras partes de nuestra alma se marchan a conectarse con la Luz y a encontrarse con otras almas. Mientras dormimos, nuestras almas pueden viajar a un universo paralelo y allí reunirse con las personas que conocimos anteriormente y que en muchos casos ya están muertas. Podemos hablarles y escuchar lo que dicen. La forma en que soñamos depende de nuestras acciones durante el día. Si fuimos diligentes y positivos, y llevamos a cabo buenas obras y ayudamos a los demás, ello se reflejará en nuestros sueños. Podremos recordar lo que soñamos y recibir los mensajes. Si fuimos pasivos y tuvimos pensamientos negativos, o sentimos ira, miedo o ambición, nuestro sueño será agitado y despertaremos cansados. Es por esta misma razón por lo que en ocasiones podemos irnos a la cama, dormir doce horas seguidas y levantarnos cansados. Mientras que otras veces, dormimos sólo unas horas y nos despertamos con muy buen ánimo y totalmente descansados. Algunas veces soñamos con gente que ya ha fallecido. Normalmente, estas personas son seres espirituales que se encuentran con nuestras almas cuando éstas abandonan el cuerpo durante el sueño —le expliqué.

—¿Los muertos saben cuáles son los números ganadores de la lotería? Si les preguntamos, ¿nos lo dirán? —quería saber Camotín. Camotín siempre estaba interesado en encontrar las vías más rápidas para poder hacer dinero.

—No, Camotín. Las almas no están interesadas en los asuntos materiales. Dentro de sí mismas las almas tienen pensamientos inmortales de continuidad, de realización y de felicidad eterna. Para vivir en la Luz no podemos olvidar estas cosas. Las almas no se evaporan, no son algo de un día, un mes o un año. Son eternas. ¿Sabes algo, Camotín? Antes de irte a la cama puedes meditar y pedir que recuerdes tus sueños al despertar —le expliqué.

—Después del sueño que tuve anoche, preferiría no recordar nada —dijo Camotín.

—Yo muchas veces sueño con mi madre. Se me acerca vestida con un bello traje de flores rosadas sosteniendo en sus manos una cesta de pan. El sueño es tan real que puedo sentir el olor del pan acabado de hornear y hasta su perfume. Me gustaría saber que es lo que trata de decirme —le confié.

—Quizá ella quiera que usted coma más —sugirió Camotín.

—No, no, Camotín. Ahora lo comprendo, ella me está repitiendo algo que me dijo hace tiempo y que yo ya había olvidado. Creo que trata de decirme que nunca tire el pan a la basura. No podemos desperdiciar la comida mientras haya mucha otra gente que está pasando hambre en el mundo. Eso se considera un pecado. Debemos compartir y dar las sobras de nuestra comida a los pájaros. Ellos también son criaturas creadas por la Luz. Mañana, cuando amanezca me iré a la playa y daré de comer a las gaviotas hambrientas que se pelean en la playa por un bocado de cualquier cosa. Gracias, Camotín por ayudarme a recordar. Gracias, madre, por hacerme llegar el mensaje de la Luz —dije.

—¿Cómo llegó a esa conclusión? —preguntó Camotín intrigado.

—La conciencia lo es todo, y nuestros pensamientos llenan todo. Si queremos tener éxito, lo lograremos. Si deseamos ser felices, seremos felices. Si queremos estar tristes, pues estaremos tristes, y si queremos ser positivos, pues seremos positivos. Si necesitamos recordar, recordaremos. Si queremos recibir amor, tenemos que dar amor. Tenemos que ser más espirituales en nuestros pensamientos y realizar buenas obras para que éstas se conviertan en energía, pues esta energía es la única capaz de curar nuestras heridas. Si queremos seguir soñando alcanzaremos la sabiduría, la vida eterna, la belleza y la felicidad en el mundo. Seguiré teniendo sueños y seré fiel a mi destino mientras el mundo exista y la humanidad perdure. Mi misión es acabar con la miseria en el mundo, y tú Camotín, mi escudero, estarás a mi lado para ayudarme —le expliqué.

—Yo estoy listo para dormir una siesta para recuperar parte del sueño que perdí anoche. Si me encuentro con su madre en alguno de mis sueños, le preguntaré si tiene algún otro mensaje para usted —dijo Camotín mientras se marchaba.

—¿Qué piensas sobre esa tarde? —preguntó Kika.

—No se es héroe sólo porque así se desee. Todo es siempre lo mismo hasta el día en que morimos. No nacemos héroes, la mayoría de nosotros no somos más que hombres promedio, y son nuestros pensamientos y nuestros deseos los que nos convierten en héroes y hacen que lleguemos a inspirar a los demás. Deseo con todo mi corazón haber inculcado en Camotín el deseo de llegar a ser mejor. No hace falta añadir que cualquiera puede ponerse al timón de un barco cuando la mar está en calma —dije.

EL ORÁCULO DE KOKO: BÚSQUEDA

El presente. Trata de tener precaución y no intentes abarcar más de lo que tú puedas manejar en estos momentos. A medida que avances en tu búsqueda, no hagas promesas que luego no puedas cumplir. En estos momentos nada te será fácil. Te encontrarás en situaciones límites y de las cuales querrás escapar. Esto te ocasionará una mayor tensión y podría traerte preocupaciones adicionales. Puede que seas brillante y original en tus conceptos, pero la energía nerviosa que se acumula dentro de ti puede ocasionar disputas. Cuídate de las personas inescrupulosas que tratarán de apartarte del camino correcto.

El futuro. Nunca abandones tus sueños. En los próximos meses, la suerte te favorece para iniciar algo nuevo. Llénate de valentía y da ese salto hacia lo desconocido. Seguirás existiendo, pero de una forma totalmente nueva. Lo viejo era agradable, pero lo nuevo es un reto. Todos los océanos tienen un límite, pero al océano de la existencia sólo lo limita la mente. Entrarás en una fase filosófica con la disposición de encontrar el sentido de la vida. La inspiración te ayudará a conseguir lo que quieres.

21
GLORIA

Hablando del rey de Roma, y por la puerta asoma.

Proverbio italiano

Recuerdo el día en que Gloria se presentó en mi consulta. Gloria era una joven muy atractiva, que incluso hubiera podido llegar a ser bella si hubiera sabido cómo eliminar esa expresión de dureza que siempre fruncía en su rostro. Aunque una de sus amistades ya le había hablado de mí, por alguna u otra razón, siempre se había resistido a venir a verme, pero esta vez estaba tan confundida con la situación en la que se encontraba que finalmente accedió a venir a consultarme.

—Doctor Camote —comenzó diciendo—, yo no estoy loca, ni veo o escucho cosas. Tampoco estoy segura de que usted sea la persona con la cual yo deba hablar sobre esto, pero ¡me siento tan confundida últimamente! Estoy casada y no quisiera estarlo. Para mí el matrimonio resulta aburrido y me hace sentirme totalmente vacía. ¡Odio mi vida! Sin embargo, no puedo escapar de ella ya que no tengo a donde ir. Tengo una hija pequeña, a quien no podría mantener si me separase de mi marido. Cada día que pasa me desespero más y no puedo dormir ya que vivo con la preocupación continua de qué es lo que debo hacer. Me estoy convirtiendo en una mujer nerviosa, amargada y ni yo misma me aguanto.

—¿Cuándo y cómo empezó toda esa amargura, Gloria? —le pregunté.

—Pienso que ha sido una cosa gradual. Crecí como cualquier joven con la ilusión de casarme con el "Príncipe Azul" de los cuentos de hadas. Me casé con el primer hombre que me propuso matrimonio porque pensé que no tendría otra oportunidad, y como todas mis amigas se estaban casando, yo hice lo mismo. Él no resultó ser el "Príncipe Azul", sino un hombre ordinario que sudaba mucho y se pasaba horas y horas delante del televisor mirando partidos de béisbol. Él trabajaba mucho y podía darme algunos lujos, pero un día comprendí que yo en realidad no lo amaba. Pensé que si teníamos hijos, mi vida podría ser más estimulante. Me quedé embarazada y tuve una niña, lo cual, en lugar de mejorar la situación, me hizo sentirme más deprimida. Ahora, ya ni me queda tiempo para mí misma. Cada día que pasa se convierte en una dura prueba a superar, y cada vez se está poniendo peor. Si trato de hablar con mi esposo, inmediatamente, me manda a callar. Él no hace otra cosa más que ver la televisión y tomar cerveza. Dice que trabaja muy duro el día entero y que además está sometido a una gran presión y cuando llega a casa, lo único que quiere es tener paz y tranquilidad. Él insiste en que él hace las cosas lo mejor que puede y que yo debo ser capaz de resolver mis propios problemas. Tengo que admitir que él trabaja muy duro y que no nos falta nada y lo más importante es que él quiere muchísimo a nuestra hija. Nunca pensé que la vida podría ser tan insulsa. No tengo nada excepcional que recordar. Nada es divertido. Mi vida no se parece en nada a los romances que vemos en las películas —me contó.

—Todo eso que usted me cuenta es muy común, Gloria. Si usted le preguntara a la mayoría de la gente acerca de cuáles son sus mejores recuerdos de auténticos momentos de felicidad, muy pocas personas podrían darle una respuesta. El hecho de que usted se dé cuenta de que es infeliz, y de que espera más de la vida, es un buen síntoma. Usted está lista para un mayor crecimiento espiritual. No venimos a este mundo para sentirnos miserables, porque esto sería un obstáculo en nuestra misión de dar amor. Si nos sentimos abatidos, nos volvemos distantes, y en ocasiones, estamos tan solos que ni siquiera nos damos cuenta de la gente que pasa junto a nosotros —le expliqué.

—Una cosa es estar triste y otra cosa es sentirse tan desgraciada —dijo Gloria.

—Si se siente tan presionada, ¿por qué no se separa de su marido y comienza una nueva vida? Nunca es tarde para cambiar las cosas —le respondí.

—Es un problema puramente económico. Mi esposo no es un hombre rico, y aunque me pagase la manutención de la niña, eso no me permitiría tener las comodidades y la tranquilidad económica que ahora tengo. Llevo una buena vida, a la cual no quiero renunciar. Por otro lado, no quiero tener que empezar a trabajar y tener que dejar a mi hija en una guardería. ¡Me siento muy triste y no puedo hacer nada para evitarlo! —me confió.

—Hay algo que sí podría hacer y que le ayudaría —dije. Ya que la situación no va a cambiar, lo que sí puede usted cambiar es su propia actitud. Usted considera que su vida es tediosa, y por tanto así lo es. Si pensase que su vida es excitante, todo cambiaría. Lo primero que le falta es entusiasmo. Si no le gusta la situación en la que está, usted misma pudiera tratar de convertirla en una experiencia positiva simplemente cambiando su actitud. Nunca haga las cosas a la mitad. Si no le queda otro remedio que seguir como está, pues disfrute de su situación. ¡Deje de lamentarse! En lugar de buscar un culpable, dedíquese a buscar las cosas que pueda amar en su vida. Sea creativa y arriesgada. Me cuenta que tiene comodidades, ¡pues haga hincapié en ellas! Al menos para empezar. Si no tiene que trabajar, entonces trate de emplear su tiempo en algo que realmente le guste. Cada pensamiento positivo remplaza a uno negativo que nos causa depresión. Disfrute de su hija, de su esposo, y también disfrute de su propia vida. La vida se le irá tan rápido que en un futuro, cuando vuelva la vista atrás verá todo esto, aún en su propia contradicción, como una etapa maravillosa de su vida. Vea siempre las cosas buenas. Está viviendo con un hombre que la valoró tanto como para asumir el compromiso del matrimonio. Él sigue a su lado y la mantiene. Trate de verlo a él con diferentes ojos, puede que él sea tan infeliz en su matrimonio como usted. Es posible que si usted cambia, y le entrega un poco de amor y de aliento, él la sorprenda saliendo del cascarón en donde él se encuentra. Todos estamos cubiertos de muchas capas y se requiere de mucha paciencia y amor para llegar al fondo. Somos nuestros pensamientos, siempre sujetos a cambio. Trate de ver la belleza en el mundo y en la gente. ¿Ha oído hablar de la droga "éxtasis"? Se ha hablado mucho de ella porque para muchos es una experiencia profunda y extraordinaria. Esta droga exalta los recuerdos, las emociones y el sentido del olfato y del oído. Cuando recurrimos a las drogas para encontrar las respuestas a nuestra vida, más elusiva se hace nuestra búsqueda. Vivimos en un mundo que nos hace preocuparnos por muchas cosas, y cada día que pasa se hace mucho mayor el volumen de información que debemos manejar. Es fundamental para nuestro propio bienestar que aprendamos a detenernos unos momentos durante el día y que nos dediquemos a la meditación. Sólo si logramos llegar hasta el fondo de nuestras almas, encontraremos lo que hemos estado buscando. No hay motivos para que se sienta deprimida. No puedo recetarle una medicina que cure el aburrimiento. Si tan sólo deseara cambiar su perspectiva, todo a su alrededor se vería diferente. Recuerde que siempre es mejor dar que recibir, esforzarse por llevar la felicidad y el amor a los demás. Ésta es la forma más segura de que todo vuelva a usted. Sueñe sus sueños con el corazón lleno de felicidad y sus sueños se convertirán en su realidad. ¡Adiós, Gloria! Estoy convencido de que la próxima vez que nos veamos se sentirá más feliz y llena de entusiasmo —afirmé.

—Gracias por su ayuda, doctor Camote. Estaba tan inmersa en mi situación que no podía ver con claridad. Su esposa debe ser una mujer muy afortunada —comentó Gloria cuando ya estaba dispuesta a irse.

—No estoy casado —respondí—. Pero mientras hay vida, hay esperanzas.

—¿Qué aprendiste de tu encuentro con Gloria? —quiso saber Kika.

—Si nos envolvemos en una búsqueda constante de la felicidad, ésta se convierte en una obsesión y no acertaremos a ver nada más. Pasaremos por alto hasta nuestra propia misión en esta vida. Aprendí que por muy difícil que se pongan las cosas, siempre se debe seguir adelante aunque en ello nos vaya la vida —respondí.

EL ORÁCULO DE KOKO: CONTRICIÓN

El presente. En estos momentos, una influencia destructiva puede afectar tu trabajo. También es posible que estés desilusionado por los errores y la falta de comprensión de algunos colegas tuyos en el trabajo. Es posible que necesites poner mayor concentración y esfuerzo para alcanzar tus objetivos. Otros te acusarán de que los ignoras en tus ansias por avanzar con mayor rapidez. Si eres consciente de haber cometido un error, pide perdón. Si tu arrepentimiento es sincero puede transformarte y hacer que se abran nuevas puertas hacia el éxito.

El futuro. Tendrás muchas oportunidades en un futuro próximo. Aunque ésta será una etapa difícil y de desafío, tendrás la oportunidad de eliminar las cosas superficiales de tu vida. Harás descubrimientos sorprendentes justo en estos momentos en los cuales te enfrentas a problemas esenciales e importantes. Ten cuidado, mantente alerta y siempre consciente para que nunca cometas el mismo error dos veces; de lo contrario, las lecciones que con tanto trabajo aprendiste, no tendrán ningún valor en los acontecimientos de tu vida actual.

22
LA BALSA

Al cansado le da fuerza y al impotente le multiplica el vigor.

Isaías 40:29

Como si tuviera vida propia, desfiló ante mis ojos el episodio del amanecer en la playa, y sonreí ante las cosas que me sucedieron en aquel día tan extraordinario. Me desperté a las seis de la mañana, me puse el traje de baño, una camiseta, tomé el auto y me dirigí a South Beach. Llevaba una bolsa de papel llena de trozos de pan duro. Estacioné el auto y traté de memorizar la calle donde lo había dejado. Siempre tenía cosas más importantes en las que pensar y por eso solía olvidar esos pequeños detalles. Me dirigí muy animado hacia la playa. No había hecho más que dejar los trozos de pan en la arena y caminado un poco, cuando un grupo grande de gaviotas descendió a la playa. Ellas se precipitaron, empujándose unas a otras, todas decididas a alcanzar un trozo de comida antes de que desapareciese. Cuando terminaron de comer, los penetrantes sonidos guturales que emitían parecían darme las gracias. Les prometí que regresaría y me alejé caminando por la orilla de la playa hasta que tropecé con una balsa rota. No había nadie alrededor, así que me senté en ella. Mi imaginación se echó a volar y comencé a preguntarme de dónde provenía la balsa y quién la había construido. La balsa exaltaba mi romanticismo y mi ansia de aventuras. Quería saber la distancia que esa balsa había recorrido, a quiénes había traído a bordo, y cuáles eran los sueños y esperanzas de las gentes que se habían lanzado al mar en ella. Me perdí por completo en mis pensamientos, y una elocuencia digna de tal ocasión, me inundó a raudales. Comencé a hablar ante un público imaginario.

—Amigos míos, compañeros de viaje en esta tierra —comencé diciendo—, he aquí una balsa que ha llegado desde lugares lejanos trayendo gente con sueños, sueños de soñadores, soñadores con sueños, sueños de libertad. Estos valerosos, intrépidos y victoriosos hombres han corrido el riesgo de perder sus vidas y ser tragados por el mar. Sin embargo, estos milagrosos aventureros olvidaron las precauciones cuando decidieron poner rumbo hacia este continente y alcanzar la tierra de la libertad. La libertad es un sueño que tenemos los soñadores, una meta que siempre tratamos de alcanzar. Muchos de nosotros tenemos la libertad pero no la valoramos, ya que siempre la hemos tenido. Mi madre y mi padre tuvieron que abandonar sus países. Fueron víctimas de la opresión y casi pierden la vida por negarse a aplaudir al tirano de turno. Llegaron a este país y comenzaron una nueva vida. No importa cómo fue que llegaron, pudo haber sido en una balsa, un barco, un crucero o escondidos en un auto. Lo que importa es que después de cruzar mares de tormenta, profundos océanos llenos de peligros, al final obtuvieron la recompensa de la libertad.

Entre tanto, el sol ya había salido y la luz del día lo iluminaba todo. Grupos de personas que acostumbran a caminar en las mañanas se habían reunido en la playa y escuchaban atentos mi monólogo.

—¿Usted llegó en una balsa? —preguntó alguien.

—En cierta forma, todos hemos llegado en una balsa. Somos viajeros extranjeros que llegan desde otras dimensiones, almas que estaban a la espera de poder volver. A todos nos une el mismo vínculo: somos criaturas que habitamos en este planeta llamado Tierra. Ustedes todos son mis hermanos y mis hermanas porque compartimos juntos otras vidas pasadas. Somos valientes guerreros que venimos a luchar por la justicia —proseguí.

Mientras hablaba al grupo reunido, alguien llamó a la policía desde un teléfono móvil. La multitud había crecido pero todos se mantenían a una distancia respetable de mí.

—¿Cómo se llama? —escuché que alguien preguntaba.

—¿Qué significa un nombre? Es tan sólo algo temporal, sin importancia y sin consecuencias. Todos tenemos muchos nombres, por los cuales hemos sido conocidos en las vidas pasadas. Digamos que yo me llamo

Don Quijote. Todos llevamos un Quijote dentro. Todos tenemos un sueño, pero necesitamos ser perseverantes para hacerlo realidad sin importarnos el precio que debamos pagar por ello. Puede que nuestras vidas tengan sus altas y sus bajas, y que eventualmente seamos olvidados, pero eso no tiene la menor importancia en el esquema del universo. No importa que los demás nos menosprecien, o que no comprendan lo que abrigamos en lo más profundo de nuestras almas. Debemos ignorar las penas y las tribulaciones, tenemos que trazarnos metas y tratar de impedir a toda costa que nadie nos aparte de ellas —continué dirigiéndome al público.

Dos policías llegaron al lugar. Me evaluaron con la vista mientras yo me encontraba sentado en la balsa. Echaron una ojeada a la curiosa multitud, y le preguntaron a un hombre colocado en la primera fila qué era lo que pasaba.

—Ese hombre llegó en una balsa, dice que se llama Don Quijote y está dando un discurso sobre la libertad. No podemos saber cuántos días se pasó en el mar, pero deberíamos darle un poco de agua y comida —dijo el hombre.

—Déjelo en nuestras manos —dijo el primer policía. Se acercó con precaución y comenzó a interrogarme.

—Buenos días, señor. ¿Su nombre es Don Quijote? —preguntó el policía.

—Buenos días, oficial, defensor de los derechos y de los privilegios de los afortunados ciudadanos de Miami. Todos nosotros somos Don Quijote, incluso usted, mi buen hombre, porque es valiente en sus esfuerzos por protegernos de los villanos que podrían atacarnos. Por lo general, me acompaña mi escudero Camotín, pero como le gusta dormir en la mañana, no me acompañó en mi viaje. Llegué al amanecer porque anoche soñé con mi madre muerta. Ella me pedía que diese de comer a las gaviotas y por eso salí de casa con una bolsa de papel repleta de migajas de pan, y así fue como llegué hasta aquí —le expliqué.

El policía tomó su teléfono móvil y llamó a la estación.

—Tenemos un loco aquí en South Beach que vamos a llevar para la estación. Dice que se llama Don Quijote, defensor de la libertad y piensa que él fue enviado para arreglar las desgracias del mundo. Dejó a su escudero en algún lugar. Creo que es un balsero que ha estado sobreviviendo con las migajas de pan que la gente arroja a las gaviotas.

¡Pobre hombre! Necesita que lo examinen, pero primero voy a parar en McDonald's para comprarle una hamburguesa —dijo el policía al capitán.

Intenté en vano explicarles quién era yo realmente, pero tenía tanta hambre que decidí primero comerme una hamburguesa con queso. Se dice que no sólo de pan vive el hombre, y yo quería confirmar el dicho. En esos momentos, no recordaba exactamente dónde había dejado estacionado el auto y me encantaba la idea de que los dos oficiales fueran tan amables y quisieran acompañarme a donde yo iba.

—¿Qué aprendiste de esa mañana en la playa? —preguntó Kika.

—Aprendí que no podemos creer todo lo que vemos porque no siempre lo que vemos es el todo. También aprendí que los primeros cien años de nuestra vida son los más duros —admití.

EL ORÁCULO DE KOKO: COMPASIÓN

El presente. Durante esta época tus habilidades mentales, intuitivas y creativas serán mucho más fuertes. Evita que tus ideas se adelanten mucho en el tiempo, o que sean objeto de controversia. La gente no reacciona de forma favorable ante la inventiva y ante nuevos conceptos que puedan resultar muy atrevidos. Sabrás a través de tu propia intuición cuando estás en lo cierto o cuando estás errado. Ser consciente de las necesidades de los demás es bueno, ignorarlos es un gran error. Conocer el problema de otra persona y tratar de darle consuelo demuestra ser poseedor de un gran corazón. Darle la espalda al necesitado significa que no se valora el propósito por el cual vivimos. Mantén las prioridades adecuadas.

El futuro. Éste puede ser un momento de grandes cambios, situaciones brillantes y extraordinarias. Planifica actividades relacionadas con grupos creativos, búsquedas intelectuales o intereses especiales que puedan vincularte a individuos de gran creatividad mental que te estimulen y que a la vez te motiven. En lo personal, amigos y familiares acudirán a ti en busca de inspiración y ampliación de sus conocimientos.

23
EN EL MOMENTO

Al igual que el agua busca las respuestas en lo profundo de sí misma, el cielo busca esas mismas respuestas en su inmensa altitud. Es a través de esa misma forma de buscar que tanto el padre, como el hijo ven las cosas de una forma diferente.

I Ching

Recuerdo el mucho tiempo que pasé con Camotín y lo difícil que la mayoría de las veces me resultaba poder llegar a su alma. Sin embargo, yo no era un hombre que se rendía fácilmente. Si un método había fallado, trataría con otro, y así fue como decidí poner en práctica el I Ching o Libro de los Cambios. Esta práctica la utilizaron los sabios de la antigua China y trajo consigo resultados filosóficos fascinantes. Miles de años atrás, los sabios de la antigua China comenzaron a diseñar un sistema que fuera capaz de explicar los mecanismos que llevan a que las cosas sucedan de la forma en que lo hacen. Mediante la observación de la naturaleza llegaron a la conclusión de que el mundo está cambiando constantemente, y que además existe un flujo eterno de cambios. En el mundo existen contrastes como son el día y la noche, la guerra y la paz, y estos polos opuestos se complementan y no pueden existir por separado. Las dos fuerzas originales fueron denominadas el Yin y el Yang. El Yin es suave, pasivo, oscuro y pertenece al género femenino. El Yang es fuerte, activo, brillante y pertenece al género masculino. El

Yin y el Yang representan todos los contrastes que existen en el mundo. Se atraen mutuamente, confirmando el dicho popular de que los polos opuestos se atraen. Mucho tiempo atrás, los gobernantes acudían al I Ching en busca de consejo sobre sus asuntos oficiales. Durante siglos, nuevos descubrimientos y filosofías fueron agregados al texto original; entre otras cosas se añadieron algunos de los preceptos del gran filósofo Confucio, cuya sabiduría se cita ampliamente en la actualidad. En el pasado, el libro tan sólo era considerado como un instrumento para poder leer el futuro, pero todo eso ha cambiado mucho en la época actual. Ahora existe hasta un libro de medicina I Ching y un programa de computadora I Ching que misteriosamente da respuestas sorprendentes y que a la vez contienen una gran sabiduría. Sus respuestas son capaces de penetrar en el reino del subconsciente y de la mística. En realidad, los dibujos que aparecen en las cartas del I Ching fueron creados como una forma más para poder estudiar el rumbo de nuestra existencia. Me senté ante mi computadora y accedí a mi programa de I Ching. Camotín estaba sentado a mi lado.

—Camotín, pregunta cualquier cosa que quieras saber. No tienes que decírmelo si no quieres, pero debes preguntar lo mismo que estás pensando, o no recibirás la respuesta correcta —le expliqué dando comienzo al juego.

—Es fácil, usted puede oírlo. Es lo mismo que estoy pensando siempre. ¿Por qué no soy rico y famoso? —preguntó Camotín.

—Mira la pantalla y muy pronto verás aparecer la respuesta —dije.

—¡Debí haberle preguntado los números ganadores de la lotería! —bromeó Camotín.

—Éste es un asunto serio. Por favor, no pierdas la concentración. Entre tanto, te daré un consejo. Había una vez un hombre que rogaba con fervor a Dios todas las semanas para que le dijese los números ganadores de la lotería. Después de un año de oraciones, el hombre se disgustó porque nunca había ganado. Día tras día le había suplicado a Dios que le respondiese, hasta que un día, finalmente, Dios le contesta. Dios le pide que no le moleste más con sus preguntas, y le dice que nunca iba a poder ganar ningún premio en la lotería si antes no compraba el boleto. No olvides, Camotín, que la vida no deja de transcurrir mientras nosotros esperamos que algo nos suceda —le expliqué.

Al fin, apareció la respuesta de Camotín en la pantalla y la imprimí. Se la entregué y él se quedó mirando las páginas dubitativamente.

—Yo no sé si puedo tomármelo en serio, pero ya que recibí la respuesta, voy a leerla —dijo Camotín.

A medida que leía, se llenaba de excitación.

—Escuche esto:

Todo tiene una razón de ser y cada cosa tiene su momento en este mundo. De la misma forma que el agua desaparece de los estanques porque la usamos para irrigar los campos, también debemos aprender a aceptar que la pérdida de parte de nuestros bienes materiales y de nuestra posición, nos sirve como parte de la preparación para el futuro. Al disminuir los bienes materiales, el espíritu se libera y el alma se torna más plena. Si dejamos de desear las cosas materiales, lograremos que nuestras vidas sean más simples y alcanzaremos la buena suerte. La más pequeña de nuestras acciones puede tener un gran valor si se realiza con sinceridad. Conserva la confianza; en realidad, los tiempos de escasez pueden traer la buena suerte, sobre todo, si te mantienes siempre abierto a esa posibilidad.

—¿Significa que hoy no le puedo pedir un aumento de sueldo? —preguntó Camotín.

—Has recibido una respuesta muy sabia, Camotín. Las riquezas por las cuales tú preguntas son las riquezas del alma y del espíritu que en definitiva son mucho más importantes que el dinero. El dinero viene y va como las olas del mar, pero el que tiene la suficiente sabiduría para saber lidiar con los problemas cotidianos, ése sí que tiene un tesoro —le expliqué.

—Yo personalmente tomaría el dinero ahora y me preocuparía por obtener la sabiduría después —contestó Camotín.

—Camotín, tienes que aprender a vivir el momento, porque ese momento es lo único que tenemos. Te voy a dar un buen ejemplo: érase una vez un hombre al que le gustaba caminar solo por el bosque. Un día escuchó un ruido a sus espaldas y cuando se volvió, vio un tigre que corría hacia él. El hombre echó a correr hasta que llegó al filo de un precipicio. Miró hacia abajo y vio los rocosos acantilados del fondo, se volvió y vio cómo el tigre avanzaba veloz hacia él. Sin saber qué hacer, se arrodilló al filo del abismo y se aterrorizó al comprender que si saltaba se mataría. Tenía la vista puesta en el fondo, cuando de pronto vio que a su lado se encontraba un fabuloso arbusto lleno de unas fresas que parecían maravillosas. Se inclinó hacia delante, tomó la fresa más grande y se la comió con deleite. Esto es a lo que yo llamo saber vivir el momento, Camotín —concluí.

—No entiendo la enseñanza de su historia. Yo habría estado demasiado aterrorizado para ponerme a comer fresas. ¿Usted nunca ha sentido miedo? —preguntó Camotín.

—Sí, varias veces. Sin embargo, la verdadera diferencia está en entender cómo podemos vencer nuestros miedos. Nuestros pensamientos controlan la mente, y en un momento dado, podemos desviar la atención hacia otra cosa. Si ése era nuestro destino, lo que tenga que suceder, sucederá no importa lo que hagamos; así que al menos seamos positivos y sigamos adelante como si fuéramos caballeros errantes, e intentemos, siempre con gallardía, llevar a cabo nuestra misión —le aconsejé—. Pero ahora dime lo que has aprendido de nuestra conversación de hoy —quise saber.

—Vive cada instante como si fuera el último, y ten mucho cuidado con los tigres hambrientos —respondió Camotín.

—¿Crees que ayudaste a Camotín con el I Ching? —me preguntó Kika.

—En la naturaleza, al igual que con los hombres, todo es posible. También aprendí que en la vida nada es gratis, todo tiene un precio —concluí.

EL ORÁCULO DE KOKO: COMPRENSIÓN

El presente. Ésta será una etapa llena de decepciones. Mantén en secreto tus habilidades, proyectos e ideas. Sientes que se ha agotado tu vitalidad tanto física como mental y vas a necesitar una inyección de energía positiva. Es mejor que busques la seguridad y que no reveles a nadie tus metas y ambiciones, ya que los demás ni las aprobarán, ni te apoyarán.

Sé paciente cuando trates con las autoridades, ya que a veces pueden resultar muy exigentes y agotar la poca energía que te queda. Haz que tu vida sea lo más estable y segura posible.

El futuro. En un futuro próximo, podrás confiar en tu intuición y en tu luz interior para encontrar una mejor solución a tus problemas. Demostrarás un gran acierto al valorar las posibles consecuencias de ciertos actos y tendrás grandes dudas acerca de las intenciones de los demás. Descubrirás que posees una habilidad o talento oculto que antes desconocías. Siempre que confíes primero en lo que te dicta tu yo interior, te darás cuenta que no hay necesidad de seguir buscando por todas partes esa respuesta que ya está escrita y que se encuentra dentro de ti mismo.

24
VIDAS PARALELAS

No digas que encontré el camino del alma. Di mejor que encontré el
alma que recorría mi camino; pues el alma recorre todos los caminos.

GIBRÁN JALIL

Ahora mismo viene a mi memoria una de las muchas ocasiones en que
busqué la ayuda de mi tío Joseph. Desde aquí puedo una vez más apreciar lo maravilloso y generoso que él siempre fue conmigo. Mi tío fue
siempre un verdadero ejemplo de espiritualidad y de amor incondicional. Fue mi mentor y mi guía, y siempre pude contar con su sutil sabiduría cuando la necesité. Sabía lo mucho que yo había recibido de él, pero
me cuestionaba lo que yo le había dado a cambio. ¿Contribuí de alguna
forma a que la vida de mi tío Joseph fuera mejor?

Mi memoria me remite a una ocasión en la cual yo invité a mi tío
Joseph a la Florida y él aceptó encantado. Su avión llegó una hora tarde, debido a que se había producido un retraso al despegar en Madrid.
Mientras esperaba en la terminal me puse a darle vueltas a unas ideas
que rondaban en mi cabeza desde hacía varios días. Yo creía firmemente,
que existen muchas almas que nos envían mensajes mientras dormimos.
Mis sueños se hacían cada vez más y más intensos y requerían que les
prestase una mayor atención al despertar. En los últimos tiempos mis
sueños se intensificaron. Me veía en ellos como yo mismo, pero siendo
otra persona, pero a la misma vez existiendo en este mismo momen-

to. Sin embargo, esa persona vivía en Birmania y trabajaba junto a los oprimidos. Quise hablar de este sueño que se repetía constantemente con mi tío, quien era un experto en interpretar los sueños. Yo valoraba mucho las opiniones de Joseph sobre cualquier asunto relacionado con los sueños.

El avión por fin aterrizó, y Joseph y yo abandonamos el aeropuerto y nos dirigimos al restaurante Don Quixote en Coconut Grove, donde cenamos. Joseph dijo que era el restaurante más bello que había visto nunca y que no existía otro igual, ni siquiera en España. Mientras esperábamos por los aperitivos dimos inicio a la conversación.

—Bien, Sebastián, estoy muy contento de verte de nuevo, pero siento que hay algo que te preocupa y de eso es exactamente de lo que quieres hablarme —dijo.

—Sí. ¡Tan perspicaz como siempre, tío! Últimamente he estado pensando mucho en las diferentes situaciones por la que dos personas distintas puedan estar atravesando al mismo tiempo, en dos lugares diferentes, y sin que exista ningún vínculo entre ellas. Mis sueños son tan reales y tan intensos que a veces siento que yo soy esa misma persona con la que estoy soñando —le expliqué.

—Es un tema sobre el que podríamos reflexionar mucho. ¿Sabías que dos de los escritores más grandes del mundo, Miguel de Cervantes y William Shakespeare, murieron el mismo día, el 23 de abril de 1616? Lo cual parece algo más que una coincidencia —expresó Joseph.

—¿Qué quieres decir, tío? —quise saber.

—¿No te has parado a pensar que ambos pudieran haber compartido partes de la misma alma? Imagínate por un momento que esa alma pasaba de un autor a otro en momentos diferentes de sus vidas dándoles estímulo e inspiración —dijo Joseph.

—¿Cómo puede ser? —pregunté intrigado.

—Mucha gente viene a este mundo y ocupa un cuerpo físico en un determinado momento, pero, ¿qué pasa si no hay suficientes almas con un determinado talento para cada uno de los cuerpos? Puede perfectamente suceder que una misma alma habite los cuerpos de dos personas que ni siquiera se conocen y que además se encuentran en lugares diferentes —explicó Joseph.

—¡Qué teoría tan fascinante! ¿Tú crees que es posible? —pregunté.

—¡Claro que lo creo! Estoy seguro que tú como médico, has tenido pacientes que se quejan de estar vivos pero que a la misma vez no sienten nada. Es muy posible que esto pueda suceder cuando su alma los abandona para mudarse temporalmente a otro cuerpo físico, el cual tan sólo habitan por un determinado periodo de tiempo —explicó Joseph.

—¿Esto puede suceder sin que las personas se conozcan? —insistí.

—Claro. Ambas personas funcionan por separado, y lo más posible es que hasta hayan nacido en diferentes años y de padres diferentes. Lo único que tienen en común es que comparten la misma alma. Es muy posible que ambos compartan los mismos talentos sin que siquiera uno conozca de la existencia del otro. Es posible que un pianista en Rusia pueda compartir la misma alma con otro pianista de China. Los dos pueden ser excelentes pianistas, pero a menudo uno alcanzará el éxito y el otro no. Esto es parte del misterio de la vida. En el plano físico, cuando parte del alma abandona uno de los cuerpos, hay momentos en que la persona puede actuar como un robot, su intelecto sigue programado, pero él como persona carece de espiritualidad. Ésta podría ser una etapa en que la persona se lamente de que ya no puede crear, y que entonces entre en una profunda depresión. De repente, cuando el alma regresa al cuerpo, la persona, como por arte de magia, recobra la inspiración. El alma es lo que nos proporciona la continuidad, la alegría y el amor duradero —explicó Joseph.

—Tío, he estado leyendo acerca de las vidas paralelas. Esta teoría plantea que existen otras dimensiones que nosotros no podemos ver. En estas dimensiones paralelas, el tiempo, el espacio y el movimiento no existen. Si esta teoría es correcta, podría llegar el momento en que pudiéramos tener acceso simultáneamente a otra zona temporal, y sería posible regresar siempre que lo deseáramos y encontrarnos con nuestro otro yo. Si esto fuera cierto, ¿podríamos cambiar nuestros destinos?, o mejor dicho, ¿tenemos más de un destino? ¿Podríamos regresar en el tiempo al momento preciso en que esa otra persona comenzó a compartir nuestra alma? ¿Tendríamos los dos la misma misión? ¿Influiría en mí de alguna manera el propósito que esa otra persona persigue en la vida? ¿Dónde y cómo puedo encontrar esas respuestas? —pregunté.

—Es posible que llegado el momento, tengas que hacer un viaje a Birmania para aprender algo más, pero recuerda que el pájaro no canta por cantar —sentenció Joseph.

Seis meses más tarde viajé a Birmania y aunque desconocía el nombre de la persona a la que buscaba, aún permanecían grabados dentro de mí todos los detalles de esos sueños. Recordaba vívidamente su imagen. La persona que compartía mi alma era una mujer. En mi mente, podía ver las imágenes de la cárcel donde estaba presa. En Birmania existían muchas cárceles llenas de prisioneros sometidos a condiciones deplorables, pero yo estaba decidido a encontrarla a cualquier precio. Al principio de la búsqueda me sentí muy mal, me era muy difícil entrar a una cárcel y escuchar cómo se cerraban las puertas a mis espaldas. Las cárceles me aterrorizaban y estaba obsesionado por el miedo a que me encerrasen. Pero yo sabía que tenía una misión y tenía que continuar mi búsqueda. Los guardianes de las prisiones normalmente eran hostiles, hoscos, sobre todo, porque yo no podía darles el nombre de la persona a la que yo buscaba. Sin embargo, por mucho que les disgustase el tenerme allí, yo era un médico estadounidense que representaba a la organización Amnistía Mundial y Libertad, y el gobierno de Birmania había aprobado mi visita. El gobierno de Birmania negaba la existencia de presos políticos en el país y aceptaron que yo lo comprobase personalmente. Todos los días al levantarme meditaba, rezaba y rogaba a todos los santos para que me ayudasen. Iniciaba la búsqueda temprano en la mañana y visitaba cárcel tras cárcel escrutando cada rostro desesperanzado que veía. Miraba a aquellos ojos que ya habían perdido la luz y la esperanza y rezaba una oración por cada uno de los que pasaban delante de mí. Desgraciadamente, nunca encontré a la persona que buscaba, pero sí descubrí a otra persona que me pidió desesperadamente ayuda. Su nombre era Anna y había sido maestra y activista política en Johannesburgo, Sudáfrica. Un día le llegó un mensaje a través de un sueño. En el mensaje se le pedía que viajase a Birmania a trabajar con los niños hambrientos y desposeídos. En el sueño Anna veía a los niños muriéndose, a la vez que extendían sus manos hacia ella implorando su ayuda. El sueño continuó repitiéndose, y ella no dudó ni por un instante que ése iba a ser su destino. Renunció a todas las comodidades que poseía y asumió el reto espiritual de llevar la luz a las almas que permanecían en las tinieblas. Había llegado a Birmania cinco años atrás y se esforzó por cambiar la vida de los niños. Abrió una escuela y trató de enseñarlos a leer y a escribir, y siempre que conseguía algo de dinero les compraba comida.

Las autoridades locales la consideraban una persona problemática y un día sin explicación alguna la encerraron en la cárcel. Escribió artículos y cartas a diferentes periódicos y revistas, sin embargo los guardianes nunca los pusieron en el correo. No tenía a nadie que la ayudara. Le dijeron que ella era una delincuente común, no una presa política, y por tanto no tenía ningún derecho especial. En más de una ocasión fue maltratada y castigada, pero si se quejaba, el castigo era quitarle la comida y el agua. Durante el último año había enfermado gravemente, pero aún así, ella no recibía ningún tratamiento médico, ni le daban medicina alguna. Ella sabía que iba a morir y rezaba para al menos poder ayudarse espiritualmente.

—Doctor Camote, ahora que le he conocido, sé que mi viaje ha concluido y estoy lista para abandonar esta tierra. No quiero marcharme sin suplicarle que se haga cargo de mi causa. Por favor, ayude a los niños por todos los medios que le sea posible. Los niños son nuestra esperanza de futuro en este planeta y necesitan alimento físico, emocional y espiritual —dijo Anna.

—Mi querida Anna, pienso y siento lo mismo que usted. Yo ya estoy haciendo todo lo que puedo para que este mundo sea un mundo mejor para todos, pero le prometo que me esforzaré aún más. Creo que fui enviado en respuesta a sus súplicas. ¡Me gustaría que hubiese algo que yo pudiera hacer por usted! —le aseguré.

—Sí, hay algo. No olvide lo que acabo de pedirle. Los niños en todo el mundo necesitan ayuda. También los adultos. ¡Hay tanta ira acumulada en el universo! La gente está irritada y alterada y ya nada les importa. Lanzan continuamente pensamientos y energías negativas contra el universo. Cada uno de nosotros debe rezar junto a la madre universal para poder convertir toda esa negatividad en la energía positiva que habrá de transformar a la humanidad. Todos estamos unidos por un mismo vínculo, y tanto las flores como los árboles, las montañas, los lagos y todas las criaturas vivas necesitan estar rodeadas de buenas vibraciones para que puedan alcanzar la prosperidad. Mi vida está llegando a su fin, pero algún día regresaré, y estoy convencida de que volveremos a estar juntos. Dejo mi amor con usted, mi querido Sebastián —dijo.

—¿Qué piensas de tu encuentro en Birmania? —me preguntó Kika.

—Sé que cuando pase al otro lado me encontraré nuevamente con Anna, y podré decirle que cumplí mi promesa de tratar de ayudar al mundo. Nuestra vida se conforma tan sólo de dos tragedias: una de ellas es no lograr lo que nuestro corazón desea, y la otra es lograrlo —le respondí.

EL ORÁCULO DE KOKO: FE

El presente. En estos momentos, estás dejando de lado tu vida personal, sobre todo el aspecto romántico. Esta situación se hace extensiva al plano social y podría llevarte a caer en una situación embarazosa, o a cometer un error que podría costarte muy caro. Consideras que la gente que te rodea no aprecia tus buenas intenciones, a pesar de que tú te estás esforzando más que nunca. Estás entrando en un problemático proceso de autocensura y te estás convirtiendo en tu peor enemigo. Hasta la persona más sabia debe escuchar los consejos que emanan del corazón, porque si insistes en mantener una mente obstinada vas a perjudicar gravemente tus posibilidades de éxito.

El futuro. Muy pronto no te va a quedar más remedio que aceptar que nadie es perfecto. Evita las confrontaciones innecesarias con los demás. Utiliza la diplomacia en las situaciones adversas. Prepárate para descubrir nuevos lugares y experimentar nuevas ideas. Acabarás aceptando estas ideas, aunque al principio no las comprendas. Busca nuevos enfoques. Si crees firmemente que lo que ves es real, pronto los deseos de tu corazón se harán realidad.

25
EL FESTIVAL DE ARTE

Sobre gustos no hay nada escrito.

Proverbio griego

El fin de semana en que se celebraba el festival anual de arte de Coconut Grove se presentaba maravilloso. El reporte del tiempo pronosticaba una temperatura de veintidós grados centígrados, cielo despejado y ninguna posibilidad de lluvia. Este acontecimiento artístico, goza de gran popularidad y resulta del agrado de muchas personas, por lo que atrae a visitantes de todas partes. El festival goza de un gran prestigio, y en él se exhiben las obras de cientos de artistas de más de cuarenta estados de la nación y de algunos países extranjeros. Es un lugar donde se puede encontrar de todo para satisfacer los gustos más variados. En el Peacock Park podemos ver y apreciar artistas de primera línea y siempre hay más de una docena de vendedores ambulantes ofreciendo una amplia variedad de comidas.

Era la tarde del domingo y me dirigí hacia el festival artístico en Coconut Grove. Después de tanto escuchar al doctor Camote, al fin, yo entendí que en realidad que sí me gustaba ver las diferentes manifestaciones del arte: pintura, dibujo, cerámica, impresiones, cristales, joyas, esculturas y tallas en madera. Además, siempre existía la posibilidad de hablar con el artista. Por lo general, solía encontrarme con el doctor Camote en la feria, pero este año él ya no estaría allí. El doctor Camote estaba muerto. Cuando avanzaba por la calle central vi a la doctora Goldstein acompañada de un grupo de señoras. Me acerqué y la saludé.

—Camotín, me alegra mucho verte por aquí, no sabía que te gustase el arte —dijo la doctora Goldstein.

—Me gusta echar una mirada porque es un lugar interesante, y como diría el doctor Camote: "…hay mucha energía positiva alrededor" —comenté.

—Yo lo extraño mucho, ¿y tú? —me preguntó la doctora Goldstein.

—Creo que sí. Ya nadie me llama "su escudero" —repliqué.

—Que tengas un buen día, Camotín. Me alegra haberte visto —dijo mientras se alejaba.

Seguí caminando calle abajo. El lugar estaba atestado de gente y todos avanzaban muy despacio. La gente iba entrando a todos los quioscos ya que no querían perderse nada. Contemplar a la gente era tan interesante como ver las obras de arte. Había hasta perros que desfilaban vestidos con capuchas y gafas de sol. Las muchachas de cuerpos bien formados pasaban a mi lado, con sus blusas escotadas y con sus explosivos *jeans*. También podían verse algunos hombres de cuerpos musculosos. Alardeaban con orgullo sus bíceps debajo de las camisetas que a su vez llevaban escritos mensajes atrevidos. El ambiente era de fiesta, y yo me preguntaba si en realidad alguien compraba algo. Me detuve a ver unas graciosas esculturas de madera que resultaban asombrosas, así como unos interesantes jarrones de cristal con magníficos tintes en violeta, púrpura y azul oscuro. Podían verse pinturas abstractas de vibrantes colores y variadas formas geométricas que representaban algo para el artista, pero que a los espectadores les resultaba difícil de definir lo que realmente era. Tratando de explicarlo en términos del realismo, diríamos exactamente que eso era lo que el artista había tratado de proyectar. Eso es lo extraordinario del arte. Podemos interpretarlo de la manera que nos parezca mejor, y siempre va a hacer volar nuestra imaginación. Seguí avanzando, y me detuve por un breve instante para examinar ciertas muestras artísticas que habían llamado mi atención. De pronto, me tropecé con una gran multitud que se había reunido en uno de los quioscos. Todos hablaban al mismo tiempo y podía escuchar sus voces exaltadas.

—¿Es ese el retrato del asesino?

—Él fue un autor eminente y una autoridad en los asuntos de la reencarnación.

—Fue un psiquiatra respetado.

—¿Por qué querrían hacer su retrato?

—Posiblemente, el artista sea un oportunista que trata de sacarle el dinero a algún coleccionista de arte interesado en las cosas macabras de la vida.

—Ese es el cuadro que ganó el premio a la "Mejor Obra del Festival" y ya está vendido.

Traté de acercarme a empujones a la entrada del quiosco porque quería ver el cuadro que estaba ocasionando tanto alboroto. Cuando por fin logré llegar y vi el cuadro me quedé totalmente sorprendido ya que precisamente el rostro del doctor Camote era lo que estaba reflejado en el lienzo. El parecido era asombroso, la expresión de sus ojos y la forma de mirar habían sido captadas con total sensibilidad y estilo. Me di cuenta de que el artista estaba de pie a un lado y seguía muy atento la controversia que su cuadro había ocasionado. Me acerqué a él y le dije:

—Hola, mi nombre es Camotín y yo era amigo del doctor Camote. Estoy impresionado con el parecido tan grande que usted logró en su pintura. Lo felicito por su obra. Se parece tanto, que siento como si el doctor Camote fuera a hablarme en cualquier momento —dije.

—Gracias por sus palabras. Me llamo Román —respondió el artista.

—Parece que usted conoció muy de cerca al doctor Camote, porque ha capturado su imagen y su expresión tan bien como en cualquier foto que yo haya visto de él.

—El doctor Camote me dio el coraje necesario para continuar pintando, y por eso le debo mucho. Él se tomó el trabajo de hablar conmigo y de darme ánimos cuando nadie creía en mí. Nos conocimos el año pasado, cuando también estaba exhibiendo mis obras y no pude vender nada durante todo el fin de semana que duró el festival. Él se detuvo en mi quiosco y nos pusimos a hablar de las cosas de la vida —dijo Román.

—Sí, así era él. Podía hablar con una persona totalmente desconocida y ya a los cinco minutos parecía que lo conocía de toda la vida. ¿Hablaron del destino y de sus retos? Ése era uno de sus temas favoritos —le expliqué.

—Yo le conté lo desilusionado que me sentía de ser artista porque es una profesión que no resulta gratificante. Es una vida muy solitaria porque cuando estás creando quedas siempre a merced de ti mismo. Fijas la mirada en el lienzo, y son tus pensamientos y tu energía los que hacen que éste cobre vida. Pones tus sueños, tus deseos y tu amor en ese pedazo de nada y cuando lo concluyes pasa a ser juzgado por los demás. No sólo juzgan tu obra, sino también a ti como artista, ya que tú eres el creador de la obra. ¡A veces me siento tan derrotado! Sé que no soy Van Gogh o Rembrandt, y que no puedo competir con los maestros, pero si Dios me dio este don de la pintura es para que yo lo comparta con el mundo. Resulta muy difícil ser una persona creativa. A veces me gustaría tener una vida organizada, tener que ir todos los días a una oficina y trabajar de nueve a cinco, en lugar de sufrir el tormento de tener que pintar día y noche cuando me siento inspirado por algo. Es como si una fuerza incontrolable me dominase y me exigiese expresar mis ideas. El doctor Camote me decía que esas ideas eran la inspiración, y que me llegaban enviadas por alguien que habitaba en otra dimensión. Me explicó que la pintura era mi destino y mi misión en esta vida y que nunca podía darme por vencido o perder las esperanzas. Muchas veces nos desesperamos cuando no se cumplen nuestros deseos, pero desesperarse no ayuda en nada y además, no permite que nuestros sueños se hagan realidad o que recobremos la esperanza. Es muy peligroso dejar que la ira o la desilusión crezcan y que eventualmente lleguen a anidar dentro de uno. No debemos permitir nunca que nuestro universo creador se altere, ya bien sea porque el sufrimiento inunde nuestro presente o porque esté anclado en nuestro pasado. Nunca hay motivos suficientes como para perder la esperanza —concluyó Román.

—¿Sabía él que usted estaba pintando su retrato? —quise saber.

—No, hice el cuadro a partir de una foto que salió en la cubierta de uno de sus libros. Él influyó en mi vida y en mi decisión de seguir adelante como artista. Me explicó que nuestro destino no es más que una aventura y que todos tenemos una misión que cumplir. Me dijo que cada persona venía a este mundo con un propósito único y que nosotros como seres humanos manifestamos nuestro lado bueno en correspondencia con nuestra conciencia y con nuestras intenciones. Me dijo que nunca me comparase con otros artistas porque yo no puedo crear lo mismo que ellos. Desde un principio no estaba previsto que yo fuera como ellos, que yo tenía mi propio valor y que debía ser fiel a mis visiones personales y a mi talento. El doctor Camote dijo que yo iba a ser útil a muchas otras personas a medida que se fuese cumpliendo mi destino. También me aseguró que yo había recibido este don para que iluminase mi búsqueda y me llenase de alegría. Yo lo admiraba mucho y desgraciadamente el doctor Camote no vivió lo suficiente para ver todo el reconocimiento que tengo yo ahora como artista. El retrato ganó el primer premio del festival y ya fue vendido a un coleccionista privado. El reconocimiento no es para mí, sino para el doctor Camote por la fe que él tuvo en mí como artista. Estoy recibiendo encargos para hacer otros retratos y será la voz del doctor Camote la que me acompañe mientras los pinto. Adiós, Camotín, y gracias por hablar conmigo. Nunca desperdicies la oportunidad de hablar con un extraño. Como bien hubiese dicho el doctor Camote de haber estado aquí: "…un mismo vínculo nos une a todos en este preciso instante y todos compartimos el mismo viaje. Es probable que hayamos estado juntos en el pasado, y que lo estemos también en un futuro, pero lo que importa es que ahora estamos aquí" —concluyó Román mientras se volvía para atender a alguien que había estado esperando pacientemente mientras él hablaba conmigo.

Me alejé viendo cómo de una forma u otra el doctor Camote continuaba ejerciendo su influencia, aún después de su muerte, sobre las personas que le habían conocido. Al parecer, yo estaba descubriendo algo nuevo sobre la vida y la muerte todos los días, y además estoy plenamente convencido de que el doctor Camote habría aprobado mi comportamiento.

26
ELOISE

Jesús le dijo: Si puedes creer, al que cree todo le es posible.

Marcos 9:23

Me pasé una gran parte de mi vida tratando de arreglar los entuertos del mundo en que vivía. Mientras analizaba mi encuentro con Eloise, me preguntaba a mí mismo si yo la había ayudado todo lo que podía. Mi cruzada principal, en mi vida ya pasada, era ayudar a los niños necesitados, porque en la mayoría de los casos, no tienen a nadie que los defienda ante una sociedad tan cruel como la sociedad en la que vivimos. Recuerdo cuando recibí la carta de Eloise, una joven de veintiún años que permanecía encerrada en la cárcel desde que tenía catorce. Eloise había leído uno de mis libros sobre la reencarnación y las vidas pasadas, y me rogaba que fuese a visitarla para que pudiésemos hablar. Siempre que alguien necesitado de ayuda quería hablar conmigo yo accedía de inmediato. Yo vivía totalmente convencido de que yo había venido a este mundo para vivir la vida con decisión y con coraje. Por ese mismo motivo, yo debía estar siempre dispuesto a enfrentar los desafíos que se ponían frente a mí. También yo me veía a mí mismo siempre listo y preparado para cambiar muchas cosas en beneficio de la humanidad. El *Miami Herald* había publicado varios artículos sobre el caso de Eloise y ella me los había enviado para que conociera las causas que la llevaron a su situación actual. Eloise era apenas una niña cuando fue juzgada como un adulto y sentenciada como tal.

A los trece años, Eloise era una adolescente como cualquier otra. Le gustaban las gorras y la ropa extravagante. Sus padres y sus abuelos la adoraban. Tenía un buen sentido del humor y siempre sonreía. Sus padres eran personas educadas y ella heredó de ellos su amor a la lectura de buenos libros. Sus maestros y amigos estaban encantados con ella. De pronto un día comenzó a salir con jóvenes mayores que ella y a pasar las noches fuera de casa. Eloise nunca antes se había visto envuelta en ningún problema, hasta que en una ocasión, cuando tenía catorce años, fue a un motel con su novio Tom, de diecisiete años. Iban acompañados de otra pareja, Sally y Ben. Cuando Eloise y Sally estaban sentadas en el *lobby* del hotel, tomando Coca-Cola, un hombre de cuarenta y cinco años, llamado Edward, se les acercó y las invitó a ir al cine más tarde esa noche. Las muchachas le pidieron que las recogiese en su habitación del hotel a las siete de la noche. Cuando el hombre llegó, Ben y Tom lo estaban esperando. Le golpearon con un bate de béisbol hasta que lo mataron. Eloise y Sally miraban impotentes y estupefactas todo lo que estaba pasando. En lugar de llamar a la policía y reportar el crimen, Eloise se dejó convencer por los dos muchachos y los ayudó a robar la casa del hombre muerto. Todos fueron arrestados por la policía, y Eloise fue condenada a catorce años de cárcel por asesinato en segundo grado.

En esos largos siete años, Eloise pasó de ser una adolescente inmadura a ser una mujer joven y también inmadura. Admitió que había cometido un error al participar en el crimen y juró que nunca más volvería a hacer algo semejante. Sus padres no dejaron de visitarla y de enviarle libros. Ellos la querían muchísimo y trataron por todos los medios de apelar la sentencia, pero todo fue inútil. Eloise se esforzaba por mantener su mente ocupada, pero el ambiente en la cárcel era horrible y la crueldad que se vivía allí dentro la deprimía mucho. En varias ocasiones fue trasladada a otras prisiones debido a que Eloise presentó acusaciones y también diversas alegaciones de abuso sexual. Sus acusaciones se estaban investigando en las cárceles en las cuales Eloise había estado. Un guardián de prisión la había manoseado en más de una ocasión, pero Eloise temía decírselo a alguien por miedo a las represalias y porque pensaba que nadie le creería. Eloise sabía que en siete años saldría de la prisión, pero tenía miedo al futuro. En el momento en que fue a la cárcel, su educación se había interrumpido, y cuando su padre preguntó qué era lo que se podía hacer, le respondieron que el sistema de prisiones del estado no estaba preparado para ofrecer educación y además el estado no ofrecía programas de rehabilitación a los delincuentes jóvenes que no formaban parte del sistema penitenciario juvenil. Esto hizo que Eloise perdiera todas las esperanzas de tener una vida normal en el futuro. Su deseo de verme fue una petición desesperada de ayuda.

Antes de ir a verla, revisé todas las cartas de Eloise y todos los artículos que se habían publicado sobre el caso. Quise haber hecho una regresión con Eloise a una vida pasada, pero cuando solicité autorización al jefe de la prisión, me dijeron que ese tipo de cosas no estaban permitidas. El día de visitas me dirigí a la cárcel, y tuve que esperar en una habitación junto con otras muchas personas. Me senté ante el cristal del cubículo y vi cómo Eloise se acercaba con la cabeza inclinada y la vista fija en el piso. Se sentó en la silla frente a mí justo al otro lado del cristal, y tomó el auricular del teléfono que estaba a su lado. Recé para tener fuerzas y encontrar las palabras adecuadas para hablar con ella. Como médico, conocía la importancia que tiene que tanto la mente, como el cuerpo y el alma trabajen unidos. Pude apreciar el inmenso dolor que sufría Eloise.

—Hola, doctor Camote. Gracias por haber venido a verme. He leído todos sus libros y pensé que usted podría ayudarme, porque nadie más puede hacerlo —dijo.

—Hola Eloise. Me halaga que pienses que yo tengo tanto poder. No te puedo ayudar físicamente, pero sí creo que puedo tratar de ayudarte espiritualmente —expresé—. Quería haber hecho una regresión a una vida pasada para tratar de encontrar allí una explicación a lo que te sucedió, pero no me lo permitieron. Deja que te explique. Antes de nuestra nueva reencarnación, vamos por un tiempo como a una gran sala de aprendizaje. Allí es donde nuestros guías espirituales revisan junto con nosotros nuestra última vida. Nuestros guías someten a juicio nuestras acciones, lo que dijimos e hicimos, y después que hemos sido evaluados, nos dicen exactamente qué es lo que debemos corregir cuando regresemos a la tierra en un futuro. Elegimos a nuestros nuevos padres y la nueva vida que vamos a tener para así poder alcanzar mejor nuestras metas. No sé cuál ha sido el motivo kármico por el que tú has perdido la libertad y has terminado en la cárcel, pero aún puedes sacarle provecho al tiempo que te queda por pasar aquí dentro. Nosotros como personas, no somos más que nuestras ideas, y tú puedes comenzar a pensar con tu espíritu, porque tú eres un ente espiritual y tu vida es eterna. Ésta es tan sólo una de las muchas vidas que tendrás. Ten mucho cuidado con lo que dices porque tus palabras tienen poder. Conserva la bondad, incluso cuando todos a tu alrededor sean crueles, respóndeles siempre con amor. El tiempo pasa rápido y en siete años estarás fuera de aquí. Dios te ha encomendado una misión en la vida, y debes meditar sobre ello y encontrarla. Busca tu sueño y desde ahora mismo trata de alcanzarlo. No es tarde para despertar y tratar de alcanzar lo que hasta hace bien poco parecía imposible.

El guardián de la prisión nos dejó saber que se nos había acabado el tiempo.

—Gracias, doctor Camote. Su visita ha sido de una gran ayuda. ¿Vendrá alguna otra vez a visitarme? —preguntó Eloise.

—Sí, jovencita, volveré y también te haré llegar unos libros sobre espiritualidad para que los vayas leyendo y para que te ayuden a sobrellevar esta situación. Hasta muy pronto.

—¡Adiós! —respondió Eloise, mientras sonreía, quizá por primera vez en muchos años.

Abandoné la cárcel con la sensación de que había ayudado a una persona, pero, ¿y los otros miles de personas que también necesitan ayuda? Las cifras de adolescentes actualmente en prisión y acusados de asesinato son alarmantes. Las noticias que nos llegan a diario nos describen constantemente los casos de niños que asesinan a sus maestro, a otros niños, a miembros de sus familias y que hasta hacen planes para bombardear sus propias escuelas. A medida que el mundo avanza y se vuelve más complejo, en esa misma medida también disminuye el valor del amor y de la bondad. Las personas responsables de controlar la vida dentro de las cárceles deben entender la responsabilidad tan grande que están asumiendo. Se están cometiendo demasiados abusos sexuales. Hay demasiados casos de golpizas innecesarias y demasiados presos encerrados en celdas de aislamiento. Son demasiados los presos que reciben un trato indigno. Ahora mismo y gracias a algunos nuevos informes recientemente publicados, todos hemos aprendido y además nos hemos dado cuenta de que el trato indigno por parte de los funcionarios de prisiones a los presos en las cárceles estadounidenses es una práctica común. ¿Cómo el país que fue la luz y la vanguardia de la libertad puede permitir estos abusos?

—¿Qué importancia tuvo para ti tu encuentro con Eloise? —preguntó Kika.

—Mucha gente cree que yo fui un idiota por tratar de cambiar aquello que no servía del sistema, pero yo sólo traté de estar a la altura de lo que yo creía que era mi misión en la vida. Simplemente, tratar de hacer del mundo un lugar mejor. Ahora que yo ya no estoy, me pregunto quién ocupará mi lugar y será capaz de llevar esperanza y amor a todas las otras muchachas que como Eloise, hay en este mundo. También aprendí que nunca debemos limitar los conocimientos de nuestros hijos a los nuestros ya que ellos han nacido en una época diferente —dije.

EL ORÁCULO DE KOKO: PERSPECTIVA

*El presen*te. En el momento actual tu lenguaje puede llegar a ser muy hiriente. Puedes llegar a ofender gravemente a los demás si no piensas lo que dices antes de hablar. Trata de no impacientarte para así poder evitar desafíos y peleas. Un maestro ideal es aquel que ayuda a formar individuos fuertes, independientes, que piensan por sí mismos y que no son la réplica de sus maestros. Hay muchas formas de ver la vida, pero la tuya no necesariamente es la mejor. Puede que trates de comunicarte en forma violenta con el fin de lograr que los demás te presten atención. Pero tienes que aprender a utilizar la fuerza, siempre como último recurso.

El futuro. Aunque parezca que te enfrentas a tareas imposibles, y que tus aspiraciones son irrealizables, mantén siempre la compasión, pero al mismo tiempo mantén la disciplina y la concentración. Lograrás tus metas en el momento adecuado. No te desesperes si estas metas tardan en llegar más de lo que tú imaginaste. Si logras identificarte con otras personas, comprenderás mucho más claramente la situación por la que están atravesando tanto tú como ellas. Aprenderás que esas personas observan la vida desde una perspectiva diferente, pero que es una perspectiva tan válida como la tuya.

27
KARMA

Eres bueno cuando estás contento contigo mismo, pero tampoco eres malo cuando dejas de estarlo.

GIBRÁN JALIL

Una vez más, mi tío Joseph apareció en la película de mi vida. Esta vez recordé cuando lo visité en Madrid en 1975. Era una época de cambio. Franco agonizaba y el caos se apoderaba de las calles. Vi policías uniformados montados a caballo que se mezclaban con diferentes grupos de gente aterrorizada. Era un espectáculo que daba miedo y que me puso muy nervioso. Yo no era un hombre violento, y no me gustaba la guerra. Una cosa es leer libros sobre las revoluciones y ver películas de guerra, y otra muy diferente es verse envuelto en una. Miraba a todas partes y sólo veía brigadas antidisturbios armadas hasta los dientes. Yo me arrepentía de haber venido. La gente estaba atemorizada y la vida se había interrumpido.

—¿Por qué pasan estas cosas, tío? —pregunté.

—Desde los orígenes del mundo siempre ha habido desacuerdos políticos que han ocasionado derramamientos de sangre. Mientras que la gente vea las cosas de forma diferente y piensen egoístamente que sus ideas son superiores a las de los demás, habrá divisionismos y levantamientos. Los filósofos más grandes del mundo siempre han cuestionado estas mismas cosas, pero nadie hasta ahora ha encontrado una solución.

Los siglos han pasado, pero todo sigue igual, excepto que son más las armas que se emplean para acabar con la vida de los hombres. Si hasta dentro de las propias familias existen divergencias y estas mismas familias discuten constantemente y en algunos casos, llegan a separarse por asuntos de política, ¿cómo los países y las naciones van a poder conservar la paz? —preguntó Joseph.

—Yo pensé que si la gente regresaba por la reencarnación, una y otra vez, deberían traer sentimientos de amor y de paz, pero desgraciadamente, hasta ahora no ha sido así. La gente no comprende que todas las religiones comenzaron simplemente como ideas que más tarde se plasmaron en papel y finalmente se convirtieron en libros, por lo tanto no son las páginas del libro las que conmueven nuestras almas, sino el amor que emana de la persona que lo lee. Las palabras, una vez escritas, nunca cambian, la diferencia está en la conciencia de la persona que las lee —dije.

—Constantemente, nos encontramos con la realidad de que alguien inventa o logra algo nuevo y diferente. Como consecuencia de ello esta persona tiene que enfrentarse a una dura resistencia por parte de otros, porque hay muchas personas que no se adaptan con facilidad a las nuevas ideas y a las nuevas formas de pensar. La gente teme a lo desconocido. Los seres humanos se sienten mucho más seguros apegados a los conceptos que ya conocen y que también comprenden y que por lo tanto les resultan más familiares. Todos los grandes artistas que han creado nuevas técnicas y nuevas obras maestras siempre fueron objeto del desprecio y de la burla durante su época. Muchos de ellos nunca tuvieron la satisfacción de poder ver cómo sus obras eran finalmente apreciadas y valoradas. En algunos casos, siglos después esas mismas obras se han vendido a precios exorbitantes. Un destino similar aguardó a otros muchos escritores y filósofos. Hasta no hace mucho tiempo, todas las ideas y todos los nuevos conceptos se consideraban como una obra del demonio, y como consecuencia de ello, durante muchos siglos, se encerraba en cárceles a los librepensadores, o se les sentenciaba a muerte, porque alguna vez se atrevieron a proclamar conceptos nuevos y originales. Sin embargo, todas esas ideas y conceptos no son nuevos, sino más bien una repetición o un reciclaje, pues todo ha existido siempre, desde el comienzo de los tiempos —explicó Joseph.

—En la vida es mucho más fácil seguir la corriente y no levantar olas, pero, ¿qué haríamos entonces para que existiese el progreso? ¿Quién pintaría los nuevos cuadros, crearía las nuevas melodías y construiría los nuevos edificios y puentes? Se requiere de mucho coraje para crear algo nuevo y diferente cuando se sabe que es probable que uno nunca sea valorado por sus innovaciones hasta probablemente mucho después de su muerte —agregué.

—Tienes razón, Sebastián, pero el artista crea porque lo lleva en su alma. Es posible que haya tenido ese don en una vida pasada y cuando reencarnó y regresó a la tierra, simplemente prosiguió lo que no había podido terminar antes. Piensa en los genios de la música que a la edad de cinco o seis años se sientan ante un piano y ya tocan como pianistas consagrados. Estos artistas crean porque tienen que hacerlo, de la misma forma que tienen que respirar para poder vivir. El hecho de que alcancen o no el reconocimiento en su vida presente, carece de importancia alguna. El reconocimiento y el dinero que reciben por sus obras sólo sirve para alimentar su ego y esos reconocimientos son tan efímeros como su propia vida. Lo que importa es el legado que dejan al mundo. Siempre surgirán nuevos artistas, pero los cuadros de Rembrandt y Miguel Ángel son eternos. La filosofía de Sócrates y Platón no ha perdido vigencia, así como la música de Mozart o Beethoven es imperecedera. Sin embargo, ello no significa que no necesitemos que surjan otros artistas que nos muestren una perspectiva diferente. Nunca sabemos quién en nuestro tiempo, hará una valiosa contribución para mejorar el mundo. Incluso en estos momentos, los investigadores descubren nuevas formas y procedimientos para curar las enfermedades que ocasionan la muerte a tantas personas. Los expertos en computadoras hacen que los hombres estén más cerca los unos de otros. Hoy todo el mundo tiene acceso a la televisión. La idea del hombre en el espacio resultaba una fantasía, hasta que se convirtió en parte del pasado, cuando el primer hombre puso el pie en la Luna. Las historias de ciencia ficción surgieron primero en la mente de los escritores para que otros hombres pudieran finalmente convertirlas en realidad. Vivir es aprender a cambiar. Cada minuto que pasa estamos sujetos a cambios y será nuestra conciencia la que decida si este cambio será positivo o negativo —explicó Joseph.

—He oído decir que si un hombre piensa en viajar a una playa lejana, donde nunca antes haya estado, al llegar se encontrará con que sus huellas ya están marcadas en la arena —comenté.

—Ése es el poder de la mente. Con una meditación correcta podemos llegar a donde deseemos sin tener que abandonar nuestros hogares. Podemos encontrarnos con nuestros ángeles guardianes y pedirles consejo sobre las preguntas que nos abruman. Podemos liberarnos de las imágenes que nos atemorizan y que arrastramos del pasado, y también podemos pedir ayuda para superar la ira, los celos y la envidia. No hay necesidad de que la gente continúe sufriendo por las heridas y las desilusiones del pasado. Cuando los hombres decidan que quieren tener una vida más feliz, y a su vez estén dispuestos a cambiar sus pensamientos negativos por sentimientos de amor, es entonces cuando podrán ver los resultados. El amor y el odio no pueden coexistir. En la vida siempre habrá incertidumbre, por eso no trates de controlar el universo. Si algo no resulta como deseabas, puede que ello sea lo mejor para ti. Imagínate que sales de tu apartamento y que se te ha hecho tarde para una cita que tenías. ¿Qué sucedería si tu vecino aprieta el botón para que el elevador suba cuando tú pensabas bajar? Puede que te enojes, que te molestes, pero ésta no es una forma espiritual de vivir. Piensa que la vida sería siempre mucho más agradable si todos actuáramos y respondiéramos siempre con amor. Esos dos minutos de retraso te darán la oportunidad de compartir amor y puede que incluso te prevengan de estar en el lugar equivocado en el momento equivocado. Cuando analices los acontecimientos del día, ese instante en que te detuviste en el elevador puede ser que sea el momento más importante del día. No corras por la vida porque te puedes perder esos pequeños momentos. Todos esos minutos, grandes y pequeños, son los que conforman nuestras vidas —dijo Joseph.

—Tienes razón tío, pero yo también creo que todas nuestras alegrías y tristezas, éxitos y desilusiones forman parte del todo de nuestra experiencia de la vida —afirmé.

—Así es, pero también la gente con quien nos cruzamos conforma el tapiz de nuestras vidas. En mi vida ha habido muchas personas, algunas de las cuales sólo han estado un instante, pero han tenido un efecto inmediato e inolvidable en mí. En la vida humana todos tenemos nuestro karma. Puede que parezcamos iguales, pero percibimos las cosas que nos rodean de forma diferente. Cada uno de nosotros vive en su propio mundo individual y único. Si miles de personas se acostaran a dormir y comenzaran a soñar, todas soñarían con mundos diferentes. Cada uno de nosotros piensa que nuestros sueños son reales, pero, ¿significa eso acaso que los sueños de los demás son falsos? Cada cual tiene una idea de cómo ve el mundo y de la forma en que éste ha sido influido por su karma. Por eso, es muy importante que tratemos bien a los extraños, porque desconocemos el karma de la persona con la que hemos contactado en un momento dado. Cuando somos negativos, ocasionamos dolor y sufrimiento, pero si somos positivos podemos hacer felices a los demás. Ésta es una fórmula muy simple de seguir. Cuando tú ves que una persona sufre y tú temes que eso mismo pueda sucederte a ti, en ese momento el temor se convierte en lástima. Cuando ves a los demás sufrir y tratas de compartir su dolor y respondes con bondad, eso se llama compasión. Acepta la esencia única de cada una de las personas que conoces, y no trates de acomodarlos a tus expectativas. Cada persona que conozcas te dará una lección en el ámbito espiritual. Disfruta de tu viaje y aprovecha al máximo todas las oportunidades que se te presenten —concluyó Joseph.

—¿Qué aprendiste de tu tío? —preguntó Kika.

—Desde aquí y cuando vuelvo a mirar al pasado, me doy cuenta de toda la influencia positiva que recibí estando a su lado. También soy capaz de apreciar la gran sabiduría que mi tío decidió compartir conmigo. Comprendí que las buenas acciones realizadas durante el día te aseguran un sueño tranquilo, y que una vida bien empleada te garantiza una muerte feliz —respondí.

EL ORÁCULO DE KOKO: METAS

El presente. Puede que en estos momentos desconfíes de los demás. Son momentos en los que se te ocultan cosas. Tu objetivo fundamental ahora mismo debe ser el de examinar tu propia fortaleza y ser capaz de ver y de entender cuáles son tus áreas de poder. Crea contigo mismo el compromiso para seguir adelante, pero eso sí, con mucha precaución. Mantente cauto con los que no te apoyan o con aquellos que no están dispuestos a ayudarte. No recurras a la energía del universo para contrarrestar agresiones hostiles, ya que en el fondo carecen de mayor importancia. No levantes obstáculos innecesarios en tu camino, si lo que deseas es alcanzar el éxito.

El futuro. Será ésta una época muy especial para ti. Tendrás poder y mucho magnetismo personal que te ayudará a conseguir tus objetivos en un futuro muy próximo. Todas tus relaciones serán más intensas, más profundas y también más conmovedoras. Tus verdaderos sentimientos de intimidad y amor emergerán y lograrás estar más cerca de los demás tal y como tú lo deseas. Será el momento adecuado para autoexpresarte, ya sea a través de la literatura o de la pintura. Puedes lograr tus metas mediante acciones que a su vez beneficien a otra gente.

28
LA DANZA DE LA VIDA

Éste, como todos, es un gran momento, si sabemos qué hacer con él.
Proverbio inglés

Parte del conocimiento humano que acaba convirtiéndose en poder contiene dentro de sí mismo la fuerza destructiva de la muerte. La muerte nos trae un halo de misterio, y todo lo que está envuelto en misterio tiene un poder místico. Estuve reflexionando sobre el efecto que mi muerte había tenido en Camotín. Recordé la noche que estaba sentado en el bar del restaurante Don Quixote y Camotín se sentó a mi lado. Yo me sentía responsable de él y me preocupaba su forma de vida. Tenía la esperanza de que Camotín fuera más receptivo a mis palabras y aunque no necesariamente las comprendiera, sí que me hubiera gustado que al menos pudieran ayudarle algo en su danza de la vida.

Pedí una botella de vino tinto para los dos.

—Camotín, mi escudero —comencé diciendo—, nuestra vida es como una danza con muchas variaciones, en la que nuestra pareja, por arte de magia, tan pronto aparece como desaparece. Ella puede quedarse un instante, el tiempo suficiente para intercambiar un pensamiento o una sonrisa, o permanecer por muchos años. Todo depende de lo que el universo decida. Todo cambia constantemente, tanto dentro como fuera de nosotros, a medida que pasan las diferentes etapas de nuestra vida. No podemos retener nada, ni tan siquiera un instante.

Todo lo que hemos hecho en el pasado nos parece ahora un sueño. Nuestra niñez, nuestra juventud, incluso nuestros pensamientos y las opiniones que defendíamos con tanto ardor, ahora son tan sólo un sueño. Todo queda atrás, lo mismo que este momento en que estamos hablando, muy pronto se habrá ido. Todo nuestro ayer será tan sólo un recuerdo, por eso debemos sacarle el máximo provecho a cada instante que vivimos.

—Eso es exactamente lo que yo pienso. Vivo mi vida tan rápido como puedo y trato de sacarle el mayor provecho posible. Aspiro a la vida que llevan los ricos y los famosos, y además me gustaría vivir con el mismo desenfreno. Quiero tener autos veloces, una vida activa, pasarme todo el tiempo en los clubes de moda y disfrutar de las bebidas más caras y más exóticas. Quiero tener suficiente dinero para poder impresionar a cualquier muchacha de buen ver cuando la saque a pasear una noche. Me gustaría poder deslizar unos billetes en la mano del encargado del mejor centro nocturno del momento y no tener que hacer la cola para obtener una mesa. Yo todavía no he hecho nada de esto, pero ése es mi sueño: tener dinero, mucho dinero —dijo Camotín.

—Es bueno tener dinero, Camotín, pero sólo si sabes hacer buen uso de él. En Coral Gables y Golden Beach hay muchas mansiones, pero desconocemos el dolor y los sufrimientos que se esconden tras sus puertas. Sus pesadillas de infidelidad, abuso de poder, crueldad, luchas contra el alcoholismo, las drogas y muchas otras almas perdidas que gritan de dolor. No, amigo mío, el dinero no compra la felicidad —insistí.

—¿Qué sabe usted del dolor? Se pasa el día sentado en su oficina, escuchando los problemas de sus pacientes y dándoles falsas esperanzas de sueños que nunca se harán realidad. Mi esperanza yo la obtengo por la vía rápida: inhalo un poco de cocaína y enseguida me siento como que estoy en otro mundo. Algún día debería probarlo. ¡Vuelas de maravilla! —dijo Camotín.

—Pero eso no es lo que trataba de explicarte. Tu placer es temporal, mientras te dura el efecto de las drogas —argumenté.

—Cierto, pero como usted mismo dice, de todas formas, al final todo esto, no es más que un recuerdo, un sueño, entonces, ¿por qué habría de preocuparme más, si por mucho que yo haga, todo esto no es más que algo pasajero? —se cuestionó Camotín.

—Somos nuestras ideas, y nuestras ideas se convierten en nuestras acciones. Si lees alguno de los libros que te he recomendado, comprenderías que al darle gracias a Dios por todo lo bueno que recibimos, él seguirá dándonos salud, belleza, sabiduría, felicidad, armonía y continuidad. Más allá del tiempo, el espacio y el movimiento existe una energía espiritual en la que debes pensar, Camotín. ¿De qué te sirve el dinero, si no tienes salud o tranquilidad de espíritu? —le expliqué.

—Usted siga pensando lo que le dé la gana, que yo seguiré con mi rollo —respondió.

—¿Alguna vez has visitado una casa por primera vez y has tenido una sensación extraña de inquietud o depresión? Esa sensación extraña la producen los pensamientos negativos y malignos. Nuestras ideas son tan fuertes que pueden permanecer en la casa aún después de nuestra muerte. Por otro lado, si somos positivos y tenemos fe, habrá ángeles que nos cuiden y nos ayuden a lograr milagros. El deseo de recibir por el hecho de haber dado es el pensamiento más poderoso de todos. Si no lo olvidas, Camotín, darás en la misma proporción en que recibas, y al final no desearás nada porque todo lo que recibas tendrá energía y esa energía es nuestra fuerza y nuestra fuente de vida. Mantén siempre tu vista puesta en la Luz y trata de hacer el bien a los demás —concluí.

—Toda la energía que yo quiero ahora es exactamente la que puede darme otra copa de vino —respondió Camotín.

—¿Qué puedes decirme de esa noche con Camotín? —preguntó Kika.

—Sé que traté de ayudar a Camotín, y lo hice mientras tuve aliento para hablar. Todo puede cambiar en un instante y cada momento que vivimos nos brinda nuevas posibilidades. Todo es posible si tenemos fe. Yo tenía la certeza de que en algún momento futuro Camotín recordaría la sabiduría que yo había tratado de inculcarle para que él tuviera una vida más briosa, útil y mejor. Comprendí que los jóvenes tienen aspiraciones que nunca olvidan y que los viejos tienen reminiscencias de algo que nunca sucedió —concluí.

EL ORÁCULO DE KOKO: TRABAJO

El presente. Pueden ocurrir algunos cambios a tu alrededor que te obliguen a tomar ciertas medidas con respecto a tu carrera y a tus planes creativos. Prepárate para analizar más a fondo todos tus actos. Vas a atravesar una época en la cual debes asegurarte primero que cuentas con toda la información que necesitas antes de tomar una decisión. Si el agotamiento mental resulta excesivo, debido a demandas exageradas, no estarás en condiciones para hacer las valoraciones adecuadas. Utiliza tu mente analítica para mejorar lo que consideras incorrecto, nunca para destruirlo.

El futuro. En un futuro inmediato predominarán las relaciones de amistad, armonía y buena voluntad. Permite que tus socios manifiesten mayor independencia e individualidad. Puedes contribuir al éxito de otra persona sin necesidad de controlar sus pensamientos. Elimina cualquier rutina que te resulte sin sentido y aburrida. Abre la puerta al camino que te llevará hacia nuevas aventuras. Aplica las leyes del universo a todo lo que tratas de lograr y obtendrás resultados positivos.

29

THEODORA

Es mucho mejor llorar de alegría que regocijarse con el llanto.

SHAKESPEARE

Recuerdo a mi novia Theodora, la mujer que una vez creo que amé, pero con la que nunca me casé. En aquella época, yo consideraba que todavía era muy joven para formalizar ninguna relación. Había comenzado a ejercer la psiquiatría hacía poco tiempo y la idea de un compromiso a largo plazo no me seducía. Mi amigo Sam nos había presentado en unas canchas de tenis. Theodora era su hermana. Habíamos concluido un partido de tenis y estaba entusiasmado porque había ganado. Theodora había estado viéndonos jugar y cuando terminamos me aplaudió.

—¡Bravo! Ha sido un partido maravilloso, aunque mi hermano haya perdido —exclamó.

—Gracias, pero no tiene importancia, sólo tuve suerte —le respondí.

—¡Oh no! Eres demasiado modesto. Es un placer verte jugar con tanto estilo y a la vez con tanta fuerza. Apuesto a que ganas en todos los juegos en los que te lo propones —prosiguió Theodora flirteando conmigo.

—¡Qué va! No siempre gano, pero sí con bastante frecuencia. Bueno, como siempre me gusta celebrar, ¿qué te parece si te invito a almorzar? El ejercicio siempre me da hambre —dije.

A aquel almuerzo le siguieron muchos otros, y muy pronto iniciamos un romance. No sabía si estaba enamorado de ella o tan sólo era deseo, pero la verdad es que no me importaba en absoluto. No quería ni necesitaba hacer un análisis o un escrutinio de mis sentimientos. ¿Qué importancia podía tener mientras yo me sintiese afortunado? Ella era una joven maravillosa, y yo disfrutaba mucho con su compañía. Me gustaba la calidez, el afecto y el encanto que irradiaba. Durante la semana, salíamos algunas noches y siempre estábamos juntos los sábados por la noche. Ella pensó que nos íbamos a comprometer, lo cual se evidenciaba por sus preguntas constantes del tipo de… ¿Cuándo vamos a hacer esto?, o… ¿Cuándo vamos a ir a tal lugar? Claro que yo no pensaba en nada de eso. Disfrutaba lo conveniente que resultaba la relación porque no tenía que andar corriendo detrás de mujeres desconocidas para tratar de llevarlas a la cama. Me gustaba el sexo apasionado y éramos muy compatibles haciendo el amor. Mi ego se acostumbró a su adoración, ya que ella siempre decía que yo era un magnífico amante. Sin embargo, ella no ocupaba todos mis pensamientos. Cuando estaba a su lado, me sentía bien, pero cuando nos separábamos yo no la extrañaba en absoluto. Para mí, nuestra relación tenía exactamente la proporción adecuada. En mi vida había otras cosas que tenían igual o quizá mayor importancia. Estaba decidido a ser un doctor competente y a trabajar duro, por lo que siempre tenía que participar en seminarios, o tomar nuevos cursos. Asumía mis responsabilidades con toda seriedad, conservaba mi amistad con antiguos compañeros de universidad y no dejaba de disfrutar de un buen partido de tenis. Trataba a Theodora con gentileza y amabilidad y siempre le compraba flores o chocolates.

Estuvimos saliendo juntos por seis meses y un día de San Valentín le di lo que yo creía que iba a ser una sorpresa al regalarle un valioso collar de perlas. Theodora no pareció estar muy contenta con el regalo.

—¿Qué pasa Theodora? Si ya tienes un collar de perlas, puedo cambiarlo por cualquier otra cosa. ¿Te gustaría más una pulsera? —le pregunté.

—No precisamente —respondió disgustada.

—Entonces, ¿qué te gustaría? —insistí en un esfuerzo por no perder la paciencia.

—Un anillo, esperaba que me regalases el anillo de compromiso —dijo desilusionada.

—No creo que yo esté ya listo para asumir un compromiso de esa magnitud. Nos conocemos desde hace muy poco tiempo —traté de hacerle comprender.

—No tiene nada que ver con el tiempo. El tiempo es irrelevante. Cuando estás con alguien que te gusta, seis meses pasan en un instante, pero cuando la persona que está a tu lado no te gusta, un instante puede convertirse en seis meses —dijo.

—Seis meses siguen siendo seis meses. Además, todavía no nos conocemos tan bien. Nuestra relación ha sido muy superficial. Hemos salido juntos, lo hemos pasado bien, pero debemos conocernos mejor si alguna vez pensamos en tener un futuro, juntos. Todo eso es algo que lleva tiempo —le expliqué.

—¡Otra vez hablando del tiempo! El tiempo no importa. No estoy diciendo que nos casemos ahora mismo, pero si de veras te gusto, deberías regalarme el anillo de compromiso y en otro momento ya hablaríamos del matrimonio —dijo Theodora enfurruñada.

—¡No estás siendo razonable! Escucha lo que estás diciendo; eso no tiene ningún sentido —dije.

—¿Quién eres tú para decirme eso? Te pasas el día entero sentado en tu oficina escuchando los problemas de tus pacientes, y eres incapaz de enfrentar la realidad de una relación. ¡Me das lástima! —prosiguió Theodora.

—¿Te das cuenta? Ahí tienes el ejemplo perfecto de que no nos entendemos. A simple vista pareces una persona agradable y dulce, pero cuando las cosas no resultan como tú quieres, comienzas a ponerte insoportable —subrayé.

—Muy bien, ¿ahora vas a criticar mi forma de ser? ¿Estás diciendo que tengo una doble personalidad? Lo único que me falta es que digas que tengo que ver a un psiquiatra —prosiguió Theodora insultada.

—No he dicho nada de eso. ¿Por qué estás poniendo palabras en mi boca que yo no he dicho? —le pregunté disgustado.

—¿Qué pasó con tu educación? ¿Se quedó en la oficina? Realmente pensaba que eras diferente —dijo llorando.

—Por eso te decía que tenemos que pensar muy bien lo del compromiso. Todavía no nos conocemos lo suficiente. Es posible que no seamos compatibles. ¿No te parece que sería terrible estar casado con una persona que no nos gusta? —le pregunté.

—Ah, ahora resulta que ya no te gusto. ¿Por qué has perdido tu tiempo saliendo con alguien que ni siquiera te gusta? —Theodora exigía una explicación.

—Nunca he dicho que tú no me gustes. Yo te adoro y considero que eres una persona maravillosa y encantadora. ¡Yo nunca saldría con alguien que no me gustara! —le aseguré.

—Bueno, si tanto te gusto, ¿por qué no nos comprometemos? No entiendo tu forma de pensar, posiblemente sea que como tú eres un psiquiatra, hasta tú puede que estés un poco loco —prosiguió Theodora.

Terminé perdiendo la compostura. Estaba atacando mi profesión y eso era algo que yo no podía permitirle.

—Tengo que pensar en mi carrera y a la vez tengo que pensar en mis pacientes, ya que muchos de ellos dependen de mí. He tomado un juramento para ayudar a los demás. Ése fue el motivo por el que me hice médico. Tengo que concentrarme para poder pensar con claridad. Estás consiguiendo que me moleste, y cuando esto sucede no puedo pensar con claridad. Pienso que ya hemos hablado lo suficiente por esta noche. Hoy es el día de San Valentín y tenemos una reservación para cenar en el restaurante Don Quixote. Si quieres venir conmigo y que pasemos una noche agradable, me parece muy bien, pero si prefieres seguir con tu rabieta como cuando a los niños las cosas no les salen como ellos quieren, entonces te llevo para tu casa y tranquilamente hablamos en otro momento, cuando decidas ser más razonable —le dije con firmeza.

—¡No soy ninguna niña y deja de tratarme como tal! ¡Deja que se lo diga a mi hermano! —me amenazó.

—Me imagino que si estuviéramos casados, te irías corriendo a verlo cada vez que tuviéramos un desacuerdo. Dos adultos deben ser capaces de reconciliar sus diferencias. Theodora, tú me gustas mucho, pero yo estoy muy decepcionado con la forma en que tú tienes de ver el mundo. Cuando hayas aprendido con disciplina, madurez y meditación, a despojarte de la agresividad, la insistencia y el negativismo, puede que logres expresar tu madurez interior. Cuando mostramos nuestra luz interior es como si estuviéramos ante un brillante amanecer, y ese yo interno puede mostrarte cuánto difieren los sueños de la realidad. Un soñador sueña un sueño, pero las relaciones entre los humanos no son sueños —dije.

—¡Creo que ya he oído suficiente por esta noche! Has hablado de todo, pero en ningún momento has dicho que me quieres. Hoy es el día de los enamorados, y ni siquiera puedes decir "Te quiero". Tú hablas constantemente del amor y de los sueños, pero no tienes intención alguna de comprometerte conmigo. ¡Olvidémoslo y vayamos a cenar! Me pondré las perlas aunque no sean el regalo que esperaba recibir hoy —murmuró Theodora.

—¡Espera siempre lo inesperado! —dije con sabiduría mientras nos disponíamos a salir. Recuerdo que mientras conducía me puse a pensar en el amor. Me di cuenta de que los seres humanos son capaces de convencerse de cualquier cosa. Nuestras ideas nos hacen creer que amamos a alguien y que adoramos todo en esa persona; otras veces esas mismas ideas, también pueden indicarnos que una persona nos desagrada, y de pronto, decidimos alejarnos de ella. Cuando hacía el amor con Theodora, yo pensaba que la amaba, sin embargo, cuando ella exigió un compromiso de matrimonio que yo no estaba dispuesto a asumir, me sentí amenazado y de repente dejó de gustarme. ¿Cuáles eran mis verdaderos sentimientos? ¿Cuál era la realidad y cuál el sueño? Cuando por fin nos sentamos a cenar, yo estaba totalmente confuso. Sólo estaba seguro de una cosa, y esa cosa era que nunca haría nada de lo que yo no estuviera seguro, con la excepción de que hiciéramos el amor esa noche. Tenía un dolor de cabeza tan fuerte que no pude desempeñarme bien en mis funciones amatorias y eso provocó otra discusión, pero yo aprendí mi lección: nunca más volví a regalar perlas a ninguna otra muchacha en el día de San Valentín, y además tuvo que pasar mucho tiempo antes de que yo me atreviese a salir otra vez con alguien.

—¿Qué puedes decirme de tu experiencia con Theodora? —quiso saber Kika.

—A veces me pregunto qué habría pasado de haberle dicho a Theodora que la amaba, pero pienso que ése no era mi destino. Nos han enseñado a pasarnos la vida persiguiendo nuestras ideas y nuestros sueños, y en lo profundo de mi alma yo seguía esperando por mi Dulcinea. No importaba si era real, o tan sólo una ilusión. Yo sabía que ella era la única mujer a la que yo podría amar. Al parecer, el verdadero amor es como los fantasmas, muchos hablan de ellos, pero muy pocos los han visto —respondí.

EL ORÁCULO DE KOKO: CAMBIO

El presente. Es muy aconsejable que en estos momentos te alejes y te mantengas apartado por un tiempo de tu círculo social habitual. Aunque te encuentres rodeado de personas a tu alrededor, vas a continuar aislado y con una tendencia hacia la depresión. Criticarás a los demás y tratarás de aprender de tus errores y de tus desaciertos. Te darás cuenta de que finalmente has agotado tu paciencia y por ello te sentirás triste. A pesar de que no son tiempos agradables, te ayudarán para que profundices en tu percepción real de las personas que amas. Todo lo viejo no necesariamente es malo, ni todo lo nuevo es de por sí necesariamente bueno. La vida puede resultar más excitante cuando es impredecible. Valora lo viejo, pero no te des por satisfecho con ello. No ignores los nuevos conceptos y algunas cosas nuevas que poco a poco van a ir apareciendo en tu vida.

El futuro. Muy pronto pasarás por un ciclo muy favorable. Tendrás el poder mental suficiente para poder vender tus ideas y a la vez causar una impresión favorable sobre ciertas figuras prominentes que podrían unirse a tu causa. Tu confianza será mayor y podrás obtener el apoyo de personas que te admiran y de esa misma forma podrás cumplir con todas tus promesas.

30
ÁNGELES, AURAS Y ENERGÍAS

No te engañes a ti mismo. Al igual que el día no puede engañar a la noche, tampoco tú engañas a nadie.

SHAKESPEARE

Recuerdo cierta ocasión en la cual conversé con mi tío Joseph acerca de los ángeles, las auras y las energías. Dicha plática tuvo lugar exactamente durante la visita que me hizo un fin de semana en el que se celebraba el día del trabajo. Habíamos alquilado un barco de vela y estábamos pasando la tarde en Key Biscayne. Era un día agradable, el mar estaba en calma y soplaba una brisa suave que hacía que nuestra excursión fuese maravillosa. Me sentía relajado y de magnífico humor.

—¡Qué día tan perfecto para salir a navegar! Siempre disfruto mucho cuando tengo la oportunidad de alejarme de los teléfonos, los localizadores electrónicos, los automóviles y las multitudes. ¡Qué maravilla no escuchar los ruidos de la ciudad! Podemos disfrutar en paz de la naturaleza —exclamé.

—Los ruidos del trabajo son necesarios. Vivimos en un mundo físico y necesitamos producir para que nuestras vidas sean eficientes —respondió mi tío Joseph.

—Sí, pero de todas formas es asombroso estar tan cerca de la ciudad y a la misma vez, poder sentirse libre de sus presiones. Pretendo disfrutar de momentos como éste mientras mi cuerpo aguante —respondí.

—¿Sabías que cada uno de los elementos: el aire, el fuego, la tierra y el agua poseen su propia energía? Es posible que hoy tengas la oportunidad de sumergirte en el agua —sugirió.

—Pienso que yo estoy sumergido en el agua constantemente. Es como si yo siempre tuviera que estar cerca de ella —dije.

—Existen diferentes tipos de energía que influyen constantemente sobre nosotros sin que nosotros nos demos cuenta de ello —prosiguió el tío Joseph.

—¿Qué quieres decir, tío? —pregunté.

—Cada año, cada mes y cada hora del día son, en realidad, formas de energía. El calendario universal nos permite identificar y dominar las potentes fuerzas de la energía que nos protegen, nos benefician y a la vez dan seguridad a todas las obras que acometemos. Esas energías pueden afectar nuestra salud, nuestras relaciones y nuestros negocios. El conocimiento es nuestra fortuna. De la misma forma que todo planeta reinante tiene sus propios poderes, las cincuenta y dos semanas del año aportan su propio dinamismo. Alrededor de estos asuntos se ha desarrollado toda una ciencia que explica cuáles son las semanas más favorables para acometer nuevas empresas. El universo conspira para poder ayudarnos y a la vez asistirnos en todo lo que emprendamos, pero debemos ser receptivos para poder beneficiarnos —me explicó mi tío Joseph.

—¿Podrías explicármelo, por favor? —le pedí.

—Siempre hay un momento para cada cosa y cada cosa tiene su momento. Tu programa de televisión favorito sólo podrás verlo en directo si enciendes el televisor en el momento en que se está transmitiendo. Lo mismo ocurre con el universo, todo tiene lugar en su momento preciso. Las cosas no siempre se logran cuando lo deseamos, ni todo termina cuando pensamos que así debería ser. En ocasiones, lo que vemos es el caos y el desorden, pero en el universo siempre reina el más perfecto orden. Todo ocupa su lugar apropiado, aunque nosotros no nos demos cuenta de ello. Nos equivocamos porque nos dejamos llevar por las apariencias y no por la realidad del paraíso. Desconocemos las fórmulas para que las cosas marchen. Veamos el ejemplo de una llamada telefónica: si cambias el orden de algunos de los números, no podrás hablar con la persona que tú deseas hablar a pesar de que el resto de los números sean los correctos. En la astrología existe una ciencia bastante exacta que puede ayudarnos a superar la embestida de negatividad que ataca nuestras vidas todos los meses. Esto exige que seamos conscientes de la sucesión exacta de las claves —explicó el tío Joseph.

—¿Eso significa que si conozco o llego a entender la fórmula puedo encontrar la respuesta a mis preguntas y tengo garantizado el éxito en todo lo que me proponga? —pregunté.

—Cada interrogante humana, no importa lo simple o compleja que sea, siempre tiene una respuesta. Dentro del universo existe una fuerza espiritual que tiene el poder de encender la llama que arde dentro de todos nosotros —me esclareció mi tío Joseph.

—¿Cuál es la respuesta a la eterna pregunta sobre el papel que el hombre ejerce en el universo y su propósito final en este mundo? —reflexioné.

—Existen tesoros antiguos del conocimiento llenos de poderes místicos que están abiertos a todos aquellos que quieren descubrir sus secretos. El que busca, encuentra —respondió mi tío con sabiduría.

Contemplaba a mi tío mientras hablaba, y me di cuenta de que un halo rodeaba su cabeza. A su vez él también se dio cuenta de que yo lo miraba con insistencia.

—¿Qué ves, Sebastián, por qué me miras tan fijo? —preguntó.

—Hay como un halo alrededor de tu cabeza —respondí.

—¿Un halo? ¿De qué color? —quiso saber.

—Azul —respondí.

—Eso no es un halo, sino el aura —me explicó.

—¿Cómo es que puedo verla? —lo cuestioné.

—Las auras son la energía. Cada vez que interactuamos con alguien, aunque sólo sea a través de una conversación, estamos intercambiando energía. Es como si activáramos una corriente eléctrica. ¿Es la primera vez que ves un aura? —me preguntó.

—Sí, había oído sobre ellas, pero en realidad nunca había visto una hasta ahora —dije.

—Es algo que requiere práctica. Muchas personas tienen habilidades psíquicas, pero al no practicarlas, éstas permanecen dormidas. Las auras pueden revelar muchas cosas; podemos hasta llegar a saber si la persona está diciendo la verdad cuando habla con uno. Si ves un aura roja, sabrás que la persona miente. Si el aura es negra, significa que a la persona le queda muy poca vida. El aura azul o verde pertenece a personas espirituales y las auras blancas son propias de los ángeles —me explicó.

—¿Tío, alguna vez has visto un ángel? —pregunté.

—Sí, pero no ha sido de la forma en que los representan en los cuadros o en las películas. A veces, he conocido personas que a simple vista parecían gente común y corriente, pero yo he tenido la sensación de que eran ángeles que se pusieron en mi camino para que yo me encontrase con ellos en ese preciso instante. Por lo general, aparecen ante nosotros en momentos de crisis, y el solo hecho de que los veamos y los sintamos aunque no sepamos que son ángeles, nos llena de paz y de seguridad. Recuerdo cuando mi madre estuvo gravemente enferma y yo tenía que cruzar la garita del vigilante todas las noches cuando iba a visitarla al hospital. Una noche en particular, me sentía muy triste y deprimido y me cuestionaba por qué yo tenía que soportar tanto dolor y sufrimiento. Cuando iba de regreso para la casa, el hombre de la garita parecía no estar allí. Cuando levanté la vista para ver su rostro, éste resplandecía con la luz más brillante que haya visto en mi vida en persona alguna. Me invadió una paz profunda e inmediatamente supe que delante de mí tenía a un ángel. También recuerdo otra ocasión en que me encontraba en la habitación de mi madre en el hospital después de que ella fuera sometida a una cirugía y el médico me había dicho que no pensaba que llegara a recuperarse y que me preparase para lo peor. En el momento en que me senté en la silla para vigilar su sueño, sentí una presencia cercana, una mano que me acariciaba suavemente el rostro y el roce de unos labios en mi mejilla. Cuando miré a mi alrededor, no había nadie en la habitación. Siempre he sabido que aquello había sido un encuentro con un ángel. Ciertas personas tienen un brillo y una luz que ilumina el mundo a su alrededor. Son ángeles enviados para darnos la fuerza y la fe que necesitamos para continuar nuestro camino hacia la ilustración. A nuestra manera, todos somos ángeles. Cuando damos esperanzas a un alma abatida, nos proyectamos y nos convertimos en un faro de luz que ilumina el camino a través de la oscuridad. Los ángeles no son más que otra forma de vida, lo mismo que el agua, el hielo, la lluvia o las gotas de rocío, son todas ellas formas diferentes de una misma cosa. Evolucionamos de un estado a otro y en cada una de nuestras vidas, nacemos en un medio que nos proporciona las condiciones necesarias para nuestro crecimiento espiritual. Piensa siempre en los demás y no te detengas hasta que no encuentres el amor. Recuerda siempre, Sebastián, si tienes que ser egoísta, entonces trata de ser juicioso y no te ofusques en tu egoísmo.

—Gracias, tío. Siempre me maravilla escuchar tus palabras llenas de sabiduría. No olvidaré tus ideas y me servirán para vencer los obstáculos que se me presenten en la vida —dije.

—¿Qué te llamó más la atención de aquel día? —preguntó Kika.

—Aprendí que los ángeles, las auras y las energías forman parte de nuestra vida cotidiana y que pueden aparecérsenos cuando creemos en la existencia de un mundo espiritual. La fe sin dudas, es tan sólo una fe muerta —dije.

EL ORÁCULO DE KOKO: ALEGRÍA

El presente. Tu optimismo y seguridad pueden llegar a ser excesivos, y puede que este mismo optimismo te lleve a sobreestimar la ganancia potencial de un negocio bastante dudoso. No dejes que tu entusiasmo nuble tu juicio y te lleve a especular tontamente, a despilfarrar tus bienes o a exagerar los posibles beneficios que puedan proporcionarte tus nuevas ideas. Sin disciplina, paciencia, esfuerzo y perseverancia, no se logra en esta vida nada que valga la pena.

El futuro. Te sentirás alegre y feliz y es muy posible que quieras compartir esos buenos momentos con tus amigos y familiares. En estos momentos, los acontecimientos sociales pueden resultar muy provechosos.

Darás muestras importantes de generosidad y tolerancia para con los demás. Podrás llegar incluso a ser extravagante en tu apreciación y valoración de las buenas obras de otras personas. Si deseas alcanzar con alegría las metas que te has trazado, no actúes llevado por el momento, sino ten fe en que vencerás los obstáculos que puedan ir surgiendo en tu camino.

31
LEONARD FINE

La locura no es otra cosa más que pensar en demasiadas cosas, una tras otra, vertiginosamente, o bien, pensar en una sola cosa con excesiva exclusividad.

VOLTAIRE

Sigo recopilando aquellos momentos que dejaron una huella en mi vida y ahora aparece ante mí el momento en que estaba leyendo en los titulares del *Miami Herald* el arresto por lavado de dinero de Leonard Fine. Leonard era un hombre que en un momento de su vida lo tuvo todo, pero ahora estaba a un paso de perder todo eso por lo que tanto había luchado. En el periódico aparecía una foto reciente de Leonard. Su rostro reflejaba incredulidad y al pie de la foto podía leerse lo siguiente: "Yo no sabía de dónde procedía el dinero. Lo único que yo hacía era invertirlo en nombre de mi cliente. Yo tan sólo me dedico a las inversiones financieras. Soy totalmente inocente".

Ante mí empieza a pasar como si fuera una película que uno ve en la televisión, la primera vez en que Leonard vino a visitarme. Fue unos años atrás. Leonard sufría ataques de pánico que lo tenían atormentado. Se quejaba de que estaba sometido a tensiones constantes y que además padecía una ansiedad incontrolable. Le pedí que tomara las cosas con más calma, y que dedicara más tiempo a hacer ejercicio, o a caminar, pero a Leonard no le gustó mi respuesta. Él tenía la esperanza de que le recetaría alguna pastilla milagrosa que lo tranquilizaría, pero que a la vez, le permitiría seguir viviendo su desenfrenado modo de vida. Leonard era un hombre que vivía en un mundo sometido a grandes presiones, pero yo sabía tan bien como él que el cuerpo humano no es capaz de resistir tantas presiones sin que empiecen a aparecer los primeros síntomas de cansancio. Leonard nunca regresó para una segunda cita.

Nadie es más grande que su propio destino, y Leonard Fine siempre pensó que su destino era llegar a ser millonario a través de su propio esfuerzo. Sin embargo, en los últimos tiempos, Leonard, empezó a cuestionarse seriamente si toda su forma de vida no sería un gran error. Su vida era como un torbellino. Cada vez necesitaba más y más dinero para poder mantener su tren de vida, pero tenía que trabajar cada vez más duro para ganárselo. Leonard siempre consideró que él estaba muy por encima de los demás y la mediocridad nunca formó parte de su vocabulario.

Leonard era un hombre envidiable. Tenía a su disposición todas las comodidades materiales que uno pudiera desear. Su oficina estaba situada en el piso treinta y tres de un elegante edificio de oficinas situado en la fastuosa avenida de Brickell. El edificio quedaba frente a la bahía y desde su oficina podía contemplarse el mar. A través de unos amplios ventanales de cristal podían verse las nubes flotando y esto a Leonard a veces le hacía sentirse como si estuviera suspendido en el espacio. Leonard se paseaba por todos los lugares de moda de Miami conduciendo su lujoso Ferrari rojo. Leonard también tenía un apartamento espectacular situado en el último piso del mismo edificio en el cual tenía sus oficinas. Leonard vivía rodeado de obras de arte y de muebles antiguos, pero él nunca llegó a apreciar completamente la belleza de estos objetos y tan sólo los consideraba como una buena inversión. Vestía con elegancia e insistía siempre en tener lo mejor y lo más caro de todo. Su teléfono móvil era siempre el más pequeño y la versión más novedosa que hubiera salido al mercado. Le gustaba adquirir todo lo último en electrónica y sus secretarias siempre eran las más *sexy* y las más llamativas. Era un hombre que vivía con frenesí y que continuamente necesitaba dinero para poder mantener todos sus juguetes. Leonard tenía su propio avión y por supuesto su propio yate. Leonard siempre estaba demasiado ocupado para envolverse en cualquiera de los numerosos comités cívicos a los que era invitado, pero eso sí, él siempre enviaba un cheque cuando sus amigos lo presionaban. Leonard era supuestamente un gran financiero y siempre se vanagloriaba de que sus clientes hacían fortunas con sus recomendaciones. Con la mayoría de sus clientes se mostraba breve y hasta incluso podía llegar a ser un poco brusco. Nunca perdía el tiempo en formalismos. Leonard marcaba un número telefónico y cuando del otro lado escuchaba la voz de la persona con la que deseaba hablar, iba directo al grano, no le gustaba perder el tiempo en saludos. Sus empleados lo detestaban, pero al mismo tiempo estaban contentos con los salarios que recibían, y por esa misma razón, permanecían a su lado y pasaban siempre por alto la forma tan grosera en que los trataba.

La vida de Leonard cambió dramáticamente el día en que agentes de la oficina de la fiscalía del distrito se presentaron en su oficina. Toda la información que poseía fue revisada y requisada. Sus cuentas bancarias fueron congeladas y ni sus empleados, ni sus clientes, quisieron nunca salir en su defensa. Él salió bajo fianza hasta la vista del caso, la cual desgraciadamente para él no se demoró por mucho tiempo. Leonard fue declarado culpable de lavado de dinero, a pesar de que contó con el mejor asesoramiento jurídico que el dinero que tenía pudo poner a su disposición. Fue sentenciado a diez años de cárcel. Leonard nunca dejó de insistir en su inocencia. Nunca nadie creyó en él.

Como si la vida en prisión y el hecho de estar encerrado no fueran ya de por sí suficiente castigo, Leonard empezó a sufrir pesadillas. Sus días eran insoportables, pero las noches eran interminables porque sus sueños le aterrorizaban. Leonard necesitaba ayuda médica ya que él temía que de seguir así acabaría perdiendo la razón. Me escribió una carta pidiéndome ayuda, y en ella me contaba su historia:

No sé lo que realmente habrá pasado. Un día, me despierto y soy dueño del mundo, y al día siguiente cuando me levanto soy acusado de ser un vulgar delincuente y acabo dando con mis huesos en la cárcel. Un día, sin previo aviso, yo fui acusado de lavado de dinero. Yo que siempre fui una persona seria y respetada dentro de la comunidad. La fiscalía insistía desde el primer momento en que uno de mis clientes había estado recibiendo dinero de una forma ilegal y que yo le había ayudado conscientemente a reinvertirlo. La verdad es que yo no tenía la más mínima idea de lo que estaban hablando, porque para mí todos mis clientes eran iguales. Ellos me entregaban su dinero y yo lo invertía. Nunca le pregunté a nadie de dónde sacaban el dinero. ¿Por qué preguntarles? Yo soy un financiero que tan sólo se dedica a las inversiones, no soy un detective o un policía. Ahora estando aquí encerrado me doy cuenta de que mi vida tal y como yo la he conocido ya ha terminado. Me doy cuenta de que mi mundo ya no existe. He sido hallado culpable de un delito que no cometí y además me encuentro preso cumpliendo una sentencia de diez años de cárcel. Mi reputación está por los suelos y he perdido a todos mis amigos y conocidos. Nadie quiere asociarse, ni verse asociado conmigo, porque ahora yo no soy más que un vulgar delincuente. Los que antes eran mis jefes, ahora me han vuelto la espalda, a pesar de que yo era el empleado que les proporcionaba mayores beneficios. Me he quedado sin dinero. Todo se me ha ido en abogados de lujo que ni tan siquiera han sido capaces de sacarme de este enredo. Supongamos que logre superar esta etapa, ¿qué sucederá cuando salga de aquí? No seré capaz de ganarme la vida de forma alguna. Nadie confiará en mí, ni tampoco querrá contratarme. Todo esto es demasiado duro e injusto para que yo pueda entenderlo o aceptarlo. Ahora, para colmo, sufro de estas pesadillas que no logro comprender. ¿Qué significan? ¿A qué se deben? Yo sé que usted es un experto en la interpretación de los sueños. ¡Por favor, doctor Camote, venga a verme!

Siempre tuve un miedo obsesivo a las cárceles y a que me encerraran, pero esta vez no podía ignorar la súplica de Leonard. Fui a verlo y nos encontramos en el área destinada a las visitas. Aquel lugar hacía sentirme muy mal, pero yo sabía que tenía que tratar de darle aliento.

—Leonard, en primer lugar quiero decirle que, aunque usted no lo crea, yo me hago cargo de su situación actual. Sé por lo que usted está pasando. Entiendo que es una situación difícil, pero no olvide que el universo nunca nos somete a pruebas mayores de las que podemos soportar. Usted siempre dio por sentada su buena suerte y nunca llegó realmente a valorar lo que tenía. Ésta, sin duda, es la forma más segura de llegar a perderlo todo. Siempre hay que dar gracias por todas las cosas que tenemos. Hasta ahora, su vida había sido como un cuento de hadas, pero sin duda debe existir alguna razón para que se produzca un cambio de fortuna tan drástico. Quiero que me hable de sus sueños —comencé diciendo.

—Mis sueños son siempre sobre lo mismo. Son muy parecidos los unos a los otros. Me veo como un guardián en un campo de concentración de Alemania. Pertenezco al partido nazi y llevo el uniforme de las ss. Veo los rostros desesperados de los prisioneros implorándome compasión, pero yo tengo un trabajo qué hacer, así que me cubro con una coraza y me olvido de que soy un ser humano, o de que los prisioneros son también seres humanos. Veo cómo, poco a poco, la esperanza desaparece de sus ojos. Veo sus cuerpos esqueléticos, llenos de heridas producidas por las golpizas y las torturas. Veo cómo esos seres humanos pierden su dignidad y al mismo tiempo se desesperan. Veo cómo sus cuerpos se doblan delante de mí por la falta de agua y de alimentos. Veo cómo muchos de ellos caen muertos de frío porque no tienen ropa con qué abrigarse. Veo a esos prisioneros padecer las más diversas enfermedades, pero que no reciben las medicinas necesarias, capaces de aliviar en algo sus últimos momentos de existencia. Los veo frágiles y débiles y aún así acuden a mí en busca de ayuda. Veo todo esto y me digo a mí mismo que esto no es real. Pero sí que lo es, estamos en guerra y existen campos de concentración. Existe el sufrimiento humano hasta mucho más allá de lo que alguien que no lo haya vivido pueda llegar a imaginarse. Vivo con el hedor constante de la muerte y las enfermedades, y se me revuelve el estómago cada vez que miro a mi alrededor. Rezo para que todo lo que veo no sea más que un sueño del que acabaré despertando, pero yo sé que en realidad no es un sueño. Yo tengo que elegir a los que van a morir ese día. No quiero hacer el papel de Dios, pero ése es mi trabajo. Yo soy un guardia nazi asignado a un campo de exterminación. Esto es lo que sueño noche tras noche. Puede que cambien los rostros de los prisioneros, puede que sea de noche o de día, pero yo siempre soy el mismo demonio en el mismo infierno. ¿De dónde me vienen estos sueños de horror? Yo no sé nada de campos de concentración. Sólo sé algunas de estas cosas por lo que he visto en algunas películas —dijo Leonard.

Yo ya estaba casi seguro de la respuesta al sueño de Leonard, pero necesitaba confirmar mis sospechas.

—Conozco a un astrólogo que vive en México. Se llama Gerardo y está considerado uno de los mejores astrólogos del mundo. Somos amigos y si usted está de acuerdo, yo lo llamaré por teléfono cuando llegue a casa. Es posible que Gerardo pueda encontrar alguna explicación y pueda ver si existe alguna conexión en algunas de sus vidas pasadas que pudiera tener algo que ver con todo esto —le expliqué.

—Sí, por favor, se lo suplico, hable con él. Yo soy inocente. Soy totalmente inocente de lo que se me acusa. Nunca acepté dinero ilegal de nadie y no merezco estar preso. ¡Alguien tiene que ayudarme! —dijo Leonard.

Cuando llegué a casa llamé a Gerardo y le expliqué la situación de Leonard, le di su fecha de nacimiento y la hora y el lugar donde había nacido. También le comenté otras fechas y otros detalles que Leonard me había proporcionado. Gerardo se mostró muy preocupado. Él pudo establecer a través de lo que se denomina en astrología la cola del dragón, que Leonard, en su vida anterior, pudo haber sido realmente un guardián de un campo de concentración en Alemania, donde él mismo tomaba las decisiones sobre quién debía morir o vivir. Leonard estaba rodeado de gente inocente, pero todos ellos estaban en la cárcel. El karma de su vida pasada se había hecho presente en su vida actual, y como pago de su karma, él pasaría los próximos diez años en la cárcel. Gerardo indicó que era muy probable que Leonard fuera inocente de los cargos de lavado de dinero por los cuales fue a parar en la prisión, pero que él tenía que pagar una deuda personal con el universo para poder de esta forma arreglar su karma.

Me sentí muy preocupado cuando escuché lo que Gerardo me dijo, y le pregunté si había algo que pudiera hacer. Gerardo me explicó que ése era el destino de Leonard, y de que a pesar de que muy posiblemente Leonard era inocente del cargo de lavado de dinero, él tenía que pagar por las deudas pasadas de su karma estando en prisión por un largo tiempo. Yo sabía que tendría que decirle la verdad a Leonard, me preocupaba cómo él recibiría la noticia, por lo que opté por decirle exactamente palabra por palabra lo que Gerardo me había dicho.

—Leonard, es posible que usted no crea lo que yo acabo de decirle, pero desgraciadamente éste es su destino presente. Si usted quiere, puede tratar de hacer una introspección y meditar para lograr un mayor crecimiento espiritual y así poder ayudar a corregir su pasado. Cuando usted salga de la cárcel debe intentar ayudar a otros. En su vida actual, usted nunca compartió su fortuna, ni dio muestras de bondad a nadie que lo haya necesitado. Ha sido un egoísta, concentrado únicamente en alimentar su ego. Sus amigos fueron el dinero y el poder, y ahora esos amigos no pueden ayudarle. La deuda de su karma es más grande que su ego. En el tiempo que le queda por pasar aquí dentro, cambie su forma de actuar y haga algo por ayudar a los que se encuentran peor que usted. Es posible que incluso estando en la cárcel usted pueda llegar a lograr cambios positivos que finalmente beneficien a otros presos. Déles esperanza y comparta sus conocimientos con ellos. Yo seguiré visitándole y enviándole libros que le ayudarán a entender algo sobre las vidas pasadas y el karma. Aunque usted no crea en nada de lo que yo voy a enviarle, por favor, léalo. Ello le obligará y le ayudará a pensar y a la vez abrirá su mente a conceptos nuevos y diferentes. Cuando usted salga libre, yo le ayudaré a comenzar de nuevo —le prometí.

—¿Por qué me ayuda usted? —preguntó Leonard.

—Porque lo mismo que le sucedió a usted, puede sucederme a mí —respondí—. Nunca sabemos lo que nuestro karma puede traernos.

—¿Qué aprendiste de Leonard? —preguntó Kika.

—Le di consejos sobre el karma, pero mírame aquí y ahora, sentado en esta sala de espera, revisando mi propio pasado para poder entender mi propio karma. Creo que aprendí que, al no lograr lo que queremos, al menos siempre nos queda la experiencia.

EL ORÁCULO DE KOKO: SUEÑOS

El presente. En estos momentos, saldrá a relucir tu tendencia continua a la evasión. No derroches los recursos que posees, no especules, ni juegues, ni hagas apuestas o asumas riesgos descabellados pensando que tienes la suerte de tu lado. Establece tus propios límites y mantén un sentido claro de tus propias limitaciones. Trata de explorar nuevas vías para que puedas inculcar a tu vida actual principios y valores positivos. Asume mayor responsabilidad en todo lo concerniente a tus amigos y parientes lejanos.

El futuro. Muy pronto será el momento apropiado para hacer realidad tus sueños. Finalmente, podrás contarles a otras personas lo que realmente esos sueños significan para ti. Recibirás todo tipo de halagos por tu cordialidad y por tu creatividad. Es un tiempo muy indicado para poder hacer volar tu imaginación. Podrás comunicarte brillantemente con los demás haciendo uso de tu compasión y también de tu gentileza. Se te presentarán nuevas oportunidades.

32
EL MUSEO

Aquel que al desear la felicidad para sí mismo no se dedica a atormentar a los demás que, al igual a él aspiran obtener esa felicidad, esa persona alcanzará la felicidad en el más allá.

BUDA

Estaba sentada en mi oficina, esperando la visita de un paciente, cuando de repente, mi vista se fijó en una foto de Sebastián. Como por arte de magia mi mente echó a volar y comencé a recordar un día y un momento muy especiales de mi relación con el doctor Camote. Unos años atrás, el doctor Camote y yo habíamos acudido juntos a Nueva York para participar en una convención de psiquiatría. El primer día que tuvimos una tarde libre nos fuimos a visitar el museo Metropolitano. Atravesamos la larga escalinata que se encuentra a la entrada del museo y yo de repente empecé a perder el sentido del tiempo. Me di la vuelta y pude observar cómo nuestras sombras alargadas nos seguían hasta la puerta.

—Sebastián, ¿te diste cuenta de nuestras sombras? —le pregunté.

—Sí, Sara —me respondió el doctor Camote—. Las sombras son muy interesantes. Mucha gente nunca se ha fijado en ellas, aunque las sombras son una parte nuestra, y nos siguen a todas partes aunque tan sólo sea furtivamente. Cualquier aspecto personal que no reconozcamos o que ignoremos se convierte automáticamente en parte de nuestras sombras. Mientras más dudas tengamos, más cosas estaremos excluyendo de nuestro pensamiento, y por lo tanto se hará más pesada la carga que tienen que soportar nuestras sombras. Esto acaba limitando nuestra libertad de movimiento. Si queremos disipar la oscuridad, tenemos que deshacernos de nuestros temores y de nuestras desilusiones y poco a poco transformarlos en energía positiva. De esta forma, nos llegará la Luz, y mientras más Luz tengamos, se nos hará más fácil cumplir con nuestra misión y con nuestro destino. Es muy importante poder dejar a un lado la cólera y el resentimiento que nos corroe. También tenemos que trabajar para superar tanto los celos como el odio que tanto daño nos hace a nosotros y también a todos los que nos rodean. Nosotros tenemos la oportunidad de transformar estas emociones a través de la propia fuerza de nuestros pensamientos. Si somos capaces de superar estas emociones, veremos cómo nuestra vida se transforma, gracias a los efectos positivos del amor.

—Algunas veces es posible que estas sombras entren dentro de la categoría de seres astrales que algunas veces se nos aparecen en los sueños. También estas sombras pueden llegar a formar parte de las visualizaciones, de las proyecciones, de los símbolos, de las formas del pensamiento y de las fantasías. Éste es un plano diferente en el cual también podemos encontrarnos con nuestros ángeles de la guarda —le dije.

—Pueden ser casi infinitas las cosas que están sucediendo a nuestro alrededor y a su vez en otras dimensiones y nosotros las desconocemos. Bueno, pero ahora quisiera ver algunos cuadros. Yo me voy a la sala de los pintores españoles —dijo el doctor Camote.

—Yo prefiero ir a ver a los impresionistas franceses. ¿Qué te parece si nos volvemos a encontrar en la entrada principal a las tres de la tarde? —propuse.

El doctor Camote estuvo de acuerdo y cada uno tomó su camino. Cuando Sebastián no apareció a la hora acordada, lo esperé durante quince minutos, y al ver que no llegaba decidí ir a buscarlo a la sala de los pintores españoles. Allí me lo encontré, sentado en un banco con la vista fija en un cuadro clásico español. Le pregunté qué le había pasado y recuerdo exactamente lo que él me contestó:

—Cuando nos separamos, me fui a la sala donde se encuentran los cuadros de El Greco. Estaba contemplando uno de ellos en el cual se puede ver un cielo oscuro de tormenta. Mientras más miraba el cuadro, más me sentía dentro de él. Sentía como si ese cuadro quisiera engullirme. Unos minutos después, me vi caminando por las calles adoquinadas de Toledo, buscando un refugio para guarecerme de la tormenta que se avecinaba. De pronto, vi a una mujer que se acercaba hacia mí. Esa mujer era parte del cuadro, pero dentro del mismo se escondía detrás de un árbol. En tan sólo un instante, la mujer saltó del cuadro, y al volverme, la vi justo sentada a mi lado. La llamé levantando un poco la voz:

—¡Señora mía!

—Usted disculpe, pero, ¿cómo me ha llamado? —preguntó ella.

—¡Señora mía, la más hermosa de todas las mujeres, mi Dulcinea! —dije.

—Perdone, pero usted me está confundiendo con alguien —afirmó ella.

—¡Oh no, es usted a quien yo llamo! ¡No importa que hayan pasado siglos, y que todo sucediera muchas vidas atrás, yo sé que mi Dulcinea es usted! —insistí.

—No tengo la menor idea de lo que usted me está hablando —respondió ella.

—Sin duda, amor mío, mi más bella dama, debe usted saber que el universo es el que ha dispuesto nuestro encuentro. No por casualidad estamos los dos aquí y ahora, de vuelta una vez más en las calles de España —dije.

—Perdone, pero no estamos en España, sino en Nueva York. ¿Se siente mal, tiene mareos? —preguntó.

—¡Estoy mareado de amor, de estar otra vez a su lado, mi bella Dulcinea! —continué.

—No me llamo Dulcinea, sino Madelene. ¿Usted cómo se llama? —preguntó ella.

—Yo soy Don Quijote, cazador de gigantes y caballero errante, cumplo misiones de honor para deshacer los entuertos del mundo —le dije lleno de orgullo.

—¡Aaah, ahora comprendo! Usted es un actor que utiliza el método de Stanislavsky. ¿En qué obra está trabajando ahora? —quiso saber.

—Realizo mis obras de valentía donde quiera que reine la injusticia. Sigo adelante en busca del peligro y de bandoleros malignos —respondí.

—¡Usted es muy buen actor! La verdad es que le da una gran credibilidad a su personaje. ¿Dónde estudió actuación? —quiso saber.

—Nunca he estudiado actuación, pero sí he leído muchos libros. Hubo gente que pensó que de tanta lectura iba a perder la razón, y por eso quemaron mis libros. Sin embargo, esto no impidió que yo siguiera buscando aventuras por todas partes —le expliqué.

—Yo también llevaba una vida muy aburrida, por eso soñaba despierta y fantaseaba con tener aventuras. Yo estaba aquí parada delante de este cuadro de El Greco y me imaginaba que viajaba en el tiempo y conversaba con un valiente caballero. De pronto apareció usted como salido del cuadro. En realidad, ¿quién es usted? —me preguntó incisiva.

—¿Qué importancia tiene quién yo sea? Cada persona nos ve de forma diferente. ¿Qué importancia puede tener un nombre, si todos somos viajeros en el tiempo? Todos estamos unidos en el viaje de nuestras almas, y siempre nos volvemos a encontrar aunque tan sólo sea por un breve instante, justo en ese instante en el cual el universo decide que es el momento adecuado. Para mí, usted siempre será mi hermosa y bella Dulcinea, y por usted yo vencería a todos los gigantes del mundo —le aseguré.

—¡Por fin he encontrado a un hombre que tiene mi misma imaginación y espíritu de aventuras! ¿Dónde vive, Don Quijote, soñador de sueños? —quiso saber.

—Vivo en muchas dimensiones. Mi alma vaga por el universo, está aquí y allá, donde quiera que mi espíritu me lleve. Vivo donde sueño, y sueño donde vivo —continué.

—¿Ha estado en España alguna vez? —preguntó.

—Juntos estuvimos allí, mi dulce y amada Dulcinea. Es posible que lo haya olvidado porque sucedió en el siglo XVII, pero yo nunca renuncié a la idea y a la esperanza de que algún día volveríamos a encontrarnos. Estoy seguro de que su alma lo recuerda, aunque muchas hayan sido las reencarnaciones desde aquel entonces. ¡Yo nunca he olvidado mi amor por usted! Incluso en este preciso instante siento la misma pasión y exaltación que me embargaba mucho tiempo atrás —reconocí.

—¿Está casado Don Quijote, caballero errante? ¿Tiene tiempo para que nos tomemos unas copas y comamos algo? —preguntó ella.

—¡He perdido toda la noción del tiempo y del espacio! —dije mientras consultaba mi reloj—. Ya son las tres y media y debía haberme encontrado con ella a las tres. ¡No pensé que fuera tan tarde!

—¿Con quién tenía que encontrarse? —quiso saber.

—Con la doctora Goldstein. Mi psiquiatra —le expliqué.

—Ya me parecía que usted era demasiado bueno para ser real. Cuando por fin conozco un hombre que me gusta, resulta ser un loco que además viaja con su psiquiatra. Bueno, ¿qué otra cosa se puede esperar en Nueva York? Lo mismo pasa con El Greco —dijo mientras se alejaba.

—¡Regrese, Dulcinea! ¿Qué es la locura? En algún momento de nuestras vidas, todos estamos locos. ¿Acaso no soy la misma persona con la cual hace tan sólo unos momentos usted hablaba de pasión y de justicia? ¿Por qué estigmatizar a alguien que sueña sus sueños de amor y honor? Mi bella dama, váyase, si es eso lo que el destino le indica. Estoy seguro de que volveremos a vernos cuando nuestros destinos vuelvan a cruzarse. Siempre llevaré en mi corazón el recuerdo imperecedero de estos momentos. ¡La amo, vida mía! —grité mientras desaparecía.

Mientras recordaba nuestra conversación de aquel día, me preguntaba dónde se encontraría el alma del doctor Camote en ese preciso instante. Es posible que hasta haya regresado al museo Metropolitano para poder contemplar una vez más ese cuadro de El Greco.

33
LA MAGIA DE LOS ANIMALES

El hombre acabará conquistando la ira con el amor, someterá al mal con el bien, vencerá la avaricia con la generosidad y finalmente acabará con la mentira con la fuerza de la verdad.

BUDA

Recuerdo una vez en que Camotín y yo fuimos al zoológico. Se trataba de un acto oficial para conseguir fondos benéficos para un hospital de niños de Miami. Mucha gente se había reunido allí, y la comida era abundante y variada. Traté de encontrar un lugar tranquilo para comer y comencé a hablar con Camotín sobre el poder místico de los animales.

—Camotín, ¿sabías que mucho tiempo atrás, los chamanes, los sacerdotes y las sacerdotisas eran los guardianes del conocimiento místico de la vida? Ellos comprendían perfectamente el lenguaje de la naturaleza y del universo, y ellos mismos eran muchas veces los vínculos entre el mundo que vemos y el mundo que no vemos. Ellos creían que todas las formas de vida eran sagradas, y sabían que los animales podían hablarles a los hombres que quisieran escucharlos. Los chamanes se cubrían con máscaras y pieles de animales en su intento por adquirir energías poderosas. Llevaban a cabo diferentes rituales que servían para despertar los ritmos naturales de los océanos. También eran capaces de crear un puente que podía unir el mundo natural con el de lo sobrenatural. Nosotros nunca podemos separar las leyes que gobiernan el mundo físico y el mundo espiritual. Seguro que alguna vez has escuchado la frase de "...tanto en el cielo como en la tierra...". Todas las cosas guardan relación y son importantes entre sí. Existen muchas paradojas ocultas en los secretos de la naturaleza, y existen muchos obstáculos que no alcanzamos a ver —expliqué a Camotín.

—¡Todo eso me asusta! —respondió Camotín.

—Eso se debe a que tú no tienes los suficientes conocimientos sobre este tema. Las fantasías animales son una forma de aprender sobre el mundo invisible y al mismo tiempo aprender de nosotros mismos. Los animales son símbolos que representan el aspecto emocional de la vida. Ellos representan y reflejan rasgos de nuestro carácter que debemos superar, controlar o manifestar de una forma diferente. Son símbolos de fuerza, asociados con el mundo de lo invisible pero que a la vez podemos utilizar en nuestro mundo. Cada animal está representado por un tótem. Un tótem es cualquier objeto natural, persona o animal, a cuyo espíritu y energía nos sentimos estrechamente unidos. Existen muchas historias acerca de una época ya lejana en la cual el hombre y los animales no estaban separados y podían hablar y comunicarse entre sí. Era una época en que lo humano convivía con lo divino, y los conceptos de salvaje y domesticado no existían. El mundo animal nos muestra todas las potencialidades que existen. ¿Sabías que los pájaros representan el alma? Los peces representan la vida acuática. El agua representa los símbolos ancestrales de la intuición y de la creatividad de la vida. Es por eso por lo que yo me siento tan ligado al mar. Cada elemento de la naturaleza está entrelazado con nuestra existencia —le expliqué.

—A mí también me gusta el mar, pero no sabía que la explicación fuera tan compleja —observó Camotín.

—Cada animal tiene un espíritu poderoso y un talento propio. El espíritu de un animal escoge a una persona para poder comunicarse con ella. Cuando descubres tu tótem animal y éste te habla, puedes llegar a recibir su mensaje si eres una persona receptiva. El tótem se aparecerá en tus sueños y responderá a tus preguntas. Tu imaginación es lo que te vincula al mundo animal. A través de tu propio guía animal puedes llegar a conocer a otros animales que también te ayudarán en tu viaje por la vida. En la Antigüedad, los chamanes usaban ciertos animales para poder penetrar en el mundo espiritual. Las imágenes de los animales nos ayudan a trascender nuestro propio pensamiento consciente con el fin de lograr conectarnos con una mayor facilidad a las dimensiones etéreas —le expliqué.

—Es como aprender una lengua extranjera de la cual no tienes ni idea —señaló Camotín.

—La naturaleza nos habla si la escuchamos. Cada animal tiene una historia que contar. Cada flor nos muestra su belleza y su creatividad. Cada árbol nos susurra secretos con el sonido de sus hojas. Nosotros todos somos uno solo, existimos en un instante preciso del tiempo y cada uno tiene su propio camino a seguir. Debemos honrar a todas las criaturas, a todas las plantas, y a nosotros mismos —proseguí.

—A mí siempre me han gustado los tigres —dijo Camotín.

—Los tigres son unos magníficos animales. Representan la pasión, el poder, la devoción y la sensualidad. Yo siempre he preferido a los leopardos porque nos ayudan a vencer nuestros demonios, nos dan una visión renovada y mayor vitalidad. Los leopardos son activos, ágiles y pueden enseñarnos a vencer a grandes saltos los obstáculos que surgen en nuestras vidas. Vivimos en un mundo en el cual nos enseñan a ignorar la intuición y a dejarnos guiar tan sólo por la lógica. ¿Acaso no sería más sabio mantenernos abiertos a cualquier posibilidad de aprender? —continué.

—¿Qué sabe usted sobre los elefantes? —preguntó Camotín.

—Se les considera como las criaturas más sagradas del reino animal, sobre todo a los elefantes blancos. Los elefantes han dado lugar al surgimiento de muchos mitos y leyendas. Se piensa que tienen poderes antiguos, y que poseen fuerza y realeza. Son el símbolo de la fertilidad. Se les compara con las nubes debido a su tamaño, color y forma. Muchos creen que los elefantes fueron los que crearon las nubes. Los elefantes muestran interés en las personas que están a punto de morir, o que ya han muerto, e incluso se ponen tristes cuando alguna muerte ocurre en su presencia. Ellos son el símbolo de esa niebla o neblina que separa al mundo ya creado del que está aún por crearse —continué.

—¿Cómo es que usted sabe tanto? —preguntó Camotín.

—He estudiado durante mucho tiempo con diferentes sabios y chamanes. Siempre he querido aprender más y más porque todos los elementos de la vida están siempre interrelacionados. Siempre que la vida exige algo de nosotros, debemos responder con amor. En todo momento, debemos anteponer la armonía al conflicto; la calma a la ira; la esperanza a la desesperación. ¿De qué sirve que estemos limpios por fuera, si por dentro estamos llenos de podredumbre? —pregunté.

—¡Tengo lástima por todos estos animales! Es posible que aquí los traten bien y les den comida, pero no son libres —dijo Camotín con tristeza.

—Entre nosotros hay muchas personas que caminan libremente, pero viven como si estuvieran enjauladas. Viven prisioneros de sus ideas y de sus mentes estrechas. La vida está llena de tragedias y de calamidades. Los obstáculos que se interponen en nuestro camino son tan sólo desafíos que nos permiten crecer espiritualmente. Si reaccionamos en contra de algo, en lugar de tratar de aportar algo nuevo a la situación, nunca lograremos crecer. La Luz siempre nos está poniendo a prueba. Ganaríamos muchas más cosas si aceptáramos nuestras responsabilidades y estuviésemos dispuestos a hacer un esfuerzo continuo por hacer siempre lo correcto. Te voy a poner el ejemplo de un hombre que pensó que él no podría ya nunca tener más problemas porque pensaba que ya había sufrido lo suficiente. Creía que como él ya había tenido suficientes desdichas, nada nuevo podría pasarle otra vez. De repente, un día surgió un obstáculo en su camino y él reaccionó con muchísima negatividad, ira y rencor. Su cólera le hizo más daño a su cuerpo que si hubiera enfrentado el nuevo problema de una forma más abierta y conciliadora. Cualquiera que desee tener una vida placentera y sin problemas, nunca la tendrá. Sólo cuando hacemos lo correcto y no nos preocupan los problemas por los que tengamos que pasar, ni enfrentarnos a nuevos retos, lograremos tener una vida mejor y más llevadera. Sólo mediante un cambio positivo, podremos alcanzar un nivel espiritual más alto y podremos ayudar a mejorar nuestro karma, tanto en nuestra vida presente como en nuestras vidas futuras. Debemos ser agradecidos por todas las oportunidades que nos brinda el universo para poder compartir amor y bondad —le expliqué a Camotín.

—Yo me siento agradecido de no ser un animal encerrado en una de esas jaulas. ¡Estoy seguro de que me pasaría toda la noche despierto pensando en los elefantes! ¿Nos vamos? —preguntó Camotín.

Después de salir del zoológico, nos dirigimos a Coconut Grove y por el camino decidí contarle a Camotín algunas de las virtudes relacionadas con la bondad. Había leído esta historia en Internet hacía tan sólo unos días y pensé que Camotín podría beneficiarse de ella.

—Había una vez un granjero escocés muy pobre que se llamaba Fleming. Un día estaba trabajando afuera cuando escuchó un grito que provenía del pantano. Soltó las herramientas y corrió a ver lo que pasaba. Enterrado en el fango negro había un joven aterrorizado que gritaba y luchaba frenéticamente tratando de salir. Fleming saltó al lodo movedizo y le salvó la vida al joven. Al día siguiente un carruaje lujoso se detuvo delante de la pequeña choza de Fleming y un noble elegantemente vestido descendió y se presentó como el padre del joven a quien Fleming había salvado la vida:

—Quiero recompensarlo por haber salvado la vida de mi hijo —dijo el noble.

Fleming respondió:

—No puedo aceptarle dinero por lo que hice —dijo desechando la oferta.

En ese mismo instante, el hijo del granjero Fleming se asomó a la puerta de la pobre choza.

—¿Es su hijo? —preguntó el noble.

—Sí —respondió Fleming con orgullo.

—Le haré una propuesta —dijo el noble—. Permítame darle a su hijo la misma educación que recibirá el mío. Si su hijo es como usted, sin duda, llegará a ser un hombre del cual los dos nos sentiremos orgullosos.

Y tal como quiso el destino, asimismo ocurrió. El hijo de Fleming asistió a las mejores escuelas del país y con los años llegó a doctorarse en la Escuela de Medicina del hospital Saint Mary de Londres, y llegó a ser conocido en el mundo entero como el honorable sir Alexander Fleming, descubridor de la penicilina. Muchos años después, el mismo hijo del noble que fuera rescatado del pantano cayó enfermo con neumonía y la penicilina descubierta por el doctor Fleming logró salvarle la vida. El nombre del noble caballero era lord Randolph Churchill, padre de quien más tarde sería sir Winston Churchill. Se dice que todo lo que va, viene. La bondad se prodiga sin esperar una recompensa, pero las buenas acciones pueden ser recompensadas por el universo en cualquier momento —dije.

—¿Qué conclusión sacas de aquella tarde en el zoológico? —preguntó Kika.

—Me pregunto si Camotín será capaz de descubrir su tótem y si alguna vez regresará al zoológico. Como dice el dicho: "no liberes al camello de la carga de su joroba, o ya nunca más será un camello".

EL ORÁCULO DE KOKO: MOTIVOS

El presente. Tendrás encuentros no del todo agradables o productivos. Si tienes una relación íntima con alguien, pasarás por momentos de inestabilidad y agitación. Puede ser que recibas un ultimátum, y que a través de éste, te vengan a la memoria heridas que creías que ya estaban curadas. Todo esto te va a hacer más consciente de que aún tienes muchos asuntos pendientes que debes solucionar. Puede que seas objeto de escenas de celos y que tengas que enfrentarte a sentimientos demasiado posesivos. Ésta podría ser una época de mucha tensión porque las cosas no se van a poder discutir abiertamente, sino de una forma solapada y sutil. En los asuntos del corazón, cuídate de las indiscreciones y de las decisiones tomadas a la ligera.

El futuro. Dentro de muy poco tiempo, tu situación actual sufrirá un gran cambio. Tu capacidad para concentrarte en tu trabajo aumentará dramáticamente. Tendrás la posibilidad de prestar atención a los detalles que son realmente importantes y por fin sentirás que tienes un mayor control de la situación. Éste es un buen momento para recabar ayuda de unos asesores en inversiones para que puedan ayudarte a hacer planes para que puedas mejorar el rendimiento de tus inversiones a largo plazo. Pon en orden tus asuntos legales. Deja a un lado esos malos hábitos que consumen una gran parte de tu tiempo. Si tus metas son para el beneficio de los demás, lograrás el apoyo de muchas fuerzas positivas. Asume el control de la situación y obtendrás la aprobación y también la ayuda de los que te rodean.

34
MILAGROS

Los doctores son hombres que prescriben medicinas de las cuales conocen muy poco, para supuestamente curar enfermedades de las que aún saben menos, y que son padecidas por hombres de los que no saben absolutamente nada.

VOLTAIRE

Recuerdo a Antonio y también recuerdo la forma en que nos hicimos amigos. Había venido a verme justo después de que su médico de cabecera le hubiese dicho que tenía cáncer. Cuando llegó a mi consulta se presentó con un fuerte apretón de manos y me miró directo a los ojos. Era un hombre lleno de vitalidad, y aparentemente no parecía tener ninguna enfermedad.

—Hola, doctor Camote. Gracias por recibirme tan rápido. No me queda mucho tiempo de vida y por eso quería que nuestras sesiones comenzaran lo antes posible —dijo.

—¿En qué puedo ayudarlo? —pregunté.

—Acabo de hacerme una serie de pruebas médicas y los resultados indican lo que mi doctor pensó desde un principio. Me han diagnosticado un cáncer y también me han confirmado que no tengo ninguna cura. He recibido una condena de muerte sin realmente ser culpable de nada. Como los médicos, en general, no pueden ayudarme, he venido a verle a usted como psiquiatra. Quizá usted pueda ayudarme a comprender otros aspectos de mi persona, así como ayudarme a instruirme algo más en los secretos de la vida y de la muerte. He leído algunos de sus libros, y quisiera que usted me ayudase a entender un poco más acerca de la reencarnación —me explicó Antonio.

—Trataré de ayudarle. Los hombres nacemos, vivimos y morimos. No sabemos qué hacer en nuestras cortas vidas, cuando ya empezamos a preguntarnos sobre las posibles próximas vidas que tendremos. Hay quienes creen en la vida eterna o en la resurrección de los muertos y hay quienes como yo, que creen en la reencarnación. Nuestra vida comienza a tener más sentido cuanto más se acerca a su final, pero estamos obligados a vivirla desde un principio. En ciertas ocasiones, tenemos que dar un paso atrás antes de seguir avanzando. Muchas veces nos consolamos con la expectativa de que tendremos otra vida mejor cuando ya no estemos aquí y es por eso quizá que no llegamos a comprender mucho de lo que sucede a nuestro alrededor en este mundo. Mi misión en esta vida es ayudar a los demás a cumplir su destino, pero hablemos de usted ahora —dije.

—Yo normalmente he vivido una buena vida. Soy un hombre de negocios. Principalmente me dedico a los bienes raíces. Hasta ahora yo siempre había tenido una salud de hierro y creo que he disfrutado, prácticamente, de todos los placeres materiales que este mundo puede brindarnos. He conocido lo que es el amor de una mujer y disfruté de la dicha de tener dos hijos. Todo esto ha sido siempre muy importante para mí, y nunca he antepuesto el dinero a la integridad. En ocasiones, he tenido mis recaídas, pero siempre las he superado. Puedo decir que soy y que me considero un hombre afortunado. Yo soy consciente de que debemos aportar al universo lo que, en la misma medida recibimos de él. Participo activamente en diversos programas de ayuda a los desamparados. Contribuyo con mi tiempo, mis energías y mi dinero para ayudar a los desafortunados y a los olvidados. Creo que no debemos de inclinarnos ante nadie, a no ser que sea para ayudar a esa persona a levantarse. Ahora me pregunto si no habría sido mejor que hubiese vivido mi vida de una forma diferente y hubiese tomado otro camino. ¡Hay tantas cosas que no entiendo! Es difícil saber que tus días en la tierra están contados, y tener que decidir lo que vas a hacer con el tiempo que te queda —confesó Antonio.

—Tengo la sensación de que usted y yo ya hemos estado juntos antes de hoy y que ya hemos estado hablando de estas mismas cosas. A veces, cuando hago una regresión a una vida pasada mediante la hipnosis, recuerdo muchas otras existencias, que transcurrieron en lugares y tiempos diferentes. Recuerdo las fechas en que nací, los nombres que tuve, a mis padres y también a veces los días buenos y malos que viví durante esas vidas. Recuerdo las cosas buenas y malas que me sucedieron, así como mis propias muertes. Sin embargo, siempre acabo regresando, una y otra vez, a esta vida, y lo mismo le pasará a usted. Por lo pronto, debemos concentrarnos en esta vida presente y tratar de determinar qué es lo que le ha quedado pendiente. Yo todavía no he almorzado, ¿le gustaría acompañarme y así podríamos seguir hablando? —le propuse.

Nos fuimos caminando hasta el restaurante Don Quixote. Nos sentamos en mi mesa preferida y ordenamos la comida.

—¡Este lugar es maravilloso! ¡Cada rincón es único! Siento como si hubiera atravesado un espejo mágico y ahora me encontrase en otra dimensión, lo mismo que "Alicia en el país de las maravillas" —dijo Antonio.

—Lo que vemos es nuestra realidad. Si abrimos nuestros corazones, nuestros ojos podrán ver muchas dimensiones, todas esperando que las exploremos. Muchas veces sólo somos capaces de ver aquello que nos enseñaron a ver de niños. Arrastramos todas esas ideas durante mucho tiempo hasta que finalmente un día llegamos a ser viejos.

Si con el tiempo nosotros mismos dejamos de usar la ropa que ya nos queda pequeña porque desgraciadamente ya no cabemos en ella, ¿por qué seguimos arrastrando esas ideas que ya no sólo no satisfacen nuestra necesidad de crecimiento espiritual, sino que además, también lo limitan? Algunos pacientes me han dicho que el comportarse así se debe a que continúan haciendo lo mismo que ellos hacían cuando eran niños porque así es como se lo enseñaron sus padres. Es posible que los padres hayan podido tener la mejor de las intenciones, pero ellos, a su vez, tan sólo pueden enseñarnos aquello que ellos mismos aprendieron de sus padres. Y así, de esta forma continúa la cadena. No podemos seguir culpando a nuestros padres por nuestras creencias.

Debemos asumir la responsabilidad de abrir nuestras mentes al lenguaje universal del amor —le expliqué.

—Perdóneme si parezco estar distraído, pero estaba contemplando esa luna tan bella que se asoma en el cielo del restaurante. Siempre me ha gustado la luna y además siempre he creído que tiene una belleza mística. ¿Cuántas lunas más me quedan por ver? Mi corazón se entristece tan sólo de pensarlo —confesó Antonio.

—Usted verá tantas lunas como su destino haya decidido, amigo mío. Usted ha venido a la tierra en representación de Dios. Ese Dios que llevamos dentro de todos nosotros nos dicta lo que debemos decir y a dónde debemos ir. Nunca subestime el poder de Dios. Recuerde siempre que con Dios todo es posible. Dios guía sus pasos para asegurarse de que usted se encuentra en el lugar en que debe estar y que además trabaja cumpliendo el propósito que le ha sido destinado. La esperanza es la respuesta a un maravilloso mañana. Mientras tengamos esperanza seguiremos adelante. Continúe haciendo sus obras de caridad y elevando sus oraciones de gratitud. Tenga el consuelo de saber que Dios está con usted, porque usted es parte de Dios. Recuerde que hasta la propia idea de hacer el bien tiene un poder muy grande y puede provocar un cambio en el universo. Tenga fe en sus propios milagros y si de veras quiere curarse, así será —dije.

—Los doctores me han dicho que me moriré pronto. Tengo que creer en lo que me dicen —respondió Antonio.

—Los doctores no necesariamente tienen todas las respuestas. ¿Cómo podrían tenerlas si todas las personas son diferentes? Los doctores manejan estadísticas, y basados en ellas llegan a conclusiones. Usted no es un número, sino una persona. Toda regla tiene su excepción y es posible que usted sea una de ellas. No renuncie a la vida tan pronto. Nadie puede decirle cuándo su tiempo se ha acabado. Usted no deja de vivir porque otros le digan que su final se aproxima, pero este final sí llegará si usted deja de vivir. Disfrute cada momento al máximo. La presencia curativa de Dios en su vida puede obrar milagros. Usted no tiene que entender cómo es que estas cosas suceden para poder recibir su bendición. Las posibilidades de curarse son ilimitadas. Todos los días ocurren milagros que no vemos. El vivir cada día de nuestras vidas es un milagro que muchas personas ya dan por sentado. Tenemos los milagros de la belleza, el amor, la ternura y la misericordia. Tenga fe y confianza en sí mismo, Antonio. Todas las personas que se cruzan en nuestro camino han sido enviadas por una razón. En ocasiones jugamos el papel de estudiantes, en otras, somos los profesores. Tenemos que aprender muchas cosas. Si lográramos conectarnos con el poder del subconsciente, seríamos capaces de liberar energías que podrían enriquecer la comprensión que tenemos sobre nuestro propio potencial y entonces abriríamos las puertas a las numerosas posibilidades de curación de muchos de los males físicos que nos aquejan. Usted todavía tiene mucho amor qué entregar, y muchas buenas acciones qué realizar. Nadie puede saber y ni siquiera predecir cuántas otras comidas nos quedan por compartir —dije.

—O cuántas otras lunas llenas me quedan por ver —dijo Antonio.

Pasaron siete años y Antonio y yo nos reunimos muchas otras veces después de aquella primera vez. Compartimos almuerzos, comidas y la belleza de muchas otras lunas llenas. Nos burlamos del tremendo miedo que Antonio sentía aquella primera vez que llegó a verme a mi consulta. Su doctor decía que la remisión de la enfermedad había sido un milagro y que no tenía una explicación médica razonable para poder explicar su mejoría. Recuerdo que cuando me encarcelaron Antonio fue una de las primeras personas que vinieron a verme.

—Sebastián, ha llegado el momento de saldar mi deuda con usted. El dinero no es ningún problema. Permítame que contrate al mejor abogado que existe para apelar su caso. Yo sé que usted no es un asesino. Ha sido mi amigo y me ha enseñado a no perder nunca la esperanza, a tener fe y a creer que todo es posible. ¿Cómo puedo compensarle por cada día extra que he vivido con optimismo gracias a su comprensión y a sus lecciones de espiritualidad? ¿De qué sirve todo mi dinero, si no puedo comprar con él la libertad de mi amigo? —preguntó Antonio.

—Gracias por tan generosa propuesta, sin embargo debo rechazarla. Yo no quiero seguir viviendo. Ahora son mis días los que están contados —dije.

—Por favor, le suplico que me deje ayudarle. Quiero otra vez compartir con usted la luna llena. Quiero que pasemos más tiempo juntos y poder hablar de muchas otras cosas —dijo Antonio.

—Ha llegado la hora de seguir mi camino, y por mucho que desee contentarle, usted no puede seguir posponiendo mi destino. Incluso después de mi muerte estaré cerca de usted. Estaré en otra dimensión, y usted me sentirá cerca cuando vuelva al restaurante y pueda ver la luna llena brillando en lo alto del cielo. Estábamos destinados a encontrarnos y yo estoy y estaré eternamente agradecido por su amistad. Recuerde que nunca podemos olvidar que la vida no es más que una ilusión. Siga siendo amable con todo el mundo, y nunca deje de amar y de tener compasión por los demás, sin importarle el trato que usted reciba de ellos. Lo que ellos hagan no tendrá importancia, si usted llega a entender que todo lo que nos ocurre no es más que un sueño. La verdadera espiritualidad consiste en tener siempre buenas intenciones y actitudes. ¿Cuál es la realidad y cuál es el sueño? Nos volveremos a encontrar muy pronto en otra vida futura. ¡Adiós, Antonio! —dije.

No pudimos evitar que nos brotaran las lágrimas cuando nos despedimos por última vez.

—¿Qué recuerdas de Antonio? —preguntó Kika.

—Me hizo comprender lo indescifrable que es el destino. Yo terminé muriendo muchas lunas antes que Antonio. La vida, al igual que la muerte es impredecible. Como suele decirse: "No siempre el que organiza el funeral es el que asiste a él" —respondí.

EL ORÁCULO DE KOKO: LA RISA

El presente. En estos momentos, las pequeñas diferencias con tu pareja pueden ponerte de mal humor. Posiblemente, sea mejor que dejes a un lado tus metas personales para que puedas solucionar los problemas con tu pareja. Debes examinar y definir el papel que desempeñas en esa relación. Es muy probable que tú necesites profundizar más en las necesidades, tanto físicas como emocionales de tu pareja. Dedica una mayor atención a tu pareja para que puedas crear una base mucho más segura para la relación. Debes ser más tolerante y a la vez deberías aprender nuevas formas de comportamiento para poder facilitar y extender la comunicación entre ustedes. Los actores ríen y el sueño continúa hasta que la obra que representan se convierte en una tragedia. La risa y las lágrimas pueden cambiar en un instante, con la misma suavidad con que el sol y la lluvia se suceden. Anímate y trata de encontrar tiempo suficiente para poder pasarlo bien.

El futuro. En un futuro próximo prevalecerán las relaciones de amistad, de buena voluntad y de armonía. Podrás demostrar que eres una persona *sexy,* dinámica y encantadora. Es tu oportunidad de ser más audaz y poder definir mejor tu naturaleza evasiva y caprichosa. Tendrás una mayor confianza en tu persona. Las cosas finalmente te saldrán tal y como tú lo deseas. Serás capaz de disfrutar de la vida a tu manera.

35
EN EL LUGAR Y EL MOMENTO ADECUADOS

La paz os dejo, mi paz os doy; yo no os la doy como el mundo la da. No se turbe vuestro corazón, ni tenga miedo.

Juan 14:27

Recuerdo una ocasión en la cual me dirigía hacia los cayos de la Florida. De repente, y no sé cómo explicar el porqué, tuve la necesidad urgente de hablar con Camotín. A un costado de la carretera me detuve. Me encontraba muy cerca de una gasolinera. Traté de usar mi teléfono móvil, pero parecía que se le había agotado la batería. Caminé unos pasos hacia la gasolinera y allí mismo había un telefono público. Cuando iba a descolgar el teléfono para hablarle a Camotín, ese mismo teléfono público comenzó a sonar. Como no había nadie cerca, descolgué el auricular:

—Hola —dije.

—Hola, ¿quién habla? —preguntó una voz.

—Alguien que simplemente se detuvo para hacer una llamada. ¿A quién llama usted? —le pregunté.

—La verdad es que no lo sé. Necesito hablar con alguien. ¿Usted cómo se llama? ¿Quién es? —continuó la voz.

—Yo soy el doctor Sebastián Camote. ¿Cuál es su nombre? —le pregunté.

—Me llamo Beverly. ¿Es usted doctor en medicina, en filosofía, en economía? —quiso saber Beverly.

—Soy psiquiatra y tengo mi consulta en Miami. Mi misión en la vida es ayudar a los demás a seguir su camino en la vida. Alrededor de este teléfono no hay ni una sola alma. ¿Con quién quería hablar usted y qué número de teléfono marcó? —insistí.

—No sabría decirle exactamente con quién quiero hablar, ni cuál fue el número de teléfono que marqué. Estoy desesperada y quiero suicidarme. ¡No quiero seguir viviendo! —me confió Beverly.

—¿Cuál es su problema? —pregunté.

—Se trata de mi novio. Él ya no me quiere. Reconoció que se va a marchar a vivir con otra mujer, y también admitió que él me ha mentido y que me ha engañado. ¡Yo ya no puedo vivir ni un día más! —siguió diciendo Beverly.

—El amor romántico es tan pasajero como un pájaro que se posa en la rama de un árbol, en cualquier momento puede emprender el vuelo. Sin embargo, el amor espiritual es algo maravilloso que puede transformar la cosa más común en algo totalmente mágico. Las cosas no siempre son como parecen ser. Lo que parece malo, puede ser bueno y lo que parece ser bueno, puede ocasionarnos una gran desilusión. Todas las cosas tienen una razón de ser, y sólo el universo con toda su sabiduría conoce todas las respuestas. Usted debe de poseer alguna cualidad admirable que hizo que su novio la quisiera, y esa cualidad no ha desaparecido porque él ya se haya ido. En cualquier momento, puede surgir otra persona que la ame. Y que además le convenga a usted más y que esta persona sea capaz de entregarse a usted por completo —dije, tratando de animarla.

—Estoy totalmente desilusionada por lo que él me hizo. Siento que nunca más volveré a ser capaz de amar a otra persona —respondió Beverly.

—En estos momentos, usted se siente herida y despreciada, pero recuerde que siempre hay y habrá un mañana. Es probable que esto que le ha pasado sea una manifestación de algún karma pasado y que usted deba aprender una lección —le dije.

—¿Qué significa eso de karma? —me preguntó Beverly.

—Karma significa que cualquier cosa que hagamos con nuestros cuerpos, con nuestras palabras, o con nuestras mentes va a tener eventualmente su resultado correspondiente. Cada una de nuestras acciones, por muy pequeñas que sean, tendrá sus consecuencias. Nunca debe desdeñar sus malas acciones por el simple hecho de que sean, o puedan parecer, pequeñas. La chispa más insignificante puede encender un gran fuego. Tampoco debe usted pasar por alto las pequeñas buenas acciones. Usted puede pensar que no le van a reportar beneficio alguno, pero hasta una minúscula gota de agua puede acabar llenando un recipiente enorme. Al igual que el jazmín acaba desprendiéndose de las flores mustias, usted debe desprenderse de todos sus sentimientos de ira —le expliqué.

—¿Está usted diciéndome que yo no tengo derecho a estar enojada? ¡La persona a la que yo amaba me traicionó! —dijo Beverly con llanto en su voz.

—¡Felices aquellos de nosotros que vivimos sin ira y que además conocemos el efecto benéfico del perdón! Usted puede seguir enojada si es lo que desea, pero ese estado de frustración y desesperación acabará frenando su búsqueda de la verdadera paz y de su propia satisfacción. Esa ira no dejará que el amor pueda habitar dentro de su corazón. La cólera dañará su cuerpo y atormentará su mente, pero la decisión es suya —le expliqué.

—¿Qué diferencia puede haber? Me voy a suicidar y de ese modo voy a darle una lección —amenazó Beverly.

—Jovencita, usted puede tener delante de sí misma una vida maravillosa y que además le traiga la promesa de un mañana venturoso. Cuando pase un año, usted volverá la vista atrás y recordará esta conversación. Entonces mirará al cielo y se reirá de su propio dramatismo. Permítame decirle, sin tratar de caer en la presunción, que la mejor de las experiencias es el estar vivo. Usted tiene todo lo que necesita para poder continuar este extraordinario viaje que es su propia vida. Lo que al final siempre vale es el estar vivo. La vida implica plenitud, saciedad y se explica por sí misma. Dentro de usted, ahora mismo, se encuentra escondida la habilidad para superar lo que le hace sufrir ahora. En realidad, cuanto más analizo su dilema, más cuenta me doy de las muchas ventajas que usted tiene. Usted ha tenido mucha suerte de haber descubierto lo que usted considera como una desgracia. Piense en el milagro que acaba de ocurrir. Usted estaba buscando una persona que pudiera estar de acuerdo con usted sobre las desventajas de continuar la vida, y resultó que yo estaba al otro lado del teléfono que usted marcó por casualidad. ¿No se da cuenta de que el destino me puso en su camino? Lo trágico de nuestra vida tan sólo radica en la forma en que percibimos una determinada situación. La tragedia de una persona es la comedia de otra. Puede que usted hoy se eche a llorar, pero mañana usted se reirá con júbilo y con alegría. Volverá a enamorarse muchas otras veces, porque hay que estar enamorado continuamente para poder percibir toda la belleza que hay en este mundo. Usted parece ser una persona sensible y preocupada, por eso, en lugar de seguir lamentándose durante toda la tarde, ¿por qué no se va a una librería y se sumerge en la lectura de una tragedia griega? Después de que usted lea sobre las redes que entretejemos con la decepción, la venganza y la retribución, estoy convencido de que preferirá continuar su camino hacia la Luz. La fe significa perseverancia y buscar a Dios con perseverancia es el objetivo de nuestra fe. Si puede recordar lo que acabo de decirle, podrá sobrevivir la noche oscura por la que usted está atravesando ahora. Podrá superarla y salir victoriosa. ¿Qué me dice a esto, Beverly? —le pregunté.

—La verdad es que no sé cómo pude tener tanta suerte para que me saliera usted al teléfono, pero usted me ha ayudado a entender y a poder darle a las cosas la proporción adecuada. ¿Cuándo regresará usted a Miami, doctor Camote? —me preguntó.

—En unos días, ¿por qué? —quise saber.

—¿Podría llamarle alguna vez a su consulta? No sé si esta conversación es real o fruto de mi imaginación —expresó.

—¡Realidad o ilusiones, fantasías o hechos reales! Lo que pensamos que es real, lo es, y lo que imaginamos que es real, pues también es real. Claro que sí, puede volver a llamarme. Mi nombre y número de teléfono están en la guía telefónica. Me alegra mucho haber tenido la oportunidad de hablar con usted —concluí.

—¿Qué es lo que recuerdas sobre este incidente? —me preguntó Kika.

—Un ejército de ovejas guiado por un león podría derrotar a un ejército de leones guiado por una oveja. Si la vida es un teatro, ¿dónde está el público? —respondí.

EL ORÁCULO DE KOKO:
LOGRAR QUE LAS COSAS SE HAGAN

El presente. Al parecer, los problemas externos que ahora mismo enfrentas son tan complejos como el tormento y la confusión interior que estás experimentando. Ahora mismo te das cuenta de que están emergiendo miedos y ansiedades que se encontraban muy arraigadas dentro de ti. La confianza que tienes en tu persona está siendo puesta a prueba. Si piensas que en algo has demostrado falta de sinceridad y cierta banalidad, o que has tomado una decisión incorrecta, debes tener la suficiente fortaleza de espíritu para reconocer estos problemas y seguir adelante. Evita el dejarte llevar por la desesperación y por la desesperanza. Éste no es el momento más adecuado para dilatar las cosas y de esa forma volver otra vez al pasado.

El futuro. Acabas de atravesar por un momento difícil y de gran desafío, pero te ha servido para entender lo que es realmente importante para ti. Ahora te encuentras en el momento justo para hacer énfasis en la flexibilidad, la habilidad para ajustarte a lo inesperado y para asumir la responsabilidad de tomar tus propias decisiones. Aunque parezca que vas en diferentes direcciones al mismo tiempo, acabarás concentrándote en las cuestiones esenciales e importantes, e intentarás con todas tus fuerzas alcanzar tus metas más inmediatas. Lograr que las cosas se hagan requiere de una seria determinación, de una actitud positiva y de una mente clara. Confía en que en un futuro bastante cercano vas a ser capaz de lograr lo que deseas.

36
ALFOMBRAS VOLADORAS Y TÉ VERDE

¡Oh Dios, permíteme siempre desear más de lo que yo pienso que pueda hacer!

MIGUEL ÁNGEL

Volviendo la vista atrás aparece ante mí, el viaje a Marruecos. Marruecos es un país mágico donde uno puede encontrar a la vez realidades y fantasías, ilusiones, narradores de cuentos y también alfombras voladoras. Un paciente mío, llamado Brian, hacía algún tiempo que se había alistado como voluntario en los Peace Corps y había vivido en la ciudad de Fez durante un año y medio. Al volver, nos encontramos en mi oficina de Coconut Grove. Brian me habló expresamente de una botica que había en Marrakech llamada Rhaba Kedima. Las historias que Brian me contó acerca de los remedios que allí se vendían utilizando para ellos lagartos disecados, puercoespines, serpientes, erizos, especias, plantas y otros afrodisiacos despertaron mi curiosidad. Quería aprender y saber más sobre los efectos medicinales y sobre las virtudes curativas de todas estas pociones. Tampoco puedo negar que sentía una curiosidad inmensa por conocer más acerca de toda esa gente. Quería caminar por todas aquellas *medinas* y *casbahs*. Brian me dijo que cuando decidiera ir, él me pondría en contacto con un guía local. Me sugirió que contratara a Sayed, porque él era un gran conocedor de la historia y de las gentes del lugar. Brian me dijo que Sayed era un musulmán muy devoto que había vivido en Estados Unidos por algún tiempo, pero que unos años después regresó a Tánger, el lugar en el cual él había nacido. Antes de hacer el viaje, telefoneé a Sayed e hice todos los arreglos pertinentes para que él me esperase en el aeropuerto. Lo contraté por una semana para que él me guiase durante mi viaje a los lugares que deberían ser de mayor interés para mí.

Encontré a Sayed esperándome en el área de equipajes del aeropuerto de Casablanca. Sayed iba vestido con una *chilaba* tradicional y sostenía en su mano un cartel con mi nombre. Cuando me acerqué a él, me recibió con una amplia sonrisa.

—Bienvenido doctor Camote. ¿Cómo le fue de viaje? —preguntó.

—Todo bien en general. Lo único malo fue que se perdió mi maleta. No había ningún vuelo directo desde Miami a Marruecos y tuve que volar a Nueva York para hacer el cambio de aviones. Durante ese cambio mi equipaje se perdió. Ya lo reporté al departamento de equipajes perdidos, y aunque estoy un poco cansado, estoy ansioso por ver todo lo que he venido a descubrir —dije.

—Mi auto nos está esperando. Le hice una reserva de habitación en un hotel situado en el centro de la ciudad. Espero que disfrute de su primera noche entre nosotros. Si así lo desea puede descansar un rato, y ya en la tarde podemos salir a ver algunas cosas. Podemos hacer un recorrido por la parte moderna de la ciudad para que usted vea la mezquita de Hassan, que es la segunda mezquita más grande del mundo. En su atrio principal pueden rezar hasta veinte mil personas a la vez, y en su patio interior caben otros ochenta mil creyentes. En total, la mezquita ocupa un área de veintidós acres y su construcción se inspiró básicamente en uno de los preceptos del Corán que nos enseña que el trono de Dios descansa sobre las aguas. La vista de la mezquita resulta tan asombrosa como su arquitectura. Es impresionante ver cómo las olas del océano Atlántico rompen una y otra vez contra sus muros blancos —explicó Sayed.

—Creo que este viaje va a ser fascinante. ¡Estoy ansioso por ver todos esos lugares únicos!

—¡Usted va a ver muchas cosas que le van a encantar! —dijo Sayed.

Me quedé en el hotel y acordamos volver a vernos unas horas después. Pasado ese tiempo, comencé mi gira por los alrededores del hotel. Primero un paseo por la Medina, donde pude observar una gran variedad de vendedores ambulantes que ofrecían los productos más exóticos e inimaginables. La cantidad de frutas y vegetales que podía verse era extraordinaria y su variedad asombrosa. Caminamos entre las mujeres. Muchas de ellas llevaban sus cabezas y sus rostros cubiertos por velos mientras hacían sus compras. Me di cuenta de que mientras caminábamos, Sayed iba repartiendo *dirhams*, la moneda nacional de Marruecos, entre los ancianos y los tullidos. Sayed pasaba su mano por la cabeza de los niños, y todos los que pasaban por su lado lo miraban con un gran respeto.

—Hay muchas casas que no tienen refrigeradores y tan sólo hay unos cuantos supermercados. Esto implica, necesariamente, que la mayoría de las personas tienen que comprar la comida diariamente. Es por esa razón por la cual usted va a ver mucha carne fresca colgada de los pinchos. También verá que los vendedores hacen lo mismo con los pescados y con otros productos. Las familias normalmente no tienen hornos para cocer el pan, por lo que preparan la masa del pan en sus casas y se la traen más tarde a los panaderos para que ellos, por un precio módico, pongan a cocer los panes en sus hornos —explicó Sayed.

—¡Viendo todo esto, aprecio y valoro más todas las comodidades de las que disfrutamos en Estados Unidos! —exclamé.

De pronto, escuché un sonido inusual, un estruendo ensordecedor y le pregunté a Sayed qué era.

—Ése es el llamado a la oración. Se realiza cinco veces al día. El llamado lo hace un *muezzin* situado en un alminar de la mezquita —respondió Sayed.

—Puedo sentir su espiritualidad —comenté.

—Muchos marroquíes todavía creen en el poder curativo y la fuerza de inspiración que tienen los *marabouts*. Los *marabouts* son las tumbas de los hombres santos del lugar y por eso las tumbas se protegen con gran celo. Aquí, el fervor religioso es muy grande, y a los que no son musulmanes se les aconseja mantenerse alejados de las tumbas. Los nativos creen en el mal de ojo y a modo de protección cuelgan manos metálicas en las puertas principales de sus casas. Marruecos es un lugar donde se entrelazan lo antiguo y lo moderno de dos mundos —el árabe y el africano—. En estas vastas tierras marroquíes hay muchísimos contrastes. El impetuoso océano Atlántico baña la costa occidental, y al norte las aguas tibias del Mediterráneo acarician las playas. La vista desde las altas montañas resulta exuberante y en las vastas arenas del desierto se disfruta de una paz indescriptible. Desde las montañas bajan espléndidos valles que acaban encontrándose con las fértiles planicies. Existe una mezcla extraordinaria de culturas, de gentes y de arquitectura. En los vendedores ambulantes descansan las tradiciones que aquí han permanecido invariables por miles de años. Las grandes universidades y las mezquitas son parte de las reminiscencias del esplendor que tuvo el imperio islámico bereber —prosiguió Sayed.

Regresamos al hotel y acordamos continuar nuestro recorrido a la mañana siguiente. Después de desayunar, emprendimos nuestro viaje a Fez, pero por el camino nos detuvimos en Meknes. Visitamos el Museo de Dar Jamai, ubicado en un palacio rodeado de jardines andaluces de una belleza asombrosa. En el museo se exhibían joyas, artesanías, cerámicas y alfombras. Sayed me habló sobre una mezquita que podía visitar en Moulay-Idriss y que ahora permitía el acceso de los no musulmanes. Cuando llegamos a la mezquita dejamos nuestros zapatos, a la entrada. Una vez dentro, Sayed me explicó las diferentes partes de las que se compone una mezquita y la importancia vital que tiene el agua en la cultura del Islam ya que siempre hay que lavarse antes de comenzar a orar. Dentro de la mezquita había mucha gente y al salir me detuve un instante a la entrada de la misma para poder tomar una foto de la gran cantidad de zapatos, todos ellos diferentes en tamaño y forma y, que se alineaban los unos junto a los otros. Sayed me preguntó qué era lo que estaba haciendo.

—Sayed —dije—, los zapatos dicen que todos nosotros, los que hemos visitado la mezquita, estamos unidos por un mismo vínculo. Hay zapatos de piel que son caros, zapatos plásticos baratos, e incluso sandalias de paja, pero una vez que cruzamos el umbral de la mezquita, todos somos iguales. Dios escuchó todas nuestras oraciones. Si regresamos a los tiempos bíblicos, en la Biblia encontramos que los judíos y los árabes tuvieron el mismo padre que fue Abraham y por lo tanto judíos y árabes eran hermanos a pesar de que emigraron a diferentes lugares. El pueblo judío era descendiente de Isaac. Los árabes descendían de su hermanastro Ismael y formaban parte de las doce tribus.

—Es una pena que no todo el mundo piense igual. Hubiéramos podido vivir y seguir viviendo en paz, pero las ideas y los valores de cada cual son muy diferentes. Muchos viven en un mundo de diferencias y no de igualdades. Muchos buscan la riqueza material, antes que la espiritual, para ensalzar sus egos y de esa forma hacer saber a todos su valía —expresó Sayed.

—Yo no valoro aquello que carece de valor, porque lo que de verdad vale yo sí que lo tengo —dije.

—¡Qué filosofía tan interesante! —comentó Sayed.

—A la sabiduría se llega con las manos vacías y con la mente abierta —respondí.

—Las enseñanzas generales que caracterizan a todas las grandes corrientes místicas del mundo revelan siempre con claridad que dentro de todos nosotros existe la sabiduría y la compasión. Si aprendemos a usarlas correctamente seremos capaces de transformarnos no sólo a nosotros mismos, sino también al mundo que nos rodea. Debemos entender la naturaleza de este gran poder y saber encauzarlo correctamente, para que nos ayude a lograr la paz. Si aprendemos a dominar nuestro egoísmo y somos más amables y generosos de espíritu con respecto a los demás, en última instancia, lograremos beneficiarnos a nosotros mismos. La gente estúpida y egoísta tan sólo piensa en sí misma y esto trae como consecuencia resultados muy negativos. La gente que es egoísta, pero inteligente, se preocupa de los demás y trata de ayudarlos. El resultado será que ellos, aunque egoístas, también saldrán beneficiados —Sayed generalizó.

—Dar y recibir son la misma cosa. Cuando doy mi bondad, mi tranquilidad y mi seguridad, estoy recibiendo lo mismo a cambio. Cuando ofrezco mi amor al universo, éste me devuelve amor —dije.

—Es posible que procedamos de culturas y religiones diferentes, pero nuestros corazones están abiertos a las mismas ideas. Todos sabemos que debemos de compartir lo que tenemos, con los demás —murmuró Sayed.

—¡Qué encuentro tan interesante! —exclamé.

—No nos hemos conocido por casualidad. El universo dispone estos encuentros para dar alegría a nuestras almas. Usted es como el hermano que una vez perdí y que ahora he vuelto a encontrar —afirmó Sayed.

—Me siento muy feliz de que podamos caminar juntos como hermanos y como amigos en esta tierra tan maravillosa —confesé.

Regresamos al auto y continuamos el viaje. Unas horas más tarde llegamos al corazón de Marruecos, una inmensa plaza llamada plaza Jemaa El Fna. Sayed estacionó el auto. Mientras nos acercábamos a la plaza, Sayed me empezaba a hablar de todas y cada una de las cosas que íbamos a ver.

—El nombre de esta plaza significa "reunión de los muertos". Cuenta la leyenda que éste era el lugar en donde en el siglo XIII ejecutaban a los asesinos. El lugar es como un escenario gigantesco. Aquí se encuentra de todo. Hay acróbatas, músicos, encantadores de serpientes, malabaristas, mujeres que bailan la danza del vientre, monos, adivinadores del futuro y vendedores de comida. El lugar siempre está repleto de visitantes que resultan tan extravagantes como el propio lugar. Tenga cuidado ya que todos van a tratar de llamar su atención —me confió Sayed.

—A mí no me disgusta la variedad. Para mí todos los seres humanos son mis amigos, y no me olvido de que todos los hombres son parte de mí. ¡Me siento como si estuviera dentro de un santuario! —exclamé.

Continuamos nuestro recorrido por la plaza. Vimos a un dentista sentado en una alfombra. Tenía delante de él una gran cantidad de dientes todos ellos dispersos por el piso. El dentista utilizaba unos alicates inmensos y otros utensilios de trabajo que provocaban escalofríos. Se me ponían los pelos de punta tan sólo de mirarlos. Vimos algunos puestos de venta en los cuales se vendía sopa de cabeza de cabra, vegetales asados, pollo, pescado y carne de carnero. Nos dirigimos a la derecha de la plaza, ascendimos unos escalones y entramos a un café desde el cual teníamos una vista excepcional de la maravillosa plaza que se extendía a nuestros pies.

—Bien. Ya estamos aquí. Ahora vamos a rejuvenecernos con un vaso de té verde con menta. Esto es más que una bebida para refrescarse, es una muestra de amistad y hospitalidad, además, como es verde, también simboliza la buena suerte y es además el color de la fertilidad. El sabor dulce de la bebida simboliza la amistad y el deseo de que usted disfrute de buena salud —admitió Sayed.

Cuando terminamos el té, nos dirigimos a las Tumbas de Saadien, frente a las cuales estaba la botica del curandero. Entramos y pudimos ver las enormes jarras de cristal llenas de diferentes especias, plantas medicinales y cosméticos tradicionales. En la misma botica nos dieron las instrucciones para su uso y nos explicaron también algunas de sus propiedades curativas.

—¡Ésta es la experiencia más instructiva que he tenido jamás! Me gustaría poder llevarme conmigo algunas de estas yerbas y especias —dije.

Seleccioné algunas y me las colocaron en una cesta de paja. Me sentía mareado por todo lo que había visto aquel día.

—Gracias por haber sido tan atento. ¡Nunca olvidaré este viaje! —dije mientras me despedía del dueño de la tienda.

Llevé los paquetes al auto y Sayed y yo continuamos nuestro camino. Nos dirigimos de regreso al aeropuerto de Casablanca donde pregunté, una vez más, si ya habían recibido mi equipaje, pero todavía seguía perdido. Había llegado el momento de decir adiós a tan maravilloso lugar.

—Sayed, muchas gracias por haberme enseñado su país. Ha sido un placer compartir estos días con usted. Ha sido nuestro destino el que nos conociéramos. Pensamos que existen y que tenemos miles de opciones, pero en realidad en cada momento de nuestra vida la mayoría de las veces tan sólo tenemos una única opción. Tenemos que tomar la decisión de siempre seguir con nuestra búsqueda. ¡Que la fortuna te acompañe, hermano! —dije mientras nos abrazábamos en el aeropuerto.

—¿Qué aprendiste de este viaje? —preguntó Kika.

—En el viaje de la vida, todos estamos unidos. Puede que en alguna existencia futura Sayed y yo intercambiemos nuestros lugares, y que yo vuelva a nacer musulmán y viva en Marruecos; y puede que él regrese como judío y viva en Nueva York, Miami o Jerusalén. Lo importante es que no olvidemos que todos somos iguales, no importa la raza, el sexo o el lugar donde vivamos. Todo es transitorio y todo a su vez está sujeto a cambios —respondí.

EL ORÁCULO DE KOKO: AMOR

El presente. En estos momentos te resulta muy difícil lograr un equilibrio entre tu necesidad de independencia y de libertad y tu necesidad de amor y de relaciones íntimas. Te muestras distante y esto aleja de ti a los demás, lo cual te da el espacio que necesitas, pero, ¿a qué precio? Ahora te das cuenta de que te gustan las cosas exóticas y extrañas. Situaciones que en el pasado fácilmente hubieras podido considerar como ofensivas, ahora resulta, sin embargo, que esas mismas cosas, despiertan tu curiosidad y tu interés. Esta nueva actitud tiende a crear tensiones continuas en tus relaciones familiares.

El futuro. En tu vida actual el intercambio de información, ideas y opiniones desempeña un importante papel. Una conversación honesta y sincera con alguien que tenga opiniones e ideas diferentes a las tuyas puede acercarte más a esa persona. Expresa tus necesidades de una forma concisa, clara, decidida y articulada. No es el momento para permanecer ocioso. Estás en condiciones de asumir retos y cambios.

37

¿CUÁLES SON LAS PROBABILIDADES?

La coincidencia es algo en lo cual Dios desea permanecer anónimo.
Doctor GERALD JAMPOLSKY

Conocí a Randolph, precisamente, en el avión de regreso de Marruecos. Él estaba sentado a mi lado y yo sabía que me esperaba un largo viaje. Inicié la conversación con él cuando los asistentes de vuelo empezaron a servir el almuerzo.

—Hola, yo soy el doctor Sebastián Stain Camote. Vengo de regreso de unas vacaciones memorables y extraordinarias y me dirijo de vuelta a la Florida. ¿Su viaje fue de placer o de negocios? ¿Hacia dónde se dirige ahora? —le pregunté.

—Me llamo Randolph. Estaba en una gira turística de diez días y regreso a mi casa en Carolina del Sur. ¿Usted lo pasó bien? —preguntó Randolph.

—Todavía tengo en mi cabeza todos los magníficos momentos que he pasado —confesé.

—¿Compró alguna artesanía durante su viaje? —quiso saber.

—Sí, había tantas cosas bellas, que no sabía qué elegir. Compré algunos regalos para mis amigos y algunas otras cosas para mí —dije.

—¿Le cupo todo en la maleta? Yo tuve que comprarme una maleta adicional para poder traer todos mis regalos —comentó Randolph.

—Todo mi equipaje se perdió cuando venía para Marruecos y todavía hoy no lo han encontrado. El universo lo dispuso así. Todo lo que compré lo puse en una bolsa que llevo conmigo y que descansa en el compartimiento de arriba —le expliqué.

—Yo soy un hombre de ciencia y trabajo con hechos. Lo que usted dice no tiene ningún sentido para mí. No creo que ésa haya sido la intención del universo. ¿Por qué han de preocuparle sus maletas al universo? Yo he viajado mucho y a mí nunca se me ha perdido el equipaje. Con tanta gente viajando a tantos lugares diferentes, y tanta gente cambiando de aviones constantemente, ya que por supuesto es imposible que haya vuelos directos desde y a todas las ciudades, es toda una proeza tecnológica que podamos recibir a tiempo nuestros equipajes. Las computadoras llevan el control de las cosas, no el universo —afirmó Randolph.

—A este mundo llegamos sin nada y nos marchamos sin nada. Yo no me siento apegado a las cosas materiales. Nada ocurre por casualidad. Por ejemplo, no ha sido una coincidencia el que usted y yo nos hayamos sentado juntos. Para mí es una señal de que estábamos destinados a conocernos —le respondí.

—Realmente tan sólo tiene que ver con el momento exacto en que nos asignan los asientos. Fácilmente, pudieron haberme sentado tres hileras más adelante, en las filas del medio, en lugar de estar aquí sentado junto a usted —prosiguió Randolph.

—¡De ninguna forma! Si usted hubiera estado supuesto a estar sentado unos asientos más adelante, le habrían dado ese asiento. Sin embargo, usted está aquí, donde debía estar. Yo creo en el orden del universo. Existe un centro de control que dispone de todos estos encuentros —le expliqué.

—Yo invariablemente creo en el poder de los números. Creo que lo negro es negro y que lo blanco es blanco, y que el gris no existe. Soy un hombre práctico que cree en las cosas prácticas —afirmó Randolph.

—¡Es una pena que usted piense así! Ahora entiendo por qué nos pusieron juntos. Usted debe abrir su mente y alimentar su alma. ¿Acaso no vemos y sentimos en nuestros sueños un mundo que nos parece casi real? Pero, piense por un momento en cómo era ese mundo de sueños. No es el mismo mundo que usted ve y del cual usted formaba parte antes de quedarse dormido. Es un mundo exactamente como a usted le gustaría que fuera. Los sueños y las realidades se entrelazan. Siempre debe esperar lo inesperado —le expliqué.

—¿En qué rama de la medicina usted se especializa? —preguntó Randolph.

—Soy un psiquiatra que ha vivido ya muchas vidas. Me siento muy cerca de todo aquel que se cruza en mi camino. Por ejemplo, estoy seguro de que nosotros ya nos hemos encontrado antes de hoy en alguna otra vida —le confesé.

—Lo dudo, yo no creo en ideas abstractas, sino que profundizo en las cosas prácticas. Por ejemplo, ¿sabía usted que si hay veintitrés personas en una habitación, existe la posibilidad de dos contra uno de que dos de esas personas hayan nacido el mismo día? —preguntó Randolph.

—¿Qué importancia puede tener eso para usted? Eso es tan sólo una ecuación numérica que pertenece al mundo material. Para mí, la espiritualidad tiene mucho más sentido. Nuestra percepción selecciona y crea el mundo que vemos. Las leyes que rigen el tamaño, la forma y el color de las cosas no son iguales. La percepción no es un hecho, es una elección que hacemos. La voz que elegimos para escuchar y el color de los ojos que escogemos para ver dependen totalmente de la forma en la cual creemos que somos. Se trata de algo mucho más complejo que la simple acumulación de hechos matemáticos —continué.

—Lo mío es el aquí y el ahora, no lo abstracto. Lo que veo es mi vida real. No creo en las coincidencias —expresó Randolph.

—Hace poco recibí una información por Internet que me fascinó. Le voy a explicar los hechos y los datos acumulados en esta información y después ya veremos cuál será su reacción. Abraham Lincoln fue elegido como diputado al Congreso en el año mil ochocientos cuarenta y seis. Jonh F. Kennedy fue elegido como diputado al Congreso en el año mil novecientos cuarenta y seis. Tanto el nombre de Lincoln como el de Kennedy se componen de siete letras. Ambos presidentes mostraron siempre un gran interés por los derechos civiles de todos los ciudadanos. Las esposas de ambos presidentes perdieron un hijo mientras estaban en la Casa Blanca. La secretaria de Lincoln se apellidaba Kennedy y la secretaria de Kennedy se apellidaba Lincoln. Tanto Lincoln como Kennedy murieron asesinados un viernes y los dos murieron de un tiro en la cabeza. Los asesinos de ambos eran sureños. Los dos presidentes fueron sustituidos por representantes sureños de apellido Johnson. Andrew Johnson que sustituyó a Lincoln nació en 1808 y Lyndon B. Johnson que sucedió a Kennedy había nacido en 1908. El asesino de Lincoln, John Wilkes Booth, había nacido en 1839. Lee Harvey Oswald, quien asesinó a Kennedy, había nacido en 1939. A ambos asesinos siempre se les identificó por sus nombres completos, compuestos en cada uno de los casos por quince letras. A Lincoln le dispararon cuando se encontraba sentado en el Ford Theater y a Kennedy le dispararon cuando se encontraba sentado en su auto Lincoln, fabricado por la Ford. Booth huyó del teatro donde se produjo el asesinato y lo capturaron en un almacén cercano. Oswald huyó desde un almacén y lo capturaron en un teatro. Tanto Booth como Oswald fueron asesinados antes de que se celebrara el juicio. Una semana antes de que le dispararan a Lincoln, éste había estado en Monroe, Maryland. Una semana antes de que Kennedy fuera asesinado, había estado con Marilyn Monroe. ¿Cómo su mente analítica puede explicar todo esto? —pregunté.

—Pura coincidencia y nada más —dijo Randolph.

—Existen demasiadas similitudes en toda esta historia para que no nos hagamos determinadas preguntas. Todos estos datos y hechos son muy misteriosos y sin duda fascinantes —proseguí.

—Estoy seguro de que existe una explicación lógica de todos esos datos que usted acaba de darme. Uno más uno siempre va a ser dos, y eso es indiscutible —Randolph trató de racionalizarlo.

—Sí, pero cuatro dividido entre dos también es igual a dos. Existen muchas formas de obtener una misma respuesta. La realidad no necesariamente requiere de nuestra cooperación para ser real. Sin embargo, nuestra conciencia de la realidad requiere de nuestra ayuda porque nosotros somos los que elegimos. Usted puede verse como una persona analítica que siempre tiene la razón, pero también puede decidir que quiere verse como una persona abierta y que está dispuesta a creer en los poderes supremos que gobiernan el universo. Puede que usted, sinceramente, crea que el mundo se ha creado a sí mismo, y que usted gobierna su destino porque eso es exactamente lo que usted cree y lo que usted quiere creer. Sin embargo, en este caso es su propia fe en sí mismo la que crea su propia realidad —le expliqué.

—Permítame que le hable de ciertas realidades, doctor Camote. Como usted no tiene equipaje que esperar cuando el avión llegue a su destino, es muy probable que sea la primera persona que pase por el departamento de aduanas, mientras que yo me encontraré en una fila interminable, perdiendo un tiempo muy valioso —dijo Randolph.

—Mi equipaje está siguiendo su propio camino, y aunque nunca me lo devuelvan, no me importará. Mi maleta contiene ropa que puede ser fácilmente sustituida y además no vale la pena ni siquiera pensar en eso —le respondí.

—No entiendo cómo le pueden importar tan poco sus pertenencias personales —continuó diciendo Randolph.

—No tiene la menor importancia. Todo el mundo ha sido muy amable conmigo. La muchacha que trabajaba en el departamento de equipajes perdidos de Casablanca me dijo que no me preocupase, que en la mayoría de las ocasiones, los equipajes aparecen y son devueltos a sus dueños. Tuve un pequeño contratiempo cuando tuve que describir el color, el tamaño y la marca de mis maletas. En realidad, yo no le presto demasiada atención a esos detalles. No ocupo mi mente en esas cosas mundanas para poder ocuparla en otras cosas —le expliqué.

—Acepto el hecho de que al final todo va a ser como debe ser.

—¿Por qué no compró otra maleta después de que se perdió la suya? —preguntó Randolph.

—He aprendido a no preocuparme demasiado por las cosas materiales y también trato de aprender a simplificar mi vida. Tiempo atrás, yo me encontraba demasiado apegado a mis cosas. Ahora me concentro y trato de disfrutar lo que tengo y me olvido de aquello que no puedo tener. Preste atención a lo que le digo y acepte mi consejo. Este pequeño incidente con el equipaje me hizo ver y entender que todavía podía pasar unas buenas vacaciones y disfrutar al máximo de ellas, aunque hubiese perdido el equipaje. En realidad, en el esquema global de la vida, cosas tan simples como éstas no tienen la menor importancia. Las cosas van y vienen. Es posible, que la próxima vez que volvamos a encontrarnos en uno de nuestros viajes, usted sea el que haya perdido el equipaje y yo todavía conserve el mío —concluí.

—Doctor Camote, psiquiatra de Miami, permítame que le diga algo. La conversación que hemos tenido me ha llevado a hacer un asombroso descubrimiento que tiene que ver con los números. Dado el hecho de que tan sólo somos dos personas los que estamos enfrascados en esta conversación, me atrevo a decir y declarar solemnemente que todas las posibilidades están a favor suyo. Usted está cien por cien chiflado y en una proporción de uno contra dos, uno de nosotros dos ve el mundo de una manera normal. Para mí ha sido una revelación extraordinaria el haber tenido el placer de conversar con usted, pero ahora voy a hablar con el asistente de vuelo para ver si puede encontrarme un asiento vacío en cualquier otro lugar del avión. Tengo la total seguridad de que el universo en este caso no tendrá nada en contra de que yo quiera cambiar de asiento —dijo.

Randolph pidió con vehemencia que lo cambiaran de asiento, pero le respondieron que el avión estaba lleno y que todos los asientos estaban ocupados. Randolph sacó un libro de su equipaje de mano y trató de hacerme ver que lo único que le interesaba a partir de ese instante no era otra cosa que leer.

—La locura y la razón siempre enfrentan las mismas cosas, pero la realidad es que ambas se pueden ver de una forma diferente. Lo que yo llamo oportunidad, usted prefiere llamarlo inconveniente. Lo que yo considero un reto, usted prefiere considerarlo como una molestia. Rezaré por usted y le daré mi bendición para que usted finalmente encuentre su camino y logre vivir su sueño. Es posible que en estos momentos mis palabras no signifiquen nada para usted, pero siempre quedará la esperanza de que en un futuro usted pueda llegar a entenderlas. Me alegra mucho haber tenido la oportunidad de poder intercambiar ideas con usted —dije.

Cuando el avión aterrizó en Nueva York, salimos juntos de la cabina, pero Randolph me ignoró. Yo estuve todo el tiempo detrás de él mientras pasábamos por inmigración y vi cómo al pasar la inspección se iba rápidamente en dirección a la recogida de equipajes. Le dije adiós con la mano, pero Randolph hizo como que no me había visto. Como yo no tenía equipaje alguno que recoger, salí a paso ligero de la terminal, listo para tomar el próximo avión que me llevaría de vuelta a Miami.

—¿Qué aprendiste de este encuentro? —preguntó Kika.

—Es muy importante para todos nosotros poder compartir algo de amor con otros viajeros, ya que todos nosotros nos encontramos viajando juntos tanto a través del tiempo como del espacio, y como no, también viajamos juntos en aviones —concluí.

EL ORÁCULO DE KOKO: LA VERDAD

El presente. En estos momentos, tanto la oficina como la casa constituyen un dilema para ti. Los viajes y los negocios pueden llegar a ocasionarte una gran tensión. Puede que surjan asuntos legales que te ocasionen importantes pérdidas económicas. En lo personal, puede que ahora mismo estés gastando más dinero del que tienes. Tus lujos pueden acabar siendo una adicción. Mantente apartado del juego y del alcohol. Pudiera ser que, en estos momentos, tu hogar sea o se vaya a convertir en un campo de batalla. Ahora mismo están saliendo a relucir tanto los deseos como las necesidades afectivas de los demás. No permitas que todo esto acabe con el, ya de por sí, muy poco tiempo libre que tienes para ti. Preocúpate de ti mismo. Tu familia debe entender que tú también tienes ciertos derechos. El trabajo no lo es todo. Comienza a entender y también a darte cuenta de que estás comiendo demasiado y no trates de echarle la culpa al trabajo por tu exceso de glotonería.

El futuro. Te darás finalmente cuenta de lo que sientes, necesitas y deseas en tus relaciones. Para lograr la felicidad en tu vida personal, tendrás la posibilidad de enfrentar aquello que ha estado provocando tu insatisfacción, y podrás llegar a hacer cambios positivos. Sientes la necesidad de cambiar tu estilo personal, tus gustos y tu forma de expresar afecto. Como resultado de estos cambios, te sentirás que eres una persona más afectiva y amorosa. Finalmente, podrás disfrutar y apreciar la vida como nunca pudiste hacerlo en el pasado.

38

MENSAJERO DEL AMOR

En una mesa redonda, nadie se disputa el puesto.

Proverbio italiano

La película de mi vida llega al momento en que conocí a Anita. Su madre sufría de alzheimer y Anita era la única que se ocupaba de ella. Anita había venido a verme porque sentía que ya no podía más con todos los problemas que tenía.

—Doctor Camote, yo ya no puedo soportarlo más. Durante toda su vida, mi madre fue una persona muy independiente, y ahora no puede ni siquiera recordar qué día de la semana es. No soporto ver cómo su salud se deteriora más y más cada día que pasa. Me siento muy abatida, deprimida, sin fuerzas. Siempre estoy cansada y siento como si yo también me estuviese muriendo junto con mi madre. Por favor, ayúdeme —Anita me suplicó.

—Anita, la muerte es parte de la vida. Sin embargo, la muerte física no nos llega mientras aún tengamos una gota de aliento. Tiene que concentrarse en su vida, porque cada día que vivimos es un regalo y no debemos malgastarlo. Siempre que haya vida, habrá esperanza. Mientras haya esperanza, habrá fe, y mientras haya fe, habrá milagros —le expliqué.

—Yo no veo ninguna esperanza. Estoy rodeada de dolor y no quiero seguir viviendo —insistía Anita.

—Todos los días tienen lugar muchos milagros y usted debe aprender a verlos. Los milagros son las cosas grandes y pequeñas que no son más que intervenciones divinas para enseñarnos que la vida es mucho más de lo que vemos —le expliqué.

—¿Y eso de qué me sirve? Ya no me queda paciencia. No puedo siquiera pensar en que algo bueno pueda sucederme —continuó Anita.

—¿A usted le preocupa su madre? ¿Usted la quiere? —le pregunté.

—Claro que sí. Ella siempre ha sido muy buena conmigo. Ella siempre me ha apoyado y me ha querido mucho. Por esa misma razón me cuesta ahora tanto trabajo verla tan cambiada —dijo Anita con tristeza.

—Si quiere a su madre, debe mirar más allá de las apariencias externas y ver la belleza de su alma que en ningún momento ha perdido su magnificencia. Aunque parezca que en ocasiones no le escucha, y no reconozca lo que le rodea, ahora más que nunca, su madre necesita de su devoción y de su fe. Considérese una mensajera del amor que Dios ha enviado para poder darle a ella paz y felicidad —dije.

—Nunca podría hacerlo. Soy incapaz de dar todo lo que usted me pide. Me he vuelto una persona amargada y hosca, y ya no me gusta ni disfruto el mundo que me rodea —insistió Anita.

—Dentro de usted hay un gran poder que todavía no se ha manifestado. Se encuentra ante un desafío. Es cierto que es difícil, pero la forma en que lo acometa será decisiva. Cuando aprenda a controlar todas esas cosas que lleva por dentro, todo será posible y hasta lo que parecía inalcanzable resultará cercano. Usted es una luchadora y debe aprender a retener el tiempo. En la lucha por la vida hasta un instante es decisivo. Un segundo es una eternidad y la eternidad puede determinar el éxito. Siga adelante y defienda sus días como si usted fuera la heroína de una novela. Usted tiene una responsabilidad muy importante ante la vida en su conjunto. Cada vez que dice o hace algo impensado, descuidado o negativo, disminuye su conexión con el universo. Por otro lado, cada vez que usted hace algo con bondad y con preocupación y realmente actúa de todo corazón, usted está ayudando a engrosar el cúmulo de ideas positivas que hacen posible que este mundo continúe el camino adecuado. Aprenda a creer en el universo que gobierna nuestro mundo y nos envía el sol para que nos dé la bienvenida cada mañana —dije.

—Para usted es muy fácil decir eso porque no tiene preocupaciones ni está sometido a una tensión constante —insistió Anita.

—Cada persona cree que su problema es el más grande. Sin embargo, todos los problemas son únicos, y todos tienen solución si nos detenemos a pensar y a analizar las posibles soluciones. A veces no obtenemos las respuestas que quisiéramos oír, pero en la mayoría de los casos las respuestas ya han sido dadas antes de que las mismas preguntas fueran hechas —proseguí.

—Ninguna de sus palabras cambiará el hecho de que no hay ninguna esperanza para la situación en la que se encuentra ahora mi madre. Nada de lo que usted diga cambiará esto. Ella se está muriendo y yo no quiero perderla —Anita se debatía.

—Usted ya ha enterrado a su madre cuando ella aún está viva. En lugar de enterrarla, debería estar celebrando el hecho de que todavía tiene aliento. Todos nosotros tenemos nuestro propio destino y su madre está cumpliendo con el suyo. Cuando ella muera, se comunicará con usted desde otra dimensión en la cual su alma continuará viviendo. Usted desconoce los secretos del universo porque su visión es muy limitada. Recuerde que lo que nosotros vivimos en esta tierra es tan sólo un instante en la eternidad. Sin embargo, usted prefiere concentrarse en el dolor de este momento y no puede ver los mundos que le aguardan y que están más allá. Deje que le cuente una historia que puede que abra su corazón a las maravillas de la vida. Mi madre y yo siempre estuvimos muy unidos y la eché mucho de menos desde el mismo día en que murió. A medida que el tiempo transcurría, yo sentía que su espíritu se encontraba cerca de mí tratando de establecer una comunicación conmigo. El año pasado, el día de mi cumpleaños, yo estaba buscando un pedazo de papel en el que había anotado un número de teléfono importante. Busqué por todas partes, pero no pude encontrarlo. En mi desesperación, me puse a buscar en una carpeta vieja que tenía sobre mi escritorio. Dentro de esa carpeta me encontré una tarjeta de cumpleaños que mi madre me había regalado veinticinco años atrás. Vi su letra y su mensaje de amor que todavía permanecía allí escrito para que yo volviera a redescubrirlo después de todos estos años. Probablemente, esto no sea un milagro para usted, pero para mí sí que lo es —le confié.

—Eso no fue más que una coincidencia. Usted había guardado una tarjeta de cumpleaños y un buen día apareció —dijo Anita.

—Le voy a contar otra cosa que me pasó para ver si usted también piensa que fue una coincidencia. Yo me encontraba de camino para visitar a un paciente mío en el hospital, pero me quedé atrapado en el tráfico de la carretera I-95. Los autos no se movían en absoluto y yo no tenía forma de salir de allí. Mi mente comenzó a divagar y me puse a pensar en mi amigo Iván, a quien hacía años que no veía. Habíamos estudiado juntos en la escuela de medicina, pero con el paso del tiempo habíamos perdido el contacto. Traté de localizarlo, pero nunca tuve éxito. El tráfico comenzó a avanzar muy lentamente, y cuando eché un vistazo al reloj, vi que habíamos estado allí parados por más de treinta minutos. Finalmente los autos comenzaron a moverse y yo me dirigí al hospital lo más rápido posible. Estacioné el auto y entré a toda prisa al edificio. Cuando el elevador se detuvo, me apresuré a entrar, pero alguien me pidió en voz alta que sujetase la puerta. Se trataba de Iván que iba a visitar a su tío, quien precisamente era el paciente al que yo iba a ver. Iván había volado desde Nueva York por sólo unas horas, y fue un milagro que nos encontrásemos de esa forma —le conté a Anita.

—Doctor Camote, usted le da demasiada importancia a algo que realmente no la tiene —dijo Anita.

—Sólo se trata de la forma en que vemos al mundo y de aquello en lo que creemos. Yo prefiero ver estos acontecimientos asombrosos como una prueba clara de la intervención espiritual sin que para ello exista la necesidad de tener una evidencia concreta. Sin embargo, existen numerosos casos y cosas que no tienen una coherente explicación científica y que yo los atribuyo a mensajes y a ayudas que nos envían las almas que ya partieron y que disponen y ven las cosas desde otra dimensión —le expliqué.

—¿Qué es lo que yo puedo hacer que realmente me sirva de ayuda? —preguntó Anita.

—Yo creo en el poder de la oración y de la meditación. La oración puede conectarnos a un nivel más elevado y profundo de la existencia y esto puede ayudarle en su vida cotidiana. Puede rezar para que Dios le guíe, le dé sabiduría y también comprensión. Finalmente si usted sigue el camino espiritual adecuado acabará encontrando todas esas respuestas dentro de usted misma. Cuando rece, no se distraiga con otros asuntos que puedan alejarle de su camino. Aprenda a tener sosiego y esto le servirá de ayuda en su misión. Cuando sus intenciones son buenas, tendrá la suficiente inspiración y escuchará mensajes que la confortarán. El propósito de su crecimiento personal y espiritual es lograr conectarse con su alma. Su alma ya conoce todas las respuestas a las preguntas que le agobian —le expliqué.

—¿Hay alguna cosa que usted pueda recomendarme? —preguntó Anita.

—Ahora es el momento adecuado, por lo tanto, usted como su madre deben dar gracias por estar vivas. Deténgase a escuchar el canto de un pájaro, o párese un momento para ver a un niño jugar, y con todo ello déjese llevar y aprenda a disfrutar de las maravillas del universo. Cuando contemple una puesta de sol, o cuando comparta una caricia deje que la luz penetre en usted y que esa luz llene su alma. Su vida es un regalo que le ha sido dado, por tanto sea agradecida por tener la bendición de un nuevo día lleno de promesas. Aprenda a reír ante las pequeñas maravillas que cada día surgen y resplandecen delante de usted. Disfrute del ruido que hace el teléfono porque usted no sabe de quien será la voz que está interesada en saber de usted. Siga adelante, Anita, y aproveche los milagros, o las coincidencias tal y como usted prefiere llamarlas. Le deseo un futuro lleno de días mágicos. ¡Adiós y buena suerte, mensajera del amor! —dije a modo de despedida.

—¿Qué aprendiste de todo esto? —preguntó Kika.

—Existe otro mundo más allá de éste, al cual llegan nuestras almas y esperan allí para más tarde poder regresar. También aprendí que existe un periodo en nuestras vidas, durante el cual estamos continuamente volviendo atrás, mientras, al mismo tiempo, seguimos hacia adelante —dije.

EL ORÁCULO DE KOKO: ILUSTRACIÓN

El presente. Puede que tus planes para continuar avanzando se retrasen momentáneamente o que quizá sea necesario que tengas que retroceder un poco antes de continuar avanzando. Durante parte de todo este tiempo, puede que tu creatividad se estanque y tu visión del futuro no sea exactamente lo que te imaginabas que sería hace sólo unos meses. Se presentan dificultades para alcanzar tus objetivos porque en el fondo te falta fe. La gente, en general, ni te apoya, ni tampoco te alienta en tus proyectos. Es posible que tengas que cuidarte de un socio demasiado arrogante que cuestionará continuamente tus ideas y tu talento. Puede que tengas que defender algunas de tus últimas acciones. Prepárate para en estos momentos recibir el rechazo y la desaprobación de los demás. Sin embargo, no renuncies a tus sueños. En su momento, que es exactamente, cuando el destino te lo decrete, lograrás los resultados que deseas.

El futuro. Si eres artista, escritor o trabajas en algún otro campo relacionado con la creación, el futuro inmediato parece ser muy prometedor. Trata de reflexionar dentro de un ambiente de silencio y de tranquilidad. Medita y mantente abierto a nuevos conceptos. Tendrás la posibilidad de rejuvenecer tu imaginación, tu percepción y tus instintos. Muy pronto encontrarás nuevas motivaciones y toda esa inspiración que tú necesitas. Mantente muy atento a la espera del éxito ya que te puede llegar en el momento más inesperado.

39
MEDITACIÓN

La vida no es otra cosa más que una sombra errante interpretada por un mal actor que presume y a la vez sufre sobre el escenario. De repente esa sombra desaparece y ya no sabemos nada más de ella. Es como una historia contada por un idiota, llena de fuerza y de sonido, pero vacía de todo significado.

SHAKESPEARE

Sigo buscando en el baúl de los recuerdos y me encuentro con aquel día en que Camotín llegó a mi oficina furioso y encolerizado. Había tenido una fuerte discusión con un chofer arrogante que quería estacionar su auto en el mismo espacio que él. Después de hacerle gestos obscenos, el hombre saltó del auto y comenzó a insultar a Camotín. El chofer tenía una constitución robusta y amenazó a Camotín con darle una paliza, ante lo cual Camotín decidió que no merecía la pena pelearse por eso y se fue del lugar. Yo traté de calmarlo, pero estaba muy molesto y no quería escucharme.

—¡No aguanto más, doctor Camote! El mundo se está volviendo una jungla. Hasta las cosas más simples de la vida cotidiana, como son conducir y estacionar el auto, se han convertido en una pesadilla. La gente se pasa todo el tiempo gritándose y amenazándose los unos a los otros. A veces me dan ganas de salir corriendo y de no parar hasta llegar a Tahití —dijo Camotín.

—Lo único que lograrías es salir de un problema para entrar en otro. Uno siempre piensa que lo de los otros es lo mejor, pero eso no es cierto. Son tan sólo los anhelos e ilusiones que tenemos lo que nos hace creer que otras cosas son mejores de lo que nosotros tenemos. No todo lo que brilla es oro. No podemos darle la espalda a la vida y tampoco podemos olvidarnos de que vivimos rodeados de gente —le expliqué.

—¿Cuál es la respuesta? Cada día que pasa las cosas se ponen peor. En vez de sentirnos contentos y a la vez satisfechos con todas las cosas nuevas y posiblemente mejores que ayudan a conseguir que nuestras vidas sean más fáciles, la gente, al contrario de lo que pudiera pensarse, se vuelve más irritable y también más hostil —señaló Camotín.

—En sus corazones ya no queda amor, y llevan dentro demasiada ira para mostrarse bondadosos los unos con los otros. Nosotros estamos aquí para aprender a crecer y a mejorar nuestras vidas a través de los acontecimientos simples y cotidianos de nuestro entorno diario, a través del dolor y de lo imposible, de la confusión y del cansancio, de lo sorprendente y de lo impredecible. Todas las cosas que nos suceden son una lección que nos da la vida. Es posible que nuestros autos estén equipados con programas que nos hablan y que nos indican cómo llegar a un lugar determinado, pero esos programas no nos dicen que debemos ser corteses con los otros choferes cuando estamos conduciendo. Recientemente, se han escrito muchos libros que contienen instrucciones acerca de cómo ayudar a nuestras almas y a nuestros espíritus, pero lo fundamental que debemos aprender en esta vida es a ser amables y afectuosos con los demás. A veces, el simple hecho de escuchar una palabra sincera puede darnos paz, mientras que miles de palabras sin sentido, no nos sirven para nada. El verdadero amor a Dios se puede resumir simplemente en ser bondadoso con los demás seres que nos rodean. Las dos cosas son inseparables. Cerrar tu corazón ante aquel ser que necesita de tu bondad es alejarse de Dios. Dios nos prodiga su gracia a todos por igual, pero no todos la reciben o son capaces de recibirla. A veces nos es más fácil ser generosos con nuestro dinero que con nuestras oraciones. Debes pedir a Dios que llene tu corazón de amor para que cuando alguien te lastime y te agobie con su ira, lo que él reciba a cambio no sea otra cosa que tu bondad —dije.

—Olvídese de que mi corazón resulte lastimado. Yo ahogo mis frustraciones con unas cuantas cervezas mientras veo un partido de futbol en el televisor. Si eso no me ayuda, me tomo unas cuantas aspirinas y estoy como nuevo —respondió Camotín.

—Ésa es tan sólo una solución momentánea, y como tal, no dura mucho. Muy pronto volverás a estar en la misma situación y otra vez volverás a sentirte presionado. Sería más provechoso si quisieras disipar tu rabia de una forma más saludable que a la vez beneficiase tu psiquis. Dios nunca dijo que todo esto iba a ser fácil. Él nos advirtió que tendríamos que vencer muchos obstáculos, que tendríamos que ser fuertes, mantenernos firmes y ser capaces de tomar decisiones. Tienes que empezar a dar muestras de bondad. La bondad siempre desprende luz cuando el camino es oscuro y esa misma luz te ilumina tanto a ti como a los demás. La bondad es el alimento del alma. Al prodigársela a otros nos alimentamos nosotros también, y hasta incluso el planeta entero puede beneficiarse y llegar a recibirla. El poder ilimitado de la bondad puede hacer desaparecer el miedo, curar los corazones lastimados, dar sustento al fatigado y fuerza al débil —proseguí.

—¿Cómo puedo ser amable con alguien que yo sé que está equivocado y que se ha aprovechado de mí? Aquel espacio libre en el estacionamiento era mío —respondió Camotín.

—Dentro de un año ese incidente no tendrá la menor importancia. Ni siquiera lo recordarás. Olvídalo y sigue tu vida. Debes aprender a meditar y a interiorizar mucho más en busca de la paz y de la tranquilidad que deseas. Cuando abandones el mundo físico y entonces prestes realmente atención a tu alma, será cuando tú realmente encontrarás todas esas respuestas que buscas —le dije.

—¿Y si por casualidad yo no estoy buscando ninguna respuesta? —preguntó Camotín.

—Tú sí que estás buscando respuestas, pero ni tú mismo te das cuenta de ello. Tú quieres o quisieras saber, por qué estás o por qué te encuentras molesto con todo el mundo que te rodea. Podrás encontrar las respuestas cuando seas capaz de meditar un poco. Si por otra parte lo que tú quieres es llamar la atención de los demás con tus palabras, lo primero que debes hacer es conquistar sus corazones con paciencia. Si fueras capaz de abandonar tu ira y tu resentimiento, podrías entender parte de los sueños que Dios te tiene preparados —le expliqué.

—¿Cómo hago entonces para meditar? —preguntó Camotín.

—Existen formas diferentes para meditar. Lo más importante es relajar el cuerpo y la mente y de esta forma tratar de alcanzar tu propio subconsciente. Algunas personas usan un mantra, que no es más que la repetición de una palabra o una frase. Otros leen libros que describen el proceso, o escuchan grabaciones que explican cómo poder lograr esta meta. También se pueden tomar clases. Sin embargo, si lo prefieres, ahora mismo te puedo enseñar cómo lo hago yo —le ofrecí.

—¿Qué debo hacer con mi mente cuando estoy meditando? —preguntó Camotín.

—Nada en absoluto. Déjala como está. La meditación es la mente suspendida en el espacio, no está en ningún lugar, y a la vez está en todas partes. Cualquier idea que surja, déjala que emerja y se asiente, lo mismo que las olas del mar. Cualquier pensamiento que tengas, déjalo que surja y que se asiente. No te aferres ni en mantenerlo, ni en dejarlo ir. No te dejes llevar por tus pensamientos, ni tampoco los invites a que se queden. Tienes que ser como el océano cuando contempla sus propias olas, o como el cielo cuando ve a las nubes pasar. Los pensamientos son como el viento que viene y va. Déjalos tan sólo que pasen por tu mente. ¿Estás listo para empezar? —pregunté a Camotín.

—Cuando tú duermes, tú no tienes un control total sobre tu mente, aunque tu mente siempre vuelve a ti cuando despiertas. No debes sentir miedo. Relájate y confía en mí. Yo te ayudaré en tu viaje a lo más profundo de ti mismo. Ahora ponte cómodo, cierra los ojos y respira profundo. Aguanta el aire por unos instantes y a continuación suéltalo lentamente. Siente cómo ya empiezas a relajarte. Ahora, respira profundo otra vez, aguanta la respiración y suéltala. Siente cómo, poco a poco, empiezas a alcanzar un estado maravilloso de relajación.

No tienes que pensar, ni hacer nada. Lo más importante es que sientas que tu tensión desaparece. Muy pronto descubrirás cosas nuevas y a la vez maravillas dentro de ti mismo. Repite conmigo: "Me siento tranquilo y relajado" —dije.

—Me siento tranquilo y relajado —repitió Camotín.

—Sigue respirando despacio y con naturalidad. Muy pronto vas a ver un punto de luz blanca, localizado en el plexo solar, que queda justo encima de tu ombligo. El punto está creciendo y ahora empiezas a ver que tiene el tamaño de un guisante. Ahora, poco a poco, va ganando en tamaño e intensidad y ya parece una pelota de baloncesto que cubre todo tu cuerpo. Empiezas a sentir que te invade una luz brillante y purificadora. Esa luz te ciega y va formando un aura de tres metros que te rodea, te purifica y que a la vez te protege con una energía brillante e intensa. Te sientes en paz. Te das cuenta de que fuerzas positivas te rodean. Tu conciencia se ha liberado completamente y, poco a poco, se separa con facilidad de tu cuerpo. En tu nuevo estado consciente empiezas a sentir la belleza pura, el amor, la paz y la felicidad. Tu conciencia empieza a separarse de tus límites físicos. Abandonas el plano terrenal y flotas bien alto en el aire, más allá de la tierra, en las profundidades del espacio. Empiezas a sentirte con mayor energía a medida que comienzas a moverte con mayor rapidez. Los planetas y las estrellas se vuelven borrosos. Te mueves a través de un túnel de luz y velozmente sobrepasas la propia velocidad de esa luz. La fuerza del amor te atrae desde el fondo del túnel. Sientes una vibración de amor total que te rodea a medida que avanzas en tu viaje. Estás como suspendido en un hueco del espacio. Te sientes feliz y cómodo al poder flotar libremente. Ves energías de colores que juegan y que bailan. Te encuentras libre de las ataduras del tiempo y del espacio. Ves una sola luz blanca con ribetes de oro en la distancia que se hace más y más grande a medida que te acercas a ella a una mayor velocidad. Sientes mucha serenidad y mucho amor. Puedes distinguir a un ser que viene avanzando para estar contigo. A medida que te acercas a la luz, ésta se hace más brillante y rayos intensos se desprenden de su mismo centro. Tu guía posee una gran pureza, amor e intelecto. La Luz sigue a tu lado mientras tú avanzas hacia una dimensión alternativa en el tiempo y en el espacio. Te proyectas hacia el lugar que tiene el mayor sentido para ti en este momento. Puede ser un lugar de tu pasado, una vida alternativa en el presente, o un lugar intradimensional en el futuro. Tu yo supremo determinará dónde quieres estar. Ahora, tu guía se acerca y es un recipiente de esa nueva energía dorada. Viajan los dos juntos, cada vez más rápido. Ves colores y formas. Estás llegando a tu destino, donde las imágenes son vagas, y poco a poco, te das cuenta de todo lo que te rodea, de donde estás, de la ropa que llevas puesta, de todo lo que está sucediendo y del día que es. Tratas de ver si reconoces a alguien. Estás rodeado y protegido por una luz blanca. Te daré más tiempo para que disfrutes del lugar maravilloso en donde te encuentras —dije.

Dejé que Camotín permaneciera en ese estado por varios minutos y luego proseguí.

—Ahora, voy a contar hasta cinco. A medida que vaya diciendo cada número, tú irás recobrando la conciencia y estarás más alerta. Uno... tienes una sensación muy buena. Dos... te sientes apreciado y amado. Tres... regresas con toda tu memoria. Cuatro... tu cabeza y tu mente se mantienen alertas. Cinco... abre los ojos: ahora estás aquí en el presente y además estás completamente despierto. ¿Cómo te sientes? —pregunté.

—Me siento relajado y además ya ha pasado todo mi mal humor. Me parece que vi algunas cosas muy extrañas, pero no estoy seguro si fue mi imaginación, o si realmente fui a algún lugar de mi subconsciente y dejé mi cuerpo realmente atrás —explicó Camotín.

—Puede que ahora mismo empieces a experimentar impresiones vagas, sentimientos, sensaciones e ideas contradictorias. Acabas de pasar por una importante experiencia de expansión espiritual hacia otra dimensión. Has estado expuesto a metas y a aspiraciones más elevadas. Puede que no recuerdes mucho de lo que has visto porque es la primera vez que lo haces, pero con la práctica, tus impresiones se harán más vívidas. Ahora que ya sabes cómo hacerlo, puedes meditar siempre que quieras. Es como si te fueras de vacaciones y abandonaras este mundo sin nunca tener que hacer reservaciones, hacer el equipaje o tener que tomar un avión —dije.

—¿Podemos hacerlo otra vez? A lo mejor la próxima vez pongo el pie en una estrella —comentó.

—Por primera vez, el cielo no es el límite —concluí.

—¿Qué piensas de ese momento? —preguntó Kika.

—Rompe todas las ataduras y todos tus rechazos y siempre trata de mantener tu alma pura. ¡Dios, qué tontos podemos ser los mortales! —respondí sosegadamente.

EL ORÁCULO DE KOKO: CORAJE

El presente. Es posible que en estos momentos tus decisiones e iniciativas no sean del todo prudentes, realistas, o incluso acertadas. Ten mucho cuidado con cualquier plan dudoso que te presenten, no firmes contratos sin primero leerlos detenidamente, y no prometas nada que te vaya a ser difícil de cumplir. En estos momentos, pudieras estar cuestionando todo lo relacionado con el honor, la ética, la ley y la moral. Tendrás que realizar grandes esfuerzos, para poder salir adelante. Puede que te lamentes de tener que trabajar tan duro, pero es importante que conserves la concentración en las cosas fundamentales.

El futuro. Muy pronto descubrirás que tienes una comprensión mucho más profunda de lo que tú creías acerca de tu propia persona y de la misma naturaleza humana. Muy pronto cambiará drásticamente tu forma de pensar y también se verán muy afectados tus puntos de vista en relación y con respecto a tu mundo tanto interior como exterior. Una fuerte experiencia emocional te ocasionará un nuevo despertar. Este nuevo despertar provocará muchos cambios en tus percepciones y a la vez te enseñará a confiar en tus propios sentimientos. Cuando aprendas a confiar en tus instintos, descubrirás una perspectiva interior única que te ayudará a alcanzar un mayor crecimiento espiritual.

40
PÁGALO DESPUÉS AYUDANDO A ALGUIEN

Llegar a ser y a realizar todo aquello para lo que estábamos destinados, es el único fin de la vida.

Spinoza

Busco entre mis recuerdos y ante mí aparece una historia extraordinaria que una vez leí y que a partir de ese momento me sirvió de gran inspiración. En Miami Beach había un rabino que practicaba la Cábala y una vez quiso que los miembros de su templo compartiesen una lección bíblica. Con este fin, tomó los $10 000 dólares que había en el fondo general del templo y los cambió en billetes de $100. Seleccionó a 100 de los miembros del templo y les pidió que cada uno de ellos entregara ese billete de $100 dólares a cualquier persona que ellos creyeran que pudiera necesitarlo en esos momentos. El rabino estableció que el dinero debería usarse para beneficiar a terceras personas y que la persona que recibiese ese dinero debería pagar su deuda más tarde, en algún momento de su vida. El rabino tenía fe en que el mundo era bueno y justo. Yo estaba muy impresionado con este maravilloso concepto, y acordé verme con el rabino en el templo para conocer todos los detalles.

—Buenas tardes, rabino. Es un auténtico placer conocerle. He oído sobre lo que usted está haciendo en la comunidad y me gustaría saber un poco más sobre ello —dije a modo de introducción.

—Se dice que reivindicar a una persona es reivindicar al mundo, porque cada vida es un mundo entero. Nuestra obligación espiritual es comprometernos con la restauración y el mejoramiento de un mundo que ha perdido sus vínculos con Dios —me explicó el rabino.

—A pesar de ser psiquiatra, yo también comprendo perfectamente la importancia que tiene la religión en el mejoramiento de la vida, de las personas y de la sociedad en general. Yo he tenido algunos pacientes que eran incapaces de comprender la diferencia entre la fantasía y la realidad. Cuando, a veces, tenía problemas para poder analizar y evaluar algunos aspectos de las personalidades de estos pacientes, al final, siempre me daba cuenta de que las leyes espirituales, sobre todo en lo referente al amor, actúan como fuerzas invaluables —dije.

—Mi trabajo consiste en llevar la unidad, la fe y el amor a los hombres. La gente siempre está buscando excusas y culpando a los demás por sus problemas, y es por eso por lo que no logran encontrar lo que buscan. Incluso entre los miembros de nuestro propio templo existen muchísimos problemas de ego. Siempre hay algún miembro que quiere ser el primero en leer las oraciones, y otro miembro que quiere a toda costa ser el presidente del templo, ya que no se conforma únicamente con ser tan sólo el vicepresidente. La gente se olvida de que se encuentran en la casa espiritual de Dios, y yo debo recordarles continuamente que nadie está por encima o por debajo de los otros, porque todos llevamos dentro la misma luz de Dios. El problema empieza siempre cuando la gente no aprecia lo que tiene y siempre quiere tener más. Cuando una persona lo tiene todo, pero sigue pendiente de lo que los otros tienen, esa persona nunca aprecia ni apreciará lo que le ha sido dado. Esa persona nunca llegará a encontrar lo que busca, y en última instancia, acabará perdiendo todo lo que posee. Si observamos el caso contrario, cuando a una persona espiritual le van mal las cosas, o esta misma persona no logra lo que desea, eventualmente, buscará dentro de sí mismo para tratar de entender aquello que ha hecho mal. Si después de esta introspección interna no logra encontrar la respuesta, entonces hará una revisión profunda de su pasado, incluso pudiera llegar a examinar los últimos veinte años de su vida y aunque no encuentre la respuesta que anda buscando, nunca culpará a otra persona por las cosas que él no pudo alcanzar —explicó el rabino.

—Sí, estoy completamente de acuerdo con usted en que el egoísmo puede causar un gran daño en todo tipo de relaciones —expresé.

—En nuestro templo tenemos a muchos miembros influyentes, pero no necesariamente piensan que deben ayudar a los demás. Es probable que no comprendan que aunque en esta vida poseen fortunas, puede que en su próxima reencarnación no tengan todos los beneficios que el dinero les reporta hoy en día. Nunca existe la más mínima certeza de que nuestra próxima vida, es decir, nuestra próxima reencarnación, va a ser necesariamente mejor que nuestra vida actual. Debemos compartir aquí y ahora lo que tenemos con los demás para poder lograr un buen karma. La gente debe dejar de competir entre sí. Ninguno de nosotros necesita tener siempre el último modelo de auto que acaba de salir, ni necesitamos tampoco tener las casas ni las ropas más caras. Nosotros, como seres humanos, no somos más que viajeros que se refugian temporalmente en esta vida y en estos cuerpos. Para mucha gente resulta muy difícil escuchar lo que realmente llevan dentro. No debemos alejarnos de nuestra espiritualidad y tenemos que aprender a emplear nuestro tiempo y nuestras energías en hacer que todo nuestro mundo exterior sea un mundo mucho mejor. Debemos, simplemente, conformarnos con tener un techo sobre nuestras cabezas, un auto seguro para poder movernos y suficiente comida y alimento para mantenernos activos y saludables. Hay veces en que nos volvemos obsesivos tratando de mejorar nuestro físico, y nos olvidamos y perdemos de vista lo que en realidad y verdaderamente es importante. Cuando pedí a los miembros de mi congregación que se abriesen a la comunidad y que dieran gracias a Dios por lo que tenían y que, como recompensa por ello, ayudaran a otra persona que lo necesitara, tenía la esperanza de que, al fin, ellos pudieran abrir sus ojos y se dieran cuenta de las muchas personas que existen a su alrededor y que tienen mucho menos que ellos —me explicó el rabino.

—Estoy impresionado por su integridad y por su coraje. ¿Ha tenido algún resultado positivo hasta ahora? —pregunté.

—Sí, los miembros que han entregado el dinero a otras personas, les han pedido a esas otras personas que, como forma de pago, ellos también hagan algo por ayudar a otra persona. No se especificó cómo debe ser ese pago futuro ya que no necesariamente tiene que ser monetario. Puede ser simplemente una buena acción, que pudiera ser tan simple como cuidar de los niños de una madre que trabaja, o visitar a una persona que está sola y enferma, o a cualquier persona que se encuentre viviendo en un hogar de ancianos. Yo creo firmemente que todas las buenas acciones son contagiosas, e incluso, podían llegar a convertirse en una epidemia en el mundo. Los niños aprenderán las buenas acciones de sus padres y se convertirán en la luz que ilumine nuestro futuro. Muchos de los miembros del templo que en un principio no participaron en este proyecto, ahora, han decidido hacer por sí mismos sus propias contribuciones. Así, casi de repente, nos vemos rodeados de mucha más energía y de muchas más vibraciones positivas. La gente empieza a sentirse bien consigo misma porque está compartiendo la luz, y por fin ve y experimenta que mientras más dan, más fuerza de vida reciben a cambio. Hay gente que está empezando a cocinar para sus vecinos ancianos y además están ayudándoles a hacer sus compras. Hay mucha gente que de pronto se ha dado cuenta de que sus vidas tienen más sentido cuando dedican algún tiempo a ayudar a los demás. Ellos han empezado a encontrar un nuevo propósito en sus vidas. Es una bendición saber que alguien te necesita y ser capaz de poder entender que podemos ayudarnos mutuamente a lo largo de este milagroso viaje por la vida —continuó el rabino.

—Imagínese el impacto que esto podría tener en el universo. Si todos nosotros comenzáramos a pagar nuestras deudas ayudando a otros, aunque sea una sola vez, esto podría cambiar el mundo. En lugar de estar siempre recibiendo, comenzaríamos también a dar a los demás. Llevaríamos más alegría a nuestro planeta y podríamos vivir en un ambiente de mayor armonía, donde la gente trataría de llevarse bien entre sí, en lugar de estar siempre peleándose. Probablemente, esto nos traería paz y eventualmente pondría fin a muchas disputas innecesarias que suceden por cosas triviales y que no deberían suceder, porque nuestro tiempo aquí, en esta tierra, es muy corto —comenté.

—No se trata tan sólo de una lección para que aprendamos a hacer cosas sin la necesidad de ser recompensados por ello, sino de lo que realmente se trata es de que hagamos algo, con la fe de que haciendo lo que estamos haciendo estamos finalmente haciendo un servicio de amor al universo. Gracias por su apoyo moral, doctor Camote. Mi forma de pago va a ser con una oración por usted. Recuerde que todas las cosas que el hombre piensa que son imposibles, se pueden lograr con la ayuda de Dios. ¡Hagamos el bien sin mirar a quien y su Luz eterna nos iluminará! —concluyó el rabino.

—Gracias, rabino. Yo estoy preparado y además totalmente convencido de pagar mis deudas kármicas haciendo el bien a otras personas. En realidad, yo estoy ansioso por comenzar cuanto antes con su plan. Usted realmente me ha motivado para seguir adelante, y para acometer nuevos proyectos y ser capaz, una vez más, de realizar actos heroicos. Este nuevo reto que usted me ha lanzado me ha dado un nuevo ímpetu en mi misión de hacer el bien y de llevar la esperanza a todos los marginados del mundo. Me marcho a buscar a mi escudero Camotín para que me ayude a prepararme para esta nueva aventura —recuerdo que ésas fueron mis últimas palabras mientras abandonaba el templo en aquel día tan maravilloso.

—¿Qué aprendiste de todo esto, Sebastián? —preguntó Kika.

—Siempre creí que la vida no era simplemente un ensayo, sino que cada instante que vivimos es auténtico y verdadero. Aprendí que debemos ser moderados en todo, incluso en nuestra propia moderación —respondí.

EL ORÁCULO DE KOKO: BALANCE

El presente. En estos momentos, tu mente está muy agitada y no puedes concentrarte mucho en tus tareas inmediatas. Ahora mismo te encuentras envuelto en diferentes asuntos familiares que requieren de tu máxima atención. Por otra parte, no te sientes con los deseos suficientes como para reordenar tus ideas y poder concentrarte en cosas más prácticas. Ves y crees que ahora mismo las cosas para ti implican más un riesgo que una oportunidad. En estos mismos momentos, te puede ser muy beneficioso leer algo que expanda tu mente y también te puede ser muy útil el planear unas vacaciones a un lugar nuevo o, en última instancia, simplemente visitar un museo.

El futuro. Tu compromiso actual de realizar tu trabajo lo mejor posible para luego, más adelante, poder sentirte orgulloso por los resultados obtenidos, te acabará garantizando muy buenos resultados en un futuro muy próximo. Este tiempo representará una oportunidad única para que tú examines la forma en que empleas tu tiempo y también tus energías. Esto te servirá para poder mejorar tu eficiencia y también tu productividad. Se te presentarán varias oportunidades muy interesantes para poder hacer dinero.

41
LA ATEA

El hombre debe vivir aunque tan sólo sea para satisfacer su curiosidad.
Proverbio judío

Recuerdo el día en que conocí a Myra. Ella había llamado a mi oficina exigiendo que le diesen una cita conmigo para ese mismo día. No nos quedaba más lugar para ninguna otra cita, pero decidimos darle una cita ese mismo día, ya que ella nos dijo que vendría a la oficina dispuesta a sentarse en la consulta y que esperaría el tiempo que fuese necesario hasta que yo la atendiese. Insistió tanto y con tanta fuerza, que yo hice todo lo posible para poder verla. Hacía muy poco que su mejor amigo había muerto como consecuencia de un accidente automovilístico. Myra trataba de buscar una respuesta. Yo sentí una vez más que ella me había sido enviada por la Luz, así que ese día decidí no salir a almorzar para poder verla. Myra llegó puntualmente a mi consulta y entró como un torbellino en mi oficina. Myra tenía un rostro iracundo que demostraba una actitud desafiante. Estaba tan furiosa, que si yo hubiera tenido una espada y una armadura, las habría tenido que utilizar para poder defenderme de ella.

—Hola Myra —comencé diciendo.

—Hola, doctor Camote. He venido a verle porque yo no puedo controlar por más tiempo la ira que siento por la muerte de mi amigo Carlos —dijo Myra.

—Explíqueme lo sucedido —quise saber.

—Carlos era un cantante profesional de tangos. Poseía un gran talento. Carlos era argentino y cantaba las canciones de la vida, las baladas del pueblo. Él era una persona generosa, que siempre estaba alegre, se pasaba la vida cantando y bailando, además de hacer todas las otras cosas rutinarias. Hace un par de semanas, Carlos vino a mi casa para hablar conmigo y a la vez tomar un café. En medio de nuestra conversación, me dijo que iba a salir un momento a una pequeña tienda, que queda al lado de mi casa, para comprar cigarrillos y también me dijo que volvería enseguida. En el camino que tomó hacia la tienda había un auto estacionado, allí mismo, junto a la acera. Un poco más adelante se encontraban varios hombres, que ya llevaban allí un buen rato, bebiendo y discutiendo. De pronto, uno de esos hombres salió corriendo, se subió a su auto y salió disparado. El hombre salió a tal velocidad que perdió el control del volante y arremetió contra el auto que estaba allí mismo estacionado. Todo esto sucedió, justo en el preciso momento, en que Carlos estaba pasando. El hombre que provocó el accidente resultó ileso del mismo e inmediatamente se dio a la fuga. Carlos murió instantáneamente. Yo no puedo creer ni tampoco entender que su vida pudo terminar de esa forma, a manos de un chofer borracho. Si esa mañana yo hubiese tenido cigarrillos en mi casa, Carlos no hubiese tenido que salir a buscarlos. Si yo hubiese seguido hablando con él y lo hubiese retenido por sólo cinco minutos más, él hoy todavía estaría vivo. Si hubiera sido yo la que hubiese ido a comprar los cigarrillos, probablemente habría sido yo la que habría muerto en su lugar —dijo Myra.

—Myra, usted se siente culpable, pero debe comprender que nadie controla el destino de los otros. Es una muestra muy grande de arrogancia por su parte, el pensar que usted tiene o pudiera tener ese poder. Cada persona, incluido su amigo, tiene un camino que recorrer en la vida, y uno nunca debe especular sobre lo que habría podido ser.

Todo lo que nos sucede fue planeado hace mucho. El accidente de Carlos es la parte final del plan maestro de su vida. Usted no puede culparse por lo sucedido —le expliqué.

—Usted no lo entiende. Una persona maravillosa y llena de vida se nos ha ido porque no supo escoger el momento adecuado para salir a la calle. Él no estaba enfermo o achacoso, y por el contrario otras personas que tienen una enfermedad terminal y que de hecho ya preferirían estar muertas, siguen recibiendo el don de la vida —continuó Myra.

—Éstas son cosas que debemos dejárselas a Dios. Él sabe y ve muchas cosas que nosotros no podemos llegar a comprender —dije en un intento por consolarla.

—¿Dios? No me hable de Dios. Yo ya no creo en él, lo mismo que no creo en Santa Claus. Dios no existe, tampoco existe el mañana, ni el cielo, ni el infierno. Creo que cuando uno se muere, se pudre. Soy atea y Dios para mí no significa nada. Nadie nunca ha podido probar su existencia. Se trata de una teoría que surgió, basada en la propia necesidad humana de creer en algo, pero cualquiera que defienda una teoría debe presentar las pruebas de la misma. Yo nunca he visto prueba alguna sobre la existencia de Dios. ¿Acaso usted la ha visto? —Myra preguntó.

—¿Cómo puede usted ver y contemplar un mundo tan bello y extraordinario sin admitir que Dios fue su creador? —le pregunté.

—Ni la belleza, ni la creación son necesariamente adjudicables a Dios. Si la gente piensa que Dios fue el creador de la belleza, también debe pensar que también él es responsable por todo el daño y por todos los crímenes que se cometen. ¿Cómo explica usted que haya guerra, hambre y odio? —quiso saber Myra.

—Dios le ha dado al hombre libre albedrío —le expliqué.

—¿Lo que usted trata de decirme es que si el hombre pudiese elegir, y siempre en sintonía con su teoría del libre albedrío, ese mismo hombre optaría por el dolor y las enfermedades? La belleza no tiene nada que ver con Dios, como tampoco nada tiene que ver el mal. Estas dos cosas forman parte de nuestra vida cotidiana. Los ateos tenemos fe en el hombre. Cualquiera que lea los libros religiosos, se dará cuenta de que no son más que obras especulativas, y que pueden tener muchas interpretaciones vagas, engañosas y erróneas. Si lee la Biblia, nunca podrá creer las cosas que describe. Esos libros contienen ideas ambiguas, que de ninguna forma guardan relación alguna con nuestras vidas actuales, y en el fondo van en contra de nuestra forma de ser y de nuestro propio desarrollo individual.

—¿Quién piensa usted que creó el mundo? —le pregunté.

—Yo no lo sé, pero tampoco lo sabe nadie. Yo no necesito, ni busco necesariamente, una respuesta a eso. Yo puedo vivir mi vida, día a día, sin tener la necesidad de saber siquiera quien está en el gobierno. Los ateos sólo nos preocupamos por la vida y por resolver nuestros propios problemas. La religión debe ser algo personal que cada cual elija, sin ningún tipo de coacción, la que desee practicar. Sin embargo, la comunidad se entromete cínicamente en nuestras vidas privadas y nos condena continuamente por mantener puntos de vista diferentes. ¡Usted no puede decirme que no tengo razón! —exclamó.

—Sin lugar a dudas, usted tiene sus propios puntos de vista. ¿Para qué ha venido a verme? ¿Se supone que yo debo escucharla, sin siquiera poderle decir lo que yo creo? Quizá fuera aún posible que usted viera la vida desde otra perspectiva. Su nombre es Myra y significa "maravilla". En este mundo, nada sucede por casualidad. Su nombre implica una misión y un destino que debe cumplir —traté de razonar con ella.

—¿Cuál fue la misión y el destino de mi amigo? Él murió solo, su vida se acabó justo en el momento más importante. La religión tradicional no ha sido capaz de darme ninguna respuesta. He venido a verlo porque he leído su último libro y quiero escuchar sus respuestas a mis preguntas —exigió Myra.

—En este instante en el tiempo, todos nosotros hemos emprendido un camino, en el cual yo también soy un peregrino. Yo no tengo una respuesta específica que pueda darle acerca de la muerte de su amigo porque desgraciadamente yo también desconozco todos los detalles. Yo tan sólo soy un pequeño elemento dentro de toda la infinita grandeza del universo. Lo que sí puedo, ciertamente, decirle es que cada uno de nosotros tiene su propio propósito en la vida, y nadie abandona este mundo sin concluir la misión y el destino que vino a cumplir.

Es imposible que usted conozca y entienda todos los resortes y condicionamientos que movían y componían la vida de su amigo, o incluso la suya propia. Usted vino a verme para que le diese las respuestas de la vida, pero lo primero que usted debe hacer es descubrir las razones por las cuales una vida merece ser vivida. Vuelva a su casa Myra, y pregúntese a sí misma las razones por las cuales usted está en la tierra. También pregúntese cuál fue la fuerza misteriosa que la trajo hasta mí. Yo tan sólo soy un psiquiatra. Yo a veces trato con lo conocido y otras veces trato con lo desconocido, con la realidad y con la fantasía, con las esperanzas y con esos deseos dormidos que se esconden dentro de los confines de nuestra alma. Yo he encontrado la mayoría de las respuestas a la vida, simplemente, creyendo y aceptando la teoría de la reencarnación y la teoría del karma. También he aprendido a aceptar los mensajes que nos envían muchas entidades a las cuales nosotros no vemos y por supuesto la mayoría de las veces tampoco las entendemos. Yo estoy aquí para descubrir las infinitas posibilidades de que disponemos cuando abrimos nuestras mentes y nuestros corazones. Carlos está donde tiene que estar en estos momentos, y usted también está, ahora exactamente, donde debe estar —le aseguré.

—¿Por qué Carlos tuvo que morir? ¿Por qué tuvo necesariamente que pasarle a él? —me preguntó.

—No se moleste en hacer preguntas que ya de por sí no tienen respuesta. ¿Por qué no habría de ser él? Todos tenemos que morir en algún momento. ¿Acaso pensó que a él nunca le tocaría? Además, ¿qué es la vida sino un renacer? No puede existir un comienzo sin un final, ni un final sin un comienzo. El ciclo es mucho más completo y más complejo que simplemente nacer y morir. Su amigo regresará y empezará de nuevo a aprender aquellas lecciones que pasó por alto durante su última vida en la tierra. Todos nosotros tenemos la oportunidad de cambiar y de alterar nuestro karma. Cada persona que encontramos en nuestro camino ha sido enviada por la Luz como un desafío que debemos superar. Espero haberla podido ayudar, Myra. Si así ha sido y yo he podido ayudarla en algo, usted tendrá la oportunidad de ayudar a su vez a otras personas, y uno a uno lograremos hacer de este mundo un lugar mejor para vivir. La amargura y la bondad no pueden existir juntas. Olvide su cólera y trate de hacer llegar su bondad a cualquier extraño que necesite de su amor. La mente es siempre inestable y caprichosa y vaga constantemente por donde le apetece. Es bueno controlar la mente y mantenerla siempre receptiva a nuevas ideas y a nuevas experiencias. Nos resulta siempre más fácil ver las culpas de los demás que nuestras propias culpas. Como tributo a su amigo Carlos, trate de recobrar su alegría otra vez y consérvela dentro de su corazón. No sufra más por la ausencia física de Carlos, y dé gracias al universo por todo el tiempo que pasaron juntos. Estoy seguro de que en este preciso instante en que nosotros estamos conversando, Carlos la está observando y él se siente muy orgulloso de que usted trate de aprender algo más y de que a pesar de todo lo que ha pasado, usted todavía siga buscando respuestas —le expliqué.

—¿Qué significado tuvo para ti el encuentro con Myra? —preguntó Kika.

—Intenté cambiar su forma de ver el mundo. La verdad es que no sé si ella logró entender algo de lo que yo le dije, pero en el fondo, tengo la esperanza de al menos haber despertado su curiosidad para tratar de buscar y de encontrar algo más. Quizá algún día ella pueda encontrar la Luz. También aprendí que tres personas pueden guardar un secreto, siempre y cuando dos de ellas ya estén muertas —respondí.

EL ORÁCULO DE KOKO: ALIMENTACIÓN

El presente. Puede que, en estos momentos, no te resulte nada fácil dejar que los demás te digan lo que debes hacer. Sientes una necesidad muy grande de asumir el control de tus ideas, y no quieres verte ante la obligación o la necesidad de hacer algo que no quieres hacer. Siempre preferimos la originalidad, pero a veces resulta un desafío enfrentar tanto la rutina como las tareas mundanas. No te dejes desanimar por lo que al parecer no es nada más que una falta continua de comunicación. Elimina todo aquello que pueda parecer superfluo y que a la vez pueda distraerte de tu camino.

El futuro. Tu carrera, tu reputación, tu imagen pública y las metas que tienen importancia para ti van a cobrar cierto impulso. Tus socios y aquellas personas que están en posición de ayudarte o de llevar adelante tus objetivos, mostrarán una actitud muy positiva con respecto a ti. Lograrás una victoria, o un éxito importante.

42
LAS CARTAS DEL TAROT

El karma lo crea todo como si fuera un artista, y lo coreografía todo como si fuera un bailarín.

BUDA

Tenía que recoger algunas cosas personales que había dejado en el consultorio del doctor Camote. Tomé el auto y me dirigí hacia allá. A pesar de que ya había pasado algún tiempo, desde el fallecimiento del doctor Camote, todavía en muchas ocasiones podía sentir su presencia junto a mí. Él siempre me decía que los muertos podían comunicarse con los vivos, por lo tanto yo nunca sabía qué era lo que me iba a encontrar. Tratándose del doctor Camote nada me sorprendería, cualquier cosa podría pasar.

Cuando llegué, entré en su despacho y poco a poco empecé a recoger mis cosas y a ponerlas en una bolsa. Mientras revisaba los cajones me encontré con un juego de cartas del tarot. Pensé que sería divertido jugar una mano. Recordé que el doctor Camote me había dicho que las cartas del tarot no se podían tomar en serio, porque no eran necesariamente exactas, y que tan sólo debían consultarse como entretenimiento. Necesitaba hacer una pregunta, y entonces vino a mi mente la conversación que yo había tenido con el doctor Camote unos meses antes de su muerte.

—Bueno, Camotín. Tengo algo importante que decirte. Pienso que en algún momento, después de mi muerte, se escribirá un libro sobre mi vida que contendrá información valiosa para aquellas personas que necesiten ayuda en su viaje espiritual. Como bien sabes, yo he realizado muchos estudios sobre diferentes religiones y escrituras sagradas. He estudiado a diferentes místicos, a chamanes, el I Ching, las enseñanzas de Buda, la Cábala y la astrología. He estudiado a fondo los diversos caminos que nos llevan a descubrir los misterios de lo oculto, que también nos ayudan a encontrar dimensiones desconocidas para muchos seres humanos. Yo sinceramente creo que quizá hubiera podido emplear mejor todo mi conocimiento, y por eso, ahora, creo que ya ha llegado el momento para poder compartir con los demás todo lo que yo he aprendido —dijo el doctor Camote.

Ahora mismo pienso en ese libro del que el doctor Camote me habló y me pregunto si ese mismo libro no habrá sido una premonición que él tuvo antes de su propia muerte. De pronto, me di cuenta de que me encontraba solo en su despacho y también tengo que reconocer que tenía algo de miedo. A pesar de que no podía verlo, sentía que el doctor Camote estaba muy cerca de mí y podía percibir su aura vibrando llena de electricidad. Empecé a sentir como que se me erizaban los cabellos de tan fuerte que sentía la presencia del doctor Camote. Saqué de su caja las cartas del tarot y las coloqué frente a mí. Como si fuera una voz de ultratumba, escuché la voz entrecortada del doctor Camote que me hablaba suavemente. Me pregunté si estaba soñando, pero no, estaba bien despierto. Decidí continuar con el tarot ya que si llegaba a perder el control de la situación, siempre podía llamar al 911 en busca de ayuda.

—Camotín, no sientas miedo ahora —me aseguraba el doctor Camote—. No te pasará nada. He venido desde otra dimensión porque quiero saber si finalmente se va a publicar el libro con mis enseñanzas. Tú todavía no estás preparado para intentar entender las respuestas del I Ching porque eso es algo que exige mucha atención y mucha dedicación. Puedes empezar con las cartas del tarot a ver si recibes una respuesta. Cuando comiences a barajar las cartas, yo te guiaré durante todo el proceso que requiere su lectura. Me quedaré a tu lado hasta que termine esta misión.

—Doctor Camote, ¿es usted de verdad? —le pregunté.

—Sí Camotín. Aunque tú no puedas verme, yo estoy muy cerca de ti. Quiero que te concentres y que mantengas la mente abierta a todo lo que va a ocurrir. No dejes que tu mente se concentre en nada específico, no trates de detenerla, déjala que divague, que busque. La mente logra brillar y alcanzar sabiduría cuando no está sujeta a algo. Respira profundamente tres veces. Esto te hará siempre recordar que todos estamos unidos espiritualmente. El control de la respiración conlleva asimismo el control de la mente y el control del cuerpo y hace que tanto la mente como el cuerpo se mantengan en armonía con el espíritu. Ahora, imagínate el asunto sobre el cual queremos recibir información. Concéntrate en mi libro y trata de verlo dentro de tu mente. Después, formula la pregunta: ¿se publicará el libro del doctor Camote para ayudar a la gente en su viaje por la vida? Concéntrate. Concéntrate. Toma ahora las cartas del tarot y mézclalas. Córtalas con tu mano izquierda. Vas a trabajar con nueve cartas. Las colocarás boca abajo en un orden específico. Cada una de las cartas representará una parte diferente de la respuesta a tu pregunta. Consulta el diagrama que viene con las cartas para que queden en el orden correcto —el doctor Camote me explicaba.

Seguí sus instrucciones y cuando coloqué las nueve cartas en la posición correcta, esperé sus instrucciones.

—Las cartas del tarot son una herramienta muy útil que tenemos para poder descubrir los muchos caminos de los que disponemos. Las cartas pueden significar una ayuda adicional que debemos tener en cuenta para nuestros planes futuros. Tú estás siguiendo un patrón y un orden preciso con las cartas para poder conseguir un propósito determinado. Casi nunca la forma en que barajamos las cartas o su orden son fortuitos, ya que si lo hiciéramos en algún otro momento, los resultados podrían ser totalmente diferentes. Las cartas podrán decirte e indicarte algunas de las posibilidades ilimitadas que siempre existen. Ahora ya estamos listos para tomar las cartas una a una y leer lo que cada una representa. A medida que les vayas dando la vuelta, yo las iré interpretando por ti —propuso el doctor Camote.

La primera carta que salió era la de la Justicia.

—La primera carta representa la principal cualidad de la persona que está haciendo la consulta, y a su vez esa misma carta es parte de la pregunta sobre la cual la persona que consulta quiere recibir una respuesta.

La justicia representa el balance, la equidad, la armonía y el respeto por las leyes naturales y los veredictos emitidos por la justicia —dijo.

Di la vuelta a la segunda carta y encontré que esta carta era el siete de espadas.

—La segunda carta representa los problemas que se esconden dentro de esas cualidades. El siete de espadas representa la espera para encontrar una solución a un problema determinado, lo cual hace que esta espera se convierta en un tiempo de esperanza, de fe, y hasta de fantasía —continuó el doctor Camote.

Di la vuelta a la siguiente carta y vi que, en esta ocasión, la carta era, ni más ni menos, la carta de los enamorados.

—La tercera carta representa las oportunidades que nos han sido dadas. Los enamorados representan el amor, la elección, el examen, el intento y la necesidad final de tomar una decisión —me explicó el doctor Camote.

La siguiente carta era la carta del sumo sacerdote.

—La cuarta carta representa el desafío que tendrá que enfrentar el que consulta las cartas para obtener la respuesta. El sumo sacerdote es el símbolo del estudio y de la reflexión acerca de las diferentes oportunidades y quizá también las nuevas relaciones de negocios y de trabajo —dijo.

La siguiente carta que levanté a continuación era la carta de la estrella.

—La quinta carta representa un asunto que deberá ser estudiado muy a fondo en el futuro. La estrella representa la esperanza, los sueños, los presagios favorables, las nuevas ideas y también representa la paz.

La siguiente carta que levanté era la carta del carruaje.

—La sexta carta representa la necesidad de dar una respuesta. El carruaje representa el triunfo, el éxito, el mérito reconocido y la evolución —me indicó el doctor Camote.

Continué con el juego y a continuación di la vuelta a la siguiente carta y esta carta era la carta del caballero de espadas.

—La séptima carta es la tarea que debemos realizar. El caballero de espadas representa a un hombre capaz y valiente que a la misma vez tiene un temperamento apasionado, pero también insolente. Continué levantando las cartas. La siguiente carta que encontré fue la carta de la templanza.

—La octava carta representa un nuevo punto de vista. La templanza significa armonía, serenidad, moderación, recuperación y también representa un espíritu de adaptación —interpretó el doctor Camote.

Finalmente, di la vuelta a la última carta y ante mí apareció la carta de la emperatriz.

—La novena carta es la respuesta final a nuestra pregunta. La emperatriz representa acción, vitalidad, inteligencia, fertilidad e influencia benefactora. Bueno Camotín, como puedes ver, ya hemos terminado la lectura e interpretación de las cartas. Gracias por tu ayuda y por compartir conmigo tus mejores energías positivas. Sé que tuviste la conciencia adecuada durante toda la lectura de las cartas porque realmente tú querías ayudar al universo. Concentrémonos ahora en las respuestas tan favorables que el cosmos nos ha brindado en el día de hoy —dijo el doctor Camote.

Esperé en silencio, por unos cuantos minutos, a que el doctor Camote volviese a hablar, pero ya no escuché nada más. Lo llamé en voz alta pero no obtuve ninguna respuesta. Me quedé allí sentado por un buen rato. Estaba totalmente atónito, no sé realmente por cuánto tiempo estuve allí. Por último, me di cuenta de que el doctor Camote ya había recibido su mensaje y por lo tanto él ya se había marchado. Por un momento, me quedé mirando fijamente las cartas del tarot. Después las recogí una a una y las guardé nuevamente en su caja. Yo sabía que nunca más las volvería a usar, a menos que el doctor Camote regresase y fuera él mismo el que me lo pidiese. Empecé a preguntarme si el doctor Camote regresaría alguna otra vez para ayudarme con el I Ching. De momento y así a simple vista, yo creí que las cartas eran acertadas. Muy pronto, el libro del doctor Camote sería publicado, y a pesar de que él ya no estaba entre nosotros, él siempre seguiría brindándonos su amor, su esperanza y su fe infinita en los demás.

43
DESEO

Todo este mundo es como una gran obra de teatro, en la cual tanto hombres como mujeres no son más que meros actores. Todos ellos tienen diferentes entradas y salidas a escena e incluso algunos de ellos se permiten interpretar varios papeles al mismo tiempo.

SHAKESPEARE

Recuerdo cierta ocasión en la que recibí una llamada del profesor Zuckerman del departamento de drama de la universidad de Miami. El profesor Zuckerman había leído mi libro *El teatro de nuestra vida* y me pidió permiso para que él y sus estudiantes, pudieran hacer una adaptación teatral de la obra, como proyecto de fin de carrera. El profesor consideraba que sería todo un desafío para los estudiantes del departamento de drama. Los estudiantes escribirían el libreto, y también estarían a cargo de la interpretación de los diferentes papeles. Harrison, uno de los profesores del departamento estaba muy interesado en dirigir la producción. Yo accedí inmediatamente a su petición ya que pensé que esta teatralización de mi libro posibilitaría que mis ideas y mensajes llegasen más y mejor a un público más diverso, de una forma totalmente nueva. Cuando di mi consentimiento puse como condición única el que se me permitiese tomar parte en el proceso creativo, y que por supuesto pudiese asistir a todos los ensayos una vez que éstos comenzaran. Unos meses después, recibí una llamada del profesor Zuckerman para invitarme a la lectura del libreto. Allí estarían presentes tanto los actores como el profesor Harrison, que sería el director de la obra. Llegué al lugar a la hora indicada y me presenté a todos los que allí estaban.

—Hola. Yo soy el doctor Sebastián Stain Camote. Para mí es un auténtico placer poder conocerlos a todos y quiero decirles que me encanta ser partícipe de este proyecto. Ésta es la primera vez que uno de mis libros es llevado al teatro. Como escritor puedo decirles que cuando nos publican un libro, sentimos una gran emoción. Yo comparo esa emoción que uno siente con el nacimiento de un hijo. Todas las ideas que tenías grabadas en la mente por tanto tiempo, de pronto y como por arte de magia se convierten en algo real y tangible. Tus pensamientos se convierten en palabras, oraciones, páginas y capítulos, y por último, surge un libro que va a poder ser leído por otras personas. El proceso de creación es excitante y maravilloso. Hoy, puedo decirles que siento la misma excitación porque voy a ser capaz de escuchar mis propias palabras y pensamientos en boca de los actores de la obra. Esto es algo con lo que yo nunca soñé. ¿Se dan cuenta de lo milagrosa que es la vida? ¡Todo es posible! —exclamé.

—Hola, doctor Camote. Soy el profesor Harrison, y puedo decirle tanto en mi nombre como en nombre de todos, que nos sentimos muy honrados con su presencia. Mis alumnos y yo hemos discutido ampliamente el concepto lógico de su libro antes de comenzar a escribir el libreto. Espero que esté a la altura de sus expectativas. ¿Está usted listo para escuchar la primera lectura? —preguntó Harrison.

—Sí —respondí.

Me senté en silencio y traté de no interrumpir o de hacer algún comentario hasta que no terminase la lectura del libreto. Al terminar la lectura, me sentí totalmente decepcionado con la interpretación y con la adaptación de mis ideas. Sentí que ni los estudiantes, ni el director habían captado la esencia real de mis ideas y por lo tanto no habían realmente entendido lo que mi libro trataba. No tuve una reacción negativa ya que entendía perfectamente lo sensible que los creadores pueden ser a las críticas. En el fondo, yo tenía la esperanza de que si les explicaba personalmente mis ideas, podrían surgir nuevas formas de ver y entender la obra.

—Éste ha sido un esfuerzo valiente y valoro en gran medida tanto el trabajo como el esfuerzo que todos ustedes han puesto en la adaptación de mi libro. Yo creo que, si les explico la psicología y la intención final que encierra mi libro, ustedes van a ser capaces de profundizar más en la obra y lograr un enfoque quizá algo diferente. Partamos de la premisa de que nuestra vida actual no es nada más que una obra de teatro sin ensayos. En mi libro *El teatro de nuestra vida* hago una referencia clara a los variados y diversos papeles que nosotros desempeñamos en otras vidas pasadas, es decir, en otras reencarnaciones. A través de la improvisación, y mejorando la interpretación, podemos hacer uso de nuestras experiencias pasadas para poder desempeñar mejores papeles en nuestras vidas actuales. Pensemos en quiénes somos y cuál es nuestra verdadera esencia. ¿Qué es lo que realmente constituye el núcleo de nuestra existencia? La respuesta no es otra que el deseo. Nuestros deseos no tienen límite. Nuestras vidas se rigen por la necesidad constante de satisfacer todos los deseos que anidan dentro de nuestros corazones. Nosotros siempre queremos satisfacer todos nuestros deseos, por pequeños que ellos sean. Todo está interrelacionado a un nivel mucho más profundo de la realidad que nosotros creemos experimentar o que estamos experimentando. Nuestras vidas siempre siguen un orden concreto por muy caóticas y desgraciadas que puedan parecernos las cosas que nos pasan y que suceden a nuestro alrededor. ¿Qué es lo que realmente esperamos de la vida? Buscamos el amor, la satisfacción, la paz, la alegría, la sabiduría, la felicidad y la salud, a pesar de que ninguna de estas cosas podemos tocarlas con nuestras manos, ni tampoco determinar cuánto miden o cuánto pesan. Ninguna de esas cosas se encuentra dentro del mundo real. Todo lo que nosotros verdaderamente deseamos posee una naturaleza etérea. En esta vida no logramos satisfacer la mayoría de nuestros deseos, pero cuando deseamos algo, nuestra felicidad depende de ese algo, y si nos lo quitan, o no lo alcanzamos, somos infelices. Si recibimos lo que deseábamos, esto nos hace felices, pero tan sólo por un momento. Nos sentimos felices, tan sólo en el preciso instante en que se cumplen nuestros deseos. Es una felicidad momentánea, efímera, porque apenas obtenemos lo que deseamos, ya nuestra mente desea otra cosa. Todos nuestros pensamientos son temporales, lo mismo que nuestros deseos. Todo cambia y todo es ilusorio. Piensen en el deseo de llevar mi libro al teatro. Yo lo deseaba porque quería que un número mayor de personas se beneficiase de mi investigación, y que a la vez aprendiesen de mi experiencia. El departamento de drama de la universidad deseaba que la obra se presentase, porque así, a su vez, ellos cumplirían con el requisito de llevar una forma interesante de entretenimiento al público. Las obras de teatro cumplen varias funciones. Unas veces nos brindan información, otras veces nos provocan la risa, o nos estimulan las ideas. También nos permiten comprender y entender ideas diferentes y al mismo tiempo nos brindan una opción diferente de cómo podemos ver y entender la vida. Una buena obra de teatro nos llega al alma y a la vez abre nuestras mentes a nuevas posibilidades. Podemos entender otras alternativas, intercambiar ideas y comenzar a ver la vida desde otro punto de vista. Nosotros nos encontramos juntos en este preciso instante en el tiempo, interactuando en la medida en que estamos haciendo el análisis de esta obra. ¿Por qué no improvisamos y experimentamos? Tenemos ante nosotros muchas opciones para poder desempeñar nuestros papeles temporales y efímeros. Mientras sigamos adelante, con amor suficiente en nuestros corazones, y con el deseo de soñar nuestros sueños, seguro que alcanzaremos el éxito. ¡Queridos estudiantes, sigamos adelante y no nos dejemos vencer! —exclamé.

—Gracias por su ayuda, doctor Camote. He tomado algunas notas mientras usted hablaba, y por supuesto nosotros haremos las revisiones pertinentes teniendo en cuenta su valiosa crítica. Usted puede estar seguro de que recibirá una invitación para que participe junto con nosotros en la próxima lectura de su obra. Usted nos ha entregado un sueño y a la vez un desafío para que hagamos una obra que pueda estar a la altura de las circunstancias —expresó Harrison.

—Hasta pronto, y recuerden que cualquier deseo que ahora esté en sus corazones, dentro de muy poco pasará a ser tan sólo un recuerdo que anidará en sus almas —dije abandonando el lugar.

—¿Qué aprendiste de esto? —preguntó Kika.

—Aquellos que toman lo irreal por lo real y lo real por lo irreal, al igual que aquellos que son víctimas de conceptos erróneos, ninguno de ellos alcanzará nunca la esencia de la realidad. También aprendí que para tener más, se debe desear menos —concluí.

44

UN DÍA MORTAL EN LA ESCUELA

Os doy un mandamiento nuevo: que os améis los unos a los otros. Que, como yo os he amado, así os améis también vosotros los unos a los otros.
Juan 13:34

Sigo recordando los episodios que marcaron mi vida y ahora aparece ante mí el día en que recibí una llamada de uno de los asesores de la escuela secundaria local. Los profesores de la escuela habían celebrado una reunión para analizar el tiroteo que había tenido lugar la semana anterior en una escuela de enseñanza media de Arkansas. La prensa había informado ampliamente que dos niños, de once y trece años respectivamente, habían abierto fuego en la cafetería de la escuela, dando muerte a cuatro niñas y a un profesor. Los niños también habían herido a otras diez personas. Los profesores tenían como misión, a través de esta reunión, el abrir un debate amplio y abierto para así poder escuchar todas las ideas. Yo fui invitado, en mi capacidad de psiquiatra, para participar en el debate. El panel estaba integrado también por un maestro, un asesor de la escuela, un policía, un detective, dos padres y dos madres que tenían hijos en la escuela. El panel trataría de responder a las muchas preguntas que se planteaban los padres de los alumnos de la escuela que, lógicamente, estaban muy preocupados por la situación. La reunión se había organizado porque muchos padres temían que una tragedia similar pudiese ocurrir en cualquier momento en Miami.

—Nuestros hijos no están seguros en ninguna parte. Los mandamos a la escuela para que aprendan, y de repente un adolescente loco y agresivo los expone a la violencia y hasta a la muerte. ¿Qué vamos a hacer? ¿Tenemos que quedarnos con los brazos cruzados y esperar pacientemente a que una de nuestras escuelas sea la próxima? A lo largo de la nación se han reportado una cantidad alarmante de ataques. Los muchachos van a las escuelas armados y disparan al azar a maestros y a jóvenes inocentes. Se han registrado casos de niños que hacen bombas que quieren llevar a las escuelas para volar las aulas, las cafeterías, los baños y hasta los pasillos. Estamos hablando de niños que apenas tienen siete años y que ya están asesinando a otros niños. ¿Qué es lo que está pasando con los niños de esta generación? En lugar de jugar a la pelota, escuchar música, o bailar, como hacíamos nosotros cuando teníamos esa edad, sus pensamientos son de destrucción y de muerte. Todo indica que estas tragedias han desencadenado otras. Yo preferiría que mis hijos se quedaran en casa, antes que exponerlos a un peligro impredecible —dijo la madre, dando inicio al debate.

—Desgraciadamente, no existen garantías para ninguno de nosotros. Así son los tiempos en que vivimos. El caos y el desorden reinan por doquier. Tanto niños como adultos cometen actos de violencia. Todos somos conscientes de la cantidad de casos de violencia doméstica que se nos presentan a diario. Nuestras vidas están en constante peligro. Cuando respondemos a una llamada de emergencia, nunca sabemos lo que vamos a encontrarnos. Todos los días, cuando salimos de nuestras casas, rezamos para que podamos volver sanos y salvos, cada noche. Sencillamente, seguimos adelante y no dejamos que la violencia nos impida seguir viviendo. Usted no puede dejar a sus hijos en casa por algo que posiblemente, nunca va a suceder —dijo el policía.

—Su trabajo es defendernos y mantener nuestra seguridad. No nos diga que no tengamos miedo. La violencia y las armas en las escuelas son algo crítico. Se han convertido en un asunto de vida o muerte. Nuestros temores son justificados. Mejor díganos qué es lo que ustedes van a hacer para que nuestros hijos estén seguros —exigió la madre enojada.

—Ustedes, los padres, también son responsables. Tienen que prestar más atención a las cosas que hablan sus hijos. Muestren interés en saber si sus hijos se sienten infelices o si están presionados por alguien, o por algo, o si existe alguna situación en la escuela en la cual ustedes deban intervenir. Tengan paciencia a la hora de discutir los diferentes temas con ellos. Vivimos en una sociedad muy compleja. Hay muchas drogas con las que los jóvenes pueden experimentar. Las drogas alteran su forma de pensar. En ocasiones, los padres salen de sus casas y dejan la bebida al alcance de los muchachos, y es entonces cuando el joven puede comenzar a beber. Esto es algo que eventualmente puede traer graves consecuencias. La televisión y el cine están constantemente transmitiendo películas y espectáculos macabros. En Internet hay muchas cosas que deben ser supervisadas —señaló el asesor de la escuela.

—Tenemos el ejemplo de muchos hogares en los cuales los niños conviven con la violencia que ejercen sus propios padres, pero no salen a la calle a asesinar a nadie. ¿Qué tipo de razonamiento puede llevar a los muchachos a una conducta tan extrema y violenta? —preguntó otra madre.

—Nosotros como personas no somos más que nuestros propios pensamientos, y estos pensamientos acaban convirtiéndose en nuestras acciones. Uno nunca sabe lo que una persona es capaz de hacer. No existe un patrón que establezca quién se puede convertir en un asesino. Puede que en un momento dado, sea ese muchacho fanfarrón que quiere demostrar que él es el que decide la vida o la muerte de los demás. Pudiera también ser un niño del cual siempre se burlaron y que nunca tuvo el valor para enfrentarse al abusador. Puede ser un niño que esté enfadado con el maestro por cualquier situación o por cualquier razón bien sea real o imaginaria. Nunca sabemos cómo funciona la mente humana, o esos pensamientos escondidos en lo más recóndito de nuestro ser que incitan y motivan la necesidad de recurrir al terror. Sin embargo, debemos estar siempre atentos a los primeros síntomas de cambio en la conducta de nuestros hijos. La depresión, el aislamiento y la hostilidad son señales de que algo marcha mal. Los niños deben decirle al adulto si alguno de sus conocidos amenaza a otro niño con vengarse de él, haciendo algo ilegal. Existe una tendencia a imitar, sobre todo cuando la prensa da amplia cobertura a un hecho de esta magnitud que tiene lugar en cualquier lugar del país. Los muchachos, cuando ven y leen acerca de estas cosas, empiezan a pensar en el poder que podrían ejercer sobre otros muchachos o sobre un grupo mayor de personas si ellos fueran capaces de empuñar un arma. Cualquier amenaza de matar a alguien, que cualquiera de ustedes escuche de boca de uno de sus hijos, debe tomarse muy seriamente. La mayoría de las veces no es más que un pedido de ayuda. Los padres tienen también sus responsabilidades. Los maestros deben tratar de detectar ciertas conductas nocivas como son la fanfarronería, las burlas contra otros, el aislamiento, el no pertenecer a un grupo, o la aparente depresión. Lamentablemente, los maestros tienen tantos alumnos en sus aulas que muchas veces pueden pasar por alto estos síntomas —dije.

—Los padres deben saber que en muchas ocasiones sus hijos tienen amigos que para ellos son más importantes que sus familias. Muchas veces, los padres tienen tantas presiones y tantas obligaciones que no prestan la suficiente atención a sus hijos, e incluso cuando lo hacen, están pensando en otras cosas. Los jóvenes saben cuando los padres no les prestan atención. Algunos niños pueden sentirse relegados y sentirse sin importancia dentro del esquema familiar. Muchas veces, los jóvenes son aceptados en sus grupos de amigos y se sienten mucho mejor con ellos que en sus propias casas. La pertenencia a un grupo determinado, ayuda al adolescente a superar su debilidad y sus limitaciones.

Estos jóvenes pueden ser víctimas de la bravuconería y de otros conflictos. También pueden sentirse rechazados y es entonces cuando pueden recurrir a la violencia como una forma de sentirse más importantes. Ésta es una vía que ellos pueden seguir para lograr cierta notoriedad y a la vez demostrarle al mundo que la juventud es importante y que exige atención. Ustedes pueden ayudar a sus hijos cuando alguien los insulta. Háganles comprender que el que tiene el problema no es su hijo sino el bravucón que lo insulta y que lo mejor es alejarse de él. Si normalmente esto es lo que se hace, el bravucón, finalmente, suspenderá sus tácticas. Los padres deben tener siempre abiertas las vías de comunicación con los jóvenes, establecer ciertas reglas y explicarles lo que se espera de ellos. Los padres deben prestar atención a los detalles y saber quiénes son los amigos de sus hijos. Los padres deben fomentar grupos que sean capaces de mantener reuniones con los maestros antes de que se produzca una crisis. Las escuelas y los padres deben unirse para ayudar a resolver los problemas. Deben estar atentos cuando las notas empiezan a bajar y surge cualquier síntoma de pérdida del apetito, nerviosismo, tristeza o ansiedad. También existen muchos hogares en donde hay armas, e incluso armas que se encuentran fácilmente accesibles. Las armas no son juguetes, ni objetos de colección que se puedan tomar a la ligera. Hablamos de armas peligrosas que los jóvenes no han aprendido a respetar. ¿Alguno de los que están aquí tiene armas en su casa? —preguntó el policía.

—Yo tengo un arma, pero usted no es nadie para decirme lo que yo debo, o no debo tener en mi casa. El arma es únicamente para nuestra protección. Si alguien se cuela en mi casa y trata de robarme, yo disparo primero y luego pregunto. Yo tengo el derecho de defender a mi familia contra cualquier intruso —declaró uno de los padres.

—¿Dónde guarda su arma? ¿La mantiene bajo llave en un lugar donde sus hijos no puedan encontrarla? —preguntó el asesor de la escuela.

—El arma se encuentra donde yo puedo encontrarla, rápidamente, si ello fuera necesario. La tengo en el cajón de la mesa de noche que está junto a mi cama. También tengo otra arma en la guantera del auto —alardeó el mismo padre.

—¿Qué pasaría si un día su hijo siente curiosidad y saca una de esas armas? ¿Usted las mantiene cargadas? —preguntó el policía.

—Claro que están cargadas y listas para usarlas. ¿De qué me servirían si yo no estuviera preparado para disparar? —respondió el padre.

—Su conducta es totalmente irresponsable. Podría ser su hijo el que encontrara el arma y se convirtiera en el próximo asesino —dijo el detective.

—Lo que me faltaba por oír, porque en Arkansas unos cuantos muchachos que están mal de la cabeza, han hecho varios disparos, yo tengo que ser sometido a un proceso inquisitorio por parte de un detective de pacotilla de Miami, quien además trata de decirme cómo debo vivir mi vida —respondió el padre enojado.

La tensión crecía por momentos y las voces subían de nivel. Yo traté de poner orden para, a su vez, poder controlar la situación, pero el caos iba en aumento.

—Cómo podemos pretender que nuestros hijos se lleven bien, si nosotros, que somos adultos, no somos capaces de controlar nuestra agresividad. Nos hemos reunido aquí para encontrar soluciones. Mantengamos la calma y analicemos fríamente las posibilidades que se nos presentan —dije.

—¿Usted tiene hijos? —preguntó una de las madres.

—No, no estoy casado —respondí.

—Con razón puede usted mantenerse tan calmado. En lo que a mí respecta, considero que usted ni tiene las condiciones, ni tiene los requisitos para poder participar en este panel —dijo uno de los padres.

—Yo soy psiquiatra y conozco la naturaleza humana. Me relaciono continuamente con todo tipo de personas que tienen las más diversas personalidades. La mayoría de las veces soy capaz de darles un consejo concreto y a la vez efectivo. He visitado a bastantes jóvenes recluidos en las cárceles y les puedo decir que no es una experiencia agradable. A través de la televisión y el cine los niños acaban aceptando los crímenes y la violencia como algo normal. En ocasiones, cosas como éstas, ocurren continuamente en sus propios barrios, y los jóvenes, por lo tanto, ven el mundo como un lugar traumático donde realmente da miedo vivir. Sus mentes jóvenes y vulnerables quedan marcadas por el sufrimiento y las tragedias que observan a su alrededor. Los niños carecen de la madurez suficiente para analizar todo lo que ven. Ustedes, como padres, deben comenzar por dar ejemplo y no deben de dejarse llevar por la cólera. Ustedes tienen que ser capaces de aprender a controlar su propia ira y deben empezar a dar buenos ejemplos a sus hijos. Deben aprender a analizar los problemas desde su comienzo, y no permitir que el odio se acumule. Una persona no puede amar y odiar al mismo tiempo. En sus casas ustedes deben tratar de crear una atmósfera de convivencia. No estoy hablando necesariamente de amor, pero, sí al menos, de concordia y de respeto. Nunca dejen de apoyar a sus hijos cuando éstos se les acercan a pedirles ayuda porque se sienten víctimas de alguna injusticia. Aprendan a escuchar y a amar —les expliqué con calma.

—Ustedes los psiquiatras están todos locos. Usted se siente superior a nosotros porque tiene títulos y le dicen doctor. Siempre están culpando a los padres por todo lo malo que sucede. ¿Por qué siempre culpan a los padres por lo que hacen sus hijos? Si un niño comienza a descarriarse y a dedicarse a las drogas y a la bebida, ¿acaso siempre es culpa de los padres? Yo trabajo muy duro todo el día y asumo mi parte de responsabilidad. No venga usted a decirme que si el niño se porta mal es siempre por culpa de los padres. Yo pago mis impuestos y la policía debe hacer su trabajo de mantener el orden y de hacer que las leyes se cumplan. Ellos son los que tienen que preocuparse por los adolescentes y por las armas —prosiguió el padre.

—Aunque a ustedes les parezca difícil creerlo, estamos rodeados de espíritus. En algunos casos estos espíritus están enfadados y pueden manifestar su ira a través de nosotros. Los espíritus tienen la capacidad de apoderarse de nuestros cuerpos y obligarnos a hacer cosas desagradables. Muchas veces, cuando les preguntan a los niños los motivos por los que mataron a otros, responden que no lo saben. Mi teoría es que ciertos espíritus malignos incapaces de alcanzar la Luz que se encuentra en los planos superiores de la existencia, se quedan errando en la tierra y, a veces, pueden llegar a apoderarse de nuestros cuerpos y manifestar su perversión a través de estos desafortunados seres humanos —dije.

—¡Usted se está burlando de nosotros! Se cree que somos idiotas. ¿Piensa que nosotros vamos a creer que los niños que cometen crímenes no son responsables de sus actos porque algunos espíritus malignos, supuestamente, se apoderaron de sus cuerpos? —preguntó una de las madres.

—Usted puede creer lo que quiera. Yo no trato de convencer a nadie. Lo único que me atrevo a preguntarles es si alguno de ustedes me puede dar una explicación mejor para ayudarme a entender cómo de repente jóvenes educados y sin problemas aparentes se convierten en asesinos —le dije.

—¡Usted es un tipo excéntrico y tiene unas ideas muy raras! —exclamó uno de los padres.

—Señor, usted muestra una agresividad innecesaria. ¿Alguna vez ha tratado de meditar? —le pregunté.

—Yo no he venido aquí a discutir mi vida personal con un idiota. Yo no necesito que me venga a analizar un psiquiatra idiotizado que cree que espíritus malignos son responsables de crímenes. ¡No me dirija más la palabra! —dijo el padre mirándome ferozmente.

—Todos tenemos el mismo potencial humano. Por lo que yo puedo ver y apreciar aquí, la raíz del problema radica en que muchos de ustedes piensan que no son lo suficientemente buenos padres y por ello tratan de ocultar sus verdaderos sentimientos haciendo uso de su cólera. Sin embargo, todos ustedes tienen un gran valor para sus hijos, y lo único que consiguen con su cólera es engañarse a sí mismos. Todos tenemos a nuestra disposición el poder de las ideas. A ustedes no les falta nada. Si tienen la fuerza de voluntad necesaria serán capaces de hacer cualquier cosa. Se dice que uno es su propio maestro. Controlen su cólera y aprenderán a amar —les aconsejé.

Cuando salíamos, uno de los padres se acercó a mí e intentó golpearme. El policía me preguntó si yo quería que lo arrestase, le dije que no. El hombre salió de la habitación maldiciendo hasta a mis tatarabuelos y la reunión se dio finalmente por terminada. Nos pusimos de acuerdo para celebrar otra reunión la semana siguiente. El caballero agresivo que me recordó con tanto ardor mis orígenes familiares no fue invitado, esta vez, a participar en el panel.

—¿Qué aprendiste de todo esto? —preguntó Kika.

—La gente puede ser o no ser religiosa, puede o no puede creer en la reencarnación o en otras cosas, pero cuando somos capaces de dejar a un lado nuestros sentimientos de culpa y mantenemos actitudes positivas, dentro de nosotros tiene lugar una transformación y al mismo tiempo un fuerte crecimiento espiritual. Finalmente, entendí que nada ejerce una influencia psicológica mayor en nuestro entorno, y sobre todo en el entorno que rodea a los niños, que esas vidas desperdiciadas por unos padres que desgraciadamente no han sabido vivirlas —concluí.

EL ORÁCULO DE KOKO: FE

El presente. Puede que ahora mismo te sientas muy sensible, quizá triste y hasta con un gran cansancio. Puede incluso llegar a parecerte como si llevaras el peso del mundo sobre tus propios hombros. Tómalo con calma, mantén la disciplina y sé paciente. Ésta puede ser una época de desafío en el plano emocional, pero también de gran crecimiento espiritual. Aprovecha este momento para poner en orden tus prioridades y organiza mejor tus tareas diarias para dedicar más tiempo a la meditación.

El futuro. Tu mente estará alerta, despierta, intuitiva y lista para acometer nuevas tareas. La gente con la que te relacionas descubrirá que posees grandes conocimientos, que resulta fácil hablar contigo y que eres una persona muy sensible. Se creará una nueva alianza corporativa y tú desempeñarás funciones de asesoría. Estarás en posición de compartir tus conocimientos con un socio o con un amigo necesitado de ayuda. Guíate por tus instintos y encontrarás nuevas perspectivas para solucionar tus problemas y algunos otros asuntos complicados.

45
PERGAMINOS Y SELLOS SAGRADOS

Anunciada al principio por el Señor, llegó a nosotros confirmada por aquellos que la habían oído. Dios la acreditó otra vez con señales y prodigios, además de diversos milagros, y finalmente fue bendecida con los dones del Espíritu Santo, repartidos a su voluntad.

Hebreos 2:3-4

Mi día de trabajo ya se había acabado. Me encontraba sola en mi oficina y sin saber cómo, vino a mi mente una extraña sesión de hipnosis, que realicé con el doctor Camote, casi un año atrás. Habíamos acordado hacer una regresión para tratar de encontrar más información sobre algunos problemas que estaban aquejando a Sebastián últimamente. Cuando Sebastián llegó a mi oficina parecía estar distraído.

—Buenos días, Sebastián, ¿cómo estás? —le pregunté.

—Buenos días, doctora Goldstein. Creo que estoy bien. No he estado durmiendo bien últimamente y quizá me siento algo alterado. Tengo la sensación de que he olvidado algo, pero no logro saber lo que es —dijo el doctor Camote.

Parecía estar de mal humor y me di cuenta de que me había llamado doctora Goldstein. Hacía mucho tiempo que Sebastián no se dirigía a mí de esa forma. Comencé la sesión intentando una regresión a una vida pasada. Lentamente, Sebastián comenzó a regresar en el tiempo y empezó a hablar sobre sí mismo y también comenzó a hablar sobre un sueño que él había tenido.

—Estamos en invierno y yo tengo frío, por lo que me he envuelto en una manta de lana. Soy un hombre joven. Me he despertado en medio de la noche, recordando un sueño muy extraño. Las imágenes que se me aparecieron parecían ser de ángeles y también de animales horrorosos. Daba miedo mirarlos. No se parecían a nada de lo que yo hubiera visto antes —comenzó diciendo el doctor Camote.

—¿Dónde te encontrabas en el sueño y qué estabas haciendo cuando comenzaron a suceder estas cosas? —le pregunté.

—Yo estaba solo en la cima de una montaña. No se veía ninguna casa, ni gente, ni animales, tampoco había árboles, y ningún tipo de vegetación. En las manos sostenía un libro que parecía que lo estaba leyendo, pero desconozco cuál era el título.

—¿Recuerdas de qué trataba? —pregunté.

—Recuerdo algo. Recuerdo las palabras "los siete espíritus de Dios y las siete estrellas". El libro hablaba de un ángel envuelto en una nube y que tenía un arco iris sobre su cabeza. Su cara brillaba como el sol, y sus piernas parecían columnas de fuego. En su mano sostenía un pequeño pergamino y de repente, puso su pie derecho en el mar, y el pie izquierdo sobre la tierra. Entonces gritó con una voz muy fuerte, como la de un león cuando ruge, y cuando gritó, siete truenos hicieron oír sus propias voces. Se escuchó una voz que decía: "Guarda en secreto lo que han dicho los siete truenos, y no lo escribas". La voz dijo que cuando llegue el momento en que el séptimo ángel comience a tocar su trompeta, ya se habrá cumplido el plan secreto de Dios.

—¿Qué pasó después? —le pregunté.

—Vi una mano que sostenía un pergamino escrito y que portaba los siete sellos. Alguien preguntó en voz alta: ¿quién es digno de abrir el pergamino y romper los sellos? Vi un cordero con siete cuernos y siete ojos que parecía haber sido sacrificado. Todas las criaturas del cielo, de los mares, de la tierra y hasta los seres que habitaban debajo de la tierra, adoraban al cordero y elevaban sus oraciones a él. De pronto, comenzaron a suceder cosas extrañas, una tras otra, cuando el cordero comenzó a romper los sellos. Cuando rompió el primero de los sellos, apareció un jinete montado en un caballo blanco. Le dieron una corona al jinete y salió como un conquistador. Cuando se rompió el segundo sello salió un brillante caballo rojo. Al jinete se le dio una espada para que acabara con la paz del mundo y consiguiera que los hombres se mataran unos a otros. Cuando rompió el tercer sello, saltó un caballo negro y el que lo montaba tenía una balanza en la mano. Una voz le dijo algo así como que no dañase el aceite ni el vino mientras trabajaba. Era algo que aparentemente tenía que ver con el trigo y con la cebada que él debería recibir como pago por un día de trabajo —prosiguió el doctor Camote.

—¿Qué pasó después? —le pregunté.

—Muchas cosas las puedo ver sólo vagamente. Aún así me sorprende que pueda recordar tanto. Trataré de continuar. El cuarto sello fue roto y apareció un caballo amarillo, y el jinete que lo montaba se llamaba Muerte. Se le dio poder sobre la cuarta parte del mundo para matar con su espada, traer hambre, y enfermedades y dejar sueltas a todas las fieras de la tierra. Cuando el quinto sello fue roto, salieron todas las almas de aquellos que habían sido asesinados por escuchar el mensaje de Dios y a ellos se les dieron ropas blancas y se les dijo que todavía podían descansar un poco más. Al abrir el sexto sello, se produjo un gran terremoto y el Sol se puso negro, y toda la Luna se volvió como de sangre. Las estrellas cayeron a la tierra y el cielo desapareció totalmente. Todas las montañas y las islas fueron movidas de sus lugares y los pobres y los ricos, los hombres libres y los esclavos se escondieron en las cuevas y entre las rocas de los cerros —continuó el doctor Camote.

—¿Recuerdas alguna otra cosa? —le pregunté.

—Vi cuatro ángeles que estaban de pie sobre los cuatro puntos cardinales de la Tierra. Estos ángeles habían recibido poder para causar estragos en la tierra y en el mar. Ellos se encargaban de detener a los cuatro vientos. Había otro ángel que tenía el sello de Dios y que dijo que nada comenzaría a destruirse hasta que no se hubiera marcado a los siervos de Dios con un sello en la frente. Ciento cuarenta y cuatro mil personas de entre todas las tribus del pueblo de Israel fueron marcadas con el sello en su frente. De pronto, apareció una multitud de gentes, eran tantos que nadie podía contarlos, y eran de todas las naciones, tribus y lenguas. Alguien preguntó quiénes eran, y un ángel respondió: "Éstos son los que han pasado por gran aflicción y por lo tanto ahora sus ropas son blancas". El ángel les explicó que el que está sentado en el trono los protegerá y que no padecerán ni hambre ni sed. Tampoco los quemará el Sol ni los molestará el calor. Entonces, el cordero rompió el séptimo sello y se hizo el silencio como por media hora. Había incienso y un ángel tomó el incensario, lo llenó con brasas del fuego del altar y lo lanzó sobre la Tierra. Se oyeron truenos y relámpagos y se produjo un terremoto. Entonces aparecieron los siete ángeles con las siete trompetas. Cuando el primer ángel tocó su trompeta llovió granizo y también fuego que fueron a caer sobre la Tierra. La tercera parte de la Tierra quedó totalmente quemada y destruida. Cuando el segundo ángel tocó su trompeta, un fuego ardiente destruyó la tercera parte de todas las criaturas que vivían en el mar. Cuando el tercer ángel tocó su trompeta, una estrella cayó del cielo. La estrella ardía como una antorcha y cayó sobre los ríos y los manantiales. El agua se volvió amarga y ocasionó la muerte a todos los que bebieron de ella. Cuando el cuarto ángel tocó su trompeta se dañó una tercera parte del Sol, una tercera parte de la Luna y también se dañó una tercera parte de las estrellas. De este modo, una tercera parte de ellos quedó oscura y por lo tanto no pudieron dar su luz durante una tercera parte del día, y durante una tercera parte la noche —dijo el doctor Camote.

—Lo estás haciendo muy bien al poder recordar tantos detalles. ¿Qué pasó después, Sebastián? —le pregunté.

—Cuando el quinto ángel tocó su trompeta, un humo sofocante trajo consigo langostas que parecían caballos preparados para la guerra. Sus cuerpos estaban protegidos con una armadura como de hierro y llevaban coronas de oro en sus cabezas. Tenían colas como de alacranes con aguijones para hacer daño a la gente. Se les mandó torturar y destruir a toda la gente que no estuviera marcada con el sello en la frente. Cuando el sexto ángel tocó su trompeta, los cuatro ángeles que habían estado prisioneros fueron liberados para que pudieran matar a la tercera parte de la humanidad. Había caballos con cabezas como de león y de sus bocas salía fuego y humo. Después, el séptimo ángel tocó su trompeta, y se abrió el Templo de Dios que está en el cielo. Se escucharon truenos, ruidos, relámpagos, hubo un terremoto y una fuerte granizada. Después vi a una mujer embarazada que gritaba con dolores de parto y sufría grandemente para dar a luz. También había un enorme dragón rojo, con siete cabezas, que quería devorar a la criatura tan pronto como ésta naciera. Cuando la mujer terminó de parir al hijo varón que estaba aparentemente predestinado para gobernar el mundo, este varón recién nacido le fue bruscamente arrancado de sus manos y fue llevado ante Dios. En ese momento una batalla se desató en el cielo. El dragón y sus ángeles malignos fueron derrotados. Al acabar esta batalla ya no había lugar para ellos en el cielo y fueron lanzados a la Tierra. Aquellos que adoraban al dragón fueron sometidos a un tormento cruel. Una voz fuerte que provenía del cielo pidió a los santos que obedecieran los mandamientos de Dios y que tuvieran paciencia, porque su día finalmente llegaría. Entonces llegaron los siete ángeles y con ellos trajeron las siete plagas. Los siete ángeles vaciaron siete copas de oro con el terrible castigo que Dios mandó. Hubo muerte y destrucción por todas partes. El cielo se abrió y apareció un caballo blanco montado por la Fe y la Verdad. Un ángel bajó del cielo y sujetó al dragón. Lo encadenó y lo lanzó a un abismo sin fondo, en donde lo encerró y puso como colofón su sello sobre la puerta. Se le dijo al dragón que iba a permanecer allí por mil años para que ya no engañara a las naciones. Pasados estos mil años se le dejaría salir por un corto espacio de tiempo. Después vi un nuevo cielo y una nueva Tierra. Escuché a un ángel decir que Dios moraría entre los hombres y que ya no habría más muertes, ni más sufrimientos, ni más llanto, ni más dolor. Después de esto desperté de mi sueño, pero todo parecía tan real. No entiendo lo que quería decir —prosiguió el doctor Camote.

—Sebastián, tú has soñado con la revelación de San Juan también conocida como el Apocalipsis y eso es lo que se describe en su libro. Debes haber leído ese capítulo de la Biblia en algún momento de tu vida —le expliqué.

—Lo he leído varias veces, pero yo lo recordaba de una manera diferente —admitió el doctor Camote.

—Se han realizado muchas versiones de este último libro de la Biblia. Las interpretaciones o traducciones varían dependiendo de quién haya sido su escritor o traductor. Existen muchas diferencias alrededor de este libro y ha habido mucha confusión acerca de los mensajes que contiene. Originalmente, las ideas nunca fueron escritas, sino que las historias se transmitían verbalmente. Después de escuchar esto, de una persona a otra, tantas veces, existe la posibilidad real de que esas mismas historias y las interpretaciones de las mismas sean totalmente diferentes. Algunas personas plantean que esas historias no son verdaderas, y que son sólo mitos. Otras personas las consideran como ciertas. Siempre van a tener lugar debates acerca de Dios. Habrá personas que crean que Dios es el padre bueno que ama a todos sus hijos incondicionalmente. Otras personas creerán más en otro tipo de Dios, más como el Dios justiciero que administra castigos para que así aprendamos —le expliqué.

—¿Por qué crees que yo tuve este sueño? La verdad es que me ha aterrorizado —comentó el doctor Camote.

—No sé, pero como tú bien sabes, nada sucede por casualidad. El sueño contenía ciertos mensajes para ti y algún día los comprenderás —dije.

—No quiero estar más aquí, me siento muy incómodo. Estoy cansado y tengo frío, quiero irme de este lugar ahora mismo —dijo el doctor Camote.

—Regresa, regresa Sebastián. Ahora estás aquí junto a mí. Has regresado a mi consulta en Miami —lo dirigí.

—Estoy flotando de regreso —anunció el doctor Camote. Muchas veces me pregunto por el significado real de aquel sueño. Ahora que el doctor Camote ya no está más con nosotros, es posible que él encuentre la respuesta a su sueño y que en el momento adecuado me la haga saber. ¿Pudo Sebastián, durante alguna de sus vidas pasadas, quizá, haber estado cerca de las gentes que escribieron la revelación? La forma en que el doctor Camote visualizó las cosas en ese sueño pareciera como si las estuviera viviendo de nuevo, en lugar de estar soñándolas. Fue algo tan extraordinario, tan vívido, tan real.

46
EL ANTICRISTO

No te jactes del día de mañana porque no sabes lo que te traerá.

Proverbios 27:1

Recuerdo la primera y única vez que me encontré con el padre O'Brian. Fue en Nueva York en 1995. El padre O'Brian era un sacerdote católico que había sido recluido en un hospital psiquiátrico. La fiscalía le había acusado del intento de asesinato de un joven árabe llamado Jamin Al-Amin. El padre O'Brian creía que Al-Amin estaba vinculado de alguna u otra forma al Anticristo. La Iglesia no quería de ninguna forma que una sola palabra de este intento de asesinato llegase a la prensa. Sería una vergüenza, levantaría muchas interrogantes y eventualmente podría convertirse en un gran problema. Yo era considerado un psiquiatra especializado en casos controversiales y por eso fui discretamente llamado para que hiciera una evaluación psiquiátrica del padre O'Brian. El sacerdote no parecía estar molesto por encontrarse en un hospital psiquiátrico, pero lo que sí le preocupaba eran los desastres que él creía iban a tener lugar en el mundo. Toda esta historia y estos acontecimientos ocurrieron exactamente el mismo año en el que se publicó mi cuarto libro dedicado a la reencarnación y a las experiencias que tenemos cuando estamos cercanos a la muerte. El padre O'Brian me pidió, a través de unos médicos del hospital, que le enviase alguno de mis libros, sobre todo aquellos que trataban sobre el alma. Él los leyó todos con mucha atención. Los había leído unos días antes de que yo fuera a visitarlo. Había preparado una lista de comentarios con los cuales no estaba de acuerdo y que le hubiera gustado discutir más detalladamente conmigo. El padre O'Brian también estuvo de acuerdo con algunas de mis filosofías. Entré a una habitación privada que se encontraba ubicada en la última planta del centro psiquiátrico. Apenas intercambiamos un saludo. Inmediatamente aprecié que el padre O'Brian tenía una libreta abierta en sus manos, llena de apuntes y números. La miraba continuamente. Daba la impresión de estar ansioso y totalmente fuera de sí. Comenzó a hablarme de una forma alterada...

—Doctor Camote, ¿usted ha leído la Biblia? —preguntó.

—Sí, por supuesto que sí —respondí.

—Yo he estudiado a fondo tanto el Nuevo, como el Antiguo Testamento, y tengo que admitir que estoy obsesionado con La Revelación y con el libro de Daniel. ¿Se ha dado usted cuenta de que el Apocalipsis y el libro de Daniel siempre hacen referencia al número siete? El siete es el número. Siete son las bendiciones de Dios. Dios usa ese número muchas veces en la Biblia. Se mencionan a los siete espíritus de Dios, las siete estrellas, los siete sellos, los siete ángeles, las siete copas y también las siete trompetas. Todo ello nos dice que el siete es el comienzo, y también posiblemente, el fin del Anticristo —comenzó diciendo el padre O'Brian.

—No entiendo, ¿podría explicarme lo que quiere decir? —le pedí.

—El siete significa que siete siglos después de Cristo iba a nacer el Anticristo y que llevaría la marca de los tres seis, o el número dieciocho. Es decir, se refiere a los tres seis: 6 + 6 + 6 = 18. En la Biblia, tanto el número seis como el número dieciocho no son más que un código, que puede ser interpretado de muchas formas. Nosotros debemos examinar cada situación minuciosamente para poder encontrar el número dieciocho. Creo que uno de los signos del número dieciocho, es el número de letras que forman o formarán parte del nombre del Anticristo. En diferentes épocas, algunos eruditos han elegido las centurias, mientras que otros han preferido el número de años para tratar de encontrar el número del código. Yo he tardado muchos años en llegar a una conclusión, pero finalmente, ya he aclarado esa conclusión acerca del nombre y sobre el mismo código secreto —explicó el padre O'Brian.

—¿Cuál es? —le pregunté.

—Cuando yo era joven pasé algún tiempo estudiando e investigando en un antiguo monasterio español y tuve la oportunidad de ver algunos manuscritos muy viejos que databan del siglo ocho. Fue en uno de esos libros donde encontré el nombre del Anticristo, que no era otro que el de Muhammad ibn Abdulla —reveló el padre O'Brian.

—Nunca he escuchado ese nombre —dije.

—Bueno, doctor, usted lo conoce como Mahoma, el Profeta del Islam, el mensajero —me explicó el padre O'Brian.

—Estoy escuchando lo que usted me dice, padre, pero ésa es una vieja teoría en la cual creían algunos escritores y políticos de la Edad Media. En el siglo ocho se encontró en España un manuscrito que establecía falsamente que Mahoma había muerto en el año 666, con lo cual eso lo convertía en el Anticristo. Esto sucedió hace mucho tiempo cuando los cristianos luchaban contra la expansión musulmana por toda Europa, y posteriormente este tipo de afirmaciones se sucedieron una y otra vez durante toda la época de las Cruzadas —le respondí.

—Escúcheme, La Revelación dice: "dejad que alguien con conocimiento real calcule el número de la bestia". Cristo murió en el año 34 de la era cristiana cuando tenía 33 años. Mahoma murió en el año 632 de la era cristiana. Si usted suma las fechas de los dos, el resultado será el siguiente: 632 + 34 = 666. El año de la muerte de Cristo más el año en que murió el Anticristo nos da el código 666, con lo cual finalmente se cumple el mismo código. El número 666 también se puede calcular de otra forma o formas. Los musulmanes empezaron su Guerra Santa justo después de la muerte del Profeta, en el año 633. Cristo murió a la edad de 33 años. Si volvemos a sumar los números obtendríamos lo siguiente: 633 + 33 = 666 o 6 + 3 + 3 + 3 + 3 = 18. Cualquiera de estas sumas nos da el número 666, o el número del Anticristo, pero yo creo que la suma de 632 + 34 = 666, que resumiendo no es más que 6 + 3 + 2 + 3 + 4 = 18, es la forma correcta —prosiguió el padre O'Brian con gran rapidez—. El Anticristo tratará de imitar a Cristo y seguirá patrones de comportamiento muy similares. Todo esto puede leerlo en este libro que se llama *Mahoma y sus sucesores* escrito por Washington Irving —dijo el padre O'Brian muy perturbado. De repente abrió un libro que reposaba en su regazo y comenzó a leerme algunos pasajes:

—Mahoma fue el primogénito, el fruto único de un matrimonio tristemente celebrado. Su nacimiento, según muchas de las tradiciones ya mencionadas, estuvo acompañado de signos y presagios que anunciaban la llegada de un niño maravilloso. Su madre no sufrió ninguno de los dolores del parto. En el momento de su llegada al mundo, una luz celestial iluminó los campos cercanos, y el recién nacido elevando sus ojos al cielo exclamó: ¡Dios es grande! ¡No hay ningún otro Dios más que Él y yo soy su Profeta! Estamos convencidos de que el cielo y la tierra se agitaron ante su advenimiento. Las aguas del lago Sawa regresaron a sus orígenes dejando tras de sí el suelo seco, mientras que el río Tigris se desbordó e inundó las tierras cercanas. En el Palacio de Khosru, donde habitaba el rey de Persia, tembló hasta sus cimientos y muchas de sus torres se desplomaron. En aquella noche agitada, Kadhi, el juez de toda Persia, soñó que un feroz camello era conquistado por un corcel árabe. A la mañana siguiente le contó su sueño al monarca persa, quien lo interpretó como el presagio de un peligro proveniente de Arabia. Esa noche memorable, el fuego sagrado de Zoroaster que custodiaban los Magi y que había ardido sin interrupción por más de mil años, se extinguió de pronto y se vinieron abajo todos los ídolos del mundo. Los demonios o genios del mal, que merodeaban en las estrellas y en los signos del zodiaco y que ejercen su influencia maligna en los hijos de los hombres fueron expulsados por los ángeles puros y después fueron arrojados junto con su líder Eblis, o Lucifer, a las profundidades del mar.

Los ojos del padre O'Brian lanzaban destellos de ira a medida que seguía hablando.

—¿Quiere que le cuente algo más, doctor? Ambos hombres, Daniel y Juan, tuvieron la misma visión con una diferencia de mil años. El libro de Daniel, que es uno de los libros fundamentales de la Biblia, establece el tiempo que se necesita para hacer desaparecer lo más sagrado y que no quede nada de ello, exactamente setenta ciclos de siete. Cada siglo tiene 10 ciclos de siete. Setenta ciclos de siete serían siete siglos de 100 años cada uno, o 700 años de diferencia. Vemos una vez más que si a los 700 años le restamos la fecha en que murió Cristo en el año 34, obtendríamos la cifra de 666, que será cuando traten de hacer desaparecer al más Sagrado. Como puede ver, doctor, el año en que murió Mahoma puede analizarse y entenderse de dos formas: como la suma de 632 + 34 = 666 como lo recoge el Apocalipsis de Juan o como la resta de 700 - 34 = 666 según el libro de Daniel. La Revelación dice que cuando hayan pasado los mil años, el mal será soltado de su prisión y saldrá a engañar a todas las naciones de las cuatro esquinas de la Tierra. El mal hará que muchas de esas naciones se unan para la batalla y serán tan numerosas como la arena del mar. Las naciones de las cuatro esquinas de la Tierra conforman la Organización de la Conferencia Islámica. Ésta es la continuación de la Guerra Santa y el mal se desatará justo al amanecer del nuevo siglo. Ellos atacarán en el año 2000 o 2001, o a más tardar en los años 2002 o 2003. Los musulmanes ya demostraron sus intenciones cuando el 13 de mayo de 1981 intentaron matar al Papa. Con el nuevo siglo, el Vaticano revelará la tercera profecía de Fátima. La profecía se quedará corta de anunciar, por miedo, que el Islam es el Anticristo, pero el intento de asesinato del máximo dirigente de la Iglesia católica por un destacado militante musulmán, no hará sino demostrar que lo que yo le estoy diciendo ahora es totalmente cierto —siguió despotricando el padre O'Brian.

A medida que iba exponiendo sus ideas, se iba alterando más y más.

—Yo pienso, doctor Camote, que los mil años sobre los que habla La Revelación no son necesariamente exactos, pero en algunos casos sí se acercan bastante. Mahoma nació el 29 de agosto del 570. Una vez más vemos que el año 570 es en el siglo seis, de forma que si sumamos 6 + 5 + 7 + 0 = 18, nos vuelve a dar el número 18. De la misma forma, mil años después, en 1571, los musulmanes sufrieron una tremenda derrota en Lepanto que frenó su expansión, pero no llegó a ser el comienzo de la desintegración del Islam, tal y como Europa esperaba. Después de los acontecimientos de Lepanto, los musulmanes radicales se sumieron en un letargo. Y ahora, al borde del siglo XXI, los líderes del terrorismo radical islámico tratan de crear un mundo islámico unificado bajo una estructura política común, una dictadura global que sea la versión moderna del califato, el cual constituyó la primera forma de gobierno islámico después de la muerte del Profeta en el siglo VII. Su meta es unificar a todos los musulmanes del mundo y establecer un gobierno que observe las reglas del califato. ¿Usted comprende? —me preguntó el padre O'Brian.

—No acabo de comprenderlo, pero le escucho —respondí.

—El siete es el número. Siete siglos después, en el siglo XIV surge el Imperio Islámico Otomano para continuar la lucha por la conquista del mundo. Un siglo después, los otomanos destruyen el Imperio Bizantino y siete siglos de guerra culminan con una gran victoria musulmana. quizá seamos testigos del próximo ataque fatídico del Islam en el siglo XXI, otros siete siglos después. Será en el siglo XXI cuando traten de acabar con todos nosotros. Ellos intentarán derrocar todos los gobiernos musulmanes que no compartan sus puntos de vista y puede que incluso lleguen a intentar apoderarse del mundo occidental. Si lo consiguen, nos harán vivir en un mundo dominado por su enfoque extremista del Islam y bajo la única ley de Alá —proclamó el padre O'Brian.

Yo, de ninguna manera quería provocar al padre O'Brian, bien expresando mi desacuerdo o refutando sus ideas, pero sí pude apreciar un comportamiento iracundo y ciertamente irracional.

—Los cristianos y los musulmanes han tenido muchos problemas y sus guerras han durado siglos, pero eso no significa, necesariamente, algo —dije.

—El Anticristo está en contra de todos los que creen en Cristo y el Islam y el Cristianismo han estado en guerra desde el año 623, inmediatamente después de la hégira. Doctor Camote, usted tiene que entender el significado del número seis. El siglo séptimo es el año del seis porque todos los años empiezan por seis y además en el siglo VII se encuentra precisamente el año 666. En el año 666, los musulmanes ya habían concluido la primera parte de su expansión y de su conquista del mundo. Alrededor del año 666, ya el Islam se había apoderado de toda la Península Arábiga, Palestina, Siria, Egipto, Libia, Mesopotamia, Armenia y Persia. A los seis años, Mahoma quedó huérfano, y en el año 630 (6 + 3 + 0 = 9) marchó junto a sus hombres hacia la Meca. Dos años después, el sexto día del sexto mes del año 632 (6 + 3 + 2 = 11), Mahoma murió a la edad de sesenta y dos años —dijo el padre O'Brian con vehemencia.

—Lo que usted dice no prueba nada. Los musulmanes creen en Cristo como en uno de los más grandes profetas. Lo respetan y lo admiran profundamente —murmuré despacio.

—Usted ni entiende, ni quiere entender, lo que yo le estoy diciendo. Los musulmanes creen en Cristo como profeta, pero al mismo tiempo niegan su esencia divina —prosiguió el padre O'Brian.

—Padre, si uno no es cristiano, no tiene por qué creer en la divinidad de Cristo —dije.

—Tiene usted toda la razón, doctor Camote. Si uno no es cristiano, no tiene por qué creer en la divinidad de Cristo. Sin embargo, cuando despojamos a Cristo de ella, ya estamos dando el primer paso. Los musulmanes creen que Cristo no murió en la cruz, sino que Dios lo salvó en el último momento y se lo llevó con Él. Entonces, los romanos crucificaron a otro hombre que ellos todavía pensaban que era Jesús —prosiguió el padre O'Brian.

—¡Pero eso es tan sólo una interpretación! —exclamé.

—Eso es lo que ellos quieren que usted crea, porque ésa es la interpretación que fue escrita en el Corán. Escuche doctor: "Nosotros hemos dado muerte a Jesús el Mesías, hijo de María, el apóstol de Dios. Pero en realidad ellos ni le mataron ni le crucificaron, sino que dieron muerte a otro semejante a él (a Jesús) y los que disputaban sobre este asunto, estaban en la incertidumbre y no tenían conocimiento cierto, pero no hacían sino seguir una falsa conjetura, y con toda certeza, ellos no lo mataron, sino que Dios lo elevó hacia Él, porque Dios es poderoso y sabio". el Corán, capítulo 4, versículo 157 —remachó el padre O'Brian—. Como puede ver esto no es más que el final y la negación definitiva de la existencia y de la posible continuidad del Cristianismo. Piense un poco, doctor Camote, si Cristo no murió por nosotros en la cruz, entonces el Cristianismo ni existiría, ni tendría razón alguna para existir; más aún, si Cristo no hubiese resucitado de entre los muertos, ¿a dónde iría a parar la esencia de nuestras creencias? Nosotros, los cristianos, creemos que Jesús murió en la cruz y resucitó al tercer día. Sin esta creencia básica, nosotros nos quedaríamos sin nada. Sería el fin de todo aquello en lo que creemos. Ése es el Anticristo y ése es exactamente el final del mensaje de Cristo. Ellos destruyen nuestras creencias subrepticiamente, así como nuestra fe en la Santa Trinidad que no es otra cosa que el Padre, el Hijo y el Espíritu Santo. Los musulmanes consideran que es una blasfemia que los cristianos crean que Jesús es el hijo de Dios. En el Corán ellos insisten en contra de la Trinidad porque afirman que existe un solo Dios, y quien así no lo crea será fuertemente castigado. Los musulmanes creen que la doctrina de la Santísima Trinidad es politeísta. Ellos no aceptan que Dios haya encarnado en ningún ser humano, o que Dios posea algo humano. Algunos eruditos musulmanes creen que nosotros borramos de la Biblia la profecía del advenimiento de Mahoma. Ellos afirman que Jesús dijo: "Yo soy el apóstol de Dios, y he sido enviado a ustedes para traerles la buena nueva sobre un ilustre apóstol, quien vendrá después de mí y cuyo nombre es AHMED" —me explicó el padre O'Brian.

—Desgraciadamente no tenemos ninguno de los documentos originales en los que se basó el Cristianismo. Todo punto o enseñanza cuestionable seguirá siendo una fuente de controversia —intercalé.

—¿Cuáles son las razones verdaderas del Islam para destruir de esa forma nuestras creencias? ¿Conoce usted alguna religión que se base en destruir las creencias de otra religión para sojuzgarla? El libro de Daniel plantea que la bestia hablará en contra del Altísimo. Para nosotros los cristianos, el Altísimo no es otro más que nuestro señor Jesucristo. El libro prosigue: "Él oprimirá a los santos y tratará de cambiar el tiempo y las leyes". En el año 623 ellos cambiaron el tiempo como anunciara el libro de Daniel. El calendario islámico está compuesto de doce meses lunares donde se alternan los meses de treinta y de veintinueve días. El calendario musulmán tiene una duración de 354 días, por lo cual resulta once días más corto que el calendario solar gregoriano. Los meses musulmanes no incluyen las estaciones porque en el calendario musulmán éstas comienzan once días antes todos los años, con lo cual van rotando de año en año. Después de cambiar el tiempo, los musulmanes cambiaron la ley. Para ellos la ley que debe imperar es la ley de su Dios tal y como queda establecida en el Corán. Pero todo no termina aquí —dijo el padre O'Brian.

—¿Hay más? —quise saber.

—En el año 628 Mahoma derrotó a los judíos de Khayber, quienes pasaron a ser vasallos de Medina. Este hecho marcó el comienzo del reinado del Anticristo. En enero del año 629, Mahoma asumió el poder en todos sus dominios y comenzó los preparativos para dirigir un gran peregrinaje a la Kaaba. Cuando Mahoma y sus seguidores se acercaban al santuario, en la ciudad de la Meca, los enemigos de Mahoma abandonaron la ciudad. Mahoma besó la piedra negra, se abrazó a ella y la acarició. Los peregrinos lo imitaron. Cuando se arrodillaron a rezar e inclinaron sus cabezas, recibieron la marca de la bestia en su frente. La Revelación plantea: "Tanto el grande como el pequeño, el rico como el pobre, el hombre libre como el esclavo, serán marcados en la mano derecha, o en la frente, con el nombre de la bestia o el número que representa su nombre". Este periodo de poder absoluto se prolongó por cuarenta y dos meses —aseguró el padre O'Brian.

—¿Qué significan para usted los cuarenta y dos meses? —pregunté.

—La Revelación plantea que a la bestia se le permitirá ejercer la autoridad por un plazo de cuarenta y dos meses. También se le permitirá hacer la guerra contra los santos y a su vez conquistarlos. Unos meses después, Mahoma conquistó la Meca. Sólo habían pasado unos meses desde que el rey cristiano de Israel y todas las tribus judías comenzaron a rendirle tributo. Ésta fue la antesala de la Guerra Santa y de los cuarenta y dos meses de poder del Anticristo. Los cristianos y los judíos se convirtieron en vasallos de Mahoma en la Tierra Santa. La Revelación nos cuenta: "Todas las islas desaparecieron, y ni las montañas pudieron encontrarse". No quedaron ni islas, ni montañas, sólo el desierto, doctor, ese desierto no es otro que el desierto árabe. ¿Usted recuerda lo que el ángel de Dios dijo a Hagar en el Génesis? —me preguntó el padre O'Brian.

—¿Padre, yo no recuerdo ahora mismo quién fue Hagar en la Biblia? —admití.

—Hagar fue la esclava egipcia de Abraham. Ella dio a luz al primer hijo de Abraham —prosiguió el padre O'Brian.

—Bueno, recuerdo algo vagamente, pero no sé qué exactamente fue lo que a ella le dijo el ángel de Dios —reconocí.

—El ángel le dijo: "Te concederé muchos descendientes. Serán tantos que será imposible contarlos. Ahora estás embarazada y darás a luz un hijo, a quien deberás llamar Ismael —continuó el padre O'Brian.

—Yo recuerdo eso, padre. Los árabes se consideran descendientes directos de Ismael —lo interrumpí.

—Entonces el ángel continuó: "Él será un rebelde. Él levantará su mano contra todos, y todos levantarán sus manos contra él, pero él todavía morará junto a todos sus hermanos sin siquiera ser molestado". Ismael tuvo doce hijos que llegaron a ser príncipes de todas las naciones árabes. De todas formas, nosotros siempre estuvimos buscando el número 666, o el dieciocho, aunque el código musulmán para la Guerra Santa no es ni el seis, ni el dieciocho, sino el once. Nosotros tenemos que buscar el número

11 en las fechas, los nombres, los lugares, las situaciones y en las letras que hacen referencia al número clave que está listo para luchar contra nosotros. El primer código secreto establecido en la Biblia y que tiene que ver con el número 11, fue la vida de Ismael, quien vivió ciento treintaisiete años (1 + 3 + 7 = 11). Condense los números otra vez y tenemos 1 + 3= 4/7. El número de años representados en la Biblia son siempre un código. En la Biblia hebrea, la alianza entre Dios y Abraham como representante del pueblo judío tiene lugar en el Génesis, en el *parshah* o epígrafe 47 (4 + 7 = 11), versículo 11 que dice: "Tú debes de ser circuncidado. Ésta será la marca de la alianza que será establecida entre tú y yo". Tanto los cristianos como los judíos ven el texto de la Biblia como una inspiración directa de Dios, pero escrito y recopilado por humanos. Los musulmanes creen que el Corán es la palabra eterna dictada por Dios o por el propio Alá. Los musulmanes consideran que Mahoma es el intermediario de la palabra de Dios, pero que él no tiene nada que ver con la creación del Corán, porque éste no es otra cosa más que la revelación original de la mismísima palabra de Dios. La primera recopilación oficial que se conoce del Corán se hizo en el año 650 (6 + 5 + 0 = 11), exactamente dieciocho años después de la muerte de Mahoma. Aquí aparece una vez más el número dieciocho y el número once. En abril del año 623 (6 + 2 + 3 = 11) se terminó de construir la primera mezquita —prosiguió el padre O'Brian, con voz profunda.

—Padre, ¿usted se ha olvidado de lo que estábamos hablando? ¿Qué tiene que ver el número 11 con todo esto? El once puede ser positivo o negativo, dependiendo de la forma en que se use. El número once es la mitad exacta del poderoso número 22. Al principio, la Luz del universo estaba dividida en 22 fuerzas diferentes que dieron origen a ese mismo universo. En el alfabeto hebreo original existían veintidós letras, todas ellas consonantes. En el misticismo hebreo se nos enseña también que existen veintidós caminos que nos llevan a Dios. Asimismo, existen veintidós cromosomas en el cuerpo humano, más un cromosoma, que es el que determina el sexo de la persona. Padre, no creo que lo que usted está diciendo tenga ningún sentido —le expliqué con prudencia.

—Sí, doctor, el veintidós. La revelación a Mahoma duró exactamente veintidós años. En el mundo existen veintidós estados árabes que conforman la Liga Árabe. Mahoma emigró de la Meca a Medina en el año 622 y así se inició el que fue el "Anno Hegirae", o el año de la Hégira, y que marca el inicio del calendario musulmán, pero en realidad, el primer año de la Hégira es el 623 (6 + 2 + 3 = 11) de nuestra era. Mahoma murió en el año 632 (6 + 3 + 2 = 11) de la era cristiana; sin embargo, este año número 632 después de Cristo es exactamente, el año número once (11) después de la Hégira, o el año once (11) del calendario musulmán. De esta forma, tenemos el año de la era cristina de 6 + 3 + 2 = 11 y el año de la era musulmana que no es otro que el número 11. Once contra once durante un total de 22 años. El año en que Mahoma comenzó a predicar el Corán fue el año 614 (6 + 1 + 4 = 11). Condense los números doctor y encontrará: 6 + 1 = 7/4. Los musulmanes creen que el Corán es la verdadera revelación de Dios. Esta revelación se opone por completo a nuestra revelación cristiana. La revelación de los Evangelios contra la revelación del Corán. Para los musulmanes, el código número once más poderoso que existe es "Allahu Akbar" que consta de once letras. Esta frase, o código, se traduce como "Dios es el más Grande". Los musulmanes radicales creen y siempre han creído que Alá es el único Dios, y que el resto de nosotros no somos más que infieles que deben desaparecer de la faz de la Tierra. Ellos creen en la guerra santa de Dios. En general, los versículos iniciales del capítulo 74 (7 + 4 = 11) del Corán son reconocidos por todos los eruditos como las primeras revelaciones que le fueron dadas a Mahoma. ¿Por qué las primeras y las más antiguas de las revelaciones aparecen en el capítulo 74 (7 + 4 = 11) en lugar de aparecer en el primer capítulo? —preguntó el padre O'Brian.

—No estoy seguro, pero por lo que he leído, creo que en el Corán los *shurahs* o capítulos más largos aparecen en primer lugar, independientemente de las fechas en que esos mismos versos fueron revelados al Profeta —contesté.

—Los musulmanes consideran que existieron dos periodos de once años, durante los cuales el Corán fue recitado a Mahoma y que abarcaron los años 610 al 621 en la Meca y desde el 622 al 632, primero en Medina y después de nuevo en la Meca. En estos últimos once años de la Revelación, es cuando Mahoma mayoritariamente recibe, o es el canalizador de antiguas historias y tradiciones que ya estaban en la Biblia. Sin embargo, estas nuevas revelaciones son interpretadas también de una forma diferente y en una contradicción plena con las creencias cristianas. El año en que los musulmanes comenzaron la expansión y la conquista de Europa fue el año 711. Una vez más, podemos ver el número 7 del Apocalipsis, y también, el número once. En esa fecha las tropas musulmanas atravesaron el estrecho de Gibraltar y conquistaron con gran rapidez una gran parte de España. Inmediatamente, los musulmanes cambiaron el nombre de la montaña a "la montaña de Tarik" o "Chabad Tarik" que por supuesto consta de once letras. Los musulmanes trataron de penetrar Europa, pero fueron rechazados en la batalla de Poitiers en el año 732. Esto sucedió exactamente, cien años después de la muerte de Mahoma. En el año 641 (6 + 4 + 1 = 11) conquistaron la joya del Islam, que era no otra cosa que Egipto. Sus pirámides, su historia y sus gentes serían ya una parte integral e indivisible del Islam. Posteriormente, en el siglo XI, los cristianos iniciaron las cruzadas en contra del poder del Islam. En este mismo siglo tiene lugar el origen del terrorismo, con la creación, por parte de los musulmanes radicales, de un grupo terrorista autodenominado "los asesinos" —insistió el padre O'Brian.

—¡Pero, padre, los musulmanes consideran que Dios es todo perdón, compasión y misericordia! —exclamé.

—Sí, pero también hay muchos que creen que nosotros no somos más que un montón de infieles y basado en ello, muchos radicales islámicos han convertido al Islam en una religión de violencia que sólo quiere dominarnos, y de ser necesario, destruirnos —siguió arengando el padre O'Brian.

—Eso es totalmente inaceptable, padre. Usted no puede juzgar una religión, o las creencias de otras personas porque entre ellos haya fanáticos —le respondí.

—Ahí está el problema, doctor, nos estamos enfrentando a fanáticos que creen que su libro es la única fuente de verdad y de justicia final. Usted puede tratar de creer que el Islam es una religión de paz, amor y justicia, pero usted sabe tan bien como yo, que sólo se quedaría en el intento. Plantear que sólo un grupo de fanáticos islámicos son los culpables, y no el propio Islam, es como tratar de decir que sólo algunos nazis alemanes fueron los responsables de la masacre de seis millones de judíos, y no la propia filosofía nazi, o también decir que sólo unos cuantos fanáticos comunistas fueran los responsables de la muerte de diez millones de personas en los campos de concentración soviéticos, y no la propia filosofía comunista —prosiguió el padre O'Brian enojado.

—No podemos condenar a todos los musulmanes por los actos y crímenes de unos cuantos —insistí.

—No se trata de los actos de unos cuantos. El Islam es una religión dañina que tiene un tremendo impacto negativo tanto en los individuos como en toda la sociedad. Para los musulmanes, la palabra paz significa sumisión. Todo el mundo debe convertirse al Islam y si no lo hacen deben ser exterminados. En todas las escuelas islámicas del mundo entero, lo único que se les enseña a los niños es el Corán. Las matemáticas, las ciencias y la literatura son materias secundarias. Los niños crecen odiándonos porque ellos no son libres y nosotros amamos la libertad. Ellos crecen con ese odio en sus corazones y de esa forma el Islam se convierte en no más que un simple mandato para iniciar la guerra. En el capítulo 4: 74 del Corán se dice: "¡A todos aquellos que luchando por la causa de Alá cambian la vida de este mundo por la otra, no hay duda de que a esos mismos que combaten yo les digo que bien si mueren, o si salen victoriosos en el combate, les daremos una magnífica recompensa!" Dígame doctor, ¿qué doctrina podría ser más calculadora que ésta que insta a soldados ignorantes y depredadores a lanzarse en una carrera brutal de conquista mediante la promesa de un botín si sobreviven, o del paraíso si mueren en el intento? —el padre O'Brian exigió una respuesta.

—Siento mucho que usted esté tan lleno de odio —le contesté.

—Cristo creía en la igualdad de los hombres y de las mujeres. Muchos musulmanes creen que las mujeres no tienen alma y que la única vía que tienen para alcanzar el paraíso, es a través del matrimonio. Algunos estudiosos musulmanes consideran que las mujeres están al mismo nivel que los animales y como tales son tratadas, en algunos países musulmanes —prosiguió el padre O'Brian agitadamente.

—Yo ya he escuchado esa teoría antes, y hasta donde sé, esa interpretación equivocada del Islam surgió cuando Mahoma, parece ser que omitió mencionar que las mujeres también disfrutarían del futuro paraíso en el reino de Dios. De todas formas, esta actitud contra las mujeres nunca fue corroborada por las palabras, o por los hechos acaecidos durante la vida del propio Mahoma —admití.

—El Cristianismo promueve la paz mediante el ejemplo de Cristo. El Islam promueve la guerra mediante el ejemplo de Mahoma. Cristo nunca luchó contra sus enemigos. Mahoma luchó contra sus enemigos hasta que los subyugó a todos. Cristo fue asesinado por sus enemigos. Mahoma asesinó a sus enemigos. Cristo pedía la redención y el perdón para sus enemigos. Mahoma exigía la sumisión, o la muerte de sus enemigos. Los musulmanes realmente creen que nosotros somos seres malignos. Los musulmanes plantean que nosotros ignoramos sus auténticas realidades. Los terroristas radicales creen que Dios está de su lado, y que Dios es sin lugar a dudas el mejor de los aliados. Así fue escrito en el *shurah* 8:30 (8 + 3 + 0 = 11) del Corán. ¿Se da cuenta, doctor? Ellos creen firmemente que Dios está aliado con ellos en contra nuestra. Los gobernantes islámicos consideran que el Islam es no sólo superior, sino que además es la más grande de todas las religiones y que así debe ser siempre. Ellos consideran que su fe debe expandirse por todo el mundo, y que ellos mismos tienen la obligación especial de defender el Islam, incluso con violencia, si ello fuera necesario. Los radicales islámicos pelean por la causa de Alá, y ello implica tanto tener fe, como que los maten en la contienda. Usted debe leer el Corán, doctor. En éste se dice: "Mátalos cuando puedas llegar hasta ellos, y apártalos de aquello de lo que ellos quisieron apartarte. Lucha contra ellos hasta que no haya más opresión y todos ellos adoren tan sólo a Alá". La ley de Alá debe regir en todas partes, y nosotros los cristianos, o bien nos convertimos al Islam, o seremos exterminados, si no hacemos algo por defendernos. Los sauditas son los guardianes permanentes de los dos lugares más sagrados del Islam que se encuentran situados en la Meca y en Medina. Los gobernantes de Arabia Saudita han prohibido a los no creyentes, a quienes ellos denominan infieles, que entren a ninguna de estas dos ciudades. Todo el que apoye a los infieles y vaya en contra de las ideas de los musulmanes es simplemente considerado como un infiel. Históricamente, los gobiernos islámicos han tenido siempre la tendencia a ser representados por la figura omnipotente de un solo hombre. El Islam no establece distinción entre la ley y la religión. En este aspecto, se cumplen por completo las profecías del libro de Daniel. Los musulmanes consideran que si un musulmán deja de decir sus oraciones por negligencia, debe arrepentirse tres veces. Si se arrepiente, no pasa nada, pero si se niega, la ley indica que debe morir. Ése es el tipo de ley que el Anticristo quiere imponernos. En el *shurah* 9, versículo 29 (2 + 9 = 11) del Corán se especifica lo que los musulmanes deben hacer con los cristianos y los judíos: "¡Combatid contra quienes, habiendo recibido la Escritura, no creen en Alá ni en el último día, ni prohíben lo que Alá y su Enviado han prohibido, ni practican la religión verdadera, hasta que, humillados, paguen el tributo directamente!" Éste es un planteamiento muy fuerte, doctor, porque dice que se debe luchar contra los cristianos y los judíos no sólo hasta sojuzgarlos, sino hasta que ellos se sientan sojuzgados. Esto no es más que sumisión o destrucción total. En el capítulo 5:51 puede leerse: "¡Creyentes, no toméis como amigos a los judíos y a los cristianos! Ellos son amigos los unos de los otros. Quien de vosotros trabe amistad con ellos, se hace uno de ellos". Doctor, vemos otra vez que es el número 5 + 5 + 1 = 11. Ellos quieren imponer la guerra santa en el nombre de Dios, y creen que Dios les dará la victoria final sobre el mundo entero, y que la voluntad de Dios no es otra más que dar muerte a todos los infieles. La noche de la fe para ellos durará 6 000 años —me confió el padre O'Brian muy nervioso.

—Padre, se me ponen los pelos de punta tan sólo de oírle. Usted, solamente puede engendrar odio y nada más que odio si realmente cree en lo que usted dice —traté de hacerlo razonar.

—Doctor Camote, los musulmanes eventualmente, llegarán a dominarnos a todos nosotros. ¿Puede mencionar tan sólo un país musulmán que sea libre y democrático? ¿Puede citar aunque tan sólo sea un solo conflicto en el mundo que no sea motivado por el odio de los musulmanes en sus ansias por desatar la Guerra Santa? Los grupos fundamentalistas radicales islámicos tratan de sustituir los gobiernos moderados islámicos con fuertes regímenes fundamentalistas en países como Bosnia, Chechenia, Argelia, Egipto, Sudán, y en muchos otros países. Ahora mismo en toda Europa, los radicales islámicos están creando sus bases, y esto nos llevará a una batalla final. Será la batalla de Armagedón —prosiguió el padre O'Brian airado.

—¿El Armagedón? —le pregunté en esta ocasión.

—Sí. El Armagedón será la batalla de las mentes y la batalla de las voluntades. Manténganse siempre alerta. Sólo tiene que seguir buscando el código a través del número once, ya sea para bien o para mal. El *jihad* internacional hizo su aparición en Nueva York en noviembre (11) de 1990, cuando un terrorista musulmán asesinó al rabino Meir Kahane. El rabino Kahane era un extremista judío que fue escogido cuidadosamente por el terrorismo para dar a conocer sus ideas. En los próximos once años, los judíos y los cristianos serán el blanco de los ataques terroristas. Personalmente, nunca me gustaron las ideas del rabino Meir Kahane, pero él fue el símbolo que escogieron en Nueva York para dar comienzo a la Guerra Santa. Los musulmanes consideran que la victoria final va a ser de Dios y que la conquista está ya muy cerca. En los próximos años, deberemos ser extremadamente cuidadosos, sobre todo, cuando el Ramadán se inicie en el mes de noviembre, el noveno mes del calendario musulmán. Preste atención al número 1111 (once-once), la más perfecta combinación capicúa. En los años 1999, 2000 y 2001, el mes del Ramadán caerá exactamente durante el mes de noviembre. Yo creo que en el año 2001 de nuestra era cristiana, el mes del Ramadán comenzará alrededor del 11 noviembre (11-11). La Revelación nos dice: "Grandes y pequeños, ricos y pobres, libres y esclavos…". Exactamente, de eso es de lo que trata el Ramadán, el mes en que todos los musulmanes son o deben de ser iguales. Sin lugar a dudas, la guerra santa comenzó en el año 1991, el único año capicúa del siglo XX. Todo comenzó en 1991 —repitió el padre O'Brian.

—¿Qué quiere usted decir con año capicúa? —le pregunté.

—Se refiere a un número que tiene el mismo sentido y significado leído tanto de izquierda a derecha como de derecha a izquierda. La primera fase de esta guerra santa durará otros once años hasta que lleguemos al próximo año capicúa, y que será exactamente el año 2002, el único año capicúa del siglo XXI. Entre estos dos años capicúas, es decir, entre el año 1991 y el año 2002 hay una diferencia de once años. El próximo año capicúa después del año capicúa de 2002 será dentro de 110 años, en el año 2112. La última vez que hubo una diferencia exacta de once años entre los dos años capicúas fue exactamente hace once siglos, en el periodo que va desde el año 898 hasta el año 909. No olvide, doctor Camote, que el número capicúa más perfecto desde el inicio del Cristianismo y después del inicio del Islam es el año 1111. Nosotros estamos ahora en el año 1995, pero para los musulmanes este año representa el año de 1415, lo que es igual a $1 + 4 + 1 + 5 = 11$. Hasta donde yo conozco, el código 11 está vinculado de cuatro formas al periodo capicúa de 11 años. La primera ya se la mencioné, y es el año musulmán de 1415, o lo que es igual: $1 + 4 + 1 + 5 = 11$. La segunda tiene o tendrá lugar cuando el número de países islámicos en las cuatro esquinas de la Tierra se unan a la "Organización de la Conferencia Islámica" y alcancen el número de 56 países, o más bien, $5 + 6 = 11$. La tercera forma tiene que ver con el hecho de que 47 ($4 + 7 = 11$) naciones del mundo lleguen a tener una mayoría de población musulmana dentro de esos mismos países. La cuarta forma tendrá que ver con el hecho de que muy pronto, el número de musulmanes en todo el mundo llegará a ser de mil cien millones (1.1). Una vez más, tenemos el número 11. Mil cien millones de musulmanes. ¿Quiere que le diga más, doctor? En un par de años, la población mundial llegará a ser de seis mil millones de personas. Alrededor del año 2000 o 2001 la población mundial llegará a ser de alrededor de seis mil cuatrocientos millones de personas y de esos seis mil cuatrocientos millones, alrededor de mil doscientos millones serán musulmanes. Cuando el porcentaje de mil doscientos millones de musulmanes alcance el 19.91% de la población mundial, ellos atacarán —prosiguió el padre O'Brian.

—¿Por qué el 19.91%? —pregunté.

—El año capicúa 1991 converge en el porcentaje capicúa de 19.91. Los números pueden variar su secuencia, por ejemplo, 1, 9, 1, 11, 9, 1, 19, 11 y así sucesivamente. Éste es el inicio de la cuenta final para el comienzo de la Guerra Santa. Ellos atacarán en el año 2000 o 2001, o a más tardar en el año 2002. Si no los detenemos, ellos volverán a atacar con resultados fatales en el año 2009 o en el año 2011, o entre esos dos años. Este ataque finalmente se convertiría en el Armagedón y como consecuencia de ello vendría la destrucción de una tercera parte de la humanidad —prosiguió el padre O'Brian con vehemencia y con gran alteración—. El Armagedón significa literalmente "Las colinas de Meggido". Meggido fue un lugar en el cual tuvieron lugar importantes batallas durante la historia de Israel. El Armagedón, la batalla final, tendrá lugar en Tierra Santa. Pero antes de que nos involucremos en una guerra externa de consecuencias desconocidas, los responsables de esta batalla, los teócratas, los intolerantes y los terroristas, aspirarán a ganar esta guerra trayéndola aquí mismo, hasta nuestras ciudades —prosiguió.

—Usted me pidió que creyese en las profecías del Apocalipsis partiendo de unos números, en particular, el 11, el 18 y el 22. Yo puedo tomar cualquier otro número y encontrar infinidad de alusiones y notoriedades referidas a dicho número en la Biblia, en el Corán o en las estrellas —intervine.

—¡Entonces, inténtelo! —me contestó gritando—. Ah, doctor, olvidaba mencionarle algo que quizá pudiera interesarle —prosiguió el padre O'Brian—. ¿Conoce usted el nombre por el cual todos los hombres, mujeres y niños en la Meca llamaban al profeta?

—No, no lo conozco —dije.

—Al-Amin, que significa aquel en el que siempre podemos confiar. ¿Usted tiene conocimientos de hebreo o árabe? —me preguntó el padre O'Brian. A continuación escribió algo en un pedazo de papel y me lo entregó.

—Algo —le contesté.

—Deje que le muestre. Lea Al-Amin de derecha a izquierda como se hace en hebreo y árabe. Es como utilizar la escritura a través del espejo, también estamos leyendo de atrás para adelante. Según la Biblia, la escritura a través del espejo es la única forma en la cual podemos ver el futuro. ¿Qué lee? —me preguntó.

—Leo NIMALA —le contesté.

—Ahora, cambie la posición de la A final y colóquela al principio. Usted acaba de descifrar tanto el enigma como el código.

Cambié la última A como me indicó el padre O'Brian y la puse en el primer lugar: A-NIMAL, leí.

—Exactamente, el animal o la bestia y como dice el libro de Daniel, la bestia será el rey número 11 —me dijo.

El padre O'Brian estaba tan alterado que me quitó el trozo de papel de las manos y comenzó a agitarlo delante de mi cara. Unos días después, yo envié mi evaluación psiquiátrica acerca del padre O'Brian a las autoridades. Nunca más volví a oír hablar de él, ni tampoco volví a verlo.

—¿Qué aprendiste de tu encuentro con el padre O'Brian? —preguntó Kika.

—El extremismo puede ser altamente destructivo tanto para el individuo como para toda la humanidad. El Anticristo es un código y puede identificarse con múltiples problemas del mundo. Yo no considero que ninguna religión es superior a otra. Yo creo firmemente que, eventualmente, en algún momento del ciclo infinito de nuestras reencarnaciones, todos nosotros, acabaremos profesando todas las religiones. Los espíritus malignos pueden apoderarse de los extremistas religiosos y de los terroristas. Estos espíritus pueden obligar a matar con el fin de infligir dolor tanto a las gentes, como a los países. Aquellos que proclaman que su Dios es el único Dios están actuando en contra de Dios mismo, porque están tratando de imponer sus creencias a todos los demás, mediante métodos que ningún Dios podría nunca aceptar —dije.

47
EL TAXISTA

A Dios rogando y con el mazo dando.

Proverbio italiano

En uno de mis frecuentes viajes a Nueva York tuve la oportunidad de conocer a un taxista llamado Al. Llovía a cántaros y el tráfico estaba prácticamente parado; en esas circunstancias resultaba muy difícil poder circular por la ciudad. Como el taxi casi no avanzaba, decidí entonces iniciar una conversación con el taxista para que la espera se me hiciera más corta.

—Realmente usted tiene un trabajo de mucha tensión. Yo no sé si yo podría pasarme la vida llevando y trayendo gente por todo Manhattan. Me llamo Sebastián. ¿Usted cómo se llama? —empecé diciendo.

—Me llamo Al, pero déjeme decirle que existen muchas otras ocupaciones más difíciles que la mía. A mí me gusta lo que hago, porque me da la oportunidad de conocer a todo tipo de gentes y al mismo tiempo puedo hablar con esa misma gente a la que yo no conozco. La verdad es que a mí me encanta hablar. Mi esposa dice que yo hablo demasiado, y que por eso ella ya no me escucha. Pero cuando alguien se encuentra cautivo en el tráfico aquí conmigo, eso sí que es todo un reto. Todas las personas son diferentes, y todas tienen una historia que contar. La ciudad tiene millones de habitantes, y todos tienen una historia que contar. Si yo pudiera escribir, tendría material más que suficiente para poder escribir cien libros. A mí me gusta hablar, pero también me gusta escuchar. Ésa es la única forma en la que uno puede siempre aprender algo. ¿A qué se dedica usted, Sebastián? —preguntó Al.

—Soy escritor y he escrito algunos libros sobre vidas pasadas. También puedo decirle que soy psiquiatra y que vivo en Coconut Grove, en Miami. Nunca pensé que yo terminaría mis días en ese preciso lugar, pero el destino me llevó allí —respondí.

—¿Usted cree en el destino? Yo creo que cada cual se labra su propio destino. Si yo no estuviera aquí, conduciendo este taxi, estaría en cualquier otro lugar, y ése probablemente hubiera sido mi destino —dijo Al.

—Su destino ha sido el que lo ha traído aquí, todo depende de lo que usted espere de la vida —le dije.

—Lo que yo realmente creo es que las personas deben sentirse satisfechas con la vida que llevan sin importar en demasía lo sencilla que ésta misma vida pueda resultar. La sencillez es importante para poder encontrar la felicidad. Si una persona desea pocas cosas, siempre va a estar satisfecha con lo que tiene. Yo, por ejemplo, me siento satisfecho porque tengo lo suficiente para poder comer, ropa, un lugar donde guarecerme y lo más importante, una suscripción a la biblioteca —dijo Al.

—Usted es una persona llena de sabiduría. ¿Es usted una persona espiritual? —le pregunté.

—Creo en la compasión, en la tolerancia y en la bondad. Considero que son rasgos de nuestro carácter que pueden darnos felicidad y tranquilidad. Son cualidades espirituales. La religión viene después. En realidad, la religión existe para nuestra satisfacción y es el último recurso para ser feliz. Ella fortalece los elementos de la felicidad mental. Los pensamientos positivos son mi idea de la espiritualidad. ¿Usted qué cree, doctor? —preguntó Al.

—Yo también creo en la bondad de los pensamientos positivos. La negatividad y la ira pueden llevarnos a la infelicidad y a la insatisfacción. La ira y la hostilidad pueden hacernos perder la noción de todo lo que nos rodea y esto nos hará tergiversar nuestra propia realidad. Usted parece ser un hombre feliz —le dije.

—La felicidad es un estado mental. Puede que uno se sienta bien, pero si tiene la mente agitada y confundida, uno nunca puede ser feliz.

La felicidad para mí no es otra cosa que tranquilidad mental. Yo prefiero vivir el momento —prosiguió Al.

—El pasado y el futuro se encuentran separados por una línea muy fina. Podemos mirar al pasado, pero desgraciadamente no podemos ni tocarlo ni cambiarlo. El pasado y el futuro siempre existen en relación con el presente. Tenemos que aprender a ser pacientes, pero hay momentos en que pudiera resultar bueno el impacientarse. Debemos comprender que el cuerpo humano tiene un gran potencial, y nunca debemos de malgastarlo. Si no podemos llegar a la esencia de esta hermosa experiencia humana, lo único que haremos será malgastarla. Sería como si tomáramos un veneno aun sabiendo las consecuencias del mismo. La gente se queja continuamente y se siente mal cuando pierde dinero, pero no se dan cuenta de lo que pierden cuando desperdician los más bellos momentos que ofrece la vida. La muerte siempre nos llega muy rápido, y por eso debemos disfrutar con pasión absoluta todo el tiempo de que disponemos —dije.

—Cuando vemos la muerte de cerca y nos damos cuenta de lo efímera que es la vida, es cuando nuestras mentes comienzan a interesarse por la espiritualidad. Cuando nos enteramos de la muerte de alguien que conocemos, comenzamos a darle más sentido a las cosas que hacemos —confesó Al.

—La muerte es un gran misterio, pero al menos podemos afirmar dos cosas acerca de ella: no existe ninguna duda de que algún día moriremos y tampoco sabemos ni el cuándo, ni el cómo. Lo único cierto que tenemos es la propia incertidumbre acerca del día y de la hora de nuestra muerte. Esto lo acabamos asumiendo como una excusa para posponer lo más que podemos el momento de enfrentarnos con la muerte. A veces nos comportamos como niños jugando al escondite pensando que si nos cubrimos los ojos nunca nos verá nadie, ni nadie nos encontrará —le dije a Al.

—Venimos a este mundo por poco tiempo para después seguir con nuestro camino. Para mí la vida es como un tren. Cuando te subes a ese tren, viajas hacia un destino determinado, pero eso no impide el que tú te puedas bajar del tren en cualquier parada. Tenemos libre albedrío para mejorar nuestras vidas si así lo deseamos. La gente debe entenderlo así y no enojarse, ni decepcionarse por ello —comentó Al.

—Si mucha más gente pensara como usted, habría menos caos en el mundo. Cualquier persona cuando está enojada, emite vibraciones muy hostiles que los demás pueden llegar a sentir. Yo no niego que vivimos en una época de caos y que todos nosotros tenemos muchos problemas. Sin embargo, existen ciertas calamidades naturales que no nos queda otro remedio que aceptar. Muchos de los problemas que afrontamos nos los creamos nosotros mismos con nuestra mala conducta y con nuestros pensamientos negativos. Esto es algo que sí podría evitarse. Deberíamos ser más compasivos. Si tratamos de respetar los puntos de vista de los demás, podríamos llegar a una reconciliación. La naturaleza humana es bondadosa en su propia esencia; por eso, aunque tengamos que enfrentarnos a tanta violencia y a otras muchas cosas desagradables, la mejor solución siempre va a ser mostrar afecto y bondad. Esto es muy importante en nuestra vida cotidiana —dije.

A veces, me siento molesto y me irrito, sobre todo, cuando me quedo parado en medio del tráfico, o cuando tengo que lidiar con malos conductores. Puede que le diga a alguien algunas groserías, pero cuando se me pasa la ira, me siento avergonzado de haber dicho las groserías que dije, pero ya no puedo echarme atrás. El sonido de esas palabras ya no existe, pero su impacto todavía permanece. Yo estoy tratando muy seriamente de corregir ese mal hábito —confesó Al.

—Ser consciente de nuestras acciones es el primer paso para lograr el cambio. Con frecuencia, las emociones que sentimos nos enturbian el juicio. Cuando vemos que alguna persona a la cual queremos está haciendo algo mal, siempre vamos a tratar de justificarla, pero si la persona que lo está haciendo mal es una persona que no nos gusta, aunque haga un acto heroico o algo en realidad meritorio, siempre vamos a acabar diciendo que sus acciones eran simplemente falsas o que tenían una doble intención. No podemos fiarnos con plenitud de nuestras percepciones, porque siempre van a estar influidas por nuestras emociones —admití.

—Usted es una persona muy abierta. Yo quisiera llegar a ser tan abierto como una puerta que siempre puede abrirse libremente y sin ninguna dificultad. Lo mismo que ser libre. El ser abiertos y a la vez ser libres nos permite tener más ideas, y mientras más ideas nuevas nos lleguen, mayor será la energía positiva que nos llene para que podamos compartirla con los demás. Esto pudiera tener una gran utilidad y a la vez sernos de una gran ayuda, teniendo en cuenta el tiempo en que vivimos —prosiguió Al.

—¿Usted cree en la reencarnación? —le pregunté.

—Sí, por supuesto. Hay muchas personas que piensan que porque no recuerdan sus vidas pasadas es porque nunca las tuvieron. Sin embargo, si miramos nuestra vida actual, nuestras propias experiencias de la niñez, o del ayer, o lo que estábamos pensando la semana pasada, son algo que recordamos mientras sucede, pero que poco a poco se van borrando de nuestra mente, hasta que nos llega el momento en que incluso nos parece que nunca sucedieron. Si no podemos recordar lo que comimos en un restaurante hace un año, ¿cómo vamos a pretender recordar qué fue lo que hicimos en nuestra vida pasada? Voltaire dijo: "Después de todo, no sería una gran sorpresa el nacer dos veces, en lugar de nacer tan sólo una vez" —continuó Al.

—Yo conozco mucha gente que ha venido a pedirme ayuda. Gente que ha venido con los más diversos problemas, y lo que siempre les digo es que cuando aprendan a simplificar sus vidas, y practiquen la meditación, podrán eventualmente librarse de la negatividad que los rodea y podrán alcanzar cierta sabiduría interior. Cuando se medita acerca de la bondad y de la compasión, y vemos que una persona sufre, no debemos sentir lástima por ella, sino una profunda compasión. Podemos sentir gratitud y respeto hacia esa persona porque nos está abriendo nuestro corazón a través de su propio sufrimiento. Cuando te muestras partícipe y tratas de entender el sufrimiento de otra persona, esa misma participación y entendimiento acaba aliviando tu propio infortunio. Nos allana el camino hacia nuestra propia ilustración. Nuestro principal deseo es llegar a ser felices y que las cosas nos vayan bien, aunque la mayoría de la gente no sabe cómo lograrlo. Pero, si lo que realmente anhelamos, es que podamos ser felices aunque los demás no lo sean, también nosotros acabaremos siendo infelices —le expliqué.

—Bien, doctor, ha sido una charla muy instructiva. Por fin hemos llegado a su destino. Perdone por la demora, pero la verdad es que he disfrutado mucho de la conversación que hemos tenido. Cuídese mucho y siga escribiendo sus libros. Quizá algún día se acuerde de nuestra conversación y también escriba algo sobre mí —dijo Al.

—Adiós Al, para mí también ha sido un auténtico placer el hablar con usted. Resulta extremadamente reconfortante poder encontrar a un hombre feliz que sabe que ha sido bendecido y lo acepta tal y como es, sin necesidad de buscar explicaciones adicionales —dije mientras me bajaba del taxi.

—¿Qué recuerdas sobre Al? —preguntó Kika.

—Hablar con él me hizo pensar que quizá pudiéramos haber intercambiado nuestros papeles en esta vida. De haberlo querido el destino, él habría podido ser un buen psiquiatra, y yo habría podido ser un buen taxista. A ambos nos gusta escuchar a los demás y tratar de darles consejos. Aprendí que el hombre puede adquirir conocimientos, pero no necesariamente sabiduría. Algunos de los tontos más grandes que han existido, han sido, sin duda, hombres bien instruidos —admití.

EL ORÁCULO DE KOKO: OBSTÁCULOS

El presente. Existe la posibilidad de que tengas que adaptarte a una nueva situación en tu trabajo o que de repente surjan cambios imprevistos que te obliguen a tomar una decisión para la cual todavía no estabas preparado. Puede que ahora te estés esforzando mucho en tu trabajo, pero puede que, a la vez, te sientas muy decepcionado al descubrir que todo tu entusiasmo y todo tu empeño es recibido con total indiferencia, tanto por parte de tus superiores, como por parte de tus compañeros de trabajo. Aun sin quererlo, o sin necesariamente buscarlo, tienes una tendencia muy notoria a sobreestimar tus habilidades. Esto te acabará creando conflictos con los demás, si les prometes más de lo que realmente tú puedes dar. Debes reconsiderar algunos de tus principios y también parte de tu ética profesional. Cuidado de trazarte metas demasiado altas, ya que primero debes tratar de ajustarte a las nuevas condiciones que te rodean y las cuales distan mucho de ser las ideales. Si te llenas de realismo y tus expectativas están acordes con la realidad que te rodea, puede que ésta sea la oportunidad que estabas buscando para alcanzar nuevas metas que te sirvan para tu progreso y crecimiento futuros.

El futuro. Recibirás grandes muestras de generosidad de parte de otras personas y tendrás muchas experiencias agradables. Al ampliar tus metas profesionales, mejorará finalmente tu suerte, y obtendrás mayores ganancias financieras. Lograrás satisfacer en gran medida las necesidades de tu familia. Será una época en la que los asuntos legales resultarán beneficiosos y también existe la posibilidad de que puedas recobrar parte de un dinero que ya considerabas como perdido. La salud da continuas muestras de mejoría.

48
SAMUEL SHAPIRO

Antes bien, como está escrito: Cosas que ojo nunca vio, ni el oído nunca oyó, y tampoco nunca antes han surgido en el corazón del hombre, esas son las cosas que Dios ha preparado para los que le aman.

1 Corintios 2:9

La gente pide continuamente consejo y les gusta que se les diga lo que deben hacer, para luego más tarde, pensar en lo que se les ha dicho, y decidir que no lo quieren hacer. En muchas ocasiones, esas mismas personas terminan odiando a la persona que les dijo lo que debían hacer. Yo me preguntaba si Samuel Shapiro finalmente terminó odiándome. Samuel fue referido a mi consulta por su médico de cabecera. Cuando llamó para concertar su cita dejó muy bien sentado que él era un hombre muy ocupado y que no disponía de mucho tiempo, ya que no podía estar fuera de su tienda por mucho tiempo. Samuel quería que cuando él llegase a mi oficina, yo le atendiese inmediatamente. A lo largo de los años, yo había tenido todo tipo de pacientes, y por lo general, me formaba una opinión sobre esa persona ya desde la primera conversación telefónica. Ya incluso antes de conocerlo, supe que Samuel era una persona obsesionada con el trabajo. Cuando Samuel llegó a mi oficina, lo primero que hizo fue consultar el reloj. Se sentó en la butaca frente a mi escritorio y comenzó a hablar con gran rapidez y con la voz muy agitada.

—Doctor Camote, quiero decirle que mi vida se está viniendo abajo, estoy perdiendo incluso el control de mí mismo. Todas mis energías se las dedico a la joyería. Justo al acabar la escuela, comencé a trabajar en el negocio de mi padre y al morir éste, hace ya algunos años, asumí toda la responsabilidad del negocio. En mi joyería trabajamos los siete días de la semana, desde las nueve de la mañana hasta las diez de la noche. Creo firmemente que el negocio ha prosperado gracias a que no confío en nadie en lo referente a la administración de la tienda. Nadie se puede preocupar más y mejor que yo por mis clientes. Ésa es la razón por la que todos ellos regresan a mí cuando necesitan alguna joya. Todos los negocios se hacen de palabra y yo gozo de una magnífica reputación. En estos tiempos, en que existen grandes multitiendas que ofrecen todo tipo de descuentos, tengo que mantenerme siempre activo y ofrecer un servicio excelente. Puedo decirle que estoy muy orgulloso de no haber tomado ni un solo día de vacaciones en los últimos doce años. He alcanzado el éxito y también puedo confiarle que gano mucho dinero. Estoy casado y tengo dos hijos adolescentes. A mi familia no le falta nada. Vivimos en una casa muy grande y muy cara. Tanto mi esposa como yo conducimos un Mercedes, y además, por si todo esto no fuera suficiente, tenemos una sirvienta que vive permanentemente en nuestra casa. Mi esposa va a la peluquería dos veces por semana para arreglarse el cabello y hacerse la manicura. Tiene todas las tarjetas de las tiendas más importantes de la ciudad, así como todas las tarjetas de crédito que usted pueda concebir. Ella se pasa la vida de compras y comiendo con sus amigas en los mejores restaurantes. Usted podría pensar que ella es feliz, pero no, no lo es en absoluto. No importa todo lo que yo le dé, de todas formas, ella siempre va a discutir conmigo y a quejarse continuamente de que yo nunca estoy en casa. Le pedí que viniese a ayudarme a la joyería, aunque tan sólo fuera unas cuantas horas al día, pero ella se burló de mí. Siempre, después de una de nuestras muchas discusiones, ella sale de compras. Sale a comprar cosas que no necesita y siempre lo justifica diciendo que lo hace tan sólo para desquitarse conmigo. Mi esposa malcría a mis dos hijos. Ellos son irrespetuosos y si trato de decirles algo, o bien me ignoran, o se burlan de mí. Se burlan de mi trabajo, pero yo lo hago todo por mi familia. Hace poco y debido a los nervios que tengo, me salió una alergia en la piel que me pica tanto que no puedo dejar de rascarme ni un solo momento. No puedo, siquiera, dormir en paz. Ya no aguanto más esta situación. Mi médico me recomendó verlo a usted porque dice que él ya no puede ayudarme. Sólo me siento bien cuando estoy trabajando. Realmente me cuesta mucho entender que mi familia pueda ser tan cruel conmigo después de todo lo que yo hago por ellos. También tengo bajo mi responsabilidad a un hermano más joven que yo, a quien ayudo económicamente. Hace unos años le ofrecí un puesto en la joyería para que trabajase conmigo, pero fue un auténtico desastre. Llegaba siempre tarde. Se iba temprano. No se vestía de una forma profesional, se ponía camisetas con palabrerías vulgares y los *jeans* que llevaba siempre iban desteñidos. Él no sólo trataba mal a los clientes, sino que algunas veces hasta los insultaba con palabras obscenas y ofensivas. Vendía las joyas muy por debajo del precio indicado y así repentinamente, de la noche a la mañana, comencé a perder dinero en mi propio negocio. Le supliqué que cambiase su actitud. Sin embargo, no había forma de hacerle entrar en razón. Él me acusaba de que yo lo menospreciaba continuamente. ¿Cómo iba yo a respetarlo, si él no se respetaba a sí mismo? Le di la oportunidad de hacer algo con su vida, pero él no lo veía así. A lo largo de su vida, él había trabajado temporalmente como *bartender* en diferentes lugares. Finalmente, sus jefes siempre descubrían que se comportaba como si fuera un cliente y no como un empleado. Se dedicaba a beber abundantemente durante su horario de trabajo. Tenía un amplio y voluminoso expediente abierto en la oficina de desempleo. Él considera que yo estoy obligado a pagarle un salario. Yo le doy un dinero mensual para tratar de mantener la paz y la armonía, aunque él, en lugar de mostrarse agradecido, lo único que hace es decirme que me odia —dijo Samuel.

Samuel me resultó una persona agradable y traté de explicarle lo mejor que pude, cuáles fueron las razones que motivaron su enfermedad.

Samuel —comencé diciendo—, nosotros somos seres físicos, emocionales y espirituales. Estos tres aspectos están vinculados entre sí y todos deben mantenerse en armonía para que nosotros podamos tener una buena salud. Cuando existe un problema, el cuerpo reacciona en el plano físico. Ésta es la forma en que nos enteramos de que algo marcha mal en algún plano de nuestra vida. Mientras usted hablaba y yo le escuchaba, recordé una historia que mi madre me contó en una ocasión y pienso que a usted le haría bien el escucharla. Había una vez un hombre que, como usted, estaba obsesionado con el trabajo y no había tomado unas vacaciones en diez años. Al fin, decidió hacer un viaje al Caribe con su esposa y con sus hijos. Estaban todos sentados en la playa, cuando el hombre, decidió darse un paseo por el muelle. Mientras paseaba, vio a un lugareño con un gran sombrero de paja de ala ancha que dormitaba mientras sostenía en sus manos la caña de pescar. Un pez había mordido el anzuelo y daba saltos mientras que el lugareño permanecía indiferente a todo lo que le rodeaba. El hombre decidió despertarlo:

"—Oiga, holgazán, ¿qué hace usted durmiendo cuando hay un pez que ya ha picado? ¡Recoja el cordel!" —le dijo el hombre.

"—¿Usted quién es y por qué me despierta? ¿Acaso no entiende que siempre va a haber algún otro pez que va a picar?" —le respondió el lugareño.

"—Usted podría haber pescado muchos más peces si no perdiera el tiempo durmiendo y podría ganar mucho dinero vendiendo pescado" —le dijo el hombre.

"—¿Pero para qué más dinero?" —preguntó el lugareño.

"—Para comprarse una red y poder pescar más" —dijo el hombre.

"—¿Y después qué?" —preguntó el lugareño.

"—Podría comprarse un barco y pescar mucho más" —le explicó el hombre.

"—¿Y después qué?" —repitió la pregunta.

"—Podría vender más pescado y tener más dinero para comprar más barcos" —dijo el hombre.

"—¿Y después qué?" —quiso saber el lugareño.

"—Con ese dinero podría comprar una flota de barcos" —le dijo el hombre.

"—¿Y después qué?" —preguntó el lugareño.

"—Con el tiempo, usted podría ser rico y tendría suficiente dinero para no tener que trabajar más" —le explicó el hombre.

"—¿Y después qué?" —insistió el lugareño.

"—Podría darse el lujo de ir de pesca todos los días" —dijo el hombre.

"—Exactamente eso es lo que estoy haciendo ahora" —respondió el lugareño.

—¿Se da usted cuenta, Samuel? Usted es como el hombre que fue al Caribe de vacaciones. Usted se ha concentrado tanto en garantizar el sustento de su familia, que no se ha dado cuenta de que la vida se le escapa por entre las manos. Usted les está dando mucho más de lo que ellos necesitan. Lo que uno quiere es muy diferente de lo que uno necesita. Pensamos que las cosas materiales pueden darnos la felicidad, pero esa felicidad es tan sólo pasajera. Seguimos queriendo más y más para satisfacer nuestro ego, pero lo único que nos da la felicidad verdadera es sentirnos como parte de la Luz. Usted tan sólo existe en su cuerpo físico y deja que su alma pase hambre. Usted no es capaz de ver el gran esquema de su vida, ni trata de encontrar el propósito real de su existencia actual. Todas nuestras energías provienen de la Luz, y lo que la Luz quiere es que podamos compartir esa energía con todos los demás. Evidentemente, usted es una persona buena y que se preocupa, como lo ha demostrado con todo lo que hace, por su familia. Pero si usted les entrega algo a personas que no quieren recibir lo que usted les está dando, y no aprecian lo que usted está haciendo, usted nunca se sentirá bien. Esas personas acabarán sintiendo cierto resentimiento hacia usted, y en lugar de devolverle amor, ellos acabarán sintiendo envidia y celos por aquello que usted tiene. Incluso, si sus intenciones son buenas, su familia le está quitando constantemente su energía, y la Luz quiere que usted haga un uso sabio del don que le ha dado. Mi profesor de Cábala me explicó que venimos a la tierra a compartir, pero que existen muchas formas de hacerlo. Cuando sólo somos capaces de dar a nuestra familia, es como si nos estuviéramos dando a nosotros mismos y no estuviéramos ayudando a nadie más. Al compartir, estamos haciendo el bien a los demás y esto puede ser algo tan simple como hablar con alguien que está solo o tiene miedo. Pero cuando usted le entrega algo a alguien que no quiere recibirlo, eso no es realmente compartir. Además, usted debe tener mucho cuidado en decirles a los demás lo que deben hacer con sus vidas. Usted puede dar una sugerencia, pero no piense que está capacitado y además conoce la mejor forma en que otra persona puede o debe vivir su vida. Antes de intentar cambiar a los demás, primero tiene que poner en orden sus propios asuntos. Haga una evaluación profunda de las necesidades de su alma, y piense lo que debe hacer para convertirse en una persona más amable y cariñosa. Recuerde que la gente, eventualmente, dejará de hablarle, si usted no hace otra cosa más que exigirles. En cuanto a su hermano, usted no le está haciendo ningún favor pagándole un salario por no hacer nada. Él debe sentirse avergonzado por no merecer lo que tiene, porque no está haciendo nada para ganarse la vida que lleva. Él está resentido con usted, porque su alma sabe que no es correcto recibir algo sin dar nada a cambio. Usted no tiene ninguna necesidad de ver a un psiquiatra. Debe analizar su vida y debe dejar de trabajar tan duro para darle a la gente que no lo aprecia, el fruto de sus esfuerzos. No olvide la anécdota que le conté sobre el pescador del Caribe. Se requiere algún tiempo para que usted pueda finalmente entrar en contacto con su espiritualidad. Aprenda a relajarse y a meditar. Uno no es necesariamente un holgazán porque dedique tiempo a hacer algo bueno para sí mismo. La Luz nos promete continuidad, regocijo y amor. La irritación de la piel que usted tiene es un reto que le impuso la Luz para que finalmente fuera consciente de que necesitaba cambiar. De vez en cuando, cierre la tienda más temprano y vaya a hacer algún trabajo voluntario para ayudar a los demás. Vea y entienda lo que está sucediendo a su alrededor. Los cambios positivos que usted realice conllevarán a que su familia cambie la actitud que tienen hacia su persona. Usted merece entrar en comunión con la naturaleza y disfrutar de la belleza que la Luz nos brinda. Todos sus problemas tienen solución. Nosotros no somos más que nuestras propias ideas. Aunque nos quede tan sólo un aliento de vida, aún podemos cambiar todo aquello que nos rodea. Usted debe tener fe y confianza, Samuel. Todo es posible si así lo creemos. Usted puede ser un hombre feliz y recibir el amor que tanto anhela. La Luz seguirá brillando para usted mientras que piense que puede aportar algo a este mundo. Yo he encontrado mi propósito en la vida. Yo hago brillar la Luz aún en la ignorancia y en el miedo, y de esa forma disperso los temores de la oscuridad y de las tinieblas. Doy consuelo al afligido y a su vez al que lo consuela. Me alegro de que nos hayamos conocido y espero haber podido ayudarle en algo. Adiós amigo mío —dije.

Samuel sonrió y antes de marcharse me agradeció con su mirada mis consejos. Estrechó fuertemente mi mano y me miró de manera fija, una vez más. Mientras salía por la puerta, Samuel no miró el reloj ni una sola vez. El tiempo no lo miden las manecillas del reloj, sino la importancia de aquello a lo que prestamos atención. Samuel se sintió como un hombre nuevo y con un nuevo propósito en su vida. Él supo y entendió que iba a tener que realizar muchos cambios. La primera cosa en la que pensó fue en llamar a una agencia de viajes y reservar sus primeras vacaciones.

—¿Cuáles son las conclusiones que sacaste de tu encuentro con Samuel? —preguntó Kika.

—Aprendí que a veces estamos demasiado cerca del bosque para poder ver los árboles. También aprendí que no podemos enfadarnos cuando no logramos hacer que los demás sean como uno quiere, porque tampoco uno mismo puede llegar a ser como uno mismo quisiera —respondí.

EL ORÁCULO DE KOKO: PROGRESO

El presente. En estos momentos puede que tengas que renunciar a algo en tu vida para que de esa forma puedas lograr lo que verdaderamente deseas y que en realidad seas capaz de avanzar hacia cosas que son verdaderamente importantes para ti. Es posible que hayas logrado liberarte de una actitud, de una situación o de un lastre que te estorbaba. Ahora mismo te sientes libre para poder concentrarte en las cosas que realmente te importan. Puede que al final logres alcanzar el éxito pero siempre y cuando seas capaz de realizar grandes cambios. Ten en cuenta que a largo plazo, bien sea en tu modo de vida o en la forma de comportarte con los demás, debes avanzar hacia un compromiso que te sirva para alcanzar eso que tú sabes que necesitas.

El futuro. Tu vitalidad y tu compromiso para alcanzar nuevas metas se encontrarán en su punto más alto. Podrás finalmente beneficiarte y serás capaz de dirigir todas tus energías hacia el logro de tus objetivos. Puede que, al final, recibas ayuda de ciertas personas que tienen una notoria autoridad sobre ti. Estas personas te estimularán a seguir adelante y finalmente te entenderán y acabarán apoyando tus esfuerzos. Los demás se darán cuenta de tu capacidad para asumir el control en tu medio laboral, ya que en estos momentos te vas a concentrar totalmente para poder lograr el máximo rendimiento en tu carrera.

49
LA SABIDURÍA DE LOS GRANDES MAESTROS

Un día en la vida de un sabio o de un pensador, es mejor y más provechoso que cien años en la vida de aquel o aquellos que no saben nada y que además se obstinan en tener su mente cerrada.

BUDA

Siguen llegando los momentos y los recuerdos. Otra vez Camotín. Ahora estamos en Haulover Beach. Nos encontrábamos contemplando ese mar de un azul inmenso pero a la vez agitado, cuando finalmente comprendí y me di cuenta con plenitud de que el océano siempre iba a permanecer allí, aunque yo ya me hubiese ido. Había pasado mucho tiempo de mi vida estudiando el I Ching para darme cuenta y entender que el sentido básico del I Ching radica en entender y correlacionar el aspecto social, físico y espiritual de la vida humana. La sabiduría ancestral del I Ching puede ayudarnos a conseguir la autorrealización en el contexto de nuestra vida cotidiana. Yo sabía que algún día abandonaría la tierra, y quería dejar algún legado con algunas de mis ideas acerca de la sabiduría de los grandes maestros que nos precedieron. Incluso si yo no estaba ya en este mundo, todavía algunas de mis ideas podrían ayudar a los demás a encontrar su camino hacia la ilustración en el mundo moderno.

—Mi querido escudero, Camotín. Déjame decirte que hace muchos años se decía que lo máximo que podía vivir un hombre eran cien años, y que quizá, uno de cada mil hombres lograba alcanzar esa edad. La mitad de esos cien años se pierden entre la infancia y la senectud. La otra mitad, en parte, se malgasta durmiendo o en siestas durante el día, o bien se nos va en dolores, enfermedades, sufrimientos, y con la tristeza que nos produce la muerte de familiares o amigos. Después de todo esto, nos quedan aproximadamente diez años, y ¿cuántos de estos años están libres de preocupaciones e inquietudes? ¿Existe algún momento en que uno se sienta satisfecho, tranquilo y alegre? ¿Cuál es el propósito de la vida? —pregunté.

—Desconozco la respuesta. Nunca he pensado realmente en ello — respondió Camotín.

—Pensamos que la vida es para disfrutar de la belleza, de la fortuna y para satisfacer nuestros gustos, pero obviamente, ésta no es la respuesta. Pensamos que queremos la fama y luchamos por esa gloria vana que nos da el momento y tratamos incluso de mantenerla viva más allá de nuestra muerte. Somos cautelosos en cuanto a lo que queremos ver con nuestros propios ojos y escuchar con nuestros oídos, y no nos gusta aceptar lo desconocido, o aquello que nunca hemos visto. Nos afligimos continuamente por aquello que creemos que está bien o que está mal en nuestros cuerpos y mentes. Somos austeros con el amor que, al fin y al cabo, es la única cosa que vinimos a repartir en este mundo, y al final seguimos estando vacíos y esto no nos permite compartir la Luz con los demás. Nos privamos de la felicidad y también de la alegría que nos traen los años en su rápido decursar. ¿Qué diferencia hay entre esto y permanecer presos en una cárcel? —pregunté.

—¿Quién tiene realmente tiempo para pensar en todo eso? Yo ya tengo bastante trabajo con mantenerme vivo hasta el final del día —respondió Camotín.

—Tú no estás solo, amigo mío. Aunque no tengas una misión espiritual en particular, tú cumples con el propósito real de tu existencia. Lo mismo que el cuerpo necesita comida, el alma necesita alimento, el cual podemos encontrar fácilmente, si dejamos a un lado las distracciones de la vida, y nos dedicamos a la meditación. Aquel que vive rodeado de tontos siempre va a sufrir. No malgastes constantemente tu vida en la búsqueda vana del placer. Es tan doloroso vivir rodeado de tontos como de enemigos. Si nos juntamos con aquellos que saben, y con aquellos que tienen una misión espiritual, esto podría ayudarnos a alcanzar sabiduría y felicidad —le expliqué.

En ese momento, se nos acercó un joven. Se encontraba muy alterado y nos dijo que había perdido su ropa, las llaves del auto y la cartera. Nos explicó que había dejado sus pertenencias en su toalla de playa para ir a nadar y que cuando regresó ya no encontró nada. Nos preguntó si habíamos visto algo.

—Yo no he visto nada —dijo Camotín.

—Yo tampoco, pero hay mucha gente en esta playa y puede costarle mucho trabajo recordar dónde fue que dejó sus cosas —dije.

—Ya he buscado por todas partes y no he podido encontrar nada. Y lo que es peor, no tengo ningún dinero para regresar a mi casa —nos dijo el joven.

—Yo sólo puedo darle unos cuantos dólares que tengo aquí —le dije entregándole el dinero.

—Muchas gracias. Seguiré buscando porque en la cartera tenía mi licencia de conducir, mis tarjetas de crédito y algún dinero en efectivo. Nunca pensé que me pudiera suceder algo así —dijo el joven.

—¡Olvídelo, no siga pensando en eso! —le dije.

—Señor, gracias por el dinero que usted me ha dado, pero me parece que el sol le ha calentado mucho la cabeza. Estoy encabronado porque he perdido mis cosas, y ¿usted me pide que lo olvide? —dijo el joven mientras se alejaba.

—¿Doctor Camote, cómo puede usted decirle eso? El muchacho está muy molesto, ¿y usted simplemente le dice que lo olvide todo? —intervino Camotín.

—Camotín, las cosas no son siempre lo que parecen. Deja que te cuente una historia. Hace mucho tiempo, un hombre llamado Joshua estaba muy desilusionado de su vida. El hombre pensaba que no había justicia en el mundo y buscó un sabio que pudiera darle las respuestas que necesitaba. El sabio le dijo que la vida era como una obra de teatro y que él debería ser el espectador. El sabio ordenó a Joshua que fuera al bosque y que permaneciera allí durante tres horas, escondido detrás de un árbol, y que no debiera intervenir en nada de lo que él viera, pasara lo que pasara. Al cabo de las tres horas, Joshua podría presentarse de nuevo ante el sabio para que éste le diese una explicación. Joshua así lo hizo. Al cabo de una hora de espera, vio a un granjero que venía a caballo. El granjero se desmontó y llevó al caballo a tomar agua al lago. El granjero había estado trabajando durante todo el verano en la recolección del grano para ganar el dinero suficiente con el cual alimentar a su esposa y a sus cinco hijos durante el invierno que se avecinaba. Todo el dinero que había ganado lo había puesto en una pequeña bolsa. Al bajarse del caballo, la bolsa se le cayó en la hierba. Cuando el caballo terminó de beber, el granjero se montó y se alejó al trote del lugar, sin darse cuenta que había dejado atrás la bolsa con el dinero. Poco tiempo después, un segundo hombre montado a caballo se acercó al lugar. El hombre era un vendedor que se dirigía al pueblo vecino. Este personaje hizo lo mismo, se bajó del caballo y lo condujo hasta el lago para que abrevara. El vendedor vio la bolsa de dinero del granjero, que había quedado tirada en la hierba, y miró a su alrededor en busca de su dueño. Al no ver a nadie, tomó el dinero y se alejó en su caballo. Al cabo de una hora, un tercer hombre llegó al bosque. Era un maestro que tenía la tarde libre y traía consigo una cesta de picnic llena de comida y con una botella de vino. El maestro extendió un mantel y se preparó para disfrutar de lo que él creía que iba a ser un rato agradable. Entretanto, el granjero regresó. Estaba desesperado buscando la bolsa que había perdido. Al ver al maestro allí le exigió que le devolviera el dinero asumiendo equivocadamente que él había sido quien lo había encontrado. El maestro insistía en que él era inocente, pero el granjero no le creyó y se dejó guiar por lo que él pensaba que había sucedido, y no por lo que en realidad había pasado. El granjero pensó que había agarrado al ladrón, quien todavía permanecía en el lugar exacto donde posiblemente había desaparecido su dinero. El granjero no aceptaba excusas y se enojaba cada vez más, pensando que el maestro le estaba mintiendo. Finalmente el granjero le dio una paliza tan fuerte al maestro que éste fue a parar al hospital. El granjero siguió buscando su dinero en vano hasta que por fin se convenció de que su dinero ya no estaba allí. Comenzó a lamentarse pensando que tanto su esposa como sus hijos pasarían hambre ese invierno, y que, llevado por su ira había golpeado a un inocente. Finalmente, el granjero se alejó del lugar. Joshua salió corriendo a ver al sabio. Estaba totalmente perplejo por la injusticia que acababa de presenciar. El sabio le explicó a Joshua que todo lo sucedido era lógico y además justo, pero Joshua no podía entenderlo, porque no había visto la obra de teatro completa. El karma que regía a los tres hombres tenía sus orígenes en las vidas pasadas de éstos. En una vida anterior, el granjero había robado dinero al vendedor, y debido a ello su familia había sufrido. Ahora el granjero iba a experimentar lo que el vendedor ya había experimentado en una vida anterior, por culpa del granjero. Según la ley universal del karma, que regula las causas y los efectos, el vendedor, en este caso particular, era merecedor del dinero que había encontrado, como retribución por lo que le habían quitado en su otra vida pasada. En el caso del maestro, este personaje, en su vida anterior, había sido el juez que decidió el caso en favor del granjero, después de que éste lo sobornase. Las almas de los tres hombres sabían lo que debía hacerse en esta vida para corregir el karma pasado. Esto prueba que no siempre podemos creer que lo que vemos es la justicia real, Camotín —le expliqué.

—¿Quiere eso decir que todas las personas, tarde o temprano, corrigen todos sus errores pasados? —preguntó Camotín.

—Si no lo hicieran en una vida determinada, tendrían que regresar una y otra vez y volver a pasar por las mismas vicisitudes, hasta que finalmente aprendiesen. ¿Sabías que la reencarnación no es otra cosa más que un círculo de continuidad? Es como una rueda que está siempre en movimiento pero que antes de avanzar, tiene que regresar. Debemos corregir cualquier error que hayamos cometido en el pasado, ya sea consciente o inconscientemente. Por eso, cuando pedimos perdón, debemos pedirlo también por nuestras vidas pasadas —le expliqué.

—¿Qué aprendiste de tu experiencia con tu amigo Camotín? —quiso saber Kika.

—Nuestros pensamientos no son más que la suma de todo lo que llevamos dentro. Ellos forman y componen la verdadera naturaleza de nuestra propia mente. Debemos pensar como si fuéramos montañas inamovibles de una majestuosidad inmutable. Cuando estamos tranquilos y relajados, nuestra mente puede elevarse y salir volando, a alcanzar los secretos del universo. También aprendí que el momento que estamos ahora viviendo puede ser tan bueno como cualquier otro momento, si sabemos exactamente lo que hacer con él —dije.

EL ORÁCULO DE KOKO: SOLUCIONES

El presente. Es posible que en estos momentos tengas algunas desavenencias con algún amigo, o con alguien que tú quieres, o incluso con cualquier otra persona cercana a ti. Este conflicto de intereses, puntos de vista o ideas, puede ocasionar una gran tensión e irritación. Un asunto importante que requiere de una solución inmediata va a ser motivo de preocupaciones y de altercados. Puede que en estos momentos no te encuentres en disposición de aceptar los deseos de los demás, sobre todo, si las personas que te rodean optan por asumir una actitud un tanto irracional o agresiva.

El futuro. Es probable que pronto tengas una aventura amorosa, o que tu relación actual se fortalezca haciéndose más balanceada y estable. En lo que a relaciones sociales y amorosas se refiere, puede que logres cierta armonía y por qué no, quizá también puedas ser feliz. La paz y la serenidad van a predominar en tus relaciones más cercanas, y vas a ser capaz de convencer a tu pareja, o la persona que amas o incluso a un amigo, para que sigan tus pasos. Obtendrás recompensas importantes relacionadas con tus actividades culturales o creativas. Puede que logres incrementar tus conocimientos artísticos y que finalmente puedas apreciar la belleza y el color único de todo lo que te rodea.

50
LA INQUISICIÓN ESPAÑOLA

Busqué al Señor y Él me escuchó, y me liberó de todos mis temores.
Salmo 34:4

Me había quedado trabajando en mi oficina hasta más tarde de lo habitual. Decidí encender una vela y relajarme. Mientras contemplaba cómo la llama consumía la vela, vi en la misma llama la imagen del doctor Camote. A mí, personalmente, todavía me resultaba muy difícil aceptar su muerte. Por otro lado, la continua controversia acerca de su vida aún era patente. Para mí, él fue como un regalo de Dios para todos nosotros. Él fue un iluso que pensaba que podía cambiar el mundo. La gente me sigue preguntando cómo es que yo, la doctora Sara Goldstein, puedo aún defenderlo. Quizá, esto se deba a que yo lo conocí mejor que nadie. Ningún acontecimiento se basa necesariamente en una realidad concreta, porque todos nosotros siempre vemos las cosas desde nuestro propio punto de vista. Nada de lo que ocurre en este mundo es por fuerza bueno o malo, porque todo depende de la forma y del color con que lo vemos. Esa noche recordé un día en particular, en el cual tuve una cita en mi oficina con el doctor Camote. La fecha exacta era el día 15 de agosto de 1998.

Saqué las cintas del archivo y me dispuse a oírlas. Durante esa sesión regresiva, traté de hacerlo regresar más atrás en el pasado, mucho más allá de donde nunca Sebastián había llegado antes. Todavía quedaban muchas preguntas sin respuestas y pensé que muchas de ellas ya habían quedado sepultadas en una vida anterior a la de Don Quijote. Comenzamos la sesión inmediatamente después de que el doctor Camote llegara.

—Sebastián, quiero hacerte regresar en el tiempo, más allá de donde nunca hayas ido antes. Concéntrate en el sonido de mi voz. Estás parado delante de una puerta. Ahora estás abriendo esa puerta que conduce a un largo túnel. Cuando cuente uno, avanzarás por el túnel hacia la luz para ver la vida que viviste antes de ésta. Yo te protejo por completo. Diez… nueve… ocho… siete…, seis, escucha mi voz…, cinco…, cuatro…, tres…, dos…, uno. ¿Qué ves, Sebastián? —le pregunté.

—Me veo a mí mismo. Soy un hombre fuerte, alto y delgado. Tengo un rostro anguloso —dijo el doctor Camote.

—¿Cómo te llamas? —le pregunté.

—Mi nombre es Don Quijote y soy un caballero famoso —respondió el doctor Camote.

—¿Dónde vives? ¿Qué año es? —le pregunté.

—Vivo en el pueblo de La Mancha y estamos en el año de 1605 —respondió.

—¿Puedes regresar a la época en la que aún eras un niño pequeño allá en La Mancha? —le pregunté.

—Sí, me veo sosteniendo una espada de juguete y jugando a que soy un caballero valiente —respondió el doctor Camote.

—¿Puedes ver algo anterior a eso? —quise saber.

—Sí, pero ya no estoy más en La Mancha —me respondió el doctor Camote.

—¿Dónde te encuentras? —le pregunté.

—Estoy en un lugar extraño. Veo un castillo. Tengo miedo —dijo.

—No tienes nada que temer, Sebastián. Sólo escucha mi voz, yo te protejo. Dime qué ves ahora —insistí.

—Estoy en un lugar llamado Cuenca —me informó.

—¿Dónde está eso? —le pregunté.

—Eso está en España. Veo un viejo castillo y siento miedo —me respondió el doctor Camote.

—¿Qué año es? —le pregunté.

—Es el año de 1543 —respondió.

—¿Qué otra cosa ves?

—Veo una hostería y un colegio —dijo el doctor Camote.

—¿Quién eres tú? —quise saber.

—No sé. Estoy aterrorizado. Temo por mi vida. Estoy siendo interrogado —dijo entre dientes.

—¿Quién te está interrogando? —exigí una respuesta.

—Ellos. Llevan capuchas que les ocultan el rostro. Me están interrogando porque alguien les ha dicho que soy escritor. Existe una sospecha de traición. No se puede confiar en nadie —respondió el doctor Camote.

—¿Quién está contigo? ¿Reconoces a alguien? —le pregunté.

—Tengo mucho miedo y no me atrevo a mirar a mi alrededor. No se puede confiar ni siquiera en los amigos, ni en los familiares, porque con tal de garantizar su propia seguridad, podrían ser capaces de delatar las confidencias que les he hecho. No hay forma alguna de escapar o de resistirse. Tengo mucho miedo que me descubran —respondió.

—¿A quién le temes? —quise me respondiese.

—A los que me acusan. Ellos torturarán, encarcelarán y matarán, si fuera necesario, a cualquiera que consideren como una amenaza. No hay escapatoria posible. No hay manera de resistirse, o de negarse a decir cualquier cosa que uno sabe. No quiero estar más aquí —dijo el doctor Camote casi en un murmullo.

—¿Qué ves ahora? —le pregunté.

—Me veo en una celda. Todo está muy oscuro. Tengo el cuerpo cubierto de pulgas. Estoy viviendo en un infierno. Tienen muchas formas de torturar a un hombre. Las pulgas son tan sólo una de las formas que ellos utilizan para hacer hablar a la gente. Estoy a su merced. Es un tribunal y ellos son los inquisidores de Cuenca. Voy a morir preso en esta celda. Nunca más volveré a ver la salida del sol, o a sentir el perfume de una flor. Mi vida está llegando a su fin sin poder disfrutar de la libertad para poder caminar entre los árboles o por los campos. Mi alma clama por la libertad. Quiero irme de aquí ahora mismo. No quiero permanecer en este lugar inmundo ni un solo instante más —pidió el doctor Camote.

—¿Quieres decirme algo más antes de marcharte? —quise saber.

—Estoy en manos de la Inquisición española y soy un escritor. Aparentemente puedo sentir que voy a ser ejecutado por ciertas cosas que parece ser que he escrito. Ése era mi destino en esa vida y yo estaba destinado a terminar mis días en una cárcel inmunda. Compartí mis sueños y esperanzas con todos aquellos que buscaban sueños y esperanzas, y por eso me ejecutarán. Tengo que irme de aquí de inmediato. No quiero ser testigo de mi propia muerte en esa vida. Me resulta muy doloroso —suplicó el doctor Camote.

—Regresa, Sebastián, regresa. Ahora estás aquí, junto a mí. Estamos en agosto del año 1998 y nos encontramos en mi oficina en Miami. Todo ahora está bien —terminé la sesión.

Después de esta regresión, finalmente entendí que la obsesión del doctor Camote con las prisiones tenía sus bases fundamentadas en hechos que aparentemente sucedieron más de cuatrocientos años atrás. Contemplé la vela durante un rato más y recé para que el alma del doctor Camote descansara finalmente en paz.

51
CRISTINA DAY

Dios es nuestro refugio y nuestra fortaleza. Está a nuestro lado cuando más lo necesitamos.

Salmo 46:1

Por fin me llega la hora de hacer un análisis de mi encuentro con Cristina Day. Recuerdo cuando recibí una carta que ella me había enviado. Mi respuesta a la misma fue inmediata. Cristina estaba retenida en el centro de detenciones de Krome. Se encontraba deprimida y desalentada. Cristina no sentía ganas de comer y, poco a poco, estaba perdiendo los deseos de vivir. Se encontraba en una situación dramática. Hacía ya algún tiempo que le habían arrebatado su libertad y Cristina no podía soportar ya más el hecho de estar presa. Cristina llevaba nueve meses encerrada en ese lugar cuando, por fin, se decidió a pedir ayuda. Día tras día Cristina iba perdiendo toda esperanza de poder regresar, alguna vez, a su vida anterior junto a su esposo Willie y junto a Carlos, su hijo de siete años.

Nuestro encuentro tuvo lugar en el centro de detenciones de Krome. Se abrió la puerta de la sala de visitas y vi cómo Cristina, lentamente, se acercaba a mí. A primera vista pude apreciar que Cristina era una mujer frágil, cansada y atormentada. Su actitud era de gran abatimiento y mantenía la vista fija en el suelo, como si no se sintiera digna de ver el mundo que le rodeaba.

—Hola, Cristina. Soy el doctor Camote y he venido a verla. Pensé que ésa sería la mejor respuesta que yo podía darle a su carta. Por favor, explíqueme por qué se encuentra aquí —comencé diciendo.

—Doctor Camote, supe quién es usted a través de una persona a la cual usted ayudó en el pasado. Ella me dijo que usted era una persona compasiva y siempre dispuesta a ayudar a los necesitados. Mi alma y también mi salud mental necesitan ahora mismo de alguien que las reconforte. Yo entiendo que nací destinada a tener una vida difícil de trabajo y sufrimiento. He soportado muchas angustias y todo tipo de penas. Hace más de veintiún años que salí de mi Haití natal, en un bote, con la esperanza de llegar a Estados Unidos. Aquí no tenía familiares, ni amigos, pero soñaba con una vida mejor y mejores oportunidades. Diez años atrás, ya viviendo en Miami, conocí a mi esposo Willie. Yo sabía que él tenía un temperamento muy fuerte, pero siempre pensé que si yo le demostraba mi cariño, esto haría que, poco a poco, sus exabruptos y salidas de tono desapareciesen. Nos casamos y yo me mudé a su apartamento en el Pequeño Haití. Era la primera vez que tenía alguien con quien compartir mi vida. La verdad es que al principio fui feliz. Tuvimos un hijo, Carlos, a quien quiero mucho. Ahora tengo cuarenta y un años y Willie tiene cuarenta y siete.

Él es un hombre sin estudios y se gana la vida limpiando restaurantes, lo que apenas nos alcanza para comprar la comida. Yo leo mucho y a Willie eso le molesta. No le gusta aceptar y ni siquiera pensar que yo pueda ser más inteligente que él. Siempre he trabajado muy duro, en los empleos más diversos. He hecho de todo. He trabajado en una tintorería, he planchado, limpiado oficinas, hasta incluso me he dedicado a recoger frutas y vender flores. El dinero que yo ganaba habitualmente, lo utilizábamos para pagar la renta. Hace ya algunos años tuve problemas con la policía. Me arrestaron y fui acusada de ejercer la prostitución. Esto ocurrió hace unos seis años. Estábamos desesperados y necesitábamos dinero porque a Willie lo habían despedido de su trabajo. Carlos acababa de cumplir un año y yo no tenía dinero ni para comprarle la leche. Yo me sentí muy avergonzada y nunca más volví a hacerlo. Me dejaron salir libre en libertad condicional y nunca fui a la cárcel. A partir de entonces Willie y yo empezamos a tener una relación muy turbulenta. En una ocasión me amenazó con pegarme con su cinturón, y yo, en defensa propia, lo agredí con el pico de una botella rota. Willie llamó a la policía. Me arrestaron y un juez me condenó por asalto agravado con uso de arma letal. Una vez más quedé en libertad condicional. El juez tan sólo creyó la versión de Willie sobre lo sucedido y desestimó totalmente la mía. ¿Por qué siempre quedamos a merced de los jueces? Se supone que ellos sean imparciales. Sin embargo, seguimos dependiendo de sus estados de ánimo y de sus decisiones para recibir lo que algunos entienden por justicia. Es posible que otro juez hubiese visto las cosas de una manera diferente, y Willie hubiese sido en ese caso el que hubiera sido condenado a libertad condicional y no yo. De haber sido así, mi vida habría sido diferente y yo no me encontraría aquí, ahora. Willie sabía que yo lo amaba, así que me perdonó y continuamos nuestra relación. Yo pienso que él quiso continuar la relación porque necesitaba el dinero que yo ganaba. Por último, el año pasado me arrestaron por un delito de drogas. La sentencia fue suspendida una vez más y nuevamente fui puesta en libertad condicional —explicó Cristina.

—¿Qué pasó después? —le pregunté.

—Todas las semanas tenía que presentarme ante mi oficial de libertad condicional. Un día, hace nueve meses, Willie me llevó a la cita. Mi hijo Carlos también fue con nosotros. Ellos se quedaron en el auto esperando a que yo saliera, pero ya nunca salí. El oficial de libertad condicional me comunicó que quedaba detenida. Parece ser que ese mismo día los oficiales de inmigración habían hecho una redada para encontrar inmigrantes ilegales que a su vez fueran deportables. Detuvieron a ocho hombres y a una mujer. Desgraciadamente yo fui esa mujer. El oficial me explicó que en el año 1996 se había aprobado una ley en Estados Unidos la cual convertía en deportables a ciudadanos extranjeros, aunque fueran residentes legales, si éstos habían incurrido en cierto tipo de delitos. Esta ley podía incluso aplicarse hasta varios años después de haber cumplido las sentencias. A pesar de que ninguno de los tres cargos por los que yo fui convicta, nunca de una forma u otra conllevaron tiempo en prisión, sin embargo, sí fueron considerados lo suficientemente graves para que fuera incluida en la lista cada vez más larga de deportables. Por mucho tiempo, he sido una residente legal de este país y considero que esa ley es injusta y demasiado dura. Ayúdeme, doctor. Mi esposo y mi hijo vienen a visitarme de vez en cuando, pero yo me siento muy mal y sé que usted puede ayudarme a salir de aquí. Quiero ser una buena ciudadana y labrar mi propio camino. No me importa seguir trabajando duro. Yo no quiero que me den nada gratis. Le prometo que yo encontraré la forma de poder pagarle, si usted me ayuda —dijo Cristina.

Me impresionó la actitud sincera y valiente de Cristina y traté de ayudarla lo mejor que pude.

—Veré a quién puedo contactar, y quizá encuentre a alguien que pueda sernos de ayuda. Comprendo todo su temor y su malestar por estar aquí dentro. A mí también me obsesiona la idea de que me encierren. Cristina, trate de creer en los milagros porque todo es posible con la ayuda de Dios. Volveré a verla en unos días —le aconsejé.

Cristina fue deportada al día siguiente. Su familia no fue inmediatamente notificada de este hecho. Dos días después, desde una pequeña subestación de Puerto Príncipe, donde se encontraba detenida provisionalmente, Cristina llamó a Willie. En esa prisión los detenidos dependían de la comida y del agua que pudieran traerles sus familiares. Cristina, ni tenía, ni conocía en aquel lugar a nadie que pudiera ayudarla. Vivía de la caridad de otras reclusas. No tenía casi comida, no tenía agua potable y dormía sobre el piso de cemento. A los pocos días Cristina se enfermó. Tenía náuseas y se sentía muy débil. Willie le prometió que le enviaría algún dinero para que comprara algo de comida y quizá pudiese comprar su libertad. Willie me llamó enseguida y me suplicó que tratase de ayudarla.

Como miembro de "Amnistía Mundial y Libertad", yo estaba acostumbrado a visitar detenidos en las más diversas prisiones del mundo. Para mí los derechos humanos y la justicia universal eran derechos irrenunciables. Al día siguiente de esta llamada tomé un avión y fui a verla. Llevé conmigo el dinero que Willie me había dado y una bolsa con comida y agua embotellada. Cuando llegué al centro penitenciario, ya era demasiado tarde. Cristina había muerto esa misma noche.

Yo sabía que Willie estaría ansioso en Miami, esperando noticias mías sobre Cristina. Lo llamé inmediatamente desde Puerto Príncipe.

—Willie, siento mucho tener que darle una terrible noticia. Cristina ya no está con nosotros. Vivió una vida difícil, pero estoy seguro de que ella aprendió muchas cosas mientras estuvo en la tierra. Quizá si más gente se hubiera preocupado, su vida habría podido ser diferente y ella quizá todavía estuviera entre nosotros. Cada uno de nosotros tiene la obligación de preocuparse por los demás. No importa lo mucho que tratemos de alejarnos, porque siempre vamos a ser responsables los unos por los otros. Poco a poco, seremos capaces de erradicar la indiferencia y la intolerancia. En la actualidad, la ciencia cuántica nos explica que cada movimiento o acto que hacemos, aunque sea en el otro extremo del mundo, nos acaba afectando a todos. El efecto de una puerta que se cierra en China puede sentirse en California. Todos nosotros no somos más que un solo ente y nos encontramos vinculados los unos a los otros. Incluso, si pensamos que podemos aislarnos y encerrarnos en nuestras casas y decidir que no queremos ni ver ni oír nada, al final nos resultaría imposible. Todos estamos juntos en esta vida. Debemos despertar nuestra conciencia y ayudar a detener todas las injusticias que existen en el mundo para que todos nosotros podamos tener una vida mejor. Todos tenemos derecho a la dignidad humana y a la promesa de un mañana mejor. Willie, usted es importante para el mundo. Levante su voz y hágase escuchar por los demás. Sé que va a ser difícil para usted porque quizá piensa que debió haber hecho más para ayudar a su esposa, pero ya es muy tarde para sentirse culpable. Continúe su vida con bondad y con amor, y de esta forma mantendrá viva la memoria de Cristina. Ahora tiene un hijo al cual va a tener que criar usted solo. Enséñele siempre a dar lo mejor de sí y a respetar el universo. Siempre recuerde que todos somos una sola familia.

Yo me encargaré del funeral. Aunque Cristina y yo nos conocíamos desde hacía muy poco tiempo, siento que ella vino a mí por una razón. Ahora más que nunca me doy cuenta de que yo debo tratar de cumplir mi misión de llevar la justicia al mundo. Yo sé que existe la ley del karma, y que la injusticia no existe, pero cuando una madre es deportada de este país, incluso teniendo un hijo estadounidense, yo me pregunto, ¿dónde está la ley y donde está la justicia? Adiós, Willie, llámeme si me necesita —dije y las lágrimas se me salieron.

—¿Qué importancia tuvo para ti tu encuentro con Cristina? —me preguntó Kika.

—En esa ocasión yo no logré hacer posible lo imposible. Yo no pude cambiar la voluntad de Dios. Comprendí que la muerte de cualquier persona me hace más débil porque estoy comprometido con la humanidad. Es por eso que "nunca quieras saber por quién doblan las campanas ya que esas campanas están doblando por ti" —admití.

EL ORÁCULO DE KOKO: PACIENCIA

El presente. En estos momentos, te muestras como una persona impulsiva e inquieta. Tiendes a actuar o hablar con demasiada rapidez, sin pensar mucho lo que dices, ni preocuparte tampoco por las consecuencias de lo que has dicho. Te resulta fácil agredir verbalmente a los demás. También te gusta discutir con los que no están de acuerdo contigo, o simplemente, siempre quieres salirte con la tuya. Es muy probable, que surjan malentendidos con un amigo, o con una persona con la que casi siempre mantienes armonía. En estos momentos exiges que se valoren y que se tomen en cuenta tus preferencias personales.

El futuro. Ésta será una época de gran concentración y de mucha comunicación. Si concentras tus energías positivas en asuntos vitales, tu mente será capaz de descubrir cosas que puede que afecten grandemente al bienestar de los demás. Será un excelente momento para hacer planes a largo plazo y considerar todas las cosas desde una perspectiva global. Ahora mismo estás capacitado para desarrollar estrategias que influyan de una forma vital en todo tu futuro. Piensa en grande, porque los cimientos de tu vida se estremecerán positivamente.

52
LOS SIGNOS ASTROLÓGICOS

Este es el invierno de nuestro descontento. Hagamos que se convierta en un verano glorioso a través del sol de York.

SHAKESPEARE

Aprieto el control remoto de mi vida y veo imágenes de una noche de verano en la cual Camotín y yo salimos a dar un paseo por la Bahía de Biscayne. Era una vista maravillosa. Los majestuosos y espléndidos edificios de Miami parecían que se elevaban hasta el cielo. Las estrellas brillaban como guirnaldas haciéndole la competencia a la luna llena, como exigiendo más atención. El espectáculo era extraordinario y recuerdo que sentía la belleza lírica de una noche mágica.

—Camotín, qué suerte tenemos de poder ver todo esto. Tal parece que un mago misterioso ha conjurado esta magnificencia para deleite de nuestras almas. Observa los cielos, los planetas y las galaxias —dije.

—Espero no marearme —comentó Camotín.

—Camotín, yo tenía la esperanza de que tu negatividad desapareciese ante esta visión mística y maravillosa. Los cuerpos celestiales se nos muestran en toda su plenitud. Mira a tu alrededor y llena tu espíritu de vida, al contemplar, todas estas maravillas. Somos muy afortunados de poder disfrutar de esta vista tan espléndida —le dije.

—No está mal, pero yo personalmente preferiría estar con usted en el restaurante Don Quixote tomándome unas cuantas cervezas —respondió Camotín.

—Todo tiene un límite. No es bueno hacer tanto hincapié en la comida y en la bebida, porque también tienes que alimentar el alma. Además, darse tantos gustos culinarios puede resultar suicida porque nos puede impedir cumplir con nuestra misión en la vida. Es posible que tu actitud tenga que ver con tu signo astrológico. ¿Cuándo naciste, Camotín? —le pregunté.

—Yo nací el trece de febrero, pero no creo en esas cosas —respondió Camotín.

—Misteriosamente, el universo está interrelacionado como un todo único gracias a la acción de una fuerza invisible que alcanza cada rincón del cosmos. Los sucesos que acontecen en nuestras vidas encierran las razones subyacentes y los motivos ocultos de todo lo que nos sucede. Todo esto nos pasa con el objetivo de enriquecer nuestras vidas con algo duradero. Los poderes de los planetas influyen en gran medida en los rasgos de nuestra personalidad. Tú eres Acuario y posees cualidades brillantes. Tienes una gran inventiva y eres independiente. También eres una persona humanitaria que se preocupa por la paz en el mundo —le expliqué.

—Yo no me doy cuenta de nada de eso —dijo Camotín.

—Ésas son tus armas para enfrentar la vida. Sin embargo, necesitas mejorar y superarte continuamente para poder alcanzar esas metas. En estos momentos eres rebelde y por lo tanto resultas impredecible. También eres un irresponsable y por lo tanto no eres confiable. Necesitas mejorar y tratar de ser diferente. Tienes tus propias ideas y no te gusta que te digan lo que tienes que hacer. Sientes que estás por encima de los asuntos simples y cotidianos. Necesitas tu libertad, y tanto el dolor, como las necesidades de los que te rodean, te dejan indiferente —proseguí.

—¿Usted ha podido decirme todo eso con sólo saber mi fecha de nacimiento? ¿Cómo es posible que yo tenga tantas cualidades, y al mismo tiempo sea culpable de tantas cosas? —preguntó Camotín.

—Tú tienes las cualidades necesarias para poder alcanzar toda tu potencialidad. Existen algunas estrategias a las que puedes recurrir para poder lograrlo. No trates más de cambiar a los demás y concéntrate en cambiarte a ti mismo. Lucha contra el deseo de tan sólo recibir. Aprende a ayudar a los demás. Aprende a ser humilde y a preocuparte por las necesidades de toda la gente que te rodea. Muéstrate receptivo a las nuevas ideas, y no insistas en que conoces todas las respuestas —dije.

—¿Cómo puedo lograr mis metas? —preguntó Camotín.

—Puedes lograr tu realización en tus relaciones personales con los demás y a la vez debes ser capaz de integrarte al mundo que te rodea —le aseguré.

—Yo soy parte del mundo. Usted lo pone como si yo viviera en otro planeta —me respondió Camotín con ira en la voz.

—Ves, ése es un perfecto ejemplo de tu arrogancia. Debes ser más sensible cuando otra persona te habla. Camotín, mi escudero, yo no siempre estaré aquí contigo. Sólo estoy tratando de que tu vida sea más fácil, y que esa misma vida tenga para ti un sentido más profundo. Yo no soy un enemigo que trata de culparte, sino que soy un amigo que quiere aconsejarte sobre los diferentes caminos del universo. Tengo la esperanza de poder hacer despertar en ti la posibilidad de una perspectiva diferente. Dedico tanto tiempo a aconsejarte porque en el fondo de ti veo tu bondad, aunque tú trates de ocultarla bien profundo y trates de disimularla con tus bromas y con tu manera sarcástica de ser. Sé que en el fondo lo que estás buscando es amor, lo mismo que cualquier otra persona en este mundo —dije.

—¡Yo no estoy pidiendo que usted me quiera! —exclamó Camotín.

—Existen muchas formas de amar. No siempre el amor es sexual. Muchas veces, dos personas se quieren de una manera inexplicable. De alguna forma, el destino hace que dos personas muy distintas se encuentren en un mismo lugar y en un mismo momento. Una de esas dos personas tiene suficiente amor espiritual para dar, y por el otro lado, la otra persona desea recibir amor, pero en el fondo esa misma persona no se da cuenta de lo que realmente necesita. El universo les da a esas dos personas una oportunidad que las beneficiará a ambas, a una le otorga la facultad de dar y a la otra la facultad de recibir. Muchas veces, una persona está llena de amor y sin embargo no tiene la más mínima idea a quién dárselo. Eso no significa que la persona deba abstenerse de entregar ese amor. El árbol echa sus frutos no porque sepa que alguien se los comerá, sino porque ésa es su misión en la vida. Nunca des la espalda a alguien que te ofrezca un regalo, sino que aprende a recibir esa bendición con las manos abiertas y agradéceselo al universo. Algún día serás capaz de comprender lo que te digo. Yo seré paciente y seguiré enseñándote. Tu alma sabe que lo que te digo es cierto y que el conocimiento y la sabiduría nos llevarán a la continuidad y al sentido supremo de nuestra propia existencia —proseguí.

—¿Cuál es su signo? —me preguntó Camotín.

—Yo nací el veintidós de mayo, soy Géminis. Me guía el estímulo intelectual. Mis armas para lograr cumplir mi misión son la velocidad, la inteligencia, la curiosidad, el talento, las perspectivas contradictorias, la habilidad para enseñar, la amplitud de miras y unas buenas dotes de comunicación. Mi debilidad es, en ocasiones, mi falta de paciencia, y también el simple hecho de que soy muy analítico. Pienso que soy mucho más inteligente que los demás y tengo un gran ego. Siempre dudo de los resultados y necesito de cambios constantes. Me aburro con facilidad y tiendo a emitir juicios con demasiada rapidez. Mi realización personal radica en enseñar y en transmitir cierta sabiduría espiritual. Dispongo de ciertas estrategias. No debo apresurarme en llegar a mis conclusiones, y tengo que llegar a entender que mi conocimiento es limitado y que ciertas explicaciones a cosas que parecen inexplicables, eventualmente me llegarán a través de la Luz. Debo obligarme a tratar de profundizar en las respuestas del universo. Tengo realmente que comprender que los verdaderos cambios deben ser internos y no externos. Recuerda, Camotín, el mundo físico muestra una inclinación constante y poderosa hacia el equilibrio. Esta lucha de nunca acabar por lograr una simetría abstracta y balanceada es la inspiración de todo, desde la creación de las estrellas, hasta las transacciones más comunes de la mundana existencia material —dije.

—¿Qué me dice de la muerte? —preguntó Camotín.

—Para comprender la muerte tenemos que empezar por entender el mismísimo nacimiento. Cada nacimiento trae un nuevo comienzo, ya sea el nacimiento de un niño, de una relación, una empresa de negocios o un romance. Cada muerte, o fin de algo, implica, a su vez, un nuevo comienzo. Nacimos para, poco a poco, adentrarnos en un mundo astrológico que está mejor preparado que nosotros para poder culminar las correcciones que tenemos que hacer en esta vida. Existen leyes universales que gobiernan la naturaleza y también existen leyes universales que rigen la naturaleza humana. Por cada brizna de hierba que crece en este mundo, existe una influencia correspondiente entre las estrellas del cielo. Existen fórmulas antiguas para poder atraer la buena suerte y también para poder lograr la paz interior. Podemos dominar las poderosas fuerzas de la energía y esto ejercerá una profunda influencia positiva en nuestras vidas. Podemos protegernos del caos y de la mala suerte. Podemos eventualmente llegar a encontrarnos en el lugar adecuado y en el momento más apropiado. Podemos encontrar un sinfín de oportunidades para alcanzar nuestro destino. Puede que en algún momento determinado recibamos muchas bendiciones, que obtengamos protección y que tengamos la certeza de que todo lo que nos propongamos nos va a salir bien. Concéntrate en la vida, Camotín. El mundo espera por nosotros, mi escudero. ¡Reza para que cada uno de nosotros sea capaz de seguir adelante con una sonrisa en los labios y con el corazón lleno de alegría! —exclamé.

—¿Usted llega a todas esas conclusiones con tan sólo saber el signo astrológico? ¡Impresionante! —respondió Camotín.

En aquel momento, sentí que, al menos esta vez, sí que había tocado su corazón... o quizá ésa era la reacción de Camotín ante la belleza de la luna llena brillando sobre Miami.

—¿Qué importancia tuvo para ti aquel día? —preguntó Kika.

—Si nos mantenemos siempre alerta lograremos eventualmente alcanzar la espiritualidad. Lo espiritual que habita en nosotros nunca muere. El que no está alerta, aunque esté vivo, tal parece un muerto viviente. También aprendí que cuando se llega a una ciudad, hay que comportarse de acuerdo con las costumbres del lugar —respondí.

EL ORÁCULO DE KOKO: UN NUEVO COMIENZO

El presente. Éste es, quizá, el momento perfecto para recibir esa información que para ti pudiera tener un uso práctico que te ayude a conseguir el logro de una importante meta a largo plazo. Es posible que recibas noticias que te ocasionen un poco de tensión y que consecuentemente te lleven a reconsiderar la posición que has adoptado con respecto a tu carrera o a tu negocio. No trates de forzar las cosas, o de llegar a una conclusión definitiva en estos momentos. Tampoco estás bien aspectado para firmar ningún contrato que implique grandes compromisos de tu parte. Reúne suficiente información y deja para más adelante las negociaciones directas.

El futuro. Muy pronto puede ser que se te abra una nueva vía de crecimiento. Este crecimiento y progreso en tu carrera profesional va a significarte una gran realización personal. Este nuevo trabajo será muy importante para ti y no me refiero tan sólo en el aspecto de ganar dinero. Te sentirás bien con respecto a tu persona. Esta actitud alegre y confiada incidirá positivamente sobre tu familia. También a consecuencia de lo anterior, es muy posible que mejore tu vida y tu entorno familiar. Aprovecha al máximo todas las oportunidades que se te presenten. Estás en un buen momento.

53
EL CABALLERO CÓSMICO

Me vi en un sueño siendo una encantadora y extraordinariamente bella mariposa. Ahora, yo ya no estoy seguro si soy Chuang-Tzu quien soñaba que era una mariposa, o si soy una mariposa que soñaba ser Chuang-Tzu.

CHUANG-TZU.

Esta mañana me levanté temprano y fui al cementerio. Ya han pasado más de tres semanas desde que se oficiara el funeral por el alma del doctor Camote y quise llevarle un ramo de girasoles a su tumba. Mientras estaba allí, me sentía muy tranquila y muy serena, hasta el punto de esperar escuchar su voz dándome la bienvenida: "Buenos días, doctora Goldstein". Mi mente empezó a divagar y de repente vino a mi memoria un día muy especial que habíamos pasado juntos, casi veinte años atrás. Lo recordaba todo, absolutamente todo con los más vívidos detalles y yo misma me asombraba de lo perceptivo que había sido aquel día.

—Progresión hipnótica en la vida del doctor Camote... Catorce de octubre de mil novecientos ochenta —dije—. Sebastián, quiero que vayas al futuro. Quiero que avances mientras cuento hasta cinco. Uno... dos... tres... cuatro... cinco. Dime lo que ves.

—Me veo a mí mismo. Tengo puesto un yelmo y llevo un traje negro. Soy un guerrero y también porto lanza y escudo. Soy un caballero cósmico —me explicó el doctor Camote.

—¿Un caballero cósmico? ¿En qué año te encuentras?

—Estoy todavía en esta vida… es el año del milenio… Estamos a treinta y uno de octubre del año dos mil —respondió el doctor Camote.

—¿Dónde estás? —quise saber.

—Estoy en Miami. Veo extraterrestres. Seres extraterrestres malignos —dijo el doctor Camote.

—¿Extraterrestres en Miami? —le pregunté—. ¿Puedes decirme de qué planeta provienen?

—Sí, son del Planet Hollywood en Coconut Grove. No tienen cabellos, pero algunos llevan largas colas. Llevan vestiduras blancas y amarillas de un material brillante y se hacen pasar por Hare Krishnas. Están cantando, Leo Lorenzo… Leo Lorenzo —me explicó el doctor Camote.

—¿Quién es Leo Lorenzo? —le pregunté.

—Él es su líder, el gran maestro de la transformación y de la destrucción. Mucho tiempo atrás, en otra vida, él fue un mago maligno, quien en una ocasión transformó en molinos a los gigantes con quienes yo estaba luchando. Lo hizo para poder privarme de la gloria de haberlos vencido. Ahora, Leo Lorenzo y sus malignos seres extraterrestres, van a utilizar sus habilidades superiores para atacar la Tierra. Ellos van a tratar de destruir nuestras mentes y nuestros cuerpos. Se desatará una guerra sin cuartel en Miami. No será una guerra convencional, sino una guerra soterrada para poder tomar el control sobre la distribución de todas las drogas. Habrá muchas drogas.

—¿Qué otra cosa ves, Sebastián? —le pregunté.

—Veo problemas políticos. Hay un niño que llegó a Miami desde Cuba en una balsa con su madre. Ella murió cruzando las aguas. El padre del niño que vive en Cuba quiere que se lo devuelvan inmediatamente. Los familiares de la madre en Miami quieren quedarse con el niño y criarlo como si fuera propio. El mundo entero tiene los ojos puestos en Miami. Pasan los días y no se logra una solución. Alrededor de todo esto se ha producido un gran alboroto internacional, y cada país ha expuesto su criterio. Tendrán lugar revueltas callejeras de la gente que exigen que el niño sea devuelto a su padre; otros lucharán hasta el fin para que el niño se quede en Estados Unidos con sus tíos y primos. El mundo está dividido a causa de un niño de seis años. Mientras las naciones y las gentes de todo tipo opinan sobre el futuro de este niño, agentes federales con armas de asalto van a irrumpir en la casa donde el niño se encuentra temporalmente, lo van a sacar de allí y van a entregárselo a su padre. Por último, ambos van a regresar a Cuba —me contó el doctor Camote.

—¿Ves algo más? —pregunté.

—Sí, veo mucha gente en un estado de gran confusión. Unos dicen: "Cuenten los votos; otros dicen: paren de contar los votos; cuenten sólo estos votos; votos ausentes sí, votos sin fecha no" —respondió.

—¿De qué estás hablando, Sebastián? —insistí.

—No lo sé, no puedo ver con claridad —respondió el doctor Camote.

—¿Puedes ver algo más? —pregunté.

—El caos es inmenso. Lo que está en juego es quien será el próximo presidente de Estados Unidos. En noviembre del año 2000 hay mucha preocupación por los votos que no se marcaron correctamente en las boletas y una vez más, el mundo entero tiene sus ojos puestos en la Florida por la agitación que se ha provocado en Miami, Fort Lauderdale y Palm Beach. Se habla una y otra vez de volver a hacer el conteo de los votos. Las divergencias políticas que se están presentando en estas elecciones, marcarán el futuro del país. Se habla incluso de acudir a la Corte Suprema para que se adopte una decisión. Sin embargo, yo sigo adelante. Donde yo me encuentro ahora ya se ha decidido quién será el próximo presidente. La decisión ha sido tomada por las leyes del universo y no habrá Corte Suprema de Justicia o ningún recuento de los votos que cambie el resultado. Éste es el año cinco mil setecientos sesenta de la fe judía y se habla de la resurrección y de que los muertos regresarán a la vida. Esto parece ser cierto, es como una profecía, porque parece que hasta los muertos están votando. En Miami Dade se encontró una boleta aparentemente depositada por un ciudadano de El Portal, un hombre que ya había muerto y que había sido enterrado hacía más de tres años. En otro estado, un candidato ya muerto logró ganar las elecciones al Congreso. En realidad, nadie sabe quién debe ser el próximo presidente, incluso después de que se cuenten todas las boletas siempre quedarán dudas —declaró el doctor Camote.

—¿Algo más? —pregunté.

—El mundo está muy preocupado por el comienzo del nuevo milenio. La gente cree que todas las computadoras van a fallar y que el

tráfico aéreo se complicará, habrá escasez de comida y desorden internacional. Todo el mundo tiene miedo de lo que sucederá el 1 de enero de
2000, el pánico y la confusión reinan por doquier —respondió el doctor
Camote.

—¿Puedes ver algo más, Sebastián? —pregunté.

—Sí, veo el mundo como en un frenesí total a la espera de la publi-
cación del nuevo libro de Harry Potter. También veo a Lucy Neal, pero
ella no es otra más que mi Dulcinea. Lucy está buscando a Camotín.
Veo a Camotín encendiendo una pipa de crack y fumándosela. Lucy y
Camotín están hablando. Lucy saca dinero y se lo entrega a Camotín. Él
le entrega una pistola y sale corriendo. Ella sostiene el arma y dispara a
alguien. Oigo los tiros, las sirenas de la policía. ¡Oh no, mi señora! ¡No,
no,… mi Dulcinea! —el doctor Camote lanzó un grito.

—¡Sebastián, abandona esa escena! —le ordené.

—¡Yo la amo Dulcinea! ¡Siempre la amaré! —respondió el doctor
Camote.

—Sebastián, estás de vuelta en mi oficina. Abre ahora tus ojos. Nuestra sesión ha terminado —concluí.

Todo lo que él vio acerca de su propio futuro y del futuro que hoy vivimos, llegó a suceder. Personajes y caracteres que no sabíamos siquiera
qué significaban, ni que existían, aparecieron, mucho tiempo después,
en nuestras vidas. Yo sabía que la imagen del cementerio era auténtica,
pero a la vez tenía una esencia misteriosa y surrealista. Mientras me
marchaba, me preguntaba, una y otra vez, dónde se encontraría el alma
del doctor Camote. En el fondo tenía la esperanza que, de alguna forma,
él pudiese ver los girasoles que yo le había traído.

54
LA CEREMONIA PARA SER
ARMADO CABALLERO

Tanto en el cielo como en la tierra hay muchas más cosas de las que nosotros vemos.

WINSTON CHURCHILL

Ante mis ojos se presenta uno de los puntos culminantes de mi vida, la increíble experiencia de ser nombrado caballero. La aventura comenzó, esta vez, cuando recogí a Camotín a las cinco de la mañana. Todavía estaba oscuro cuando Camotín entró al auto. Camotín estaba malhumorado. No podía entender por qué no pude haber pospuesto cualquier cosa que tuviera que hacer hasta una hora más humana y más razonable. Mientras nos alejábamos del lugar, le ofrecí una explicación.

—Camotín, mi escudero, la ceremonia para ser armado Caballero Cósmico debe empezar al amanecer, justo cuando comienza a salir la nueva luz del día. Mi buen amigo, el chef Manolo, estará a cargo de efectuar mi investidura como caballero. Esta designación real tendrá lugar en su restaurante, ya que este restaurante es el sitio más apropiado para proceder a realizar este acontecimiento de tan magna importancia. Unos siglos atrás, mi nombramiento como caballero había tenido lugar en una hostería y el recuerdo de este memorable día estuvo presente en todas mis pasadas aventuras. Me alegra que estés junto a mí en esta ocasión tan feliz —le dije mientras detenía el auto frente a la entrada del restaurante Don Quixote—. Entremos, Manolo nos está esperando y todos juntos tendremos una visión fugaz de este nuevo día que comienza con mi nombramiento como caballero.

Mi buen amigo Manolo estaba sentado junto al bar, esperándome. A pesar de que Manolo estaba un poco aturdido con la idea de armar a alguien caballero, decidió que lo mejor era complacerme. ¿Qué daño podría hacerme? —eso era lo que él pensaba.

Con el objetivo de estar a la altura del momento había escrito un discurso en un pergamino, y lo había estado practicando mientras esperaba que Camotín y yo llegásemos. Cuando escuchó que tocábamos a la puerta, la abrió y nos dejó entrar con una reverencia.

—Buenos días amigos míos —dijo Manolo.

—Buenos días Manolo. Gracias por permitir que mi ceremonia para ser armado caballero tenga lugar en su restaurante —le dije.

—Si usted piensa que mi restaurante es el lugar más apropiado para ser armado caballero, no nos demoremos más y procedamos al nombramiento —respondió Manolo.

—Antes, fui armado caballero en una hostería. Este restaurante está inspirado en mis aventuras pasadas y no es peor lugar que la vieja hostería. Una vez más seré armado caballero, un Caballero Cósmico, y Dios será mi testigo —declaré.

—Yo estoy muy emocionado con este nombramiento de caballero. Es algo que yo nunca había hecho antes y es por eso que quiero hacerlo bien —prosiguió Manolo.

—La primera ceremonia siempre es la más difícil, pero yo sé que usted lo hará muy bien, Manolo. He traído todo lo que necesitamos para realizar la ceremonia. He traído a mi escudero, mi yelmo, mi escudo y mi propia banqueta para arrodillarme —le expliqué.

—Yo tengo el pergamino y la espada —replicó Manolo.

—Yo tengo a dos locos delante de mí —dijo Camotín—. ¿Cómo coño me habré yo metido en todo esto?

—Esto se debe a que en 1605 tú eras mi escudero Sancho Panza. Ahora has vuelto para ayudarme a destruir a Leo Lorenzo, quien en esa otra vida fuera Sansón Carrasco, el Caballero de la Blanca Luna. Él fue el caballero que me despojó de mi condición de caballero. En esta vida, mi misión es encontrarlo y derrotarlo, y tú estás aquí para ayudarme —le dije—. Mira la luz del amanecer, es hora de empezar —temblé lleno de emoción.

Me arrodillé en la banqueta, levanté la cabeza y miré a Manolo, quien comenzó a leer el pergamino: "Por los poderes que me ha concedido el Gran Maestro Supremo de nuestra Gran Orden Cósmica, y por la gracia de Dios, le invisto con la sabiduría de la Caballería Cósmica. El Maestro Supremo Cósmico me ilumina para decirle que todo aquel que decida convertirse en Caballero Cósmico debe renunciar a todo tipo de honores, riquezas y gloria. ¿Renuncia a todo esto? —preguntó Manolo.

—Sí, renuncio —respondí con entusiasmo.

—Y promete que voluntariamente, usted, se desprenderá de todas las ideas mundanas y profanas, y también promete que está tan convencido como yo, de que aquellos que renuncian a la esencia divina e inmortal del alma, ocasionando daño y dolor a los demás, son ante sus ojos, así como ante los ojos de todos nosotros, los Caballeros Cósmicos, no sólo unos ignorantes y unos profanos, sino también unos villanos. ¿Podrá usted cumplir con esto? —preguntó Manolo.

—Juro ante Dios y por mi honor que cumpliré —dije.

—Bien, por el poder que el Gran Maestro Cósmico ha conferido a nuestro fundador, y en este caso a mi persona, le nombro Caballero y le designo como un Caballero Cósmico. Que su alma se llene de alegría y que su corazón se colme de amor eterno y que Dios le proteja durante el combate. Le nombro Caballero con esta espada sagrada —proclamó Manolo mientras me tocaba suavemente en la cabeza con la espada.

—Levántese, Caballero y que la gloria lo acompañe. Derrote a todos sus adversarios y realice todos sus sueños.

—Yo ya he tomado una decisión. Seguiré el camino que inicié cuatrocientos años atrás. Don Quijote, el Caballero Cósmico ha regresado, prueba viviente de que la muerte no existe. El fin no existe, sólo es un nuevo comienzo. Lucharé por la bondad. Haré el bien a todos y no ocasionaré daño a nadie. Seguiré adelante con compasión y con comprensión. Estoy aquí para hacer posible lo imposible, y lo posible imposible. Gracias, mi buen amigo Manolo. Recordaré este día mientras viva. Gracias, mi buen escudero Camotín. Contigo a mi lado lograré muchas cosas. Vamos a desayunar, toda esta ceremonia me ha dado hambre —les confesé.

—¿Qué conclusión sacaste de aquel día? —preguntó Kika.

—Sonreí agradecido de pensar que una vez más era un caballero errante y valeroso. Es posible que en mi próxima vida vuelva a regresar, una vez más, en el papel que amo, el de un valiente guerrero. También aprendí que debemos abandonar algunos deseos que tenemos pendientes, porque tanta felicidad acabará por sentarnos mal —le contesté.

EL ORÁCULO DE KOKO: ACONTECIMIENTOS

El presente. Puede que diversos problemas, originados en la casa, sean ahora mismo una fuente de malestar. En estos mismos momentos, es posible que necesites aprender algunas lecciones difíciles, sobre todo si has estado dependiendo en exceso de tu familia u otras personas con las cuales hayas podido tener relaciones íntimas con el fin de sentirte importante y especial. Ni la familia, ni los demás, apoyarán ahora tu actitud egoísta. Procura mantener al margen tu necesidad de autoconfirmación, así como tus metas y objetivos. Tendrás que analizar cuidadosamente todo aquello que debes cambiar y enmendar.

El futuro. Muy pronto podrás finalmente librarte de tu dependencia de los demás y ser capaz de erigir las bases de tu propia valía. Eventualmente podrás hacer realidad tanto tus expectativas como tus exigencias, siempre y cuando éstas estén enfocadas en aras de tu desarrollo. Descubrirás nuevos poderes dentro de ti y encontrarás tus propios recursos internos. Como resultado de los cambios positivos que experimentarás, podrás librarte de viejos hábitos emocionales y descubrir que aún existe una visión excitante y muy poderosa de nuestra propia vida.

55
UNA MIRADA AL ESPEJO

El futuro pertenece a todos aquellos que creen en la belleza de nuestros sueños.

ELEANOR ROOSEVELT

Sigo recordando el libro de mi vida y ante mí aparece otro de los capítulos en los cuales traté de ayudar a Camotín para que lograra alcanzar un mayor crecimiento espiritual. Yo me encontraba conduciendo mi auto por la avenida Brickell. Camotín iba sentado a mi lado. El tráfico era bastante espeso. Un poco después tuvimos que detenernos ante una luz roja. Miré hacia un lado y vi un inmenso edificio de espejos. En el edificio quedaban reflejadas nuestras imágenes mientras nosotros esperábamos el cambio de luz. Yo sabía que en cuanto nos alejásemos, otro conductor y otro auto ocuparían nuestro lugar. Si yo ponía el auto en marcha y éste dejaba de reflejarse en esa pared de espejos, ¿acaso eso significaría que Camotín y yo dejábamos de existir? Enseguida, me puse a pensar en los espejos.

—Camotín —le pregunté—, ¿tú qué crees que reflejan los espejos, la realidad o los sueños? Mira hacia esos edificios de cristales y verás el inmenso *collage* que forman árboles, nubes y hasta el campanario de la iglesia que está al otro lado de la calle. Mira los otros edificios de espejos y verás que las luces de los semáforos, los rayos del sol, forman un cuadro efímero en esas paredes de cristal. Son imágenes maravillosas, pero,

¿reflejan una ilusión o una fantasía? Vivimos en este mundo rodeados de espíritus y de ángeles, pero nunca los vemos porque ellos viven en otra dimensión a la cual nosotros no podemos acceder. ¿Acaso eso significa que no existen? Me pregunto si cuando nos miramos al espejo, nos vemos como realmente somos o sólo vemos nuestra imagen física. ¿Tú qué crees, Camotín?

—Pienso que usted está más loco que sus pacientes. Un espejo, es un espejo y cuando yo me miro en él, sólo veo lo que soy, es decir, un tipo bien parecido —respondió Camotín.

—Escucha, Camotín. Cuando yo era pequeño, mi padre me llevó a un parque de atracciones en Brooklyn que se llamaba Steeplechase Park. Allí estaba la casa de los espejos, donde había muchos espejos inusuales que cambiaban tu imagen a medida que te ibas desplazando por las habitaciones. Yo seguía siendo el mismo niño pequeño, pero a medida que pasaba por delante de cada uno de ellos, unas veces me volvía muy ancho, otras veces muy bajito, o muy alto. Le pregunté a mi padre por qué pasaba eso, y él me respondió que las cosas no son siempre lo que parecen ser —le conté.

—Ésos eran tan sólo espejos que distorsionan la imagen. Es lógico que usted se viera extraño —me explicó Camotín.

—Déjame decirte algo, Camotín —proseguí—, vivimos en un mundo físico y no estamos capacitados para ver más allá de la imagen que se refleja en el espejo. Nuestros ojos nos dejan ver nuestros rostros y nuestros cuerpos, así como la ropa que llevamos puesta, pero en ese espejo no vemos otras cualidades ocultas que son parte integral nuestra, como la espiritualidad y la inmortalidad de nuestra alma, así como la promesa de la existencia del mundo del más allá. Somos espíritus que habitamos en cuerpos físicos y cuando llegamos a la tierra, olvidamos quiénes somos y dejamos totalmente atrás nuestro conocimiento espiritual. Alguna que otra vez, alcanzamos a tener una visión de lo que realmente somos y de cómo estamos tratando de cambiar constantemente, intentando adquirir un nivel más alto de conocimiento y de amor. Cada uno de nosotros tiene una energía que se une y se combina con las energías de todos los otros seres vivos y de las plantas. Estas energías combinadas se convierten en éter. Nuestra energía es el regalo más importante que tenemos. Sin esta energía vital no podríamos ni respirar ni vivir.

—Yo no sé usted, doctor, pero yo le aseguro que sin lo único que yo no puedo vivir, es sin dinero —dijo Camotín.

—Ése es un ejemplo perfecto de una persona que se limita a vivir tan sólo en el nivel físico. El dinero no puede comprar la salud, ni la felicidad ni la tranquilidad y tampoco puede comprar la seguridad. En un instante, las circunstancias de tu vida pueden cambiar, y la persona que tan sólo depende de aquello que posee materialmente, si de repente un día lo pierde, puede destruirse. Tenemos que cultivar valores espirituales que tengan una base fuerte y que nos sirvan para lograr una vida de realización en la tierra. Venimos a este mundo sin nada y nos vamos sin nada. Lo único que importa es el amor que damos, y es lo único que queda vivo aun cuando nos hemos ido. Camotín, hace algunos años Dios me habló a través de un sueño. Él era el Gran Maestro Cósmico —dije.

—¿Qué le dijo Dios? —preguntó Camotín curioso.

—Me dijo que los muertos no están muertos y que la muerte, en realidad, no existe. No existe la muerte, ni existe el final. Nuestra vida siempre consiste en empezar de nuevo. La muerte es un amigo y a la vez un protector. Me dijo que todos tenemos un Don Quijote dentro de nosotros mismos. Me dijo que yo también era ese Don Quijote y que muy pronto yo sería quien iniciaría un viaje de lo irreal a lo real, de la oscuridad a la luz y de la muerte a la inmortalidad. En mi sueño, le dije que yo trataría de hacer posible lo imposible. Prometí que nunca estaría demasiado ocupado con mis propios asuntos para no responder a las necesidades de los demás con bondad y con compasión. Prometí que nunca olvidaría que yo no tengo otro propósito en esta vida que no sea ayudar a los demás, porque en esta vida no todo lo que importa puede ser necesariamente importante, y no todo lo que podría ser importante, en realidad tiene importancia alguna. Mira al cielo que lo ha creado todo, pero que no posee nada. Nos alimenta, pero a su vez no hace alarde de ello. Triunfa, pero no añora el éxito. Nuestras vidas en la tierra se suceden una tras otra, una y otra vez, pasando sin cesar. De esta forma poco a poco, vida tras vida, nos elevamos a un entendimiento eterno de la vida. Cuando estamos tristes y desamparados y el silencio cae sobre nosotros, todavía en esos momentos difíciles podemos escuchar la voz de Dios y las voces de los ángeles que nos señalan el verdadero camino a seguir. Ese camino nos enseñará que nuestra propia vida es la única llave que necesitamos para adentrarnos en ese lugar en el cual habita nuestra verdadera naturaleza y en donde reside nuestra propia inmortalidad. Nuestras almas son inmortales. Un alma pura es como un río cuya fuente es el autocontrol, cuya agua es la verdad, cuyo banco es la justicia y cuyas olas son la compasión. Nadie pasa por esta vida sin sufrimientos ni tristezas. Cada una de nuestras acciones debe representarse con perfecto equilibrio, humanismo, con libertad y con justicia. Debemos actuar en todo momento como si todo lo que hoy fuéramos a hacer, fuera nuestra última obra. La lluvia de la mañana trae consigo el sol de la tarde, y todos los que hoy lloran, volverán a reír mañana. Los que ya murieron o dejaron de estar entre nosotros no se han ido para siempre, sino que están junto a nosotros, aguardándonos en las sombras que se engrandecen continuamente. Nuestros muertos no están bajo la tierra, sino en los árboles que nos susurran, en la madera que crece y se fortalece, en el agua que corre y luego siempre duerme. Nuestros muertos están junto a nosotros en nuestras casas y entre todos los hombres y mujeres que caminan por la tierra, en el vientre de una mujer y en el niño que espera dentro de ese vientre para después nacer. Nuestros muertos están junto a nosotros en el fuego que arde y en el fuego que se extingue. Ellos están en la hierba que susurra y en las rocas que sollozan, en el bosque y en nuestras ciudades y en nuestros pueblos. Ellos están vivos en todas partes. Dios no nos hizo para que fuéramos olvidados. Despierta ahora Sebastián. Levántate y busca a los Grandes Maestros del alma y escucha su voz. El camino es angosto y en muchas ocasiones, difícil de encontrar, pero para todos aquellos que buscan, saben que el camino correcto es aquel que se elige con el corazón. No podemos verlos, no tienen un nombre, un cuerpo, son impalpables, se han reducido, no han crecido, nuestros sentidos no los perciben, no tienen un fin, ni un comienzo, están más allá del tiempo y son más profundos que las más grandes profundidades y más altos que cualquier cima. Encuéntralos y te habrás encontrado a ti mismo. Dios nos ha dicho que hemos venido a este mundo para aprender a soñar y para aprender a amar —dije.

Cuando terminé de contarle todo este maravilloso sueño, Camotín hacía ya un buen rato que se había dormido.

—¿Qué te gustaría recordar de ese día? —preguntó Kika.

—Creo que debido al ritmo de vida que llevamos en la tierra, es muy difícil que le prestemos atención a lo que realmente llevamos dentro.

La meditación puede ayudar grandemente a que nos conectemos con nuestro conocimiento interior. La vida es difícil, pero esa misma vida es mucho más difícil para una persona que sea arrogante, egoísta, despreocupada y distraída. La vida puede ser más fácil para aquellos que no estén interesados en las riquezas, que no busquen la fama y que se limiten a buscar una vida de mayor pureza y de búsqueda interior. Espero que Camotín escoja un camino mucho más espiritual en su vida. También comprendí que en el fondo, nada humano tiene gran importancia —respondí.

EL ORÁCULO DE KOKO: LA BUENA FORTUNA

El presente. Ante ti se presenta un importante reto tanto de carácter emocional como intelectual. Puede que en estos momentos quieras alcanzar unos objetivos más académicos o por qué no, creativos, pero te das cuenta de que te falta la energía que se requiere para poder poner todo tu talento y todos tus conocimientos al servicio de esa misma tarea. Ten cuidado con los disgustos y con ciertos obstáculos que se te pueden ir presentando en tu camino. Vigila que todo esto no te provoque un desajuste emocional en tus relaciones habituales con los demás. Algunos asuntos que están pendientes desde el pasado pueden provocarte cierta agitación y también pueden llegar a ocasionarte cierto distanciamiento. Existe la posibilidad de que se produzca una separación de algunas personas a las cuáles tú realmente quieres. Aprovecha toda esta época para analizar cuáles son tus motivaciones reales.

El futuro. Pronto se revelará el genio que llevas dentro de ti. Durante este periodo vas a tener tu inventiva como tu mejor aliado. Éste es el momento más adecuado para liberarte de viejos estereotipos y ser capaz de redescubrir quién eres tú realmente. Tu magnetismo y tu libertad de espíritu te permitirán cruzar fronteras que se te habían resistido en el pasado.

56
LOS DERECHOS HUMANOS

Si la luz brilla en el alma, la persona será bella.
Si la persona es bella, la armonía reinará en el hogar.
Si en el hogar hay armonía, la nación estará en orden.
Si la nación está en orden, el mundo gozará de paz.

Proverbio chino

Dediqué todos y cada uno de los días de mi vida a tratar de mejorar las condiciones del mundo, y hasta el día de mi muerte lo seguí intentando. Cuando pienso en todo esto, recuerdo otra de mis conversaciones con Camotín:

—Camotín, de nosotros siempre depende lo que hagamos con nuestras vidas. Todos nosotros tenemos las herramientas y los recursos necesarios, pero la decisión de qué es lo que debemos hacer con ellos depende de cada uno de nosotros. Creo que nuestros actos, nuestras palabras y nuestras ideas pueden lograr cambios positivos en el mundo, y si ésa es nuestra decisión, habremos ayudado a la humanidad. Al ayudar a la humanidad, nos ayudamos a nosotros mismos y a todos aquellos que viven con nosotros en este preciso instante y que eventualmente vivirán junto a nosotros en muchas de nuestras reencarnaciones futuras. Últimamente, cuando leo los periódicos o escucho las noticias, mi alma se entristece, al observar tanto dolor humano y tantos sufrimientos. Hemos llegado a alcanzar niveles muy altos en tecnología, en ciencia y en medicina, pero aún así, seguimos siendo tan crueles e inhumanos como éramos siglos atrás, cuando para divertirse, arrojaban a los hombres a los leones. ¿Cómo es posible decir que hemos progresado, cuando en el mundo todavía existen mercados de esclavos? En esos mercados, niños inocentes, hombres y mujeres viven en condiciones peores que los animales. Están sujetos a los caprichos de sus brutales dueños, a quienes sólo domina la avaricia y a quienes tan sólo les interesa el dinero. ¿Cómo podemos permitir que gente inocente vaya a la cárcel, e incluso permitir que sean ejecutados? Recientemente, un hombre fue ejecutado acusado de un asesinato que nunca cometió. Esto pudo comprobarse más tarde a través de los resultados de la prueba de ADN. El resultado fue que, a pesar de que el hombre insistía en su inocencia, las pruebas llegaron muy tarde, ya después de que él había sido ejecutado. Desgraciadamente, éste no es un caso aislado, sino algo que sucede con demasiada frecuencia en nuestra sociedad. El tratamiento cruel que los presos reciben en las cárceles, y los procedimientos inhumanos a los que los someten están saliendo a la luz con alarmante frecuencia. Abusos sexuales, palizas, aislamiento, humillaciones. Todo esto demuestra que continuamos siendo auténticamente inhumanos y además somos unos bárbaros. Somos unos seres a los cuales nos encanta sembrar el horror por doquier. Lamentablemente, la gente no está segura ni en sus propias casas. Los padres abusan de sus propios hijos.

Los matrimonios se ocasionan daño mutuamente, bien sea daño físico, o mental. Los adultos golpean cada vez más a sus padres ancianos. Hay gente que se aprovecha continuamente de aquellos que son más frágiles y más débiles. Los abusadores siempre buscan a los que son más débiles, a quienes se sienten indefensos y que además, después del abuso se quedan confundidos y asustados. Nosotros debemos proteger a estas personas contra el caos que los rodea. ¡Hay tantas cosas que tenemos que hacer aquí, dentro de nuestro maravilloso país! Debemos acabar con la injusticia moral que existe y atrevernos a implantar una verdadera justicia espiritual basada en la razón y en el espíritu. Todos debemos ayudar —le exhorté.

—¿Qué podría hacer yo para ayudar? Yo tan sólo soy un drogadicto que también necesita ayuda —respondió Camotín.

—Ése es el problema, Camotín. Tú no te quieres dar cuenta de que todavía estás en condiciones de ayudarte a ti mismo y a la vez de ayudar a los demás. Nosotros, como seres humanos, tenemos el suficiente poder para poner fin al sufrimiento y a todas las causas que lo originan. Debemos liberarnos de la ignorancia que nos corroe y abrirnos a tener una mente más iluminada y espiritual. Nosotros debemos asumir la responsabilidad por todas nuestras acciones en esta vida. Si no somos capaces de aceptar nuestra responsabilidad, nuestro sufrimiento continuará durante muchas otras vidas por venir. Nuestras vidas futuras serán eventualmente más importantes que estas que vivimos ahora porque la visión a largo plazo de nuestras futuras vidas será la que nos dicte cómo vamos a vivir en un futuro y cómo vamos a convivir con los demás. No podemos cometer el error de sacrificar esta vida por toda la eternidad. Nosotros debemos de hacer siempre todo lo que podamos para poder ayudar a las personas que están con nosotros en este mundo y en esta misma vida. Tenemos que tratar de elevar el nivel de conciencia de las masas. Tenemos que unirnos y obligar a los gobiernos del mundo a que adopten una norma única y universal para que los derechos humanos sean siempre respetados. Nosotros debemos ser responsables de crear una cultura de respeto por los derechos humanos que perdure aun cuando nosotros ya no estemos aquí —dije.

—¿Qué va a hacer usted para ayudar a que esto suceda además de hablar sobre el tema? —preguntó Camotín.

—Desde hace mucho tiempo soy un miembro fundador de "Amnistía Mundial y Libertad". Nuestra organización brinda su ayuda para poder resolver los problemas que amenazan los derechos humanos tanto en el ámbito nacional como internacional. La agenda de nuestra organización recoge cinco puntos fundamentales: 1) No a la impunidad de los gobiernos a negarse a llevar ante la justicia a los transgresores de los derechos humanos. 2) La aprobación de una corte criminal internacional para solucionar este problema. 3) No a la tortura. Casi las dos terceras partes de las naciones que existen en nuestro planeta someten a muchos de sus ciudadanos a torturas y a maltratos. 4) No a la violación de los derechos humanos de los cuales son objeto muchos ciudadanos debido a su raza, grupo étnico, religión, posición económica y orientación sexual. 5) Respeto y abolición del trato inhumano que reciben muchas de las personas que como refugiados, piden asilo. Existen muy pocos países en el mundo, incluidos, muchas veces, Estados Unidos, en donde los refugiados son recibidos con dignidad y reciben el trato digno y humanitario que merecen. Nuestro país, al tener los derechos y libertades garantizados por la Constitución, debe constituir un lugar seguro para todo aquel que huye de la opresión. El abuso económico y las violaciones de los derechos humanos existen por doquier. Muchas corporaciones multinacionales cierran los ojos ante las violaciones de los derechos humanos que son cometidas por algunos gobiernos de países en los cuales estas corporaciones están establecidas. Las organizaciones cierran los ojos para de esta forma proteger sus propios intereses económicos. Nunca debemos olvidar y menos transgredir los derechos humanos con el objetivo de obtener ganancias materiales. Tenemos que trabajar mucho más en defensa de los derechos humanos. Es muy probable que nunca sepamos los nombres de las personas a quienes salvemos la vida, o cuyos derechos hemos defendido. Sin embargo, nosotros vinimos a este mundo para hacer buenas obras, y toda la humanidad se beneficiará de las mismas si somos capaces de iniciar una reacción en cadena ayudando y salvaguardando la dignidad de todos los demás. Yo no descansaré hasta tanto no haya hecho todo lo posible porque la dignidad humana sea respetada en todas partes. Llevaré adelante mi misión de hacer del mundo un lugar mejor. Tengo la esperanza, mi escudero Camotín, de que mis palabras te hayan motivado para que sigas adelante con nuevos bríos y nuevos objetivos —le expliqué.

—De todo esto que usted me dijo, la verdad es que creo que sólo recordaré lo que usted me dijo sobre la esclavitud. Estoy atrasado para una cita, doctor. Tengo que irme ya, doctor Camote, soñador de sueños y deshacedor de entuertos. Lo veo mañana a la misma hora y en el mismo lugar —dijo Camotín mientras salía de mi despacho y se perdía en la noche.

—¿Qué importancia real tiene este episodio para ti? —preguntó Kika.

—Yo sé que si Camotín fuera capaz de emplear la mitad del tiempo que dedica a divertirse, en tratar de hacer buenas obras, podría en muy poco tiempo llegar a convertirse en una persona mucho más espiritual. También comprendí que para hacer el bien, todas las horas son buenas —respondí.

EL ORÁCULO DE KOKO: OPORTUNIDADES

El presente. Es posible que no te lleguen algunos mensajes, o que algunas citas que ya tenías previstas, al final no se produzcan. Todo ello puede ser motivado por la falta de comunicación. Estas circunstancias anómalas podrían obligarte a que consideraras un cambio de planes. Puede que algunos de tus compañeros de trabajo, secretarias, recepcionistas y demás personas que hacen posible que el trabajo fluya, y a quienes respetas por la calidad de su trabajo, de pronto, comiencen a dar muestras de cierta inconsistencia. También es posible que recibas algunas noticias que te obliguen a cambiar tus planes a corto plazo. Trata de no hacer mucho énfasis en estos pequeños inconvenientes y sigue adelante con tus planes globales.

El futuro. Éste será el mejor momento para continuar ese trabajo que llevabas conjuntamente con otras personas que comparten tus mismos intereses. Ésta será una época de relaciones cordiales y de continua amistad con las personas con las que te relacionas a diario. Puede que empieces a aceptar criterios de otras personas y que estos mismos criterios se lleguen a aplicar en ciertas cuestiones fundamentales. En un próximo evento social vas a disfrutar de una conversación amistosa o de una discusión animada que te abrirá los ojos para futuras oportunidades. Un amigo íntimo te va a dar un consejo al cual tienes que prestar la atención debida. Déjate guiar por tu intuición y por tus instintos, ya que si les haces caso, se te abrirán nuevas puertas.

57
LA DESPEDIDA DEL AÑO 1999

El Señor mandó a sus ángeles para que tuvieran cuidado de ti y para que te guiaran en todos tus pasos.

Salmo 91:11

Era el último día del año 1999 y la verdad es que yo me encontraba muy solo. Tenía invitaciones para asistir a varias fiestas y a varios lugares en los cuales yo sabía que podría divertirme y pasarlo bien. Sin embargo, comprendí, que incluso en medio de la multitud, me iba a continuar sintiendo solo. Tradicionalmente, la víspera de año nuevo es un momento de reflexión, de promesas y de nuevas esperanzas. Llegamos al final de un año y debemos evaluar el progreso que nuestra alma ha realizado. Es un momento muy importante para estar con alguien que realmente nos interese y que signifique algo en nuestras vidas. Sin embargo, una vez más, yo me encontraba solo, a tan sólo unas pocas horas antes de la llegada del año 2000 y del comienzo de un nuevo siglo. Decidí llamar a mi tío Joseph en España porque a pesar de la diferencia horaria, me di cuenta de que todavía faltaban algunas horas por la entrada del nuevo año. Marqué el número y el teléfono comenzó a sonar en Madrid.

—¿Tío Joseph? Hola, ¿cómo estás? Quise llamarte antes de año nuevo y desearte alegría y felicidad en el nuevo milenio —lo saludé.

—Hola, Sebastián, no sabes la alegría que me da escucharte. Yo también estuve pensando en llamarte, pero pensé que quizá lo estuvieras celebrando en algún lugar. ¿Vas a ir a alguna fiesta esta noche? —preguntó Joseph.

—No, no podía imaginarme en una noche tan especial como ésta, compartiendo con un montón de gente a la que ni siquiera conozco — le respondí.

—Sebastián, todos nosotros estamos unidos por la misma esencia y hemos compartido ya muchas vísperas de año nuevo y muchas otras vidas juntos. ¿Por qué no lo aceptas? —me preguntó Joseph.

—Mi mente me dice una cosa, pero mi alma me dice otra. ¡Me siento tan solo, tan solitario! Es asombroso cómo puedo escuchar a mis pacientes hablar de sus problemas y hasta llegar a encontrarles soluciones y mientras tanto yo soy incapaz de encontrar una respuesta para mi propia soledad —admití.

—Querido sobrino, sé que me has llamado porque necesitas consejo. Yo me siento muy ligado emocionalmente a ti, pero creo que todavía puedo mantener la suficiente distancia y analizar tu vida completa desde otra perspectiva. Yo sé que tú eres un médico muy desprendido y compasivo con tus pacientes. Sé que los escuchas con gran atención y que además compartes con ellos tus conocimientos que provienen no sólo de la medicina, sino también de lo más profundo de tu corazón. Personalmente, sé que contribuyes a muchas obras de caridad y que además haces donaciones de grandes sumas de dinero para ayudar a los necesitados. Tú comprendes muy bien la importancia de preocuparse por los niños, porque ellos serán los que un día gobiernen el mundo. Pero a pesar de todo el bien que haces, todavía, en el fondo de ti mismo tú sabes que llevas una vida demasiado superficial —dijo Joseph.

—No entiendo lo que dices —confesé.

—Tú no has abierto suficientemente tu alma para que puedas oír y sentir las almas de los demás. Una cosa es que nos agrade una persona y otra bien diferente es que la sintamos —dijo Joseph.

—Tío, no sé de qué me hablas. A mí me gusta analizar y veo muy claramente las diferencias tan grandes que existen en este mundo. Puedo ver la riqueza de la avenida Brickell, pero también puedo ver a los mendigos que viven bajo los puentes del centro de Miami. Veo la extravagancia que adorna los yates y las grandes fiestas privadas, pero también veo a mucha gente inocente y abusada que han ido a parar a la cárcel por un crimen que no han cometido. He escuchado llorar a mis pacientes, y también he visto llorar a cierta gente que lo tiene todo. Veo la justicia y la injusticia. ¿Cómo puedes decir que yo no he abierto mi alma? —le pregunté.

—Vivimos en un mundo, en el cual tan sólo podemos ver un uno por ciento de lo que realmente está sucediendo a nuestro alrededor. Muy pocas veces tenemos la oportunidad de ver el noventa y nueve por ciento restante. Cuando miramos a nuestro alrededor, es muy posible que muchas veces pasemos por alto el llamado de ayuda que se esconde detrás de una sonrisa. Dios nos une a todos, pero nos comportamos como extraños mientras nos buscamos en silencio los unos a los otros. Nuestra percepción está cubierta por velos que no nos dejan ver con claridad y que, sobre todo, nos impiden ver con los ojos del alma. Yo sé que tú has leído mucho sobre la espiritualidad, pero ya ha llegado el momento en que debes dejar de ser un estudiante y finalmente poner en práctica todo lo que has aprendido. Un hombre puede vivir en la cima de los Himalayas e invertir todo su tiempo en adquirir conocimientos. Puede que esta misma persona piense que es una persona espiritual; pero si nunca regresa al mundo de los hombres y comparte con ellos su conocimiento, mediante actos de amor y de bondad, ese hombre no puede ser considerado una persona realmente espiritual. Uno no puede vivir aislado en la vida, porque no fue para eso para lo que vinimos a este mundo. En muchas ocasiones, es mucho más fácil cerrar nuestros ojos, y olvidarnos de todos los problemas que aquejan a nuestra sociedad. Podremos entonces vivir cómodamente, pero no es para eso para lo que vinimos a este mundo. No vinimos a la tierra para vivir la vida en soledad o en la comodidad de nuestros hogares.

Tu soledad es un síntoma sobre el cual debes reflexionar para poder entender tu propia mortalidad y preguntarte a ti mismo si estás haciendo el uso adecuado del talento que te fue dado. Muy pronto vas a hacer un análisis crítico de este año que termina y dime, ¿qué te hubiera gustado haber hecho diferente? ¿Qué es lo que tú te reprochas? ¿A quién o quiénes has entregado tu amor? ¿A quién o a quiénes has ocasionado dolor? ¿Cuál es tu mayor temor? ¿Cuál es tu más preciado sueño? Tu soledad te brinda la posibilidad de reconsiderar, de crecer, de amar de nuevo y de encontrar la paz. No te detengas. No importa cuánto amor entregues, siempre habrá más amor que puedas dar. Vive cada preciado instante con plenitud. Haz siempre todo aquello que todavía puedas hacer. Nosotros nunca sabemos a dónde nos lleva el destino, pero siempre debemos seguir adelante sin temor y con pleno amor. Respeta a todo aquel que se cruce en tu camino, y no emitas juicio alguno sobre las personas que ves y que te rodean. Nosotros desconocemos su misión en este mundo. Todos hemos venido a la tierra con el fin de aprender. Al llegar se nos da un cuerpo, que puede que no nos guste, pero es el que nos ha sido otorgado para esta vida y debemos conservarlo y tratarlo con cariño mientras estemos aquí. Debemos aprender las lecciones que la misma vida nos enseña, y a la vez debemos entender que los errores no existen, que son tan sólo lecciones. Nuestro crecimiento no es más que un proceso durante el cual lo intentamos y mientras lo intentamos, cometemos errores y experimentamos el efecto de los mismos. Esa persona que parece que está totalmente vencida y que te la encuentras limpiando la ventanilla de tu auto con un trapo sucio, esa persona también, al igual que tú, ha venido a este mundo para poder aprender. Trata a esa persona con amor porque puede que en la próxima vida seas tú el que esté limpiando la ventanilla. La vida es algo extraordinario. Estamos rodeados de ángeles a los que no podemos ver. Vivimos día a día y no entendemos que muchos milagros están a punto de suceder. A pesar de que es la víspera del año nuevo, y tú piensas que estás solo, eso no es así. Levanta el velo que cubre tu alma y mira a tu alrededor. El viento que susurra en los árboles, las estrellas que brillan en la noche y las olas que rompen en el mar son parte del universo eterno que te rodea y que además te brinda su amor. ¡Feliz año nuevo, mi querido sobrino! ¡Que el nuevo milenio te traiga una felicidad como la que nunca imaginaste! —dijo Joseph.

—Gracias, tío. ¡Esperaré siempre por lo inesperado! —le respondí.

—¿Qué recuerdas de aquella víspera del año nuevo? —me preguntó Kika.

—Aquí y ahora, haciendo la revisión de mi vida, me doy cuenta de todo el amor y generosidad que recibí en mi vida. Nunca antes me había dado cuenta de ello, porque mi visión terrenal era demasiado limitada.

Aprendí que las palabras pueden ser como unas gafas que pueden llegar a distorsionar todo cuando no logran hacer que se vea más claro —le respondí.

EL ORÁCULO DE KOKO: OBSTÁCULOS

El presente. Es posible que en tu relación personal seas objeto de algunas escenas de celos. Alguien dentro de tu círculo íntimo querrá que se haga su voluntad y ello traerá consigo ciertas desavenencias. Puede que tanto tú como tu pareja prefieran cosas diferentes. Esto les impide comprometerse mutuamente en asuntos importantes y eventualmente pudiera afectar el funcionamiento de ambos al tratar de lograr objetivos comunes. Puede que uno de los dos desee tener una relación más estrecha y necesite sentirse más apreciado por la otra persona, mientras que la otra persona persigue inquietudes más creativas y, poco a poco, va dejando un limitado espacio para las aventuras íntimas y para una mayor sensualidad.

El futuro. Es posible que puedas obtener la cooperación necesaria para que tus ideas y tus planes profesionales sean aprobados. En estos momentos, las relaciones y contactos profesionales con gente prominente e influyente se encuentran bien aspectados y pueden traerte el reconocimiento y la atención que hace ya tiempo vienes buscando. Estarás en buena disposición y con grandes deseos de trabajar con los demás. Estás en el lugar y en el momento adecuado para poder aplicar nuevos enfoques y utilizar nuevas estrategias de planificación.

58
MANOLO

Confía en Dios y estarás en paz. De esta forma Dios siempre vendrá a ti.

Job 22:21

Recuerdo la noche en que Manolo me invitó a una cena en el restaurante Don Quixote. Aunque ya hacía algún tiempo que el lugar había abierto, todavía era un proyecto a trabajar, como suele decirse en la jerga del teatro. Con frecuencia, se cambiaba el menú, se le agregaban muchos platos nuevos, y las recetas se modificaban para hacerlas más al gusto de los clientes. Todo tenía que ser de lo mejor. Siempre se le estaban haciendo mejoras a la decoración con la adición de nuevas cosas de valor, y cada rincón tenía algo fascinante qué admirar. Por todas partes, podían verse estatuas, cuadros y escenas que exaltaban la imaginación. Cuando llegué, Manolo ya tenía lista mi mesa favorita.

—Hola, Manolo, como siempre es un placer estar aquí, no por casualidad es mi restaurante preferido en el mundo entero. Gracias por su gentil invitación —dije.

—Siempre es un placer verlo —respondió Manolo.

Manolo llamó al camarero y nos tomaron la orden.

—Usted debe disfrutar a lo grande estando aquí todos los días rodeado de este maravilloso ambiente. ¡Qué suerte tiene de poder estar en un lugar tan extraordinario! —comenté.

—Las cosas no son siempre lo que parecen —observó Manolo.

—¿Qué quiere decir?

—Este restaurante me ha traído grandes problemas. Muchas veces me pregunto si realmente vale la pena soportar todas las presiones y las tensiones que me ocasiona —continuó Manolo.

—Las presiones pueden ser positivas, y hasta incluso pueden llegar a ser buenas. Sin embargo, cuando las presiones se convierten en tensiones, entonces pueden ser muy perjudiciales. Las tensiones pueden ocasionar muchos problemas, tanto en el plano físico, como en el mental. ¿Qué está pasando? —le pregunté.

—Hace más de dos años que no dejo de tener continuos problemas con este lugar. Todo comenzó cuando compré la propiedad. Cuando compré el lugar y según el contrato, los espacios de parqueo estaban incluidos, pero después me enteré de que no existía ningún espacio para el estacionamiento de los autos. Eran parqueos que se denominaban ficticios y que por lo tanto no existían físicamente. En este mismo espacio, se encontraba una tienda de antigüedades, que hubo que demoler casi por completo antes de iniciar la construcción del restaurante. La administración de la ciudad de Miami me exigió un permiso de construcción, pero para conseguir ese permiso de construcción yo tenía que asegurar que tenía los suficientes parqueos antes de poder comenzar la construcción. Esto me costó más tiempo y más dinero. Contraté a un conocido arquitecto y me fui a España a pasar unas breves vacaciones. Estando de vacaciones en Madrid, me enteré, a través de un amigo mío de Miami, que el arquitecto había demolido el edificio, sin haber obtenido primero el permiso de construcción. Algunos periódicos locales publicaron artículos diciendo que yo me había burlado de la ley y que había realizado algo para lo cual no tenía el permiso. Pero es que yo sí tenía el permiso. No sólo no burlé ninguna ley, más bien fui yo el burlado. Yo podía demoler el edificio, en cualquier momento, porque tenía el permiso de demolición. Sin embargo, demoler el edificio fue algo estúpido porque todavía no teníamos el permiso de construcción. Cuando regresé a Miami tuve que contratar a una gran firma de abogados para conservar el permiso de mantenimiento de los parqueos ficticios y poder, entonces, comenzar a construir el restaurante. Todo aquello generó bastante resentimiento en mi contra, sobre todo, por parte de algunos grupos cívicos locales. Decían que a la gente no le gustaba mi proyecto y trataban de rebatir mis ideas. Tuve problemas con la construcción y en lugar de los nueve meses previstos, el proyecto se demoró por más de dos años. Me sentí rodeado por todo tipo de fuerzas negativas y hostiles. No es fácil tratar de hacer algo cuando tanta gente está en contra de uno —me confesó Manolo.

—Siento mucho que haya usted tenido todos esos problemas. Uno se pasa años soñando con algo y de pronto la gente se une y se pone de acuerdo para tratar de destruir todo lo que uno quiere hacer. Me alegra mucho saber que a pesar de todos los problemas logró construirlo. Es un sitio maravilloso. A la gente le cuesta aceptar los nuevos conceptos y todo lo que es inusual, como este restaurante, lo ven como una amenaza, y siempre acabarán acusándolo de tener segundas intenciones. Se necesita tener mucho coraje para ser diferente. Los demás pueden sentir celos hasta de que uno persiga un sueño, pero uno debe perseguir y conseguir ese sueño cueste lo que cueste. La gente puede ser ilógica, egoísta e irracional, pero hay que perdonarla. Hay que ser tolerante ante la intolerancia, mantener la calma ante la violencia y mostrar bondad incluso con todos aquellos a los que usted quisiera quitarse de encima en un momento dado. Las acciones negativas de esa gente van a afectar su karma. No existe ningún lugar en esta tierra en el cual uno pueda escapar de sus propios errores. La gente puede tratar de encontrar refugio en medio del océano, en las cuevas de las montañas o en las nubes infinitas del cielo, pero el mal que han hecho siempre quedará al descubierto —dije.

—Pero no todo termina aquí. También me equivoqué con la gente que contraté para dirigir el lugar. Los empleados se aprovechaban de toda esta situación y robaban el dinero en efectivo que entraba al restaurante. También robaban mercancías y productos. Tenía una plantilla de cuarenta y cuatro personas y muchos de ellos nunca trabajaron en el restaurante, pero recibían su salario sin falta y se lo repartían con los encargados. Al principio, cuando abrimos el restaurante, llegué a creer que había más camareros que clientes y los problemas financieros eran tantos y tan numerosos que muchas veces me arrepentí de haber empezado todo esto —dijo Manolo.

—Usted debe tratar de lograr un equilibrio entre el miedo al fracaso y el frenesí del éxito. El conocimiento no es otra cosa que el contacto directo con la intención. Los motivos son los gestos del alma. Este restaurante estaba predestinado a construirse. El restaurante era parte de un sueño que usted llevaba en su corazón y por eso formaba parte de su misión en la vida. Yo le garantizo que su restaurante va a tener tanto éxito que eventualmente tendrá que rechazar clientes. La lista de espera será tan grande que será necesario hacer las reservas con un mes de antelación. Éste es el lugar donde yo fui armado caballero y algún día se convertirá en un lugar famoso. Si usted es una persona honesta y franca, es posible que haya gente que lo engañe, pero a pesar de todo usted siempre debe vivir con honestidad y sinceridad. Usted debe darle al mundo lo mejor de usted, y aunque haya gente que piense que eso no es suficiente, usted siempre debe dar lo mejor de sí mismo. Puede que usted hoy haga el bien y que la gente mañana ya lo haya olvidado, pero no importa, usted a pesar de todo y de todos, debe seguir haciendo el bien. Cuando se alcanza el éxito, inmediatamente surgen amigos falsos y también enemigos verdaderos, pero aun así, siempre se debe perseguir el éxito. El águila no intenta escapar a la tormenta, trata de volar más alto. Cuando nos enfrentamos a las tormentas de la vida, debemos salir de ellas con la conciencia clara. Tenga fe, Manolo. Los problemas de la vida no deben preocuparnos, sino la forma en que vamos a enfrentarnos a ellos. Usted no es más que lo que siempre ha sido, y usted nunca será más de lo que haga ahora. Usted ha eliminado las fuerzas negativas que afectaban a su restaurante y las ha sustituido con amor y buen karma. Su restaurante ha adquirido una fuerza de vida poderosa y un corazón vibrante, y este mismo restaurante le traerá buena suerte a todo aquel que lo visite —concluí.

—Gracias, mi buen amigo Sebastián. Me alegra que hayamos tenido esta conversación. Usted me ha dado más valor y me ha traído nuevas esperanzas. Mientras exista este restaurante, usted siempre será bienvenido. Piense en él como si fuera su hogar pasado y una parte de su presente. Pero ahora, ¡disfrutemos de la comida! —exclamó Manolo.

—¿Qué piensas sobre esa noche? —preguntó Kika.

—Nuestro maestro no es más que nuestra voz interior que nos habla sobre el misterio de nuestra verdad interior. Siempre debemos perseguir las fantasías acumuladas en nuestras almas y los sueños que habitan dentro de nuestro corazón. También aprendí que uno nunca puede quedarse dormido, si en verdad quiere hacer realidad sus sueños —respondí.

EL ORÁCULO DE KOKO: PERSEVERANCIA

El presente. En estos momentos, es posible que no logres la aprobación de los que te rodean. Ellos te impedirán, al menos momentáneamente, alcanzar algunas de tus metas y de tus aspiraciones más idealistas. Esas mismas personas pueden acusarte de tener demasiada confianza en ti mismo y en el mundo que te rodea. Algunos contratiempos pudieran dar al lastre con tu concepto demasiado optimista de la vida. Debes delimitar claramente lo que en realidad puedes llegar a hacer, ya que puedes dejarte sugestionar, con bastante facilidad, por tus propios conceptos, ideas y percepciones de la realidad. La gente que te rodea puede ver de una forma diferente algunas cosas que tú consideras de gran importancia. Ten mucha precaución con ciertas situaciones que impliquen riesgos o especulaciones.

El futuro. Un encuentro casual te ofrecerá la oportunidad de establecer excelentes vínculos con personas importantes. Estos mismos vínculos te serán beneficiosos para intercambiar ideas, y también para poder aprender algo importante. Durante esta época, recibirás cartas, llamadas telefónicas o comunicaciones a través de Internet que pudieran ser muy productivas para ti. También es una buena época para estar rodeado de gente. Tú serás capaz de entregarle a esa misma gente algo de tu talento. Deseas que los demás te vean y valoren tu presencia, pero tienes que poner más de tu parte para que esa misma presencia se haga sentir. No creas que los demás son adivinos. Ayúdalos a encontrarte.

59
HABLANDO CON LOS ÁNGELES

De que es, es. De que no es, no es. ¿Es eso? Sí es.

Anónimo

Ahora recuerdo la ocasión en la cual Tyrone Cohen y su esposa vinieron a verme. La señora Cohen estaba muy alterada y empezó a hablar apenas se sentó. Tyrone se sentó junto a ella. Él parecía más calmado y relajado. Tyrone sostenía en sus manos una libreta de notas y una pluma.

—Doctor Camote, mi esposo Tyrone, ha perdido el habla. Hace treinta y cinco años que estamos casados, y ahora de repente, va y me dice que ha hecho un compromiso de no pronunciar ni una sola palabra más. La verdad es que no puedo comprender una conducta tan extraña. ¿Cómo podemos tratar de existir en este mundo sin hablar? No puedo hacer nada para que él lo entienda, y pensé que quizá usted con todos sus conocimientos, pudiera ayudarme a convencerlo para que vuelva a hablar otra vez —dijo la señora Cohen.

—¿Sabe usted si su esposo, quizá, pudiera tener algún problema médico o emocional, o si esta situación se debe a alguna circunstancia en particular? —le pregunté a la señora Cohen.

—No, nada que yo sepa. Todo esto sucedió el pasado jueves por la noche, y desde entonces no ha dicho ni una sola palabra. A las siete de la noche entró en la cocina y me anunció su decisión de que dejaría de hablar. ¡Estoy completamente desconcertada! —dijo la señora Cohen.

Miré a Tyrone, quien seguía de cerca la conversación, mientras nos observaba tranquilamente.

—Tyrone —lo llamé por su nombre—, ¿le gustaría decirme algo? ¿Podemos discutir las razones que lo llevaron a tomar esta decisión?

Tyrone me miró y movió su cabeza en señal de negación.

—Señora Cohen, ¿usted ha seguido hablándole a su esposo durante este tiempo? —le pregunté.

—He tratado de hablarle, le he suplicado, he llorado, he gritado, le he exigido y hasta me he arrancado los cabellos, pero de nada me ha servido. Yo hablo y él se queda sentado como si no fuera con él. Yo no sé en lo que él está pensando. ¿Por qué tenía que pasarme esto a mí? La verdad es que yo no conozco a nadie que haya tenido que luchar alguna vez con una locura parecida. ¿A quién hubiera podido ocurrírsele que un hombre inteligente y en plena madurez, de pronto decidiera dejar de hablar? Yo podría tratar de matarme y sé que a él le daría exactamente igual. Sencillamente, ni abriría la boca, ni tampoco hablaría sobre el asunto. Tenemos la boda de mi sobrina que se casa en el otoño, y yo ya tengo comprado el traje para la boda. No lo puedo devolver porque tuve que hacerle algunos arreglos. ¿Por qué tendría yo que matarme y dejar que el vestido se desperdiciara? ¿Qué voy yo a hacer cuando lleguemos a la boda y él no le hable a nadie? Doctor, por favor, ayúdeme —prosiguió la señora Cohen.

—Yo trataré de ayudarla, pero usted no debe alterarse tanto. Usted está tomando este asunto como si fuera algo personal y a lo mejor no tiene nada que ver con usted. Las palabras no son tan importantes como las ideas. El problema con las palabras radica en que nos hacen sentir educados, pero cuando nos enfrentamos al mundo que nos rodea, esas mismas palabras pueden fallarnos. En la mayoría de las ocasiones, acabamos enfrentándonos a todo el mundo como si nunca hubiéramos recibido ni una pizca de educación. Es por eso que, quizá, su esposo prefiere actuar en lugar de hablar. Él está experimentando una nueva forma de ver el mundo que lo rodea. En su nuevo mundo no es necesario hablar, y en ese mundo todas las nuevas acciones van a suponer nuevas revelaciones —le expliqué.

—¿Está usted tratando de decirme que un comportamiento tan poco usual es algo normal? Doctor, yo vine a verlo en busca de su ayuda. Hice que mi marido me acompañase para que usted pudiera decirle que dejara de hacer tonterías y que comenzara a hablar de nuevo. ¡Dígaselo! —exigió la señora Cohen.

—¿Cómo sabe usted que lo que usted quiere es lo mejor para Tyrone? Usted está juzgando la situación siguiendo sus propios pensamientos acerca de aquello que usted considera correcto. Sin embargo, usted debe tener en cuenta otros pensamientos y otros puntos de vista. Las palabras no son realmente necesarias para establecer una comunicación. No todo el mundo dice necesariamente lo que cree, y sólo unos pocos dicen de verdad todo lo que piensan. Lo importante no es lo que se dice, sino cómo se dice. El tono de la voz puede hacer que las palabras más simples cobren un gran significado. Por otra parte, las palabras más elocuentes, dichas con sarcasmo, pueden perder todo su sentido. En ocasiones, las palabras que usamos no son lo suficientemente elocuentes como para poder expresar adecuadamente nuestros sentimientos, ya que lo que en verdad importa no es otra cosa más que el lenguaje del alma —dije.

—Yo todavía no sé cómo usted va a hacer para que él cambie de idea. Usted debe convencer a Tyrone que vuelva a hablar. ¿Qué dirán nuestros vecinos si él continúa así? La gente lo saludará y él ni siquiera responderá al saludo. ¡Qué vergüenza! —exclamó la señora Cohen.

—Mi querida señora, usted es tan sólo responsable de sus propias acciones. No asuma ninguna responsabilidad por la conducta de los demás. Usted debería tratar de impresionarse más en vez de tratar de impresionar a los demás. Usted debería escuchar a los otros en lugar de hacer gala de su propio conocimiento. Trate de dejar de controlar a otras personas y trate de entenderlos en lugar de acabar con ellos —proseguí.

—Yo traje a Tyrone a su consulta porque es él quien necesita ayuda, no yo. ¿Por qué me está criticando a mí en lugar de ayudarlo a él? —preguntó la señora Cohen.

—Todos, en algún momento, necesitamos ayuda a lo largo de nuestro camino. Ninguno de nosotros conoce cuál es la misión de los otros en esta vida. En ocasiones, puede parecer que nuestra misión no tiene sentido, pero eso nos pasa porque no somos capaces de ver y analizar nuestra existencia en toda su magnitud. Es posible que hayamos venido a la tierra y que después de toda una vida nos demos cuenta de que nuestra misión no era más que darle un mensaje a otra persona. Quizá, nunca lleguemos a saber el contenido del mensaje, pero al entregarlo, estamos asumiendo el papel de un ángel. Usted desconoce por completo el sentido y la misión de su esposo en este mundo, y por lo que puedo ver y oír, también desconoce el suyo propio —le expliqué.

—¿Cómo puede mi esposo darle un mensaje a alguien si no habla? —me preguntó la señora Cohen.

—Existen muchas formas de comunicarse con los demás sin necesidad de usar palabras. Los ojos son la ventana del alma, y hay veces que cuando miramos fijo a los ojos de alguien, logramos transportarnos a otra dimensión y somos capaces de ver y entender una nueva verdad espiritual. Cuando tocamos suavemente a una persona que tiene problemas o está triste, esto también puede ayudarlo profundamente. Puede que usted no lo comprenda, pero debe ponerse en el lugar de su esposo. ¿Cómo le gustaría que la tratasen si estuviera en esa situación? ¿Qué esperaría de él? Una de las mejores formas que hay para desprendernos de nuestro ego y abrir el corazón a la compasión es ponerse en el mismo lugar de otra persona. Es probable que la decisión de su esposo de dejar de hablar conlleve a que usted se cuestione diferentes cosas que la molestan, pero ésta también puede ser una forma para que usted logre avanzar en su vida personal hacia una mayor comprensión y un mejor entendimiento —le expliqué.

—¿Quiere eso decir que yo mejoraré, pero él empeorará? Simplemente, él existirá sin palabras. ¿Qué tipo vida es ésa? No va ni siquiera a contestar el teléfono y se va a comunicar conmigo escribiéndome más notas. ¡Mire en lo que se ha convertido mi vida! —exclamó la señora Cohen.

—No hay razón para creer que él no está progresando espiritualmente. Existe lo que se denomina masa crítica, que establece que una persona puede actuar de una forma negativa durante muchos años sin que ello le acarree consecuencias negativas hasta que, de repente un día, esa misma persona va a tener que pagar un precio por todo lo que ha hecho. Existe la posibilidad de que su esposo sea consciente de que ha realizado actos erróneos, y dejando de hablar está tratando de darle un mayor propósito a los días que le quedan. Todos hemos venido a la tierra para lograr algo, pero muchos de nosotros nos olvidamos de ese algo durante nuestra vida. Le voy a contar la historia de un hombre que se sentía inútil. Un día este hombre decidió ir a ver un sabio para contarle que estaba muy desanimado y muy amargado. El hombre no se sentía capaz de nada. Su vida era oscura y sin esperanzas. El sabio le dijo que todos servimos para algo y le pidió al hombre que se tomara un tiempo y que pensase qué era lo que él creía que sabía y podría hacer mejor. El hombre estuvo pensando y pensando por un largo tiempo hasta que por fin admitió que, él en realidad lo que hacía mejor, era robar. Él era simplemente, un buen ladrón. El sabio quedó impresionado. Le pidió al hombre que se fuera a un lugar tranquilo y que allí mismo se robara a sí mismo todas sus percepciones. Una vez robadas todas sus percepciones, le pidió que robara todas las estrellas, todos los planetas y toda la sabiduría del universo y que todo eso lo pusiera dentro de su corazón. Después de hacer todo lo que le dijo el sabio, en muy breve tiempo, el hombre quedó totalmente transformado. Tuvo nuevas y brillantes ideas y finalmente cambió su karma por el simple hecho de dar, en lugar de estar siempre recibiendo. Hay veces cuando, aunque estemos sentados sin hacer nada, la primavera puede llegarnos y la hierba puede comenzar a crecer sola —dije.

Tyrone escribió algo en su libreta y me lo entregó. Decía: "Mis palabras necias me mostraban un mundo sin sentido. Yo ya no quiero nunca más hablar ese lenguaje".

—Tyrone, a un nivel humano de entendimiento, lo primero que usted es, no es otra cosa más que sus propias ideas. Después vienen sus palabras. No son necesariamente sus palabras las que carecen de sentido, sino que el problema pudiera estar en la poca importancia que pone al decirlas. Cada palabra que usted dice crea ángeles, algunos positivos, otros negativos, todo depende del estado de su conciencia. Cada vez que usted dice algo, esto entra a formar parte del universo y tiene su propia energía. Las palabras tienen su propio poder y si no se puede decir nada positivo, es mejor, no decir nada. No decir nada no es algo insensato, porque todo a su vez tiene un propósito. Usted ha recibido un mensaje que le ha llevado a emprender un nuevo camino. Es posible que un ángel se lo haya susurrado al oído y que usted haya comprendido que debe emprender otro camino más espiritual hacia el entendimiento. Es posible que usted necesite hacer un análisis más profundo acerca de la verdad y del conocimiento. Lo importante es que comprenda que tiene diferentes opciones y que usted es libre de escoger y de explorar diferentes variantes que puedan cambiar su karma. No debemos dudar de las grandes enseñanzas místicas acumuladas dentro de nuestra alma, sino más bien, poner en duda nuestra propia presunción de que ya lo sabemos todo. Exigimos explicaciones de la realidad, pero, ¿dónde empieza la realidad y dónde empieza la imaginación? ¿Cuál es la realidad y cuál es la fantasía? Nuestra imaginación es ya de por sí una realidad tangible porque si podemos pensarla o imaginarla es porque existe ahora aquí con nosotros o ya existió en otro tiempo o en otra dimensión. Nuestras fantasías son nuestras realidades y todo lo que nos imaginamos es posible. Nuestras mentes son como la llama de una vela. Nuestras ideas pasan rápidamente y cambian bajo el soplo de nuestras emociones. La llama va a mantenerse ardiendo mientras no sople un viento que la apague. De la misma forma, debemos frenar la turbulencia de nuestros pensamientos y emociones, de tal forma que ni el caos ni el desorden lleguen a afectar nuestra visión del mundo —dije.

Tyrone se volvió hacia mí y comenzó a hablar:

—La semana pasada estaba en la casa. Me encontraba sentado frente a mi computadora. Estaba sumido en la más absoluta confusión y cercano a la desesperación. Estaba cansado de llevar una vida vacía y suplicaba la ayuda de algún poder supremo. Me preguntaba a qué había venido yo a este mundo. Suspiré profundamente, varias veces, hasta que de pronto escuché un susurro muy suave que me pedía que escribiese lo que yo iba a oír. El susurro me pedía que lo escribiese exactamente como yo lo escuchara, y que no opusiera resistencia alguna a lo que estaba a punto de suceder. Mis dedos empezaron a mecanografiar a una velocidad que yo nunca pensé fuera capaz de alcanzar. Lo que escribí fue lo siguiente:

Querido hijo, queremos que te sientas feliz y provechoso. Queremos que tú encuentres un camino en la vida que te ayude a alcanzar tu realización. Sé receptivo a lo que vamos a decirte porque hemos venido a ayudarte para que encuentres el amor, la alegría y la verdad. Tú ya posees todo el conocimiento que necesitas para alcanzar tus metas, pero es necesario que guardes silencio para que puedas recibir ayuda espiritual. No le hables a nadie de este mensaje hasta bien después de que tú recibas la respuesta. Mantén un voto de silencio que romperás sólo, cuando llegue tu maestro. Éste llegará a ti de una manera inusual, pero nunca dudes de los poderes del universo. Escucha lo que este hombre viene a decirte porque su misión en la vida es ayudar a los demás. Tu esposa te llevará a él, pero no puedes hablar más hasta que este hecho suceda. Hemos venido a ayudarte, y no lo hicimos antes porque hasta ahora tú nunca habías pedido nuestra ayuda. Sólo cuando has pedido ayuda es cuando hemos podido comunicarnos contigo. Hasta ahora hemos estado observándote y esperando. No pierdas ni la fe ni la esperanza y finalmente encontrarás tu respuesta.

De pronto cesó el susurro y yo me quedé con el mensaje escrito en la computadora. Doctor Camote, usted es el maestro del cual los ángeles me hablaron, gracias por su ayuda —dijo Tyrone.

—Nosotros siempre recibimos ayuda si rezamos para que el universo nos guíe y nos ayude. En este mundo hay muchos ángeles alrededor nuestro a quienes uno puede hablarles si realmente la persona tiene fe y confianza. Ahora que usted ya sabe que los ángeles quieren comunicarse con usted, puede hacerles preguntas específicas. Muéstreles siempre su agradecimiento por toda la ayuda espiritual que le brindan —dije.

—Tyrone, le has hablado al doctor que no es más que un extraño en lugar de hablar conmigo que soy tu esposa —dijo la señora Cohen.

—Lo que verdaderamente importa es que Tyrone ha visto la Luz. ¿Qué importancia tiene a quién le hable? Usted quería que la ayudase tanto a usted como a su esposo, y ya ambos han recibido mi ayuda. La magia de nuestra existencia radica en que nosotros ya somos conscientes de ello. En nuestra vida diaria nos encontramos constantemente hablando sobre los problemas del mundo, pero el mundo siempre ha sido como tiene que ser y en la medida en que así lo comprendamos, trataremos de cambiarnos a nosotros mismos en lugar de tratar de cambiar al mundo —les dije.

Antes de marcharse, Tyrone y su esposa, me dieron las gracias. Cuando salían empezaron a discutir para decidir cuál de los dos sería el primero en usar la computadora para poder hablar con los ángeles.

—¿Qué aprendiste de Tyrone? —preguntó Kika.

—Debemos comprender que dentro de nosotros poseemos todo lo que necesitamos para emprender este milagroso viaje que es la vida. No obstante, a veces necesitamos que alguien nos lo diga. También aprendí que ser bueno es algo noble, pero enseñar a los demás a ser buenos es mucho más noble y al final siempre ocasiona menos problemas —concluí.

EL ORÁCULO DE KOKO: BONDAD

El presente. Puede que en estos momentos estés experimentando una gran decepción y puede que también estés experimentando cierta confusión al tratar de llevar a cabo tanto las tareas como las obligaciones de tu trabajo. A pesar de tu continua perseverancia en las tareas cotidianas, te resultará muy difícil concentrarte con el fin de poder lograr tus metas y también tus deseos. Para lograr ese progreso que tanto estás buscando vas a tener que recurrir a tu fuerza interior. Esta búsqueda interior te ayudará a superar esta conflictiva etapa. Evita los conflictos internos en tu intento de llevar a cabo tus proyectos. Trabaja para lograr que se cumplan tus propios intereses. Esto puede llevarte a distanciarte de algunas personas, pero debes continuar hasta el final y los que te sigan serán dignos de llamarse y considerarse tus amigos.

El futuro. Puedes llegar a ser muy receptivo tanto en el aspecto físico como en el aspecto emocional. Te sientes apasionado en el amor y sientes que se ha intensificado tu necesidad de conectarte emocionalmente con tu pareja. Ahora mismo, puedes entregar todas tus energías para lograr que tu relación con tu pareja se vuelva más estimulante y excitante. Finalmente vas a comprender que debes mantener el balance apropiado para poder lograr tus deseos. Estás en un momento en el que a la vez puedes ser gentil y por qué no, también cariñoso. Si no estás casado ni mantienes una relación amorosa seria, es posible que se te presente una oportunidad para conocer a alguien, probablemente a través de un amigo común de ambos.

60

UNA SEGUNDA OPORTUNIDAD

No es la muerte lo que me inquieta, sino el morir.

MICHEL DE MONTAIGNE

Sigo buscando entre mis recuerdos y ahora aparece ante mí una de las ocasiones en que volé a Nueva York. En el avión, como pasa en la mayoría de las ocasiones, se sentó junto a mí, un desconocido. Acababa de comenzar a comer, cuando el piloto anunció, que íbamos a atravesar por una tormenta y que experimentaríamos una ligera turbulencia. Mi comida comenzó a desplazarse hacia un lado, pero logré sujetarla, justo en el mismo momento en que estaba a punto de caérseme entre las piernas. Justo también en ese instante, empecé una conversación con el hombre que estaba sentado a mi lado:

—Hola, mi nombre es Sebastián Camote. Creo que desgraciadamente vamos a tener que compartir un viaje bastante agitado. Espero que esto no se ponga peor. Le vi cuando usted entró al avión, ¿vive usted en Miami? —le pregunté.

—Sí, vivo en Miami y mi nombre es Alfred Stein. Viajo a Nueva York para participar en una exposición comercial. Yo me dedico a la confección, ¿y usted? —preguntó Alfred.

—Yo también vivo en Miami, soy psiquiatra y voy a Nueva York para participar en una convención médica —le expliqué.

—Creo que su cara me resulta conocida. ¿Usted es el psiquiatra que escribe libros sobre las vidas pasadas y la reencarnación, verdad? —insistió Alfred.

—Sí, soy yo, la verdad es que siempre me siento sorprendido de que la gente me reconozca —respondí.

—Yo vi una de sus entrevistas en televisión, y también compré uno de sus libros. El libro me resultó fascinante —dijo Alfred.

—¿Está usted interesado en la reencarnación?

—Sí, pero esto es algo completamente nuevo para mí. Yo sé que en la vida no existen garantías y que lo único cierto que tenemos es que nunca sabemos cuándo nos llegará el momento de partir. Yo entiendo que la muerte no es más que una extensión de la vida, y a mí me gustaría ahondar más sobre este tema tan polémico. Yo personalmente tuve una experiencia increíble que cambió por completo mi forma de pensar. Fue algo impactante y tan importante para mí que me permitió entrar en contacto con otra dimensión —me confesó Alfred.

—¿Qué fue lo que le pasó? —le pregunté.

—La muerte me visitó por un instante. Fue en la forma de un accidente automovilístico. Yo me encontraba esperando en una intersección para poder hacer un giro. La flecha verde se encendió y yo comencé a doblar hacia la izquierda. De repente, vi a una furgoneta blanca que no se había detenido en la luz roja. Vi cómo la furgoneta se me venía encima. Yo no sé si el conductor de la furgoneta ignoró mi derecho de paso, o quizá pensó que le daría tiempo a pasarme. Recuerdo que grité: "¡Todavía no, todavía no! Pero ya era tarde, la furgoneta se había incrustado contra mi auto. Mi auto quedó destrozado y yo perdí el conocimiento. En mi inconsciencia, escuchaba el ruido causado por las sirenas de los servicios de emergencia y me sentía rodeado de mucha gente que me miraba con preocupación. Después sentí que me alzaban y que me colocaban en una camilla. Alguien preguntó si todavía respiraba. De pronto, todo se puso negro. Yo sentía cómo perdía el conocimiento y cómo, un poco más tarde, lo recobraba de nuevo. Esto me pasó varias veces. Sentí, por un momento, cómo me separaba de mi cuerpo y cómo me paraba a contemplar mi propia imagen. No tenía ninguna sensación corporal o de dolor, pero aún así mi percepción era muy clara y podía verlo todo perfectamente. Comenzaba a perder las ataduras de mi cuerpo, tenía una doble consciencia y me veía desde otra dimensión. Yo era un espectador que me encontraba separado de mi propio cuerpo que a su vez se encontraba como abandonado en un vacío negro. Flotaba, y de repente me encontré dentro de un túnel negro y sentía que me movía como si estuviera en el espacio. Experimenté un momento de gran soledad, pero poco a poco me fui sintiendo más tranquilo, más sereno, como si estuviera viajando a través de distancias infinitas para poder encontrar algo nuevo, apasionante y extraordinario. La velocidad a la que viajaba aumentaba y en la distancia pude ver una luz blanca y magnética, que brillaba. Yo sentí que la luz tenía un gran poder, como si fuera un ser del cual emanaba total aceptación y amor. La Luz se comunicaba conmigo mediante telepatía y me pedía que me calmase que todo iba a salir bien. Yo me sentía muy tranquilo y lleno de amor, como si estuviera en el umbral de la eternidad. Sentí una enorme gratitud por la vida que me había sido dada. Después vino la revisión de mi vida y ésta desfiló ante mis ojos con una gran rapidez. Tomé inmediatamente el control de los acontecimientos de mi vida y pude ver el pasado, el presente y el futuro. Todo ello, sin espacios vacíos y sin ningún orden cronológico. Todo sucedía al mismo tiempo y en una dimensión completamente lineal. La misma Luz me indicó que tenía la opción de quedarme allí mismo con la Luz o de regresar a mi cuerpo físico. Para mí era una decisión difícil de tomar porque yo no quería abandonar toda esa luminosidad y ese sentimiento de amor, pero a la vez podía sentir el vacío que sentirían mi esposa, mis hijos y mi madre anciana si yo ya no estuviera más con ellos. Yo sabía que mi familia sufriría mucho si yo los dejaba solos tan pronto, así que decidí regresar a la tierra. Mi viaje de vuelta fue muy rápido. Todo volvió a ser igual que antes en tan sólo un instante y mi conciencia, junto con mi cuerpo, emergieron de inmediato —dijo Alfred.

—¿Qué pasó después? —le pregunté.

—Empecé a pensar que nunca antes me había sentido con más vida que durante esos momentos en los cuales estuve muerto. Para mí no existía la distracción del mundo físico, ni el caos, toda la confusión que nos acompaña en la tierra. Durante esta experiencia cercana a la muerte pude apreciar una claridad e iluminación mental que nunca antes había tenido la oportunidad de experimentar. Tuve la sensación de que mi accidente había sido un milagro que me había permitido aprender y tener una nueva visión de las cosas —prosiguió Alfred.

—Se dice que antes de nacer nos encontramos por un tiempo en el plano del olvido. Durante nuestra estancia en este plano bebemos de sus aguas para poder olvidar y así poder empezar de nuevo, cuando entremos en nuestro nuevo cuerpo. Usted fue capaz de entrar brevemente a otra dimensión en la cual las almas habitan junto a la Luz. Constantemente recibimos mensajes divinos que nos indican cuál es el camino en la tierra. Su amor y su nuevo sentido de la compasión lo guiarán para que usted pueda descubrir la mejor forma en la cual usted puede ser una ayuda para los demás —le dije.

—Aquella Luz era tan maravillosa que yo quise sumergirme permanentemente en la belleza irrepetible de ese amor incondicional —prosiguió Alfred.

—Con toda seguridad, usted todavía tiene cosas pendientes por acabar aquí en la tierra. ¿Ha pensado usted alguna vez en cuál es realmente su verdadero propósito aquí en esta vida? —le pregunté.

—No, hasta que experimenté esa situación tan cercana a la muerte. ¿Cómo podría saber cuál es mi propósito? —quiso saber Alfred.

—Para empezar, usted puede comenzar a meditar y a tratar de buscar las respuestas dentro de usted mismo. Todos nacemos con una Luz interna que forma parte de nuestra alma. Asimismo nos encontramos rodeados de otra Luz que es nuestro potencial, y nuestra misión final en la vida es alcanzar ese potencial. Nosotros somos los únicos responsables de lograr la prosperidad en cada uno de los aspectos de nuestra vida, y eso es algo que realmente necesitamos obtener para beneficio de toda la humanidad. Nunca le pida al universo pequeñas cosas. Uno de nuestros problemas primarios es que pensamos en pequeñas cosas cuando, realmente, siempre deberíamos pensar en grande. En lo que respecta al dinero, nunca nos damos cuenta de que la riqueza que debemos buscar es espiritual y que el dinero también tiene su propia conciencia. Muchas veces, tememos pedir demasiado, y si tenemos que pagar nuestras deudas, sólo pedimos lo necesario para salir del apuro. En ocasiones, nos sentimos culpables del dinero que ganamos, y sentimos que no lo merecemos, pero si tenemos intenciones reales de ayudar a los demás, el universo tiene recursos inagotables que pondrá a nuestra disposición. La prosperidad siempre proviene de la Luz. Usted tendrá que enfrentar muchos retos, pero esos retos no serán más que oportunidades que le serán dadas. Cuando usted logre prosperar, usted debe compartir, y ésa es una de las razones principales por las que nos encontramos aquí. Usted pidió más tiempo, y esa extensión de tiempo le fue otorgada, eso es algo que no nos debe sorprender —le dije.

—Usted no estará sorprendido, pero yo sí. Para mí fue algo increíble descubrir la Luz en el momento de la muerte. Esa Luz es algo que se encuentra en la vida de todos nosotros y todos podemos y debemos ser capaces de llegar a ella y, a la vez, ser partícipes de esa Luz a través del amor y de la compasión. Yo todavía tengo una misión pendiente que cumplir, y por supuesto seguiré buscándola y trataré con todas mis fuerzas de cumplir mi destino. Yo no sé todavía a quién debo ayudar, pero quiero devolverle al universo todo lo que él me ha dado. Estoy deseoso de aceptar todos los retos que se me presenten a partir de ahora. Es una pena que la mayoría de nosotros sólo aprecia la vida cuando está a punto de acabarse. Pensamos que tendremos tiempo suficiente para alcanzar nuestras metas y de una forma u otra siempre tendemos a posponer todas nuestras buenas intenciones. Este mensaje que me llegó de que la muerte está siempre cerca me ha hecho apreciar, más y más, cada instante de mi vida y también he aprendido a disfrutar más y más de cada nuevo encuentro con algún desconocido porque no sé si ese desconocido me ha sido enviado como un mensajero de la Luz —dijo Alfred.

—Nuestras posibilidades pueden ser tan misteriosas e ilimitadas que nunca las llegaremos a comprender del todo. Más que pensar en ellas, nuestra obligación sería el explorarlas. Lo que debemos hacer es dejarnos arrastrar por la magia que nos rodea y vaciar nuestras mentes de cualquier duda. Una vez que logremos despojarnos de la inseguridad, todo será posible —afirmé.

El piloto anunció la llegada de nuestro avión a su destino, y todos los pasajeros nos preparamos para el aterrizaje. Alfred y yo nos despedimos.

—¿Qué es lo que mejor recuerdas de tu conversación con Alfred? —preguntó Kika.

—Un hombre nunca debe dejar nada al azar porque él es el único capaz de influir en el resultado de su vida a través de su conciencia y de sus intenciones positivas. También aprendí que un comprador puede necesitar cientos de ojos, el vendedor no necesita ninguno —dije.

EL ORÁCULO DE KOKO: REANIMACIÓN

El presente. Es posible que algunas de tus fantasías románticas se derrumben. Si te has hecho ilusiones respecto a alguna persona, éste será el momento adecuado para que despiertes a la realidad. Puede que empieces a sentir el estímulo de algunas fantasías totalmente nuevas. Éste es el mejor momento para desplegar tu imaginación. Tienes una gran creatividad y pudiera ser el momento adecuado para que la desarrolles. Ten mucha precaución y no gastes mucho dinero ya que estás en medio de una situación un poco confusa. En el aspecto emocional ten cuidado de cómo entregas tu corazón a alguien porque podría parecer un poco deshonesto de tu parte.

El futuro. Puede que en un futuro muy próximo surja una oportunidad para que puedas sentir un gran orgullo de los logros conseguidos por tu pareja. Esto ayudará a que tú finalmente, logres estimularla por sus éxitos profesionales. Puedes disfrutar de la buena suerte de tu pareja o de tu cónyuge y esperar que esta suerte traiga beneficios a la relación. Los beneficios que no llegaban, ahora pueden llegar a la pareja y supondrán y aportarán una mejor estabilidad a la relación. Te sentirás más libre y menos limitado por tu profesión o carrera. Tendrás más tiempo libre para dedicarlo a mantener un mejor equilibrio entre tu carrera y tu vida familiar.

61
HENRY FREEMAN

Paso a paso continuaba la película de mi vida. Como si de una nueva secuencia se tratara, Bill Freeman, apareció de nuevo en mi pantalla. Después de nuestro encuentro, Bill decidió que debería hacer algo meritorio con su vida y encontró la oportunidad cuando decidió trabajar como voluntario en un hospital infantil. Bill creía que él ya no podía ayudar de ninguna forma a su hijo Henry; a pesar de nuestra conversación, el suicidio de Henry todavía pesaba sobre su conciencia. Sin embargo, Bill creía que él sí podría cambiar positivamente la vida de cualquier otro niño. Bill se encontraba en la recepción del hospital, cuando vio entrar a una madre joven que se acercó hacia él. Su largo cabello rubio suelto le caía sobre los hombros. La joven iba elegantemente vestida. Llevaba colgado un bolso de marca y en su mano sobresalía un anillo con un gran diamante. Parecía como si se hubiera escapado de una revista de modas. La joven empujaba un lindo cochecito azul. Dentro del cochecito, estaba un bebé.

—"Perdone, ¿puede usted decirme dónde se encuentra la consulta del doctor Adams? He traído a mi hijo para que él lo examine" —le preguntó a Bill.

—"Su consulta queda en el segundo piso" —le respondió Bill—. "Antes de subir, por favor regístrese aquí y llene estos papeles. Permítame que le ayude, yo trabajo de voluntario, aquí, en el hospital. Le cuidaré al niño mientras usted llena las planillas".

Bill miró dentro del coche y se dirigió al niño:

—"Hola bebé, eres un pequeñín muy bonito. ¿Qué es esto? —dijo sorprendido—. ¿Quién te dio esa medalla de oro con el ángel de la guarda que lleva grabado tu nombre?

—"Es mío, ¿no te acuerdas? Tú me lo diste papá" —dijo el niño.

—"¿Henry, eres tú?" —preguntó Bill.

—"Si papá, soy yo que he regresado otra vez, pero tú eres el único que puede oírme. Yo tenía cinco años cuando tú me diste esta medalla con mi nombre grabado en ella y recuerdo que yo me encontraba muy orgulloso de tenerla porque tú me la habías comprado. También me acuerdo que mamá y tú se pasaban la vida discutiendo hasta que tú, un día, finalmente nos abandonaste. Al principio yo pensé que te habías ido porque yo me había portado mal y tú ya no me querías. Siempre creí que si yo nunca me quitaba esta medalla, algún día tú y yo volveríamos a estar juntos. Yo he rezado mucho para que llegara este momento para que tú la reconocieras y a la vez supieras que soy yo" —dijo Henry.

—"¡Tú sólo tenías cinco años! ¿Qué otra cosa recuerdas?" —preguntó Bill.

—"Ahora mismo yo lo recuerdo todo, lo bueno y lo malo" —le respondió Henry.

—"¡Me gustaría tanto poder volver a empezar!" —dijo Bill.

—"Cada día que pasa es un nuevo comienzo. Nosotros siempre podemos volver a empezar, pero en esta ocasión los dos tendremos que seguir caminos diferentes. Yo tan sólo quería que tú supieras que yo estoy bien y que me siento muy bien. Antes de volver hice la revisión de mi vida con mis guías y con su ayuda decidí que estaba listo para regresar y comenzar de nuevo. Mi alma, como hijo tuyo, sufrió mucho en mi vida anterior, pero ahora ya se ha curado y mi nueva familia me quiere mucho. Mi alma crecerá con ellos, pero eventualmente, tendré otra vez que tomar mis propias decisiones y hacer lo que me dicte mi conciencia. Todavía no he podido olvidar la vida que existe en el más allá. Nosotros los bebés siempre recordamos y comprendemos perfectamente la vida después de la muerte. También somos capaces de recordar el tiempo que pasamos entre una y otra vida porque todavía estamos muy cerca de Dios. En esta vida he decidido vivir con una familia rica. Yo seré un niño rico y una de las pruebas que tendré que pasar será la de tener compasión y comprensión de todos aquellos niños que se encuentren en la misma situación en que yo estuve durante mi vida anterior junto a ti" —le dijo Henry.

—"Pero, por lo que me estás diciendo, tú ya sabes que debes sentir bondad y compasión por los demás" —dijo Bill.

—"Eso lo sé aquí y ahora, pero muy pronto se me olvidará. A medida que crecemos olvidamos nuestras memorias y olvidamos cuál es el propósito principal de nuestras vidas. No recordamos nuestras vidas pasadas, y un poco después de los cinco años, nos olvidamos de quiénes realmente somos. Nos olvidamos de que somos seres espirituales y de que todos provenimos de Dios. Olvidamos que venimos a la tierra para seguir un camino que tenga corazón. En esta nueva vida, papá, yo quiero realmente progresar. No quiero dejarme llevar por los placeres humanos que se me van a brindar. No quiero ser un ignorante otra vez. Ignorante de mi propia esencia. Podemos tener todos los conocimientos del mundo y sin embargo no dejamos de ser unos ignorantes. Por eso yo prometí que esta vez sí voy a alcanzar un nivel espiritual superior" —dijo Henry.

—"Pero, Henry, ¿cómo es que si tuvimos de verdad una vida anterior no podemos recordarla?" —preguntó Bill.

—"Durante nuestras vidas, papá, la mayoría de las veces no podemos recordar lo que hicimos o lo que pensamos cinco o diez años atrás. ¿Cómo es posible que podamos recordar lo que hicimos en nuestras vidas anteriores?" —respondió Henry.

—"Ahora estás delante de mí, hijo mío, un bebé y yo quiero que seas tú quien me dé las respuestas. ¿Tiene algún sentido todo esto? ¿Has podido perdonarme por mis errores?" —quiso saber Bill.

—"Claro que te perdoné. Mientras realizaba la revisión de mi vida aprendí que la experiencia tiene ojos más profundos que el mar, y que en ellos nunca se refleja la tristeza o la alegría. Es por ello que en mi vida pasada junto a ti y mi muerte en prisión me ayudaron a ser más fuerte que la alegría y más grande que la tristeza. Aprovecha los años de vida que te quedan, papá, porque son los más importantes. Ahora, que ya sabes la verdad, sigue un camino que tenga corazón, y recuerda que el regalo más preciado que hombre alguno pueda recibir en la tierra no es otro que su deseo infinito de alcanzar la sabiduría. Recuerda también que la sabiduría no es otra cosa más que compasión. Ten compasión de los demás y también de ti mismo. La compasión es entendimiento. Trata de entender a los demás y eventualmente te entenderás a ti mismo. Aprecia tu vida actual y abre los ojos a todas las bendiciones que te han sido dadas. No vivas en el pasado con tus remordimientos. Tú estás aquí, en la tierra, para aprender, al igual que todos nosotros. Deja que tu alma camine libremente junto a la bondad, la armonía y la belleza del universo. Tú necesitas el amor universal tanto como necesitas el aire para respirar. Yo te quiero papá y me alegra mucho verte trabajando de voluntario en este hospital, tratando de hacer algo beneficioso por los demás. En eso es en lo que consiste este viaje. Fe, esperanza y bondad. Ésas son las respuestas. Ahora debo dejarte, pero siempre estaré en contacto contigo" —dijo Henry.

La madre del niño regresó al cochecito. Se volvió hacia Bill y le dijo: "Gracias por cuidar a mi niñito. Él es lo más preciado que hay en mi vida. Mire su carita cómo se ilumina con esa gran sonrisa que nos regala" —dijo la madre—. Diciendo esto ella se dirigió con el cochecito al elevador y desapareció en él.

Bill estaba perplejo. Se preguntaba si lo que le había acabado de ocurrir había sido tan sólo el producto de su imaginación. De repente, una felicidad interior, comenzó a brotar de él. Bill sabía y sentía que en realidad el niñito no era otro que Henry. Él vio claramente que el niño llevaba puesta una medalla con un ángel y tenía grabado en ella el nombre de Henry.

—¿Sebastián, qué quisieras siempre recordar de esa escena? —me preguntó Kika.

—Yo sé que la bondad existe en el universo y que todo, absolutamente todo es posible. Cuando nuestros actos son positivos, avanzamos hacia nuestro propio mejoramiento y somos recompensados con el amor eterno. También aprendí que, si nos demoramos mucho en decidir qué hacer con nuestras vidas, al final nunca nos daremos cuenta de lo que hemos hecho. Nuestros seres queridos aunque ya se hayan ido, siempre tratarán de comunicarse con nosotros. De nosotros siempre depende el poder escuchar sus mensajes —dije.

EL ORÁCULO DE KOKO: EL BIEN Y EL MAL

El presente. En estos momentos pueden surgir desavenencias tanto en tu vida profesional como en tu hogar. Tu deseo continuado de proteger a los demás puede llevarte a una lucha de poder con aquellos a los que no debes provocar. Puede que sientas cierto enfado por alguna situación que se ha creado en tu hogar, pero tienes que tratar de entender que algunos miembros de tu familia tienen también el derecho de expresar sus propias opiniones. Toda esta situación puede hacer que te sientas mal e incluso puede ocasionar que llegues a pensar que no eres lo suficientemente competente como para desempeñar el papel que siempre has desarrollado dentro del seno familiar. Esto puede dar lugar a discusiones y desavenencias. Los niños pueden mostrarse rebeldes y tratarán de una forma u otra de convencerte para lograr que les prestes más atención.

El futuro. Muy pronto será el momento propicio para que tú escribas un libro, pronuncies un discurso, estudies para un examen o decidas aprender y dedicarte a un nuevo *hobby*. Tus energías mentales van a estar a un nivel muy alto y podrás llegar a comprender cosas que no te resultaban muy claras en el pasado. Será el momento oportuno para que hagas valer tus criterios y puedas defenderlos de una forma inteligente y elocuente.

62
EL PODER DE LOS NÚMEROS

El concepto de los números establece la distinción obvia entre el animal y el hombre. Gracias a los números, el llanto se convierte en canción, el ruido adquiere ritmo, la primavera se convierte en danza, la fuerza se convierte en dinámica y las líneas en figuras.

JOSEPH DE MAISTRE

Ahora mismo aparece en mi pantalla la vez en que Camotín y yo nos dirigíamos hacia Key Biscayne. Yo había leído en el periódico que el viejo carrusel del parque había sido restaurado y que ya estaba en funcionamiento. Siempre me habían gustado los carruseles porque me recordaban mi niñez en Brooklyn. Mi madre solía llevarme a montar en el carrusel de Coney Island. Era una perfecta tarde de domingo para realizar una excursión. El color del agua de la bahía se veía de un azul turquesa intenso. Camotín me acompañaba, no porque estuviese interesado en los carruseles, sino porque le prometí que al final del día lo llevaría a cenar al restaurante Don Quixote. Durante el trayecto Camotín se entretenía leyendo los números de las placas de los autos.

—Doctor Camote, allí va un coche que la placa dice: "El 7 ni modo". ¿Qué querrá decir? A lo mejor el dueño del auto es un jugador empedernido y se ganó una fortuna en el casino porque le salió el número siete de la suerte una vez y probablemente nunca más ya volvió a sucederle —dijo Camotín.

—Yo no tengo una respuesta que darte, pero sí es posible lo que tú dices —respondí.

—Mire esa otra placa que dice: "Hola 6". Me gustaría saber por qué la gente escoge determinados números para sus placas personalizadas. ¿Cree usted que se trate tan sólo de sus números favoritos o puede tener algún significado en especial? —preguntó Camotín.

—Los números siempre han sido considerados una fuente de poderes místicos y misteriosos. Incluso en la actualidad, los números nos identifican y nos definen, así como determinan nuestro lugar en el espacio y en el tiempo. Tenemos por ejemplo, nuestros números de teléfonos, de móviles, los números de nuestras direcciones, de nuestras cuentas de banco, licencias de conducir, los números del seguro social y los números de los pasaportes —le comenté.

—Nunca había pensado en todo eso —admitió Camotín.

—Sin embargo, muchos de los estudiosos de la numerología creen que de todos los números que existen en nuestras vidas, tan sólo tres de ellos pueden revelar los misterios de nuestra propia y única existencia humana. Nuestra fecha de nacimiento, los números que resultan de la suma de todas las letras que componen nuestro nombre completo, y los sucesivos nombres que tenemos en la vida y sus respectivos números. Todos ellos encierran los secretos de nuestra existencia y la esencia de la misma. Cuando conocemos cuál es la combinación numerológica de tres dígitos que nos identifica, podemos ser capaces de descubrir muchas más cosas acerca de nuestras vidas y acerca de nosotros mismos. También podemos ser capaces de utilizar esa información en nuestras decisiones futuras —proseguí.

—¿Usted realmente cree en eso? Para mí todo eso es demasiado confuso —confesó Camotín.

—¡Claro que creo en el poder de los números! Los números ayudan a comprender nuestra personalidad, los rasgos de nuestro carácter, los aspectos negativos de nuestra misma vida, y también los aspectos sociales y positivos de la misma. Los números también nos pueden ayudar a escoger la carrera que más se adapta a nuestras características personales, los colores que ejercen mayor influencia sobre nosotros, e incluso cuál es el día de la semana que nos resulta más adecuado para llevar a cabo asuntos importantes —dije.

—¿Cómo pueden los números explicar todo eso? —preguntó Camotín.

—Los números tienen una importancia simbólica muy importante además de poseer diferentes vibraciones. Los números tienen a la vez un significado científico y un significado secreto. La numerología es una de las técnicas analíticas más antiguas del mundo y sus orígenes se pierden en la Antigüedad, en la época de Babilonia. Los egipcios poseían su propio sistema numérico y a cada número se le atribuían poderes ocultos. El misticismo indio ha logrado reunir las claves más grandes que existen para poder comprender la ciencia de los números. En la Cábala encontramos la gematría, que no es más que un texto secreto místico sujeto a diferentes interpretaciones y que contiene la ciencia filosófica de los números. Durante mucho tiempo, en la tradición cristiana también los números tuvieron un significado simbólico y espiritual. En la Edad Media, la numerología era conocida como la ciencia de los números y se utilizaba continuamente para predecir el futuro. Los chinos fueron unos de los primeros que desarrollaron grandes sistemas numéricos de los cuales se deriva el I Ching, el libro de los cambios. En la India, la numerología se utiliza activamente para realizar los cálculos para la construcción de las casas. Los números que se derivan de cada cálculo son representaciones simbólicas de diferentes dioses y diosas. El filósofo y matemático griego Pitágoras consideraba que los números lo son todo y que conociendo los números llegaremos a conocernos a nosotros mismos —le expliqué.

—La verdad doctor, es que yo nunca pensé de esa manera en los números. Sólo me interesan los números ganadores de la lotería —dijo Camotín.

—La numerología occidental parte de la premisa de que todo en este mundo está en constante vibración como producto de la energía. Los números son considerados como los símbolos del ciclo constante de la energía. Cada número posee su propia vibración, la cual es única y a la vez representa poderes y oportunidades específicas. Los números que se adjudican a cada persona mediante su fecha de nacimiento y a través de su nombre conforman un modelo de energía propia para esa persona. Si somos conscientes de los principios y de los poderes de los números, seremos capaces de descubrir cómo cambiar la energía que nos rodea y a la vez podríamos lograr una mayor vibración armónica que nos permitiría también alcanzar nuestro máximo potencial —le expliqué.

—¿Cómo puedo saber cuáles son mis números? —preguntó Camotín.

—Cuando quieres establecer el número de tu nacimiento, sumas el día, más el mes, más el año en que naciste tomando cada dígito por separado hasta que obtienes un solo dígito. Por ejemplo: yo nací el veintidós de mayo de mil novecientos cuarenta y tres. Esto quiere decir: dos más dos, más cinco, más uno, más nueve, más cuatro, más tres, lo cual nos da un resultado de veintiséis. Después sumas el dos y el seis y obtienes el ocho. Este número representa mi personalidad al nacer, el conjunto de mis instintos, los deberes y las lecciones que debo aprender a través de mi karma, mi estructura genética, mis rasgos positivos y negativos y la dirección que debo seguir en esta vida. Existen diversas teorías pero la más común que se plantean prácticamente todas las escuelas de numerología, es que nuestro número de nacimiento viene a explicarnos el por qué nos encontramos aquí en la tierra y cuáles van a ser las lecciones que hemos venido a aprender para mejorar nuestro karma. Mi carta numerológica dice que la gente que pertenece al número ocho son personas con coraje, que no temen decir lo que piensan, incluso cuando esto nos pueda restar popularidad y convertirnos en personas muy polémicas. En el sistema tradicional de numerología occidental, a cada letra del alfabeto se le adjudica un número entre uno y nueve. También existen cartas que pueden ser utilizadas para calcular cuál es la suma de las letras del nombre que recibiste al nacer. El número que resulta de la suma de las letras del nombre que recibimos al nacer nos dice cuáles son nuestras metas en esta vida. El nombre que recibimos después y por el cual nos conocen es el nombre que nos da la gente que nos quiere, nuestros amigos cercanos o nuestra familia. Puede ser un mote, o bien un seudónimo, la versión corta de nuestro nombre o hasta una inicial. Este nombre que recibimos después nos dice qué tipo de relación tenemos con los demás y cuáles pudieran ser nuestros deseos, pasiones y emociones, nuestro yo oculto y nuestra personalidad interna. La mayoría de las personas no se da cuenta de que un nombre es algo más que una etiqueta. Sin embargo, el nombre que tú recibiste al nacer siempre protegerá tu identidad y te conectará con los poderes vibracionales de la generación anterior a la tuya —proseguí.

—¿Qué pasa si no me gusta lo que yo descubro sobre mis números? —quiso saber Camotín.

—Tú eres libre de cambiar tu nombre en cualquier momento y así cambiar las vibraciones y las energías que te rodean. Si, finalmente, te decides a hacerlo, haz uso de tu intuición primero para elegir el nuevo nombre y después calcula el significado numérico del mismo para que estés seguro de que ese nuevo nombre va a darte las cualidades que buscas. Esto es algo que siempre debe tomarse muy en serio y hacerse sólo después de que hayas sopesado concienzudamente si deseas liberarte de las vibraciones que tenías con tu viejo nombre —admití.

—No importa el nombre que le dé a la rosa si ésta siempre va a tener espinas. Usted ha despertado una vez más mi curiosidad. ¿Usted puede calcular mis números? —quiso saber Camotín.

—Claro, yo tengo el libro en mi oficina que contiene las cartas y mañana te lo puedo enseñar —le dije.

—¿Qué le dijo sobre su persona el nombre que recibió usted, al nacer? —me preguntó Camotín.

—Cuando hice la suma de todas las letras que componen mi nombre, Sebastián Stain Camote, obtuve el número sesenta y seis. Después sumé seis más seis y el resultado fue doce. Después sumé uno más dos y me dio tres. Cuando busqué el número tres en mi libro de referencias, éste me describe como un huracán, un torbellino y como una persona confusa para la mayoría de las otras personas porque no son capaces de retenerme ni por un instante —le confesé.

—¡Eso es muy cierto doctor! Pues, muy bien, "torbellino", ¿nos falta mucho para llegar? —preguntó Camotín.

—No, nos falta poco. Me despisté hablando contigo y por poco nos pasamos. Bueno, ahora vamos a ver ese carrusel y, si es posible, daremos una vuelta en el más valiente de los caballos —dije.

—En realidad, usted no me parece un torbellino en absoluto. A lo mejor usted debería cambiarse el nombre —me dijo Camotín.

—No, yo me siento muy satisfecho de como soy, de la vida que llevo, muy feliz con mis sueños y con mi búsqueda de nuevas y peligrosas aventuras —le respondí.

—¿Qué piensas sobre ese día? —preguntó Kika.

—Cuando la gente pregunta por el significado de algún nombre, la mayoría de ellos desconocen los misterios, el valor y el poder que se encierra detrás de ese nombre. También aprendí que como dice el dicho:

"el que me roba la cartera, se está robando mi basura". Esto puede ser algo y a la vez puede ser nada. Antes fue mío y ahora es de él, y así ha sido durante los siglos de los siglos. Pero aquel que me roba mi buen nombre, no va a ser necesariamente más rico por ello, pero a mí sí me va a hacer mucho más pobre —resumí.

63

MICHAEL NEAL

Cuando en la noche tú mires al cielo y veas las estrellas, podrás verme allí, porque yo estaré viviendo en una de esas estrellas. Desde esa misma estrella te sonreiré, y para ti, a partir de ese momento, será como si todas las estrellas te sonrieran.

ANTOINE DE SAINT-EXUPÉRY, *El Principito*

Poco a poco, creo que me voy acercando al final de la película de mi vida. En la pantalla aparece, como si se tratara de una telenovela, el día y el momento en que Lucy Neal vino a contarme su encuentro con Michael, su hijo ya fallecido. Desde que Michael muriera, Lucy Neal había estado obsesionada con la oscuridad y siempre atormentada por sus propios pensamientos. No sólo había perdido a su hijo de ocho años, sino que su esposo también la había abandonado. Él se refugió en el alcohol para acallar sus recuerdos. Lucy le suplicaba que dejase de beber tanto, y, él a su vez, le pedía a ella que, dejase de importunarlo. Por fin, un día, él se fue de la casa, sin siquiera decir adiós. Lucy no sabía cómo poner fin a sus lágrimas. Ella veía continuamente a las otras madres con sus niños y esto le hacía sentir aún más su pérdida. Ese domingo, Lucy decidió ir a Cocowalk en Coconut Grove. Se sentó en un banco que quedaba enfrente de las salas de cine. Allí sentada recordaba las muchas veces en que había llevado a Michael a esas mismas salas. A Michael le apasionaba el cine. Mientras esperaba, sentada en el banco, el comienzo de la película, las lágrimas comenzaron una vez más a correr por sus mejillas. Lucy se preguntaba en silencio en dónde podría estar Michael. Sintió como que su cabeza le pesaba mucho y de repente escuchó una voz familiar que la saludaba.

—Hola, mami —dijo Michael.

—¿Michael, eres tú? ¿Dónde estás? No te veo —respondió Lucy sorprendida.

—Mami, fíjate en el cartel del anuncio de la película, yo estoy ahí como protagonista —le dijo Michael—. Lucy volvió la cabeza y vio la imagen de Michael ocupando el póster publicitario. Pensó que se estaba volviendo loca, pero si a través de esta locura lograba hablar con su hijo, bien valía la pena volverse loca.

—Michael, ¿dónde estás? —dijo Lucy suplicante—. Te echo tanto de menos. Yo ya no tengo motivos para seguir viviendo. Los días han perdido todo su significado para mí. ¿Qué sentido tiene la vida sin ti, hijo mío?

—Mami, por favor, no llores. Me pone muy triste verte llorar y ver lo infeliz que eres. Yo estoy en casa, éste es mi lugar y el sitio en el cual debo estar ahora. Tú estás ahí, en el lugar en el cual debes estar, ahora. Mi amor siempre estará contigo. Nunca dejaré de estar a tu lado —explicó Michael.

—Pero, Michael, yo quisiera al menos poder verte una vez más, sentirte junto a mí y poder abrazarte una vez más. No fue justo que te arrebataran tan bruscamente de mi lado. Yo pensé que, tú y yo, siempre estaríamos juntos. Nunca pude ni siquiera pensar que algo tan terrible pudiera suceder, que tú te irías, que me dejarías sola y que yo tendría que vivir toda esta pesadilla. Yo quiero estar contigo ahora y para siempre —prosiguió Lucy.

—Nosotros estamos y estaremos siempre juntos, mami. La muerte no existe. Nuestras almas son inmortales y yo estoy vivo. Yo estoy junto a ti, lo único diferente es que ahora habito en otra dimensión, donde tú no puedes verme y a donde todavía tú no puedes entrar. Te prometo que nosotros volveremos a estar juntos y entonces sabrás y entenderás toda la verdad —dijo Michael.

—¿De qué verdad me estás hablando? No entiendo —respondió Lucy.

—Dirige tu mirada y tu dolor hacia la Luz eterna y ten siempre presente que nuestro amor vivirá para siempre. El amor verdadero nunca muere, crece y se regenera. Ahora tengo que regresar a casa, mami, pero yo siempre te querré y estaré a tu lado —dijo Michael mientras que, al mismo tiempo, su imagen se iba difuminando en el póster hasta que por fin desapareció totalmente.

—Michael, hijo mío, me dijiste que ahora tú estabas en casa, pero yo ya no tengo ninguna casa adonde ir. Me he quedado sola, en este lugar brutal y desconsiderado. Yo sola, con mi soledad y con mi locura. Estoy enferma de estar lejos de ti y me siento como una extraña a todo lo que me rodea. Esta vida ya no es vida. Cuando tú estabas junto a mí, yo podía verme en tus ojos angelicales y podía ver la belleza y la alegría. Cuando tú sonreías, tu rostro se iluminaba y yo podía ver todas las maravillas del mundo reflejadas en esa carita. Ahora, cuando pienso en ti, mi corazón se ahoga con el calor de este día, mi respiración se agita y mi alma se llena otra vez de ti. Pero, en realidad, sé que tú ya no estás aquí conmigo y que estamos separados. Tu maravillosa vida terminó muy pronto a manos de unos malditos asesinos. La justicia... ¿dónde está la justicia? Yo ya sé lo que debo hacer. Gracias, Michael. Gracias, mi niño precioso. Ahora estoy lista, tú recibirás justicia. Sí, hijo mío, tú tendrás tu justicia y yo tendré mi venganza —dijo Lucy.

Lucy se volvió una vez más para mirar el póster que anunciaba la película. La imagen de Michael ya no estaba allí. En su lugar vio la imagen de una mujer llena de odio sosteniendo un arma y el rostro de esa mujer no era otro que el suyo.

—¿Cómo interpretaste toda esa escena? —preguntó Kika.

—Comprendí que, aunque en aquel momento yo hubiera sabido sus intenciones, nunca hubiera podido impedir lo que ella planeaba hacer. La mayoría de los infortunios de los seres humanos se deben a acontecimientos inesperados para los cuales no estamos preparados. Al igual que un lago puede traer la buena fortuna a todo lo que se encuentra a su alrededor, también el mismo lago puede desbordarse y ocasionar un daño irremediable. Ahora, entiendo que Lucy, nunca hubiera podido evitar la desgracia que estaba a punto de ocurrir en su vida. Ella no estaba preparada para lidiar de una manera racional con la triste realidad de la muerte de su hijo. El perdón es un acto del corazón, y además es el principal antídoto contra el veneno. Lucy no podía perdonar y en un momento de locura decidió tomarse la justicia con sus propias manos.

También y aún a mi pesar, llegué a entender que a veces es mejor no molestar a aquellos que prenden fuego a su casa si ello fuera necesario. Tendríamos que llevar ante la justicia a todos a aquellos que hicieron sonar la alarma —le expliqué.

EL ORÁCULO DE KOKO: VALOR

El presente. Éste es el momento adecuado para que dejes de concentrar tus energías, tu atención y tus esfuerzos en otras personas. Concéntrate en ti mismo y trata de reorganizar tu vida. Es un buen momento para dedicarte a reflexionar y para que prestes más atención a tu mundo interior. Aprovecha estos buenos momentos para apuntalar los cimientos sobre los que se asienta toda tu actividad externa. Debes tratar de trabajar más desde el anonimato y olvidarte un poco del reconocimiento ajeno. La envidia te persigue, pero tú eres más fuerte que todo eso.

El futuro. Es posible que ahora quieras rodearte de gente que estimule tu mente con nuevas y excitantes ideas. Es muy posible que éste sea un buen momento para que profundices en tu talento interior y en tu potencial creativo, sobre todo aquel que es ingenioso y nada convencional. Tu intuición se dispara y podría ayudarte a encontrar nuevas ideas y a la vez ayudarte a encontrar nuevas soluciones a viejos problemas que aún enfrentas. En esta época, puedes conocer a gente diferente, que bien pudieran ser unos innovadores en su campo de actividad o innovadores en sus respectivos trabajos. Escúchalos porque te harán bien.

64
LA MAÑANA DEL DÍA DE *HALLOWEEN*

Pregúntale al rostro por las noticias del corazón.

Dicho de África Occidental

Haciendo examen de conciencia, comencé a pensar, si las circunstancias o el resultado hubiera podido ser diferente si yo me hubiera encontrado en mi consulta la mañana del último día en que Lucy vino a verme. A pesar de que ella no tenía ninguna cita conmigo ese día, Lucy se dirigió a mi consulta con la esperanza de que yo tuviera unos minutos libres para hablar con ella. Quería contarme, directamente, cara a cara, la extraña conversación que había tenido con su hijo ya muerto. Camotín estaba sentado en la recepción cuando Lucy llegó. Camotín le explicó que yo no me encontraba allí en ese momento pero que regresaría como en una hora. Camotín también le preguntó si él podía ayudarla en algo.

—Me llamo Lucy Neal y yo sólo quería hablar con el doctor Camote acerca de mi hijo que ya no se encuentra entre nosotros —dijo Lucy.

—Siento mucho su pérdida. Perder a un hijo es algo muy doloroso —respondió Camotín.

—Sí, es muy difícil de aceptar y de comprender, pero finalmente anteayer hablé con mi hijo —prosiguió Lucy.

—¿Con el que está muerto? —preguntó Camotín.

—Sí —respondió Lucy.

—¿Qué drogas o qué combinación de drogas está usted usando? —le preguntó Camotín.

—Yo no uso, ni tomo ninguna droga. Sé que resulta muy extraño que le diga que estuve hablando con alguien que ya está muerto. Yo ya hablé un poco sobre ello con el doctor Camote, pero no estoy segura de haber entendido correctamente lo que él me dijo —confesó Lucy.

—¡El doctor Camote está loco! Él piensa que es otra persona y la mayor parte del tiempo está en las nubes. Yo que usted, no me tomaría en serio nada de lo que el doctor Camote me dijese. Usted se va a sentir mucho mejor si le entra a la cocaína —le dijo Camotín.

—¿Por qué usted trabaja para él si piensa que el doctor está loco? —le preguntó Lucy.

—Yo necesito el dinero. El doctor Camote es un tacaño y no me paga lo suficiente para subsistir y por eso tengo que hacer algunos trabajitos por debajo de la mesa —dijo Camotín.

—¿Usted puede conseguir cosas? Yo tengo una amiga que necesita un arma para defenderse, porque están teniendo lugar muchos robos en la zona en donde ella vive. ¿Puede usted conseguirle un revólver? —preguntó Lucy.

—Si ella tiene el dinero, yo le consigo lo que quiera —prosiguió Camotín. Su instinto le decía a Camotín que el arma era para ella misma y que se había inventado lo de la amiga, pero a fin de cuentas ése no era su problema.

—Me gustaría poder entregárselo a mi amiga esta noche. ¿Podríamos encontrarnos hoy mismo en Coconut Grove a las nueve de la noche? ¿Qué le parece en la esquina de la Plaza Commodore y la Gran Avenida? —le preguntó.

—No hay problema, pero eso sí, traiga el dinero con usted. Yo sólo acepto dinero en efectivo. Ni cheques, ni tarjetas de crédito y además tenga mucho cuidado con la gente rara que anda por ahí. Todos van a salir esta noche a la calle —la alertó Camotín.

—Gracias por su ayuda. Nos vemos esta noche. Adiós, y no le diga nada al doctor Camote sobre nuestra conversación —agregó Lucy.

—No se preocupe, yo sé cómo mantener la boca cerrada. Adiós, Lucy, la veré más tarde —dijo Camotín.

Cuando Lucy salió de mi consulta, se dirigió en su auto hacia el cementerio. Quería una vez más estar cerca de su hijo Michael.

Cuando regresé a la oficina, Camotín me dijo que Lucy había venido a verme. Le pregunté si me había dejado algún mensaje, pero Camotín me dijo que no. De todas formas, yo no estaba muy convencido y quise saber más detalles, sobre todo si ellos habían hablado sobre mí, o sobre Michael, el hijo muerto de Lucy.

—No, no hablamos de nada de eso, pero sí hicimos una regresión a una vida anterior y en esa regresión usted era Don Quijote y yo era su escudero Sancho Panza y Lucy Neal era Dulcinea —dijo Camotín.

Por un momento pensé que Camotín estaba una vez más bajo el efecto de las drogas y yo no quería tener una discusión, pero Camotín prosiguió:

—En esa época, puede que yo haya sido un buen escudero, pero ahora yo no soy más que un lacayo que hace su trabajo por unos pocos centavos. Es probable que usted sea un doctor de verdad, pero yo pienso que usted está loco, aunque es probable que yo tampoco sea muy normal, pero en mi caso eso se debe al exceso de drogas que alteran mi mente —dijo Camotín.

Una vez más me encontré como transportado a otra realidad, como si viajara repentinamente a un universo paralelo en el cual yo volvía nuevamente a ser Don Quijote.

—Como te he dicho muchas veces, si a un hombre se le considera como estúpido, porque ese hombre sigue el camino correcto y se comporta siempre de acuerdo con sus creencias, no me importa, que así sea, que me sigan creyendo un estúpido. Yo sé cual es mi misión: yo debo corregir todos los entuertos que Sansón Carrasco me ocasionó. Él me venció y me humilló, y además me obligó a renunciar a mi condición de caballero. Él era el caballero de la Luna Blanca, quien en un momento dado se atrevió a ser tan insolente que afirmó que Dulcinea no era la mujer más bella del mundo. Nosotros somos los artífices de nuestro propio destino. Labramos nuestra suerte y para distanciarnos de esa misma suerte la llamamos destino, pero ya es hora de que por fin pongamos a prueba nuestra suerte y a la vez nuestro destino. En esta vida, yo sigo adelante con mi destino, ya sea contigo o sin ti —le dije.

—Espere por mí, doctor, que yo voy a todos lados con usted, porque no se le puede dejar ir solo a ningún lugar. Su mente se confunde y todo lo enreda, y además puede meterse en problemas —dijo Camotín.

—Problemas a resolver son los que siempre busca un caballero. Mira este artículo que se ha publicado hoy en el *Miami Herald*. Está dedicado al villano a quien voy a enfrentarme, esta noche. Dice el artículo:

La junta de directores del Associated Way del condado de Miami-Dade rendirá homenaje al señor Luigi Escalanti, a quien le entregará el premio Prince Alexanderville. Este premio anual se confiere a aquellas personas que despliegan una labor ejemplar, bien sea como voluntarios o como filántropos, y cuyo compromiso final no es otro que llevar la esperanza y a la vez la promesa de un futuro mejor, buscando la igualdad de oportunidades para todos, y como consecuencia de ello, sus esfuerzos han tenido un gran impacto en nuestra comunidad, en general. El señor Luigi Escalanti representa, tanto en su vida privada, como en su trayectoria profesional, los grandes valores estadounidenses de la integridad, el coraje, el respeto y el servicio a los demás. Se le rendirá un homenaje esta noche durante la cena de gala de la Fundación Associated Way que se celebrará en el restaurante Don Quixote de Coconut Grove.

¿Qué crees tú de todo esto, Camotín? —le pregunté su opinión.

—Parece que la Associated Way piensa que Escalanti es un gran tipo —respondió Camotín.

—Leo Lorenzo es el maestro de la transformación. Él es un mago que una vez convirtió en molinos a los gigantes a los que yo me enfrentaba —le confesé.

—¿Usted cree que quizá en esta ocasión el gran encantador pueda cambiar el molino del restaurante en un gigante? —preguntó riéndose Camotín.

—¡Eres tan ignorante, Camotín! Las drogas te hacen un ignorante. Es posible que Leo Lorenzo todavía se esconda bajo la máscara de un hombre de paz, pero él va a lanzar su ataque y nosotros estaremos allí esperándolo. La última batalla entre el bien y el mal tendrá lugar aquí, en Miami. En la vida de todos nosotros, siempre hay un momento en el cual debemos elegir qué es lo que queremos. Podemos escoger vivir nuestras esperanzas o nuestros temores, o escoger si preferimos vivir nuestros sueños o nuestras pesadillas. Yo sé cuál es mi misión y levantaré mi espada fuerte y arrogante para combatir al malvado Leo Lorenzo, cuando esta noche venga a Coconut Grove, para recibir su premio —concluí.

—¿Qué aprendiste de todo eso? —preguntó Kika.

—Aprendí que nunca debemos dejar que cobre fuerza aquello que no deseamos, y lo que es aún más importante, todas las cosas que pensamos en secreto, al final, de una forma u otra, se convierten en nuestra realidad. También aprendí que debemos atrevernos a hacer cosas que nos puedan llevar a dar con nuestros huesos en prisión, siempre y cuando el resultado de nuestras acciones merezca la pena —respondí.

EL ORÁCULO DE KOKO: PODER

El presente. Éste es un momento muy poco favorable para tomar decisiones o firmar contratos. Tu comunicación con los demás va a estar llena de incomprensiones, e incluso, pudiera ser totalmente decepcionante. En estos momentos no puedes pensar con claridad y es muy posible que debido a tu ingenuidad te dejes influir por tus sentimientos y tus ideales. Esos mismos sentimientos, hacen que no veas, ni a las situaciones, ni a la gente como realmente son. En estos momentos, tu imaginación es muy fructífera y puede ayudarte a resolver un problema que llevas mucho tiempo tratando de resolver.

El futuro. Será un tiempo excelente para poder expresar tus sentimientos y tus preocupaciones por los demás. Muy pronto, puede que desees y, a la vez, seas capaz de solucionar las necesidades de tu familia y de tus amigos. Es probable que te encuentres bloqueado y que te resistas a comunicarte e intercambiar ideas de importancia. Escucharás con atención a los demás y les permitirás que actúen con cierta negligencia mientras que en el fondo apoyas y alimentas sus ambiciones. Se te acercan viajes de corta duración y bastantes actividades educacionales.

65
LOS FANTASMAS

Visión es el arte de ver las cosas invisibles.

Jonathan Swift

Entre los momentos inolvidables de mi vida, aparece aquel día, en el que Manolo me llamó, porque en el restaurante Don Quixote, estaban pasando cosas muy serias. Todas las noches, cuando el lugar aún estaba lleno de clientes, la temperatura comenzaba a bajar sin ninguna razón aparente, y la gente comenzaba a quejarse de que hacía mucho frío. Manolo hizo que revisaran el termostato, pero el mismo estaba funcionando bien. Unos días más tarde Manolo comenzó a ver algunas cosas moverse de su lugar. Luego ya, más tarde en la noche, empezó a escuchar ruidos extraños. Manolo siempre era el último en marcharse y cuando se quedaba solo, comenzaba a ver como si fueran figuras fantasmales flotando en el aire a su alrededor. Él intentó hablarles, pero ellos no le contestaban. De pronto, el negocio comenzó a decaer y los clientes dejaron de ir al restaurante. Manolo no podía entender las razones de ese cambio súbito, porque desde que abrieron el restaurante, siempre habían estado muy ocupados y las colas de gente esperando para entrar al restaurante, llegaron a ser interminables. Manolo no sabía qué hacer, así que me llamó a mí. Manolo me explicó que estaba perdiendo dinero al mantener el restaurante abierto en tales circunstancias, y que si las cosas seguían así iba a tener que cerrar. Yo le dije que conocía a una persona que podía ayudarlo.

Mi tío Joseph estaba de visita en Miami y yo le expliqué la situación. Joseph estaba familiarizado con las costumbres de los fantasmas y dijo que podría ayudarlo. Joseph nos explicó que por lo general, a él no le gustaba tener que intervenir en nada relacionado con los fantasmas ya que a éstos, no les gustaba que los descubrieran y mucho menos les gustaba el que trataran de desalojarlos de donde se encontraban. Joseph entendía perfectamente, que cuando entramos en el mundo espiritual, cualquier cosa puede suceder. Siempre existía la posibilidad de algún peligro, sin embargo, él comprendía la importancia de su misión que no era otra que liberar al restaurante de esas almas errantes que habitaban dentro de él. Manolo, Joseph y yo acordamos encontrarnos a las nueve y media de la mañana delante de la puerta principal del restaurante. Manolo abrió la puerta, desconectó la alarma y poco después, nosotros también entramos al restaurante. Mi tío Joseph fue el primero de nosotros en cruzar el umbral. Mi tío llevaba en sus manos el volumen número 22 del Zohar. Manolo y yo lo seguíamos mientras rezábamos algunas oraciones. Tan sólo hacía unos minutos que habíamos entrado al restaurante, cuando la temperatura de repente bajó casi treinta grados.

—¿Ustedes se dan cuenta? Esto es lo que pasa todo el tiempo, en cuanto alguien pasa cerca del termostato, la temperatura comienza a bajar y el lugar se queda completamente congelado —dijo Manolo.

—Muchos años atrás, una tribu de indios floridanos vivía en Coconut Grove, y precisamente, en esta misma área, había un cementerio. Se ha perturbado el reposo de los indios que se encuentran enterrados en este lugar. Ellos no tienen paz y ésta es su forma de dejarnos saber que esta situación no les deja descansar en paz. Muchos de los negocios autóctonos que han abierto en Coconut Grove no han podido prosperar y han tenido que cerrar. Hay muchas fuerzas negativas en este lugar —comentó Joseph.

Joseph encendió un pequeño fuego en una sartén que había traído consigo. Él seguía rezando sus oraciones mientras recorría todos los salones del restaurante. Nosotros, mientras tanto, lo seguíamos. Cuando nos acercamos a las escaleras que nos conducirían al segundo piso, las llamas del fuego se intensificaron, la alarma de incendios se disparó y unos minutos más tarde aparecieron los bomberos. Joseph apagó el fuego de la sartén y Manolo habló con los bomberos.

—Lo siento, ha sido una falsa alarma. No tengo la más mínima idea de por qué se disparó la alarma, pero no tenemos ningún problema. Si lo desean pueden comprobarlo ustedes mismos —les propuso.

Los bomberos revisaron el lugar y al no encontrar nada extraño ni nada que estuviera fuera de lugar, se marcharon. Apenas se marcharon, Joseph encendió de nuevo el pequeño fuego. De pronto, la puerta trasera, violentamente, se cerró sola. Mi tío se acercó con precaución. Manolo y yo nos echamos hacia atrás, la verdad que, con un poco de miedo, y Joseph abrió la puerta muy despacio. Estupefactos, vimos aparecer las figuras de fantasmas y también de espíritus que se elevaban ondulantes hacia el techo. Podíamos escuchar los extraños sonidos que emitían y que parecían gritos sordos de protesta. Joseph defendió sus predios y recurrió a sus poderes psíquicos mientras seguía rezando. Por fin pude comprender lo que estaba sucediendo, y pude escuchar los lamentos de los fantasmas y de los espíritus que allí habitaban, ya que los estaban echando del lugar.

—Después de que una persona muere, existe un espacio de tiempo en el cual su alma puede elegir permanecer cerca de la tierra o elevarse a otra dimensión. Muchas veces, esa alma, decide quedarse cerca del plano terrestre. Esto puede suceder por un sinfín de razones. Unas veces se debe a que el alma no quiere abandonar a alguien que ama, o ese determinado espíritu quiere vengarse de alguna persona a la cual todavía odia. Algunas almas pueden y a veces desean conservar sus vínculos con el mundo físico. Por ejemplo, si una persona tenía problemas con la bebida mientras vivía, al morir, su alma puede permanecer errante, rondando los bares con la esperanza de que alguien se emborrache y pierda el conocimiento. En ese caso, el alma puede entrar por un instante al cuerpo de esa persona, y aunque no puede tener una experiencia física, sí tratará de experimentar una vez más lo que es beber alcohol. Lo mismo puede ocurrir con algunas almas que desean sentir y experimentar el placer de comer otra vez. Estas almas rondarán a las personas que están obsesionadas con la comida. Este tipo de comportamiento también ocurre muchas veces en el caso de las drogas. No existe un momento determinado en que las almas deban marcharse y muchas pueden quedarse atadas al mundo físico por muchos cientos de años. Los fantasmas que ahora se encuentran aquí no quieren abandonar el lugar donde nacieron o el lugar en donde fueron enterrados. Por otra parte, existen muchas instancias diferentes en las cuales un fantasma puede cohabitar con los humanos compartiendo el mismo espacio. Ellos se encuentran en una dimensión paralela o un universo paralelo junto con los vivos, y continúan haciendo las cosas habituales del pasado, como puede ser, el preparar la comida, vestirse y hasta comportarse de la misma forma en que lo hacían cuando estaban vivos. Ellos pueden hasta comer de nuestros platos y beber de nuestros vasos, y pueden incluso llegar a compartir nuestras camas, nuestras almohadas y nuestras sábanas. A veces, estos fantasmas son personas que tuvieron una muerte violenta y que no pueden aceptar la realidad de su propia muerte física. El golpe emocional tan fuerte que sufrieron les hace sentir miedo y no pueden comprender que ya no pertenecen al mundo de los vivos. Ellos creen que todavía están vivos porque el tiempo ya no existe para ellos, y permanecen en una dimensión de sombras, pero en muchas ocasiones ellos son capaces de entrar a nuestra dimensión. Estos fantasmas no creen, o no entienden que están muertos y por lo tanto siguen llevando la misma vida que llevaban antes. Estos fantasmas se están resistiendo mucho y yo ya me estoy cansando, siento que estoy perdiendo bastante energía, pero nosotros vamos a ganar esta batalla —declaró Joseph.

Nosotros éramos testigos privilegiados de toda esta lucha que mi tío Joseph mantenía con los fantasmas. Nos encontrábamos situados justo detrás de mi tío, viendo cómo aparecían y desaparecían los fantasmas.

—¿Ya se fueron? —le pregunté.

—Sí, creo que eso que ahora viste, ya era lo último que quedaba de ellos. Las energías positivas ya han comenzado a manifestarse. Se siente un aura mejor y usted Manolo ya no tendrá tantos problemas a partir de ahora —declaró Joseph.

—Debo admitir que tenía mis reservas acerca de todo esto, en realidad, nunca creí en los fantasmas hasta ahora que lo he visto con mis propios ojos, comienzo a creer en el mundo impredecible que existe en las otras dimensiones que no están al alcance de mi vista. Ahora, finalmente, comprendo que porque yo no pueda ver algo, no significa que ese algo no exista —confesó Manolo.

—Existen muchas otras cosas que no vemos, ni oímos y que en ocasiones están muy cerca de nosotros, aunque nos resulte muy difícil de creerlo. Nosotros vivimos en un mundo en el cual estamos rodeados de espíritus, y en ocasiones, esos espíritus están enfadados y pueden manifestar su enfado a través de nosotros. Cuando sentimos ira, ellos son capaces de aprovechar ese mismo instante y entrar a nuestros cuerpos y conseguir que hagamos cosas realmente extrañas. Muchas veces, cuando preguntas a los jóvenes que han asesinado a otros, las razones por las que lo hicieron, ellos alegan desconocerlas. Mi teoría es que cuando los espíritus malignos no pueden llegar a alcanzar la Luz que se encuentra en los lugares más elevados de la existencia, esos espíritus permanecen vagando por la tierra y en algunos casos pueden conseguir entrar en algunos cuerpos y dar rienda suelta a su depravación, haciendo uso, en este caso, de los desafortunados humanos. Algunos periódicos han publicado que Juan Pablo II, el papa actual, ha realizado tres exorcismos. Todos los cristianos que han leído el Nuevo Testamento saben que Jesucristo, continuamente, se dedicaba a sacar tanto a los demonios como a los malos espíritus que se encontraban dentro de los cuerpos de los humanos. Cristo creía y además era capaz de sacar a esos malos espíritus de los cuerpos. ¿Por qué entonces nosotros no habríamos de creer que los malos espíritus tienen la habilidad de entrar dentro de nuestros cuerpos? Los fantasmas existen en un nivel de frecuencia diferente al que nosotros nos encontramos. Como ustedes bien saben, se pueden enviar muchos mensajes diferentes a través de una misma vía telefónica o cablegráfica sin que haya interferencias, ya que se usan diferentes frecuencias y las unas no interfieren con las otras. En este caso, en lo que concierne a los fantasmas o a los espíritus, podemos agregar, que materiales u objetos de energía diferente, que se encuentran en un nivel de frecuencia diferente, pueden ocupar el mismo lugar sin que interfieran los unos con los otros. Ellos pueden existir y coexistir en el mismo espacio pero en una dimensión diferente, es decir, pueden existir intradimensionalmente. Los fantasmas son el mejor ejemplo de que el tiempo no es exactamente lo que parece ser —dijo Joseph.

—No entiendo —confesó Manolo.

—El tiempo no avanza en una sola dirección. El futuro existe, simultáneamente, con el pasado. En la vida de todos y cada uno de los que aquí estamos, existen muchos futuros posibles —explicó Joseph.

—Tío, me confundes —admití.

—Sebastián, todo lo que tú ves o todo lo que tú pudieras ver como un futuro posible, se mantiene estático, hasta que, finalmente, cobra movimiento como parte del resultado de las decisiones que estás tomando en el presente. Tu universo, el cual tú elegiste de entre un número infinito de posibles universos, puede eventualmente existir y coexistir, pero hasta tanto tú no hayas hecho la elección, todos los universos posibles sólo tienen una existencia potencial. Después que tú eliges, tu universo es el universo real y el resto de los universos permanecen sólo como una posibilidad todavía no realizada —explicó Joseph.

—Así es, Sebastián. Tu tío tenía razón. Cada vez que mueres en la tierra, te conviertes en pura esencia cósmica inseparable de tu propia existencia. Tu existencia empieza a tener un comienzo en el tiempo y eso ocurre cuando tomas conciencia de la elección que tú mismo has hecho. Al morir, esta existencia se expande y crea un nuevo universo y un nuevo tiempo, y eso es precisamente la experiencia por la cual tú estás pasando ahora, un universo paralelo de tu propia realidad —dijo Koko.

—¿Qué aprendiste de tu experiencia con los fantasmas? —preguntó Kika.

—Aprendí que de la misma forma que la gente puede ser infeliz cuando está viva, después de la muerte también hay almas infelices. También aprendí que nadie recuerda cuando tú tuviste la razón, pero siempre recuerdan cuando tú haz hecho algo mal —concluí.

EL ORÁCULO DE KOKO: BIENAVENTURANZA

El presente. Las exigencias intelectuales, los plazos y los trabajos urgentes pueden ocasionarte una gran tensión en este momento. Es muy probable que sufras dolores de cabeza como consecuencia de esa misma tensión. Trata de evitar crispaciones nerviosas y evita expresarte con dureza aunque tengas muchas presiones externas. Puedes caer enfermo y entonces tendrás que abandonar, al menos temporalmente, alguno de tus proyectos. Evita aquellas situaciones que ya de antemano sepas que pueden implicar una larga espera. Si tienes que esperar, no esperes a aburrirte, ponte a leer un libro. Ten compasión de ti mismo y de tu lado oscuro. Esto te ayudará a despojarte de la vergüenza que sientes y a superar todo tu malestar interno de una manera mucho más positiva.

El futuro. Éste puede ser el momento más adecuado para mostrarte como tú realmente eres. Vas a tener la necesidad de hablar sobre algunos de tus asuntos más íntimos y secretos. Tu mente puede estar muy activa e inquisitiva y puede llevarte a tener conversaciones muy fuertes y de una gran intensidad emocional. No te van a ser suficientes las respuestas superficiales o aquellas que han sido dadas a la ligera. Trata de no asumir una actitud despótica o impertinente al defender tus puntos de vista. Éste es el momento adecuado para que aprendas a respetar la forma de pensar de aquellos que no necesariamente comparten tus criterios.

66
MARCANDO LA DIFERENCIA

Las cosas serias nunca llegarían a comprenderse si no fuera por las cosas divertidas. Lo mismo llega a ocurrir con los polos opuestos que nunca podrían existir por separado.

PLATÓN

Busco memorias que puedan seguir ayudándome a encontrar esas respuestas que no encontré mientras vivía. Ahora puedo ver en mi pantalla una ocasión, en la cual necesitaba encontrar cierta información. Qué mejor lugar para encontrar esa información que en la biblioteca. Decidí visitar la biblioteca más cercana y Camotín me acompañó. Cuando llegamos, le dije que posiblemente me llevaría alrededor de una media hora, el poder encontrar toda la información que necesitaba. Camotín decía estar interesado en las películas y me comunicó que él estaría en la sección de los libros que trataban sobre las historias de las películas famosas.

—¿Camotín, puedes decirme los nombres de los últimos seis ganadores del Oscar al mejor actor y a la mejor actriz? ¿Podrías mencionar las últimas seis mejores películas del año? —le pregunté.

—Le puedo contestar su pregunta con los nombres de todos los ganadores de los últimos tres años —respondió.

—¿Puedes mencionar los nombres de las cinco personas más ricas del mundo? —le pregunté.

—No estoy muy seguro de eso porque las fortunas de los ricos y famosos cambian todos los años —respondió Camotín.

—¿Podrías mencionar los nombres de las cinco últimas ganadoras del concurso "Miss América"? No tienes que decirme los estados por los que salieron electas, sólo los nombres de las reinas de belleza. Yo sé que es un tema que siempre te ha interesado —proseguí.

—Los cinco nombres no podría decírselos, pero sí puedo decirle el nombre de la ganadora del año pasado —respondió Camotín.

—¿Podrías mencionar el nombre de diez personas que hayan ganado el Premio Nobel, o el Premio Pulitzer? —quise saber.

—No, no puedo —respondió Camotín.

—¿Podrías mencionar a todos los ganadores de la serie mundial de béisbol de la última década?

—No —respondió Camotín.

—¿Podrías mencionar a los cinco últimos ganadores del Balón de Oro? —continué.

—No, ¿pero por qué me está haciendo todas esas preguntas? —preguntó Camotín.

—Sólo quería hacerte ver que toda esa gente está considerada como la mejor en cada uno de sus campos, sin embargo, nosotros no somos capaces de recordar sus nombres, a pesar de que ocupan los primeros lugares y gozan de toda la atención de los medios informativos. Ninguno de nosotros recuerda los titulares de los periódicos de ayer. El aplauso se agota y finalmente muere y los premios que todos ellos recibieron se cubren de polvo y olvido. Con el tiempo, los títulos y los certificados se convierten en simples recuerdos del pasado. Uno no necesita recibir reconocimiento nacional o internacional para poder ser un héroe y ser capaz de cambiar la vida de alguien —le expliqué.

—¿Qué quiere decir? —me preguntó Camotín.

—En nuestras vidas ha habido algunos maestros que nos han ayudado continuamente durante nuestros años escolares. También hemos tenido amigos que nos han ayudado en los momentos más difíciles, y gente que en algún momento nos ha enseñado algo de valor. También existen personas que nos hacen sentirnos amados y a la vez especiales. Hay personas con las cuales nos agrada pasar el tiempo por la consideración con la que nos tratan, y como no, también hay muchos héroes, incluso anónimos, cuyas vidas nos han servido de inspiración —le hice ver.

—¿Qué significa todo eso? —preguntó Camotín.

—Las personas que de verdad han sido importantes en nuestras vidas no han sido, necesariamente, las que más dinero han tenido, o más títulos o más premios han ganado. Las personas más importantes para muchos de nosotros han sido aquellas que más se han preocupado por nosotros —le expliqué.

—¿Qué importancia puede tener eso? —insistió Camotín.

—Esto es tan sólo un ejemplo para que tú puedas entender que, mucha de la gente que conocemos durante nuestra vida, ejerce una influencia muy importante en nosotros, sin necesidad de que estas personas puedan ser ricas o famosas —comenté.

—¿No estará usted tratando de incluirse en esa categoría de gente sabia e ilustrada por la cual yo supuestamente he de tratar de sentir afecto? —preguntó Camotín.

—Voy a contarte una historia que sucedió hace ya mucho tiempo. Había una vez un rey que quería entregar un premio a la persona que dentro de sus dominios hubiera hecho la contribución más valiosa al reino. Se convocó una gran reunión y se pidió que públicamente se nominase a los candidatos. Un hombre propuso a un doctor que había trabajado de manera ardua y, finalmente, había descubierto una medicina para combatir el insomnio. Otro hombre propuso a un escritor que había escrito un libro sobre filosofía y había desarrollado unas teorías muy interesantes sobre el origen del bien y del mal. Antes de tomar la decisión, el rey preguntó si había alguien más que quisiera proponer a otra persona. Nadie se presentó. Cuando el rey preguntó por segunda vez, un niño respondió que él conocía a una persona que merecía el reconocimiento. El rey, le pidió al niño, que le dijese quién era esa persona, ante lo cual el niño respondió que él quería proponer a su maestro. El rey quedó sorprendido y quiso saber por qué el niño pensaba que un simple maestro podía competir por el real reconocimiento y tener alguna posibilidad de ganarlo cuando tenía que enfrentarse a los dos respetados e instruidos hombres antes ya propuestos, y por qué el niño pensaba que el maestro podía ser de alguna forma más importante que el médico y el escritor. El niño le respondió, simplemente, que el maestro había sido quien había enseñado e instruido al médico y al escritor, antes de que ellos llegaran a ser grandes hombres. Con esto quiero decirte, Camotín, que siempre debes mantener los ojos bien abiertos y los oídos siempre muy atentos porque la sabiduría puede llegarnos a través de las más diversas personas que viajan con nosotros y nos acompañan a lo largo de nuestra vida. Hay que poner especial atención en aquellas personas de las que nunca pensamos que nos están ayudando a preparar el futuro —finalicé.

—¿Qué piensas sobre todo esto? —preguntó Kika.

—Nosotros aprendemos de todos los acontecimientos simples y, a la vez, cotidianos de nuestra vida. Aprendemos a través del dolor y del sufrimiento extremo. Aprendemos de aquello que nos causa confusión y, al mismo tiempo, agotamiento. Aprendemos de lo impredecible y también de lo increíble. En pocas palabras, aprendemos de todas las cosas que nos suceden. También aprendí que cuando un hombre nos habla acerca de su fortaleza, nos está hablando en voz baja de su debilidad —le respondí.

67

ELEGIR

Dos hombres miraban a través de los barrotes de una prisión, uno vio el lodo, el otro vio las estrellas.

JAMES ALLEN

Mis memorias se van agotando. Vuelvo a conectarme con ellas y ante mí aparece el día en que recibí una llamada de mi amigo Marty, quien era un famoso abogado neoyorquino, que en cierta ocasión se encontraba representando a un cliente llamado Jeremy Simmons. Marty insistió mucho para que yo fuese a ver al señor Simmons. Éste había sido condenado a muerte, pero hacía sólo unos días, le habían conmutado esa pena. El juez decidió aceptar algunas nuevas pruebas que habían sido presentadas a última hora. Un jurado, muy dividido, lo sentenció a veinticinco años de cárcel, en lugar de la pena capital previa. El juez decidió que Jeremy Simmons, de treinta y seis años de edad, permaneciera en la cárcel un mínimo de veinticinco años sin tener derecho alguno a libertad condicional. Jeremy ya había cumplido seis años en prisión cuando le dictaron la nueva sentencia. Jeremy le había comunicado a Marty que él ya no quería seguir viviendo, y le pidió que apelara de nuevo el caso, para que se ejecutara y tuviera efecto inmediato la sentencia anterior de pena de muerte.

—Hola, Jeremy, he venido a visitarlo a petición de su abogado defensor. Me llamo Sebastián Stain Camote y soy doctor en psiquiatría. ¿Hay algo en especial que a usted le gustaría hablar conmigo o tiene alguna pregunta en particular que usted quisiera hacerme? —le pregunté.

—La verdad es que no entiendo el por qué alguien tiene que pensar que yo necesito ver a un psiquiatra. Yo no tengo ningún problema, ni me interesa mi situación. El único problema que tengo es mi vida anterior —dijo Jeremy.

—Está bien señor Simmons, yo entiendo claramente su posición, sin embargo, tratemos de analizar la situación. Nos encontramos con una persona a la que se le ha conmutado la pena capital, y como consecuencia de ello, esa misma persona va a poder vivir, en lugar de enfrentar la muerte. No obstante, esa misma persona, decide que, de todas formas, lo que quiere es morir, entonces, de cierta forma, pudiera ser lógico que se cuestionara su capacidad para tomar decisiones. ¿Tiene usted alguna idea de la cantidad de presos que han sido sentenciados a muerte y que suplican continua e inútilmente para que les sea conmutada la sentencia? —le pregunté.

—No tengo ningún interés en especular sobre otras personas. Entiendo muy bien cuál es mi situación y eso es lo único que me preocupa —dijo Jeremy.

—¿Por qué está usted en prisión? —pregunté.

—Primero se me consideró sospechoso de robo y, poco después, también se me consideró sospechoso del asesinato a tiros de un guardia de seguridad, en un incidente que tuvo lugar en una comunidad residencial privada. Yo era el segundo guardia de seguridad que en ese momento, se encontraba trabajando en esa comunidad residencial. Yo era y soy totalmente inocente de todo lo que me acusaron, pero aún así, fui encontrado culpable de asesinato en primer grado y consecuentemente, fui sentenciado a muerte. Cada día que he pasado en la cárcel ha sido insoportable. Yo no me merezco estar aquí encerrado, pero de todas formas, aquí estoy, alienado y alejado del mundo por un crimen que yo no cometí —me explicó Jeremy.

—¿Por qué no quiere aceptar la suerte que de repente ha tenido? Le acaban de perdonar la vida y dentro de diecinueve años podrá obtener la libertad condicional. Siempre es posible que las leyes cambien y que usted pueda salir antes, por buena conducta, o por alguna otra razón que ahora mismo se nos escapa. Siempre hay una esperanza —dije.

—¿Esperanza de qué? Yo no puedo, ni quiero seguir aquí dentro, sin ser libre. Todo aquí dentro es una rutina. Todo es siempre lo mismo, siempre tan predecible. Me dicen cuándo tengo que levantarme, cuándo tengo que comer, y cuándo tengo que dormir. No hay privacidad ni para pensar. Estoy rodeado de asesinos, ladrones, violadores, depredadores sexuales, hostigadores de niños, asesinos a sueldo, timadores, y quién sabe que más. Estoy rodeado de presos sin esperanzas, ni alegrías, ni privilegios, ni pensamientos positivos. Todo lo que hago es levantarme en la mañana para repetir lo mismo que hice el día anterior. Escucho las voces doloridas y amargadas de unos presos que maldicen y gritan como animales enjaulados. Gritos de los unos contra los otros y de todos ellos contra el mundo. Yo ya no puedo soportar más la falta de esperanza y la desesperación diaria en la que vivo. No hay ya nada a lo que yo pueda aspirar en el futuro y no tengo ningún motivo, ninguna razón para seguir malgastando mi vida en esta profunda oscuridad. Esta oscuridad es lo único que me rodea y me consume. Yo quiero acabar con toda esta mentira y poner al menos un final digno a mi vida —murmuró Jeremy.

—No se precipite, Jeremy. Usted ha venido a esta vida con un propósito que cumplir y en tanto no lo cumpla, usted debe permanecer aquí y pagar la deuda que su karma le tiene asignado. Cuando llegue el momento de partir usted lo sabrá —continué.

—¿Qué puedo yo hacer estando aquí? Hay demasiado odio dentro de mí. Fui acusado de un crimen que no cometí y me consumo de rabia y de impotencia y, por eso, prefiero dejar de ser parte de este mundo tan injusto —me explicó Jeremy.

—Donde hay vida, siempre hay esperanza. Mírelo de esa manera. Su sentencia de muerte fue revocada sin que usted pusiera nada de su parte. Probablemente, eso fue algo que usted nunca pensó que pudiera suceder. Quizá en el futuro se den otras condiciones u otras circunstancias que también puedan cambiar favorablemente. Nunca podemos ver el futuro aunque nuestro destino se encuentra ya delante de nosotros. Todo lo que podemos esperar es lo inesperado. En la vida, en un momento, podemos encontrarnos en un lugar determinado, y a una hora específica y esto puede determinar una serie de circunstancias que van a afectarnos. ¿Usted tiene familia? —le pregunté.

—Sí, tengo a mis padres. Ellos han envejecido muchísimo desde que empezó todo. Ellos están sufriendo constantemente y llevan luto por la vida que yo ya nunca tendré —confesó Jeremy.

—Usted debe pensar en ellos antes de tomar una decisión tan irreversible como es morir. Imagínese el golpe tan brutal que su muerte significaría para ellos. Usted debe tener el coraje y el valor suficiente para no ocasionarles más dolor a sus padres. Aunque usted no lo entienda, todo esto que le está pasando es parte de su karma. No busque la salida fácil. Cuando usted muera, usted tendrá una nueva reencarnación, porque la vida nunca acaba, sino que culmina un ciclo y comienza otro nuevo. Por cada final siempre hay un comienzo. Sus vidas futuras tendrán un nivel espiritual más elevado si usted paga en esta vida las deudas acumuladas por su karma —le expliqué.

Jeremy comenzó a reírse.

—¿Karma?, ¿vidas futuras? ¡Usted debe estar bromeando, doctor! ¿Usted ha dicho deudas de mi karma? ¡Eso es una locura! Yo no he matado a nadie. ¿Usted me entiende? Yo no tengo que pagar ninguna deuda de karma a nadie. ¡Yo soy inocente! —dijo Jeremy airado.

Decidí que era mejor que no continuara hablando.

—¿Qué puedo yo esperar del futuro? La vida en esta prisión es insoportable, pero fuera de aquí tampoco es un paseo. Todo esto es una locura. Todo lo que escuchamos es sobre la epidemia de las vacas locas, científicos que clonan a los puercos y a los gatos, niños que disparan contra los maestros, maestros que acosan a los niños, la comida es dañina, y hasta la sangre que nos ponen en las transfusiones está contaminada con sida. Puede que todos nosotros seamos portadores de enfermedades contagiosas, sin siquiera saberlo. ¿Qué puede decirme a todo esto, doctor? ¿Qué sentido tiene seguir viviendo de esta forma, bien dentro o fuera, pero sin esperanzas, ni soluciones? —preguntó Jeremy.

—Nosotros debemos tener fe y creer que cada pregunta tiene su respuesta. Debemos tratar de creer que si hacemos la pregunta, acabaremos recibiendo la respuesta. Debemos regresar a las oraciones como cuando éramos niños y ayudarnos los unos a los otros. La gente como usted me pregunta qué es lo que tienen qué hacer, y piensan que son los únicos que pasan calamidades en este mundo. Pero si cada uno de nosotros cambiara su forma de pensar y mostrásemos más amor al prójimo, poco a poco, el mundo entero cambiaría. Todavía quedan muchas cosas que usted puede hacer, y puede empezar en este mismo lugar ayudando a cambiar, aunque sea, de uno en uno, la forma de pensar de los presos, de los guardianes, y por qué no, la forma de pensar de la gente que viene a visitarlos. ¿Lo intentará? —le pregunté.

Cuando Jeremy salía de la habitación se volvió para mirarme y se sonrió.

—¿Qué piensas sobre ese día? —preguntó Kika.

—El hombre ve el mundo en relación con lo que guarda dentro de su corazón, pero la buena fortuna es algo que eventualmente puede llegarnos a todos. Aprendí que si vamos de pesca, debemos dejar que sea la corriente la que mueva el anzuelo porque donde menos lo pensamos, podemos llegar a pescar algo —concluí.

68
EL MAL DE OJO

Yo soy un hombre que vive tan angustiado por el pecado que ni siquiera peca.

SHAKESPEARE

Sigo adelante con la película de mi vida y como otras veces, me encuentro con Camotín. Esta vez vamos a tener una interesante conversación acerca de la gente famosa y el mal de ojo. Camotín había tomado un mensaje de una cadena de televisión local. Ellos querían invitarme a un nuevo programa de entrevistas para promocionar mi nuevo libro. Cuando me entregó el mensaje, le dije, simplemente, que yo no quería ir. Camotín no podía entender las razones.

—¿Cuál es el problema, doctor Camote? A usted le encanta hablar con la gente. Le encanta hablar y escucharse a sí mismo ¿Acaso tiene miedo de que le pregunten algo que usted no sepa contestar? —preguntó Camotín.

—No, Camotín, no tengo miedo a ser entrevistado. Yo siempre respondo a todas las preguntas con toda honestidad, y si no sé la respuesta, no me avergüenzo en lo más mínimo de reconocerlo. Desgraciadamente, el problema es mucho más complejo que todo eso —respondí.

—Está bien, doctor, pero yo sé que ya usted ha participado antes en programas de entrevistas. ¿Cuál es la diferencia ahora? —preguntó Camotín.

—Cuando eres una persona pública, uno queda expuesto a ser visto y oído por mucha gente que no siempre te desea lo mejor. Hay mucha gente que mira el programa y no hacen más que criticarlo y emitir opiniones negativas. Son gente que, automáticamente, siente envidia, y que quisieran estar en el lugar de uno para poder recibir las mismas atenciones, la misma admiración y los mismos galardones. La envidia es la causa del mal de ojo y esto puede traernos resultados muy negativos. Antes, no me quedaba más remedio que aceptar, porque como autor tenía que promover mi libro y por eso, casi siempre, asistía a los llamados programas de entrevistas que gozan de tanta popularidad. También tenía que asistir a las reuniones y a los encuentros que se realizaban para la firma de mis libros. Sin embargo, ahora, prefiero mantenerme totalmente alejado de los primeros planos —proseguí.

—Si usted está seguro de que hizo un buen trabajo al escribir su libro y además quedó satisfecho con los resultados, ¿qué puede importarle lo que piense la gente? —preguntó Camotín.

—A mí sí me importa, sobre todo, cuando la gente es hostil, pesimista y cínica. Si alguien dice algo despectivo, o si lo piensa, los resultados siempre son los mismos. La gente puede emitir vibraciones negativas que eventualmente acaban afectándonos. Uno puede llegar a sentir cómo, poco a poco, va perdiendo la energía y también puede sentir cómo, poco a poco, va desapareciendo la alegría. De repente, y como si fuera algo que ha estado latente dentro de uno mismo, uno comienza a tener dudas sobre sí mismo, y empieza a cuestionarse cosas sobre las que siempre había estado seguro. Camotín, ¿alguna vez te has preguntado el por qué actores y actrices de tanto talento, tienen tantos problemas? Fíjate también en muchos de los políticos más poderosos de nuestra época. A pesar de su fama, de su poder y de sus fortunas, son personas infelices y las calamidades les acechan constantemente. Tú puedes pensar que los ricos y los famosos tienen todo lo que desean porque pueden ver sus nombres reflejados en los anuncios luminosos. Algunos de ellos también pueden incluso contemplar sus rostros en las cubiertas de las revistas más populares. Sin embargo, la condición de personas célebres no les libra en ningún modo de las circunstancias desagradables de la vida, por el contrario, esa misma celebridad los lleva a situaciones desesperadas en extremo, y todo ello a causa de las vibraciones negativas y del odio que reciben de los demás. En la sociedad moderna en la cual vivimos hoy en día, el ser una persona célebre de la cual todo el mundo habla, pudiera tener muchas implicaciones peligrosas —proseguí.

—Me da igual todo lo que usted dice, doctor. Yo quisiera ser rico y famoso y poder ganar todo el dinero que ganan las grandes estrellas. Si fuera así, yo no tendría que preocuparme por nada —señaló Camotín.

—Hay cosas mucho más importantes que el dinero, Camotín. Una de las cosas más importantes que posee una persona es la energía. Cuando alguien, ya sea él o ella, pierde su energía positiva, todo su mundo, rápidamente, se viene abajo. La energía guarda relación con cada aspecto de nuestras vidas: nuestra digestión, nuestra circulación, nuestros hábitos de dormir, nuestra forma de pensar y, por supuesto, nuestra disposición en general. Todo el dinero del mundo nunca podría comprar la felicidad a una persona infeliz. Puede que el dinero le permita a una persona comprar cosas que lo distraigan y lo hagan materialmente feliz por un tiempo, pero en última instancia, esa persona va a tener que enfrentarse al problema original, tendrá que dar marcha atrás y lidiar con el caos y con los elementos adversos que le rodean —dije.

—¿Qué puede hacer una persona para lidiar con la negatividad? —quiso saber Camotín.

—El rabino que era mi profesor de Cábala me enseñó que podemos encontrar esa protección dentro del Zohar —le expliqué.

—¿Qué es el Zohar? —preguntó Camotín.

—El Zohar es una enorme colección de 23 libros con comentarios sobre la Torah. La Torah hebrea está compuesta por los cinco libros de Moisés. Estos cinco libros son para los cristianos el denominado Antiguo Testamento, no es más que la primera parte de la Biblia. El Zohar fue escrito en arameo, la lengua de Cristo y la misma lengua antigua que utilizaron los rabinos que escribieron el Talmud. A pesar de su esencia mística, a veces, difícil de entender, el Zohar trata de explicar la relación entre Dios, el universo y la humanidad. El propósito de la vida humana, que es la creación más grande de Dios, es poder elevar la conciencia del alma a través del conocimiento interior, para que esta alma, finalmente, alcance la comunión con Dios. Cuando nacemos, nuestra alma pasa a habitar en un cuerpo humano. La conciencia de nuestro cuerpo es la que asume el poder y es entonces cuando nos convertimos en seres humanos egocéntricos que sólo piensan en satisfacer sus propios deseos. Nos convertimos en unos seres egoístas y nuestras continuas exigencias acaban destruyendo el balance del universo. No somos capaces de mantener la armonía con las plantas o con los animales y nuestro pobre raciocinio hace que, poco a poco, se acumulen, una encima de otra, muchas capas, como si fueran velos, que al final nos impiden llegar a alcanzar y a entender la Luz. Aunque no podamos leer el arameo, podemos recibir ayuda espiritual al acariciar con nuestros dedos las páginas del Zohar. Nuestra alma despierta a partir de los mensajes contenidos en este libro y, a través de él, podemos librarnos de las malas energías que nos rodean. ¿Alguna vez, al cruzar una intersección, te ha pasado, acaso, que de pronto sintieras que algo te empujaba hacia atrás? Te quedas parado y te das cuenta de que en el preciso instante en que tú ibas a cruzar, un auto pasa a toda velocidad, por donde tú habrías estado pasando. Tu vida se salvó gracias a los conocimientos secretos que tiene tu alma. Tu alma lo sabe todo, pero para que tú seas capaz de recibir los mensajes del alma, tu conciencia debe estar siempre alerta. Por eso es tan importante tratar de protegernos de los malos pensamientos y de las malas acciones. Todas las mañanas, antes salir de la casa, yo acaricio las páginas del Zohar. Antes o después de cada aparición en público, acaricio otra vez las páginas del Zohar para obtener una protección adicional. Existen millones de personas que continuamente destilan negatividad sobre nosotros y esta negatividad se expande y al final, de una forma u otra, acaba contagiándonos. Todos debemos hacer un esfuerzo para combatir las vibraciones dañinas que afectan nuestra armonía y la misma armonía del universo. Nosotros tenemos dentro de nosotros la capacidad para poder transformarnos. Si somos capaces de aprender a pensar con optimismo, podremos acabar obteniendo resultados ejemplarizantes y virtuosos —le expliqué.

—Un día voy a escribir un libro que sin duda llegará a ser un *bestseller* y cuando me encuentre en el programa *Gente Especial,* recordaré lo que usted me acaba de decir —respondió Camotín.

—¿Qué piensas sobre esa conversación? —preguntó Kika.

—Los campos sufren por la mala hierba y la humanidad sufre por los odios generados por la propia humanidad. Por eso, las ofrendas que entregamos a aquellos que desconocen el odio, acaban dando frutos abundantes. También comprendí que hay algunos libros que parecen haber sido escritos no necesariamente para enseñarnos algo, sino para demostrarnos que su autor sabe algo —le respondí.

69
LA MUJER CÓSMICA

Parece ser que, los que más hacen, son también los que más sueñan.
STEPHEN BUTLER LEACOCK

Continuamente trato de controlar mis pensamientos, pero una y otra vez, ellos me siguen trayendo de vuelta al doctor Camote y, concretamente, he aquí el día del 31 de octubre del año 2000. Recuerdo ese día como si fuera ayer mismo. Recuerdo que llamé a su oficina después de que él no se presentara para su cita de las seis de la tarde. Temía que algo malo le hubiera sucedido. Camotín fue quien respondió el teléfono.

—Doctora Goldstein, me alegro que haya llamado. Estoy muy preocupado por la forma tan extraña en que se está comportando el doctor Camote. Él sigue amenazando con entablar una dura y desigual batalla contra su supuesto enemigo. La batalla será esta misma noche, durante el *Halloween*. ¿Sabe usted de qué se trata? —preguntó Camotín.

Las palabras de Camotín confirmaron mis temores de que algo andaba muy mal. Traté de llamar al doctor Camote a su celular, pero lo tenía apagado. Entonces, me dirigí a mi escritorio y saqué una de las cintas que grabé durante una de nuestras sesiones, años atrás. Yo tenía la esperanza que al escucharla otra vez pudiera obtener alguna información adicional que me ayudara a entender mejor lo que estaba sucediendo.

—Regresión al pasado y progresión a una vida futura del doctor Sebastián Camote. Doce de agosto de mil novecientos ochenta y cinco. Sebastián, concéntrate en mi voz. ¿Qué ves ahora? —comencé diciendo.

—Puedo ver mi cuerpo, que ha quedado abandonado más abajo, pero ya no lo siento. Soy un caballero y he de morir como un caballero. He ayudado a muchos a reparar las heridas y a desvanecer los insultos. He corregido entuertos, castigado la arrogancia y doblegado a gigantes. Soy un amante, porque así lo exige el código de los caballeros. Sí, soy un amante del bien, pero mi amor es un amor casto y platónico. No estoy solo porque ella está aquí conmigo, la Gran Madre del Universo. La Mujer Cósmica es una mujer muy bella, va cubierta con un velo, y en su mano sostiene una lámpara. Ella habla y yo la escucho:

Yo no tengo nombre, nadie puede verme, nunca he sido vista, no soy ni grande, ni pequeña, y los sentidos no pueden percibirme. No tengo ni principio ni fin. El tiempo no forma parte de mi existencia, soy infinita. Penetro en la tierra y es mi fuerza la que mantiene vivos a los seres humanos. Yo soy el amor universal y habito en lo más recóndito del cuerpo y en lo más profundo del corazón de todos los seres humanos. Memoria, conocimiento y razón emanan de mí. Soy el conocimiento, la creación y la verdad final. Siempre he existido, lo mismo que tú, y lo mismo que tu Dulcinea y nunca dejaremos de existir. La muerte es siempre el final para todo aquello que nace, y todo lo que muere siempre vuelve a nacer. Ése es el ciclo de la vida eterna, y por ese mismo ciclo de purificación no hay lugar alguno para el sufrimiento. Yo soy la semilla que se encuentra dentro de todos los seres humanos. Nada ni nadie, ya sea animado o inanimado puede existir sin mí. Yo mantengo vivo todo este mundo como una parte de mi propio ser. Levántate y sígueme. Tu vida es un sueño que debe convertirse en realidad.

Yo le rogué que me dejara quedarme a su lado, pero ella desapareció —me explicó el doctor Camote.

—¡Quédate conmigo, Sebastián! —le ordené.

—Estoy flotando. Estoy flotando —me respondió el doctor Camote.

—¿Dónde estás flotando? ¿Adónde vas? —le pregunté.

—Voy hacia el presente. Yo ya conozco mi misión y mi destino. ¡Don Quijote ha vuelto! —declaró el doctor Camote.

—Apenas había acabado de escuchar la grabación cuando mi secretaria me comunicó por el intercomunicador que el doctor Camote había llegado. Eran las siete de la tarde. Le pedí que lo hiciese pasar. Sebastián vestía un traje negro brillante de una sola pieza, y traía puesta encima una armadura, llevaba un escudo y una espada, y parecía estar aturdido y desorientado.

—Sebastián, ¿qué te sucede? ¿Te has vuelto loco? ¿Te das cuenta de lo que estás haciendo? Te conozco desde hace ya muchos años y siempre he tratado de enseñarte todo lo que yo sé. Pero ahora mira lo que has hecho, has abierto la puerta prohibida. Vas a viajar a un mundo del cual no existe el regreso —exclamé.

—Conozco mi misión y sé lo que debo hacer, mi querida duquesa —dijo el doctor Camote.

—Yo soy tu psiquiatra, no tu duquesa. Sebastián, me parece que no acabas de entender lo que te podría suceder si continúas comportándote de esta manera. Tú sabes que nuestra vida es siempre, y ante todo, el reflejo consciente de nuestros propios actos —traté de hacerlo entrar en razones.

—Debo encontrar a mi Dulcinea porque ella será la que me va a guiar en la lucha final para derrotar al malvado Leo Lorenzo. Recuerda lo que tú misma me enseñaste, que nosotros somos los maestros de nuestro propio destino —respondió el doctor Camote.

—Sebastián, existe una línea muy estrecha entre la razón y la locura y temo que tú ya la has cruzado. Tú ya no eres el mismo, y tu nueva conciencia te lleva a alejarte de la realidad. Algunas veces, serás el doctor Camote, pero otras veces serás Don Quijote, y llegará un momento en el cual no seremos capaces ni tú, ni yo, de diferenciar al uno del otro. Te has dividido en dos seres diferentes, y esto necesariamente se convertirá en tu otro yo y, tarde o temprano, ya bien sea uno, o bien sea otro, ambos entrarán en conflicto, lo mismo que sucede entre el bien y el mal, en su mutua dependencia. ¿Qué harás cuando esto suceda? —le pregunté con voz calmada.

—He ayudado a otros a comprender y a aceptar sus sueños, a seguir sus propios caminos y a cumplir sus destinos. Ha llegado el momento de cumplir con mi propio destino. Ya lo he decidido, seguiré el camino que inicié hace cuatrocientos años, ¡Don Quijote ha vuelto! Yo soy la prueba viviente de que la muerte no existe. El final no existe, sólo es un nuevo principio. Lucharé por el bien, cualidad admirable que todos nosotros poseemos. Yo haré el bien a todos y nunca ocasionaré ningún daño a nadie. He elegido la compasión y la comprensión. La vida de cada hombre no es ni más ni menos que lo que él mismo decidió que fuera antes de nacer. Sin embargo, esa vida y ese hombre se me habían olvidado. He venido para hacer posible lo imposible y con ello poder vivir un sueño imposible —trató de explicarme el doctor Camote.

No se me ocurría nada qué decirle. Traté de ser lo más objetiva posible y analizar todo lo que había sucedido. ¿A quién estaba yo sometiendo a tratamiento, al doctor Camote o a Don Quijote? ¿Acaso los dos habían venido al mundo al mismo tiempo y los dos habían tomado posesión del mismo cuerpo? Yo no quería ni pensar en lo que pudiera suceder después. La única persona que aquel día tenía la respuesta a mi pregunta era Dios.

70
LA NOCHE DE *HALLOWEEN*

Podrías llegar a conocer el secreto de la muerte, pero, ¿cómo habrías de encontrarlo si no lo buscas en la esencia de la vida?

GIBRÁN JALIL

Me pregunto si todo podía haber sido diferente, o si esa noche fatal era mi destino. Camotín y yo caminábamos por Commodore Plaza. Yo iba vestido con mi traje de caballero cósmico y llevaba conmigo mi espada. Camotín iba vestido con un traje de *power ranger* que por cierto se encontraba en bastante malas condiciones. Llevaba su rostro cubierto con una máscara negra. En el aire se respiraba cierta tensión. Se veía a mucha gente deambular por las calles de Coconut Grove con todo tipo de trajes y de máscaras. Camotín y yo tratamos de mezclarnos entre los grupos de juerguistas.

—Esta noche estamos de suerte, mi buen escudero Camotín —comencé diciendo.

—Hoy es la noche de *Halloween* y la suerte que hoy nos acompaña está haciendo que las cosas nos salgan mejor de lo que nunca hubiéramos podido desear. Mira, allí hay treinta o cuarenta extraterrestres diabólicos a los cuales pienso combatir y vencer. Seguiré adelante y lucharé con mi vieja espada en la cual todavía confío, y que me la procuré hace ya muchos años en Toledo. Nosotros venceremos a esos monstruos, en el nombre de Dios, y por el bien de toda la humanidad. Ésta es una guerra justa.

—¿De qué extraterrestres diabólicos me habla? Yo no veo ninguno —preguntó Camotín.

Le señalé un grupo de Hare Krishnas que estaban cantando y bailando.

—Allí están. ¿Acaso no puedes ver la maldad reflejada en sus ojos? ¿No te duelen los oídos al escuchar cómo adoran y repiten constantemente el nombre de Leo Lorenzo? Ellos están reverenciando a ese tipo corrupto, porque ellos son miembros de una banda de extraterrestres malvados que Leo Lorenzo ha dejado sueltos para que puedan atormentarnos. Nosotros somos seres humanos vulnerables, pero ellos son extraterrestres que pueden cambiar de forma y de cuerpo. Puede que parezcan Hare Krishnas pero yo sé que no lo son. Ellos han sido hechizados por Leo Lorenzo, el poderoso mago que una vez transformó en molinos de viento a los gigantes a los que yo combatía para así poder privarme de la gloria de vencerlos. Si tienes miedo puedes quedarte aquí y rezar —le aconsejé a Camotín.

Una brillante limusina negra que pertenecía a Luigi Escalanti se detuvo frente al restaurante Don Quixote. En la punta del molino del restaurante había un inmenso gigante de plástico inflado. Ésa era la extraña contribución del restaurante para *Halloween*. Luigi Escalanti se bajó de la limusina. Escalanti estaba acudiendo a la cena de gala que el Associated Way estaba dando en su honor. Escalanti elevó la vista hacia el gigante que se balanceaba en lo alto del molino y soltó una atronadora carcajada. Mientras avanzaba hacia la entrada del restaurante, echó una ojeada curiosa a los diversos grupos de gente que se dirigían a alguna de las muchas fiestas que había en la zona. El conductor se volvió a sentar detrás del volante y se alejó para aparcar la limusina.

—Mira, ha llegado Leo Lorenzo. Ya se encuentra a nuestro alcance y éste es el momento adecuado para desenmascararlo. Yo soy un valiente caballero cósmico dispuesto a retarlo y a vencerlo en una brutal batalla moral. Estoy aquí preparado para retar a singular duelo al malvado Luigi Escalanti.

Camotín trató de detenerme pero no le hice caso.

—¡Cobarde, asesino, extraterrestre maligno! Un auténtico caballero cósmico está dispuesto a desenmascararte —dije enfurecido mientras me dirigía hacia Luigi Escalanti.

—¡Deténgase, deténgase doctor, ése es Luigi Escalanti, no Leo Lorenzo! —gritó Camotín.

—Los dos son la misma persona. Me encomiendo con todo mi corazón a mi bella dama Dulcinea. ¡Defiéndete cobarde! —le grité—. ¡En guardia!

De repente, comenzó a soplar el viento con fuerza y el molino empezó a girar haciendo que el enorme gigante de aire se moviera hacia todos lados.

Comencé a luchar con mi espada contra ese gigante de plástico que estaba situado sobre el molino. Luigi Escalanti sacó un arma de su bolsillo. Se burló de mí y me llamó payaso. Me dijo que me lo pensara dos veces si lo que yo quería hacer en verdad era luchar contra él. Camotín me rogaba que estuviese quieto, pero yo no podía detenerme y decidí pedirle ayuda.

—¡Ayúdame, mi escudero! Necesito tu ayuda para defender a mi Dulcinea y destruir al malvado gigante —le pedí.

—Por favor doctor Camote, no haga más tonterías. Le pueden hacer mucho daño —dijo Camotín.

—¿Quién es este idiota? ¿Qué broma es ésta? —preguntó Escalanti señalándome con el dedo.

—¡Yo soy un caballero cósmico! —exclamé.

—Cuidado loco de mierda, que te puedo pegar un tiro en tu cabezota —dijo Luigi.

Me preparaba para arremeter contra Escalanti cuando de pronto Lucy Neal se acercó corriendo hacia nosotros. Venía vestida con un disfraz de ángel y su rostro estaba cubierto de una máscara blanca. Apuntó con su arma a Escalanti y gritó su nombre al tiempo que se preparaba para disparar.

—¡Escalanti, Lorenzo! —gritó ella.

Me abalancé violentamente con mi espada contra Luigi Escalanti. Quería que Escalanti admitiese públicamente todos sus actos de corrupción y su deshonestidad. Cuando Luigi Escalanti se dio cuenta de que mis intenciones de matarlo eran reales, y cuando vio cómo me lanzaba contra él, agarró, como un resorte, a Lucy, y la puso delante de él, utilizando el cuerpo de la mujer como un escudo. Mi espada atravesó violentamente el cuerpo de Lucy y le causó una herida mortal. Ella gritó en el momento en que su arma se disparaba. La bala dio en una de las paredes del restaurante, pero no hirió a nadie.

Cuando me di finalmente cuenta de que, durante toda esta conmoción, alguien había resultado muerto, me quedé totalmente trastornado. Camotín se agachó y retiró la máscara que cubría el rostro de Lucy. En ese instante fue cuando comprendí la magnitud de la tragedia que yo mismo había ocasionado, y fue entonces en aquel mismo instante, en el cual lamenté profundamente el daño que yo con mis propias manos, había causado.

—¿Qué es lo que he hecho? —grité—. Me he quedado sin palabras en la búsqueda de la verdad. Nunca fui capaz de comprender todo el dolor que existe en el mundo. Mi señora, perdóneme por lo que he hecho, no fue mi intención. No puedo soportar la idea de haberla perdido para siempre, por mi propia culpa. Yo siempre la he amado con todo mi corazón y con toda mi alma, y nunca la he amado como la amo ahora. Puedo, arrodillado ante vos, oír cada latido de su corazón. Siento el sonido íntimo de su tristeza, y también siento el dolor de todas sus penas. Puedo sentir cómo los pequeños retazos de alegría que aún alberga su corazón, poco a poco, desaparecen. Desde aquí, con mi corazón totalmente roto, afirmo que ni los ángeles que habitan en el cielo, ni los demonios que habitan en lo más profundo de los océanos, nunca podrán separar el alma de Don Quijote del alma de aquella que fue su bella y por siempre amada Dulcinea —gemí.

La multitud miraba horrorizada sin apenas creer lo que había sucedido. Algunos pensaron que se trataba sólo de un *show* de misterio y asesinato que formaba parte de la celebración de *Halloween*. Todos esperaban que en cualquier momento Lucy se levantara e hiciera una reverencia.

Cuando la realidad de la muerte de Lucy se hizo patente, alguien llamó a la policía. Yo ni podía sostenerme de rodillas y era totalmente incapaz de controlar mi dolor. Mi cuerpo temblaba y las lágrimas corrían a raudales por mis mejillas. La policía llegó, fui esposado y me sacaron de allí.

Aquella noche yo cambié el destino de Lucy Neal. Ella había ido a Coconut Grove, en la noche de *Halloween,* con la intención de matar a Luigi Escalanti, para de esa forma vengar la muerte de su hijo Michael, pero debido a mis acciones estúpidas ella no murió como una asesina. Yo fui el que murió como un asesino. Yo me interpuse en el destino de Lucy, pero ahora, desde aquí, veo que yo, no es que me interpuse en su destino, sino que escogí mi propio destino. Es muy probable que ése sea el final real de la película. El guión pudo haber sido ya escrito y yo ya no era nada más que un actor protagonizando su papel, al igual que Lucy fue protagonista del suyo. Lo que yo todavía no sé es si al final de la película el director ha querido realmente que nosotros intercambiáramos nuestros papeles. También cabría preguntarse, seriamente, si lo que nosotros hicimos aquella noche no fuera más que interpretar el guión original de la misma película. ¿Pudo todo esto haber estado dirigido incluso antes de nosotros haber nacido?

—¿Qué aprendiste de esa noche Sebastián? —me preguntó Kika.

—Ahora que, desde aquí, estoy viendo todas las cosas en retrospectiva, comprendo que nuestro karma determina nuestra suerte y proyecta nuestro futuro, aún a pesar de lo mucho que deseemos alterar los acontecimientos. También aprendí que el pasado es, a su vez, sólo un prólogo —respondí con tristeza.

EL ORÁCULO DE KOKO: DISCIPLINA

El presente. En estos momentos, puedes ser un punto de atracción para cierta gente indefensa que despierta tu compasión. En general, tu discriminación natural hacia los demás se nota menos y puede que esto te ayude a parecer, al menos, una persona más sociable. La gente puede malinterpretarte. Tu idealismo espiritual, o tu deseo de ayudar a los demás puede ser excesivo y además pudiera no ser entendido correctamente. Debido a ciertos malentendidos, puede que empieces a experimentar algunas decepciones en tus relaciones íntimas.

El futuro. Surgirán buenas oportunidades para hacer nuevas amistades. Lograrás la cooperación de tus compañeros y el amor de tu pareja. El romance y la felicidad se van a encontrar muy bien aspectados. Tanto el calor humano como la bondad que emanan de ti, te serán devueltos con creces y de las formas más inesperadas. Puede que entres en un periodo en el cual te sientas muy sociable y amistoso. Si tienes algún interés en especial, puede que éste sea el momento idóneo para que prosigas. Siempre entrégale al universo parte de todo lo que recibes y ofrécete como voluntario para ayudar a unas personas que bien sabes que lo necesitan.

71

LUCY NEAL Y EL CORDÓN DE PLATA

> Descansa sólo en Dios, alma mía, porque de Dios es de donde me viene la esperanza.
>
> Salmo 62:5

Nunca se me olvidará el día en que murió Lucy Neal. Yo me quedé dormido, como hipnotizado, poco después de que me dejaron en la celda. Mi alma abandonó mi cuerpo y siguió al alma de Lucy Neal en su nuevo comienzo. Ella siguió el mismo camino que yo sigo ahora mismo. Cuando Lucy llegó a la sala de espera, mi alma volvió a mi cuerpo. Lucy vio todos los acontecimientos de su vida pasar lentamente ante sus ojos y al igual que yo aquí, ahora, ella trató de hacer una evaluación de las lecciones que había aprendido y que significaron un paso adelante en su crecimiento espiritual. La vida de Lucy no había sido nada fácil.

Se dice que todos en algún momento de nuestras vidas, hemos de sufrir y que el que hoy llora, ha de reír mañana, pero, desgraciadamente, Lucy no creía en eso. Después de la muerte de su hijo, ella sabía que ya nunca más volvería a ser feliz. Ésa era la forma en que ella pensaba, y sus ideas y pensamientos se convirtieron en su realidad. Ella se había consumido en su propio sufrimiento. Lucy Neal amaba a su hijo con todo su corazón y con toda su alma y su dolor era inmenso e insoportable. El hecho de haber perdido a Michael hizo que ella se sumiera en una profunda depresión de la cual no veía ninguna salida. Su angustia vital causada por el asesinato de su hijo Michael paralizó su raciocinio y en su dolor, sólo pensaba en vengarse, ojo por ojo y diente por diente. Ella tenía que culpar a alguien por su trágica pérdida, por eso creía ciegamente que Luigi Escalanti era el culpable de la muerte de Michael aunque, en realidad, eso nunca pudo probarse. Cuando Lucy compró la pistola a Camotín, tenía toda la intención de utilizarla para matar a Luigi Escalanti. ¿Acaso hay alguien que conozca un impulso más fuerte que el de una madre que quiere proteger a su hijo? Hemos visto y aprendido que incluso los animales pueden llegar a matar a cualquiera con el fin de defender a sus propias crías. Esa misma fiereza animal fue la que Lucy sintió. Michael estaba muerto, pero Lucy quiso proteger su memoria y vengar su muerte, en una forma perversa. Un niño dentro del vientre de una madre tiene nueve meses para crear un vínculo irrepetible de amor y Lucy Neal siempre fue una madre amorosa. Existen algunas mujeres que por diversas razones no quieren a sus hijos y tratan de abortarlos o disponer de ellos, e incluso destruirlos, pero no Lucy. Ella no podía entender eso. Ella vivía para su hijo. Vivía pendiente de cada una de sus miradas, sus sonrisas, sus pensamientos, y él, a cambio, le correspondió siempre con un amor que ella nunca antes había conocido. Ni siquiera su esposo, su madre, o su padre, habían querido tanto a Lucy como ella sentía que la había querido Michael.

A cambio, ella le dio al niño todo su amor y los dos estaban unidos por un lazo tan fuerte y tan íntimo que uno conocía inmediatamente los pensamientos del otro. La vida puede cambiar en un instante, pero quién puede llegar a imaginarse o siquiera pensar que un niño pueda perder la vida. En el esquema de nuestra vida, se da siempre por sentado que un niño va a sobrevivir a sus padres, pero cuando ocurre lo contrario, a los padres tan sólo les queda preguntarse el porqué. Lucy se preguntaba continuamente por qué seguía viviendo después de haber perdido toda la alegría de vivir. Adonde quiera que iba, todo le recordaba su pérdida. Sólo salía de la casa para ir al cementerio, o para ir de compras al supermercado. Solía llorar al ver a las otras madres con sus niños, totalmente ausentes al hecho de que en esta vida nada es permanente, y que en un segundo, todo aquello que dabas por sentado te puede ser robado delante de tus propios ojos. Ella quería gritar y decirle a todo el mundo que también ella tuvo, una vez, un hijo. Un día Lucy vio cómo una madre le pegaba a su hijo y su reacción inmediata fue abalanzarse sobre la mujer y decirle que fuera más agradecida y cuidadosa con el único regalo que le había sido dado. Los hijos son regalos del cielo que muchas veces no apreciamos hasta que ya se han ido. Lucy no podía pedirle ayuda a su esposo porque él tampoco supo cómo vivir con su pena y se refugió en el alcohol para acallar su agonía. Todos reaccionamos de forma diferente ante la tragedia y la vida de Lucy se convirtió en un infierno. Ella se despertaba deprimida y lloraba cuando se daba cuenta de que no era una pesadilla, sino una realidad y que su hijo estaba verdaderamente muerto.

Ella insistía en recordar y recordar su pena. Lucy ya no podía seguir adelante con su vida. Si al menos Lucy hubiera entendido que si Dios la había dejado permanecer en la tierra, en su cuerpo físico, era porque todavía su vida podía tener un propósito y una misión que cumplir, habría aprendido una lección. Si Lucy hubiera tratado de ayudar a alguien que sufría, su pena habría sido menor. Nadie viene a este mundo con la garantía de que va a permanecer junto a nosotros para siempre. Debemos aprender a apreciar y a saber bendecir el tiempo, cualquiera que éste sea, mucho o poco, que podemos compartir con alguien que queremos. Después debemos saber dejar marchar a esa persona con bondad sincera. Todos nos marchamos de este mundo en el momento exacto en que tenemos que hacerlo, cuando nos llega la hora. Lucy estaba demasiado ciega y atormentada por su pérdida, y nunca pensó en valorar el tiempo que pasó con su hijo Michael. En lugar de ello, vivía amargada y apesadumbrada.

Lucy no estaba en su sano juicio cuando fue a Commodore Plaza, la noche de *Halloween*. Su única idea, su obsesión, no era otra que disparar su arma. Ella no pensaba en el castigo que podía recibir por su mala acción, o incluso en la posibilidad de que podría pasar el resto de sus días en la cárcel. Ella quería justicia, su justicia, y no conocía otra forma de obtenerla. Lucy tan sólo pensaba en el hermoso rostro de Michael y en que ya nunca más podría volver a besarlo. Había acudido al doctor Camote para que la ayudase, pero él no pudo realmente consolarla. Lucy ya no tenía a Michael, y por lo tanto ya no le importaba morir. Sin embargo, ella nunca hubiera pensado que su vida terminaría tan pronto, ni tampoco que el destino le llevaría a morir a manos del propio doctor

Camote. Lucy habría dado con todo gusto su vida para poder vengar la muerte de Michael, pero las cosas, desgraciadamente para ella y también para mí, no terminaron así. En los últimos instantes de su vida, justo cuando sus últimos momentos en la tierra comenzaban a evaporarse, Lucy Neal se preguntó por el significado de todo lo que le había sucedido. Ella sabía que iba a morir, pero todavía desconocía cuáles habían sido sus razones para vivir.

Como en un suspiro, su vida desfiló rápidamente ante sus ojos. Pudo ver su nacimiento y la promesa rota de una vida entregada a la música. Lucy vio a su madre, la cual había sido una pianista de gran talento y que le inculcó el amor por la música clásica. También vio a su padre, el cual había renunciado a su sueño de ser médico para formar su familia. Vio a su madre trabajando en una pastelería para ganar algún dinero con el cual pagar las lecciones de piano que un maestro le impartía a Lucy. Su vida continuó en su mente y Lucy se vio jovencita dando su primer concierto de piano y pudo ver a sus padres que la aplaudían sin parar, llenos de orgullo. Más adelante, también se vio al cumplir los dieciséis años, dando su primer beso al hombre con el cual se casaría a los dieciocho, y quien acabaría siendo el padre de Michael. Por su mente recorrió el desencanto que sus padres experimentaron cuando ella quiso casarse tan joven. Sus padres sabían, pero no querían aceptar que renunciara al sueño que ellos se habían forjado, no otro que el de verla convertida en una pianista de éxito. Ahora, desde aquí, le fue más fácil entender que sus padres tenían toda la razón. Lucy tembló de emoción cuando vio el nacimiento de Michael, tan sólo cuando ella tenía diecinueve años. Amó tanto a Michael que nunca se le ocurrió pensar que ella estuviera renunciando a algo. Lucy pudo verse a sí misma tocando el piano para Michael, y le vio sentado junto a ella, los dos tocando juntos, a cuatro manos. Poco después, la película de su vida cambió y vio el cuerpo inerte de Michael. Vio el abatimiento y el dolor de su esposo y el desasosiego de sus padres, y una vez más, volvió a sentir un profundo dolor y rogó a Dios que esta vez le dejara morir... Así fue. Lentamente, muy despacio, Lucy supo que su vida había terminado y que ya no habría de sentir más dolor en la tierra.

Cuando su vida estaba a punto de concluir, Lucy vio un ángel blanco que resplandecía al final del oscuro túnel. Avanzó flotando por el túnel y vio cómo una luz blanca y, a la vez brillante, rodeaba al ángel. De repente se dio cuenta de que su cuerpo estaba atado a un cordón de plata, muy parecido al cordón umbilical que nos cortan al nacer, pero esta vez, sería este cordón de plata el que habría de ser cortado a su muerte para que pudiera nacer en una dimensión diferente. Cuando Lucy respiró por última vez, la luz blanca brilló mucho más fuerte y le hizo señas. Entonces entendió que ahora, por fin, había muerto. El ángel tomó la mano de Lucy y la condujo a un jardín maravilloso donde Michael la estaba esperando. El alma de Lucy se colmó de felicidad. Michael corrió a su encuentro, la abrazó y la besó, como sólo un hijo puede abrazar y besar a una madre. Michael vio cómo el espíritu de Lucy se transformaba en luz, con una paz profunda y en una felicidad absoluta.

—Mami, recuerda que te dije que íbamos a estar juntos, pero la verdad es que no creía que iba a ser tan pronto. Mi querida mamá, yo te vi llorar todos los días y a todas horas porque yo me había ido, pero nunca entendiste que en realidad yo nunca te abandoné. Yo estaba allí contigo, pero tú no lo sabías, o no podías entenderlo. Tú te habías quedado en la tierra porque todavía tenías una misión que cumplir. Sin embargo, tú estabas tan devastada con mi muerte que ni siquiera podías mirar a tu alrededor. Pudiste haber consolado a papá y a los abuelos. El dolor de ellos también era insoportable, pero tú sólo podías pensar en tu dolor. Consolar a los demás en los momentos en que uno mismo está atravesando por un infierno requiere de un gran coraje y de una gran fortaleza de espíritu. Ahora ya nada importa mamá, porque tendrás nuevas oportunidades. Dentro de un tiempo volverás a nacer y en tu próxima vida quizá comprenderás que todo el consuelo que puedas dar a los demás es tan importante como tu propio dolor. La bondad que estés dispuesta a repartir siempre te será beneficiosa a ti misma. Tú sufriste mucho a causa de mi muerte, pero aprenderás que esa experiencia ha acabado enriqueciéndote espiritualmente. Aquí y ahora entenderás finalmente que la muerte y la separación no existen. La muerte física nos lleva a dimensiones diferentes. Todos nosotros regresamos continuamente a la tierra para aprender nuevas lecciones, o para adquirir nuevos talentos o, por qué no, para hacer uso de esos talentos que ya poseemos. Es posible que en tu próxima vida elijas otra vez regresar como pianista. Tus guías espirituales te ayudarán en todo lo que puedan para hacer la elección correcta. Nuestros guías espirituales ya han comenzado a ayudarme, pero entretanto, mami. Mientras estás aquí, nuestras almas pueden regresar al mundo físico de la tierra para visitar a papá, a la abuela y al abuelo. Ahora que tú ya no estás, todo va a ser más difícil para ellos. Ellos no saben y no alcanzan a comprender lo cerca que nosotros nos encontramos de ellos. Desde esta dimensión podemos enviarles mensajes y visitarles en sus sueños —dijo Michael mientras sostenía la mano de Lucy.

—¡Tengo tantas cosas qué aprender antes de regresar a la tierra de nuevo! —respondió Lucy.

—Sí, tienes muchas cosas que aprender, pero tu alma recordará, inmediatamente, muchas de ellas. Mami, conserva tu paz interna y recuerda que la vida es eterna y que nuestras almas son inmortales. Recuerda que el verdadero amor es imperecedero y que la luz brillará por siempre, tanto dentro como fuera de nosotros —dijo Michael.

En ese mismo instante Lucy comenzó a pensar en su esposo, en su madre y en su padre, y por un instante los extrañó a todos ellos. Sin embargo, ella sabía que muy pronto tendría que olvidar su vida pasada, justo cuando entrase a otra dimensión más alta. Lucy ya no lloró más, porque sabía que muy pronto, otra vez, llegaría el momento en que todos volverían a estar juntos. Mientras ese nuevo futuro llegaba, todos ellos estarían unidos por la energía del amor.

Me desperté en mi celda y ya no estaba enfadado, me sentía lleno de esperanzas.

—¿Qué aprendiste de ese sueño? —preguntó Kika.

—Nuestras almas están entrelazadas las unas con las otras y todos podemos eventualmente percibir el dolor y la felicidad de nuestras almas gemelas —respondí.

72

EL VEREDICTO

Al igual que cada brizna de oro es valiosa, cada instante que vivimos es inapreciable.

Anónimo

Mi vida va llegando a su final. Ahora puedo ver, una vez más, todo mi proceso judicial. No sé si eso es afortunado, o desafortunado, pero posiblemente, nada podría haberse cambiado, porque todo ya había sido decidido desde mucho antes. Comprendí perfectamente que el veredicto del jurado podría significar vivir o morir. Yo no tenía ningún miedo a morir. Nunca lo había tenido, pero por un momento, pasaron por mi mente algunas de las cosas que no había podido hacer en esta vida. ¡Había tantos entuertos que corregir y tanta gente a la que ayudar! Sinceramente, creía que había vivido cada instante de mi vida, día a día, y en ningún momento pensé que quizá podría no haber otro día en el cual pudiera perseguir el amor y seguir siempre adelante. Estaba seguro de que volvería a regresar en otro tiempo y en otro cuerpo, pero me preguntaba si en esta ocasión había cumplido mi misión en esta tierra satisfactoriamente, y si finalmente me había labrado un buen karma. Yo creía que había hecho grandes avances en esta vida hasta el día en que maté a Lucy. Yo maté a Lucy, de eso no hay ninguna duda, pero también me maté a mí mismo. Soy un asesino confeso y convicto y me pregunto cómo pagaré esta deuda que mi karma ha adquirido. Yo sé que la muerte de Lucy fue un trágico accidente, pero, ¿en verdad lo fue?

Aún aquí, en este plano extradimensional, no puedo olvidar el momento en que el juez entraba a la corte y se sentaba tras el estrado. El juez hizo sonar el mazo tres veces.

—¡Orden en la sala! —pidió el juez.

El ruido del mazo me hizo estremecer y miré muy despacio a mi alrededor como si estuviera despertándome de un sueño. Poco a poco fui consciente de la realidad que me rodeaba.

El fiscal dio inicio a la audiencia presentando el caso:

—Su señoría, cada día que el acusado, el doctor Sebastián Stain Camote pasa en libertad, constituye una seria amenaza para la integridad de cualquier persona de bien. El acusado intentó asesinar a uno de los miembros más generosos y compasivos de toda nuestra comunidad. En medio de su acto criminal y estremecido por la confusión y por la bravura que demostró el señor Luigi Escalanti, el doctor Sebastián Stain Camote, dio muerte con su espada a uno de sus cómplices, Lucy Neal. Su señoría, nosotros, la fiscalía del sur de la Florida exigimos justicia y pedimos al jurado que aplique al acusado la pena máxima establecida por la ley —declaró el fiscal.

Mi abogado defensor respondió:

—Su señoría, mi cliente es inocente de todos los cargos que se le imputan porque él no cometió ningún crimen. La muerte de la señora Lucy Neal no fue más que un dramático accidente. El señor Luigi Escalanti desenfundó su arma y lanzó a Lucy Neal contra el doctor Camote. El doctor Camote sólo estaba tratando de proteger a Lucy Neal. Mi cliente, el doctor Camote, es un ciudadano respetable y altamente reconocido por sus servicios, tanto dentro como fuera de nuestra comunidad. El doctor Camote, antes de todo este incidente, nunca había tenido problema alguno con la justicia —alegó mi abogado defensor.

Fui escoltado fuera de la sala y permanecí sentado. Me mantuve en silencio mientras el jurado deliberaba. La deliberación, como en el caso de Henry Freeman duró muy poco y el jurado regresó rápidamente a la sala con su implacable veredicto.

—En el caso de la muerte de Lucy Neal, el jurado considera al acusado Sebastián Stain Camote culpable de asesinato en primer grado. El jurado también encuentra al acusado culpable de intento de asesinato del señor Luigi Escalanti. El jurado recomienda a la corte que no tenga clemencia con el acusado. El juez miró al jurado y después me miró directamente a los ojos.

—El jurado recomienda que no haya clemencia y yo no la voy a tener con usted. Lo sentencio a la pena de muerte. Ojalá que usted junto con sus libros y con sus ideas se pudra en el infierno, por el horrendo e injustificado crimen que usted ha cometido —declaró el juez con rabia.

El juez dejó caer el mazo confirmando que el caso ya estaba cerrado. Yo escuché sus palabras, pero no podía reaccionar. La gente en la corte, muchos de los cuales habían sido mis pacientes, mis colegas y mis amigos, no podían creer el resultado del juicio. La doctora Goldstein quería testificar en mi defensa, pero en ningún momento la dejaron subir al estrado. El fiscal siempre alegó que ella debido a nuestra amistad, no podría ser testigo o experto imparcial, ya que intentaría a toda costa que yo saliera libre alegando incapacidad mental transitoria. Luigi Escalanti, su abogado y sus guardaespaldas, se reían de mí. Todos ellos se felicitaban por la sentencia de pena de muerte que yo acababa de recibir. Luigi no paraba de repetir en voz alta que la justicia, una vez más había triunfado y que la ley lo protegía. En ese momento, finalmente entendí cómo iba a terminar mi vida.

—¿Qué vino a tu mente mientras presenciabas nuevamente esa escena? —me preguntó Kika.

—Pensé en todas las personas a las que yo había visitado en la cárcel. También pensé en los múltiples encuentros que había mantenido con las autoridades judiciales y penitenciarias en mis intentos por cambiar las condiciones desfavorables de los reclusos, para ayudar a corregir estos errores de la sociedad. Nunca pude imaginarme que iba a terminar como uno de esos seres desafortunados que habían sido declarados culpables y consecuentemente sentenciados a pasar el resto de sus días en la tierra, confinados en la celda de una prisión. Comprendí que la realidad, muchas veces, no es más que la idea que alguna otra persona tiene sobre cómo deberían, realmente, ser las cosas —respondí.

EL ORÁCULO DE KOKO: ABUNDANCIA

El presente. Se volverán a abrir las vías de comunicación que hasta ahora mantenías bien cerradas con un antiguo amante, con un amigo, o con un familiar. Tú te habías apartado de alguna de estas personas hace ya algún tiempo. Algunas relaciones estrechas, sanas e importantes, pueden ser muy valiosas en estos momentos. Puedes encontrar una nueva perspectiva que te ayude a solucionar tus miedos e inhibiciones. Éste es un buen momento para poder olvidar cualquier sentimiento de culpa o de pena que provenga del pasado. Trata de eliminar y borrar cualquier desacuerdo que hayas tenido recientemente con otra persona. Estate seguro de que vas a tratar de encontrar una forma mejor de alimentación que te ayude a mejorar tu salud y tu bienestar, sobre todo si últimamente te has encontrado bajo una gran presión debido a problemas, tanto familiares, como profesionales.

El futuro. Superarás todas las dudas que puedas tener acerca de tu persona. Tu imagen pública o tu reputación van a mejorar sensiblemente. A partir de ahora, vas a darle menos importancia al envase, que al contenido en tus relaciones íntimas. Tienes a tu favor todas las condiciones para que puedas ser considerado como una persona atractiva y encantadora, sobre todo dentro de tu contexto profesional. En el trabajo reinará un ambiente mucho más agradable y se apreciará aún más tu espíritu de trabajo. Poco a poco, aprenderás mucho más sobre tu persona y llegarás a descubrir talentos ocultos que nunca imaginaste poseer. Éste será un periodo fructífero que te servirá para definir mejor qué es aquello que tú amas y cuáles son las cosas que tú valoras más.

73
LA PRISIÓN

El pasado ya se ha ido y por lo tanto, ya no puede alcanzarme.

Curso de milagros

Los días siguen su curso interminablemente. Ya ha pasado bastante tiempo, pero aún recuerdo cuando visité en la prisión al doctor Camote. Dada mi condición de psiquiatra oficial del recluso, se me concedió un permiso especial para poder verlo a solas en la sala de visitas.

—¿Sebastián, cómo te encuentras? —le pregunté—, ¿consideras que tu sentencia ha sido justa?

—La justicia no existe, doctora Goldstein —respondió lacónicamente el doctor Camote—. Mi dolor es mi destino. Yo mismo lo he escogido. Mi crepúsculo se ha acabado ante la visión del amanecer de mi propia muerte. Esa misma visión me arranca la ilusión de cada momento que pueda quedarme. La vida no es más que un sueño. Ahora sueño que estoy aquí, encerrado en esta celda, prisionero. Aquí me encuentro encerrado en el nombre de la ley. He vuelto y al final veo que he vuelto tan sólo para verme reducido a este triste estado. Míreme y comprenda que yo estoy aquí, ya sólo esperando la muerte.

—¿Tienes miedo de morir? —quise saber.

—No, yo no tengo ni he tenido nunca miedo de morir porque la vida no es más que un sueño. Mientras tenemos vida, o lo que es igual, mientras creemos que estamos vivos, soñamos con quien somos hasta que de repente nos despertamos. El rey sueña que es el rey y vive así, siempre con esa ilusión. La bendición que lo colma en esta vida es tan sólo un préstamo, un sueño que ya ha sido escrito en el viento. La muerte lo convierte todo en polvo y cenizas. ¿Quién se atrevería a soñar si supiera que a la mañana siguiente habría de despertar a un sueño de muerte? El pobre sueña que está sufriendo en su pobreza y en su miseria. El labrador que cultiva su tierra está soñando que cultiva esa tierra y el oficinista que trabaja de nueve a cinco y que tiene sus grandes y, a la vez, pequeñas ilusiones, lo único que están haciendo es soñar. El hombre que ofende y que a la vez hiere a los demás, también sueña, aunque nadie pueda verlo o entenderlo. Yo soñé que vivía una situación mucho mejor. Yo soñé que era Don Quijote y que luchaba contra todo tipo de monstruos, hasta que, de tanto soñar que luchaba contra monstruos, me convertí inequívocamente en uno de esos monstruos. Soñé que yo podía ser un maestro para todo el mundo, pero lo único que terminé siendo fue uno más del montón. Soñé que seguía el camino correcto, pero mi error fue soñar que ese que tomé era el único camino a seguir. Ahora aquí y en este momento, tengo miedo de mis sueños, tengo miedo de despertar y de verme de nuevo en una cárcel, porque ya conozco el profundo dolor de ese sueño. Yo ya he tenido ese mismo sueño muchas otras veces y conozco lo cruel que es estar separado y solo, por tanto tiempo, sin amor, y sin poder conocer, al menos, algo de felicidad. Todo mi sueño me ha hecho sentirme atrapado por cuatro siglos en un hueco oscuro, antes de poder salir y finalmente ver la luz. ¿Pero, no es también cierto que Leo Lorenzo fue, también, nada más que un sueño? ¿Cómo pude estar tan ciego como para atreverme a atacar un sueño? Me he equivocado con mi destino y no he cumplido con mi misión. Me he equivocado en el amor. Bien por negligencia o bien por amor, el caso es que me he equivocado doblemente. Sé que he fallado en mi misión, y al final de mi vida he fallado en todo. Lo único que todavía me queda es mi amor. Podrán quitarme la vida, pero nunca podrán quitarme el amor. Nunca podrán quitarme el amor que yo siento por mi bella Dulcinea. Ella siempre me acompañará porque la llevo en el alma. Nuestro amor es y será siempre eterno y durará vida tras vida. Ahora, sólo quiero morir. No tengo miedo. ¿Qué es soñar y qué es morir? Soñar y morir son casi lo mismo. Los dos modos de ser te dan la paz y te ayudan a comenzar de nuevo. ¿Por qué habría de tener miedo? ¿Es que alguna vez dejé de ser menos, por el hecho de morir? Por miles de años existí como un mineral y miles de años después me convertí en un animal. Y hubo una vez en que finalmente dejé de existir como un animal y me convertí en un ser humano. ¿Es que alguna vez he dejado de avanzar con la muerte? No, no tengo ningún miedo a morir. ¿Al fin y al cabo, qué es esta vida? Una ilusión, una ficción, una sombra que nos pasa. El ayer como el hoy, y todas las mañanas que el destino nos pueda regalar son tan sólo sueños, y esos sueños son también parte del soñar. Todo lo que hacemos no es más que soñar sueños y esos sueños sueñan nuestra realidad —balbuceó el doctor Camote—. ¿Qué podremos llevarnos con nosotros al más allá si en el momento de nuestra muerte no somos capaces de recordar que aunque la tierra puede alguna vez temblar, a pesar de ello, siempre seguirá existiendo? Nuestros cuerpos pueden convertirse en cenizas, pero nuestras almas son y serán por siempre, eternas.

Esas palabras fueron el legado que el doctor Camote me dejó como recuerdo de nuestra última conversación. Sebastián estaba encarcelado y para mí fue algo muy doloroso encontrarlo en ese lugar del mundo en donde él siempre temió verse. Ésa fue la última vez que vi con vida al doctor Camote en este plano de la existencia. Yo sé que su alma está y seguirá viva. En el lugar donde él está ahora, recuperará fuerzas para seguir existiendo por siempre.

74
EL INDIO DE ESTADOS UNIDOS

Con bondad se puede hacer estremecer la tierra.

GANDHI

El tiempo se va acabando. Ahora, otra vez veo a Camotín. Ya estaba en prisión y Camotín fue autorizado a visitarme, ya que había ciertos documentos que yo tenía que firmar. Empezamos a conversar y en medio de nuestra conversación comenzamos a escuchar ciertos ruidos extraños que provenían del cubículo vecino. Miré al interior del cubículo y vi a un indio estadounidense muy alto, llamado John, que al parecer estaba en estado de meditación.

—Aaaaaaah…. Aaaaaah —gritaba John.

—Hola, amigo. Yo soy el doctor Camote, su vecino temporal de celda. ¿Cómo está usted? —le pregunté.

—Aaaaaaah…. Aaaaaaah —fue la respuesta de John.

—Me da miedo ese hombre —dijo Camotín—, ¿qué es lo que está haciendo?

—Él está llamando a los espíritus. Los indios estadounidenses poseen grandes cualidades espirituales y son gente de una gran bravura. Ellos provienen de familias valientes y valerosas y a través de los siglos siempre han dado muestras de su gran valor —le dije a Camotín.

—Yo también vengo de una familia valiente. Tuvieron el valor de tenerme como hijo. Yo siempre fui la oveja negra. Prefiero ser un cobarde y así todo el mundo me deja en paz —confesó Camotín.

—Puedes esconder la cabeza en la arena y a la vez aparentar ignorancia, pero finalmente siempre serás responsable de tus actos. Hay muchas veces que yo me pregunto si acaso, como algunos dicen, la ignorancia sea una bendición, ¿por qué no hay más felicidad en este mundo? —le pregunté.

—Bueno, doctor, la ley de la compensación también aplica al pensamiento —respondió Camotín.

—¿Qué sabes tú de la ley de la compensación? —le pregunté.

—Yo sé que mientras más insignificante es la idea, mayores y más pomposas son las palabras que se emplean para expresarla —dijo Camotín.

Me reí del comentario de Camotín porque a pesar de lo simple que pudiera parecer, era bien cierto.

—Te voy a ser sincero, Camotín, el sueño de mi vida ha sido una constante pesadilla. Yo soy un psiquiatra y cuando duermo, creo en mis sueños, pero cuando me despierto, creo en los sueños de otras personas. Hace mucho tiempo, supe y entendí cuál era mi misión, pero el tiempo acaba cambiando todo. Cuando yo era joven, el tiempo avanzaba lentamente. Cuando llegué a la madurez, el tiempo volaba y ahora, que me estoy haciendo viejo, el tiempo simplemente se me está acabando. Vivimos en un tiempo en que lo más peligroso es buscar la verdad porque todo lo que nos rodea no es más que una gran mentira. Vamos de mal en peor, y desgraciadamente ya no hay vuelta atrás, pero incluso hasta en la más absoluta de las adversidades, el destino siempre nos deja una puerta abierta —le expliqué.

—Doctor, por favor, quiero saber la verdad, quiero entender la verdad —me imploró Camotín.

—Te voy a decir toda la verdad, no toda la verdad que yo quisiera contarte, pero sí hasta donde yo me atrevo a decirte. También debo decirte que a medida que me hago más viejo, más me atrevo a decir la verdad. La verdad se diría a todo el mundo con mayor frecuencia si nosotros mismos nos sintiéramos tan seguros al decirla como nos sentimos seguros al ocultarla. Nuestra alma es inmortal, nunca muere. Cuando nuestro cuerpo muere, nuestra alma regresa al plano de las almas para descansar, y allí pasa por cierto periodo de evaluación. En este nuevo plano nosotros experimentamos los resultados de la ley de causa y efecto. Entendemos finalmente tanto el bien como el mal que nuestras elecciones han producido a lo largo de nuestra vida en la tierra. Nuestros guías nos permiten ver los resultados de esas acciones. Es precisamente en ese momento en el cual entendemos que en muchas ocasiones podíamos haber hecho una mejor elección. Durante esta revisión no se trata de juzgar nuestra vida con dureza, sino más bien recibir una orientación que nos permita analizar y ver con claridad nuestras acciones, para tener una percepción más correcta. El nivel de nuestra evolución espiritual y el tipo de alma que tengamos determinará el tiempo que pasaremos en el otro plano de la vida, descansando y aprendiendo entre uno y otro nacimiento. Existen muchos tipos de almas y diferentes niveles de evolución para cada una de ellas.

En principio, existen cinco tipos fundamentales de almas. Primero, encontramos a las almas jóvenes. Estas almas no tienen suficiente conocimiento interior sobre su propia esencia. Lamentablemente, las almas jóvenes conforman el setenta y cinco por ciento de las almas que se encuentran en la tierra —le expliqué.

—¿Yo soy un alma joven? —preguntó Camotín.

—Sí, Camotín, tú eres un alma joven, un alma todavía en proceso de aprendizaje —le dije.

—Recuerdo que usted me dijo una vez que yo había vivido ya muchas otras vidas —dijo Camotín.

—Eso no implica, necesariamente, que no sigas siendo un alma joven. Muchas veces, el alma joven, en un periodo de aprendizaje, denota gran agresividad y una personalidad frustrada. La frustración del alma viene provocada por la dificultad de enfrentar el hecho más elemental de esta vida —proseguí.

—¿Cuál es este hecho elemental? —preguntó Camotín.

—Todo lo que nos rodea no es permanente. Todo es transitorio. Esta falta de comprensión compromete el propósito del alma y en algunas ocasiones, provoca que el alma se comporte de una forma abusiva y que tenga una total falta de amor a sí misma y de amor por los demás. El alma joven, a través de su personalidad, trasluce una necesidad insaciable de poseerlo todo. El deseo es el elemento natural del alma joven y ese mismo deseo es lo que la impulsa a tratar de obtener todo lo que quiere. La avaricia está presente a diario, porque el alma joven nunca está satisfecha. En algunos casos, lo que vemos a través de la personalidad del alma joven es la sublimación de los instintos más bajos del ser humano —le expliqué.

—¡Que horror! ¿Usted cree que yo realmente soy así? —preguntó Camotín.

—No necesariamente, Camotín. Algunas almas jóvenes tienen algunas de estas características, pero no todas ellas, necesariamente; éstos son tan sólo rasgos generales. Tú habrás de vivir tu vida en dependencia y cohabitando con la personalidad que hayas escogido para expresar estos atributos. Tú vivirás tu vida de cierta forma, hasta que tu cuerpo se acabe. En ese momento, tu alma continuará su camino hacia el plano de las almas, para descansar y aprender y entre cinco y diez años después, regresarás al campo de batalla que es la vida en la tierra. Todo este ciclo continúa hasta que tu alma alcanza el nivel siguiente, que viene siendo el nivel intermedio en el cual yo me encuentro ahora. Nosotros hemos aprendido la verdad a través de muchas vidas, pero todavía nos cuesta mucho trabajo seguir nuestro camino y nuestra misión. Nos distraemos continuamente en la búsqueda del sentido de nuestra propia existencia. Podemos llegar a ser avariciosos y egoístas, pero con el tiempo vamos cambiando hasta que al final de nuestras vidas, tratamos de hacer todo lo que podemos para ayudar y servir a los demás. Cerca del quince por ciento de todas las almas que existen en la tierra se encuentran en este nivel. El nivel intermedio brinda armonía en las situaciones difíciles y cuando el cuerpo muere, las almas van a descansar y a aprender por un plazo de diez a treinta años. Estas almas son los guías y los maestros de las almas jóvenes, pero a veces tienen que regresar a la tierra antes de tiempo para ayudar a que se logre una mayor armonía en las situaciones difíciles. El siguiente nivel es el de las almas más desarrolladas que han alcanzado el conocimiento sobre su propia esencia. Son las almas puras que entienden en su totalidad su verdadera naturaleza. Estas almas avanzadas se encuentran entre nosotros para ayudarnos en tiempos de necesidad a todos los que aquí estamos en apuro. Son almas extremadamente capaces y muy sabias. Se dice que a través de ellas podemos ver a Dios. Estas almas llevan consigo el amor, la paz, la felicidad, la paciencia, la bondad, la sabiduría, el bien y la compasión y su misión es extender todas estas cualidades a nuestras vidas y al mundo, en general.

Éstas son las almas que realmente llevan a cabo los cambios profundos que se efectúan en el mundo. Dios recurre a estas almas para desarrollar su obra maestra en nuestras vidas. Cuando estas almas han cumplido su misión, regresan para enseñar a las almas jóvenes y a las almas intermedias. Permanecen en el plano del conocimiento por un plazo de setenta y cinco a cien años, pero pueden regresar a la tierra en cualquier momento si es que se las necesita. Estas almas constituyen tan sólo el uno por ciento del total de almas. En el siguiente nivel se encuentran las almas extraordinarias que representan, por sí mismas, el nivel más alto de la evolución. Representan un porcentaje mínimo del total de las almas creadas y desarrolladas por Dios. Estas almas reencarnan cada doscientos o cada trescientos años, y su misión consiste en mantener al mundo unido y llevar a cabo cambios de importancia vital para nuestras vidas. Puede que en cada generación sólo podamos encontrar sesenta o setenta de estas almas. Sin embargo, no menos de treinta y seis de ellas están siempre aquí, con nosotros. Estas almas son más fuertes que la felicidad y más grandes que el dolor. Son las más sabias, ya que, se conocen y se comprenden a sí mismas. Están por encima del amor y por encima del odio. Son incorpóreas aún dentro de un mundo corporal. Permanecen invariables aunque sean afectadas por todos los cambios. Son grandiosas y omnipresentes. Nunca sufren, y tampoco se quejan. Su virtud principal radica en la renuncia total a la arrogancia y al orgullo. Puedo decirte, Camotín, que en algunas ocasiones yo puedo reconocerlas. El último nivel de almas es el de las almas perdidas y malignas. El temor a Dios es lo que las convierte en malignas y constituyen aproximadamente, el quince por ciento del total de almas. Hay almas jóvenes que acaban siendo malignas, e incluso soberbias. Las almas malignas han llegado a ser un elemento esencial dentro del propósito final de nuestras vidas. Estas almas están acostumbradas y disfrutan trayendo sufrimiento al mundo. Se hacen daño a sí mismas y al mismo tiempo, hacen mucho daño a los demás. Normalmente, la mayoría de estas almas reencarnan poco después de que su cuerpo muere, ya que no pueden tener paz. Muchas de estas almas se pierden entre las diferentes dimensiones paralelas que existen y que nos rodean y en muchos casos acaban convirtiéndose en fantasmas. Leo Lorenzo es una de esas almas malignas. Él es un espíritu malvado que teme al proyecto de Dios y por eso nosotros éramos sus objetivos en esta vida. Recuerda, Camotín, que la naturaleza humana posee tres tipos de mal: el mal que es ocasionado por nuestra baja naturaleza, el mal que un hombre puede ocasionar a otro hombre y el mal que el hombre puede ocasionarse a sí mismo —le expliqué.

—¿Por qué necesitamos el mal en el mundo? —preguntó Camotín.

—Para crear más drama y hacer más interesante la película de nuestras vidas. Si no hubiera una presencia del mal en nuestras vidas, puede que nunca llegáramos a reconocer o apreciar totalmente a Dios. Nuestras vidas no son más que una promesa perpetua, un compromiso renovado, pero nunca cumplido. Las almas depravadas están aquí para robarnos y hacernos olvidar nuestra verdadera naturaleza. El amor crece cuando nosotros damos lo que tenemos. El amor que entregamos a los demás es el único que regresa a nosotros para que podamos conservarlo y llevarlo siempre con nosotros. La única forma de conservar el amor es entregándolo —resumí.

—Aaaaaaah… Aaaaaaah —gritaba John desde el cubículo vecino.

—¿Qué piensas de tu encuentro con Camotín y el indio estadounidense? —preguntó Kika.

—A veces, sinceramente quisiera, que hubiese existido una fórmula con la cual yo hubiera podido saber a ciencia cierta cuánto amor entregué a los demás durante mi vida. Cualquiera que sea la cantidad, yo sé que pudo haber sido mucho mayor. Quisiera poder no olvidar esta importante lección cuando regrese nuevamente a la tierra. También entendí que el terror que sentimos cuando nos acercamos a la muerte, se hace mucho mayor, cuando pensamos o creemos que nuestras vidas han pasado en vano —le respondí.

75
IRIS SALTZMAN

¡Alma mía, compañera agradecida de este cuerpo transitorio! ¿Me estás
abandonando ahora? ¿Hacia dónde vuelas?

ADRIÁN

Mi amiga Iris Saltzman vino a visitarme a la cárcel. Nos conocíamos
desde hacía ya bastante tiempo, exactamente desde que me trasladé a
Miami. Durante los últimos veinticinco años yo la había visitado con
frecuencia. Teníamos una relación excepcional y los dos sabíamos que
ya habíamos estado juntos en otras vidas. Iris era una psíquica y una as-
tróloga de fama mundial, a quien invitaban constantemente a participar
en los programas de entrevistas más importantes de la radio y de la televisión. La reputación de ser una persona misteriosa y diferente la había
convertido en toda una celebridad. En cierta ocasión, ella había utilizado
sus poderes psíquicos para ayudar a la policía en algunos casos difíciles
de resolver. Esto había sucedido cuando métodos más tradicionales de
investigación no habían dado los resultados deseados. Iris fue sin lugar
a duda, la mejor psíquica que yo conocí. Ella era sincera y espontánea
y nunca me mintió. Uno de los primeros libros que escribí acerca de la
reencarnación y de las vidas pasadas estuvo basado en algunas de las
experiencias que Iris me había revelado. Vida tras vida, ella había desarrollado sus poderes psíquicos y, a través de sus propias regresiones había
llegado a descubrir algunas de sus vidas anteriores. En una de estas re-

gresiones, pudo ver cómo, cinco siglos atrás, las gentes del pueblo en que vivía la acusaron de bruja. Iris fue quemada en la hoguera.

Actualmente, ella goza de una gran reputación entre sus numerosos amigos y seguidores. Durante muchos de los años que nos conocimos, yo envié a la consulta de Iris a muchos de mis pacientes, para que ella pudiera ayudarlos con algunas de las cosas en las que yo no podía ayudarlos. Con su percepción psíquica Iris me ayudó a comprender algunos de los problemas que yo enfrentaba en mi vida. A pesar de que en todo momento ella vio mi vida con bastante claridad, no pudo ayudarme a cambiar mi futuro. Yo tuve que continuar mi propio camino y ella fue mi guía en muchas ocasiones. En una de estas reuniones, Iris analizó una de mis cartas astrológicas. Estudiando la cola del dragón, Iris me confirmó que en mi vida anterior yo había sido una mujer y que había vivido en Inglaterra. Me dijo que había estado muy relacionado con la política, y que una de mis mayores preocupaciones, o la misión que tuve en aquella vida había sido la de promover los derechos de la mujer, sobre todo, el derecho al voto.

Iris y yo hablamos largamente sobre mi obsesión con Don Quijote. Iris me confirmó que, en realidad, yo había vivido en la misma época que Miguel de Cervantes. También me dijo que en una de mis vidas anteriores yo había estado en prisión y había sufrido múltiples torturas a manos de la inquisición. En una de esas vidas yo había muerto en prisión y ahora el destino me deparaba la ironía de tener que volver a una prisión, para morir en ella.

Iris vino a visitarme a la cárcel. Yo la miré y de repente vino a mi memoria lo que ella me había dicho cinco años atrás.

—Sebastián, si sigues por este camino vas a tener que enfrentarte a muchos problemas que te acabarán trayendo una gran desgracia —dijo Iris.

Yo nunca pensé que mi caída pudiera ser tan dramática. Iris siempre trató de alertarme contra lo que ella llamaba excentricidades. Ella creía que yo podría llegar a ser una persona que contribuyera verdaderamente a la paz en el mundo. Sin embargo, me decía que debía concentrarme en ese propósito y también debía olvidarme de muchas cosas que ella consideraba que no eran más que una pérdida de tiempo. Ella nunca pudo ver al Don Quijote que había dentro de mí, de la misma forma que yo lo veía. La verdad es que muchas veces no me tomé muy en serio algunas de las cosas que Iris me dijo, aunque ahora me doy cuenta de que debí haberlo hecho. Estando aquí y ahora es cuando verdaderamente comprendo todo lo que ella quiso decirme.

Iris se sentó frente a mí y me entregó un artículo de una revista. A continuación me pidió que lo leyese:

Si redujéramos toda la población de la tierra y la trasladáramos a vivir a una pequeña villa de exactamente cien personas, y suponiendo que todas las características humanas de todas esas personas permanecieran invariables, obtendríamos más o menos la siguiente perspectiva: habría cincuenta y siete asiáticos, veintiún europeos, catorce personas del hemisferio americano incluyendo tanto el norte como el sur y habría también ocho africanos. Para analizar mejor la composición de esta pequeña villa nos encontraríamos con que cincuenta y dos de esas personas serían mujeres y habría cuarenta y ocho hombres. Setenta de esas personas no serían blancas, sólo treinta lo serían. Setenta de estas personas no serían cristianas, sólo treinta lo serían. Ochenta y nueve de esas personas serían heterosexuales y once de ellas serían homosexuales. Seis de esas personas poseerían el cincuenta y nueve por ciento de la riqueza de esa villa y esas seis personas serían originalmente de los Estados Unidos. Ochenta de estas personas vivirían en casas por debajo de los límites que se considerarían como habitables, setenta de esas personas serían analfabetas y cincuenta de ellas padecerían de malnutrición. Sólo una de esas cien personas tendría educación superior, y tan sólo una persona sería dueña de una computadora. Una persona estaría cerca de la muerte, y otra estaría a punto de nacer.

Cuando terminé de leer el artículo miré a Iris.

—Sebastián, tú has perdido la perspectiva del mundo en el cual estás viviendo. ¿Entiendes lo que quiero decirte? —preguntó Iris.

—He leído las estadísticas del artículo y los números y las conclusiones son realmente alarmantes —le respondí.

—Sí, lo son, ¿pero puedes entender y apreciar la suerte que tuviste de haber sido en esta vida el doctor Sebastián Camote? Tuviste todo tipo de privilegios: una educación universitaria, una profesión, fortuna, una buena casa, buena salud y hasta una computadora. ¿Lo entiendes ahora? —preguntó Iris.

—Sí, me doy cuenta perfectamente de que yo daba muchas cosas por sentado. Yo fui muy afortunado —le respondí.

—Puede que en tu próxima vida, es decir, en tu próxima reencarnación no tengas tantos bienes, y que regreses como uno de los otros que forman parte de esa villa y dan vida a estas estadísticas. Sin embargo, creo que tú todavía no entiendes lo que quiero decirte, ¿verdad? —preguntó Iris.

—Pues no. No sé qué es lo que tratas de decirme —le respondí.

—Sebastián, tú estás rompiendo las estadísticas de una persona cerca de la muerte y de otra persona a punto de nacer —me dijo Iris.

—¿Qué quieres decir?

—Sebastián, nadie sabe cuándo va a morir, o cuándo va a nacer de nuevo. Tú has sido sentenciado a muerte y tienes una fecha definida para morir. Tú has lanzado un reto a tu destino porque la muerte siempre debe ser recibida como una grata sorpresa —Iris exclamó.

Miré al fondo de sus ojos y ella miró al fondo de los míos. Iris sabía, aunque no me lo dijo, que ella iba a ser la última persona que yo iba a ver en esta vida. Antes de salir me miró fijamente una vez más.

—Sebastián, la próxima vez que nos veamos, los dos estaremos en un lugar mucho mejor.

Ahora yo sé y entiendo, que existen mejores lugares. Iris sabía, había intuido que yo no iba a vivir mucho más y que mi tiempo en esta tierra estaba a punto de acabarse.

76
EL ÚLTIMO ALIENTO

Lo que más temo, es lo que siempre me llega. Lo que más me atemoriza, eso también es lo que al final siempre me viene.

Job 3:25

La revisión de mi vida toca ya a su fin, pero todavía puedo alcanzar a ver la última visita que me hizo mi tío Joseph. Yo sabía que él tenía el corazón destrozado tan sólo de pensar que yo estaba en prisión. Yo siempre había sido para él una persona honorable y virtuosa, además de ser un buen psiquiatra dedicado a su profesión. El hecho de que la sociedad me considerara ahora como un asesino, fue algo dramático y totalmente inimaginable para él. Nuestra familia nunca antes había pasado por momentos así. Mi tío insistía en que quería presentar una apelación del caso, pero yo le pedí que por favor no insistiese. En ese momento vino a mi mente Sócrates. Él había asumido su propia defensa en el juicio al que fue sometido en Atenas. Perdió su propio juicio y fue declarado culpable. Al igual que yo, él también se negó a presentar una apelación. Sócrates fue condenado a muerte porque sus ideas diferían de lo que pensaban las masas de aquel entonces y por lo tanto se le consideró un revolucionario. Lo mismo que en mi caso, su alma supo que había llegado la hora de su muerte. Joseph y yo nos despedimos porque los dos intuíamos que ésa sería la última vez que nos veríamos en esta vida.

Días más tarde, cuando la noche ya se iba quedando atrás y empezaba a llegar el nuevo día, exactamente el 22 de diciembre del año 2000, a las cuatro en punto de la madrugada, sufrí un fortísimo infarto. No llamé al guardián. Me concentré profundamente y traté de enviar instrucciones a mi mente para que ignorara el tremendo dolor que sentía por todo mi cuerpo. Yo sabía que ya no me quedaba mucho tiempo y que ya nunca más volvería a ver otro amanecer, ni tampoco a disfrutar de otra Navidad, ni tan siquiera podría esperar la llegada del año 2001. Las ideas y las imágenes que pasaban por mi mente se hacían muy confusas. Todas ellas desfilaban ante mí y todo lo que me estaba ocurriendo parecía como si fuera un sueño.

Fue en ese preciso instante cuando vino a mi mente el principio de toda esta aventura. Todo comenzó cuando hice la transición desde la sala de espera del mundo espiritual a la pequeña bolsa del vientre de mi madre para poder allí descansar y meditar hasta que volviera a nacer. Recuerdo el instante exacto en que acomodé mi espíritu dentro de una forma física. Recordé que también había elegido a mis padres en esta vida para que ellos me ayudaran a aprender algunas de las lecciones terrenales que estaba supuesto aprender. Recuerdo la oscuridad y lo asustado que me encontraba cuando salí del vientre de mi madre después de pasar allí nueve meses. De repente, tuve que enfrentarme a una luz cegadora. Pude ver lo felices que se encontraban mis padres al tenerme como hijo. También recordé cuando empecé a dar mis primeros pasos, y también cuando pronuncié mis primeras palabras. Recordé los besos y también pude sentir todo el amor de mis padres. Una imagen me recordó cuando tenía cuatro años y mi madre me llevó al zoológico de Prospect Park. Ella me explicó muchas cosas sobre los animales, pero yo me encontraba muy triste porque ellos estaban encerrados en jaulas y no podían correr libremente. Sin embargo, de esa misma forma terminó mi vida, en una jaula. ¿Cómo yo hubiera podido imaginarme que esa iba a ser mi suerte? Seguí recordando y ahora tenía seis años y recuerdo el orgullo que sentí cuando me senté junto a mi padre en un pequeño bote y lo ayudé a remar en el lago. También apareció ante mí la imagen cuando yo tenía siete años y mis padres me llevaron a Coney Island. Me pasé horas y horas dando vueltas en el carrusel. Recuerdo que aunque tenía miedo, me subí dos veces en la montaña rusa. También vino a mi memoria mi primer amor. Tenía ocho años y me enamoré de Rebeca, la niña más inteligente y además, la más bonita de mi clase. También apareció ante mí uno de los días en que mi padre y yo fuimos a pescar a Sheepshead Bay. Mi padre hablaba de la paz que se sentía cuando se encontraba en el mar, lejos de la dura realidad de la vida. Mi padre me enseñó a amar la música del mar. Recordé la primera vez que besé a mi amiga Rachel cuando tenía dieciséis años y la pasión y la excitación que inundó mi corazón. También recordé todas las visitas que hice a mi tío Joseph en España y la intimidad tan maravillosa que compartíamos los dos. Me vino a la mente el recuerdo de todas mis graduaciones tanto de la universidad, como del Ejército. También, en muy pocos segundos, recordé todos mis triunfos y todos mis fracasos. Recordé cómo escuchaba durante horas y horas las angustias y el dolor de mis pacientes. También pude recordar lo mucho que recé por ellos cuando todo lo demás ya había fallado. Recordé lo agradecido que me sentía con el universo cuando algunos de mis pacientes mejoraban e incluso cómo algunos de ellos llegaban a curarse totalmente. También recordé el día en el cual mi madre murió. Por un momento, experimenté otra vez el brutal dolor que me causó el que ella me abandonara. Recordé a Sara Goldstein y su lucha constante por tratar de ayudarme a comprender la diferencia entre mis sueños y mis realidades. Recordé al rabino que había sido mi profesor de Cábala. Él me insistió continuamente en la importancia de compartir el amor y de siempre tratar de no sentir envidia, celos o ira. Recordé, ¡cómo no!, a Lucy Neal, o ¿sería realmente Dulcinea? También vino a mi mente el nombre de Don Quijote, pero de pronto todo comenzó a mezclarse: Camotín, Luigi Escalanti, la noche de *Halloween,* la policía, la celda de la prisión. Pensé en todas las cosas que no había hecho, y a la vez, en todo el amor que no había entregado, o recibido. Pensé en todas las palabras amables que debía haber dicho, pero que nunca dije, pero ahora, ya todo había terminado. Ya no me quedaba más tiempo ni para vivir, ni para soñar. Cada alma, al nacer lleva dentro de ella misma su propio reloj cósmico y el mío ya había recorrido todo su camino. La Luz esperaba por mí, para que yo volviese a casa, otra vez. En ese mismo instante exhalé mi último suspiro.

Tanto Kika como Koko me miraron inquisitivamente. Querían ver mi reacción ante los últimos momentos de mi vida en la tierra. Ahora todo era mucho más rápido y a la vez visto desde una perspectiva totalmente diferente.

—¿Qué piensas ahora sobre tu vida? —preguntó Kika.

—Yo sé que muy pronto volveré a regresar a la tierra, que reencarnaré una vez más, y que volveré a nacer de otra madre y de otro padre, con un nuevo cuerpo y con una nueva vida. Estaré listo una vez más para reunirme con las almas con las que ya he viajado, y con las otras almas a las cuales ya he amado en otras vidas. ¿Por qué nos aferramos tanto a una vida que comienza con un llanto y termina con un lamento? —pregunté.

77

LA EVALUACIÓN

Lo importante no es cómo un hombre muere, sino cómo vive.
SAMUEL JOHNSON

Kika y Koko, mis dos espíritus guía, han estado junto a mí durante todo el tiempo que ha durado la revisión de mi vida. Cincuenta y siete años pasaron ante mis ojos y los recuerdos, unos buenos y otros malos, se confundieron los unos con los otros. Me mantuve sentado con los ojos cerrados por un tiempo, pensando nuevamente en todos estos acontecimientos y tratando de descubrir los momentos más importantes de las distintas etapas de mi vida.

Kika se volvió hacia mí y me dijo que había llegado la hora de comenzar la evaluación de mi vida, y que ahora yo tenía que encontrar suficientes recuerdos y suficientes memorias que pudieran demostrar que mis días pasados en la tierra habían tenido valor y mérito.

—Yo me hice psiquiatra para poder ayudar a la gente —comencé diciendo esperanzado.

—¿Cómo fue que les ayudaste? —preguntó Kika.

—Elegí una profesión que era un desafío para mí. Mis pacientes venían a verme desesperados cuando ya no podían soportar más el dolor de sus vidas y me pedían que yo les ayudara a resolver sus problemas.

Ellos venían a mí con enfermedades reales o imaginarias, con fantasías y también con sus propias realidades. Algunos venían a verme porque tenían un miedo excesivo a la muerte. Otros venían a mi consulta porque tenían miedo al amor, a las relaciones serias, o a la vida misma. Ellos querían que yo les siguiera el juego, e incluso, en algunos casos, querían que yo asumiera su destino por ellos. Algunos venían a verme como si yo fuera su propio padre y exigían una aceptación incondicional de mi parte. Yo me encontraba realizando su mismo viaje, pero ellos esperaban de mí respuestas que yo no siempre tenía. Les di esperanza a mis pacientes, y permití que ellos tuvieran sus propios sueños. También traté de hacerles extensivo, mis conocimientos —respondí—. Repartí entre ellos mi amor y mi bondad.

—Tú elegiste ser doctor porque querías controlar a los demás. Siempre disfrutaste el papel de protagonista. El papel de ser tú el que tomara las decisiones que creías, beneficiaban o perjudicaban a tus pacientes. Muchas veces, te dejaste llevar por tu propio egoísmo y por tu propio ego y te gustaba disfrutar de un aura de persona importante porque querías que todos los demás te admirasen —dijo Koko.

—No, eso no es cierto. Yo traté de ayudar a mis pacientes lo mejor que pude, y siempre traté de explicarles las cosas honestamente. Muchas veces, recurrí a la sabiduría y a los conocimientos que se encuentran en algunas de las religiones que yo había estudiado. Siempre mantuve con todo aquel que quiso oírme, que todos somos como hermanos y que todos los seres vivos estamos unidos por el amor. En algunas ocasiones, traté de distanciarme un poco de los problemas de mis pacientes, pero sólo lo hice para poder ver y poder analizar sus dilemas con una mayor claridad. Es posible, que en ocasiones haya sido poco convencional, pero siempre actué guiado por la tolerancia y la bondad —respondí.

—Tú nunca fuiste una persona humilde. La gente modesta nunca es víctima de sus propias ilusiones. Tú nunca reconociste que era el paciente el que al final se curaba por sí solo, con la ayuda del universo —agregó Koko.

—Si una persona se sube al techo de una casa y cierra los ojos, ella nunca va a ver el sol. Si esa persona se niega a creer que existe un sol en el cielo, y no abre su mente, ¿cómo puedo yo enseñarle lo que es la eternidad? Yo lo intenté lo mejor que pude, pero quizá debí de haberlo intentado con mayor ahínco. Reconozco que en numerosas ocasiones me faltó la paciencia —respondí.

—¿Qué me dices del matrimonio? ¿Puedes explicarnos por qué nunca te casaste? ¿Por qué nunca te entregaste totalmente a otra persona? —preguntó Kika.

—Yo sopesé la posibilidad del matrimonio en algunas ocasiones, pero llegué a la conclusión de que si me casaba, iba a limitar mis posibilidades de ayudar a muchísimas otras personas —le respondí.

—Yo pienso que tú fuiste un egoísta y que además no querías compartir tu vida con nadie —dijo Koko.

—Si quieres hacerlo bien, una esposa e hijos son algo que consume mucho tiempo, energía y dinero, y yo quería y también sentía, la necesidad de ayudar a muchas otras causas. Yo sabía que si me casaba y tenía hijos, iba a tener que emplear la mayoría de mis recursos en su bienestar. A ellos no les iba a gustar que yo dedicara una gran parte de mi tiempo y de mis esfuerzos a mejorar la vida de los demás. Yo no quería pasarme la vida en constantes discusiones y peleas. En lugar de eso, preferí ayudar a las muchas otras personas que necesitaban de mí. Yo fui uno de los fundadores de la organización Amnistía Mundial y Libertad y también participé en la creación de una fundación para niños. Yo realicé muchos viajes a países distantes para ayudar a los presos políticos. Me esforcé lo más que pude por mejorar las condiciones espirituales y materiales del mundo. No puede decirse que yo haya sido necesariamente un egoísta porque no me haya casado, sino todo lo contrario, yo lo considero como un sacrificio de mi parte. Podemos citar las palabras de los maestros como Buda y Jesús cuando dijeron: "¡…dejen a un lado todas las posesiones terrenales y síganme…!" Yo no hubiera podido hacer muchas de las cosas que hice, si hubiera tenido una familia —le expliqué.

—Tú disfrutaste de muchos privilegios y además tuviste muchas más oportunidades que la mayoría de la gente. Tuviste la ventaja de haber recibido una educación universitaria. Tuviste acceso al conocimiento que se adquiere al leer los libros escritos por las mentes más brillantes de la creación. Tuviste suficiente dinero y posesiones materiales que te permitieron viajar a los lugares más remotos de la tierra. A pesar de tener todo esto, realmente nunca hiciste lo suficiente para ayudar a los demás. Yo personalmente, como tu guía, me siento completamente decepcionado por muchas de las decisiones que tú tomaste durante tu vida porque tan sólo pensaste en ti mismo al tomarlas. Fuiste un auténtico egoísta a la hora de compartir tus recursos. Tú elegiste vivir en un mundo completamente irreal —dijo Koko.

—Ahora me doy cuenta que mi mente divagó mucho. Divagó todo lo que quiso y como quiso. Nunca pude controlar mis ideas y ahora comprendo que la verdad no se puede alcanzar tan sólo con la mente, sino que la sabiduría verdadera nos llega a través del corazón. Yo creí que en cierto modo poseía el poder de curar al enfermo y al doliente, pero Dios es el único que puede realizar ese milagro —dije.

—¿Qué pasó con Lucy Neal? Tú jugaste con su destino. Ella no debía haber muerto en la forma en que lo hizo. Tú la asesinaste y a la vez alteraste su karma —me acusó Koko.

—Todo fue un accidente. Yo fui a ese lugar con la intención de hacer daño y desenmascarar a Luigi Escalanti. Éste es un asesino y un traficante de drogas y además él fue el responsable de la muerte del hijo de Lucy Neal —proseguí.

—¿Estás seguro de que eso sea cierto? Eso es lo que tú crees, pero, ¿era así en realidad, o no fue más que un sueño tuyo? Para todo el mundo, Luigi Escalanti era un hombre generoso y muy respetado dentro de la comunidad, pero aún así, tú estabas dispuesto a asesinarlo. Tu vida siempre fue muy confusa porque te encantaba mezclar la realidad con la fantasía. Sabías que no debías realizar progresiones al futuro porque eso es algo muy peligroso, pero tú nunca hiciste caso. Confundiste tu vida pasada con la vida de Don Quijote, y hasta llegaste a pensar que Lucy Neal era Dulcinea, tu amor eterno. ¿Cómo puedes ser tan arrogante para desafiar al universo? Llegaste al final de tus días como un asesino convicto y como un hombre que se atrevió a desafiar la voluntad de Dios —afirmó Koko muy seriamente.

—Yo nunca pensé que tratar de incursionar en el futuro tendría resultados tan nefastos. Reconozco que estaba equivocado y que a veces me comporté como un irresponsable. Cuando miro hacia atrás, pienso que quizá no habría hecho muchas de las cosas que hice, si en esos momentos hubiese tenido una visión más completa de todo lo que me rodeaba. Tengo que reconocer que a veces no comprendí la gravedad de mis propios actos, pero lo que sí puedo asegurar es que nunca traté conscientemente de alterar aquello que ya estaba predestinado a suceder. El hecho de que todos los mortales sepamos que hemos de morir en algún momento, hace que la vida adquiera un matiz de urgencia e inseguridad. Sin embargo, ¿por qué la muerte de un ser mortal ha de despertar tanto asombro? Muchas veces la gente llora y se lamenta que una persona murió y que lo hizo antes de tiempo. ¿Cómo es posible que alguno de nosotros pueda saber realmente cuando es el momento apropiado para morirse? Sólo las almas conocen y además entienden cuando la vida de un hombre debe llegar a su fin. ¡Hay tantas cosas que he dejado inconclusas y de las que pensé que tendría tiempo de acabar! Yo no viví mi vida como si cada instante fuera el último, y desde aquí me lamento sinceramente de no haber sido capaz de entregar más amor. Todos nosotros no somos más que ángeles perdidos que tan sólo llegamos a conocernos en el momento adecuado —les dije a Kika y Koko.

—Sebastián, tú fuiste a la tierra con el propósito de aprender. Cuando uno se encuentra perdido en la oscuridad, la pequeña llama que emana de una vela es mucho mayor que la luz que pueda emanar de miles de tus sueños. Tú fuiste un soñador. Tuviste una imaginación prodigiosa, pero siempre acabaste mezclando tus sueños con la realidad. Cada ser humano que emprende su camino en la tierra tiene ante sí victorias y también derrotas. Nosotros no estamos aquí para juzgarte, sino tan sólo para ayudarte a comprender mejor todos los acontecimientos que han rodeado tu vida. Ésta es tu mejor oportunidad para tratar de comprender tus errores, y para poder ver que las cosas no son siempre lo que parecen. Como seres humanos, cuando estamos en la tierra, no somos capaces de entender todos los misterios y pruebas que nos presenta el universo. Tú fuiste un soñador y llegaste a descubrir algunos de los secretos del universo. Ésa era una información privilegiada. Tú nunca debiste usarla erróneamente mientras te encontrabas en la tierra. Por esa razón, tendrás que responder ante la Luz. Ahora tu misión ya ha concluido, pero cuando sea el momento apropiado, volverás a la tierra una vez más para corregir parte de los errores que cometiste durante esta última existencia. En breve, tú olvidarás todo esto, incluso este encuentro que has tenido con nosotros desaparecerá completamente de tu memoria. Seguirás tu camino hacia ese lugar único en el cual se encuentran y esperan por ti todos aquellos que han significado algo en tu vida —dijo Kika.

Después de que Kika pronunciara estas palabras, nos despedimos. Ellos me miraron fijamente a los ojos y a continuación se alejaron de mí.

Inmediatamente después, entró otro espíritu a la habitación, y me dijo que muy pronto iría finalmente a encontrarme con la Luz. Me indicó que a partir de este momento empezaría a perder todo interés en esta vida pasada, y que mis recuerdos se volverían prácticamente insignificantes. Estaba a punto de iniciar otra fase, y era importante para mi propio enriquecimiento espiritual el que no llevase conmigo ninguna preocupación terrenal. El espíritu me dijo que debía concentrarme en la Luz blanca y en el amor que emanaba de ella. Eso fue exactamente lo que hice. A medida que empezaba a dejar a un lado mis limitaciones carnales comenzaba mi enriquecimiento espiritual. Poco a poco comencé a seguir el camino que mi espíritu guía me dijo que tomase. Entré a formar parte de esa maravillosa Luz blanca y resplandeciente. En ese momento volví a convertirme en un espíritu puro y dejé de pertenecer al mundo terrenal. Al otro lado de la Luz, todos ellos me estaban esperando con los brazos abiertos y con ojos brillantes y resplandecientes de amor. Los miraba a todos y mi alma se llenó de amor y de alegría. Mi madre Ruth, mi padre Giovanni, Lucy Neal y su hijo Michael, también estaba Henry Freeman y muchos otros a los que amé y que habían muerto años atrás: Todos juntos me dieron la bienvenida y fue entonces cuando comprendí que había llegado al plano de la espera y del aprendizaje.

Ellos se quedaron allí, junto a mí, mientras yo esperaba mi turno para encontrarme una vez más con la Luz. Mi alma se desbordaba de amor, esperanza, bondad, fe y sentía una profunda paz celestial. Sabía que estaba sólo a un paso de poder finalmente comprender quién era yo, realmente.

78

EL MENSAJE

He pasado una noche horrible, llena de visiones terroríficas y de sueños espeluznantes.

SHAKESPEARE

Mientras esperaba encontrarme con la Luz, mi alma fue a visitar a Camotín en su sueño. Quería darle un mensaje y pensé que ir a visitarle mientras dormía sería la mejor forma de lograr su atención. En el plano de la espera, el tiempo no transcurre igual que en el mundo de los mortales y por esa razón no podría decir exactamente cuánto fue todo esto que sucedió, pero al fin, el tiempo no es algo que tenga tampoco demasiada importancia, ¿o si la tiene? Lo más importante era que cuando Camotín despertara, recordara su sueño. En innumerables ocasiones, yo le había dicho a Camotín que el tiempo no existe en la eternidad. Quería que Camotín me reconociese, por eso me aparecí en su sueño vestido con la misma ropa que llevaba la última vez que nos vimos. Esperé que Camotín estuviera profundamente dormido y fue entonces cuando me aparecí en su sueño. Camotín podía verme en su apartamento, bien vestido y con un portafolio. Abrí el portafolio y extraje del mismo un sobre que contenía una serie de recortes de periódicos, y varios artículos de revistas. Los dejé sobre la mesa del comedor de Camotín. Luego, entré a su cuarto y me senté en el borde de su cama.

—¿Cómo estás, mi buen escudero Camotín? —le pregunté.

—Yo estoy bien, sólo que quizá un poco sorprendido de verlo. ¿Usted no estaba muerto? —preguntó a su vez.

—Sí, pero consideré necesario hacer este viaje de vuelta porque tengo que hablarte de algunas cosas importantes —le dije.

—Debe ser muy importante si usted se ha molestado en regresar del más allá. Me impresiona ver que usted luce exactamente igual que cuando estaba vivo. La verdad es que pensé que cualquier día usted se me aparecería, pero como un fantasma envuelto en una sábana blanca —dijo Camotín.

—No quería alarmarte, por eso proyecto mi propia imagen para que tú puedas reconocerme —le expliqué.

—Todavía sigo asombrado ya que nunca antes había soñado que un muerto me visitaba y que además me hablaba. ¿Estoy soñando o estoy despierto? ¿Ha regresado usted del más allá? ¿Está seguro de que usted ha venido a ver a la persona adecuada? —preguntó Camotín.

—Sí, Camotín, estoy totalmente seguro de que tú eres exactamente la persona a la que yo quería ver. Yo estoy aquí y ahora, ¿qué importancia puede realmente tener si es a mí a quien estás viendo, o si tan sólo se trata de un sueño? ¡Hay tantas cosas que tú ahora vas a tener que hacer! Yo ya no puedo arreglar todos los entuertos del mundo que dejé atrás, y como tú eras mi escudero, ahora eres tú el que debe asumir mi lugar, y continuar mi misión que, aunque parezca extraño, aún no ha concluido en esta vida. Todavía veo muchas injusticias a nuestro alrededor —le expliqué.

—Usted está muerto, y por lo tanto usted ya no es más el doctor Camote. De esa misma forma y teniendo en cuenta lo anterior, yo ya no soy escudero y por lo tanto no tengo que hacer nada de lo que usted me pide —concluyó Camotín.

—Debes comprender que si he venido desde otra dimensión a visitarte es porque hay asuntos muy importantes que tenemos que discutir. En esta vida que todavía tienes por delante, tú tienes la responsabilidad de hacer el bien y al mismo tiempo cumplir con tu destino. Yo estoy de vuelta aquí para ayudarte, y también para hacer que las cosas te sean más fáciles en la próxima vida. Nosotros podemos cambiar nuestro karma. Tenemos la habilidad y la oportunidad de crear. También tenemos dentro de nosotros el poder para cambiar las cosas. Es un proceso puramente creativo porque nosotros podemos decidir en cualquier momento la forma en la que vamos a actuar, si es que así lo deseamos. Yo sé que dentro de ti, tú tienes el suficiente poder como para poder dejar de lado todas tus debilidades y ser capaz de llevar a cabo actos dignos de verdadera admiración —le dije.

—¡Usted habla exactamente igual que cuando estaba vivo! Debe ser algo muy importante, o usted no habría regresado para verme. ¿Qué es exactamente lo que usted tiene que decirme? —preguntó Camotín.

—Hay muchas cosas de las que vas a tener que ocuparte, y tienes que aprender a ser útil en el momento en el cual seas necesario. Por otra parte, no tiene ningún sentido que estés disponible todo el tiempo. Sería igualmente inútil que siempre trataras de esconderte cuando se te necesita. Sobre todo, cuando todos saben que te estás escondiendo. En la vida tienes que actuar, siempre. No puedes dedicarte solamente a pensar que vas a hacer esto o aquello, como tampoco puedes estar pensando en lo que vas a pensar después de que lleves a cabo cualquier acción. Hay muchas cosas que tú puedes llegar a hacer en un momento determinado. Sin embargo, tú no estabas preparado para poderlas haber hecho antes. Esto es algo que nunca cambia, lo que sí cambia es la idea que tú tienes sobre ti mismo y sobre todo aquello que tú puedes lograr en el presente. Mientras hablaba con Camotín comencé a abrir el sobre. Yo había recortado y subrayado muchos artículos periodísticos y también había puesto indicaciones en otros. Tomé los recortes de los periódicos y los puse delante de Camotín.

—¿Qué es todo esto? —preguntó.

—Éstos son algunos asuntos de suma importancia que en estos momentos requieren toda tu atención. Ha llegado el momento en el cual debes pensar en los asuntos más importantes de esta vida. Tienes que empezar a ser consciente de los problemas que enfrenta y que va a enfrentar la generación actual. La paz reinará en el mundo cuando seamos capaces de querer más a nuestros hijos de lo que odiamos a nuestros enemigos. Debemos tratar de aprender a llevarnos bien y a vivir en armonía. Debemos tratar de ser más tolerantes y con nuestro propio ejemplo lograremos que nuestros hijos aprendan algunas de estas lecciones vitales. Un estudio reciente ha demostrado que los niños que han sido víctimas de cualquier tipo de violencia, sufren algo más que un trauma mental. Estos niños reciben un daño físico, cuyas consecuencias pueden perdurar a lo largo de toda su vida. Nosotros debemos siempre tratar de evitarles esa violencia, y a la vez tratar de ayudar más a todos esos niños que sufren desórdenes mentales y emocionales. Hay niños que han sido abusados y que necesitan de nuestra ayuda. Por otro lado, también debemos preocuparnos más y respetar mucho más a los ancianos. En estos momentos y aunque a ti te parezca mentira, el grupo poblacional de mayor crecimiento aquí en la Florida es el de personas de más de ochenta y cinco años. Es por todo esto que nosotros debemos ayudar a ampliar y a diversificar diferentes programas en la comunidad que posibiliten y ayuden a que los ancianos no tengan que ser internados en los asilos cuando aún pueden valerse por sí mismos. De esta forma y con nuevos programas, ellos podrían envejecer y acabar sus días en la comodidad de sus propios hogares, rodeados de sus familiares y recibiendo el trato digno y el respeto que se merecen después de toda una vida de trabajo y de sacrificio —le expliqué.

—De acuerdo, yo sé que los niños y los ancianos son importantes y trataré de ayudarlos —dijo Camotín—. ¿Qué otra cosa le preocupa?

—Necesitamos que la sociedad adopte procedimientos judiciales que se acerquen más a la justicia que a la ley. Tomemos el ejemplo del bambú y del roble. Cuando el viento sopla, los dos árboles se comportan de una forma totalmente diferente. El bambú usa su flexibilidad y se inclina. El roble, por otra parte, recurre a su fortaleza y resiste el viento. En este mundo actual en el cual todo cambia con tanta rapidez, la flexibilidad es la mejor táctica para la supervivencia. Cada individuo tiene su propia forma de pensar. Unos pueden ser flexibles y doblegarse, otros pueden creerse más fuertes y no se inclinan. En la mayoría de los casos, todos nosotros comenzamos siendo flexibles y, poco a poco, con el paso del tiempo, nos endurecemos. Una transgresión no es más que un acto de violar la ley, o de no obedecer una norma social, o incluso abandonar nuestros propios principios. Los seres humanos cometen errores constantemente porque así está previsto, para que de esta forma puedan aprender. Nosotros hemos venido a la tierra para aprender continuamente de nuestros errores, y un error que cometemos es el de permanecer indiferentes, aún sabiendo que se están cometiendo injusticias a nuestro alrededor. Aquí mismo, sin ir más lejos, muchas mujeres han sido sacadas del centro de detenciones de Krome de Miami y llevadas a cárceles. Ellas no son mujeres extranjeras con un pasado delictivo, sino simplemente mujeres que han pedido refugio o asilo político al huir de sus países de origen. Hay muchas personas inocentes que están condenadas a muerte a pesar de que no son culpables de ninguno de los delitos que se les impugnan. También vemos a muchos jóvenes que han cometido asesinatos y otros actos violentos, y son innecesariamente juzgados como adultos y en muchos casos obligados a pasar el resto de sus vidas en prisión. El sistema debe tratar de rehabilitar a esos jóvenes, para que eventualmente puedan volver a reintegrarse en la sociedad. En la Florida, jóvenes de tan sólo diecisiete años pueden ser sentenciados a muerte. Jóvenes acusados de asesinato en primer grado reciben automáticamente la sentencia de muerte. No es justo ni lógico que nuestra sociedad permita que un joven reciba una condena de adulto, cuando aún este mismo joven no ha tenido ningunos de los privilegios o el poder de un adulto. Con mucha frecuencia, los jóvenes no tienen la habilidad para captar o comprender totalmente las consecuencias de sus propios actos. Ellos necesitan ser queridos, ayudados y finalmente rehabilitados. El estado de la Florida tiene el turbio honor de ocupar un lugar prominente en la estadística nacional por sentenciar a muerte a gente inocente. Diversas investigaciones han concluido que el estado de la Florida prefiere hacer un uso indiscriminado de la condena a muerte, en lugar de aplicarla tan sólo en los casos extremos. Nosotros no somos más que el resultado de lo que nos rodea. Hemos tenido quizá la suerte de haber nacido en el país más industrializado y a la vez más poderoso del mundo. Nuestro país debe estar a la cabeza y a la vez ser un ejemplo para el resto del mundo en lo que se refiere a la calidad e imparcialidad de nuestro sistema judicial. A partir de ahora, tu misión va a ser la de luchar por toda esa gente. Los jóvenes deben ser castigados como jóvenes, porque una nación que se enorgullece al ejecutar a sus jóvenes delincuentes, o que automáticamente los condena a cadena perpetua, está renunciando muy pronto y muy rápidamente a su juventud. En las cárceles se abusa continuamente de los presos. Se les da un tratamiento cruel y muchas veces reciben palizas sin razón alguna. En esta época en la que nos encontramos viviendo, en nuestra llamada sociedad avanzada, todavía se cometen numerosos actos de abuso sexual en las cárceles. Hay muchos presos que viven en condiciones inhumanas. Esto incluye las brutales celdas de aislamiento que existen en muchas de nuestras prisiones. Desde Cuba siguen constantemente llegando balseros que se han visto obligados a separarse de sus hijos y dejarlos atrás, y viven con muy pocas esperanzas de poder algún día reunirse con ellos en Estados Unidos. Existen muchas familias que nunca llegan a valorar la bendición de poder estar unidos, y en lugar de amarse y respetarse los unos a los otros, se dedican a pelearse por asuntos triviales. Si nosotros mismos no somos capaces de conservar la paz y la armonía en nuestros propios hogares, ¿cómo podemos aspirar a que reine la paz en el mundo? Debemos tratar de ser más comprensivos con nosotros mismos porque es muy breve el tiempo que estamos en este mundo. Cuando nos llega el final, ya es muy tarde para poder cambiar las cosas que hemos hecho —proseguí.

—¡Tal y como usted habla, parece que ya no quedan esperanzas para nada! ¿Cómo entonces va a ser posible que las cosas puedan cambiar algún día? —preguntó Camotín.

—Nosotros, como nación, seremos más conscientes y conseguiremos elevar nuestra espiritualidad cuantos más seamos los que logremos unirnos para compartir la bondad y el amor. Nosotros, como seres humanos, tenemos que aprender que la respuesta está siempre en el amor. El cambio se producirá cuando seamos capaces de amar a nuestro vecino, a todo lo que nos rodea, al mundo en general y al universo en particular. Debemos comprender y también saber apreciar el hecho de que no todos pertenecemos a la misma raza, ni somos del mismo color, ni tenemos la misma nacionalidad. Debemos comprender que la naturaleza creó muchas variedades de flores y árboles, y no por eso existe una competencia entre ellos, sino más bien todos hacen su aporte a la belleza del mundo. Igual sucede con los seres que habitan el universo. Todos juntos pueden hacer posible que haya un balance y que a la vez se preserve el medio ambiente. Nosotros debemos de celebrar y a la vez debemos estar contentos con nuestras diferencias. Nosotros no somos más que nuestras ideas, y al final todo se reduce simplemente a nuestro pensamiento. Si todos nosotros nos concentramos en lograr la paz y el amor, entonces habrá una luz de esperanza para el mundo. También podemos taparnos los oídos y no escuchar todos los sonidos desagradables que nos llegan, pero a la vez estaríamos dejando de oír el canto de los pájaros y el sonido del mar. Podemos cerrar los ojos para no ver todas las adversidades que nos rodean, pero de esa forma nunca llegaríamos a ver un amanecer. Puede que muchas veces tengamos miedo a los compromisos y al amor, pero si los rechazamos, nos convertiríamos en piedras insensibles. Camotín, amigo mío, haz tu elección con cuidado. Las alegrías y las penas, tu capacidad para sentir y compartir los sentimientos de los demás, así como las satisfacciones y el dolor que les hayas ocasionado a los otros se irán acumulando dentro de tu karma con gran rapidez. Un día, de repente, te llegará la hora de partir a otra dimensión y tendrás que dejar atrás todo lo material. Tendrás que partir sólo con los recuerdos que hayas podido acumular en esta vida. Habrá muchas circunstancias en tu vida que pudieran hacer que perdieras todas tus posesiones materiales, tu dinero, tu libertad, o incluso tu salud, pero nunca nadie podrá quitarte tus recuerdos. Por eso, Camotín, cada día dedica un tiempo para crear bellos recuerdos. El mundo no deja de girar, y en la vida de todas las personas habrá buenos y también habrá malos momentos, es decir, todos experimentamos altas y bajas. No te dejes guiar por las altas o por las bajas de los demás, sino mantén siempre tus convicciones y tus normas morales lo más alto que puedas. Aunque las personas que un día amaste ya no estén más a tu lado, ellas todavía pueden estar muy cerca de ti. Ellas pueden aparecérsete de diversas formas y a la vez hacerte llegar mensajes de gran importancia. Mantente siempre alerta y receptivo para que en cualquier momento puedas recibir alguna de esas formas de comunicación. Existen otros universos paralelos al nuestro. Estos universos existen y coexisten simultáneamente con nuestra propia dimensión de la realidad. ¡Mira los milagros! Un milagro no es más que un universo paralelo diferente en el cual no existen las enfermedades, ni los problemas que nos abruman —le dije.

—No entiendo lo que quiere decirme —respondió Camotín.

—Existen momentos, en los que es posible que nosotros entremos a otras dimensiones. Aunque nuestros cuerpos físicos permanezcan en el mismo lugar, nuestras almas pueden transportarse a otros lugares. Esto puede sucedernos cuando nos encontramos bajo los efectos de la hipnosis, a través de una regresión o bien, a través de una progresión a vidas futuras. Cuando somos capaces de aceptar la relatividad del tiempo, entonces somos capaces de recordar el pasado, pero nunca podemos recordar el futuro porque pondríamos en riesgo nuestro camino hacia ese mismo futuro. Si nosotros fuéramos capaces de recordar el futuro, podríamos cambiarlo en muchos aspectos. Digamos, por ejemplo, que si tú pudieras recordar el futuro, sabrías que si te casas con determinada persona, el matrimonio sería un fracaso, en cuyo caso, no te casarías y te alejarías de esa persona. Sin embargo, en esta vida, tu camino hacia el futuro implicaría posiblemente la necesidad de que tú tuvieses una relación con esa persona, aunque la experiencia, al final, resulte un fracaso. Por esta razón, no podemos recordar el futuro porque, en última instancia, tendríamos que volverlo a vivir en otra vida para poder crear las mismas circunstancias que nos conllevaron al futuro que nunca experimentamos. Cambiar el futuro resulta tan difícil como cambiar el pasado. Para algunas personas puede resultar muy difícil lidiar con la depresión, una salud mental débil, la ansiedad y el insomnio, por eso, en ocasiones, puede que escapen hacia otros universos paralelos. Las personas que padecen de esquizofrenia tienen dificultades para procesar las ideas, lo que en ocasiones les provoca alucinaciones, engaños, ideas perturbadas y un lenguaje, o una conducta inusual. Estos individuos tienen, a veces, muchas limitaciones cuando tratan de interactuar con las demás personas. Ellos viven en una dimensión diferente que el resto de la gente que los rodea. Las personas que los rodean no alcanzan a ver, o no tienen acceso a esa otra dimensión, ya que es un universo paralelo que existe tan sólo en la vida del esquizofrénico. Ellos aseguran que ven personas, escuchan voces o se encuentran en situaciones que las demás personas no pueden percibir. La esquizofrenia es una enfermedad muy compleja que algunos científicos piensan que puede ser provocada por una serie de diferentes factores. La influencia genética, un trauma o una lesión cerebral, antes, o en el momento de nacer, pudieran ser algunos de estos factores, combinados con el aislamiento social y el estrés. Algunas personas adictas a las drogas pueden manifestar síntomas similares a la esquizofrenia, y también debido a alguna sobredosis, pueden entrar a un universo paralelo. Incluso la demencia, o el hecho ocasional de encontrarse en otra dimensión, pueden estar asociados a un universo paralelo. La demencia se describe como una disfunción de la personalidad y la pérdida de la memoria a largo plazo —le expliqué.

—Yo recuerdo cuando mi abuela era ya muy mayor y se encontraba viviendo en un asilo de ancianos. Un día fui a verla. Ella estaba acostada en su cama y ni siquiera me reconoció. No dejaba de mover sus manos de un lado a otro y cuando le pregunté qué era lo que estaba haciendo, ella me respondió que estaba ocupada haciendo la comida —dijo Camotín.

—Probablemente, estaba en un universo paralelo, viviendo otra época de su vida o una época futura. ¿Recuerdas la ocasión en que Lucy Neal te dijo que ella había hablado con su hijo muerto? Esto ocurrió exactamente cuando ellos dos se encontraron en un universo paralelo. El mal y el bien también existen en los universos paralelos. Uno siempre debe mantenerse vigilante y estar constantemente en alerta ante la posible presencia de seres malignos y de todos los adversarios de la libertad que pueden surgir en, y de cualquier parte —le comenté.

—¿Qué quiere decir, doctor? —preguntó Camotín.

—Eventualmente, muchos espíritus malignos acabarán asumiendo la forma de terroristas y traerán consigo el caos, la ruina y la destrucción. Mucha gente inocente morirá de una forma violenta y brutal cuando menos se lo espere. Los edificios se vendrán abajo y la gente ya no se sentirá segura a raíz de la violencia horrible que se desatará. Yo ya no estaré presente para poder ayudar, por eso tú, Camotín, tendrás que asumir mi lugar. Cuento contigo para luchar contra todos aquellos enemigos ocultos que amenazan la democracia y la paz mundial. Espero que tú sepas asumir tu papel y que actúes con justicia y con coraje. Camotín, tú y yo hemos sido compañeros desde que recibimos nuestra alma original en el mundo espiritual, hace ya mucho tiempo. En sucesivas reencarnaciones, hemos ido perdiendo el recuerdo de nuestro pasado para finalmente sólo aprender, una vez más, la interdependencia que existe entre nosotros. Eso nos ayudará a descubrir nuestra conexión con nuestra espiritualidad interna y finalmente con el universo —le expliqué.

—¿Por qué perdemos y olvidamos nuestros recuerdos y nuestras memorias? —preguntó Camotín.

—Es necesario olvidar para que cada nueva vida que tengamos en la tierra sea una vida nueva, sin recuerdos ni memorias del pasado. Si tuviéramos la capacidad de recordar, no serían necesarias las puertas de entrada y salida que separan nuestro nacimiento de nuestra muerte. Camotín, la clave final para la solución de todos los problemas del ser humano consiste en entender el principio de la reencarnación. La diferencia entre los sentimientos nobles y los más bajos instintos varían de persona a persona, siempre dependiendo de la etapa en que se encuentre su estado de evolución. Algunas almas han tenido muchas más vidas que otras, o han aprovechado mejor las oportunidades que han tenido durante las diferentes reencarnaciones. Las almas vuelven a entrar en cuerpos humanos para nacer una y otra vez y de esa forma tener la posibilidad de desarrollarse y crecer. Nosotros simplemente aprendemos las lecciones de la vida a través del dolor y de la alegría, trabajando y sufriendo, cayendo y volviéndonos a levantar, sufriendo por aquellos a quienes amamos y a la misma vez tratando de llevar algo de felicidad a los demás. La reencarnación es la respuesta final a todos los problemas que se nos presentan en la vida. Sin esos problemas, la vida no tendría ningún sentido. Yo ya viví mi vida, y quizá mi vida no haya sido más que un sueño, o incluso un sueño dentro de esa misma vida, y es posible que esa misma vida haya sido a su vez también un sueño. Existen sueños dentro de los sueños, y sueños que a su vez contienen otros sueños, hasta que al final, llegamos a conocer al soñador de todos los sueños, quien no es otro que el ser de todos los seres, o el sueño de todos los sueños. No existe nada que sin soñar, o llegar a soñarlo, pueda llegar a ser ni bello, ni maravilloso. Ahora tengo que regresar a donde yo debo estar en estos momentos. Tengo plena confianza en que recordarás mi visita y que a partir de ahora empezarás a hacer cosas positivas para mejorar las condiciones de este mundo. De esta forma, adquirirás un buen karma y podrás mantener siempre vivos el amor y la esperanza. Camotín, nunca olvides que la verdad es la mentira más segura que existe —resumí—. Después de decir estas palabras, me marché.

Poco tiempo después pude ver cómo Camotín despertaba. Me di cuenta de que él recordaba todo lo que yo le había dicho, ya que él empezó a tomar notas acerca de todo lo que habíamos hablado. Después de que anotó todo, pude escuchar cómo Camotín comenzaba a hablar consigo mismo.

—Yo pensé que todo esto no había sido más que un sueño, pero, ¿cómo pudo llegar a la mesa de mi comedor este artículo del periódico? Los titulares del artículo del periódico anunciaban nuevas iniciativas que el gobernador de la Florida iba a tomar para mejorar la situación de los ancianos. Después de todo esto, la verdad es que no estoy muy seguro si soñé que tuve un sueño con el doctor Camote, o si me imaginé que había tenido ese sueño. De pronto, parece que he comenzado a hablar como él. Pudiera incluso parecer que, después de todo, también, es hasta posible que yo pude haber sido realmente su escudero. Entiendo que todavía queda mucho trabajo por hacer y me comprometo a seguir adelante con valentía, como un caballero cósmico y cumpliré mi misión y finalmente, con ello honraré al doctor Sebastián Stain Camote —juró Camotín.

79

EL RESTAURANTE DON QUIXOTE

Los cobardes mueren muchas veces antes de morir realmente. Los valientes tan sólo mueren una vez.

SHAKESPEARE

La verdad es que me sorprendió muchísimo que Camotín me invitase a cenar. Él me llamó a mi consulta y me invitó para que nos encontrásemos en el restaurante Don Quixote, en la Plaza Commodore de Coconut Grove. Habían pasado exactamente tres meses desde la muerte del doctor Camote. Yo sabía perfectamente que ese restaurante había sido siempre su lugar favorito. Si él nos estaba viendo, yo estaba seguro de que se iba a sentir muy contento de vernos a los dos en ese lugar, recordando una y otra vez las muchas noches felices que juntos pasamos allí. Llegué exactamente a las ocho de la noche, tal y como Camotín me había pedido. Manolo me recibió y me acompañó hasta la mesa de Camotín, que no era otra que la mesa habitual del doctor Camote. Camotín ya estaba sentado a la mesa, con una copa de vino tinto frente a él. Al verme se levantó y me saludó con un beso en la mejilla. Debo decir que me sorprendió su muestra de afecto. La cosa no paró ahí, sino que además me sostuvo la silla cortésmente.

Mientras me acomodaba en la silla yo me preguntaba cuáles podrían ser las razones de su cambio.

—Hola, doctora Goldstein. Gracias por venir —dijo Camotín.

—Me alegra mucho verte, pero estoy un poco sorprendida por tu invitación —le dije.

—¿Usted se da cuenta de que han pasado tres meses desde la muerte del doctor Camote? —me preguntó.

—Sí, lo sé. El tiempo para mí se ha convertido en algo extraño. Unas veces puede parecerme que ya ha pasado un año desde el funeral y otras veces, parece que tan sólo fue ayer. Yo le echo mucho de menos —dije.

—Yo también. Él hablaba mucho conmigo y la verdad es que la mitad de las veces yo ni siquiera le escuchaba. Ahora que él ya no está aquí, me encantaría poder volver a vivir todos esos momentos. Él tuvo muchísima paciencia conmigo y la verdad es que me apreciaba mucho. No creo que durante el resto mi vida yo pueda volver a encontrar a otra persona que me acepte tan incondicionalmente como él lo hizo. Yo nunca le valoré lo suficiente, y debo reconocer, que en algunas ocasiones me burlaba de él a sus espaldas y pensaba que no era más que un tonto —confesó Camotín.

—¿Qué te hizo cambiar? ¿Por qué de pronto lo ves de una manera tan diferente? —quise saber.

—Hace unos días el doctor Camote se me apareció en un sueño. En un principio, yo pensé que era eso, tan sólo un sueño, pero ahora me pregunto si él no habría estado allí realmente y en realidad no fue un sueño —dijo Camotín.

—¿Qué quieres decir?

—Posiblemente, usted piense que yo me estoy volviendo loco, pero cuando el doctor Camote se me apareció, traía un maletín lleno de artículos de periódicos y de revistas. Me dijo que había muchas cosas que él no había tenido tiempo de terminar y que por lo tanto se quedaron inconclusas. Me dijo que quería que yo asumiera la responsabilidad para terminar todas esas cosas. Me dijo que ahora la responsabilidad era mía y que yo debería comenzar a efectuar buenas obras. Yo comprendí bastante bien lo que él me dijo acerca de cómo puedo cambiar mi karma comenzando a mostrar más compasión por los demás y realizando tareas de mérito que puedan servir para beneficiar a la comunidad. Después de esta conversación, realmente entendí que en verdad estoy dispuesto a cambiar. Lo único raro en todo esto es que después que el doctor Camote se marchó de mi sueño, yo me encontré un recorte de prensa en mi mesa. Este artículo que nunca antes había visto, hablaba de cómo ayudar a los ancianos. ¿Cómo vino a parar este artículo a mi mesa si yo nunca lo puse allí? Dígame doctora Goldstein, en su opinión, ¿usted cree que el doctor Camote estuvo realmente en mi apartamento? —preguntó Camotín—. Yo la verdad, es que estoy asustado.

Después de escuchar las palabras de Camotín, necesitaba de un buen trago. Le hice señas a Manolo y cuando se acercó a nuestra mesa le pedí una ginebra con tónica.

—Doctora Goldstein, usted sabe muy bien que ya ha pasado algún tiempo desde que murió el doctor Camote, pero yo todavía puedo verlo aquí sentado, tomándose un vaso de ese vino español que a él tanto le gustaba. Este restaurante fue sin duda uno de sus lugares preferidos y en muchas ocasiones, yo puedo sentir su alma junto a mí. Cuando me encuentro solo en este lugar, siento vibraciones muy extrañas, y me imagino que él viene a visitarme, quizá en su forma invisible, pero que él está pendiente y a la vez observa todo lo que sucede a nuestro alrededor —dijo Manolo.

—No sería nada sorprendente que él también viniera a visitarlo a usted para traerle un mensaje. ¿Usted cree que es posible que él esté aquí ahora mismo observándonos? —preguntó Camotín.

—Todo es posible. El doctor Camote creía abiertamente en los fenómenos sobrenaturales. Él conocía los poderes de los cristales, de las cartas del tarot, de los signos astrológicos, de los oráculos y de las auras. Él siempre nos dijo que debíamos creer en los milagros. Un día, él reencarnará en otro cuerpo, y no te asombres Camotín, si alguna vez te cruzas con un extraño que de repente empiece a hablarte sobre el hacer posible lo imposible y de cómo llegar a ser un caballero bravo y valiente —les dije.

—Recuerdo la noche en que aquí mismo yo le armé como caballero. El doctor Camote se sentía muy orgulloso de ser nuevamente un caballero errante. Yo me alegro de haberlo hecho feliz, aunque entonces pensaba que todo eso no era más que un absurdo —dijo Manolo.

—Lo que para una persona puede no tener sentido, para otra persona pudiera tener una importancia extraordinaria. Todos nosotros, vivimos en el mismo mundo, pero nuestras visiones de ese mundo son totalmente diferentes. Para mí, el doctor Camote fue un hombre poseedor de gran valor y coraje, un defensor de las causas perdidas, que deseaba cambiar el mundo, sin importarle lo que los demás pensaran, ya que él tenía el suficiente coraje para defender sus propias convicciones. En muchos aspectos, tengo que reconocer que él era Don Quijote. Él libró numerosas batallas en favor de los oprimidos y de los olvidados. Él combatió en las cárceles y en las cortes de justicia. Viajó a los lugares más remotos del mundo para llevar comida al hambriento y amor a los desesperados. Su bondad y su preocupación continua llegaron, y en muchos casos, tocaron a las multitudes. Ésa es la forma en que yo veía al doctor Camote, aunque otros muchos lo hayan visto como un payaso. Hubo aquellos que se burlaban de él y que decían que él no debía preocuparse por los problemas que no le concernían. Insistían en decir que lo que él debería hacer era simplemente ocuparse de sus propios asuntos. Él cumplió su misión en la vida y vio cumplido en parte su sueño de dejar tras de sí un mundo mejor en el cual reinara más paz de la que había cuando él llegó. Uno de nuestros mayores fracasos es olvidar las maravillas que vemos continuamente a nuestro alrededor. Cuando nos olvidamos de ellas nos limitamos a nosotros mismos e insistimos en mantener una interpretación limitada de nuestra propia realidad. El doctor Camote vio el mundo en su conjunto, conoció el bien y el mal y trató de transformar la maldad en bondad. Es cierto, Sebastián fue un soñador, pero si todos los que estamos en este mundo tuviéramos sueños que pudieran hacer mejores a los seres humanos y tratáramos de hacer esos sueños realidad, nuestro mundo indudablemente se convertiría en un lugar mejor. Si el universo considera que alguien es lo suficientemente importante como para estar aquí, esa persona merece nuestra ayuda y nosotros debemos dársela. Yo no dudo que el doctor Camote haya podido ser en verdad Don Quijote en una de sus vidas anteriores. Ahora, aquí y entre nosotros, tampoco me queda ninguna duda de que él regresó para continuar una tarea que había dejado incompleta. Esa tarea no es otra que la de ayudar a los más desafortunados del mundo. ¿Acaso nosotros no somos ahora mejores por el simple hecho de haber conocido a ese hombre? ¿Acaso nosotros no fuimos testigos, tanto de su generosidad de espíritu, como del amor que él abrigaba dentro de su alma? ¿Acaso algún día nosotros no seremos capaces de entender su profundo mensaje de fe y esperanza? —pregunté.

—Sí, yo en verdad me considero muy afortunado de que el doctor Camote haya sido parte de mi vida. Gracias a él yo cambié cosas que yo nunca pensé que podrían cambiarse. El doctor Camote también me dijo una vez que tras su muerte se escribiría un libro basado en sus experiencias, las cuales serían combinadas con los conocimientos de antiguas sabidurías. Él me explicó que la gente sería capaz de concentrarse en una pregunta a la cual quisieran hallarle una respuesta. Al abrir el libro, cualquier persona podría encontrar un oráculo, en el cual esa persona encontrará un mensaje con la respuesta correspondiente a su dilema. Yo creo que el doctor Camote posee la capacidad y la energía suficiente para hacer que esto se convierta en una realidad. El doctor Camote fue, ni más ni menos, el soñador que descubrió los secretos del universo. Pero doctora Goldstein, usted nunca respondió a mi pregunta. ¿Es posible que las almas que ya no están aquí con nosotros, nos visiten? ¿Fue el alma del doctor Camote lo que yo vi, o tan sólo fue un sueño? —preguntó Camotín.

—Camotín, hay muchas cosas para las cuales no tenemos ninguna respuesta. Existen otras dimensiones que nos rodean y que desgraciadamente, no podemos, o no queremos ver. Pero el hecho de que no podamos ver algo no significa que no exista. La vista de los seres humanos es muy limitada. Vivimos rodeados de espíritus y de almas, y sin embargo, no somos capaces de verlos. Camotín, no necesitamos tener siempre una respuesta a todo para saber que ese todo es verdad. Aprende del doctor Camote y espera siempre lo inesperado. Sueña con hacer posible lo imposible, y sueña con algún día poder tener el sueño de los soñadores. Te digo sinceramente Camotín que yo creo que tú fuiste en verdad su escudero, y que ahora debes continuar su sueño. Camotín, tú has recorrido un largo camino, pero todavía te queda mucho camino por andar. Yo estoy segura de que el doctor Camote volverá a visitarte, aunque es posible que se comunique contigo de alguna otra forma. Presta mucha atención a esas llamadas telefónicas que suenan de una forma diferente. Pon especial atención a esos correos electrónicos que pueden contener mensajes inusuales. Presta mucha atención a esas nuevas ideas que te pueden surgir, y no pierdas de vista ni por un instante los espejos, ya que en uno de ellos pudiera ser que por un breve instante vieses reflejarse una imagen fugaz. Esa imagen en el espejo puede ser la sonrisa del doctor Camote, que no es otra sonrisa más que tu propia sonrisa interior, porque en el fondo de nosotros mismos todos somos la sonrisa del doctor Camote. El espíritu del doctor Camote está y estará en todas partes, por eso, la próxima vez que veas una mariposa de un colorido extraordinario, obsérvala atentamente porque puede que esa mariposa te traiga un mensaje de amor de parte del doctor Camote —dije.

Cuando me incliné hacia Camotín para darle un abrazo de despedida, sentí escalofríos por todo mi cuerpo, y supe que esos escalofríos eran la energía del doctor Sebastián Stain Camote dejándome saber que su alma todavía estaba muy cerca y que se sentía muy satisfecho con lo que había visto y escuchado. Cuando salía del restaurante me preguntaba en qué momento del tiempo estaríamos realmente viviendo. Quería saber y entender dónde se encontraba en esos momentos el alma del doctor Camote y finalmente, también me preguntaba cuál era el tiempo y cuál era el momento de nuestra propia realidad.

80
EL ENCUENTRO CON LA LUZ

Si yo debo convertirme en el héroe de mi propia vida, o si ese honor debe recaer en alguien diferente, estas páginas escritas a continuación deberán ser capaces de decidirlo.

CHARLES DICKENS

El tiempo no es otro que este mismo instante. Aquí y ahora. Tú y yo, a medida que avanzamos juntos, tratando de entender el último capítulo del viaje de mi alma. En este mismo momento, todos nosotros estamos entrelazados porque donde yo me encuentro ahora no existe el tiempo, tampoco el espacio, o el movimiento, y el ayer, el hoy y el mañana son iguales en la eternidad.

Por fin, apareció ante mí un magnífico y radiante ángel. Llevaba largas vestiduras blancas que parecían flotar en el aire. El ángel se acercó a mí y me dijo que ya estaba listo para encontrarme con la Luz. Yo no sé cómo explicarlo, pero puedo decir que me sentía embargado por una gran paz y serenidad.

Seguí al ángel y llegué a una especie de gran recámara que resplandecía con una luz iridiscente. Mi cuerpo estaba cubierto con una túnica blanca transparente que se ataba con un cordón de oro. Al entrar a la recámara, otro ángel me entregó un cojín de color crema para que me sentara. Después de esto, el ángel guía se marchó. Yo me encontraba totalmente solo en la habitación. Mientras esperaba, me quedé dormido varias veces y cuando me desperté por última vez, ya no sentía ningún miedo. Mi alma sabía que llegar al más allá es parte del círculo interminable que conforma la rueda de la reencarnación. Yo sentía la presencia omnisciente de una fuerza radiante y cuando levanté la vista pude ver el brillo de una luz deslumbrante que hacía resplandecer toda la habitación.

—Bienvenido, Sebastián, ya ha pasado algún tiempo desde la última vez que nos vimos —dijo la Luz.

—Sí, toda una vida —le respondí.

—Yo sí que he hablado contigo, o al menos he tratado de hablar. Te he enviado mensajes mientras estabas en la tierra. A veces, te llegaban a través de una persona o de un pensamiento, pero la mayoría de las veces tú no te dabas cuenta de su importancia. Otras veces, traté que las cosas no te fueran fáciles y que enfrentaras retos. Sin embargo, nunca estos desafíos fueron con la intención de causarte daño, sino con la intención de ayudarte a progresar en tu crecimiento espiritual —prosiguió la Luz.

—Admito que en ocasiones me desesperé y me olvidé de la Luz —dije.

—Cuando se está en la tierra, se tienen ideas terrenales. Sólo cuando se produce la separación del cuerpo físico y se vuelve a ser puramente espiritual, es cuando vuelves a entender tu propia naturaleza —dijo la Luz.

—Yo tengo tantas preguntas —comencé diciendo.

—Sí, yo sé que en tu vida ya pasada estuviste tratando de encontrar muchas respuestas —aseveró la Luz.

—Yo me dediqué al estudio de casi todas las religiones, de los diferentes tipos de fe, al estudio de casi todos los místicos, sabios y profetas, y mientras más grandes eran mis conocimientos, menos entendía —proseguí.

—Las respuestas que tanto buscabas estuvieron siempre allí, contigo, es decir, dentro de ti —dijo la Luz.

—¿Por qué hay tanto dolor en el mundo? ¿Por qué los seres humanos sufren tanto? ¿Por qué hay tanta confusión y tanto caos? ¿Por qué no podemos vivir todos en paz y alcanzar la plenitud mientras estamos en la tierra? —pregunté.

—Mientras se está en la tierra, hay muchas cosas a las que no se les puede encontrar una respuesta. No olvides, Sebastián, que las almas fueron enviadas a la tierra para que tuvieran una experiencia humana, como cuando vas a la escuela, donde tienes que aprender muchas lecciones. Mientras te encontrabas dentro de tu cuerpo humano se esperaba de ti que, entre otras cosas, pudieses aprender a amar incondicionalmente. No que amaras tan sólo a aquellos que te agradaban y que te llenaban de alegrías. También estaba supuesto a amar al enfermo, al débil y hasta al que no lo merecía. Tenías que haber aprendido a tener siempre esperanza y también fe, aun cuando el mundo que te rodeaba se encontraba en tinieblas, y aparentemente, ya no se veían esperanzas. Debiste aprender a tener paciencia aun cuando tú no podías lograr los resultados de inmediato. Debiste aprender a aceptar tu propia responsabilidad, y dejar de una vez por todas de culpar a los demás por tu situación. Debiste aprender a apreciar cualquier bendición que te llegara porque no hay ningún problema que no tenga solución. Creíste ser demasiado analítico e intelectual, y muchas veces te cegabas y no podías analizar el problema en su totalidad. A pesar de todo lo que tú creías, nunca tuviste una perspectiva clara del mundo que te rodeaba, y vivías prejuiciado por tus propias ideas. En la actualidad, el mundo está inmerso en un caos total. Tú decías que ansiabas la paz y la tranquilidad, pero cuando no podías encontrar lo que tú buscabas, recurrías a otras alternativas artificiales para aplacar tu dolor y tu ignorancia, en vez de buscar las verdaderas razones de tu existencia. Existe siempre una razón para regresar a esa escuela de la vida que es la tierra. Tú puedes apreciar la belleza en la medida en que la propia fealdad existe. Conoces el bien porque el mismo mal existe. ¿Piensas que al tener un cuerpo y un alma, y al entregarte completamente a ese cuerpo, puedes aún así evitar la separación? La reencarnación, el volver una y otra vez, permite que se corrijan esos errores del pasado y que poco a poco se modifique tu karma —dijo la Luz.

—Creo que comprendo lo que estoy escuchando —respondí.

—Sin embargo, Sebastián, estabas tan empecinado en soñar, durante tu vida pasada que cerraste tus ojos al quehacer. Pasaste demasiado tiempo queriendo regresar a tu vida pasada y tratando de revivir tus días como Don Quijote. Tú viviste inmerso en un mundo de sueños y estabas tan ocupado en analizarlos que nunca lograste hacer todo lo que debías. El tiempo y la energía que equivocadamente dedicaste a todo esto, pudo haber sido empleada en repartir amor y ayudar a mitigar el dolor. Debemos considerar como algo natural el hecho de poder ser parco de palabras. Como suele decirse, los fuertes vientos no duran todo un día, ni hubo lluvia que al final no escampara. Si el cielo y la tierra no pueden lograr que las cosas sean eternas, ¿cómo es posible que pueda lograrlo un hombre? ¿Piensas acaso que tú podías adueñarte del universo y hacer que éste sea mejor? Eso es imposible. Tú hiciste algo que estaba prohibido. Trataste de penetrar en los secretos del universo y sabías muy bien que estabas cometiendo un error —dijo la Luz.

—Yo traté de comprender al género humano y quería conocer las respuestas verdaderas de la vida. Yo era un psiquiatra y la gente venía a pedirme ayuda. Nunca me paré a pensar que aquello me estaba prohibido. Pensé que estudiar las diferentes religiones podía ayudarme a ser más cuidadoso y a entender mejor los problemas de la gente atribulada —le expliqué a la Luz.

—Conocer a los demás es de sabios, pero conocerse a uno mismo es alcanzar el verdadero conocimiento. El que se contenta con lo que tiene es una persona rica. El verdadero hombre bueno no es consciente de su propia bondad y por lo tanto es bueno. El hombre necio trata de ser bueno, y por tanto no lo es. No hay que ir muy lejos para poder conocer el mundo, de la misma forma que no hay necesidad de asomarse a la ventana para poder ver los caminos que conducen al paraíso. Mientras uno más se aleja, menos conoce. Un sabio alcanza el conocimiento sin viajar, ve las cosas sin necesidad de mirarlas y trabaja sin necesidad de hacer nada. El que sabe de verdad, habla poco y el que habla mucho es porque no sabe. Sebastián, la religión y la espiritualidad son dos cosas totalmente diferentes. Uno puede asistir a todos los servicios religiosos de cualquier religión y tener fe plena, y escuchar los sermones y leer la Biblia o cualquier otro libro religioso, sin embargo, lo verdaderamente vital dentro de ese ser humano son sus propias ideas. Nunca lograremos satisfacer y enriquecer el alma si cuando se acude a un servicio religioso, la mente se dedica a divagar y a pensar en los asuntos cotidianos. Por otro lado, hay gente que no pertenece a ningún grupo religioso, pero que son capaces de sentir el mensaje de amor del alma. Se podría decir que ésa es una vida que ha alcanzado el éxito espiritual —dijo la Luz.

—¿Qué es lo que se entiende por lograr el éxito? —le pregunté.

—Tú eres parte de la Luz y fuiste creado a mi imagen y semejanza. ¿Recuerdas lo que puede leerse en los Salmos? "Ustedes son Dioses, todos ustedes son hijos del Supremo." ¿Recuerdas lo que dijo Jesús? "¿Es que no recuerdas lo que está escrito en tu ley? Yo he dicho que sois Dioses." Dentro de ti tenías todo lo que tú necesitabas para solucionar tus problemas, pero en los momentos más difíciles en los cuales enfrentabas un reto, nunca buscaste las respuestas dentro de ti, sino que te volviste impaciente y exigiste soluciones inmediatas. Te resultaba siempre mucho más fácil tomarte una pastilla para calmar el dolor, que tomarte el tiempo suficiente para poder encontrar una solución espiritual. La verdadera felicidad tiene sus raíces en la miseria y la miseria siempre acecha tras la falsa felicidad. Fuiste a la tierra para usar tu tiempo en ella en repartir compasión y amor. Fuiste para prestar tu ayuda y tu asistencia a los demás, pero te olvidaste de que no debías preocuparte en demasía por las posesiones terrenales. Fuiste a la tierra sin nada y volviste aquí otra vez, sin nada. Sin embargo, desplegaste una enorme energía en adquirir cosas que nunca usaste. El tiempo que pasaste en la tierra transcurrió con mucha rapidez y al final nunca lograste realizar lo que en realidad era lo más importante. Ésa es la razón principal por la cual pasas por muchas situaciones diferentes durante tus también muchas reencarnaciones. En algunas de estas reencarnaciones tuviste riquezas, en otras te encontrabas enfermo, o eras pobre, o no tenías ninguna educación. Alguna vez fuiste un artista, también fuiste un albañil, fuiste un caballero y también fuiste un mendigo, pero dentro de cada alma existe la necesidad de entregar y recibir amor, y esto es algo común a todo ser vivo, y es lo que al final les une a todos. Ésta era una lección muy importante que tenías que haber aprendido mejor —dijo la Luz.

—Me gustaría saber más acerca de las almas malignas, esas almas que vienen al mundo y ocasionan destrucción y dolor a multitudes de personas —dije...

—Siempre va a haber una gran cantidad de almas malignas en la tierra. Esas almas van a hacer su aparición en diferentes momentos de la historia, y poco a poco van a ocasionar la ruina y la destrucción del mundo. Esas almas encarnan en los falsos profetas y en los falsos líderes que rigen el mundo con ideas negativas y egoístas. Esas almas malignas destruyen tanto a la humanidad como pueden hacerlo los terremotos, las plagas, las erupciones de los volcanes o las hambrunas. Esas almas son avariciosas y ansían continuamente el poder. El bien y el mal existirán siempre, al igual que la luz y la oscuridad, lo correcto y lo incorrecto, el placer y el dolor, pero debemos conocer la diferencia. Todas estas fuerzas siempre van a interactuar, pero la conciencia verdadera del alma tan sólo conoce la continuidad, la plenitud y la alegría. Los problemas los crea el cuerpo físico, ya que el cuerpo tiene su propia conciencia. Hay momentos en que el alma, a través de la persona, prefiere el dolor y ésa puede ser una decisión personal para ayudar a purificar el karma. Muchas veces, hasta la propia naturaleza da muestras de crueldad. Ahora mismo, ya pueden verse los terribles efectos que está causando el calentamiento global y va a ser mucho peor en el futuro. La creciente emisión de dióxido de carbono producto de la quema del carbón y el petróleo está provocando que las temperaturas se eleven. Los gases se están acumulando en la atmósfera superior de la Tierra, y están retrasando la diseminación natural del calor en el espacio. Los glaciares se están resquebrajando a un ritmo acelerado y se están derritiendo mucho más rápido de lo que se forman. El crecimiento incontrolado de la población es el mayor causante de la polución de la atmósfera, y esto afecta a las personas. El crecimiento acelerado de la población mundial limita los esfuerzos para darles una educación adecuada, nutrición, cuidados médicos y vivienda a todos. Los recursos naturales de la tierra están siendo sobreexplotados. Se está destruyendo la selva tropical y millones de personas morirán. En el siglo XXI, muchos millones de personas serán desplazados de sus lugares de origen. La Tierra será testigo de muchas y nuevas enfermedades tropicales, sequías e inundaciones. La Tierra sufrirá las inclemencias de un clima cada vez más crudo. Las personas que viven en un clima cálido padecerán cada vez más de pérdidas de las cosechas que traerán como consecuencia la hambruna. Estas mismas personas se verán desquiciadas por la falta de agua. Los desiertos crecerán en tamaño y en extensión y se deteriorarán más y más las tierras cultivables. Las estaciones en las que florecen los árboles y las plantas van a cambiar, al igual que las migraciones de los pájaros y de las mariposas. Las épocas de apareamiento ya no serán las mismas y se está afectando negativamente el hábitat de los animales silvestres. El hombre está jugando con el balance de la naturaleza, y en este nuevo siglo, la escasez de agua será un problema global. En el mundo entero se está consumiendo el agua con una rapidez mucho mayor de la que puede ser sustituida por la lluvia. Algunos de los grandes ríos de la tierra pronto no llegarán a desembocar en el mar. Dentro de los próximos veinticinco años, se elevará dramáticamente el número de personas que en muchos países no lograrán satisfacer su necesidad de agua, tanto para uso personal, como para uso industrial y agrícola. Finalmente, algunos ejecutivos con una gran "visión de futuro" asumirán en nombre de las mayores corporaciones, el control de todos los recursos hidráulicos. En el mundo entero, poco a poco se van secando muchos de los pozos de agua, y las grandes corporaciones se apoderarán de este recurso sin el cual la vida en la tierra es imposible. Los lagos y los ríos de agua dulce se irán contaminando, y finalmente, la falta de agua acabará creando múltiples problemas y ocasionará conflictos internacionales. En el siglo XXI, el agua será lo que fue el petróleo para el siglo XX. El agua tendrá un gran valor, y eventualmente determinará la riqueza de las naciones —explicó la Luz.

—¿Qué debe hacerse? —pregunté.

—Los hombres deben cambiar su forma de ser y de hacer las cosas. Si en los próximos cincuenta años no logran cambiar, inevitablemente, las dos terceras partes de la humanidad vivirán el día a día con una tremenda escasez de agua potable. En estos momentos, los recursos hidráulicos son limitados, en el mundo entero. Los recursos hidráulicos serán privatizados en los próximos años y sólo el mercado determinará su precio futuro. Las grandes corporaciones consideran que el agua es una necesidad humana, pero que no necesariamente es un derecho de los humanos. Llegará el momento en que las personas y los países se apoderen del agua por la fuerza. Todo se ha descontrolado —dijo la Luz.

—La Luz fue quien creó el cielo y creó la tierra, y quien debería saberlo todo —afirmé.

—Es cierto, yo creé al mundo y a todo ser viviente. Cuando lo creé todo tenía un propósito, y yo formaba parte del mismo propósito de toda mi creación. Al ser el padre y la madre de todo lo creado, yo creía en ellos y tenía fe en ellos. He sido bueno con las almas que son buenas, pero también he sido bueno con aquellas almas que no lo han sido. He tenido fe en las almas que han demostrado fe, así como en las que no la han tenido. Di a las almas libre albedrío porque pensé que elegirían el camino correcto, pero las almas no me escucharon. He visto lo que ha sucedido y lo que está sucediendo en la tierra y me siento totalmente desencantada, porque yo fui su creadora. Sin embargo, las almas al entrar en el cuerpo humano se dejaron llevar por el deseo. En un principio, los deseos humanos tenían sus raíces en sus primeras experiencias como animales. Ellos necesitaban, querían y buscaban satisfacer sus deseos en toda su plenitud. Las almas se volvieron ignorantes de su propia naturaleza y de su propia esencia al pasar a habitar un cuerpo humano. Yo perdí la paciencia, y me sentí por qué no decirlo, decepcionada y molesta. En muchas ocasiones, castigué a la gente con la esperanza de que cambiarían su manera de ser —me explicó la Luz.

—¿Acaso no es cierto que durante el tiempo del Génesis la Luz prometió que nunca más destruiría el mundo? Sin embargo, pudiera ser que la Luz no cumpla su propia promesa —dije.

—Ni fue, ni será la Luz la que destruya el mundo, sino el propio hombre. Cuando las almas pasaron a habitar en cuerpos humanos, poco a poco se separaron de mí y ya no compartían con su Creadora. Las almas no se respetaban mutuamente, y tampoco respetaban el agua, ni las plantas, ni a los animales. Yo creé el bello arco iris para recordarle a toda la humanidad que la Luz nunca iba a destruir la tierra, pero que era el hombre el que debía preservar el balance del universo. El arco iris sale de vez en cuando como un símbolo omnipresente que recuerda a los humanos que existen reglas universales que deben observarse, y que conciernen y están relacionadas con todas las cosas vivas que hay en la tierra —me dijo la Luz.

—Siempre pensé que la Luz era como un Padre, o una Madre que al final siempre lo perdona todo —comenté.

—Lo mismo que una madre ama a sus hijos, yo amo a los míos. Igual que un padre comparte con sus hijos todo lo que posee, yo le he entregado a mi familia que es la humanidad riquezas físicas y espirituales más allá de lo imaginable. Yo he sabido perdonar y darles a mis hijos muchas y muchas oportunidades, pero esos hijos míos siguen cometiendo los mismos errores una y otra vez, hasta tal punto que su conducta provoca continuamente mi asombro y mi estupor. Es algo que todavía no he podido comprender porque ya lo he intentado todo. Los seres humanos han provocado mi ira y han conseguido que en ocasiones pudiera considerar hasta ser vengativa, aunque he sido misericordiosa con todos ellos. Son muchas las oportunidades que les he dado para que se enmienden. Mis hijos son parte de mí y fueron almas enviadas a la tierra para que tuvieran experiencias humanas. Yo ya no puedo permanecer indiferente por más tiempo, y seguir justificando su conducta. Los he castigado, pero ellos todavía no han aprendido, y por lo que veo, no creo que lleguen a aprender. En estos momentos, yo me tengo que enfrentar al reto de los científicos. Hace muchos años comenzaron a construir robots que podían ser programados para reducir el trabajo de los humanos. Hoy en día, el mundo está gobernado por corporaciones gigantescas, corporaciones sin alma que no entienden del sufrimiento humano. En un futuro cercano, estas corporaciones serán gobernadas por ejecutivos totalmente desalmados —dijo la Luz.

—Necesito una explicación. Yo soñé varias veces con una mujer de Birmania, pero nunca llegué a entender el significado del sueño —pregunté.

—Sebastián, una parte de tu alma está con una mujer que todavía queda en prisión en Birmania. Ella es una escritora y fue encarcelada porque consideraron que sus ideas eran peligrosas. Ella es una humanista que se preocupa por los sufrimientos y los derechos de la gente oprimida —dijo la Luz.

—¿Sabe ella que yo existo? —le pregunté.

—No, ella desconoce tu existencia, a pesar de que comparte una parte de tu alma —respondió la Luz.

—Quisiera saber cómo empezó todo y cómo es que la gente puede compartir las almas —le pedí.

—Yo soy la Luz. Al comienzo, yo creé el Cielo y la Tierra. Traje la luz a donde había oscuridad. Durante miles y miles de años yo pasé por la experiencia de ser la luz y de ser la oscuridad, al mismo tiempo —dijo la Luz.

—No entiendo entonces por qué en el Génesis se dice que Dios creó el mundo en seis días —dije.

—La explicación es muy simple. Cada uno de los días de la Luz es el equivalente a miles de años en la tierra. Después, creé el agua y por miles y miles de años, pasé por la experiencia de ser el agua. Seguidamente, creé los minerales, y por miles y miles de años, tuve la experiencia de ser un mineral. Después creé las plantas y por miles y miles de años, yo también fui una planta. Después creé los peces y por miles y miles de años yo también fui un pez. Finalmente, creé los animales y por miles y miles de años yo también fui un animal. Después hice que algunos animales evolucionaran y acabaran convirtiéndose hombres. Los animales nunca torturaron o mataron. Algunos animales matan a otros animales por comida. Los animales nunca amenazaron a otros animales cruelmente. Dentro de esa evolución, la combinación de animales y seres humanos crearon unas condiciones no esperadas y esos hombres se convirtieron en bestias capaces de cometer actos que nunca veríamos en ningún animal. A pesar de ser la creadora del hombre, no me sentí satisfecha con mi creación porque sentía que faltaba algo. Entonces, fue cuando decidí desafiarme a mí misma. Creé seiscientas mil almas como parte de mí misma, y de esa forma di vida espiritual al hombre. Dentro de cada una de estas nuevas almas, yo deposité un nueva molécula que más tarde se ha denominado ADN, para que el cuerpo humano evolucionara hasta la conciencia humana. El ADN no se desarrolló en la tierra, fue un regalo que el cielo hizo al hombre, y sin este regalo hubiera sido imposible la evolución humana. Sebastián, ésta es la respuesta que siempre estuviste buscando. Esas seiscientas mil almas se convirtieron en seres humanos. Ellas son parte de mí, y yo soy parte de ellas. Todos los seres humanos son dioses, seres divinos, hijos de la Luz. La experiencia de las almas establecidas dentro de cuerpos humanos comenzó hace más de sesenta y seis mil años atrás. La creación de esas almas es el eslabón perdido que muchos científicos no quieren aceptar cuando estudian y tratan de entender la evolución del hombre a partir de la propia evolución de ciertos animales. Sebastián, tú eres las dos cosas, un Dios porque tu alma es una parte de mí mismo, y un ser humano porque vives y tienes experiencias humanas. Cuando esas seiscientas mil almas comenzaron a entrar y habitar en cuerpos humanos, el hombre primitivo adquirió el pensamiento y la conciencia humana. Estas almas tardaron alrededor de sesenta mil años en perfeccionar su conocimiento y evolucionar para convertirse en seres humanos. Estas seiscientas mil almas originales tenían ansias de aprender y quisieron expandir tanto su conocimiento como sus experiencias. Por esa razón, decidimos que podían expandirse y aumentar en número hasta diez veces. El número total de almas conectadas a la Luz alcanzó entonces los seis millones, y tuvieron que pasar otros seis mil años para que los seis millones de almas perfeccionaran sus nuevas experiencias. Las experiencias humanas hacían que las almas continuaran insatisfechas. Querían más y más experiencias, y fue entonces que acordamos aumentar su número diez veces más, con lo cual las almas conectadas a la Luz podrían llegar a ser sesenta millones. Las almas fueron capaces de perfeccionar sus experiencias cada vez con mayor rapidez, y sólo tardaron tres mil años para alcanzar la cifra acordada de los sesenta millones. En ese momento, decidimos enviar a la tierra profetas que no eran otra cosa que almas completas, nunca divididas, para que pudieran servir de guías en la experiencia de las almas. Primero envié a Noé, a Abraham y a Moisés con la esperanza de que un nuevo e importante salto cualitativo pudiera tener lugar en la evolución de las almas. Sin embargo, debo decirte que ya en ese momento, las almas ya se estaban alejando cada vez más de la Luz, y por eso unos siglos más tarde, envié a los grandes maestros Krishna, Buda y Confucio, pero esto tampoco creas que ayudó demasiado. Las almas permanecieron totalmente alejadas de la Luz. La situación en la tierra se hacía cada vez más y más confusa, pero las almas todavía insistían en que querían seguir ampliando sus experiencias. Yo no pensaba que las almas podrían, ni deberían expandirse de nuevo, pero como les había dado libre albedrío, las almas eran muy poderosas. Eran tan poderosas como yo misma. Todo esto conllevó a que yo no tuviera más remedio que acceder a que las almas se expandieran otras diez veces más. En ese momento, las almas podrían ya eventualmente alcanzar la cifra de seiscientos millones. El proceso de experiencias en la tierra estaba totalmente fuera de control, y muchas almas al terminar su ciclo en la tierra no regresaban ya a la Luz. Muchas de estas almas se quedaban apegadas a las cosas terrenales. Fue entonces cuando envié a Isaías, a Juan el Bautista y a Jesús, y unos siglos más tarde envié a Mahoma. Jesús cambió el mundo en muchos aspectos, pero desgraciadamente, debido al estado en el cual ya las almas se encontraban, dejó sin cambiar algunas de las cosas que yo quería. Jesús realizó demasiados milagros. Después de ver tantos milagros, todo el mundo esperaba que yo realizase milagros en lugar de ellos esforzarse para que los milagros tuvieran lugar dentro de ellos mismos. Las almas no hicieron caso a los profetas, ni tampoco a mí, y la experiencia humana resultó ser cada vez peor. Además, poco a poco las experiencias humanas de la vida en la tierra se hicieron cada vez más cortas para todos los seres humanos ya que al estar tan divididos comenzaron a recibir menos Luz. Mi idea original fue que las almas tuvieran una vida más larga para que pudiesen aprender más lecciones en una sola vida. Te voy a ser sincera, Sebastián, mi idea original consistía en que cada alma viviera seiscientas vidas diferentes. En un principio, utilizaríamos las doce casas del zodiaco. Cada alma habría de vivir cincuenta veces en cada casa, con lo cual, el número total de vidas y experiencias llegaría a ser de seiscientas, para así poder completar el ciclo de la existencia. Sin embargo, con la expansión tan desorganizada de las almas, se perdió por completo el control de todo el proceso. Noé vivió setecientos años y logró perfeccionar dentro de esa vida muchas experiencias humanas. Abraham y las otras almas primarias también vivieron cientos y cientos de años. Pero ahora, las almas viven diez veces menos, ya que perdieron el beneficio del poder total y absoluto que se obtiene al mantener la Luz dentro de sí mismos. Las almas originales eran completas y no estaban divididas. A medida que las almas se dividieron y continuaron expandiéndose, disminuyó la fuerza de la Luz en los seres humanos y las almas poco a poco siguieron alejándose del poder de la Luz. El proceso de expansión de las almas hasta llegar a la cifra de los seiscientos millones, tuvo una duración de casi dos mil quinientos años. Hace ahora aproximadamente unos trescientos años, la situación se volvió dramática, ya que las almas estaban totalmente descontroladas. Decidieron expandirse una vez más. Se desdoblaron dos por una y de seiscientos millones, se convirtieron en mil doscientos millones. Este proceso de expansión se demoró tan sólo ciento cincuenta años. Las almas ya no escuchaban y siguieron y siguieron dividiéndose y expandiéndose. Después de la última expansión, en sólo cien años más, las almas alcanzaron la cifra ya incontrolable de mil doscientos millones de almas, y tan sólo tomó cincuenta años más para pasar de los mil doscientos a dos mil quinientos millones, y en tan sólo treinta y cinco años más pasaron de ser dos mil quinientos millones a cinco mil millones, y en tan sólo doce años más esos cinco mil millones se convirtieron en seis mil millones de almas. En este preciso instante en que estamos hablando, ya hay más de seis mil quinientos millones de personas en la tierra. Los cuerpos humanos y la población mundial continúan creciendo a pasos agigantados, y la luz que había dentro de ellos pierde cada vez más y más fuerza. El crecimiento de la población se ha caracterizado por estar estrechamente ligado a la pobreza, la cual, tanto en el plano material como espiritual, se hizo y se hace cada vez más patente en la tierra. Muy pronto, muchos seres humanos estarán hambrientos y se comerán cualquier cosa y en muy poco tiempo más, llegarán a destruir todos los recursos naturales que le quedan a la tierra. Las esperanzas de supervivencia a largo y mediano plazo serán muy pocas. Si esta situación continúa, en menos de cincuenta años, la población mundial alcanzará la cifra de nueve mil millones de personas, pero aproximadamente la mitad de los cuerpos humanos no tendrán alma. A medida que aumenta el número de almas, la Luz se vuelve más débil y poco a poco va desapareciendo —trató de explicar la Luz.

—A mí me resulta muy difícil entender ese concepto —dije.

—Tomemos, por ejemplo, un comerciante que es dueño de una sola tienda que prospera y que como prospera este comerciante quiere expandirse. El comerciante abre diez nuevas tiendas y su negocio sigue floreciendo. El comerciante decide volver a expandirse y llega a ser el dueño de cien tiendas. A medida que el negocio va creciendo y se va expandiendo, el comerciante va perdiendo el control sobre sus tiendas porque él ya no puede ocuparse de todo. Analiza lo que pasaría si él siguiera creciendo y creciendo hasta que llegase a tener diez mil tiendas. Su expansión se convertiría en algo completamente descontrolado y él nunca más podría ocuparse de todos los detalles. Su poder, obviamente, ha disminuido, porque él no puede estar en todas las partes al mismo tiempo, supervisándolo todo. Su autoridad se debilita poco a poco a medida que van aumentando sus responsabilidades —dijo la Luz.

—Todavía sigo sin entenderlo —admití.

—Tú no comprendiste los mensajes que te envié. Yo quería que tú comprendieras que todos los seres humanos son iguales y que todos son parte de mí. Déjame explicártelo de otra forma: cada alma original guarda semejanza con un actor dividido en diez mil partes y capaz de representar diez mil papeles diferentes. Lao Tzu lo explicó de una forma maravillosa al describirlo como la madre de las diez mil cosas. Puede que en una vida tú llegues a conocer a diez mil personas y que parte de tu alma original esté dentro de cada una de ellas. Ustedes no comprenden que a medida que se destruyen los unos a los otros, se están matando a sí mismos. Los seres humanos permitieron que existieran el sufrimiento, el hambre, la tortura y la brutalidad en un mundo que yo creé con amor. La tristeza inexplicable que en ocasiones sientes dentro de ti se debe a las injusticias a que sometes a aquellas personas, a las que piensas que no te une ningún vínculo, pero tu alma sí conoce la verdad. Tú puedes destrozar los corazones de otros, pero ten cuidado, porque puede que estés destrozando tu propio corazón. Cada vez que vas a formar parte del mundo, lo haces con el objetivo fundamental de cambiar tu pasado. El pasado, el presente y el futuro te han de acompañar siempre, son tus compañeros inseparables del camino. Cuando regresas a la tierra traes contigo el equipaje que adquiriste durante tus vidas anteriores. Este equipaje es a veces demasiado pesado. Como ves, Sebastián, en un principio todas las almas estuvieron de acuerdo en atravesar y caminar por una experiencia de aprendizaje. Todos nosotros estuvimos de acuerdo en que las almas cambiarían de lugar, de religión y de género. En unas vidas serían hombres y en otras vidas serían mujeres. Sin embargo, a través de sus sucesivas reencarnaciones, muchas de las almas han olvidado su verdadera esencia y quieren reencarnar lo antes posible. Estas almas tratan de obtener el primer cuerpo que quede disponible dentro de su misma raza y muchas veces, dentro del país que mejor conocen. El experimento original ha quedado olvidado y el equipaje cada vez resulta más pesado. Las emociones son demasiado fuertes como para realizar una elección consciente de la próxima reencarnación. La mayoría de las almas regresan al campo de batalla demasiado pronto y sólo buscan venganza. Ellas regresan a la tierra y se desconectan inmediatamente de la Luz —me explicó.

—¿Es por eso por lo que hay tanto odio en el mundo? —pregunté.

—Sí, el odio no queda eliminado por completo en esta dimensión. El lugar de aprendizaje cada vez se asemeja más a una sala de espera. Se ha convertido en un lugar en donde hay que encontrar un nuevo cuerpo y regresar inmediatamente a la tierra. En la otra vida, las emociones cobran una gran fuerza. No olvides, Sebastián, que todos vosotros son parte del universo y que cada uno de vosotros tiene su propia misión. Nunca pienses que en el esquema de la vida tú eres más importante que el mérito que pueda tener una pequeña hormiga. El sol seguirá saliendo y poniéndose aun sin ti, aun cuando tú ya te hayas ido. Sebastián, yo perdí el control sobre las almas porque las almas continuaron dividiéndose y expandiéndose sin importarles las consecuencias. Me preocupa el caos y la confusión que reinan en el mundo. El número de almas ya es demasiado alto y están perdiendo su identidad. Ésas son las desafortunadas condiciones que me veo obligada a presenciar en la tierra. Ya no soporto más el dolor de ver a mis hijos deshonrar al mundo que yo creé para ellos, e incluso, ahora han decidido tomar las riendas de la creación en sus propias manos y quieren ser ellos los creadores —me confió la Luz.

—¿Nos estamos refiriendo a la clonación? —pregunté.

—Sí, y desconozco las consecuencias finales que todo ello pueda tener cuando comience a ser un hecho —dijo la Luz.

—Dios es la Luz. Yo estoy seguro que la Luz sabe lo que va a suceder porque Dios lo sabe todo —le dije.

—No lo sé, porque ello no forma parte de mi obra y aunque no lo creas, todo esto es un nuevo concepto para mí. Los científicos han tomado las riendas de muchas cosas y ahora van a comenzar a clonar a los humanos y en última instancia, van a convertir la vida en un producto industrial. La carrera hacia la clonación humana es inevitable, e imposible de detener. Se está poniendo en juego el significado de ser un ser humano. Eventualmente, se vendrá abajo nuestra comprensión y el entendimiento de la relación que existe, o puede existir entre padres e hijos, entre los fines y los medios y entre el principio y el fin. Muy pronto, se clonarán los perros y los gatos. En un principio, como sucede con cualquier nueva tecnología, puede que el precio de clonar un animal doméstico sea exagerado, pero posiblemente, en treinta o cuarenta años se haga más asequible y tenga una amplia aceptación. Ya en estos momentos, los científicos han aplicado estos nuevos conceptos a los seres humanos y ya están copiando el ADN y diferentes células de la piel humana para poder crear una nueva vida. Nadie conoce las consecuencias que ello pueda tener, porque las cosas pueden salir mal y puede sobrevenir un gran desastre. Al realizar la clonación, los científicos depositan una célula adulta en un embrión después de haberle removido el material genético. El embrión reprograma los genes de la célula adulta, pero éstos pueden salir totalmente errados en cualquier momento. Los científicos tienen tantos deseos de crear clones que no son capaces de ver el aspecto negativo de todo este asunto, en toda su extensión real. En menos de diez años, los científicos podrán estar haciendo trasplantes de corazón genéticamente modificados. También trasplantarán otros órganos extraídos de los animales para injertarlos en los humanos. Los científicos, poco a poco, ya están cambiando los genes de algunas especies de puercos para hacerlos más parecidos a los órganos de los seres humanos. Al final, los científicos lo conseguirán. Sin embargo, yo desde aquí les digo que todas las células de los puercos son portadoras del llamado retrovirus, el cual no es dañino para los puercos, pero nadie sabe todavía los efectos que pudiera tener en los seres humanos. Los hombres van a empezar a emplear sus propias fortunas en la clonación de sí mismos en un esfuerzo inútil por alcanzar la inmortalidad. La tecnología, poco a poco, asumirá el control de todo, y poco más tarde, los clones de los clones darán origen a otros clones. Los científicos no entienden que cada ser vivo tiene que someterse necesariamente a un proceso de nacimiento y de muerte. A pesar de todo, es posible que en menos de cien años, los científicos ya sean capaces de manipular los genes de las diferentes especies y puedan revertirlos a su antojo, creando así especies vivas que nunca hubieran podido evolucionar por sí mismas. Todas las especies animales y la especie humana estarán bajo el control humano y poco a poco desaparecerá el control divino. Los científicos ayudarán a los humanos a remover las partes indeseadas de su propio código genético, permitiendo así que la raza humana acabe por reinventarse a sí misma. Los humanos tratarán de ponerle un límite a todo esto, pero será imposible. Sebastián, yo dejé que la conciencia y la inteligencia humana dominaran la tierra porque siempre tuve la esperanza de que buscarían la comunión con Dios, pero la especie humana ha preferido continuar mandando en sus dominios de una forma totalmente terrenal y en nada espiritual. Muy pronto, a todos los seres humanos al nacer se les implantará un microchip que contendrá todo tipo de información sobre la persona. Los trabajadores de las salas de emergencia y la policía tendrán a mano la tecnología para poder leer estos chips y de esa forma la gente podrá ser identificada y a la vez controlada más fácilmente. Con el desarrollo de todos estos sistemas, poco a poco, los seres humanos irán perdiendo una gran parte de su libertad personal. Los científicos recomendarán que deben existir diferentes tipos de embriones de células madre para que la ciencia pueda continuar su avance. Estos científicos harán uso de una nueva tecnología de clonación para poder crear una nueva célula madre que se usará eventualmente en el tratamiento de las enfermedades de los humanos. Las nuevas células se emplearán en las nuevas terapias médicas de rejuvenecimiento. Los científicos serán capaces de crear tejidos y también órganos sustitutos que podrán emplearse en la cura de cualquier enfermedad. Las nuevas células madre serán vitales para poder remplazar a las que ya están dañadas. Más y más personas se convertirán en ateos. Habrá gente que logrará clonarse, pero estos nuevos clones no tendrán alma. Especularán que Dios es tan sólo una teoría y que realmente no existen pruebas de su existencia. Si alguien en un futuro tratase de establecer una conversación espiritual con estas nuevas personas, ellas serían incapaces de entender la espiritualidad, porque al no tener alma, carecerían del conocimiento interno sobre ello. En un futuro, muchas de estas personas habitarán en la tierra, y a pesar de que tendrán un cuerpo físico capaz de sentir todas las emociones, estas personas carecerán de un componente espiritual en sus vidas. Simplemente, estas nuevas personas tendrán una experiencia humana, vivirán una sola vez y no podrán reencarnar porque no tendrán alma, y por lo tanto, no formarán parte del ciclo de la vida y de la muerte. Cuando mueran no volverán a formar parte del ciclo de la vida. Es posible que estos nuevos seres posean mentes brillantes, que puedan llegar a ser grandes científicos y que tengan un alto grado de inteligencia, tendrán la habilidad de crear muchas cosas maravillosas, pero al no ser ellos una creación mía, yo no tendré ningún control sobre ellos. Tampoco te puedo asegurar cuáles serán sus capacidades, y hasta es posible que ellos puedan destruir con la misma facilidad aquello que han creado. Cada vez que se crea un clon se está creando un universo propio, por eso, desconozco lo que va a suceder. Muy pronto, la clonación será técnicamente posible, pero también puede ser ineficaz y muy arriesgada. Cualquier logro que se obtenga acabará presentando grandes retos para los científicos, como para la religión o cualquier otra ramificación legal. Todo este asunto estará sujeto a una continua controversia. Muchas personas condenarán la clonación y pensarán que es una abominación ética de alguien que intenta ser como Dios. Otros considerarán a la clonación como un enorme paso adelante dentro del campo de la medicina. Lo considerarán como un gran logro que eventualmente, hará posible la cura de muchas enfermedades, incluido el envejecimiento. Como puedes apreciar, la situación se me está yendo de las manos. Yo estoy perdiendo el control de mis propios dominios y no me queda otro remedio que permitirlo. Desde un principio, yo le di libre albedrío al ser humano, así como la posibilidad de elegir, y ahora toda esta nueva tecnología estará a la disposición del hombre porque él así lo ha decidido. La clonación existirá porque el mercado es propicio para ello. Se desarrollarán nuevos productos financieros basados en la clonación. Dentro del área de los seguros, comenzarán a venderse seguros de clones, y la gente pagará por una póliza con derecho a recibir un clon de sí mismo o de las personas aseguradas. Todos los egocentristas con dinero suficiente para ello, podrán obtener una copia personal de sí mismos. La gente insatisfecha con su vida tendrá la oportunidad de comenzar de nuevo. Será como si tuvieran una segunda oportunidad, pero esta vez será en una versión bastante mejorada tanto física, emocional, como mentalmente. Se crearán nuevas éticas y cualquiera que desee tener un hijo podrá tenerlo. Los padres que estén sufriendo por la pérdida de un hijo, si tienen el suficiente dinero, podrán obtener una réplica exacta de su hijo ya muerto —se quejó la Luz.

—¿Qué pasará con la gente que tiene alma? ¿Seguirán reencarnando y regresando a la tierra después de la muerte? —pregunté.

—Sebastián, el pasado, el presente y el futuro transcurren al mismo tiempo. No existen diferencias aunque los seres humanos se empecinen en encontrarlas. Cuando uno vuelve a la tierra siempre tiene la posibilidad de reencarnar en el pasado, en el presente, o en el futuro. Hay veces en que el alma prefiere escoger un tiempo determinado por diferentes razones de aprendizaje y con el fin primordial de corregir su karma, y por tanto, decide escoger el pasado. Te voy a poner un ejemplo. Imagínate por un momento que tú eras dueño de esclavos en el siglo XVIII y que tú ahora con el fin de mejorar tu karma deseas regresar al mismo siglo como esclavo para poder sentir en carne propia lo que le hiciste a esas otras almas. Es posible que tu alma elija regresar incluso al mismo cuerpo que tuvo antes, pero en esta ocasión las consecuencias y los resultados de tu reencarnación van a ser diferentes porque vas a crear un universo diferente. Vas a influir posiblemente en muchas personas pero de una forma diferente, y por tanto, el resultado de toda tu nueva experiencia en la tierra va a ser, o debería ser, totalmente diferente al anterior. Digo debería ser, porque puedes volver a olvidarte totalmente de lo que fuiste a corregir y puedes volver a actuar exactamente en la misma forma en que actuaste en esa misma vida anterior. Muchas almas que están ahora en la tierra van a preferir en un futuro regresar otra vez al pasado antes que tener que enfrentarse a la inseguridad y a la incertidumbre de algo que no ha sido creado por mí. El nuevo futuro que los humanos van a crear no estaba contemplado dentro de mis proyectos originales, por lo tanto, desconozco cuál podrá ser el resultado. Como consecuencia de todo esto, muchas de las almas regresarán a la Luz y ya no volverán a la tierra —explicó.

—¿Qué pasará entonces? —pregunté.

—En lo que en la tierra se define como cielo existe lo que se llama la ciudad de Dios. En esta ciudad hay seiscientas mil casas que esperan para ser habitadas por las seiscientas mil almas originales que yo creé como una forma de mí misma. En un futuro cercano, en un país muy poderoso del mundo terrenal, un hombre inocente será sentenciado a muerte. El caso generará una gran polémica y será noticia de primera plana en el mundo entero. Ésta será la señal para que muchas de las almas finalicen su ciclo en la tierra y finalmente regresen a la Luz. Pero para que esto sea finalmente posible y el ciclo pueda acabarse, todas o la mayor parte de las diez mil partes en que las almas se han dividido, deben volver a unirse en una sola. A medida en que más y más almas completen su misión en la tierra, ellas elegirán permanecer con la Luz y no regresar ya a la tierra. El regresar a la tierra es una opción y no un requisito. Muchas almas no van a querer regresar a un mundo desorganizado, donde, prácticamente, ya no habrá ninguna espiritualidad. Las almas no van a querer que las computadoras les controlen. Las almas tampoco van a querer perder su libertad. Muchas almas ya no van a querer regresar a la tierra porque ahora mismo hay sitios en esta misma tierra en los cuales la gente puede ser encontrada culpable y sentenciada a ir a prisión porque se olvidaron de ponerse el cinturón de seguridad dentro de su propio auto. Estas almas no van a querer volver a la esclavitud y que las autoridades las obliguen a trabajar en prisiones enormes y que se aprovechen arbitrariamente del fruto de su trabajo. La esclavitud volverá, es más, ya ha vuelto. En un futuro muy cercano, el mundo y los seres humanos serán gobernados exclusivamente por la tecnología. La libertad, en su significado actual, será algo del pasado. En un futuro próximo se creará un gobierno mundial, el cual, con el fin de tener un mayor control sobre las diferentes gentes, tratará de crear una religión mundial y muy uniforme. Esta nueva religión mundial será atractiva por sí misma, tanto para el intelecto, como para el corazón de la gente. Los mismos gobernantes tratarán de crear una religión en la cual, gente de cualquier fe pueda encontrar la esencia de las enseñanzas y las características que pertenecen y están establecidas dentro de su propia creencia. En la actualidad, cada religión no es más que la respuesta del alma universal a la búsqueda espiritual del alma de aquellos hombres que surgieron de mí. Para lograr una aceptación general, la nueva religión mundial del futuro ha de tener una filosofía simple y realmente comprensible para todos —me explicó la Luz.

—¿Qué tipo de filosofía? —quise saber.

—Debe tener una respuesta bastante satisfactoria a todos los grandes problemas de la vida. La nueva religión tratará de satisfacer a la razón, y a la vez, debe demostrar cierta unidad sobre la cual debe erigirse una respuesta a los acontecimientos y hechos actuales que la ciencia está estudiando —respondió la Luz.

—¿Qué es el pecado? —pregunté.

—La ignorancia es el pecado y el sufrimiento es el resultado de ese pecado. En el sufrimiento radica la lección a aprender y esa misma lección es el remedio. Con el desarrollo de la medicina, la gente está viviendo muchos más años, pero muchos de esos años los pasan en soledad y llenos de desesperación. Los ancianos ya no son respetados y venerados. En el mundo moderno se les obliga a pasar los últimos años de su vida en soledad, decepcionados y prácticamente sin esperanzas. Muchas almas que han pasado por esa experiencia ya no quieren regresar a la dura realidad de la ancianidad en la tierra. Muchas otras almas no van a querer relacionarse con gente en la tierra que no va a tener alma o que sus almas son totalmente malignas. También cada vez más se van a encontrar más almas en estado transitorio, almas que todavía no pueden, o tienen miedo regresar a la Luz. Estas almas se mantienen en otras dimensiones cercanas a la tierra, y eventualmente tratarán de apoderarse de los cuerpos de la gente que no tenga alma. En los próximos siglos todo va a ser posible. La clonación de los seres humanos se convertirá en una realidad y será ampliamente aceptada, y algunos científicos la presentarán como la única vía para la supervivencia de la humanidad. Estos cuerpos clonados no tendrán un alma inmortal y se convertirán en un objetivo fácil de las almas malignas y de los espíritus transitorios. El mundo enfrentará muchas dificultades y sufrirá muchos y continuos problemas en el futuro —afirmó la Luz.

—Yo siempre creí que la Luz había creado las leyes que gobiernan nuestra existencia —dije.

—Sebastián, las leyes que gobernaron tu pensamiento mientras estabas en la tierra no rigen aquí. En este plano, la idea de un momento puede contener un sinfín de acontecimientos que podrían demorarse años, o incluso siglos en suceder dentro del espacio y del tiempo del mundo que tú acabaste de dejar. Tú te encuentras ahora aquí para asimilar todas las experiencias que tú tuviste que sobrellevar durante tu vida pasada en la tierra. Todos los dolores y privaciones que sufriste tanto en tu cuerpo como en tu alma no serán más que ventajas que tú podrás utilizar en tu próxima vida —confesó la Luz.

—Ahora yo ya sé que había estado en la tierra antes, ¿cómo es que mientras estuve allí no lo recordaba? —pregunté.

—Tu cuerpo espiritual, que no es otra cosa que tu alma, es lo único que tú conservas mientras pasas por todo el ciclo de la reencarnación. El cuerpo intelectual y el cerebro son nuevos cada vez que empiezas una nueva vida. El espíritu crea la mente con los resultados del pasado y no con el recuerdo de los acontecimientos previos —me explicó la Luz.

—Me gustaría entenderlo mejor a través de un ejemplo —le dije.

—Antes te di el ejemplo de la persona que primero poseía una tienda, luego dos tiendas, más tarde mil, y finalmente, diez mil tiendas. El dueño de esas tiendas hace el cierre del libro mayor de su contabilidad al final de cada año, y al año siguiente comienza uno nuevo, en el cual no refleja todos los artículos que contenía el libro mayor anterior, sólo refleja los balances. Esto es lo mismo que hace el alma. El alma pone en el nuevo cerebro sólo los resultados y los juicios que se formó como consecuencia de las experiencias de la vida pasada que ya se terminó. A continuación, el cerebro recibe las conclusiones a las que el alma llegó y las decisiones que ésta tomó. Éste es el bagaje con el que comienzas tu nueva vida, éstos son tus verdaderos recuerdos. Por eso, cuando vuelves a reencarnar, vuelves a convertirte en el dueño inmediato de tu propio destino, porque no eres más que el resultado de tu pasado individual y de lo que llegaste a ser en él por ti mismo —explicó la Luz.

—¿Qué pasará con el amor? ¿Qué pasará con el mundo en general si no hay amor? La Luz nos dijo una vez que amásemos a nuestro prójimo como nos amamos a nosotros mismos —le pregunté.

—Mi querido Sebastián, fue un error de mi parte pedirle eso a la gente. Yo ya he aprendido que es imposible que todas las personas se amen los unos a los otros. El amor es una emoción, un sentimiento individual, no un acto ajeno a tu propia voluntad. Ningún ser humano puede amar a otro ser humano porque así se le haya ordenado o pedido. Los seres humanos tampoco pueden amar porque vayan a ser recompensados o castigados. Mis expectativas eran demasiado altas, por eso ahora me conformo con que la gente ame a quien pueda amar, respeten el universo, y lo más importante, que se respeten unos a otros y que no maten a nadie. Yo creé a la humanidad con amor y por amor, y he estado aprendiendo junto y al mismo tiempo que todos los seres humanos. Dentro de toda esta experiencia yo no entendía y no sabía que comprender las necesidades de los demás es la única forma de finalmente acercarse al verdadero sentimiento del amor. Los sentimientos no pueden comprarse. Hay seres humanos que quieren aparentar que aman a alguien, pero muy en lo profundo de su corazón, ellos saben que el amor no tiene precio, y que por lo tanto, el amor no puede comprarse. El mandato de Dios no puede hacer que de repente uno ame a sus supuestos enemigos, o a la gente que no nos gusta porque son diferentes a nosotros. Desgraciadamente, en la mayoría de los casos, no podemos ganarnos con amor y comprensión, ni el corazón, ni las mentes de nuestros enemigos. Pero lo que sí puedo decirte es que todos vosotros pueden aprender a respetaros los unos a los todos. Es difícil, pero yo estoy convencida de que esto sí podemos lograrlo —afirmó la Luz.

—¿Qué pasará con la civilización? —quise saber.

—De acuerdo con el más antiguo de los calendarios creados por el hombre, esta conversación entre tú y yo está teniendo lugar en el año cinco mil setecientos sesenta. Dentro de otros doscientos cuarenta años estaremos en el año seis mil, y antes de que ese momento llegue todas las almas tendrán que completar sus ciclos. En estos momentos, yo ya no tengo el control sobre todo y sobre todos, dadas las muchas cosas que han sucedido y acontecido sin mi consentimiento. Cuando muchas de las seiscientas mil almas que yo creé originalmente, cumplan con las deudas de su karma, se reagrupen y regresen a casa, entonces otra vez reinará el amor y habrá continuidad y conocimiento. Aquellas almas que no cumplan a tiempo con sus obligaciones, se quedarán en la tierra desvinculadas y distantes de mí. Serán almas perdidas, incapaces de establecer la conexión conmigo —explicó la Luz.

—¿Qué pasará con la gente que permanezca en la tierra sin alma? —le pregunté.

—Ellas se perderán en la tierra y se perpetuarán. Permanecerán activas hasta que, posiblemente, una guerra nuclear a escala global dé lugar a un apocalipsis. También es muy posible que acaben destruyéndose a consecuencia de una guerra química y bacteriológica a nivel mundial —dijo la Luz.

—¿Cómo la gente puede curarse y sanar su espíritu? —pregunté.

—Deben concentrarse en mi Luz y no ver otra cosa que la Luz. Deben centrarse en mí y no dejarse distraer por los problemas terrenales o por el caos que les rodea. Si sus almas finalmente se conectan con mi Luz, estarán más cerca de mi fuerza y de mi poder. Estas almas deben aprender a confiar en la Luz y tener fe y seguridad en ella. Deben creer en la fuerza universal del amor porque siempre habrá ángeles guardianes que guíen su camino. Cada persona es dueña de su propio destino y nunca debe olvidar que dentro de sí lleva una parte de Dios. Cada persona goza de libre albedrío. La gente debe aprender que los milagros existen y que esos mismos milagros suceden todos los días —dijo la Luz.

—¿Y después de todo esto qué es lo que pasará? —le pregunté.

—La vida en la tierra es como una obra de teatro ya escrita. Cada final lleva implícito un nuevo comienzo. La rueda sigue girando, pero siempre da un paso atrás antes de poder seguir hacia adelante. Volviendo atrás, te diré que en el principio de todo, yo elegí el idioma hebreo para comunicarme contigo. El primer nombre por el que me conociste fue YHVH. Ahora, en el siglo XXI, y dando ese paso hacia adelante del que te hablaba, he escogido el idioma inglés para divulgar el significado y los mensajes de mis números y de mis letras. En inglés GOD, G y D conforman mi nombre. La letra G es la séptima del alfabeto y la D es la cuarta letra, o sea 7 + 4 = 11 —explicó la Luz.

—¿Qué pasa con la letra O? —pregunté.

—Las veintidós letras de la lengua hebrea original no contenían vocales. Posteriormente, con la evolución de los diferentes idiomas, comenzaron a usarse las vocales para facilitar la comunicación entre los hombres. Sebastián, recuerda que para ti y para todos los humanos, mis números en la tierra son el 7 y el 4.

—¿Qué importancia pueden tener esos números? —quise saber.

—Hoy día, esos números permiten y te van a permitir una mejor comprensión de Dios, y en un futuro no muy lejano van a ayudar a encontrar las respuestas a muchas preguntas. Para poder demostrar al mundo la importancia de esos números, yo creé siete mares y cuatro océanos, siete continentes y los cuatro puntos cardinales. Para enfatizar a la nueva América, los estadounidenses se diferenciaron de los europeos dividiendo al mundo en siete continentes contra los cinco continentes tradicionales establecidos en el Viejo Mundo. Las respuestas siempre estuvieron allí, conviviste con ellas, siempre estuvieron a tu alcance, pero tú nunca comprendiste su significado. Mis mensajes pueden encontrarse en la suma de esos números, 7 + 4 = 11, o en algunos casos, en la resta de los mismos, 7 − 4 = 3. Los seres humanos deben estudiar la Biblia y otros libros sagrados para tratar de encontrar una explicación a los muchos problemas que les aquejan. El número 11 impone y va a imponer muchos retos a la vida cotidiana. Los números 7 y 4 brindan innumerables bendiciones y esperanzas. A través de estos números llegué a un acuerdo con América. Elaboré un nuevo pacto simbólico entre este nuevo país libre y yo, la Luz, para que este país se convirtiera en un ejemplo a seguir para el resto del mundo. La fecha que yo elegí fue mis números el 7 y el 4, o el 4 de julio. Ahora, para terminar sólo quiero recordarte que las puertas de la ciudad de Dios están siempre abiertas para cualquier alma que quiera regresar a ella. Hasta la más débil y derrotada de las almas siempre será bienvenida con amor en la casa de la madre. Nunca olvides Sebastián, que si estás abierto a la Luz siempre recibirás un sinfín de bendiciones. Mi alma dentro de ti es el reflejo de la vida universal. Esa alma representa la vida universal individualizada y encarnada en una forma humana. Esta forma humana, a su vez, es el cuerpo que finalmente representa, nada más y nada menos que el contenido del universo. Yo estoy presente en todo lo vivo. Mi luz está siempre en el universo, dentro del cual todo lo que habita lo hace como apoyo y sostén de la propia existencia universal. Todo aquello que es bello, espléndido y maravilloso, todo aquello que anida en tu corazón y que lleva la alegría a tu vida, todo eso soy yo, y también lo eres tú, como un alma individualizada, dentro del todo del que se compone toda criatura viviente. Todo aquello que nos rodea y que es magnífico y extraordinario, no es más que un reflejo de mi propia sonrisa y de tu propia fortaleza. Cree en los poderes ocultos de la oración y ten siempre fe. Nunca te olvides de que todo es posible con la ayuda de Dios —afirmó la Luz.

—Antes de que la Luz desaparezca quisiera saber cuál es la fuerza creadora del universo —quise saber.

—La fuerza creadora del universo no es otra cosa más que la misma fuerza que llevo dentro de mí y que tú también llevas dentro de ti. Esa fuerza creadora no es otra cosa más que el pensamiento. Las ideas de Dios crean universos y tus ideas te crean y te hacen a ti mismo —sentenció la Luz.

81
EL PLANO DEL APRENDIZAJE

Cada alma viene a este mundo fortalecida por las victorias o debilitada por las derrotas de su vida anterior. Su lugar en este mundo se determina por sus méritos o deméritos, lo mismo que una nave que viene a rendir tributos o a deshonrar. La labor que esa alma realice en este mundo determinará su lugar en el mundo que ha de seguir a éste.

ORÍGENES

Ahora me encuentro en el plano del aprendizaje. Aquí estoy, en este lugar, revisando todo el conocimiento y todas las experiencias que mi alma ha adquirido durante mis muchas reencarnaciones en la tierra. El plano del aprendizaje es como una gran universidad en la cual puede adquirirse una sabiduría infinita, una vasta ilustración y un conocimiento ilimitado. Es un lugar, en el cual uno puede encontrarse y a la vez conversar con otras almas que han vivido a lo largo de muchos siglos y que han hecho grandes y valiosas contribuciones a la humanidad. Después de analizar mis experiencias con la Luz, vine aquí para irme preparando para cuando llegue el momento en que yo pasaré a habitar otro cuerpo físico y regresaré otra vez a enfrentar los retos del universo. La verdad es que en mis planes originales, yo había planeado pasar quizá veinte o veinticinco años en este plano del aprendizaje para poder elegir con cuidado mi próxima reencarnación, pero muy pronto entendí que en el mundo físico todo estaba y se encontraba muy confuso. Las personas ya no sabían hacia dónde iban y habían perdido su seguridad y su vínculo con la Luz. Yo me di cuenta de que había llegado el momento en el cual yo debía hacer algo positivo y que a la vez sirviera de ayuda a la humanidad. Decidí ir a visitar a Camotín. Habían sucedido muchas cosas de gran importancia que yo quería que él supiese. Tan pronto se quedó dormido, mi alma penetró en su sueño.

—Camotín, he venido a hablar contigo —comencé diciendo.

—¡Doctor Camote!, ¿qué hace usted aquí? Yo me encuentro muy cansado. Hoy me acosté temprano porque anoche no pude dormir nada. Me sentía como si hubiera estado poseído por algo y estuve toda la noche revisando los acontecimientos que han venido sucediendo, así como estudiando y tratando de entender ciertos números. ¿Usted me estaba enviando mensajes? —preguntó Camotín.

—Sí, yo te estaba transmitiendo muchas de mis ideas. Ésa es la razón principal por la que he venido a visitarte en tu sueño. Hay ciertas cosas que son y que van a ser de una importancia vital y debo decírtelas —le expliqué.

—¿De dónde viene? —preguntó Camotín.

—Vengo del plano del aprendizaje. En ese plano de mi existencia estoy reuniendo información y adquiriendo más conocimiento para el futuro. He elegido precisamente el día de hoy en la tierra, que es el día 20 de febrero del año 2002 para comunicarme otra vez contigo. No quería que esta fecha tan importante pasara inadvertida. Hoy es 20 de febrero del año 2002 y son ahora mismo las ocho de la noche dos minutos, pasadas las veinte horas (20:02) del vigésimo día del segundo mes del año 2002. 2002, 2002, 2002. La última vez que una triple situación capicúa similar a ésta tuvo lugar, fue en el año de 1221. Fue exactamente a las 12:21 del día 21 de diciembre del año 1221. 1221, 1221, 1221. La hora, el día, el mes y el año han formado un número capicúa triple. Pero lo más increíble es que si sumamos estos números capicúas obtendremos el número 666, es decir: 1 + 2 + 2 + 1 = 6. Nada similar a lo que está sucediendo hoy 20 de febrero del año 2002 volverá a ocurrir otra vez hasta el próximo siglo, en el año 2112, cuando se producirá nuevamente una nueva fecha con un triple número capicúa, y en el cual si volviésemos a sumar otra vez los números, obtendríamos nuevamente el número 666. Debes comprender que si he venido desde otra dimensión para hablar contigo, es porque están pasando cosas muy importantes de las cuales tenemos que hablar. En esta vida, Camotín, tú tienes la responsabilidad de realizar actos nobles que eventualmente han de llevarte a cumplir con tu propio destino. Yo estoy aquí para poder ayudarte y para que todo te resulte más fácil en tu próxima vida. Nosotros tenemos en todo momento el poder de crear y de cambiar nuestro karma. Podemos ser creativos porque dentro de nosotros tenemos el poder para determinar lo que vamos a hacer, y hasta podemos ser capaces de decidir cómo vamos a reaccionar ante las diferentes situaciones que se nos van presentando. Finalmente, también tenemos el poder para cambiar nuestra forma de ser si es eso lo que realmente deseamos hacer. Yo sé que tú tienes suficiente poder dentro de ti mismo para poder apartarte de todas tus debilidades y ser capaz de comenzar a realizar cosas dignas de admiración. Todas aquellas personas que responden ante su propia conciencia se rigen por unas normas morales que resultan ser superiores a las de aquellas otras personas que se limitan a seguir cualquier dogma religioso, que en muchos casos puede olvidarse de la ética —dije.

—¡Usted habla exactamente igual que cuando estaba vivo! Me alegro mucho de que haya venido a visitarme, doctor Camote, porque necesito hablarle sobre los ataques terroristas en Nueva York y en Washington, D. C. También estoy muy preocupado por la terrible situación que atravesamos en todo el mundo. ¿Usted cree que se habría podido hacer algo si el FBI, la CIA, o el presidente hubieran usado apropiadamente sus poderes para prevenir estos acontecimientos? —preguntó Camotín.

—No se hubiera podido hacer nada en absoluto para poder cambiar algo de lo que ya ha sucedido. Nada en absoluto.

—¿Usted cree que no se habría podido hacer algo para impedir los ataques terroristas? —volvió a preguntar Camotín.

—No Camotín, no se hubiera podido hacer nada. Los acontecimientos que hemos experimentado hubieran tenido lugar de una forma u otra. Nada ni nadie puede impedir que suceda algo que ya ha sucedido. Recuerda que el pasado, el presente y el futuro se están desarrollando simultáneamente —le expliqué.

—¿Qué podemos hacer para evitar situaciones como éstas en un futuro? —quiso saber Camotín.

—Recuerda siempre que el espíritu de todas esas personas que murieron en los atentados permanecerá siempre vivo en la memoria de los que aún viven. Ése es el legado imperecedero que ellos nos dejan. Ahora, todos nosotros juntos debemos enfrentar esta terrible situación. En los dos años anteriores a los ataques terroristas, cinco de los diecinueve terroristas vivieron e hicieron sus vuelos de entrenamiento en el sur de la Florida —le comenté.

—En esa época, usted todavía estaba aquí conmigo. Yo estoy muy preocupado porque ahora yo ya no sé ni quiénes son mis vecinos, o si esos vecinos pueden llevar una doble vida. Doctor, usted tenía toda la razón cuando dijo que la batalla final entre el bien y el mal iba a comenzar aquí en Miami. Me cuesta mucho creer y entender toda esta destrucción que hemos sufrido. Nunca antes había pasado algo similar en este país. Ya nadie se siente seguro. ¡Fueron tantas las vidas que terminaron en tan sólo un momento! ¿Qué significa todo esto? El presidente ha declarado que estamos en guerra, pero, ¿quién es nuestro enemigo? —pregunté.

—¡Las fuerzas del bien y del mal están librando una batalla! —exclamé.

—Recuerdo aquella vez en que usted me habló sobre su encuentro con el padre O'Brian y sobre todo lo que él le dijo sobre los números y su importancia. Espero que a usted no le moleste, pero cuando usted murió, me entretuve revisando algunos de sus expedientes y entre ellos leí el reporte que usted hizo acerca del padre O'Brian. También recuerdo que usted me dijo que él le había hablado de un libro llamado *Mahoma y sus sucesores* escrito por Washington Irving. Recientemente, yo conseguí una vieja copia del libro, y en la portada aparece que esta edición fue publicada en 1900 y más abajo indica la dirección de la editorial R. F. Fenno y Cía, ubicada en el 9-11 este de la calle 16 en Nueva York. Me puse a hojear el libro y me llamó la atención el capítulo XXXVIII, 38, 3 + 8 = 11, donde se describen algunas cosas muy interesantes.

Camotín abrió el libro en el capítulo treinta y ocho y comenzó a leer con gran seriedad.

—En el encabezamiento y título del capítulo se lee lo siguiente: "Un ejército estaba listo para invadir Siria, al mando del mismo está Osama", después se relata la despedida del profeta de las tropas, su última enfermedad, sus sermones en la mezquita, su muerte y las circunstancias que la rodearon. Ahora escuche con atención el texto que sigue:

Apenas había comenzado el año once (11) de la Hégira, cuando después de grandes preparativos, un poderoso ejército estaba listo para iniciar la invasión de Siria. Se iba a someter a prueba la validez de las ideas de Mahoma, quien le había dado el mando de ese ejército, en una misión tan difícil como ésa, a Osama, un joven de apenas veinte años, en lugar de encomendar esa misión a algún otro de sus experimentados generales ya veteranos de tantas guerras. Parecía que se trataba de un favor que Mahoma tenía necesidad de hacer, llevado por algunos hermosos y bellos recuerdos que todavía conservaba del pasado. Osama era el hijo de Zeid, el esclavo emancipado y fiel devoto de Mahoma, quien había dado una gran prueba de su total sumisión al profeta al entregarle a su bella esposa Zeinab. Zeid no dejó de ser nunca un discípulo entusiasta y sacrificado. Cayó valientemente luchando por la fe en la batalla de Muta. Mahoma sabía y entendía lo peligroso que había sido su decisión de escoger a Osama y temió que las tropas pudieran insubordinarse bajo el mando de un jefe tan joven. Durante una inspección general a las tropas, Mahoma las exhortó a ser obedientes y les recordó que Zeid, el padre de Osama, había dirigido una expedición del mismo tipo, contra la misma gente, a manos de quienes había encontrado la muerte. Como tributo a su memoria le había dado a Osama la oportunidad de vengar la muerte de su padre. Después de la inspección, Mahoma entregó la bandera al joven general y lo exhortó a luchar con valentía por la fe y en contra de aquel o aquellos que se opusieran a la unidad de Dios. Ese mismo día, el ejército se puso en marcha. Al final del día acamparon en Djorf, un lugar situado a unos cuantos kilómetros de Medina. Diversas circunstancias les impidieron seguir avanzando. Esa misma noche, Mahoma tuvo un fuerte ataque de malaria, de la cual ya venía padeciendo hacía algún tiempo, a causa del veneno que le habían dado en Khaibar. El ataque de malaria comenzó con un fuerte dolor de cabeza, acompañado de vértigo y delirios que se confundían con los espasmos de la enfermedad. Todo comenzó a medianoche, con un sueño agitado. Mahoma llamó a su esclavo para que lo acompañase. Mahoma creía que era requerido por los muertos que yacían enterrados en el campo santo de Medina para que él fuera el que rezase, e intercediese por ellos. Seguido del esclavo, Mahoma atravesó la oscura ciudad en silencio. Todos sus habitantes estaban sumidos en el sueño. Finalmente Mahoma llegó al campo santo que estaba situado al otro lado de las murallas. Al encontrarse en medio de todas aquellas tumbas, levantó la voz e hizo un juramento solemne a aquellos que allí yacían: "¡Llenáos de felicidad todos los que descansáis en estas tumbas!" —exclamó—. "La mañana de vuestro despertar os traerá más paz de la que disfrutan los vivos. Vuestra condición ahora mismo es más feliz que la de ellos. Dios os ha evitado las tormentas que a ellos les amenazan, tormentas que se van a ir sucediendo una tras otra. Al igual que las horas en una noche tormentosa, cada una será peor que la anterior". Después de rezar por todos los muertos, se volvió y le dijo a su esclavo: "Yo he de elegir" —dijo— "quedarme en este mundo hasta el final de sus días, y consecuentemente disfrutar de todos sus placeres, o regresar mucho más pronto ante la presencia de Dios; y he elegido esto último".

Como usted puede ver, doctor Camote, todo eso sobre la decisión de vivir o morir, se describe en el capítulo 38. ¡Es increíble! Ahora mismo, yo no puedo dejar de pensar en el número 11. Es algo que resuena en mis oídos constantemente, lo mencionan en los programas de televisión, en los reportes de radio, en los periódicos, e incluso en Internet. Las torres gemelas del World Trade Center, que se erigían una junto a otra, parecían un número 11 y tenían 110 pisos (1 + 10 = 11) cada una. El próximo año capicúa que será en el año 2112 tendrá lugar exactamente dentro de 110 años. En las noticias se mencionan constantemente los nombres de los países, de las personas y de algunas otras cosas que cuando lo sumamos siguen dando el número 11. La fecha en que se produjeron los ataques en Nueva York y Washington fue el 9/11. 9 + 1 + 1 = 11. El número de teléfono de emergencia que utilizamos es el 911. 9 + 1 + 1 = 11. Después del 11 de septiembre quedaban exactamente 111 días para que se acabara el año. El 11 de septiembre es el día número 254 del año. 2 + 5 + 4 = 11 (2 + 5 = 7/4). El código del área para llamar a Irán o Irak es el 119. 1 + 1 + 9 = 11. El primer avión que impactó contra las torres gemelas fue el vuelo número 11 de American Airlines, a bordo del cual viajaban noventa y dos personas, 9 + 2 = 11. En el vuelo número

77, que fue el que se impactó contra el Pentágono, volaban sesenta y cinco personas 6 + 5 = 11. Nueva York fue el estado número once (11) en sumarse a la unión. Estados Unidos está regido por el número 11 —dijo Camotín.

—¿Qué quieres decir? —le pregunté lleno de asombro.

—Nuestro país surgió como una nueva nación en el mes de julio, el séptimo mes del año y en el cuarto día del mes. Esto ocurrió el 4 de julio, 4 + 7 = 11, o también puede decirse en julio 4, o sea, 7 + 4 = 11. De cualquier forma, nosotros como nación somos el 47 o el 74 o el 1111, el año capicúa más perfecto de la civilización contemporánea. Recuerda que el padre O'Brian dijo que en la Biblia hebrea, el pacto de la alianza entre Abraham y Dios se reflejaba en el Génesis en el *parsha* o título 47, en el versículo 11 (4 + 7 = 11). Yo verifiqué estos datos y son ciertos —dijo Camotín.

—¿Qué tratas de decirme? —estaba sorprendido por el grado tan alto de información que tenía Camotín.

—Yo creo que es muy posible, aunque yo no me había dado cuenta de ello, que nuestro país haya hecho o tratado de hacer un pacto con Dios al formarse como nación en un 4 de julio. Pienso que es muy posible que el título 47 del Génesis sea el equivalente o lo mismo que el 4 de julio, 4 + 7 = 11. Por otro lado, nosotros celebramos el Día de Acción de Gracias, nuestro propio pacto de agradecimiento a Dios, en noviembre, el mes número 11 del año y que podría ser lo mismo que el versículo 11 de la Biblia hebrea. Más aún, la Declaración de Independencia que se celebra el 4 de julio fue firmada por 56 hombres (5 + 6 = 11) —dijo Camotín.

—Lo que tú estás diciendo es absolutamente correcto, Camotín. La Luz me dijo que quería enfatizar la importancia del vínculo que existe entre el número 74 y el idioma inglés. El primer libro impreso en inglés se publicó en el año 1474. El continente americano se descubrió en 1492 (9 + 2 = 11), pero la primera parte del pacto de Dios con Estados Unidos se hizo realidad 128 años (1 + 2 + 8 = 11) después, exactamente, en el año 1620 (1 + 6 + 2 + 0 = 9). Los peregrinos que venían a bordo del *Mayflower* avistaron la tierra de Massachusetts el 9 de noviembre (9/11) de 1620 y desembarcaron el 11 de noviembre (11/11) de 1620 (1 + 6 + 2 + 0 = 9). La guerra civil estadounidense terminó exactamente

245 (2 + 4 + 5 = 11) años después de estos hechos. La guerra comenzó cuando 11 estados confederados se separaron de la unión e hicieron imposible evitar que se desatara una guerra civil devastadora. Sin embargo, la guerra civil fue la última guerra civil que sufrieron los hombres que participaron en ese pacto. La Luz eligió el año de 1865 (1 + 8 = 9 y 6 + 5 = 11) 9/11 para poner fin a esa guerra. La enmienda 13 de la Constitución estadounidense puso fin a la esclavitud en 1865 (1 + 8 = 9 y 6 + 5 = 11) 9/11. Pero antes de que esto ocurriese, la Luz había designado el año de 1847 (1 + 8 = 9 y 4 + 7 = 11 9/11) como el año en que Frederick Douglas, el cruzado negro contra la esclavitud, empezó a publicar su periódico antiesclavista. De igual forma, el día de los veteranos se celebra el día que se conmemora el aniversario del armisticio que puso fin a la Primera Guerra Mundial. En el año 1918, a las once de la mañana del undécimo día del mes 11, el mundo entero celebraba el fin de cuatro tristes años de guerra. Inicialmente, el día del armisticio era el día en que se rendían honores a los veteranos de la Primera Guerra Mundial, pero en 1954, después de la Segunda Guerra Mundial, la sesión 83 (8 + 3 = 11) del Congreso aprobó la enmienda al acta de 1938 con el objetivo de rendir reconocimiento a todos los combatientes estadounidenses que habían luchado en la guerra de Corea, borrando de esta forma la palabra armisticio mundial e insertando la palabra veteranos. Así el 11 de noviembre es el día del armisticio y el día de los veteranos —me explicó Camotín.

—Sí Camotín, existe claramente un pacto entre Dios y Estados Unidos, y me ha impresionado muchísimo que tú hayas podido resolver el enigma sin ayuda de nadie. Sólo el tiempo dirá si somos y merecemos ser el país elegido por Dios para guiar al mundo hacia su libertad. Dios elige a sus gentes y a sus pueblos para que puedan ser los líderes del mundo. Cuando un pacto original se rompe, Dios elige a otros hombres y a otros países para que puedan diseminar y extender su palabra. Ésta es la ley del karma. Si no hacemos lo que Dios espera de nosotros como país, será otro país el que acabe guiando al mundo —respondí.

—Todavía hay más cosas, doctor. Los nombres de todas las personas que voy a mencionar contienen once letras en inglés: Ali Khamenei, Afghanistan, Hamid Karzai (el presidente de Afghanistan), Abu Zubaydah (el nuevo líder de Al Quaeda), Richard Reid (el hombre que el 22 de diciembre de 2001 trató de hacer explotar un vuelo transatlántico con explosivos escondidos en sus zapatos) y Daniel Pearl, el reportero del *Wall Street Journal* que fuera secuestrado y posteriormente asesinado en Pakistán. Mohamed Atta (11 letras) llegó al aeropuerto internacional de Miami el 10 de enero de 2001 (10 + 1 = 11). El nombre Mohamed en este caso tiene siete letras, en lugar de las ocho que corresponden al nombre Mohammed en inglés. ¿Por qué? Jesus Christ (en inglés) y Jesu Cristus, el mismo nombre, pero en latín, ambos tienen 11 letras —prosiguió Camotín.

—Camotín, te voy a dar algunos datos adicionales para que tú también los analices. Después del ataque del 11 de septiembre, 11 miembros de Al Quaeda fueron arrestados en España. Las sinagogas de Dresden fueron destruidas durante la noche de los cristales rotos, el 9 de noviembre (11) de 1938 (3 + 8 = 11). El muro de Berlín cayó el 9 de noviembre (11) (9/11) de 1989. Once años después de la caída del muro de Berlín, el 9 de noviembre (11) de 2001, la sinagoga de Dresden será la primera en construirse en Alemania del Este después de la Segunda Guerra (se asemeja a un 11) Mundial. Cristo tuvo doce discípulos, pero Judas se suicidó después de haber traicionado a Jesús, por lo tanto quedaron sólo once (11) discípulos para diseminar la palabra de Cristo por todo el mundo. El Corán contiene 114 *suras* o capítulos. Estamos posiblemente una vez más ante la ecuación 11/4 = 11. Los dos deportes más populares del mundo, el futbol y el futbol americano tienen cada uno dos equipos de 11 jugadores que juegan 11 contra 11. Los campeonatos de béisbol, baloncesto y *hockey* sobre hielo se deciden al ganar cuatro de un total de 7 juegos (4 + 7= 11). El Papa Juan Pablo II (parece un 11) fue víctima de un disparo hecho por Mehmet Ali Agca, un musulmán de origen armenio. Antes de Juan Pablo II, hubo 263 papas (2 + 6 + 3 = 11). Durante la Segunda (II) Guerra Mundial fueron exterminados seis millones de judíos —le expliqué.

—Doctor, Nostradamus y Apocalipsis también tienen once letras. Sobre Nostradamus todavía me quedan muchas interrogantes pendientes. Él murió en el año de 1566 (1 + 5 = 6) 666. ¿Son reales sus profecías? ¿Son un enigma? ¿Son falsas? Según Nostradamus, el pasado, el presente y el futuro acaban convirtiéndose en una eternidad. Nostradamus decía abiertamente que ni el futuro, ni tampoco el pasado podían cambiarse. ¿Pudiera ser que Nostradamus viajase, o que fuera capaz de conectarse con un universo paralelo a otro mientras él escribía sus profecías? Se habla mucho últimamente de Nostradamus y también se habla de sus profecías acerca del anticristo. ¿Es posible que todas esas profecías pudieran ser tan sólo una farsa? —preguntó Camotín.

—Bueno Camotín, tú vas a tener que encontrar por ti mismo las respuestas a todas esas preguntas —le respondí.

—Ahora, doctor Camote, preste mucha atención a lo que voy a decirle. En inglés, todos los nombres que le voy a mencionar a continuación están compuestos de once letras: la ciudad de Nueva York (New York City), El Pentágono (The Pentagon) que además tiene 11 lados, George W. Bush, Ariel Sharon, Shimon Peres, Yasir Arafat (morirá un 11 de noviembre 11/11) Fuerza Aérea Número Uno (Air Force One), Colin Powell, Billy Graham, Ramzi Yousef, Arabia Saudita (Saudi Arabia), Jamail Ismail, Mohamed Atta, Aerolíneas AMR (AMR Airlines) y Aerolíneas UAL (UAL Airlines). Esto parece ser más que una coincidencia, por lo que yo ahora he desarrollado mi propia teoría. El primer avión en estrellarse contra las Torres Gemelas fue el vuelo número 11 de American Airlines. El segundo avión en estrellarse fue el vuelo 93 de United Airlines, 9 + 3 = 12. El tercer avión fue el vuelo 175 de United Airlines, 1 + 7 + 5 = 13. El cuarto avión en estrellarse fue el vuelo 77 de American Airlines, 7 + 7 = 14. Como podemos ver se ha establecido una secuencia numérica de 11, 12, 13, 14. Si se le quita el primer 1 quedaría el código 1, 2, 3,4, lo cual parece ser, sin lugar a dudas, una estrategia o un código militar. Si se quitan 1, 2, 3, 4 nos quedaría otra vez un dramático 1111. El vuelo número 11 despegó a las 8:01 y se estrelló contra el World Trade Center a las 8:48, es decir, 47 minutos más tarde, 4 + 7 = 11, o bien pudiéramos decir que nos encontramos frente a un simbólico 4 de julio. Los ataques terroristas duraron 74 minutos, 7 + 4 = 11, nos volvemos a encontrar ante un simbólico julio 4. Y ahora vamos a hablar de economía, doctor. Las bolsas de valores en el mundo entero, y en particular en Estados Unidos, parecen también estar bajo el hechizo del número 11. En el año 2001, antes y después del 11 de septiembre, la reserva federal, que es el nombre que tiene el Banco Central estadounidense, redujo las tasas de interés en 11 ocasiones. De una forma u otra, el número 11 estuvo presente durante la semana posterior al 11 de septiembre. Al final de la primera semana que siguió a los ataques, los valores industriales del Dow Jones bajaron en un 14.24% aproximadamente, 1 + 4 + 2 + 4 = 11. Los valores del Standard and Poor's disminuyeron alrededor del 11%. Por último, el índice del Nasdaq, el símbolo de la tecnología en Estados Unidos, cayó 272 puntos, 2 + 7 + 2 = 11. A medida que yo investigaba más sobre economía, me iba dando cuenta y a la vez descubriendo, muchas otras cosas. En uno de los periódicos que leí se decía que el 19 de octubre (1 + 9 + 1 + 0 = 11) de 1987, el mercado de valores cayó un 22.7% en un solo día, 2 + 2 + 7 = 11. Ésta fue la peor caída en un día en toda la historia de la bolsa estadounidense. Condensando los números nos quedaría un 4 + 7 = 11. La siguiente peor caída de la historia del mercado estadounidense, anterior a esta de octubre 19, fue exactamente de un 15.5% (1 + 5 + 5 = 11), y tuvo lugar la semana que concluyó el 21 de febrero de 1933. En la semana que culminó el 8 de noviembre (11) de 1929 (2 + 9 = 11), el mercado de valores cayó un 13.52%, 1 + 3 + 5 + 2 = 11. Ésta era la época de la Gran Depresión y el mercado se venía constantemente abajo. Otra semana desastrosa para el mercado fue la semana que culminó el 17 de mayo de 1940, con una caída del mercado del 14.24%, 1 + 4 + 2 + 4 = 11. El ejército francés se desmoronaba a medida que Adolf Hitler seguía su marcha triunfante. A modo de señalamiento final sobre el número 11, vemos que el nombre de Adolf Hitler tiene once letras y once (11) fueron los líderes nazis sometidos a juicio durante el proceso de Nuremberg. Todos fueron encontrados culpables. Uno de ellos se suicidó y el resto de ellos fueron ejecutados. En septiembre de 1972, once (11) atletas israelíes fueron asesinados por terroristas palestinos pertenecientes al grupo denominado "septiembre negro" (9/11). Yo estaba tan intrigado por los argumentos del padre O'Brian en relación con los números capicúas, que comencé a buscar información adicional sobre dichos años capicúas. La operación Tormenta del Desierto comenzó en 1991. La razón principal de esta operación era expulsar de Kuwait a las tropas iraquíes enviadas por el presidente de Irak, Saddam Hussein. En 1991 el presidente George H. Bush (11 letras) dirigió la Guerra del Golfo contra Saddam Hussein. Once años más tarde, en el año 2002, su hijo el presidente George W. Bush (11 letras) asumirá la continuación de esa guerra inacabada. En abril de ese mismo año 2002, Saddam Hussein cumplirá 65 años (6 + 5 = 11). En julio de ese mismo año 2002, el presidente Bush cumplirá 56 años (5 + 6 = 11). Seremos testigos de los dos números 11 luchando entre sí. El hecho de que el presidente Bush y Saddam Hussein representen al mismo tiempo a través de sus propios cumpleaños el número 11 (11/ 11), será posible sólo durante los siguientes nueve meses, es decir, desde julio de 2002 hasta abril de 2003. Esta combinación numérica no se repetirá nunca más. Seremos testigos de un número capicúa doble, 5665 (11/11) o 6556 (11/11). El presidente George W. Bush estará bajo los efectos de un doble número once capicúa. Él tendrá 56 años, 5 + 6 = 11, y además su nombre George W. Bush consta de 11 letras. Pero eso no es todo, doctor, Saddam Hussein nació en el mes de abril, el cuarto mes del año, y el presidente Bush nació en julio, el séptimo mes del año. La combinación de estos dos números resulta otra vez en el número 47, 4 + 7 = 11 o en el número 74, 7 + 4 = 11, 4774 —prosiguió Camotín.

—Tienes razón Camotín. Los dos números 11 lucharán bajo el efecto de una triple combinación capicúa. La guerra comenzará poco antes de abril de 2003 y terminará oficialmente alrededor del 28 de abril de ese mismo año, fecha en la que nació Saddam Hussein y en la cual cumplirá 66 años, rompiendo así el número capicúa. Sin embargo, la paz será más sangrienta que la guerra. En septiembre de 2004, se alcanzará la cifra de mil soldados estadounidenses muertos. Alrededor de septiembre 11, el número de soldados estadounidenses que habrá muerto, será de 1011. En noviembre de 2004, justo en la fecha de las elecciones presidenciales, a efectuarse el día 2 de noviembre de 2004, el número de soldados estadounidenses que habrán perdido la vida en esta guerra alcanzará el número de 1111. Un terrible 11/11. La guerra continuará por muchos años más. Bagdad, en inglés Baghdad contiene siete letras e Irak cuatro (7 + 4 = 11) —le dije.

—Pero déjeme continuar con la economía, doctor. Si vamos a la arena económica internacional, vemos que en 1991, Argentina inició una apuesta económica revolucionaria al adoptar la paridad del peso argentino de 1-1 (11) contra el dólar estadounidense. Los economistas de todo el mundo elogiaron este plan, pero la gente en Argentina tuvo que sufrirlo por once años (11). El plan económico terminó abruptamente en el año capicúa 2002. El plan explotó y provocó una tremenda devaluación del peso argentino y sumió al país en un caos. La economía se vino abajo de una forma mucho más estrepitosa de la que se vino abajo la economía de Estados Unidos en los años de la Gran Depresión. Muchos ciudadanos argentinos saquearon los bancos porque habían congelado los ahorros de toda una vida. Las tasas de desempleo y subempleo l llegarían a alcanzar 50% de la población en edad laboral. El país trató inmediatamente de acogerse a una especie de capítulo 11 internacional de protección contra la bancarrota, ya que parecía imposible que el país pudiera conseguir más dinero para poder sobrevivir. El capítulo 11 se aplica en Estados Unidos a los casos de bancarrota. Una vez más estamos ante el numero 11. Pero aún hay más, doctor. En 1991 en Yugoslavia, Milosević comenzó un plan para la limpieza étnica de todas las provincias serbias pertenecientes a la antigua Yugoslavia. Miles de personas fueron asesinadas, y alrededor de ochocientas mil personas fueron desterradas de sus hogares. En el año 2002, once años más tarde (11), Milosević será sometido a juicio por crímenes de guerra. El nombre del mullah Mohammed Omar contiene dieciocho letras en inglés, lo mismo que la combinación en inglés de Abu Zubayad Al Quaeda. El 11 de septiembre de 1683 (1 + 6 + 8 + 3 = 18/1 + 8 = 9), las tropas islámicas fueron derrotadas en las afueras de Viena. Esa derrota significó el fin de la conquista militar islámica. En 1991, en la India se desató una ola de violencia religiosa. En el año 1992, los hindúes arrasaron una mezquita. En el año 2002 volvió a desatarse la violencia y más de mil personas murieron. La violencia en esta ocasión fue originada por una campaña que iniciaron los hindúes con el propósito de construir un templo en el mismo lugar donde se alzara la mezquita que fuera arrasada por la secta Hindú en 1992. En el año 2002, la India y Pakistán van a estar al borde de una guerra nuclear. En el año 1991, la Unión Soviética se derrumbó. El régimen comunista había durado, exactamente, 74 años, 7 + 4 = 11. La experiencia comunista culminó como un simbólico julio 4 (7 + 4 = 11). La Unión Soviética ha sido el mayor y más poderoso reto que Estados Unidos hayan enfrentado jamás. Una vez más, se ha demostrado que los números 7 y 4 son los correctos para enfrentar los desafíos. La experiencia comunista en China empezó en 1949. Acabó oficialmente en 1997, es decir, 47 (4 + 7 = 11) años después, cuando Hong Kong pasó a formar parte de China y ésta reconociese oficialmente que había una sola China, pero con dos sistemas diferentes. La frase exacta fue: "Un país, dos sistemas". Los números de Dios 4 y 7 vuelven a ser correctos una vez más. La otra experiencia comunista que ha representado un gran reto para nuestro país ha sido Cuba. Es posible que en muy poco tiempo lleguemos a ver el fin de ese régimen tiránico, cuando el fenómeno comunista cubano celebre sus 47 años de existencia, es decir, alrededor del año 2006 o 2007. En enero de 2002, se presentó una demanda en Sacramento en contra de las autoridades del departamento correccional juvenil de California. El sistema consta de once (11) prisiones y la demanda judicial fue presentada por once (11) presos en contra de las condiciones inhumanas que se viven dentro de la prisión. Entre las prácticas comunes está incluido el uso de jaulas y la inyección forzosa de drogas que actúan sobre la mente para controlar la conducta de los reclusos. También he leído que durante la investigación que se realizó a raíz de los casos de ántrax en el correo, lo que finalmente desvió la atención de los investigadores de los fundamentalistas islámicos como posibles responsables de los actos, fue el hecho de que los autores usaron la frase en inglés "Alah es grande" y no el texto árabe de Allahu Akbar (11 letras). Yo estoy seguro que en un futuro próximo saldrán a la luz muchas más pruebas. ¿Qué es lo que yo puedo hacer? —preguntó Camotín.

—Lee la Biblia y trata de encontrar en ella las respuestas —le dije.

—He estado leyendo la Biblia y creo que al combinar los salmos 9, 11, 19 y 91, logré encontrar la profecía de lo que sucedió en la ciudad de Nueva York y la subsiguiente respuesta a ello —Camotín abrió la Biblia y comenzó a leer—: "La destrucción está próxima pero no ha de ser para siempre. Sus ciudades serán destruidas, pero con ellas no perecerá su recuerdo. Has de tener gran cuidado del león y de la serpiente. El león joven y el dragón tratarán de arrollarte bajo tus pies" (Salmo 91). "No deberás tener temor al horror que llega en la noche, ni de la flecha que vuela en el día, ni de plaga que acecha tras el negro flagelo del mediodía" (Salmo 91). "Mil caerán a tu lado izquierdo, y otros diez mil caerán a tu derecha, pero a ti no te alcanzarán" (Salmo 91). "Cuando las fundaciones son destruidas, ¿qué es lo que el hombre justo puede hacer?" (Salmo 11). "Destruye a tus enemigos, ellos caerán y perecerán ante ti" (Salmo 9). Sobre el líder se habla en el salmo de David: "No dejes que ellos te dominen. Tú serás libre de toda culpa e inocente de cualquier grave ofensa" (Salmo 19). "Cuando tus enemigos huyan, ellos caerán y perecerán ante ti" (Salmo 9) —dijo Camotín.

—Sí Camotín, pero la Biblia puede interpretarse de muchas formas —le expliqué.

—Sí, pero preste atención: "...El león joven y el dragón..." Osama significa león joven en árabe. "La flecha que vuela de día", se podía referir a los dos aviones que eran como flechas volando de día. "La plaga que acecha tras el negro flagelo del mediodía" podía ser el ántrax que en un principio tanto asustó a la gente. ¿Qué significa todo esto? —prosiguió Camotín.

—Las naciones al igual que las personas tienen su propio karma, incluidos, creámoslo o no, Estados Unidos. La guerra entre México y Estados Unidos acabó técnicamente con la caída de la Ciudad de México en septiembre de 1847 (1 + 8 = 9 y 4 + 7 = 11) 9/11. Cuando México fue derrotado perdió 40% de su territorio a manos de Estados Unidos. En el transcurso de esta guerra murieron 1 721 estadounidenses (1 + 7 + 2 + 1 = 11). Ésa fue la primera vez en la historia de Estados Unidos que este país usó la fuerza militar para anexarse el territorio de una nación soberana. También vemos que en el año 1847 (1 + 8 = 9 y 4 + 7 = 11) 9/11, Carlos Marx escribió el *Manifiesto Comunista*, y esta nueva doctrina comunista iba a desafiar a Estados Unidos durante casi dos siglos. Existe una ley de justicia universal que juzga las acciones tanto de las naciones como de los hombres. Ninguna nación que se precie, puede ir en contra de la justicia, la misericordia y la esperanza y pensar que así puede conservar su liderazgo en el mundo. Como ya te había dicho antes, las fuerzas del bien y del mal están enfrentadas en una dura batalla, y ambas fuerzas tendrán el mismo código que no es otro que el número once. El número once tiene un poder inmenso y puede usarse tanto para hacer el bien como para hacer el mal —le expliqué.

—Doctor Camote, yo últimamente he estado leyendo e investigando y tengo más pruebas que mostrarle. El número once todavía está presente en nuestra economía. Como ya le había dicho, en el año 2001, la Reserva Federal bajó once veces (11) las tasas de interés con el objetivo de estabilizar la economía. A finales de 2001, a consecuencia de los ataques de Nueva York, el número total de personas desempleadas en Estados Unidos se elevó a 8.3 millones (8 + 3 = 11). En diciembre de

2000, había tan sólo 5.7 millones de desempleados. A finales de enero de 2002, como consecuencia de los ataques del 11 de septiembre, el desempleo en Estados Unidos alcanzó oficialmente, el 5.6% (5 + 6 = 11). En 1991, Arthur Anderson consideró que Enron era una pieza clave en sus esfuerzos por ampliar su negocio de servicios de auditorías internas conjuntamente con los servicios de auditorías externas tradicionales. Cuando Arthur Anderson comenzó la auditoría interna de Enron, decidió que no deberían ser necesariamente dos equipos diferentes de auditores, y que además se encontraran físicamente separados, los que debían llevar a cabo tanto las auditorías internas como las externas. Si bien manteniendo como se venía haciendo tradicionalmente separados a los dos grupos de auditores se podría evitar cualquier conflicto de intereses, la compañía, no obstante, puso en práctica una política nueva de culturalización de los dos grupos de trabajo. Arthur Anderson, puso tanto a los auditores internos como a los externos, a trabajar juntos en el mismo piso. Durante los años que transcurrieron desde 1991 hasta 2001, Enron recibirá préstamos adicionales por más de tres mil novecientos millones de dólares que nunca reportará. Estos préstamos no se sumarán a los entre ocho mil y diez mil millones de dólares que la compañía había recibido y que posteriormente reportaría. En el periodo capicúa que transcurrió desde el año 1991 hasta el año 2002, Enron iba a negociar contratos muy complicados. Estos contratos eran denominados contratos derivativos de energía. Estos contratos no se iban a encontrar bajo el escrutinio y la vigilancia gubernamental. Eventualmente, estos contratos de derivativos llegarían a convertirse en el producto principal de Enron. Las normas de seguridad normalmente establecidas para los valores financieros no iban a ser observadas en ningún momento. La compañía se vino, súbitamente, abajo en el año 2002. Este hecho pondría fin de una manera estrepitosa a las prácticas irregulares establecidas en este tipo de mercados, y que se habían iniciado en el año 1991. Si Enron hubiera declarado todos los préstamos que tenía como parte de sus deudas, los analistas crediticios, así como los inversores habrían sabido con suficiente anticipación, el riesgo que implicaba invertir en Enron. Desde el año 1999 hasta mediados del año 2001, veintinueve (2 + 9 = 11) ejecutivos y directores de Enron vendieron sus acciones. Este círculo cerrado de amigotes recibió mil cien millones (1.1) de dólares como producto de la venta de 17.3 millones (1 + 7 + 3 = 11) de acciones. El colapso de Enron puso fin a uno más de los mitos económicos de nuestro tiempo. Enron fue el caso más grande de bancarrota de toda nuestra historia. Una vez, alguien definió a Enron como el espejo de la nueva economía, pero cuando se miraba a través de ese espejo uno se adentraba en un mundo nuevo lleno de trucos y de riesgos. Enron hizo al mercado y el mercado hizo a Enron. ¿Doctor, usted se ha dado cuenta que el logo de Enron asemeja una svástica nazi? Durante la vida de Enron, las acciones distribuidas a los empleados eran altamente valoradas. Sin embargo, con la bancarrota de Enron, esos mismos empleados perdieron sus ahorros de toda la vida. Finalmente, el día 8 de julio del año 2004, Kenneth L. Lay (11 letras), fundador y ex dueño de Enron será acusado de 11 cargos criminales —dije.

—Durante el tercer trimestre de 2001, la economía de Estados Unidos tuvo su peor desempeño de los últimos once (11) años, al caer oficialmente a una tasa de crecimiento del 1.1% (11). En el año 2001, el excedente del presupuesto nacional se redujo en un 47% (4 + 7 = 11). Durante la celebración del Día de Acción de Gracias del año 2001, el número de personas que realizó compras disminuyó en un 11% en comparación con el año anterior. La industria del turismo de Estados Unidos quedó devastada a raíz de los acontecimientos del 11 de septiembre. A modo de ejemplo, podemos decir que la cadena hotelera Marriott International tuvo la primera caída de su negocio en once años (11). En el periodo comprendido entre los años capicúas de 1991 y 2002, se crearon decenas de miles de compañías que no eran más que una fachada y que no tenían ningún activo. Esas compañías lucían bien sobre el papel, pero nadie pudo nunca saber con exactitud a qué se dedicaban exactamente. El 11 de septiembre de 1973, una junta militar apoyada por la CIA asesina en Chile al presidente chileno Salvador Allende. El 11 de septiembre de 2001, el edificio que ocultaba secretamente las oficinas centrales de la CIA en Nueva York fue destruido. El edificio tenía cuarenta y siete pisos (4 + 7 = 11). Las operaciones encubiertas de la CIA en Nueva York se encontraban en el número 7 del World Trade Center. Las operaciones de la CIA se llevaban a cabo en ese edificio de 47 plantas tras la fachada de otra organización federal. La misión principal de la agencia era la de espiar y reclutar a diferentes diplomáticos extranjeros, fundamentalmente, a los representantes ante las Naciones Unidas. La segunda actividad consistía en reclutar ejecutivos de importantes compañías, o también a cualquier otra persona que quisiera hablar o tuviese algo importante que comunicar a la CIA, a su regreso de otros países. La CIA, a su vez, fue creada en 1947. Una vez más estamos ante el número 19… 47. ¿Sabía usted, doctor que este año de 2002, en que se realizara la primera entrega de los premios Oscar, después de septiembre 11 de 2001 será el septuagésimo cuarto año (7 + 4 = 11) desde que Hollywood iniciara la ceremonia anual de la entrega de los Oscar? —preguntó Camotín.

—Doctor, yo he seguido investigando acerca del Islam y he encontrado algunos datos interesantes referidos al Ramadán. El Islam considera que éste es el mes en que el sagrado Corán fue enviado desde el cielo para que sirviera de guía a los hombres, y a la vez, mostrase el camino verdadero y el significado final de la palabra salvación. En el año 2000, el Ramadán, el noveno mes del calendario musulmán se celebró en noviembre, el onceavo (11) mes de nuestro calendario (9/11). En el año 2001 el Ramadán volvió a tener lugar en noviembre (9/11). Un 9/11 entre dos 9/11. Una triple combinación de 9/11 en tan sólo un año. En abril de 1996, el *mullah* Mohammed Omar (18 letras) se autodenominará Amir-ul-Mominee, que se traduce como el comandante de la fe. El título es tan elevado y tan pomposo que ningún *mullah* en ningún país musulmán se ha atrevido a utilizar este título en más de ciento cincuenta años. El *mullah* Omar consideró que él había sido elegido para ser el continuador del profeta Mahoma. El *mullah* Omar fue sorprendido en la ciudad de Kandahar mostrando orgulloso un manto que se considera pudo haber sido utilizado por el propio profeta Mahoma. Los estudiosos musulmanes creían que el manto no había sido sacado de las bóvedas religiosas en más de sesenta años. Sin embargo, el *mullah* Omar lo exhibía sobre su cuerpo en su ciudad natal de Kandahar. Además, doctor Camote, yo he descubierto que el *mullah* Omar, o su *shura* o concilio integrado por diez hombres, más él (10 + 1 = 11) operaba el gobierno desde Kandahar, el centro religioso del país. Volviendo a la Florida, justo antes el 11 de septiembre de 2001 la policía encontró garabateadas en un muro las palabras "Mahoma 11". Este muro estaba situado muy cerca de la última dirección conocida de Mohamed Atta en Coral Springs, Florida. "Mahoma 11" pudiera interpretarse como

Mahoma II. Quizá Atta se haya considerado el sucesor de Mahoma, o también pudiera ser una indicación de que Mahoma volvería a reinar exactamente en el día 11. Doctor, yo he leído en los periódicos que en estos momentos, hay alrededor de treinta guerras en el mundo entero. En veintiocho de estas guerras están involucrados los musulmanes. En unas guerras están luchando contra otros musulmanes, y en otras guerras luchan contra quienes no apoyan a los musulmanes —dijo Camotín.

—Los terroristas tienen como objetivo fundamental no sólo nuestras vidas y nuestras propiedades, sino también los valores fundamentales que han hecho grande a Estados Unidos, sobre todo, la libertad y la igualdad sobre las que se erige nuestra democracia. El terrorismo tiene la intención no sólo de destruir, sino también de intimidar a la gente y obligarla a tomar medidas que, a la larga irán en contra de sus propios intereses. Camotín, el hecho de que lleguemos a sacrificar nuestra libertad no va a hacer que estemos más seguros, sino que debilitará nuestra democracia. Mucha gente abogará por sacrificar algunas libertades en favor de la seguridad nacional y de la seguridad personal. Sin embargo, la seguridad y la libertad no son mutuamente excluyentes. Los encargados de la ley, lo primero que deben de proteger son las libertades civiles. Sin embargo, muchas leyes van a ser aprobadas con demasiada rapidez, y sin que haya ningún debate o audiencia pública. Surgirán nuevas teorías y políticas militares a seguir, y eventualmente, se crearán armas nucleares mucho más poderosas. Las armas que antes estaban prohibidas ahora volverán a ser producidas. Los nuevos experimentos de armas que quedaron prohibidos en 1992, ahora, volverán a ponerse en práctica —le expliqué.

—Doctor Camote, yo de una forma u otra estoy preocupado por la seguridad del presidente George W. Bush. El fue elegido a la presidencia de Estados Unidos en el año 2000 y un gran peligro puede estar amenazándolo —confesó Camotín.

—Te escucho, Camotín —le dije.

—Yo creo que la maldición del indio Shawnee también lo puede afectar a él. Yo he leído que todos los presidentes estadounidenses viven sabiendo que la maldición del indio Shawnee pende sobre ellos. La historia nos cuenta que dos grandes guerreros Shawnee, Tecumseh y su hermano gemelo, conocido como el profeta Shawnee, dirigían a los indios del territorio noroeste de Estados Unidos. Los dos guerreros pretendían crear una confederación de tribus indias que se enfrentaría a los hombres blancos hasta lograr expulsarlos de sus tierras. El día 7 de noviembre (11) de 1811 ((1 + 8 = 9/11), el general William Harrison fue atacado por sorpresa por los guerreros indios liderados por el profeta Shawnee. El general Harrison opuso una dura resistencia y tras una gran batalla consiguió rechazar el ataque de los indios. En venganza por el ataque, el general Harrison quemó una aldea india cercana. Dos años después, exactamente el día 5 de octubre de 1813, el general Harrison derrotó a Tecumseh en la batalla de Thames. Es en ese preciso instante de la historia, cuando el gran jefe indio Tecumseh lanza una terrible maldición tan sólo unos momentos antes de morir y después de haber sido brutalmente derrotado en la batalla. La maldición preconiza la muerte prematura de todos los presidentes estadounidenses electos después de cada periodo de veinte años terminados en cero. Antes de morir, el gran jefe Tecumseh tuvo ante sí la visión del general Harrison convirtiéndose en presidente y fue entonces cuando el gran jefe lanzó su maldición. El gran jefe se encontraba pasando del mundo físico al mundo espiritual y es por lo que esta maldición ha sido tan exacta durante estos últimos dos siglos. Todo comenzó en noviembre del año 1811. Noviembre es el onceavo mes del año, y una vez más el 1811 es igual a 9/11 (1 + 8 = 9/11). El presidente Bush debe ser extremadamente cuidadoso para sobrevivir a esta maldición. Desde el año 1840, año en que el general Harrison fue elegido presidente, y exactamente cada veinte años, tal y como predijo Tecumseh, todos los presidentes electos en Estados Unidos, o bien han sido asesinados, o han sido víctimas de atentados, o han muerto de causas naturales, siempre estando en el poder. El presidente Harrison, con quien se supone se inició la maldición, murió de neumonía el 14 de abril de 1841. Abraham Lincoln fue electo presidente en 1860 y fue asesinado en abril de 1865 (1 + 8 = 9, 6 + 5 = 11, 9/ 11). James Garfield fue electo presidente en 1880. El 3 de julio de 1881 fue víctima de un disparo que le ocasionó la muerte, algo más de dos meses más tarde, exactamente el día 19 de septiembre de 1881. William Mckinley fue reelegido presidente en el año 1900. Sufrió un atentado el 6 de septiembre de 1901 y murió unos días después, exactamente el día 14 de septiembre de ese mismo año. Warren Harding fue elegido presidente en 1920 y murió de neumonía el 2 de septiembre de 1923. Franklin Delano Roosevelt fue reelegido presidente en 1940 y murió de una hemorragia cerebral el 17 de abril de 1945. John F. Kennedy fue elegido presidente en 1960. Fue asesinado el 22 de noviembre de 1963. Ronald Reagan fue elegido presidente en 1980. Fue herido gravemente en 1981 durante un intento de asesinato —dijo Camotín.

—En un futuro cercano nos veremos envueltos en una guerra que no será más que el preludio de muchas otras guerras. El presidente Bush pudiera muy bien ser el producto de una circunstancia histórica única en la historia de Estados Unidos, pero eventualmente tendrá una gran significación para el futuro del mundo. Durante los últimos 227 años, Estados Unidos ha representado los ideales universales de libertad, 227, 2 + 2 + 7 = 11, 2 + 2 = 4 y el último número es el 7. El cuatro de julio. El pacto de alianza que los padres fundadores de esta nación quisieron establecer con Dios pudiera romperse. La nación que ha puesto fin a todas las guerras durante nuestra era moderna será la que por primera vez dará inicio a una nueva guerra. Millones de personas en el mundo entero se manifestarán esperando que ocurra un milagro. Ese milagro no va a ocurrir. Como ya te dije antes, las naciones tienen su propio karma. La justicia universal existe, y esa justicia universal juzga todas las obras y todos los actos de las naciones y de los hombres. Ninguna nación puede ir en contra de lo que es correcto, en contra de la piedad y en contra de la esperanza y, a la vez desear preservar su liderazgo en el mundo. En este momento de la historia, en este instante que vivimos, Estados Unidos es el líder del mundo. Nuestra posición como país líder con respecto a la ley y a la guerra, extenderá una gran sombra sobre el futuro. Como país y como seres humanos, nunca podemos ser partidarios de una política que adopte la estrategia de disparar primero y hacer las preguntas después. Como líderes, debemos buscar una política en la cual lo primero que debe prevalecer ha de ser la dignidad humana. Durante la guerra de Irak, se hará evidente y de una forma chocante, tanto el abuso sádico como la humillación sexual a la cual van a ser sometidos los prisioneros. Se tomarán fotos de prisioneros iraquíes que serán distribuidas por todo el mundo y que nos harán gritar de indignación y perplejidad por la brutalidad y la falta total de compasión y respeto que mostrarán y exhibirán ciertos guardias de prisiones estadounidenses. Las fotos mostrarán como los prisioneros son obligados a cubrir sus cabezas con capuchas negras, mientras sus cuerpos permanecen desnudos por completo. Los prisioneros serán golpeados y se abusará sexualmente de ellos. Serán torturados y ridiculizados. Sus cuerpos desnudos se amontonarán unos encima de otros para formar horripilantes pirámides humanas. Durante la investigación posterior para la aclaración de estas atrocidades se darán a conocer opiniones espeluznantes. Al preguntarle su opinión personal sobre las alarmantes fotografías a uno de los soldados acusados de perpetrarlas, este soldado que en su vida civil ejerce como guardián de una prisión de Pensilvania, responderá que como cristiano, él sabe que dichos actos son totalmente incorrectos, pero que como oficial de prisiones, él disfruta haciendo que hombres ya adultos se orinen de miedo en los pantalones. En diciembre de 2005 se darán a conocer nuevas revelaciones sobre torturas. Esta vez serán memorandos internos del FBI que explicarán circunstancias terribles en Irak, en Afganistán y en Guantánamo. Los reportes incluirán datos explícitos y específicos sobre prisioneros que fueron atados y encadenados por días enteros en posiciones brutales. También se mencionarán casos de guardianes que haciéndose pasar por agentes del FBI se dedicaban a realizar todo tipo de torturas a los prisioneros. Una de esas torturas consistía en introducir cigarrillos encendidos a través de las orejas de los prisioneros. Las mismas circunstancias deshonrosas que se descubrirán en Irak, nos ayudarán a entender que esas mismas situaciones brutales tienen lugar hoy mismo en las prisiones de Estados Unidos. Finalmente, se llevarán a cabo investigaciones sobre muchos casos de violencia cometidos por los guardias de prisiones estadounidenses contra los presos. Se estudiará más a fondo el hacinamiento de los presos en las prisiones, la mala alimentación y la falta de cuidados médicos. Los resultados de las investigaciones serán escalofriantes. Se descubrirá que existen prisiones donde los propios guardianes permiten que los jefes de las diferentes bandas que operan en las prisiones, vendan y compren a los otros presos como esclavos sexuales. Por eso, cuando el mundo conozca todos estos hechos y Bill Freeman hable una vez más de la triste muerte en prisión de su hijo Henry, a causa del trato brutal e inhumano que se le aplicó, por fin será escuchado y se le prestará atención. Poco a poco se despertará la conciencia en una parte de América, y muchos comprenderán que la tortura es mucho más degradante para los que la aplican que para los que la tienen que sufrir. Estos incidentes provocarán una animosidad tremenda en contra de Estados Unidos en el mundo entero. Estados Unidos será acusado de tener una actitud hipócrita al proclamarse por una parte como el campeón de los derechos humanos, y por otro lado, permitir la tortura a todos los niveles. Estados Unidos será considerado en el mundo como una nación surrealista y se encontrarán en una situación vergonzosa y difícil de defender. Nosotros, como seres humanos, sabemos y entendemos que toda violación de los derechos humanos es producto de la intolerancia y de la falta total de respeto por los demás. Nosotros, los ciudadanos de Estados Unidos somos en gran medida responsables del futuro del mundo. En ese mundo que yo ya he dejado atrás, mucha gente todavía tiene miedo a la verdad. La gente está más asustada que nunca. Tienen miedo de todo y de todos. La gente tiene miedo de que los terroristas puedan destruir su modo de vida, o que puedan alterar el orden y los conceptos que rigen sus vidas. Los estados de alerta de diferentes colores se convertirán en parte de nuestra vida cotidiana. El papel adhesivo se convertirá en un objeto valioso dentro de nuestros hogares. Me asusta ver como día a día crece el antiislamismo en nuestra sociedad. Se me encoge el corazón al ver la animadversión inmediata que provoca la presencia de un árabe, o de cualquier persona que simplemente tenga una apariencia diferente. Resulta alarmante ver que dentro de nuestra sociedad, tan sólo algunas personas se opondrán a este régimen de cosas y muy pocas personas tendrán el valor suficiente para salir en su defensa. Hoy día nos encontramos frente al antiislamismo, mañana puede que vuelva a ser el antisemitismo, y en un futuro ya nadie sabe lo que podrá ser o podrá pasar. En estos momentos que aún se viven, los terroristas despiertan la ira de las personas, pero si por culpa de los terroristas, llegamos a perder todos o parte de nuestros derechos, ésa será la victoria final de los terroristas. Nosotros seremos siempre vulnerables a los terroristas, si no cambiamos nuestra actitud y seguimos insistiendo en tener un miedo irracional al terrorismo que nos ha afectado nuestra actitud y nuestra visión como nación. Nosotros no queremos y por lo tanto debemos ayudar para que los terroristas no logren sus objetivos de hacer que Estados Unidos ponga en juego su tradición universal de tolerancia y libertad. Es muy importante que en momentos como éstos recordemos las palabras de Franklin Delano Roosevelt, quien una vez dijo: "Lo único que debemos temer es al miedo mismo". Camotín, yo ya he hecho el ridículo muchas veces. Hice el ridículo cuando fui Don Quijote y volví a hacer el ridículo otra vez, cuando fui el doctor Camote. El ridículo y la intolerancia son dos muros poderosos levantados por gente egoísta e ignorante. Esta gente erige estos muros cuando piensa que algo puede afectar o cambiar aquello en lo que ellos creen. Piensa en todas las grandes almas que han surgido a través de nuestra civilización, y verás que nunca ha existido persona alguna que haya sido capaz de lograr algo de un valor extraordinario, ya sea para sí misma o para toda la humanidad, y que esa persona haya sido comprendida por las gentes de su tiempo, y que además no haya sido objeto de las burlas de sus coetáneos. Todo individuo que se adelanta un poco a las demás personas, ya bien sea por sus ideas, o por sus actos, tendrá siempre que enfrentar la oposición de la gente y eso obligará a ese hombre, o a esa mujer, a atravesar por momentos muy difíciles. Camotín, quiero que recuerdes que todo comenzó con la palabra escrita. Las religiones comenzaron con reglas e ideas que fueron escritas, y a través de los siglos, muchas de esas reglas se mantuvieron y fueron alteradas con el paso del tiempo. Sin embargo, todo lo que tú lees y todo lo que tú has leído está mediatizado por tu forma de pensar y por las diversas interpretaciones que tú puedas hacer de todo ello. Cuando vinimos a la tierra, no vinimos para aprender a entender aquello que ya está escrito en un pedazo de papel, vinimos entre otras cosas para elegir la forma en la cual hemos de reaccionar ante eso que ya está escrito. Cualquiera que sea la religión que tú, como ser humano, decidas estudiar o practicar, esa religión te podrá conducir hacia tu espiritualidad. Todos los caminos espirituales nos conducen al amor y a la bondad y ayudarán a que eventualmente, los seres humanos nos unamos y seamos uno solo con Dios. Todo radica en la intención. Si tus intenciones son buenas, el universo siempre apoyará tus deseos y tus sueños. Yo ya sé Camotín, que en mi próxima reencarnación tendré muchos y nuevos problemas, pero ahora desde aquí, puedo decirte que entiendo y he entendido que mis problemas son y han sido los mismos problemas que han tenido muchos seres humanos que han tratado de llevar la Luz y de aportar nuevas ideas a los otros hombres con el fin de poder ayudarlos a que su civilización siga adelante. Yo todavía desconozco muchas de las respuestas y me hubiese gustado poder pasar más tiempo en el plano del aprendizaje, sin embargo, desde aquí veo y entiendo que me necesitan en la tierra. Yo he decidido regresar a la tierra lo más pronto posible —le expliqué.

—¿Regresará usted a Miami? —Camotín quiso saber.

—¿Tú realmente crees que yo estoy loco, verdad? —le pregunté.

—¿Por qué lo dice doctor? —dijo Camotín intrigado.

—Miami, a fecha de hoy, febrero 20 de 2002 es la ciudad más pobre de Estados Unidos. No creo que yo merezca eso, no creo que mi karma sea tan malo —le respondí.

—Siento mucho que usted se lo tome así. Todos nosotros aquí hemos trabajado muy duro para poder ser el número uno. Tanto los políticos, como los ciudadanos, hemos hecho todas las tranzas necesarias para poder llegar a ser el número uno, aunque sea el número uno en pobreza. Un número uno es siempre un número uno. Lo importante es que hablen de uno, aunque sea mal. ¿Qué va a hacer usted? —preguntó Camotín, lleno de curiosidad.

—Una vez más, seguiré mi destino, viviré mi sueño y seguiré adelante como un valiente caballero errante para tratar de corregir todos los entuertos de este mundo y finalmente derrotar al mal. Como puedes ver y entender Camotín, en una de mis reencarnaciones anteriores yo realmente fui Don Quijote —admití.

—¿Qué quiere decir? Yo siempre pensé que Don Quijote era un personaje de ficción creado por Cervantes —respondió Camotín.

—Eso es lo que la gente piensa, pero la verdad es que Don Quijote existió realmente. En una de mis encarnaciones anteriores, mi nombre fue Juan Delgado Quijano. Mi tío fue el famoso Licenciado Don Juan Delgado Orta. Mi familia también estuvo relacionada con el poderoso señorío de Pedroso Orta. Mi tía Isolina fue una gran dama que causó sensación en los círculos sociales de la época. El poeta Omar de la Caridad la utilizó como su musa en muchos de sus poemas de amor. Años más tarde algunos de estos personajes emigraron a Cuba. Allí enriquecieron nuestra leyenda y fueron condecorados y obtuvieron importantes títulos nobiliarios. Yo era en ese tiempo un buen amigo de Miguel de Cervantes. En abril de 1572, los dos nos alistamos en la escuadra de Manuel Ponce de León, del regimiento de Lope de Figueroa y juntos luchamos durante muchos años. Participamos juntos en algunas batallas y luchamos hombro a hombro en la captura de Túnez. Un día, cuando regresábamos de Nápoles hacia España caímos en una emboscada de un escuadrón de galeones argelinos. Fuimos capturados y llevados a Argel como prisioneros. Durante las noches yo no podía dormir. Mi alma dejaba en ocasiones mi cuerpo y me transportaba a la vida en la que fui Don Quijote. Me despertaba repentinamente con los recuerdos de mis aventuras. En prisión, no hay demasiadas cosas qué hacer, así que hablábamos mucho. Yo pasé muchas horas contándole mis sueños a Miguel y los recuerdos que me traían de una vida en la cual yo era Don Quijote y en la que vivía en Toledo, Burgos, Sevilla, Salamanca y en la Mancha. Miguel era un buen oyente, siempre me escuchaba con mucha atención y me hacía innumerables preguntas. Él tomó nota de todo lo que yo le conté. Finalmente, la familia de Miguel, con ayuda de algunas gentes importantes, logró reunir suficiente dinero para comprar su libertad, pero yo no tuve tanta suerte y permanecí preso. Traté de escapar y como consecuencia de ello fui atado a una estaca y torturado hasta morir. Miguel escribió algunas cosas antes de finalmente escribir el libro de mi vida y de mis desdichas como caballero. Mi vida y mi empeño final por hacer realidad mis sueños en un mundo y una época en la cual todos me conocían como Don Quijote de la Mancha.

—¡Entonces es cierto que usted realmente fue Don Quijote en una vida anterior! —exclamó Camotín.

—Sí, y ahora estoy listo para comenzar una nueva aventura. Camotín, debes de mantenerte alerta y protegerte contra los enemigos de la libertad. Defiende los derechos de todas las personas y también su libertad. Búscame y trata de encontrarme, amigo mío. Observa atentamente, el rostro de cada niño recién nacido que veas. Yo ya he emprendido el camino para tener una nueva experiencia humana, y me mantendré firme y decidido en mi disposición de superar cualquier obstáculo y aceptar todos los nuevos retos que se me impongan. Don Quijote estará de vuelta muy pronto porque hoy en un mundo de dolor y de sufrimiento, se le necesita más que nunca, pero esta vez será totalmente diferente —afirmé.

—¿En qué forma será diferente? —preguntó Camotín.

—Camotín, en los próximos años seremos testigos de muchos mensajes y advertencias que utilizarán como clave el número 11. Por ejemplo, de una forma política inusual, el republicano Arnold Schwarzenegger se convertirá en el gobernador número 38 (3 + 8 = 11) del estado de California. En el mes de junio del año 2003, el comité noruego de los premios Nobel otorgará el premio Nobel de la Paz de ese año a la abogada iraní Shirin Ebadi (su nombre consta de 11 letras). Ella tendrá 56 años (5 + 6 = 11) y será la mujer número 11 en recibir esta alta condecoración. Shirin Ebadi abogará continuamente por los derechos humanos y llevará a cabo campañas constantes en favor de los niños iraníes. Este será un mensaje y una triple combinación muy poderosa del número 11. Un nuevo mensaje grabado con la supuesta voz del propio Osama bin Laden convocará a los musulmanes a liberar al mundo islámico de la ocupación militar de los cruzados. La cinta tendrá una duración de 47 minutos (4 + 7 = 11). Esta cinta de 47 minutos será la señal para lanzar un ataque contra España, a quien Bin Laden va a definir en la misma cinta como una de las cruzadas. Bin Laden alegará que toda la región de Al Andalus (Andalucía) es uno de los territorios musulmanes que finalmente será liberado cuando se desate la guerra santa. El ataque contra España, el país que tanto amé cuando era Don Quijote tendrá lugar exactamente 911 (9/11) días (9 + 1 + 1 = 11) después del 11 de septiembre de 2001. El lugar escogido será Madrid. Ten en cuenta Camotin que en inglés el nombre de la ciudad (Madrid) y el nombre del país (Spain) juntos constan de 11 letras (Madrid, Spain). La fecha escogida para el ataque, el día 11 de marzo del año 2004 será un perfecto código numérico secreto derivado de la combinación de 11/11 y 11/9 —dije.

—¿Qué quiere decir? —preguntó Camotín.

—Escucha con mucha atención Camotín. Once (11) de marzo del año 2004, 11/3/2004 = 1 + 1 + 3 + 2 + 0 + 0 + 4 = 11. Si quitamos el número 11, que es el día de la fecha del ataque, nos quedaría 3 + 2 + 0 + 0 + 4 = 9 y el 11, con lo cual obtendríamos otra vez el 9/11. Los ataques comenzarán a las 7:39 a.m., y habrán terminado a las 7:55 a.m. Si sumamos los componentes de esas horas y minutos obtendremos lo siguiente 7:39 (7 + 3 + 9 = 19) obtendríamos el número 19 y si sumamos los números que componen las 7:55 (7 + 5 + 5 = 17), obtendríamos el número 17. Si después sumamos los dos números obtendríamos el número 36 (19 + 17 = 36) o 3 + 6 = 9. Pero, los españoles entenderán este número de una forma subliminal muy diferente. El número 36 representa uno de los números más horripilantes en la historia de España, por ser el año en que comenzó una de las guerras civiles más brutales que se hayan librado nunca en Europa. La guerra del 36, también conocida como la Guerra Civil española, trae recuerdos horribles a todos los españoles. Este factor subliminal va a ser fundamental y supondrá un giro total en el mapa político español. El ataque terrorista de Madrid tendrá lugar un jueves, que es el cuarto de los siete días de la semana (4 + 7 = 11). Once millones (11) de personas se lanzarán a las calles de toda España para manifestarse en contra de cualquier forma de terrorismo. En toda la historia de España, nunca antes se había producido un acontecimiento como éste. Ese mismo domingo, por primera vez en la historia española, el partido socialista que estaba en la oposición y que se oponía a la participación española en la guerra de Irak, recibirá cerca de 11 millones de votos. El partido socialista obtendrá 164 (1 + 6 + 4 = 11), condensando los números (1 + 6 = 7/4) escaños parlamentarios, pero le faltarán 11 escaños para lograr la mayoría absoluta en el parlamento. Ahora bien, escúchame con atención Camotín, porque voy a contarte algo increíble.

—¿Qué es lo que me va a contar, doctor? —preguntó Camotín.

—Los 911 días transcurridos entre los dos ataques terroristas conforman exactamente, dos años y medio. Primero, vemos que son dos años que equivalen a 24 meses (2 + 4 = 6) y nos queda el medio año que equivale a 6 meses (6). Por último, este brutal atentado tendrá lugar en el año 2004 (2 + 0 + 0 + 4 = 6), y si juntamos todos los nuevos números que han resultado de estas combinaciones, obtendremos el número 666, que no es otra cosa que el número de la Bestia. Ahora déjame explicarte cómo el número de la Bestia puede también ser interpretado como el número once. Vamos a estudiar numerológicamente el alfabeto inglés:

A = 1	G = 7	M =13	S = 19	Y = 25
B = 2	H = 8	N = 14	T = 20	Z = 26
C = 3	I = 9	O = 0	U = 21	
D = 4	J = 10	P = 16	V = 22	
E = 5	K = 11	Q = 17	W= 23	
F = 6	L = 12	R = 18	X = 24	

Todos los nuevos códigos numerológicos van a encontrarse allí. En el alfabeto inglés desde la A hasta la Z hay 26 letras. Si le damos un orden numérico a cada una de las letras que conforman la palabra bestia en inglés (BEAST) obtendríamos lo siguiente: BEAST = B = 2, E = 5, A = 1, S = 19, T = 20. La suma de todos los valores nos da 47 (4 + 7 = 11). Ahora analicemos, el número de la revelación de la bestia en latín, que es el número original en los evangelios: DCLXVI (666) y obtendríamos exactamente lo siguiente: D = 4, C = 3, L = 12, X = 24, V = 22, I = 9, y esto nos da un total de 74 (7 + 4 = 11). La combinación de la palabra Bestia (BEAST) en inglés y del número 666 del latín original nos da la combinación 4774, cuya suma no es otra que 47 + 74 sería igual a 121, o lo que es lo mismo, equivaldría a multiplicar 11 × 11 = 121, es decir, obtendríamos la misma cifra y resultado tanto sumando, como multiplicando los números once (11). Camotín, en el plano del aprendizaje yo he descubierto que la clave y el código para comprender nuestra propia realidad no es otro que el código numérico 4774. Presta atención —dijo el doctor Camote mientras hacía un dibujo:

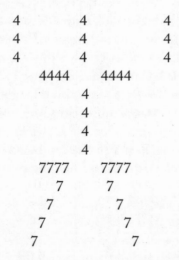

—Como puedes ver, Camotín, éste es un pentagrama que, en sí, representa a un hombre, pero al mismo tiempo es una clave para descubrir la verdad, y a la vez es como una espada de doble filo con la cual luchar por esa misma verdad, por la esencia de esa verdad y por nuestra misma esencia como seres humanos. La combinación numérica del número 4774 será la clave para revelar el código 11. Presta atención, Camotín. Mesías en inglés se escribe MESSIAH y tiene el siguiente orden numérico: M = 13, E = 5, S = 19, S = 19, I = 9, A = 1, H = 8, lo cual nos da un total de 74. En inglés Dios se escribe GOD y equivale a G = 7, O = 0, D = 4, con lo cual obtendríamos 11. El Mesías, (MESSIAH) numéricamente equivale, o es lo mismo que Dios (GOD). Las letras que conforman el nombre de Jesús tienen el siguiente orden y valor numéricos: J = 10, E = 5, S = 19, U = 21, S = 19, lo que sumando todos los valores numéricos nos da 74, 7 + 4 = 11. El código secreto de Jesús es igual e idéntico al del Mesías y también coincide con el código numérico de Dios (7/4). Ahora presta más atención a lo que voy a mostrarte: la Bestia (BEAST) = 47 y Mesías (MESSIAH) es igual a 74, 4774. Ellos lucharán el 11 contra el 11. La Bestia contra Jesús, tal y como profetizaban las sagradas escrituras. Ahora observa bien esto: en inglés, el ISLAM se correspondería con la siguiente numerología: I = 9, S = 19, L = 12, A = 1, M = 13; esto nos arroja un total de 54 o 5 + 4 = 9. El nombre de Mahoma en inglés se escribe MOHAMMED y tiene el siguiente orden y valor numérico: M = 13, O = 0, H = 8, A = 1, M = 13, M = 13, E = 5, D = 4 nos da un total de 57. Si sumamos el 54 correspondiente a la palabra ISLAM y el 57 de MOHAMMED, obtendríamos el número 111 (54 + 57). Al quitar el número cinco de ambos números nos quedaría la clave 4 + 7 = 11 —le expliqué.

—¿Pero cuál sería la razón para eliminar el número cinco? —preguntó Camotín.

—Con esto no sólo condensamos los números, sino que comprendemos y aceptamos que el número 5 es un número también sagrado dentro del Islam. Muchas cosas en la vida de los musulmanes tienen como base el número cinco. Los cinco pilares del Islam constituyen la base misma de la vida musulmana. El número 5 forma parte de la vida cotidiana de los musulmanes, por ejemplo, cinco veces al día deben rezar sus oraciones, y para los musulmanes éste es un vínculo directo que existe entre el creyente y Dios. Recuerda lo que te dije antes acerca del significado del número de Dios, siendo exactamente el número 11. Este número 11 es un número maestro y es, al mismo tiempo, también un código secreto que usa mucha gente que busca la espiritualidad. El número 11 equivale a la revelación y es un número muy poderoso que no puede o no debe ser subdividido o sumado en su origen. El número 11 es un número místico. Como tú sabes muy bien, Camotín, el año de la Declaración de Independencia de Estados Unidos fue el año 1776. La fecha representada en números romanos en el billete de un dólar de la tesorería de Estados Unidos es exactamente MDCCLXXVI, lo que en el orden alfabético numerológico del inglés equivale a M = 13, D = 4, C = 3, C = 3, L = 12, X= 24, X = 24, V =2 2, I = 9, lo cual suma un total de 114. Tenemos el número 11 más el número cuatro y si sustraemos el 4 del 11 nos da el número 7, 7 + 4 = 11. Estos números romanos MDCCLXXVI aparecen en el billete de un dólar, al final de la pirámide —le expliqué cuidadosamente.

—¿Qué quiere decir con eso? —preguntó Camotín.

—En la actualidad, se considera que las pirámides de Egipto guardan un vínculo directo con el Islam, y el Corán tiene exactamente 114 *suras* o capítulos. Nuestra pirámide en el billete de un dólar equivale a 114 (11/4), lo mismo que los 114 capítulos o *suras* del Corán. ¿Qué te parece, Camotín? En un futuro habrá más mensajes que se irán revelando poco a poco. El número 74 que no es otra cosa que la combinación o suma de 37 + 37. El número 37 es considerado el número que representa a un hombre coronado, al rey o también al hombre en su posición más alta. La santísima trinidad del Cristianismo está representada por los siguientes números: El padre (37), el hijo (37) equivalen a 74, y el Espíritu Santo será también 37 que nos daría un total de 111. Atiende escudero mío y trata de comprender lo que te digo. El número 9 es el único número que se puede multiplicar por cualquier otro número y siempre dará como resultado un número cuya suma final siempre será 9. Por eso te digo, que el 9/11 fue escogido cuidadosamente por alguien para hacernos entender algo muy importante: 11 = 7 + 4 = 74. Camotín, sustituye el número 11, del día de los atentados por el 7 + 4 o por el 74; después, multiplica el 9 (septiembre) por 74 en vez de 11 y obtendrás el número… 666 (9 x 74). ¿Qué me puedes decir? ¿Podrían acaso los números ser más claros y más explícitos? El número de Dios siempre va a ser el mismo que el del Padre y del Hijo, que es igual a 74. Nosotros podemos escuchar y recibir otros mensajes añadiendo otra vez el número 37 que equivaldría al número cristiano del Espíritu Santo y que nos daría el número 111. Esto nos resultará en 3 + 7 = 10 + 3 + 7 = 10 + 3 + 7 = 10. En la Biblia, el número siete es sagrado, y es considerado un número perfecto. Por otra parte, el número 3 representa el alma, la divinidad, y el número 30 representa la verdad. Camotín, desde aquí y ahora te puedo decir que Pitágoras estaba en lo cierto cuando dijo que Dios usó las series numéricas para crear el universo. Utilizando la numerología, a la que he tenido acceso en el plano de aprendizaje, vamos a desglosar el número 666, siguiendo el camino de la vida. Tenemos el 666, y de aquí obtenemos 6 + 6+ 6 = 18, 1 + 8 = 9. Por lo tanto, queda claro que el 9/11 no es otra cosa que 666 (9) contra 74 (11). El número de la Bestia 666 (9) contra el número de Jesús (11)74. Camotín, el número 11 si no se entiende correctamente puede crear confusión. El verdadero número que Dios usa para comunicarse con nosotros es el número 74, el cual al invertirse o al ser leído a través de un espejo también será el número 47. El número 11 en muchos casos se usará como un desafío al número 74, el cual también equivale a once. La combinación de los dos números sumará 22, o, lo que es lo mismo, 11 contra 11. El 11 de septiembre del año 2001 fue planeado con especial cuidado por alguien 9 × 74 (11) = 666. En Madrid, 911 (9 + 1 + 1) días después, la fecha del 11 de marzo del 2004 tampoco fue escogida de una forma arbitraria por el grupo radical islámico que cometió el atroz atentado. Si analizamos la fecha y hacemos las sustituciones correspondientes, nos encontramos 3 (marzo) × 74 (11) = 222. El número 222 representa exactamente la lucha del número 111 de la Trinidad cristiana contra el número 111 representado por el Islam/Mahoma en inglés (Islam/Mohammed = 111). Camotín, tu misión será dar a conocer a todo aquel que quiera escucharte, los números de Dios. Mucha gente sospechará de ti, se burlarán, y llegarán incluso a ser hostiles contigo. Sin embargo, tienes que hacerles entender que Dios nos habla a través de los números y que por eso hay que prestarles toda nuestra atención. Yo no quiero decirte adiós sin presentarte una prueba definitiva del poder que tienen los números de Dios —le dije.

—Soy todo oídos —respondió Camotín.

—El 11 de marzo de 2004, durante los ataques terroristas de Madrid, Dios nos estará enviando un poderoso mensaje a todos nosotros —continué.

—¿Qué mensaje? —preguntó Camotín.

—Los terroristas usarán los teléfonos móviles como un componente vital de su sagrada destrucción masiva. Los terroristas conectarán los teléfonos móviles a bombas escondidas en sus mochilas, y en el momento en que los teléfonos suenen, estallarán 10 bombas. Las diez explosiones terroristas harán saltar en pedazos cuatro trenes y matarán a 191 personas ($1 + 9 + 1 = 11$). Cerca de dos mil personas resultarán heridas. Unas horas más tarde, la policía encontrará la onceava mochila. Los terroristas dejarán otras dos mochilas, pero la mochila número 11 será muy especial. Camotín, ahora mismo te estoy revelando el verdadero código de Dios en la tierra. La policía encontrará dentro de la mochila número 11, un teléfono móvil que tendrá una identificación y una tarjeta de memoria conectada a los explosivos de dicha mochila. Las fuentes policiales determinarán que los explosivos contenidos dentro de la mochila no estallaron porque al parecer, los terroristas, por error, programaron la bomba para que estallase a las 7:40 p.m. en lugar de las 7:40 a.m. —le expliqué.

—Las 7:40… ¡Oh Dios mío! —exclamó Camotín.

—Sí Camotín, ¡Dios mío! Dios también estará allí. La bomba de las 7:40 estará teóricamente programada para explotar en el momento en que el tren llegue a la estación de Atocha. Si esto sucediera, la destrucción podría ser mucho más devastadora. Dentro de esta mochila que contenía la bomba de las 7:40 p.m. estará la tarjeta prepagada que guiará a los investigadores de la policía hasta uno de los cabecillas. Su nombre no va a ser otro que el de Jamal Zougan (11 letras). Habrá muchos arrestos y algunos de los líderes terroristas morirán. Ellos aparentemente se suicidarán cuando las fuerzas de seguridad españolas los tengan rodeados. ¿Comprendes todo esto, Camotín? —le pregunté.

—¿Comprender qué? —preguntó Camotín.

—La importancia de las 7:40 p.m. Los terroristas querían programar la bomba para las 7:40 a.m., pero Dios hará que ellos se equivoquen y programen la bomba para las 7:40 p.m. Los terroristas tratarán de usar el número sagrado de Dios, el 74, con fines diabólicos. El número 7-4 no les funcionará. Éste es el poderoso mensaje que Dios nos está enviando a todos. Nunca tomes los números de Dios en vano. Antes de dejarte, quisiera que pensases seriamente sobre estos números. En el mundo que he dejado y al que pronto volveré, van a ocurrir cosas horribles. La economía mundial, encabezada por Estados Unidos se sumirá muy pronto en una profunda recesión, que, en última instancia conllevará a una depresión. Todo esto comenzará a suceder cuando entre cuatro y siete de los siguientes once acontecimientos que te voy a describir empiecen a producirse poco a poco. Todos los datos que te voy a dar deben ser usados con los términos numéricos anglosajones. Los mismos datos pueden resultar un poco complicados de entender para mucha gente. Aquí están los acontecimientos:

1. La deuda total hipotecaria de todos los estadounidenses alcanzará los 7.4 trillones de dólares americanos. A finales de 2003, la deuda hipotecaria será de 6.3 trillones de dólares. Tan sólo será necesario un incremento de 1.1 trillones de dólares en esa deuda hipotecaria para que se alcance esa cifra crucial. De continuar los préstamos hipotecarios en Estados Unidos, al mismo ritmo actual de crecimiento, la luz roja se alcanzará a finales del año 2005. De una forma u otra, la burbuja que supone la deuda hipotecaria estallará y echará por tierra la burbuja actual también existente en los mercados de bienes raíces y otros mercados hipotecarios. El crecimiento especulativo de los precios de las casas terminará en un desastre. Fannie Mae, la compañía de préstamos hipotecarios más grande de los Estados Unidos, con valores contables reflejados en sus libros de cerca de 1.1 trillones de dólares, se vendrá abajo. En un principio, se culpará a los directivos por el descalabro de Fannie Mae, pero el mercado en general, y los especialistas en particular, conocerán con mucho tiempo de antelación, muchas de las irregularidades cometidas por Fannie Mae durante los años especulativos del boom de los bienes raíces. En Estados Unidos y en el mundo entero, el ser dueño de una casa se convertirá en una pesadilla.

2. La deuda del gobierno estadounidense alcanzará la cifra de 7.4 trillones de dólares. Esta cifra se alcanzará a finales del año 2004. De estos 7.4 trillones, un total de 4.7 trillones pertenecerán, de una forma u otra, a inversores extranjeros que compran deuda norteamericana. Este hecho sin precedentes hará que el código numérico 4774 cobre una nueva realidad.

3. La tasa oficial de desempleo en Estados Unidos alcanzará
7.4%. Si a esta cifra oficial agregamos el número total de trabajadores que han dejado de buscar trabajo, ante la imposibilidad de
encontrarlo, así como una categoría similar que el gobierno denomina como trabajadores vinculados marginalmente, más aquellos
que sólo encuentran trabajos de media jornada, pero que preferirían trabajar la jornada completa, la cifra oficial de desempleo en
Estados Unidos alcanzaría 11%. Cuando escasean los empleos,
lógicamente, disminuyen los ingresos de los norteamericanos,
disminuyen las entradas de impuestos al gobierno y por lo tanto,
crece el déficit fiscal. El número de norteamericanos que no poseen ningún seguro médico alcanzará los 47 millones de personas,
a finales de 2005. En tan sólo unos años más y debido al continuo
deterioro del empleo, el número total de personas sin seguro médico en los Estados Unidos alcanzará los 74 millones, 4774. La
hora once, la señal de alarma para el mundo, se irá acercando a
pasos agigantados.

4. El producto nacional bruto de Estados Unidos alcanzará
exactamente los 11 trillones de dólares en el año 2004. A pesar
de llegar a alcanzar este número crítico, muchas corporaciones
estadounidenses continuarán evitando el pago de los impuestos.
A finales de 2003, los impuestos a las corporaciones represen-
tarán tan sólo 7.4% de todos los ingresos federales del gobierno
estadounidense. A finales de 2003, 65% de las corporaciones estadounidenses no deberán impuesto federal alguno. Cuando este
65% (6 + 5 = 11) se convierta en 74% (7 + 4 = 11) se habrá llegado
al punto crítico.

5. En diciembre de 2003, el mercado de derivados alcanzará
los 71 trillones. A mediados de 2004, el mercado de los derivados
alcanzará los 74 trillones. Los mercados y los inversionistas en
general, conocen muy poco sobre la gestión y lo que representan
esos derivados, ya que la mayoría de ellos se negocian en mercados secundarios y no forman parte de un mercado regulado.
El mercado de los derivados estallará y llevará a la bancarrota a
algunos de los bancos y de las corporaciones multinacionales más
grandes, ocasionando con ello un terrible desastre financiero.

6. A finales de 2003, 70% de las compañías extranjeras que operan en Estados Unidos no deberán pagar impuesto federal alguno. Muy pronto, esta situación alcanzará el número crítico 74% de todas las compañías extranjeras operando en Estados Unidos.

7. El déficit del presupuesto norteamericano alcanzará los $470 mil millones de dólares, antes de que termine el año fiscal de 2005, y seguirá creciendo en el transcurso de los próximos años, para finalmente alcanzar la cifra crítica de $740 mil millones de dólares. Otra vez nos encontramos ante el 4774. A mediados de 2004, se harán públicas las cifras más representativas del costo de la guerra de Irak. La oficina de dirección y presupuestos de la Casa Blanca dará a conocer que, hasta la fecha, se habrán gastado un total de $119 mil millones de dólares $(1 + 1 + 9 = 11)$ o 11/9. El costo de la guerra continuará creciendo hasta alcanzar los $470 mil millones de dólares. En el año 2004, el presidente Bush hará una declaración informando a todos los ciudadanos que la guerra contra el terrorismo no llevará años, sino quizá una década, y para poder continuar con la guerra, eventualmente, y en varias fases, se acabará aprobando un nuevo proyecto de servicio militar obligatorio. Hombres y mujeres jóvenes, en edades comprendidas entre los 18 y los 26 años acabarán siendo el objetivo de esta ley. La opinión pública estará consternada, pero ya será muy tarde para cambiar el curso de los acontecimientos.

8. El déficit comercial de Estados Unidos alcanzará los $470 mil millones de dólares a finales de 2003 y seguirá creciendo en los años subsiguientes hasta llegar a los $740 mil millones de dólares, 4774.

9. En el año 2005, el precio del oro sobrepasará los $470 dólares por onza y eventualmente acabará llegando a los $740 dólares por onza. Otra vez nos encontramos ante el 47-74.

10. El precio del petróleo alcanzará los $47 dólares por barril a mediados del año 2004. El precio continuará subiendo hasta llegar a los $74 dólares por barril a finales del 2005. Poco tiempo después, el petróleo continuará subiendo de precio, y llegará a los $111 dólares por barril. Finalmente, alcanzará los $121 dólares por barril, lo cual nos pondrá al borde de la tercera y, quizá, última

guerra mundial. Estados Unidos importa diariamente alrededor de 11 millones de barriles de crudo y petróleo refinado. La subida del precio a $47 dólares por barril aumentará el déficit comercial de Estados Unidos en $47 mil millones de dólares más al año. La posterior subida del precio del petróleo a $74 dólares aumentará el déficit comercial estadounidense en $74 mil millones de dólares más al año. La organización de países exportadores de petróleo (OPEP), consta de 11 miembros.

11. La inflación en Estados Unidos continuará subiendo y oficialmente alcanzará 4.7%. La inflación seguirá subiendo hasta alcanzar oficialmente 11.11%. Ésta será la señal para el inicio de una nueva y brutal confrontación mundial, en la que cada parte culpará a la otra parte, de la situación. Por una parte los terroristas, por otra los precios extremadamente altos del crudo y a lo que habrá que añadir, la explosión de la burbuja creada por la deuda hipotecaria y personal, la explosión a su vez del brutalmente inflado mercado de los bienes raíces a todo esto se unirá una nueva y prolongada caída del mercado de valores. Todo lo anterior vendrá acompañado por una fuerte caída del dólar americano que traerá consigo y como consecuencia una desaceleración brutal de la economía a nivel mundial. Los beneficios del seguro social, del Medicaid y de Medicare (cuidados médicos en Estados Unidos) se reducirán dramáticamente, e incluso, en algunos casos, pudieran llegar a suspenderse. En medio de toda esta crisis, en el mundo entero se expandirán notablemente los poderes de la policía y todo a costa de las antiguas libertades. En Estados Unidos justo después de los ataques del 11 de septiembre se iniciará un programa gubernamental que se denominará Matrix. El programa será capaz de analizar más de veinte mil millones de diferentes elementos informativos con el propósito final de pronosticar la posible conducta terrorista de cada persona que vive, entre o salga del país. Esta información incidirá negativamente en nuestra privacidad individual y poco a poco acabará con ella. Ahora la sociedad está irritada e indignada con los terroristas, pero si poco a poco se eliminan nuestros derechos cívicos elementales, los terroristas habrán conseguido su victoria final.

—Yo regresaré para ayudar, traer paz, amor, y traer conmigo una visión no contaminada del nuevo siglo que ayude a poner fin a los odios que existen entre los creyentes de las distintas religiones. Yo me levantaré en defensa de los derechos de todos los hombres y mujeres porque muy pronto vamos a pasar por momentos de gran confusión, y la gente en la tierra se sentirá totalmente desorientada. La gente vivirá en un estado de miedo psicológico permanente. En muy pocos años, los seres humanos lograrán hacer contacto con alguna inteligencia extraterrestre. Si ahora la gente tiene miedo a los terroristas, imagínate como va a reaccionar esa misma gente cuando se les diga que hay que protegerse de los extraterrestres. Estados Unidos y algunos gobiernos europeos entrarán en contacto con esta inteligencia del espacio, en el plazo comprendido entre el año 2008 y el año 2015. Esta nueva situación, acelerará la creación de un solo gobierno mundial controlado por entidades corporativas sin alma. A la gente, poco a poco le serán arrebatadas más y más libertades con el objetivo final de luchar contra esta nueva amenaza. La libertad no podrá salvarse nunca si la ponemos a un lado con el fin de poder protegernos al mismo tiempo. A medida que pasen los años mucho más gentes sin alma heredarán la tierra, y en medio de toda esta confusión, surgirá un falso Mesías. Este nuevo Mesías traicionará al mundo y nos sumirá en más dolor, más confusión y más controversia. El recalentamiento global será muy pronto una realidad. En los meses de agosto y septiembre del año 2004 tres huracanes azotarán la costa este de Estados Unidos: Charlie (7 letras), Frances (7 letras), y exactamente después del 11 de septiembre llegará el huracán Iván (4 letras). Iván será el tercer huracán que azotará la región en menos de un mes. Estaremos frente a la combinación numérica de 7 + 7 + 4 = 18, el número de la bestia, pero también ante la combinación del número 74 (7 + 4 = 11). Estos tres huracanes comenzarán como una alerta ciclónica, lo cual significará que el ciclón necesitará alcanzar vientos de al menos 74 millas por hora (7 + 4 = 11) para convertirse en Huracán. El número de Dios en la tierra se hace más y más evidente por todas partes. El costo aproximado de los daños ocasionados por el huracán Charlie será de alrededor de (7.4 = 7 + 4 = 11) siete mil cuatrocientos millones de dólares. El costo aproximado del huracán Frances será de (4.7 = 4 + 7 = 11) cuatro mil setecientos millones de dólares, y en el caso del huracán Iván el costo aproximado será también de (4.7 = 4 + 7 = 11) cuatro mil setecientos millones de dólares. Una semana después del huracán Iván, Florida será nuevamente azotada por un nuevo huracán llamado Jeanne. Estos huracanes serán una llamada de alerta y a la vez una advertencia para que todos los habitantes del planeta entiendan que el calentamiento global ya ha comenzado. El día 26 de diciembre (2 + 6 + 1 + 2 = 11) del año 2004 un terremoto de una magnitud 9 (9/11) en la escala Richter desencadenará una oleada de tsunamis de olas gigantescas que acabarán con la vida de más de 200 000 personas. Cientos de miles de personas más resultarán heridas y al mismo tiempo, cientos de miles de personas serán desalojadas y perderán sus viviendas en 11 países asiáticos y africanos. Este terremoto del grado 9 en la escala Richter, afectando a 11 países (9/11) será el más fuerte en los últimos 40 años y será la advertencia final de que el calentamiento global ya ha empezado y va a continuar afectando a toda la humanidad. El terremoto y los tsunamis desencadenarán una energía similar a la que desencadenarían treinta mil bombas atómicas. Esta energía cambiará ligeramente, aunque de forma poco perceptible, el eje de rotación terrestre. Esta energía redistribuirá la masa de la tierra. Moverá el polo norte una pulgada y provocará una ligerísima reducción en la duración de los días. El gobierno usará los huracanes como un arma política y como una nueva vía suplementaria para asustar a la gente. El miedo psicológico creado por el terrorismo se intensificará con este miedo adicional. Habrá millones de residentes, mayoritariamente en los estados de Florida, Louisiana y Texas, cansados y decepcionados, que se verán continuamente sometidos a soportar cortes de electricidad y apagones constantes de luz. Todos se preguntarán por qué no se pueden enterrar las líneas eléctricas, ante lo cual los expertos les contestarán que no es más que un problema económico, ya que el costo de enterrar los cables eléctricos sería de tres a diez veces mayor que el de mantener los actuales tendidos eléctricos externos. El 29 (2 + 9 = 11) de agosto del año 2005 llegará a Nueva Orleans el huracán Katrina (7 letras). Katrina será la perturbación ciclónica número 11, que se desarrollará en el océano Atlántico durante la temporada de huracanes. Katrina arrasará la ciudad de Nueva Orleans y acabará con la vida y las propiedades de miles de personas. El número 11 estará de nuevo en boca de todos ya que Katrina, que tiene 7 letras, entrará violentamente en 4 estados estadounidenses (7/4) provocando grandes daños tanto humanos como materiales en todos esos estados. Tras la devastación de Nueva Orleans, observando las imágenes en televisión, habrá analistas y medios de comunicación que compararán esta destrucción con una destrucción atómica. Katrina llegará a las costas norteamericanas exactamente 60 años después de las catástrofes atómicas de Hiroshima y Nagasaki. Esos 60 años representan exactamente el ciclo kármico y astrológico oriental. La rueda kármica gira sobre sí misma y da totalmente la vuelta. Se hablará discretamente de karma, pero de lo que no habrá ninguna duda es que la brutal situación que experimentará Nueva Orleans tendrá lugar exactamente 720 meses después de las tragedias de Hiroshima y Nagasaki. El terror estará de vuelta, pero esta vez, ha cambiado de continente.

Hiroshima recibió el brutal impacto atómico el día 6 de agosto del año 1945 (6 + 8 + 1 + 9 + 4 + 5 = 33). Fue, numerológicamente hablando, durante el tremendo impacto que representa la combinación del doble 3, que nos llevará al número 6 (3 + 3) para la destrucción de Nagasaki, exactamente 3 días después. Nos encontramos ante un triple 3 (333).

Nagasaki, arrasada el 9 de agosto de 1945 (8 + 9 + 1 +9 + 4 + 5 = 36 = 3 + 6 = 9) nos va a dar un número 9, con lo cual tenemos el número 6 de Hiroshima más el número 9 de Nagasaki, una combinación de 9 + 6 = 15 = 1 + 5 = 6, donde nos encontramos otra vez con el número 6.

Sesenta meses después es numerológicamente: 60 = 6 + 0 = 6. Tenemos aquí el triple 6… 666.

Nos encontramos ante el 666 del Apocalipsis más el número 144 también del Apocalipsis, que encontramos en los 720 meses que han pasado desde la explosión atómica de Hiroshima y Nagasaki. El número 72 es exactamente la mitad de 144 y tiene el mismo poder numerológico que la combinación 33/66. Ésta puede ser la forma en la cual el universo nos está enviando un mensaje para avisarnos de los muchos peligros que se nos avecinan. Los dos números del Apocalipsis 666 y 144 empiezan a encontrarse y ello va a llevar a la humanidad a la batalla final. Os pido a todos que analicéis este dato: Hiroshima (9 letras) y Nagasaki (8 letras) = 9 + 8 = 17 = 1 + 7 = 8. Número 8. Ahora, encontramos que agosto 29 de 2005 es exactamente igual a 8 + 2 + 9 + 2 + 0 + 0 + 5 = 26 = 2 + 6 = 8. Nos da exactamente el mismo número 8. Unos días después, exactamente en septiembre 11 de 2005, se reconocerá oficialmente el número de fallecidos en el atentado de las Torres Gemelas de Nueva York. La cifra oficial ascenderá a 2 749 víctimas (2 + 7 + 4 + 9 = 22). Número 22, 11 contra 11. Se recordará también que las Torres Gemelas estaban emplazadas en un espacio que ocupaba 6.5 (6 + 5 = 11) hectáreas.

Exactamente 60 años después de Pearl Harbor llegó el 11 de septiembre de 2001. Como consecuencia del ataque a Pearl Harbor llegó el acta de internación en campos de concentración de los ciudadanos japoneses y de los estadounidenses de origen japonés que residían en Estados Unidos. Como consecuencia de septiembre 11 de 2001, llegó el Acta Patriótica, que también ha llevado al encarcelamiento hasta la fecha de hoy de un número todavía desconocido de residentes y de ciudadanos estadounidenses de origen árabe.

Como vemos la rueda de la vida nos trae constantemente muchas cosas que no logramos entender. Por ejemplo en inglés, New Orleans (10 letras) y Louisiana (9 letras) = 10 + 9 = 1 + 9 = 10 = 1+ 0 = 1. Este número y su posible significado lo vas a entender antes de que yo termine de hablar. Las desgracias no acabarán aquí y el día 24 de septiembre de 2005 a las 3:30 (doble 3) de la mañana, un huracán de categoría 3 (triple 3), llamado Rita (4 letras) azotará nuevamente la región del Golfo.

La combinación de Katrina (7 letras) más Rita (4 letras) hará que la combinación 7/4 vuelva a tomar su máximo sentido como mensaje y como advertencia. Estos huracanes acelerarán negativamente el problema económico estadounidense y eventualmente arrastrarán e implicarán al mundo entero. El ciclo astrológico oriental de los 60 años se verá trágicamente reflejado una vez más, ya que en 1945 Estados Unidos, justo después de la Segunda Guerra Mundial, era el máximo acreedor mundial. Ahora 60 años después (ciclo astrológico) se ha convertido en el mayor deudor mundial. En el mes de julio de 2005 se sabrá que la tasa de ahorros de Estados Unidos será por primera vez negativa en 0.6% (60 al revés) y esto marcará el principio del ocaso. Un país que ha destruido todos sus ahorros, es un país abocado al fracaso.

Continuamente, seremos testigos de ramificaciones económicas de todos estos hechos. Habrá una inflación descontrolada que el gobierno ocultará. Si el gobierno dijera la verdad se vería obligado a aumentar y ajustar los pagos del seguro social y de las jubilaciones. Si dijeran la verdad, se verían obligados a aumentar aun más el déficit fiscal para poder hacer frente a sus obligaciones. En el área de los seguros de las casas se culpará una y otra vez a los huracanes, para poder justificar el incremento acelerado e imparable de los precios de los seguros. También seremos testigos, como consecuencia de los huracanes, de evacuaciones masivas de millones de residentes que no tendrán adonde ir. Toda esta inseguridad y el consiguiente caos harán que la gente piense que no les queda más remedio que confiar en el gobierno para poder lograr la protección y la ayuda necesaria en tiempos de desastre. El 2 de noviembre del año 2004 el presidente en funciones de Estados Unidos, George W. Bush, ganará las elecciones presidenciales en Estados Unidos. Los números del universo respaldarán su triunfo. George W. Bush, nació el 6 de julio de 1946. Su número de nacimiento es el 6. El 6 es un número práctico y metódico. El 6 de julio numéricamente es 7 (julio) + 6 (día) = 13, y el año 1946 es equivalente a 1 + 9 + 4 + 6 = 20. Sumamos el día, el mes y el año 13 + 20 = 33, y después lo reducimos al número final que es 3 + 3 = 6. El número de nacimiento de John F. Kerry es el número 4, el cual es un número materialista y a la vez realista. Kerry nació el 11 de diciembre de 1943. Tenemos el 11 de diciembre: 1 + 1 + 1 + 2 = 5. El año 1943 equivale a 1 + 9 + 4 + 3 = 17. Resultado 17 + 5 = 22, y finalmente reducido nos queda 2 + 2 = 4. Durante el año 2004, John F. Kerry se convertirá en un número 2 utilizando la numerología de evolución anual basada en su número de nacimiento. El día 11 de diciembre de 2004, será: 1 + 1 + 1 + 2 + 2 + 0 + 0 + 4 = 11 y reducido nos quedaría 1 + 1 = 2. Durante el año 2004, el presidente George W. Bush se convertirá en un número 1 siguiendo la misma evolución anual basada en su número de nacimiento. El día 6 de julio de 2004, será: 6 + 7 + 2 + 0 + 0 + 4 = 19, reducimos y nos queda 1 + 9 = 10. Reducido a un solo número final nos queda 1 + 0 = 1. El día 2 de noviembre de 2004, el día de la elección presidencial en Estados Unidos será un día marcado y caracterizado por el número 1. Este dato se expresa de la forma siguiente: 2 de noviembre de 2004, 2 + 1 + 1 + 2 + 0 + 0 + 4 = 10. Reducido al número de dígito único final, nos queda: 1 + 0 = 1. El día de las elecciones será exactamente un número 1 y en el cual coincidirán exactamente para el presidente Bush, su número de destino al nacer, con su número de destino, en el año 2004. El número por nacimiento y destino que corresponde al presidente en funciones George W. Bush el día 2 de noviembre de 2004, será el número 1 que se deriva de la reducción final del número 10. El 2 de noviembre será exactamente igual, es decir el número 1 derivado del 10. Ambos números serán idénticos y una vez más, los números del universo decidirán el destino de la presidencia de Estados Unidos. En el año 2004, el presidente Bush será un número 1, el número del líder, y el senador John F. Kerry será un número 2, el cual, en este caso, no deja de ser más que el número de un seguidor, no es el número de un líder que tenga capacidad ganadora total en ese mismo año. Desgraciadamente, después de ganar las elecciones, no todo será un jardín de rosas para el presidente George W. Bush, ya que se encontrará bajo la influencia directa de la maldición del indio Shawnee. Como ya te había explicado, Camotín, en el transcurso del año 2004, el presidente Bush será un número 1. El 6 de julio de 2004, o lo que es lo mismo 6 + 7 + 2 + 0 + 0 + 4 = 19. Seguimos las reglas y reducimos para obtener un dígito único y nos queda 1 + 9 = 10. Volvemos a reducir para obtener el número de dígito único final y nos da 1 + 0 = 1. La maldición del indio Shawnee fue lanzada el 5 de octubre de 1813: 5 + 1 + 0 + 1 + 8 + 1 + 3 = 19 y nos conforma la siguiente combinación: 1 + 9 = 10 y la consiguiente reducción final a 1 + 0 = 1. No sólo será el mismo número 1 el que mantendrá su influencia sobre el presidente Bush, sino toda la misma combinación de números que al final llegan para converger en el número 1. El 6 de julio de 2004 y el 5 de octubre de 1813 contienen exactamente la misma progresión numérica. En primer lugar, sumando las dos fechas, lo primero que se obtiene es un número 19 que al reducirlo, se convierte en un número 10 y en el paso final de reducción, a un solo dígito, se convierte definitivamente en un número 1. Desgraciadamente y como te decía cuando te hablaba del huracán Katrina, New Orleans (10 letras) y Louisiana (9 letras), tienen exactamente las mismas combinaciones numerológicas, 19 para llegar a $1 + 9 = 10$ y para finalmente $1 + 0 = 1$. ¿Coincidencia o algo más? ¿Nos están hablando los números?

Los problemas económicos que acabamos de analizar, seguirán existiendo y se agravarán paulatinamente. El presidente Bush estará bajo una tremenda presión y la maldición del indio Shawnee lo pondrá constantemente en un grave peligro. Camotín, vendrán tiempos caóti cos y se nos presentarán grandes retos, pero siempre y aún ante los mayores peligros, conserva la fe. En el plano del aprendizaje, yo he aprendido muchas cosas y además me han sido confiados algunos de los secretos para poder sanar a través de la Luz. Se me ha pedido que traiga un mensaje de esperanza y de amor para el mundo. Todo el proceso de sanación en el ser humano tanto interior como exterior se basa en la energía que emana de la propia Luz. La Luz está al alcance de todos los que la buscan. Lo más importante que he aprendido en mi encuentro con la Luz ha sido el entender que todos somos parte de esa misma Luz, y que nosotros mismos controlamos el destino del universo. Mi deseo más ferviente es que tú hagas llegar estas meditaciones que ahora voy a entregarte a cuantas más personas puedas, para que a todas ellas puedan servirles de ayuda. Usa toda la energía positiva que acumulas dentro de ti mismo para poder contrarrestar todas tus dudas y toda tu falta de fe. Cierra tus ojos y poco a poco concéntrate en el brillo que emana de la Luz. Trata de verte y encontrarte a ti mismo, rodeado de ángeles radiantes que sobrevuelan a tu alrededor. Ellos te han sido enviados para darte su bendición. Trata de relajarte despacio, muy despacio, no tengas prisa y poco a poco expulsa toda la negatividad que se esconde dentro de ti. Deja a un lado los conflictos, la inseguridad, y el miedo. Ríndete al amor eterno, abre tu corazón y también tu mente, a la Luz. Escucha la voz del conocimiento infinito que yace escondida en lo profundo de tu alma. Repite la siguiente meditación tres veces. Repítela como si fuera un mantra. Repítela poco a poco y verás cómo tú también vas a sentir la presencia de la Luz:

Luz, tú que todo lo sabes, te pido que me guíes. Yo creo que tu poder es verdadero, y que con tu ayuda todo es posible. Sé que has venido y estás aquí para ayudarme a continuar mi camino en la tierra. Siento tu divina presencia y quiero recibir esa Luz que todo lo cura. Quiero experimentar ese milagro que sólo tú puedes crear en mí. Que tu Luz divina llene mi corazón de bondad, de fe y de amor. Que tus ángeles bondadosos y compasivos me protejan y siempre me libren de todo mal. Quiero y deseo que tu Luz eterna se quede conmigo para siempre y que yo pueda decirle al mundo que tu Luz me ha sanado.

Yo sé que ahora en la tierra me necesitan más que nunca. Juro por mi honor que regresaré otra vez y que trataré con todas mis fuerzas de defender a todos los seres humanos en contra del terrorismo o de cualquier otra nueva amenaza maligna. Cuando llegue el día en el cual ya haya cumplido mi última misión, entonces y sólo entonces, será que yo, Don Quijote de la Mancha, alcanzaré la inmortalidad. En ese momento dejaré de ser humano y me convertiré en leyenda. Las historias y las hazañas de este nuevo Don Quijote, que volverá a cabalgar en el año 2005, exactamente 400 años después de que se publicara la primera edición de sus hazañas, se añadirán y cumplimentarán a las otras hazañas ya realizadas por el viejo Don Quijote. Las dos historias sobrevivirán y se combinarán la una con la otra, para finalmente alcanzar la inmortalidad, por los siglos de los siglos. Hasta entonces, y sólo hasta entonces, Camotín, yo te ruego que tú sigas siendo mi escudero y que en voz alta, le grites al mundo que siempre deben guiarse por el onceavo mandamiento de Dios que no es otro que: "NUNCA TOMARÁS LOS NÚMEROS DE DIOS EN VANO".

El código secreto
de Manuel Martínez / Phyllis Barash
se terminó de imprimir en **Diciembre** 2007 en
Comercializadora y Maquiladora Tucef, S.A. de C.V.
Venado N° 104, Col. Los Olivos
C.P. 13210, México, D. F.